Adolf Muschg
Die japanische Tasche

Adolf Muschg

Die japanische Tasche

Roman

C. H. Beck

© Verlag C.H.Beck oHG, München 2015
Umschlaggestaltung: Leander Eisenmann, Zürich
Umschlagabbildung: plainpicture/Maren Becker
Satz: Fotosatz Amann, Memmingen
Druck und Bindung: GGP Media GmbH, Pößneck
Gedruckt auf säurefreiem, alterungsbeständigem Papier
(hergestellt aus chlorfrei gebleichtem Zellstoff)
Printed in Germany
ISBN 978 3 406 68201 8

www.beck.de

Uns fehlt etwas, aber wir haben keinen Namen dafür.
Georg Büchner

I

2006

1 Personenunfall

Schneider hatte seine Papiersachen im leeren Viererabteil ausgebreitet, als wäre er zuhause.

Die erste Klasse im Triebwagen des «Sprinter» zwischen Ulm und Friedrichshafen war nur von fünf Personen belegt. Im Abteil gleich bei der Führerkabine hatte sich ein älteres Paar niedergelassen; auf der andern Gangseite saß eine Lesende zwischen dreißig und vierzig im meergrünen Kleid mit toupierter Frisur, die in Ulm in letzter Minute zugestiegen war und ihre Gegenwart mit einem starken Parfüm betonte. Der Mann Schneider gegenüber war ein athletischer Vierziger mit Stirnglatze, im dunklen Anzug mit Krawatte, der halblaut redend sein Notebook befingerte. Dazu wippte er ständig mit dem linken Bein.

Plötzlich der beinharte Schlag gegen den Unterbau des Triebwagens. Achsenbruch? Hätte der Wagen dann nicht einknicken, sich schief legen, *entgleisen* müssen? Aber die Räder blieben in der Spur, bis der Zug vielleicht hundert Meter weiter zum Stehen kam, auf einem Damm im freien Feld.

Schneider hob die Tasche vom Sitz gegenüber und stellte sie zwischen den Beinen ab wie ein Pinguin sein Ei.

Er sah aus dem Zugfenster einen bunt kostümierten Pulk Radfahrer in die Richtung starren, aus welcher der Zug gekommen war. Sie hielten auf dem Weg am Fuß des Damms, dessen Höhe fast diejenige der Bäume gegenüber erreichte. Dahinter öffnete sich der Blick auf eine Ebene mit frisch bestellten Feldern, und in der Ferne, am Fuß bewaldeter Hügel, zeichnete sich eine Siedlung ab mit einem auffälligen, aber undefinierbaren Monumentalbau.

Jetzt knirschte der Lautsprecher. Die Durchsage war kaum zu verstehen und doch unmißverständlich.

Personenunfall. Aufenthalt unbestimmt.

Nach kurzer Stille erhob sich die Dame in Meergrün und wiederholte irritiert: Aufenthalt unbestimmt! Sie nahm die Brille ab, behielt aber das Buch in einer Hand, während sie an die Führerkabine klopfte und sogleich die Klinke drückte. In der Öffnung zeigte sich undeutlich die Gestalt des Lokführers; die Rolläden der Frontscheibe waren heruntergelassen.

Wie lang soll das dauern? Ich habe einen Termin!

Man weiß es nicht, sagte der Mann bewegungslos. – Eine Stunde, zwei.

Kommt ein Bus?

Keine Antwort.

Die Dame schloß die Tür und kehrte zögernd an ihren Platz zurück.

Unmöglich! zischte der Rentner. – Da stirbt ein Mensch –

Die Dame musterte ihn, dann kam sie in Schneiders Abteil.

Mein Handy geht nicht, die Batterie ist leer. – Dürfte ich Ihres leihen?

Ich habe kein Handy, sagte Schneider.

Nehmen Sie meins, sagte der Geschäftsmann und streckte es ihr schon entgegen. Sein Knie wippte weiter.

Vielen Dank, sagte sie, und zu Schneider: Würden Sie bitte ein Auge auf meine Sachen haben? und verließ den Wagen.

Da stirbt ein Mensch! schalt ihr der alte Herr hinterher. Seine Frau nickte. Er klopfte an die Führerkabine und mußte sie selbst öffnen. Der Lokführer telefonierte.

Ich wollte mich für die Dame entschuldigen, sagte der Rentner, auch im Namen meiner Frau. Da stirbt ein Mensch, nicht wahr.

Schon der dritte in einem Monat, sagte der Lokführer.

Wissen diese Menschen eigentlich, was sie den andern antun? War er noch jung? Aber der Lokführer sprach nur noch mit seinem Gerät, und der ältere Mann kehrte bebend vor Genugtuung zu seiner Frau zurück. Die Radfahrergruppe unter dem Damm hatte zu disputieren begonnen. Es waren Senioren beiderlei Geschlechts in kurzen Hosen und mit Helm. Einer schickte sich an, dem Zug entlang nach hinten zu fahren, aber seine Kollegen hielten ihn zurück. Dann sah man in der Ferne ein Blaulicht zucken. Er wird natürlich abgelöst, sagte der ältere Herr. – Und man kann nicht einmal die Fenster öffnen! Ist wohl besser so, sagte die Frau. Aber stell dir vor, wie das bei einer Panik wäre! Aus der zweiten Klasse kamen Leute nach vorn und spähten durch die Fenster. – Er liegt weiter hinten, erklärte der Rentner. – Der Polizeiwagen war bis zum Bahndamm vorgerückt, wo ein Beamter ausstieg, und fuhr langsam auf dem Gehweg außer Sicht. Inzwischen hatte sich das Feld draußen mit Menschen belebt; Fußgänger strebten der Stelle zu, wo offensichtlich etwas zu sehen war. Eine Gruppe Spaziergänger sammelte sich vor dem Beamten, der den Fußweg sperrte, während sich weitere Fahrzeuge näherten. Ein Dienstwagen der Bahn ließ Personal in schockfarbenen Westen aussteigen; eine Ambulanz fuhr am Zug entlang nach hinten. Spurensicherung, wenn da noch etwas übrig ist, sagte der Rentner. – Die Feuerwehr kommt auch noch, mit Garantie. Nach einer Weile kehrte die stark duftende Dame wieder und gab dem Geschäftsmann das Handy zurück. Ihr Angebot, zu bezahlen, winkte er ab. Sie blieb bei Schneider stehen. Hätten Sie noch einen Platz frei? Er hatte kaum Bitte! gesagt, da suchte sie schon ihre Siebensachen zusammen; dabei erhaschte er den Titel ihres Buches: «Moby Dick».

Sitzen Sie lieber vorwärts?

Solang wir stehen, kommt es nicht darauf an.

Schneider.

Wie meinen Sie?

Schneider, mein Name.

Iris, Iris Duß. Wie dußlig.

Das Wort kenne ich nicht, ich bin Schweizer.

Das hört man, wenn Sie erlauben.

Und wenn nicht?

Sie lachte. – Ich habe Sie schon früher bemerkt, *wenn Sie erlauben*. Darf ich fragen, was Sie lesen?

Ein Gedicht.

Keine Scham! erklang es in ihrem Rücken.

Darauf begann es im Lautsprecher zu pfeifen, nicht laut, doch durchdringend. Männer in grellen Westen kämpften sich durch das Gestrüpp den Bahndamm hinauf. Einige gingen am Schienenstrang entlang weiter, andere erstiegen die Treppe zum Führerstand. Solange der Einstieg offenstand, pfiff der Alarm und widerstand jedem Versuch, ihn abzustellen. Jetzt wurde der Lokführer, ein blasser, eher kleiner Mann mit Bart, von zwei Schutzleuten aus der Kabine geleitet, durch den ganzen Zug nach hinten und nach einer Weile wieder zurück. Er sah aus wie ein armer Sünder, aber die Gesten seiner Begleiter waren fürsorglich.

Als er wieder in seiner Kabine verschwunden war, stellte sich ein Funktionär in Zivil davor, um mitzuteilen, daß leider kein Schienenersatzfahrzeug zur Verfügung stehe, «aus technischen Gründen». Man müsse mit einem längeren Aufenthalt rechnen. Die Fahrgäste wurden um Verständnis gebeten, wenn die Türen verschlossen blieben. Die Bahn werde aber die Fahrtkosten vergüten, wenn man sich beim Service-Point des nächsten Bahnhofs melde, unter Vorweisung eines gestempelten Scheins, der gleich verteilt werde, ebenso Erfrischungen, kostenfrei.

Unterdessen hatte sich unter dem Bahndamm ein ganzer Fuhrpark gesammelt. An einer etwas entfernten Kreuzung wies ein Verkehrsposten weiteren Zulauf ab. Dazu ging die Prozession von Personal im Innern des Zugs in beiden Richtungen weiter, und der Pfeifton meldete sich unregelmäßig.

Der Ausnahmezustand hatte die Atmosphäre gelockert. Wer nicht ins Handy sprach, unterhielt sich mit Nachbarn und teilte Entrüstung oder Bedauern, wobei letzteres einhellig dem Lokführer galt. Der Rentner widmete sich jetzt seinem Imbiß, einem «Strammen Max».

Darf ich? fragte Iris Duß, setzte die Brille auf und begann halblaut zu lesen:

This ecstasy doth unperplex
(We said) and tell us what we love;
We see by this, it was not sex;
We see, we saw not, what did move

Sie blickte über den Rand der Brille. – Eigentlich kann ich Englisch, aber ich verstehe kein Wort.

Wie geht es Ihnen? fragte ein breiter junger Mann mit gelber Weste, der im Mittelgang stehengeblieben war, mit einem düsteren Lächeln.

Warum fragen Sie so etwas? wollte Iris wissen.

Das frage ich alle.

Und wenn es uns nicht gutgeht, was dann?

Dann kommt Hilfe.

In diesem Augenblick schwebte ein Hubschrauber mit Geknatter ein und ließ sich auf der nahen Wiese nieder. Die Rotoren ließen vorjähriges Laub gegen die Fenster stieben, und als der Lärm verstummt war, hörte man die Stimme des jungen Mannes schon aus dem nächsten Wagen: Geht es Ihnen gut?

Es ist ein schwieriges Gedicht, sagte Schneider. John Donne, siebzehntes Jahrhundert.

Sie sah ihn groß an. – *It was not sex.* – Was dann?

Das Paar versucht, sich von seinem Körper zu verabschieden.

Und was dann?

Offenbar wollen sie mal Ruhe, aber dann kehren sie doch in ihre Körper zurück. Jedenfalls für das Auge des Betrachters.

Ein Voyeur? fragte sie. – Wo kommt der her?

Den hat Donne dazugedichtet, damit jemand sehen kann, was Mann und Frau nicht mehr sehen.

Sie las den Schluß des Gedichts, akzentfrei und *very british.*

And if some lover, such as we,
Have heard this dialogue of one,
Let him still mark us, he shall see
Small change when we're to bodies gone.

Bodies sind Leichen, sagte sie halblaut.

Auch lebendige Körper. Das Ganze ist ein Paradox. *A dialogue of one.*

Man hatte sich im Nachbarabteil kein Wort entgehen lassen.

Die kennen wirklich gar nichts.

Iris drehte sich nach dem Paar um. – Wie recht Sie haben. Wir kennen wirklich gar nichts.

Jetzt hörte man drüben nur noch feindliches Papier rascheln. Iris wandte sich dem Geschäftsmann zu. – Kann man etwas für Ihr Knie tun?

Er war in einer andern Sphäre beschäftigt und streckte ihr wieder sein Handy hin.

KÖNNTEN SIE MAL IHR BEIN STILLHALTEN!

Aha! lächelte er, sehr gut. – Begann wieder halblaut Zahlen abzufragen, und sein linkes Bein wippte heftiger als je.

Er merkt es selbst nicht, sagte Schneider. – Sie tragen ein interessantes Parfüm.

Nicht alle können es riechen. Und Sie?

Ich bin kein Mann der Nase.

Sie sind ein Mann des Wortes. Unterrichten Sie? Literatur?

Ich bin Historiker.

Ach! Und ich arbeite in der Geschäftsführung des VHD. Des Verbandes der Historiker und Historikerinnen Deutschlands.

Sie sind selbst vom Fach?

Nur hereingeschmeckt. Aber jetzt mit einem Herrn vom Präsidium verabredet, in Friedrichshafen, Paul Niethammer. Wir bereiten den nächsten Historikertag vor. Haben Sie seinen Artikel in der ZEIT gelesen? «Das Konzil zu Konstanz»?

Inzwischen wurde die erste Klasse von Fahrgästen aus andern Wagen überlaufen. Eine junge Familie machte vor dem Viererabteil halt, der ältere Junge tüpfelte bereits dicht neben Iris auf seinem Handy, der kleinere quengelte am Bein des Vaters. Das ist jetzt wie im Wilden Westen, sagte der Vater. – Wenn Indianer den Zug überfallen. Dann werden an alle Passagiere Gewehre verteilt. – Ich will nach Hause! greinte das Kind. – Und ich will einen Mac!

Hier ist erste Klasse, sagte Iris Duß, und wir führen ein Gespräch. Ist Ihnen klar, daß Sie stören? – Jetzt trat die junge Mutter in Aktion. – Und der *Personenunfall* stört Sie wohl nicht? Erste Klasse! Komm, Florian, hier stinkt's, sagte sie und ergriff ihren Mann am Arm. Der kleinere Junge wurde mitgeschleift, aber der größere blieb neben Iris hängen und fuhr zu *gamen* fort. – Deine liebe Mami hat gerufen, hast du nicht gehört? fuhr sie ihn an, worauf er wortlos vom Polster rutschte und traumwandlerisch weiterging. Auf dem Platz, den Iris geräumt hatte, saß jetzt der Lokführer mit leerem Blick.

Ich lese in Münsterburg, Schweizer Geschichte.

Münsterburg! sagte Iris Duß, da war ich auch zwei Jahre, bei Heuer. Ich war sein Sekretariat. Wir sollten uns begegnet sein.

Er hat mich habilitiert, aber das war wohl vor Ihrer Zeit. Und ich habe wenig Verkehr.

Eine schöne Tasche haben Sie, sagte sie nach einer Pause. – *Made in China?*

In Japan. Meine Frau hat sie in Kyoto gekauft, bei einem kleinen Handwerksbetrieb. Er stellt nichts anderes her.

Sie sind verheiratet.

Ich war es einmal.

Entschuldigen Sie mich einen Augenblick? Und passen so lange auf meine Sachen auf?

Sie verschwand, aber ihr Parfum verweilte. Unterdessen waren dem Helikopter drei Männer entstiegen, doch standen sie einstweilen untätig. Dafür hatten sich die Fahrzeuge vermehrt. Dienstlich gekleidete Männer stapften den Damm auf und nieder, die Gänge durch den Zug rissen nicht ab. Der Aufenthalt dauerte nun schon bald eine Stunde. Der Lokführer saß wieder regungslos, der Rentner schnarchte, der Geschäftsmann murmelte und ließ das Bein wippen.

Als Iris wieder eintrat, duftete sie nicht mehr durchdringend, oder er hatte sich daran gewöhnt.

Sie reisen dienstlich? fragte sie.

Ich war in Berlin. Mein Freund und ich tauschen die Wohnung, vielleicht zweimal im Jahr.

Berlin! Könnte ich da leben, ich ginge gar nicht mehr weg. Warum fliegen Sie nicht?

Ich steige gern irgendwo aus, spontan. Im Flugzeug ist das schwierig.

Aber es ist billiger.

Daran gewöhne ich mich nicht.

Arbeiten Sie auch für die Industrie?

Wie kommen Sie darauf?

Die besten Historiker gehen in die Industrie, sagt Heuer. Man braucht eine gute Geschichte, um gut zu verkaufen, und dafür muß man sie auch noch gut erzählen. Die akademischen Historiker erzählen die bekannte Geschichte ein wenig anders. Die wahren Historiker erzählen eine *andere Geschichte*. Darf ich fragen, wo Sie spontan ausgestiegen sind?

In Oberelchingen.

Aber da hält kein ICE.

Man muß in Ulm umsteigen, in die Regionalbahn.

Das lohnt sich ja kaum. Zehn Minuten!

Elf, sagte er. – Sie kennen sich aus.

Was gibt es in Oberelchingen? Rapsfelder, so weit das Auge reicht. Darunter liegt ein europäisches Schlachtfeld. Ein französischer General wurde *Duc d'Elchingen* und ruht zu Paris im Friedhof *Père Lachaise. Maréchal Ney.*

Und warum lassen Sie ihn nicht ruhen?

Ich sammle Gründer der Schweiz, die eine *andere* Geschichte erzählen.

Hier kommt der Zugführer.

Es war der zivil gekleidete Mann mit DB-Plakette am Revers, der Entschädigungsgutscheine verteilte. Deswegen gab es bei dem Rentnerpaar einen Disput. Es wurde zur Geburtstagsfeier eines Neffen in Überlingen erwartet und hatte den besten Teil schon versäumt. Wie wollte die Bahn das ersetzen! Und jetzt noch Umstände mit dem Gutschein – da würde man auch die nächste Verbindung verpassen. Wußte denn nicht einmal ein Zugführer, wie lange das hier noch dauern sollte? Diesen Hubschrauber bezahlen wir mit unserem Steuergeld, er tut gar nichts, und Sie wollen sich mit einem Gutschein loskaufen!

Natürlich nahm ihn der Rentner am Ende doch, denn zu *profitieren* brauchte die Bahn nicht auch noch. Der Geschäftsmann legte das Papier gleich weg, Frau Duß und Schneider verzichteten.

Der Mann verdient Härtezulage, sagte Schneider.

Und wie war das nun mit dem *Duc d'Elchingen?*

Er hat einmal die alte Schweiz erobert und die Kantone abge-
schafft –

. Als Schneider vom Leben des saarländischen Böttchersohns zu
berichten anfing, beschlich ihn das Gefühl, er gebe zuviel seines eigenen preis, und ebendarauf habe es Iris Duß angelegt.

Ney deckte den Rückzug der *Grande Armée* aus Rußland. In
einem ostpreußischen Wirtshaus erklärte er, von der Nachhut sei
nur noch ein einziger Mann geblieben, er selbst.

Dann hat er doch die Schweizer kommandiert, beim Übergang
über die Beresina. *Unser Leben gleicht der Reise eines Wandrers in der
Nacht*, sang sie leise, doch taktfest und ohne eine Spur von Spott. –
Heuer fand, das Beresina-Lied hätte die Schweizer Nationalhymne
werden müssen. *Jeder hat auf seinem Gleise / etwas, was ihm Kummer
macht.*

Würde besser zur Deutschen Bundesbahn passen.

Es paßt zu jedem Menschen, entschied Iris Duß bestimmt. – Ney
hätte mit seinen Schweizern fallen müssen. Aber das ist wohl nicht
die Art der Marschälle.

Das hob er sich für später auf, sagte Schneider. – Nach Water-
loo ging der Kaiser nach St. Helena, und Ney stellte man an die
Wand.

Das ist ein Charakter, der Sie interessiert.

Wie benimmt sich jemand, wenn er von allen guten Geistern verlassen ist, sagte Schneider. – Ja, das interessiert mich.

Da lehnte sich der Geschäftsmann aus seinem Sitz herüber. – Das
gibt es nicht, sagte er mit sanfter Stimme, *niemand* ist von allen
guten Geistern verlassen.

Ich danke Ihnen, sagte Schneider.

Danken Sie Jesus.

Danach trat längere Stille ein, und das Knie wippte unverdrossen
weiter.

Sie lesen Melville? fragte Schneider, »Moby Dick«?

Mögen Sie ihn?

Walfang, das ist mir zu groß. Ich mag *Bartleby,* den kleinen Buchhalter. *I would prefer not to.* Unscheinbar, unbeugsam. Woher kennen *Sie* Oberelchingen?

Ich bin in Langenau aufgewachsen, das ist da gleich um die Ecke. Ein Zentrum frühalemannischer Pferdebestattung, Hauptsitz eines bedeutenden Schrotthandels. Und Standort einer Stadtbücherei, die den Kulturbedarf von 14 000 Seelen bedient. Da habe ich als sehr junge Frau Bücher etikettiert, für mein erstes Taschengeld.

Eigentlich wollte ich nur mal in einem Romantik-Hotel übernachten, sagte Schneider.

Dann waren Sie im «Adler» zu Rammingen.

Den kennen Sie auch.

Da ist mir Wal Bender begegnet, ein Gott. Er las in der Stadtbücherei, damals noch für dreihundert Mark. Aber es hieß, schon während er lese, halte er Umschau unter den Töchtern des Landes, und dann lese er nur noch für Eine. Und wenn sie vor Lampenfieber sterben wollte, nahm er sie aufs Zimmer, um sie zu trösten. Ich wußte, was das Zimmer kostete, denn ich hatte es für ihn reserviert. Am Ende wagte ich nicht zu gestehen, daß ich keinen Hausschlüssel hatte. Ich war noch nie eine ganze Nacht weggewesen, und so wurde es fast meine letzte in Langenau. Ich jobbte in der Schweiz, Hotelservice, bis mir der nächste Gott erschien, Heuer.

Und da erscheint der neue Lokführer, sagte Schneider.

Es war ein fast kahler, aber wetterfest aussehender Mann, der sich jetzt in der offenstehenden Führerkabine umtat. Und dann sah man seinen schmächtigen Vorgänger draußen von der Lokomotive steigen. Ein Mann in schockfarbener Weste versuchte eine Wolldecke um seine Schultern zu legen. Sie fiel wieder ab, er mußte ihr nachlaufen, während der andere mit großen Sprüngen den Fahrweg erreichte. Da fing ihn der Fahrer einer Limousine auf und komplimentierte ihn in den Rücksitz.

Hoffentlich kommt er jetzt in kein leeres Haus, sagte Iris Duß. –
Er hätte mich mitnehmen können. Es wäre meine letzte Chance.

Die Feuerwehr war noch nicht da, sagte der Rentner über seine
Schulter.

Wozu braucht man die Feuerwehr? fragte sie.

Zum Abspritzen der Wagen. Wenn sie die *sterblichen Reste* gesammelt haben.

Auch in der ersten Klasse begann sich Entspannung auszubrei-
ten. – Wie in der Kutschenzeit, sagte Schneider. – Wildfremde Leute
kommen ins Gespräch.

Inzwischen reden die Leute nur noch mit dem Handy, bemerkte
die Rentnerin.

Haben Sie Bender wiedergesehen? fragte Schneider.

Nur wiedergelesen. Ich war gespannt, ob ich vorkomme.

Der neue Lokführer schritt langsam durch den Wagen, mit prü-
fendem Blick. Er war schon an Iris Duß vorbei, als sie laut sagte:
Nein, es geht mir nicht gut.

Er wandte sich um. – Was kann ich für Sie tun?

Weiterfahren.

Es kann sich nur noch um Stunden handeln.

Sie sind ein Scherzbold, ja?

An Ihrer Stelle wäre ich froh, überhaupt anzukommen.

Terrorist! zischte sie ihm hinterher, müssen alle Leute zu spät
kommen, nur weil irgendein Idiot sein Leben nicht auf die Reihe
gekriegt hat?

Da haben Sie recht, sagte der Geschäftsmann. – Selbstmord ist
ein Verbrechen, sogar im Koran.

Aha. – Toll, daß Sie noch irgend etwas wahrnehmen.

Gott hört alles, und für mein Knie kann ich nichts. Das Tremolo
ist angeboren.

Wenn es ein Tremolo ist, dann sieht man das natürlich gleich
anders.

Danke, sagte der Mann und vertiefte sich wieder in seinen Bildschirm.

Und jetzt? fragte Iris Duß, gibt es keine Frau in Ihrem Leben?

Ich packe meine Tasche selbst.

Das heißt, Sie leben allein.

In der gleichen Wohnung. Über dreißig Jahre.

Seit Ihrer Studentenzeit?

In einem Atelier. Und bin immer noch kein Künstler.

Wie kamen Sie da hin?

Durch eine gute Tat. Unsere WG wurde abgerissen, ich brauchte wieder eine Bleibe. Und in einer Vorlesung Schwanks – man nannte sie das Dienstags-Hochamt, denn er war damals ein Papst der Germanistik – kam ich neben einer älteren Dame zu sitzen, die bei einem Goethe-Zitat ohnmächtig wurde. Ich half ihr aus dem Saal und nach Hause – da stand das Bildhauer-Atelier ihres verstorbenen Bruders leer, und ich durfte gleich einziehn.

Und dieser Dame haben Sie dreißig Jahre die Treue gehalten?

Mit einer Unterbrechung. – Schneider verstummte, denn plötzlich verlangte seine Blase ganz dringend nach Entlastung. – Wenn Sie mich einen Augenblick entschuldigen?

Einen *Augenblick*? Es gibt nur *eine* Toilette im ganzen Zug, sie ist ein Stall, und die Schlange entsprechend. Nehmen Sie etwas zu lesen mit. Hier, das ist Barbarossas Kommentar zum Historikerkongreß.

Barbarossa?

Herr Professor Paul Niethammer. Mein Termin, den ich grade verpasse. – Sie hatte einen kleingefalteten Zeitungsartikel aus der Tasche gekramt. – Papier auf der Toilette schadet nie.

Er nahm seine Reisetasche auf.

Lassen Sie nur da, ich hüte sie schon.

Pardon, aber die nehme ich immer mit. – Ein Aberglaube.

Was war das für ein Zitat, bei dem Ihre Dame in Ohnmacht fiel?

Er sagte rasch: «Sie war nicht liebenswürdig, wenn sie liebte», und war schon auf der Flucht.

Aber sie führte nicht weit. Jeder freie Platz wurde als Treffpunkt und Spielplatz in Anspruch genommen. Im stehenden Zug herrschte Freizeitbetrieb, es wurde gemailt, gegamet, gepicknickt, und Bässe zirpten vernehmlich durch aufgesetzte Kopfhörer. Erst im übernächsten Wagen hatte er sich zu einer Toilettentür durchgekämpft, und als er versuchsweise die Klinke drückte – die Anzeige schien nicht eindeutig –, ging sie nicht auf. Dafür hörte er hinter sich eine barsche Frauenstimme: *Wir warten alle.*

Er trat zurück, aber im vollen Gang war kein Anfang der Schlange auszumachen; schließlich nützte er eine scheinbare Lücke dazu, sich einzureihen. Ist es so dringend? fragte die Wartende hinter ihm. Vor ihm standen jetzt noch sechs Personen, nur einer männlich. Er zog den Artikel aus der Tasche und versuchte zu lesen, mußte das Blatt aber wieder falten; das Format war zu ausladend.

Schon über zehn Minuten, sagte die Matrone in seinem Rükken. – Dabei ist ein *Herr* drin.

Man drehte sich um, mit Zeichen des Unwillens. In einer Toilettenschlange, die wartet, gehört sich kein Gespräch. Neuzugänge machten regelmäßig denselben Fehler wie Schneider. – Können Sie gar nicht mehr warten? – *Wir* sind die Schlange! – Jetzt wissen Sie einmal, was für Damen normal ist. – Nächstes Mal nehmen wir Windeln mit. – Ist da wirklich noch einer drin? – Ein *alter* Mann. – Dann zählt er die Tropfen. – Nein, er ist tot.

In diesem Augenblick entriegelte sich die Tür, und ein älterer Mann kam heraus, der Schneider grüßte und nach hinten ging; Schneider fühlte einen Stich. Er hätte ihn kennen müssen. Aber jetzt erhielt er einen Puff gegen die Schulter. Er war an der Reihe.

Beeilen Sie sich, sagte die Dame hinter ihm. – Ich kann nicht mehr.

Dann gehen Sie vor.

Als er soweit war, betrat er einen Ort in unbeschreiblichem Zustand, der nur noch die Not seiner Benützer verriet. Schneider starrte in das schmutzigste Loch seines Lebens, und sein Wasser stockte. Ein urologischer Notfall in einem Zug, der an einem Selbstmörder gestrandet war! Und draußen die Schlange. In diesem Augenblick fiel ihm ein, wer der grüßende Vorgänger gewesen war.

Sorgsam faltete er den Zeitungsausschnitt auseinander, in der Hoffnung, sich beim Lesen zu entkrampfen.

Der Verband der deutschen Historiker (VDH) hat gerade eine beunruhigende Entdeckung gemacht: er hat selbst keine Geschichte! Liegt es daran, daß er sie nicht kennt – oder kennt er sie nur zu gut? Im Leben einer Person wäre die Psychoanalyse für den Fall zuständig; dort nennt man ihn: Verdrängung. Nun darf man der Geschichtswissenschaft nicht mehr vorwerfen, daß sie die Geschichte, namentlich die deutsche, verdränge – im Gegenteil, sie hat sich um ihre Aufklärung bemüht, auch wenn sie das tiefste Dunkel nicht lichten kann und auch nicht will. Es stehenzulassen, seiner Trivialisierung zu widerstehen, ist sogar etwas wie Ehrensache der Zunft geworden. Aber warum ist die Erforschung ihrer eigenen Geschichte eine Leerstelle geblieben – ein blinder Fleck?

Und siehe, der *blinde Fleck* in Rotbarts Artikel löste die Sperre; je geringer die Erwartung, desto gewisser die Erfüllung.

Verlassen Sie diesen Ort in dem Zustand, in dem Sie ihn vorzufinden wünschen.

Der kategorische Imperativ einer öffentlichen Toilette. Jetzt hatte Schneider seinen Teil dazu beigetragen, daß er sie nie wieder zu betreten wünschte. Er hütete sich wohl, die vergleichsweise sauberen Hände jetzt noch mit diesem Waschbecken zu besudeln. Es hätte zum Abtrocknen auch gar kein Papier mehr gegeben. Dasjenige der ZEIT nützte er dazu, den Riegel zu drehen, ohne ihn direkt anzufassen. Die nächste Dame drängte schon an ihm vorbei.

Doch als er glücklich aus der Tür war, stand er still. Zurück zu

Frau Duß? Aber auf die Gegenseite war Petermann verschwunden. Und natürlich mußte er ihn, einmal erkannt, begrüßen. Blick den Dingen ins Auge, Schneider. Fuß vor Fuß arbeitete er sich durch das Gedränge bis zum hintersten Wagen und bekam den Arzt auch da nicht zu Gesicht; wie konnte er sich in Luft aufgelöst haben? Doch insgeheim war er erleichtert; er hatte das Seine getan.

Am hintersten Zugfenster drängten sich die Gaffer. Er setzte sich mit dem Rücken dazu auf einen freien Platz, nachdem er ihn von Krümeln gesäubert hatte, und überließ sich einer Art Bewußtlosigkeit. Der Schlag! Er hätte nicht gedacht, daß ein Menschenkörper so hart sein könnte. Schon der Dritte in einem Monat. Der Lokführer hatte getötet und konnte nichts dafür. Gewiß war in seinem ganzen Leben nicht so teilnehmend von ihm geredet worden.

Doch der Gedanke an Petermann meldete sich hartnäckig zurück. Als sie bei einem Dozentenessen am gleichen Tisch saßen, hatte er Schneider als «Herr Kollege» angeredet. Dabei war er damals Chef der Inneren Medizin, des größten Betriebs der Universität. Nach seiner Emeritierung tat er sich wieder als gewöhnlicher Arzt auf, in Praxisgemeinschaft mit einem ehemaligen Studenten, der auf Urologie spezialisiert war. Und für Männer über fünfzig waren regelmäßige Kontrollen obligatorisch.

Damals hatte ihn Petermann nach Tisch auf LouAnne angesprochen; sie waren damals frisch verheiratet. Als Klinikdirektor war Petermann Vertrauensarzt der Familie Schädler gewesen, er hatte die Brautleute untersucht und LouAnne Ehefähigkeit attestiert. Jetzt erkundigte er sich – mit Wärme – nach ihrer Tätigkeit bei den Architekten und lobte ihre Zeichnungen. Er ließ nicht unerwähnt, daß er mehrere erworben hatte, und wirklich hing eine davon in seinem Wartezimmer. Zwei feingestrichelte Pinguine drängten sich im Wintersturm aneinander, und man meinte die Füße behutsam treten zu sehen, die das Gelege unter einem Vorhang von Flaum verschwinden ließen.

Draußen zischte es jetzt so laut, als nähere sich eine Dampf-maschine. Ein junges Paar war in den Waggon eingetreten; als es die Aussichtsplattform besetzt fand, stand es unschlüssig und begnügte sich mit dem Fenster, an dem Schneider saß. Als die junge Frau Ausschau hielt, drückte sie ihm sorglos den Hintern ins Gesicht.

Das ist das Kloster Weingarten, sagte der Mann, da waren wir drin. Du hast es nicht erkannt, weil es eingerüstet ist.

Das war vor einem Jahr. Es kann nicht ewig eingerüstet sein.

Vielleicht ist es jetzt Kunst.

Pardon, sagte Schneider und stand auf.

Im Lautsprecher war die Stimme des neuen Lokführers zu hören. Der Abfahrt stehe bald nichts mehr im Wege. Allerdings werde man an zwei Stationen unplanmäßig halten, um gestrandete Passagiere aufzunehmen. Inzwischen seien auch die versprochenen Erfrischun-gen bereit.

Fast augenblicklich räumte das Unfallpublikum seinen Beobach-tungsposten und drängte an Schneider vorbei zurück, in die Rich-tung, wo es die Verpflegung vermutete. Man wollte zur Stelle sein, bevor sich Neuzusteiger bedienten. Aber der Zug stand noch immer, obwohl das Personal draußen offensichtlich die Abfahrt erwartete. Betrieb herrschte nur noch um den Feuerwehrwagen, von dem sich Schläuche auf den Bahndamm hinaufzogen wie für eine Infusion.

Und plötzlich brach die Hölle los. Die Scheiben des Abteils ver-dunkelten sich, und ein Wasserstrahl bestrich das Glas mit solchem Lärm, daß man sich duckte. Man saß wie im Tropensturm, während die Strähnen aufwärts jagten; allmählich wanderte der Hexentanz zum Rückfenster des Zugs und beschlug es mit Wasserstürzen. Die Zurufe draußen klangen von weit her – und plötzlich war Stille. Frisch gebadet stand der Zug auf offener Strecke; in diesem Augen-blick brach Sonnenlicht hervor, Myriaden Tropfen glitzerten hinter dem Glas und schienen fast im Zusehen aufzutrocknen, bis auf ein-zelne zitternde Perlschnüre.

Ein Ruck ging durch den Wagen. Die Schläuche fielen ab wie Stützen beim Stapellauf, und als die Räder zögernd Fahrt aufnahmen, öffnete sich der Blick auf eine ganze Flotte von Dienstfahrzeugen und ein Heer von Hilfspersonal und Zuschauern. Auch der Helikopter stand immer noch auf offener Wiese. Allmählich blieb die Szene zurück und begann mit der Landschaft zusammenzufließen, bis auch der letzte Tupfer Schockfarbe verschwunden war. Langsam steigerte sich der Takt der Räder und mündete schließlich in das vertraute Fahrgeräusch.

Schneider, die Tasche am Schulterriemen, begann seinen nächsten Hindernislauf. Denn in der zweiten Klasse massierten sich die belagerten Futterstellen; niemand war bereit zu weichen. Bewegung entstand erst, als sich die Fahrt verlangsamte; da galt es wieder, seinen Sitzplatz zu verteidigen. Als Schneider die erste Klasse erreichte, war sie fast leer. Iris war nicht mehr da.

Der Geschäftsmann lieferte, Chips kauend, die Erklärung, und das Rentnerpaar sekundierte. Die Dame habe «Hilfe gebraucht», für ihr erschöpftes Handy war wieder sein geladenes eingesprungen, und sie habe es nicht hergegeben, bis sie in Weingarten ein Taxi geordert habe. Wohin? An die Unfallstelle! Zum Bahndamm! Wo das sei? – Wo ist das hier? habe die Dame im Kreise herum gefragt, und natürlich wußte es niemand, sie waren ja alle zum ersten Mal hier. Als sie dem Geschäftsmann das Handy wieder hinwarf, war sie ganz aus dem Häuschen, er hieß übrigens Spengler, die Rentner waren Herr und Frau Backhaus. Die Szene hatte die Herrschaften miteinander bekannt gemacht, und Herr Spengler hatte Iris Duß vorgeschlagen, mit ihm zu *beten*. Er gab sich als Presbyter einer Pfingstgemeinschaft zu erkennen, worauf sie sich nicht geniert habe, ihm einen Tritt zu versetzen, an sein *verdammtes* Bein. Sie hatte aber die Schuhe ausgezogen, begütigte Frau Backhaus, und Herr Spengler habe zwar nicht das andere Bein zum Treten hingehalten, aber trotzdem für sie gebetet, und siehe, da sei wirklich ein Taxi aufgetaucht und durch alle Sperren gekommen. Die *Dame* habe schon mit Sack und Pack beim Lokführer vorne gestanden, natürlich ohne sich zu verabschieden.

Sie hätte auch gleich in die Ambulanz steigen können, sagte Herr Backhaus, geradewegs zur Psychiatrie, aber dort hätte man sie behalten, und sie hätte nie mehr einen Kongreß eröffnet. – Und was das Beste war: jetzt kam der Zug früher in Friedrichshafen an als sie, und dafür zahlte sie sechzig Euro, mindestens!

Sehen Sie, wandte sich Frau Backhaus zu Schneider, Reisebekanntschaften sind auch nicht mehr, was sie waren!

2 Atelier

Das Schweizer Ufer ertrank in Dämmerung, während die Alpstein-kette einen unirdischen Umriß in den Himmel zeichnete. Schneider hatte sich auf dem fast leeren Oberdeck der Fähre in einen Massage-sessel gesetzt und sich für ein Zweieurostück den Rücken abgreifen lassen wie mit einer geballten Faust. Dabei waren ihm Tränen ge-kommen. Den Anschluß in Romanshorn hatte er im Trab erreicht, die erste Klasse nach Münsterburg, in die er keuchend einstieg, war auffallend still; er war in ein Ruheabteil geraten. Er nahm die Tasche auf die Knie, umfing sie mit beiden Armen und schloß die Augen. *Du hast mein Kind getötet.*

Er war erst am Stillstand des Zugs erwacht, hatte sich beeilt, hin-auszukommen, und ließ sich von der Rolltreppe in die Haupthalle schleppen: die Uhr beim Treffpunkt zeigte halb zehn. Am Stand kaufte er einen Imbiß, aus Pflichtgefühl, die Tasche behielt er zwi-schen den Füßen; die jungen Männer, die um den Treffpunkt lun-gerten, wirkten nicht vertrauenswürdig.

Die paar Gehminuten von der Endstation der Straßenbahn zum «Auerhahn» kamen ihm gerade recht, um in der Nachtfrische durch-zuatmen. Die Hochwildjagd, an welche der alte Flurnamen erin-nerte, war einem Wohnviertel gewichen, das um die vorige Jahrhun-dertwende gebaut worden war, aber seine Lage, auf zwei Seiten von Wald umgeben, behielt immer noch etwas Verwunschenes. Wo der Asphalt in Naturbelag überging, stand ein Holunder, der Schneider bisher nicht aufgefallen war, in unzeitiger Blüte; die Dolden leuch-teten im Schein der letzten Straßenlaterne. Auch einige Fenster der Villa waren hell.

Aber das war das Sparlicht mit automatischer Zeitschaltung.

Ein Wunder, daß das Haus bisher von Einbrüchen verschont geblieben war; es wirkte verletzlich mit seinen Vorsprüngen, zu vielen Fenstern und der weiß gewesenen Giebeldekoration. Aber von einem akustischen Alarm hatte Elinor nichts hören wollen, und Bewegungsmelder fand sie indiskret. Schließlich hatte sie eine Anlage installieren lassen, welche Lampen unregelmäßig an- und abschaltete und die Anwesenheit mehrerer Personen im Haus vortäuschte. Auch das betrachtete sie als stillos. Da würden Zimmer hell, die sie nie mehr betrete, Opas Büro im ersten Stock, der Ausguck, in dem immer noch sein vermummtes Fernrohr stand, oder das Schlafzimmer, in der Tante Alice bei ihm gewacht hatte. Plötzlich gehe um drei Uhr früh Licht an, als würde darin immer weiter gestorben.

Gerade war es im Dachzimmer angesprungen, wo Guy unterzukommen pflegte, und im Erker der Beletage, Elinors «Glashaus»; man konnte von weitem die Regale der Bibliothek erkennen, die gedrängte Reihe der Goethe-Ausgabe, die ihr Vater noch eigenhändig gebunden hatte.

Schneider wurde es schwarz vor den Augen.

Am Straßenrand lag ein Steinhaufen, wohl aus der nahen Baugrube. Er ließ sich auf einen Findling nieder; als Kälte in ihm hochkroch, hob er die Tasche auf, zog sie an die Brust und ließ sich zurückfallen, bis der Holunderstamm Halt gebot. Im Märchen hieß er «Hollerbusch». Schneider schloß die Augen, und eine Dolde neckte sein Gesicht. Sie duftete nach Kindheit.

«Wie geht es Ihnen?»

Er schrak auf. Die Tasche an sich gepreßt, hockte er auf nacktem Boden vor dem Gittertor und hielt eine Holunderblüte in den Fingern. Hatte ihn jemand niedergeschlagen? Entfernten sich hastige Schritte in den Wald?

Aber die Schritte liefen immer weiter. Es war sein eigener Puls.

«Personenunfall». Der Schock hatte ihn eingeholt. Hatte er geweint? Aber was über sein Gesicht lief, war Regen. Die Holunderdolde wirkte schlaff. Er mußte sie einstellen. Mühsam kam er auf die Füße, dankbar für den Gitterzaun. An den Spitzen schimmerten noch Reste von Vergoldung. Der alte Gyr hatte den Zaun aus dem Abbruch seiner Privatbank im Seefeld gerettet. Auf dem gepflasterten Vorplatz dahinter stand Elinors roter «Laubfrosch», das Elektroauto auf drei Rädern, vom Straßenlicht entfärbt. Schneider holte die Schlüssel aus dem linken Außenfach der Tasche. Wenn er reiste, hielt er auf Ordnung. Die Föhrenzapfen auf dem Vorplatz waren der endgültige Beweis, daß Elinor noch nicht zurück sein konnte. «Sie sammelt die Zapfen schon auf, bevor sie fallen können», hatte Guy gespottet.

Vom Fuß der Steintreppe gesehen, war das Atelier nur eine dunkle Wand vor der Kieferngruppe. Gerade zogen die Positionslichter eines Flugzeugs darüber; sein Ton war kaum zu hören, denn das Grundgeräusch der Stadt ebbte auch nachts nicht mehr ab.

Über gezählte sieben Stufen erstieg er die Höhe der Eingänge; eine quer stehende Pergola verband die Villa mit dem Atelier, die Granitstelen waren von Glyzinien überwachsen. Im Licht des Treppenhauses gegenüber sah Schneider die prallen Zapfen in alle Richtungen weisen. Blühten sie, so würden sie nur noch *fallen*, so dicht gedrängt, daß die Villa hinter einem lila Schleier verschwand.

Das wollte er noch erleben.

Er öffnete die Ateliertür, groß wie das Tor einer Garage, und stand im Eingangsbereich, ohne Licht zu machen. Als sich die Augen gewöhnt hatten, erschien zuerst der lange Streifen Oberlicht, darin die Silhouette der Föhrenkronen. Vor drei Jahrzehnten war die Glasflucht leer gewesen, und in klaren Nächten hatte man noch Sterne gesehen. Als er zum zweiten Mal einzog, schaute die Föhrenkrone herein; inzwischen hatte sie zurückgeschnitten werden müssen, sonst hätte sie den Raum auch am Tage verdunkelt. Dafür ließ die Zeichnung der Äste den erloschenen Nachthimmel heller aussehen, als er war.

Allmählich traten auch drinnen immer mehr Einzelheiten hervor: die Schlafgalerie an der Hinterwand, die Zähnung der Treppe, die hinaufführte; links an der langen, hohen Wand die Kassetten des Gestells, an dem die Leiter lehnte. Mitten im Raum eine dunkle Gruppe: der Schaukelstuhl, der runde Kaminofen, von dem ein geknicktes Rohr zum Dachstuhl hinaufstieg; die flachen, runden Schalen für das Brennholz. Nach den ersten Schritten zeigte sich auch der bisher von der Schrankflucht verdeckte Hinterraum, Schneiders Winkel, in dem er kochte, aß und arbeitete. Am fernen Ende der langen Werkbank glomm, zwischen Bücher- und Papierstößen, das grüne Licht des Rechners.

Zuvorderst aber lag ein Blatt Papier.

Er knipste die nächste der Stablampen an, die den Tisch wie Hafenkräne umstanden, und las, kurz geblendet, in Elinors von Rand zu Rand huschender Handschrift:

Willkommen, tapferes Schneiderlein. Vermuten Sie mich irgendwo in der Norddeutschen Tiefebene. Eine Seminarteilnehmerin bat mich, eine Weile bei ihnen zu wohnen. Sie haben einen 17jährigen Sohn, der die Schule verweigert. Der Vater heißt Niethammer und ist Historiker wie Sie. Ich habe Ihnen noch etwas in die Tiefkühltruhe getan, das Sie essen müssen. Guy war zwei Tage hier, wann er aus dem Tessin zurückkommt, wußte er noch nicht. Vergessen Sie nicht, die Kamelien zu wässern, der März war bisher zu trocken.

Herzlichst: Ihre pilgernde Törin.

Fröstelnd stellte Schneider seine Tasche auf den Tisch. Er mußte Feuer machen. Aber als er beim Ofen ankam, ließ er sich auf den Schaukelstuhl fallen, streifte die Schuhe ab und zog die Beine an den Leib.

Die Bewegung brachte das Möbel aus dem Gleichgewicht, als

stieße er ein altertümliches Uhrwerk an, das auf seinen Wink stockend zu laufen begann, eigenmächtig und doch empfindlich für jede Verschiebung seines Körpergewichts. Unsicher, ob er sich wiegte oder gewiegt wurde, begann er die Unfestigkeit seines Zustands als Wohltat zu empfinden. Guy hatte den Stuhl des alten Gyr das letzte Perpetuum mobile genannt, aber die Herkunft der Energie sei dunkel; er empfehle nicht, sich darin zu wiegen, schon gar nicht in Sicherheit.

Wenn die Kinderfrau Märchen erzählte, hatte sie ihn auf dem Schoß gewiegt, lange stumm, als müsse sie erst Atem holen, um die Worte aus der Tiefe des Schweigens zu lösen. Dann kamen die richtigen Namen zum Vorschein. Er war das tapfere Schneiderlein, und sie hieß *Alcina*. Das durfte er nicht weitersagen. Aber nun war sie tot.

Nun heißen Sie ja wirklich Schneider, sagte Elinor, wie ging das zu? Ihr Stiefvater hieß doch Butz und war Pfarrer.

Er hat mich so wenig adoptiert wie ich ihn. Als Findling bekam ich einen Amtsvormund, der nannte mich Schneider – das hat ihm die Kinderfrau eingesagt. Sie war eine Fee. «Schneiderlein» hieß ich nur für sie.

Die Zärtlichkeitsform.

Besonders zärtlich war sie nicht. Feen können grausam sein. Meine hat mich verlassen, bevor ich zur Schule ging, nur die Märchen sind mir geblieben.

Und ein Schatz.

Von dem darf ich nichts wissen.

Aber Sie leben doch davon. Und ich auch. Er zahlt Ihre Miete.

Wenn ich anfange, dem Schatz etwas nachzufragen, versiegt er.

Wenn es schmutziges Geld wäre?

Das ist es wohl, deshalb soll ich es auch nicht berühren. Darum kümmert sich der Zwerg, ein Herr Lutz. Er zahlt meine Rechnungen und Steuern. Es macht ihm nichts aus. Gegen Geld ist er immun.

Ihre Fee hat ihn gut ausgesucht. Ich liebe Ihre Märchen, aber ich fürchte, gegen die Herkunft Ihres Reichtums ist das Bankgeheimnis ein Kinderspiel.

Geld ist ein Kinderspiel, sagte Schneider, aber wenn man ihm nachfragt, wird es mörderisch.

Elinor war einmal märchensüchtig gewesen; das war in der Zeit, als sie sich von allem losgesagt hatte, was zuvor ihr Leben gewesen war. Auch sie hatte ihren Vater nie gekannt, und ihre Mutter war zur bösen Stiefmutter geworden und dann ganz verschwunden. Ihre Großeltern hatten sie erzogen, und als sie starben, hatte sie auf der Suche nach ihrer wahren Geschichte zu Rudolf Steiner gefunden. Als junge Frau hatte sie sich in eine Helfer-Ehe verirrt und daraus nicht zurückziehen können, ohne ihren Glauben an sich selbst zu verlieren. Und das durfte nicht einmal wahr sein. Denn inzwischen war sie selbst Eurythmie-Lehrerin an einer Steiner-Schule geworden, und ihre Schüler hatten Anspruch auf ein Vorbild, dem das Leben gelingt.

Da war auch ihr eine Fee zu Hilfe gekommen, in Gestalt einer bisher unbekannten Tante, und hatte Gnade und Unheil über sie regnen lassen. Denn mit Alices Hilfe hatte sie zwar ihren leiblichen Vater gefunden, aber nur, um ihn nun erst recht zu verlieren, für immer. Dann hatte ihr Alice auch noch die Liegenschaft im «Auerhahn» übertragen, um sich selbst daraus zurückzuziehen, aber zuvor energisch dafür gesorgt, daß das Atelier, Arbeitsplatz und Sterbehaus ihres unglücklichen Bruders wieder besetzt wurde, durch einen Wächter ihrer Wahl – Schneider, als wäre er ganz der Rechte, die Familie Gyr von ihrem Fluch zu erlösen.

Mit siebzig Jahren war Alice doch noch liebenswürdig geworden, wenn sie liebte. Aber ihre Hinterbliebenen und hoch Begünstigten wurden kein Paar. Was sie verband, war etwas anderes – und wenn Elinor dazu neigte, es zu verklären, wie es ihre Art war, kam ihr ein Dichter zu Hilfe, den sie aus ihren anthroposophischen Lehrjahren

mitgenommen hatte. Er trug den zauberhaften Namen Morgenstern, und Schneider kannte nur seine «Galgenlieder», Elinor aber
auch die letzten Gedichte, in denen der schwarze Humor beseelt
und vergeistigt war:

Von zwei Rosen / duftet eine / anders als die / andre Rose.
Von zwei Engeln / mag so einer / anders als der / andre schön sein.
So in unzähl- / baren zarten / Andersheiten / mag der Himmel,
mag des Vaters / Göttersöhne-/ reich seraphisch / abgestuft sein.

Göttertöchter waren für ihren Geschmack immer zu kurz gekommen, und in Schneiders Märchen fand sie sich wieder. Da werden
verlassene Kinder zu Geschwistern. Waren sie nicht beide, Elinor
und Schneiderlein, ausgesetzt im tiefen Wald, von armen Eltern,
die ihre Kinder nicht mehr ernähren konnten oder wollten? Erzählte Schneider «Hänsel und Gretel», so fühlte Elinor sich bei der
Hand genommen. Man kann seinen Hunger nicht stillen, und der
tiefe Wald nimmt kein Ende; man hat nichts in der Hand als eine
andere Hand. Aber wieviel besser ist das als nichts! Nur muß man
sich dann auch noch *hüten*, vor Lebkuchenhäusern zum Beispiel.
Eine Weile hatte sich Hänsel, das gebrannte Kind, gefürchtet, selbst
mit einem Lebkuchenhaus verwechselt zu werden. Aber dann zer-
streute sich seine Sorge – wenn es denn eine war –, mit Hilfe eines
anderen Märchens, desjenigen vom «Mädchen ohne Hände». Als er
es erzählte, brach Elinor in Tränen aus. Heute sei ihr letzter Schultag gewesen.

Sie hatte eine «Beziehung» angefangen, mit einem hochverehrten
Kollegen an der Steiner-Schule, beiderseits im Bewußtsein ihrer Un-
haltbarkeit. Denn der Liebste war an eine invalide Frau gebunden,
die täglicher Pflege bedurfte, und sie hatten beschlossen, einander zu
entsagen. Aber seither *spürte* Elinor ihre Schüler nicht mehr, einerseits – und fand sich andererseits außerstande, dem Freund rein kol-

legial zu begegnen. Und da sie noch weniger auf den Tod seiner Frau warten wollte, hatte sie schon lange mit dem Entschluß gekämpft, ihre Stelle zu kündigen. Jetzt hatte sie ihn wahr gemacht. Was bisher ihr Leben gewesen war, hatte sie erneut hinter sich geworfen, um ein neues, ungewisses anzufangen – als «pilgernde Törin», das heißt: freie Therapeutin. Das Helfen konnte sie nicht lassen, auch wenn sie sich selbst nicht mehr zu helfen wußte. Sie lehnte ihren Kopf an Schneiders Hals und weinte bitterlich. Die Märchenzeit war vorbei. Aber begann damit schon die Stunde der Wahrheit?

Sie hatte Schneider ein Foto ihres Liebsten gezeigt. Seine Ähnlichkeit mit ihrem Vater Hannes Gyr sprang in die Augen, nur Elinor schien sie nicht aufzufallen. Dabei blickte ihr sein Porträt bei jedem Besuch von der Wand herunter in die Augen, das Selbstbildnis eines zarten Menschen, der weder jung noch alt war, aber hinter seiner artigen Maske eine bodenlose Traurigkeit verbarg; Schneider hatte dem Vorgänger in seiner Großen Wand eine Nische eingerichtet und stellte davor immer eine frische Kamelienblüte ein. Für diesen Hans, Hanselmann genannt, hatte der alte Gyr das Atelier bauen lassen; *ihn*, den jung gebliebenen, weil jung verstorbenen Vater, suchte Elinor in jedem Geliebten und durfte ihn nicht erkennen. Denn es galt dem Schmerz vorzubeugen, daß er ihrer Erwartung nicht entsprach.

Hanselmann hatte auch seiner eigenen nicht genügt.

Unmerklich hatte der Lehnstuhl seinen Passagier ein halbes Jahrhundert zurückgeschaukelt, und er fröstelte stärker. Das kurze Leben des Hannes Gyr ließ sich nur als Familiengeschichte erzählen. Ohne diese Familie hätte er älter werden können – wie seine große Schwester Alice, die sich qualvoll, doch mutig von ihr losgerissen hatte. Nur war sie dann, als Hanselmann sie am meisten gebraucht hätte, auch nicht mehr da. Warum hatte er Bildhauer werden müssen! Zum

Buchbinder wäre er wahrhaft berufen gewesen – dafür gab es immer
noch ein leibhaftes Zeugnis, Goethes gesammelte Werke, die er neu
gebunden hatte, in olivgrünes Leinen, die Ecken in schwarzem Leder,
auch den Rücken, der nur eine römische Zahl trug. Die 56 Bände
waren ein Labyrinth ohne Wegweiser. Doch für Schneider, der selbst
viele Jahre mit Goethe zugebracht hatte, blieb es ein Glück, einen
Band blind, wie ein Orakel, aufzuschlagen, denn keinen der immer
erstaunlichen Sätze, die ihm dann entgegensprangen, hätte er je gefunden, wenn er ihn gesucht hätte. Und Hanselmann hatte Goethe
ja auch nicht für Leser gebunden, sondern aus Liebe – die Tochter
seines Patrons blickte ihm über die Schulter, und vielleicht ist sie auf
einer Preßplatte Elinors Mutter geworden. Aber auch als Buchbinder und Liebhaber zeigte sich der arme Hanselmann nur berufen,
nicht erwählt. Er brauchte nur sein Bestes zu geben, dann wurde es
ihm genommen. Drei Jahre später brachte er sich um.

Als die Buchbinderei aufgelöst wurde, eroberte Alice das verwaiste
Werk ihres Bruders zurück, und dann gab sie es seiner Tochter weiter; denn als die damals noch in der Nähe des Goetheanums tätige
Elinor sie heimsuchte, erwärmten sich die Frauen füreinander und
fügten die Bruchstücke ihrer Geschichten zusammen. Ein Ganzes
wurde nicht mehr daraus, doch Tante und Nichte hatten sich gefunden, nicht nur als Bluts- , sondern auch als Seelenverwandte. Und
als ihr Alice die Liegenschaft im «Auerhahn» übereignete, gehörte
auch Schneider nach seiner Scheidung gewissermaßen zum Bestand
und, als Statthalter in Hanselmanns Atelier, sogar zur Familie; damit
aber bekam er auch Grenzen zu hüten. Die Villa war nicht sein Revier, auch die Goethe-Bändchen öffnete er nur besuchsweise und
stellte dann fest, daß einzelne der mürben Seiten nicht mehr zu trennen waren: sei es immer noch von jenem Wasserschaden her, dem
Hanselmann den Auftrag verdankt hatte, sei es, weil sie noch nie geöffnet worden waren. Jetzt standen sie in Elinors verglastem Arbeitserker und waren schon von der Straße her sichtbar. Für Schneider

war es auch ein entferntes Wiedersehen mit seiner studentischen Vergangenheit.

Schneider hätte aufstehen, den schweren Stuhl umdrehen müssen, um Hanselmanns zweites bleibendes Werk vor Augen zu haben – aber er braucht sie nur zu schließen, um die Große Wand leibhaft vor sich zu sehen. Er kennt jedes einzelne der 6 x 10 Karrees, immer 70 Zentimeter hoch und ebenso breit, denn er benützt die Fächer, auch diejenigen, die er leer läßt. Das Kabinett der Erinnerung ist kein «Kassettenfriedhof», wie ihm Guy nachsagt, sondern belebt mit Figuren, Steinen, Andenken aller Art, zu denen Schneider allein den Schlüssel besitzt. Die Große Wand ist sein sichtbares Gedächtnis, mit Lücken und Kaprizen. In der Anlage ist das türlose Schatzhaus reine Geometrie, auch wenn es Guy Spielkiste oder Trödelladen nennt, auch «Beat's Curio-Shop» – mit gefühltem Idioten-Apostroph. Ganz gewiß war es von seinem Hersteller anders gedacht, als er ihn in rohem Holz ausführte: als Zukunftsversprechen, als Brutkasten seiner Kunst.

Hanselmann mußte doch Bildhauer werden!

Seit er mit sechzehn, im Werkunterricht der Realschule, eine Kopfbüste seiner Mutter modelliert und ihr, in Ton gebrannt, zum 45. Geburtstag verehrt hatte, war sie sicher, daß sie einem Künstler das Leben geschenkt habe. Und der durfte nicht verlorengehen! Sie kränkelte, noch vermied man, die Krankheit beim Namen zu nennen. Doch verstand sie gerade mit ihrer Schwäche, dem Mann den Bau eines Ateliers abzunötigen. Wozu hatte man einen großen Garten? Mußte der Bub nach Paris reisen, wenn er auch daheim etwas Schönes schaffen konnte? Da seine Frau für die Kosten aufkam, gab Gyr senior schließlich nach, und 1934 wurde gebaut. Hannes war ein schwacher Schüler, doch handfertig; wenn das für Kunst reichte, um so besser. Hauste er gleich nebenan, hatte man das Ding wenigstens unter Kontrolle.

Dieser hatte sich die große Schwester damals bereits zu entziehen gewußt. Alice ging, nach dem Lehrerseminar, statt in den Schuldienst nach Paris, um als *Au pair* Kinder eines reichen Arztes zu hüten. Madame unterhielt einen Salon, in dem Künstler ohne Geld, aber mit Zukunft verkehrten, auch aus Deutschland zugewanderte wie Saul Einzig, der für die junge Schweizerin auch wurde, wie er hieß. Sie verließ die bürgerliche Welt und flog ihm zu, in seine Bude in einem Montmartre-Hinterhof, und nach einem leidenschaftlichen Sommer war es ihr mit der Verbindung so ernst, daß sie zu ihren Eltern fuhr, um ihnen ihre Heiratsabsicht zu eröffnen.

Sie kam übel an. Ihr Vater antwortete, er habe für Hanselmann ein *anständiges* Atelier gebaut, und *ein* Künstler in der Familie sei mehr als genug. Wenn dieser deutsche Jude wirklich zur Kunst geschaffen sei, tauge er nicht für die Ehe, und wenn er nichts könne, brauche er auch keine Dumme, die ihn dafür aushalte. Auf keinen Fall werde er *beide* Kinder ins Unglück rennen lassen. Und stellte Alice vor die Wahl, seine Tochter zu bleiben – *oder* Frau Einzig zu werden.

Da riß sie sich vom Elternhaus los, wie sie glaubte: für immer, aber es war erst der Anfang ihrer Prüfung. Denn nun mußte ihr der Geliebte tränenreich gestehen, die gewünschte enge Verbindung schlage ihm auf die Kunst; nur als entfernte Geliebte diene sie seiner Inspiration. Alice hatte nur eine einzige schlaflose Nacht nötig, um zu wissen, was zu tun war. *Sein* Schaffen ging vor. Natürlich trug man ihr zu, er habe eine andere; davon ließ sie sich nicht einmal irremachen, als er wirklich eine hatte und auch noch heiratete, eine Malerin, arm wie er selbst. Alice dachte nicht daran, zum väterlichen Kreuz zu kriechen. Noch lieber nahm sie dasjenige des Schuldienstes auf sich und ließ sich an eine Stelle wählen, mit der sie – wenn sie sich selbst nichts gönnte – nicht nur *einen* Hungerleider in Paris ernähren konnte, sondern auch zwei. Zum Dank trug ihr ein gemeinsamer Bekannter mit Diplomatenpaß regelmäßig Bilder Saul Einzigs zu.

Dafür ersparte ihr die Schule nichts. Sie hatte in der Nachbarstadt eine Arbeiterjugend zu unterrichten, deren rohe Art ihre vornehme beleidigte. Ungewohnt, Opfer zu bringen, wußten die Rangen noch viel weniger, Opfer zu würdigen. Daran erst begann Alice zu zerbrechen. Vom Tod der geliebten Mutter erfuhr sie erst, als diese schon unter dem Boden war. Dann machte Hanselmann seinem Leben ein Ende, und bei der Beerdigung stand sie zum ersten Mal wieder dem Vater gegenüber. Er redete von Glück, daß die Mutter dies nicht mehr habe erleben müssen, und bot ihr an, die frei gewordene Stelle im Haus zu übernehmen, da sie für die Schule offenbar so wenig geschaffen sei wie ihr Bruder für die Kunst. Wortlos ging sie wieder weg.

Inzwischen hatte sie unter nervösen Zuckungen zu leiden, die ihre Schüler ebenso herzlos nachahmten wie ihr chronisch gewordenes Halsbeben. Hitlers Wehrmacht besetzte Paris, Einzigs mußten in ein Pyrenäennest fliehen, aber auch dahin noch gingen Liebesgaben an das schwer geprüfte Paar. Nach Kriegsende hörte sie, daß Einzig nach Majdanek deportiert und ermordet worden war. Da wurde sie wegen Nervenschwäche krankgeschrieben und kehrte nicht mehr in die Schule zurück.

Danach irrte sie, mit einer schäbigen Pension, von einer Mietwohnung zur andern, immer in Sorge um die Bilder Saul Einzigs, mit denen sie ihre zwei Räumchen teilen mußte, ohne Hoffnung, ihren Schatz je seiner würdig hängen zu sehen – es sei denn, daß sie sich selbst überwand. Und so trennte sie sich zum zweiten Mal von Saul Einzig und verkaufte Bild um Bild; das mußte sie, und jetzt durfte sie es auch. Denn inzwischen begann sein Werk das verdiente Ansehen zu finden, Museen und Galerien zahlten gutes Geld dafür. Wichtiger als der materielle Gewinn war Alice derjenige an Niveau, der mit ihrem kleinen Kunsthandel verbunden war. Sie konnte sich endlich eine Wohnung leisten, in der sich über *wirkliche* Werte stilvoll und kunstgerecht reden ließ – mit feinen Menschen.

Nun erreichte sie ein Schreiben der Sozialbehörde: da eine dauer-
hafte Versorgung Herrn Gyrs nicht länger aufzuschieben sei, müsse
man seiner Tochter nahelegen, die Grundlagen zur Finanzierung der
Heimpflege sicherzustellen, etwa durch Verkauf der Liegenschaft. Es
war – nach eigener Angabe – die Anrede «Fräulein», die Alice nicht
auf sich sitzen ließ. Sie beschloß kurzerhand, in den «Auerhahn» zurückzukehren und die Pflege des alten Mannes selbst in die Hand zu
nehmen. Sie fütterte und wickelte den Tyrannen und nahm in Kauf,
daß sie damit sein Dasein verlängerte; nach wehleidigen Ausbrüchen
und cholerischen Anfällen beschränkte es sich aber auf immer längere Perioden gnädiger Lethargie. Es war ein starkes Stück von Feindesliebe, doch Alice wollte nicht als Christin gehandelt haben, sondern als *Dame*. Als solche hielt sie sich aufrecht, bis sie den Vater
nach fünf Jahren begraben konnte – unter einem Stein seines Sohnes.
Ein Verkauf der Liegenschaft stand nicht mehr zur Diskussion.

Alice hatte den Drachen gebändigt; jetzt durfte sie, mit dem Rest
seines Vermögens und dem Erlös aus Einzigs Bildern, endlich ihrer
selbst würdig leben, aber auch der Pflege anspruchsvoller Gesellig-
keit und des Gesangs mit Freunden. Nach Paris reiste sie nicht mehr,
doch hie und da an einen unverfänglichen Sehnsuchtsort, Fiesole
oder Capri, mit Sonnenschirm, um nicht gebräunt, doch frisch gerötet in den «Auerhahn» zurückzukehren.

So hat der damals zweiundzwanzigjährige Schneider sie kennengelernt: unbeugsam musisch, von wohltemperierter Empfindlichkeit, welche ihre Schwächen veredelte, wenn sie doch nicht ganz
verborgen blieben. Einer solchen edlen Schwäche verdankte er den
Einzug in dieses Atelier, nicht nur den ersten, auch den zweiten,
nach dem Ende seiner achtjährigen Ehe, sogar gegen Elinors Widerstand. Er sollte noch einmal sein Glück machen; warum nicht auch
dasjenige ihrer Nichte, nachdem er sich Professor nennen durfte?

Schneider hatte an Hanselmann denken wollen – und nun hatte
ihn der Sessel unaufhaltsam zu Alice zurückgewiegt, als wäre er ihr

zuerst eine Verbeugung schuldig, und immer noch eine. Sie hatte die Lebensprüfung bestanden, während der arme Hanselmann durchgefallen war; der einzige Lichtblick – sein Beitrag zum Dasein Elinors – hatte ihn danach nur in um so tieferes Dunkel gestürzt.

Von den sieben Jahrzehnten, die das Atelier stand, hatte derjenige, für den es gebaut wurde, nicht einmal eines darin zugebracht, und vielleicht war das erste Jahr noch das glücklichste gewesen, als er noch nicht Kunst gemacht, erst die Bühne dafür eingerichtet hatte.

Als erstes hatte er sich an der Hinterwand ein Schlafnest gebaut, drei Meter über dem harten Zementboden, und ringsum mit Geländer gesichert, das den Hochsitz wie einen Vogelkäfig aussehen ließ. Für den Aufstieg hatte er eine Wendeltreppe gezimmert, als Stützen der Galerie aber Buchenstämme verwendet, denen er, statt eines Kapitells, mit der Axt rohe Gesichter eingehauen hatte; eine Besucherin des Ateliers hatte die Atlanten «direkt expressionistisch» genannt. Aber da Vater Gyr darauf bestand, daß ein Anfänger der Kunst nach ordentlichen Modellen arbeiten lerne, baute Hannes gehorsam eine halbe Längswand mit diesen quadratischen Fächern zu – ein monumentales Schulheft für die Strafaufgabe seines Lebens. In diese Karrees kamen nun Kopien großer Kunst zu stehen, vom borghesischen Fechter bis zum Denker Rodins, und verlangten nachgebildet zu werden. Werkzeug wurde angeschafft und Material; viele Säcke Gips, aber auch Sandstein und Marmor wanderten in den Neubau und ins Lager dahinter. Und endlich ging Hanselmann mit Bohrer und Hammer, Meißel und Fäustel, Lot und Zirkel ans Werk, daß es eine Art hatte, hoffentlich die rechte. Jedenfalls soll Staub geflogen sein, daß die Augen tränten, und am Ende fand die Mutter, daß die Produkte der Schwerarbeit ihren Mustern schon wunderbar ähnlich sahen. Nur, wer hätte sie kaufen sollen? Sie blieben Monumente braver Pflichterfüllung; und ihren Schöpfer quälten sie mit dem fortgesetzten Beweis: was er gut machte, wurde nie gut genug.

Immerhin durfte Mutter Gyr noch im Gefühl sterben, daß ihr

Hans auf seinem Weg sei. Aber als er sie nicht mehr zu schonen brauchte, fühlte er sich berechtigt, die Last abzuwerfen, und die Mobilmachung der Schweizer Armee, in welcher er waffenlosen Sanitätsdienst tat, erlaubte ihm eine Flucht in Raten. Nach dem Begräbnis der Mutter, für das er Urlaub erhielt, ließ er den Vater wissen, er werde in der Werkstatt eines Dienstkameraden eine Buchbinderlehre anfangen und nicht mehr zuhause wohnen. Bei seinem anthroposophisch gesinnten Meister bezog er ein Zimmer, und wenn das Handwerk keinen goldenen Boden hatte, so doch einen familiären; die Falltür darin bemerkte er nicht. Denn die Tochter des Hauses, Veleda mit Namen, hatte es ihm angetan, obwohl sie als etwas schwierig galt, und er glaubte zum ersten Mal, das Schönste zu erleben, was einem Menschen zustoßen kann. Sie ging ihm zur Hand, wenn er in der Kellerwerkstatt Bücher neu binden durfte, die bei einem Rohrbruch Schaden genommen hatten, etwa eine kostbare Goethe-Ausgabe, die Geschmack und Finesse verlangte; er wählte Olivgrün, die Lieblingsfarbe seiner Veleda. Doch als sie schwanger wurde, zeigte sie ihm plötzlich ein ganz fremdes Gesicht und erklärte, das Kind wolle sie behalten, aber heiraten auf keinen Fall. Da fiel dem sinnigen Buchbinder nichts Klügeres ein, als Vater Gyr zu verständigen. Der war jetzt am längsten sprachlos gewesen. Verwitwet, von beiden Kindern verlassen, brauchte der Alte jetzt einen Sündenbock. Wenn sein Sohn immer noch so einfältig sei, sich von der ersten Besten übertölpeln zu lassen, dann hole er ihn jetzt am Ohr nach Hause zurück.

Auf dieser verbrannten Erde wurde Elinor vaterlos geboren, und die Mutter hatte das Kind kaum abgestillt, da wollte sie doch lieber Zoologie studieren. Dann lernte sie einen staatenlosen Cellisten kennen und heiratete nun doch, der nötigen Papiere wegen, um mit ihm nach Brisbane, Australien, auszuwandern, wo er eine Orchesterstelle annahm. Sie aber hatte gerade eine Papageienzucht angefangen, als sie einem Autounfall zum Opfer fiel.

Schneiders Sitzmaschine gab keine Ruhe mehr, wenn er sich an die Sprache erinnerte, in der Elinor ihre Kindheit beschrieb. Sie habe sich von Anfang an bemüht, im Haus der Großeltern fast keinen Platz einzunehmen. Als Trick, zugleich an- und abwesend zu sein, habe sie das *Lesen* entdeckt, und am liebsten hätte sie die Buchdeckel schützend über sich zugezogen. *Ich wollte alles wissen, aber geboren werden noch nicht, ich verlängerte meinen Aufenthalt im Leib der Mutter, die ich nie gekannt habe.* Sie habe dem Leben zugleich zuvorkommen und es schon hinter sich haben wollen, und die Geistigkeit Rudolf Steiners lieferte ihr das stimmige Gefährt dazu. *Denn sie sagte mir, daß die körperliche Form, in der ich erschienen war, nur eine unter vielen möglichen war, und keineswegs bindend. Ich fing als bewegliche Seele an und sah mit einer Art Befremden zu, wie ich außerdem alles Mögliche wurde: eine brave Schülerin, eine rücksichtsvolle Enkelin, eine zuverlässige Freundin, allmählich eine junge Frau. Da ich, statt nur in Büchern, auch noch im Leben stehen mußte, war es vielleicht das Nächstbeste, Buchhändlerin zu lernen.*

Ich suchte das Geistige in jeder Form und entdeckte es in jeder Verkleidung; das machte mich zur Idiotin. Ich habe den falschen Mann geheiratet, um ihn zu retten, mich für den falschen Beruf ausgebildet, um alles richtig zu machen, ich habe meinen Körper, den ich nicht kannte, zur Eurythmie bewegt, ich habe mich der Selbsterfahrung verschrieben, bevor ich einmal richtig «ich» sagen gelernt hatte. Und je länger ich vor mich hingründelte, desto mehr habe ich das Schweigen über meine Eltern aufgerührt wie eine Schlammwolke. Auch ich habe einen Musiker geheiratet, auch ich muß wandern und nehme mich fremder Kinder an, die versprechen, «etwas schwierig» zu sein, wie meine Mutter war – und wie ich nie sein durfte. Der Autounfall ist mir noch nicht gelungen – vielleicht ist der rote Laubfrosch ein Anlauf dazu? Ich habe also auch einen Vater gehabt. Was hat er mir vorgemacht? Nur das Sterben. Und das möchte ich ja eines Tages auch alleine können.

Ein Mann von bald dreißig Jahren, der, wenn er ein Kind zeugt, von seinem Vater am Ohr zurückgeholt wird, hat keine Zukunft mehr. Der alte Gyr verurteilte ihn dazu, das Atelier zu amortisieren, und schleppte ihn persönlich in Trauerhäuser, um Aufträge für einen Grabstein zu ergattern. Drei Jahre noch meißelte Hannes Gyr Namen, zwei Jahreszahlen und, sofern gewünscht, noch einen Sinnspruch oder ein Palmblatt auf polierte Steinplatten. Dann reichte es ihm. Als der Vater zur Kur gereist war, schlug der Sohn seine Figuren kurz und klein, zog sich ein nasses Tuch über den Kopf und öffnete den Gashahn.

Aber die Märchen! sagte Elinor. *Da wird einer, der nichts mehr zu verlieren hat, zum Hans im Glück. Warum fürchte ich mich immer noch vor Verlust?*
Das Glück der Märchen, dachte Schneider, ist nicht, etwas besser oder böser zu wissen, sondern *anders.*

Hanselmanns Möblierung existierte noch, als Schneider 1973 zum ersten Mal das Atelier betrat. Volle zehn Jahre hat er das Ensemble von Balkon, Wendeltreppe, Atlanten und Werkbank bewohnt. Aber der Raum gehörte den Bildern Saul Einzigs. Seine 26 «Farbfelder» hingen wie große, nicht recht haftende Briefmarken auf einem überfrankierten Paket, dicht an dicht an der Längswand und ließen das Rasterwerk nur noch ahnen, an dem sie befestigt waren. Endlich konnte Alice das Atelier des verunglückten Bruders mit Kunst besetzen, *wahrer* Kunst. Auch Saul Einzig erhielt Genugtuung. Von einem Atelier wie diesem hätte er nur träumen können. Zehn Jahre nach seinem Tod konnte sie es ihm schenken. Ihr Vater lag in der Villa gefangen. Er störte das Glück nicht mehr.
Daß es keine Originale mehr waren, erwähnte sie nur beiläufig. Bevor sie einen Einzig aus der Hand gab, hatte sie sich vergewissert, ob am Ort, an den er kam, keine Spur nationalsozialistischen Unrechts haftete. Sonst ging das Bild nicht weg. War sie befriedigt, so

verlangte sie einen Vorschuß auf den Kaufpreis und bezahlte einen jungen Künstler dafür, daß er das Bild, bevor es verschwand, *nochmals malte* – nicht kopierte, exakt *nachschuf*, damit es dem Original gleiche wie ein eineiiger Zwilling dem andern. Nur eines, ein einziges Bild von Einzigs Hand besitze sie noch und hätte es auch um ihr Leben nicht hergegeben – nun war sie gespannt, ob er es herausfand! Die Erinnerung an diese Geschichte brachte den Stuhl ins Wanken – nein, zum Lachen war sie nicht. Wenn die Einzigs nicht echt waren: Alices Gefühle waren es umso mehr. Als er nach der Miete fragte, hatte er heftiges Kopfbeben erregt. Denken Sie! Für dieses Atelier nehme ich kein Geld. Aber – hatte sie nach einer Pause hinzugefügt – ich bin froh, wenn Sie hie und da etwas *Schweres* für mich tragen. – Der junge Student mußte ihr an den Sinn ihres Opfers *glauben* helfen.

Eine Kochstelle mußte sein, eine Dusche, ein Kühlschrank, alles elektrisch – die Gasleitung hatte sie schon herausreißen lassen. Von Hanselmanns Ende hatte er damals noch nichts gewußt. Glauben Sie nicht, Saul Einzig sei im Gas umgekommen! Er ist *gefallen,* die Waffe in der Hand!

Etwas Schweres hatte sie ihn niemals tragen lassen. Ein Student muß studieren! Sie besuchten einander zum Tee, den sie unauffällig zur vollen Mahlzeit erweiterte. Aber niemals hat sie die Sammlung einem Besucher gezeigt – als wäre sie eigentlich ein Objekt der *Scham.*

Als er zum zweiten Mal einzog, war das Atelier nicht wiederzuerkennen. Wo waren die «Farbfelder» hingekommen?

Darüber verlor Alice kein Wort.

Sie hat sie selbst entsorgt, erklärte Elinor. – Es waren ja nur Kopien.

Die Große Wand war wieder leer.

3 Geistesgegenwart

Sechzehn Jahre sind vergangen seit jenem Tag im Frühjahr 1990, als Schneiders Ehe zu Ende war. Das zweite Asyl im «Auerhahn» kam unverhofft; nun schien es dabei zu bleiben. Doch im Schaukelstuhl sind diese Jahre wie ein Tag, und dafür hat die Sitzmaschine keinen Zeitraffer nötig. Sie wiegelt und wagelt den Zeitstoff klein wie ein Hackmesser Gemüse, als brauche sie nicht zu kümmern, daß die übrige Zeit weiterläuft. Denn jenseits des Ateliers ist sie die Zeit der andern, darum eine andere Zeit.

Seit Saul Einzigs Farbfelder abgewandert waren, verlangte Hanselmanns monumentaler Setzkasten mit andern Erinnerungen belegt zu werden. Den Anfang hatten zwei abgeschlagene Marmorköpfchen gemacht, die Schneider auf dem Schuttplatz hinter dem Atelier gefunden hatte. Sie waren Reste von Hanselmanns Strafgericht. Die verwaschenen Züge ließen nicht mehr erkennen, ob sie einer Jünglings- oder Mädchengestalt zuzuschreiben waren. Später kamen Figurinen dazu, die Schüpbachs digitales Labor in 3D gedruckt hatte, meist nach Stichen aus dem 18. Jahrhundert. Der baiserfarbene Kunststoff gab der Körperlichkeit der Figuren etwas Klinisches, weshalb Guy von «getünchten Gräbern» sprach.

War Schneider wieder da – oder immer noch?

Bei Alice war er Wächter eines privaten Museums gewesen. Bei Elinor half er hüten, was sie ihren «angeborenen Unverstand» nannte.

Einmal wollte sie wissen, wo die Kinderfrau geblieben sei.

Das darf ich nicht fragen, sonst spendet sie nicht mehr.

Eine gute Fee könnte ich auch brauchen. Großvaters Geld wird alle, und bei Rudolf Steiner kann man nichts zurücklegen. Jetzt muß ich mein Leben verdienen.

Das Atelier wäre als Praxis ideal.

Und wo bleiben Sie? hatte sie mit großen Augen gefragt.

Vom Tisch ihres Vaters Hanselmann leuchtete das weiße Papier herüber, und Schneider lauschte. Kein Regen mehr, nur noch das entfernte Dröhnen der Stadt.

Niethammer, der Name war ihm noch nie begegnet, und jetzt gleich zweimal an einem Tag.

Als er zur Werkbank hinüberging, schlug ihm eine Kälte entgegen, als wäre er aus einem geschützten Raum in einen schneidenden Winter getreten. Er packte die Tasche aus, den Beutel mit gebrauchter Wäsche, das gesparte Hemd, zuunterst Bücher und Papier, im Seitenfach zwei Portemonnaies mit verschiedenem Geld, Adreßbuch und Agenda, und aus dem innersten Fach drei bunte Memory-Sticks, seine Sicherheit gegen den Absturz des Computers. Auf dem blauen waren Gedanken «Über das Kleine» gespeichert, die er in Berlin auf Guys Computer notiert hatte.

Einmal hatte er versucht, Elinor den Ausgangspunkt zu erklären: den *Urknall*, dessen Materie man sich nicht schwer genug vorstellen konnte, und nicht klein genug. Und doch war das unvorstellbare Minimum zu einem Universum explodiert, das sich, sogar in unbestimmter Mehrzahl, immer weiter ins Unendliche ausdehnte. Aber da es eben dieses Unendliche zugleich *ausmachte*, mußte man sich die exorbitante Schöpfung ja wiederum als begrenzt vorstellen – vielleicht grenzenlos begrenzt, was man ebensowenig in den Kopf kriegte wie das Fast-Nichts ihres Ursprungs. Und vielleicht liefen das Größte und das Kleinste ja überhaupt auf eins hinaus, nicht für die Vorstellungskraft, aber in der unfassbaren Realität.

Aber der Urknall ist doch nur ein Bild, sagte Elinor, eine Phantasie der Physik. Wahrscheinlich steckt ein Artillerist dahinter oder ein Feuerwerker. Wie können Sie daran glauben? Man wird ihn eines Tages als zeitgebunden erkennen, genau wie die Erde als flache Scheibe. Oder später die Gegenfüßler. Der Urknall gehört ins 20. Jahrhundert, es ist ein Spiegel seiner Taten, und auch noch ein blinder. Was hat das mit *Schöpfung* zu tun!

Den Knall hatte sie geschenkt. Woran ihm lag, war das Zusammentreffen des Größten, oder was uns so vorkommt, mit dem Kleinsten; die Möglichkeit ihrer Identität.

Da fiel ihm die Holunderblüte ein, er mußte sie einstellen. Aber wo war sie geblieben?

Er zog den Mantel aus und legte ihn auf die Tasche, dann auch die Jacke. Immer weniger spürte er Kälte, und als er nackt war, gar nicht mehr. Er ging durch die Tür unter der Galerie in die Naßzelle, wo das Licht von selbst ansprang, drehte den Knopf des Durchlauferhitzers, wählte unter den Badesalzen, die Elinor von ihren Reisen zurückzubringen pflegte, das moosgrüne – es versprach, Muskeln und Gliedern wohlzutun – und warf eine Handvoll auf den Wannenboden. Dann ließ er Wasser einlaufen. Er sah zu, wie die Figur aus Salzkristallen sich auflöste und ihre Farbe an die Flut abgab, während sich das Räumchen einnebelte. Die Wanne war so klein, daß nie der ganze Körper untertauchen konnte.

Er stieg hinein, ließ sich sinken und fühlte, mit dem Steigen des Wassers, Gefühl wiederkehren, bis zum Kitzel um die Schlüsselbeine. Er sah seine herausragenden Knie wie abgeschnitten. An der Oberfläche tauchte sein Geschlecht auf und pendelte wie eine Boje.

Geistesgegenwart.

Es war einmal, da gab es noch keinen Namen für den Zauber, der von Alcinas Märchen ausging. Die Dinge im Raum begannen sich zu rühren, sie bekamen Gesichter. Plötzlich sah er in die Figuren hinein, die Alcina erzählte. Sie hatten sich geöffnet, die Prinzessin, der Bär, der Zwerg, die Nixe und das Krokodil. Er sah durch ihre

Augen, hörte durch ihre Ohren, und zugleich war er ganz bei sich selbst.

Noch immer konnte er sich in andere Köpfe versetzen und sich ihre Gedanken machen. Er hörte, was sie verschwiegen, und sah auch, was sie nicht wissen wollten. Manche hielten ihn für einen Psychologen. Aber er *sah* doch nur. Um Menschen und Dinge von innen zu sehen, müsse man sich nur klein genug machen, sagte Alcina. Was für den Pfarrer «Seele» geheißen hätte, nannte Alcina *Anstand*. Anstand war, was für sich selbst sprach. Dann brauchte man nicht einmal zu verstehen, was es sagte. Es sagte immer nur: *das ist.*

Wenn das ist, sagte Alcina. Es war etwas Feierliches daran. Anstand war das Kleine, in dem sich etwas Großes verbarg. Anstand war ein Punkt, um den sich alles dreht.

Das Licht aus diesem Punkt nennt Schneider *Geistesgegenwart*, denn in ihm kommt zum Vorschein, *was ist*. Was Schneider über «das Kleine» einfällt, speichert er auf dem blauen Memory-Stick. Er hat ihn immer in der Tasche, wie er immer einen Dukaten auf sich trägt, aus Alcinas Goldschatz. Die Tasche ist ein Geschenk LouAnnes. Sie hat sie ihm von ihrer letzten Reise mitgebracht, aus Japan.

Der Stick ist blau.

LouAnne hat nur Schwarz auf Weiß gezeichnet, winzige Schraffuren, die sich zu einer Gestalt zusammenfügten und sie *gleichzeitig* wieder auflösten. Aber bei ihrem ersten gemeinsamen Frühstück hat sie mit Farben gespielt.

Drei geometrische Figuren hat sie aus der Tasche gezogen, ausgeschnitten aus festem weißen Papier: ein Viereck, ein gleichschenkliges Dreieck und einen Kreis. Und dann drei transparente Folien, rot, gelb und blau. Sie hat die Blättchen gemischt wie Spielkarten.

Was gehört zusammen?

Er probierte jede Farbe aus, mit jeder Form. Das Dreieck deckte er mit Gelb ab. Beim Kreisrund schwankte er, bevor er sich für Blau entschied. Dann war für das Quadrat nur noch Rot übrig. Als sie ihm zusah, erschien zwischen ihren Lippen ein Stück rote Zunge. Sie sah ihm bald in ein Auge, bald in das andere, dann sagte sie: Du bist gelb. Ich möchte blau sein. Aber ich bin viereckig und rot.

Schneider schloß die Augen. Er ließ heißes Wasser ein. Es floss über in den Ablauf, ohne die entblößten Knie zu bedecken. Als sie untertauchten, zeigten sich die Füße rosig wie die eines Säuglings. Wieder einmal angefaßt werden, und sei es mit einer Faust wie im Massagestuhl auf dem Schiff.

Er stieg aus dem Bad, trocknete sich ab und schlüpfte in den Morgenmantel. Im Holzfach des Kaminofens lagen Streichhölzer und Teelichter; er zündete eins an, hebelte die halbrunde feuerfeste Glastür auf und stellte es auf die Schamottkacheln. Die Feuerkammer erhellte sich wie eine Laterne, die großen flachen Becken neben dem Ofen begannen zu schimmern. Elinor hatte sie auf der Hochzeitsreise in Bali für ihren Mann gekauft, den Musiker, der danach eine «Nachtwache für vier Wok» komponiert hatte. Zum Kochen wurden die dünn gehämmerten Schalen nie benützt. Nach der Scheidung hatte sie Elinor ins Atelier ausgelagert. Sie lagen nur an einem Punkt auf und gerieten beim leichtesten Anstoß ins Schwingen. Wenn Schneider sein Brennholz darin sortierte, achtete er darauf, daß sie im Gleichgewicht ruhten. Im kleinsten Becken häuften sich die Föhrenzapfen zum Austrocknen; es gab ein Gefäß für Schnitt- und Fallholz aus dem Garten, eins für das handelsübliche Cheminee-Futter und ein großes für die Trümmer der ehemaligen Atelier-Einrichtung. Die Reste von Hanselmanns Kolossen verbrannten so langsam wie Kohle.

Er baute den kleinen Holzstoß mit Bedacht, stützte ein Scheit mit dem andern und stopfte die Lücken mit Föhrenzapfen. An den obersten hielt er die Kerze, bis er das Flämmchen annahm. Dann sah er zu, wie es sich nach unten witterte und absteigend erstarkte. Als der Brand den ganzen Stoß ergriffen hatte, bückte sich Schneider, um dem Holzfach eine Flasche Burgunder zu entnehmen, *Grand cru*, Jahrgang 1971. Sie stammte aus dem Keller des alten Gyr, wo Alice auch seinen Schaukelstuhl versteckt hatte. – Sie müssen diesen Keller leeren, Beat. – Elinors Mann war Alkoholiker gewesen.

Der eingesessene Korken wollte sich ungern ziehen lassen; er roch daran, holte ein Glas aus dem Fach und trank den ersten Schluck auf das zweite Glas, das stehengeblieben war. Der Wein schmeckte wie Medizin. Er ließ sich in den Großvaterstuhl zurückfallen und war auf einmal sehr müde.

Er fand sich im stehenden Zug wieder, Petermann gegenüber, auf dem WC, das sich ungemein vergrößert hatte. An der halbrund gebogenen Tür wurde von außen gerüttelt.

Jetzt sind *wir* dran, sagte Petermann, machen Sie sich doch frei.

Er hatte die Hosen heruntergelassen. Seine dürren behaarten Beine waren bei den Knöcheln von einem Wäscheknäuel gefesselt, das immerzu schlotterte.

Schneider, immer noch angezogen, hatte sich nur am Rand der Schüssel niedergelassen und stellte fest: es war ein Bidet.

Das Gäßchen der verlorenen Kinder, sagte Petermann. – Als sie Ihre Frau schlugen, hat sie ihr Kind verloren.

Sie konnte kein Kind haben, das wissen Sie am besten. Sie wurde mit elf Jahren unterbunden.

Ach, sagte Petermann, und Sterben ist Standard, nicht wahr? Da braucht man sich nicht mehr unter den Zug zu legen. Der reine Luxus.

Es war ein böser Traum, ganz klar, und dagegen wußte Schneider ein Mittel, seit er ein Kind war. Er faßte sich am Kopf, eine Hand auf dem Scheitel, die andere am Kinn, und drehte sich den Hals um, mit einem einzigen scharfen Ruck.

Er hing im Schaukelstuhl, blickte in die kaum noch helle Ofenkammer und zitterte am ganzen Leib. Das Feuer war heruntergebrannt, bis auf einige Glosen, nur das größte Trumm war noch ganz, zeigte einen glühenden Rand und Spuren der Axt.

Er beugte sich vor, um aus den Schalen passendes Material für ein neues Feuer zu sammeln, legte nach, und der Glutrest ließ sich nicht lange bitten. Bald war aus dem Gähnen des Ofens wieder heißer Atem geworden, der Schneider kraftvoll ins Gesicht wehte.

Anstand. Er schloß die Augen nicht mehr. Er mußte Petermann wiedersehen.

Gevatter Tod. Die armen Eltern hatten für ihren jüngsten Sohn keinen andern Paten gefunden. Der Tod versprach, aus dem Kind einen großen Arzt zu machen. Er würde immer wissen, ob er einen Kranken heilen konnte. Er mußte nur darauf achten, ob der Tod – *er* allein konnte ihn sehen – zu Häupten des Bettes stand oder zu seinen Füßen. In diesem Fall mußte er wissen: seine Kunst war umsonst. Eines Tages wurde er zu einem reichen Mann gerufen und sah den Tod zu Füßen des Bettes stehen. Aber der Reiche versprach dem Arzt goldene Berge, wenn er ihn wieder gesund mache; da drehte er das Bett um, und der Kranke genas. Und obwohl ihm der Tod ein Ultimatum gestellt hatte, versuchte er, beim nächsten sehr reichen Mann, den Heiltrick zum zweiten Mal. Nun aber griff die Knochenhand nach seinem goldenen Händchen, nur noch einen Wunsch hatte er frei. Da wollte er denn einmal die Höhle mit Augen sehen, in der sein Gevatter die Lebenslichter verwahrte, und siehe da, sein eigenes war eben am Verlöschen. Er drängte den Tod, ihm ein frisches aufzustecken; da ließ es dieser wie versehentlich fallen, und mit dem Arzt war es vorbei.

Beat Schneider war kein Arzt. War er ein reicher Mann?

Er war achtzehn gewesen, da hatte ihn der Waisenvater in sein Büro kommen lassen, um ihm zu eröffnen, er sei der Begünstigte

eines erheblichen Legats. Sein Amtsvormund, Herr Lutz, verwalte
für ihn ein Vermögen in Gold, bestehend aus Dukaten der ehemaligen Donaumonarchie, dessen Geldwert auf eine sechsstellige Fran-
kensumme geschätzt werde. Bei Erreichen der Volljährigkeit könne
er über das Kapital verfügen. Herr Schneider möge einstweilen nur
diesen Brief des Vormunds quittieren. Die Miene, mit der ihm der
Heimleiter das Schreiben überreichte, war eher wegwerfend als fröhlich und enthielt jedenfalls einen Schlüssel zu seinem Verhalten, das
Beat oft Rätsel aufgegeben hatte. Er pflegte ihm vieles, ja eigentlich
alles freizustellen, was er andern Zöglingen zur Pflicht machte, und
wenn sich Schneider der gebotenen Disziplin trotzdem unterwarf,
so nur, um sich von den andern nicht *noch mehr* zu isolieren, worauf
es Waisenvater Schneebeli merklich angelegt hatte, denn Beat blieb
auch von der Kameraderie, die er sich mit andern gelegentlich
gönnte, ausgeschlossen. Das ist nichts für Schneider, er hat ja seine
Bücher; das war eine Diagnose, die sich auf diese Weise selbst bestätigte, und was die «Bücher» betraf, traf sie ja auch zu. Er wunderte
sich nur, warum er bei Rohr, dem alten Buchhändler, keine Rech-
nung zahlen mußte und offenbar unbegrenzten Kredit besaß. So
steuerte Schneebeli das gleichmäßige Taschengeld, das er den Heim-
kindern ausrichten mußte, und inzwischen ist Schneider sicher, daß
er von seinem versteckten Überfluß nicht ganz wenig für die eigene
Tasche abgezweigt hat, was die Leutseligkeit erklärte, in die er verfallen konnte; es war diejenige des verschwiegenen Komplizen.

Damals erklärte sich Schneider das Mißverhältnis als Ressenti-
ment; als Studienabbrecher – Agronomie – hielt sich Schneebeli an
seinem einzigen Zögling schadlos, der das Gymnasium besuchte,
und behandelte ihn feindselig und vertraulich zugleich. Dahinter
witterte Schneider damals auch ein heimliches Einvernehmen mit
seinem ehemaligen Stiefvater, dem Pfarrer von Britten, der sich im
übrigen nicht mehr blicken ließ. Schneider vermißte ihn nicht, aber
etwas wie Familienanschluß hätte er wohl gebrauchen können, den

ihm das Waisenhaus nicht einmal pro forma beschert hatte; auch der Amtsvormund Lutz hielt sich bedeckt. Nun, als ihm sein Brief quasi feierlich ausgehändigt wurde, kam der wahre Grund von Schneiders Sonderstellung an den Tag. In den Augen seiner Zuständigen mußte er ein verwunschener Prinz gewesen sein – und für den Geflügelhalter Schneebeli ein Huhn, das goldene Eier zu legen fähig war.

In der Verkettung solcher Umstände gedeiht kein entspanntes Verhältnis zu Geld, und Schneider entwickelte nicht einmal dasjenige, das unter Bürgern dieser Welt als gesund gilt. Er wollte den Stoff am liebsten nicht anrühren, mochte er davon besitzen, wieviel man wollte – sein eigener Wille war es nie gewesen. Noch als Historiker ertappte er sich immer wieder bei einer unsachgemäßen Geringschätzung des Geldverkehrs und seines Einflusses. Wirklicher wurde er für ihn damit noch nicht, und in seinem Privatleben brauchte er seine Abneigung gegen Geld nicht zu betonen. Er *lebte* danach, gewissermaßen als unverschämter Armer, der freilich immer wieder daran erinnert wurde, daß man sich diese Lebensform muß leisten können. «Haben, als hätte man nicht», hatte er im Pfarrhaus gehört, wo man – namentlich die neue Pfarrfrau – wohl gern so viel gehabt hätte wie Beat, der sich darum nicht zu kümmern brauchte. Für ihn aber blieb es immer ein etwas peinlicher Vorzug, daß er durchaus *hatte*, wenn es darauf ankam; als Versicherung gegen den Notfall betrachtete er es keinen Augenblick. Ehrlich oder nicht: er sah seinen Schatz im Licht derjenigen, die ihn gespendet hatte, als Fortsetzung der Märchen, in die sie ihn gewiegt hatte, und vielleicht auch als traurigen Gewinn ihres Verschwindens für immer.

Aber in dem Brief seines Vormunds war sie, für eine Abwesende, noch einmal durchdringend gegenwärtig. Lutz schrieb, daß sie ihm bekannt sei, sich aber jede Nachforschung verbitte; das sei die einzige Bedingung, die sie mit dem Legat verbunden habe. Er möge «an ein goldenes Strumpfband» denken. Der Goldschatz sowie «einige Papiere» lägen im Safe einer Privatbank für Beat Schneider bereit, zu seiner freien Verfügung nach seinem 18. Geburtstag, wobei sie wünsche, daß Herr Lutz lebenslänglich mit der Verwaltung des Kontos betraut bleibe, wofür sie seine Entschädigung in der Höhe von achteinhalb Prozent des jeweils aufgelaufenen Vermögens vorsehe. Dank der «Papiere» werde es auf absehbare Zeit nicht ins Minus geraten.

Soweit die Spenderin; Lutz erlaubte sich beizufügen, daß er Herrn Schneider, wenn er die Annahme des Legats erklärt habe, ihm dieses an seinem 18. Geburtstag im Waisenhaus übereignen werde und dann gern seine Dispositionen erwarte. Für alles Weitere bitte er sich dann auf schriftlichen, notfalls fernmündlichen Verkehr zu beschränken. Dafür gab er keine Erklärung.

Schneebeli mußte in seiner Post eine Kopie des Briefes erhalten haben, denn er bediente sich seiner Formulierungen.

Und wie disponieren Sie? fragte er.

Das ist wohl meine Sache.

Ich muß nur wissen, ob Sie diesem Haus weiterhin die Ehre geben.

Ich ziehe aus, sagte Schneider. – Am ersten Tag, wo es möglich ist, und suche eine Wohnung.

Eigentum, hoffentlich.

Eine WG, wo ich für meine Matura arbeiten kann.

Natürlich, sagte Schneebeli. – Ihre Matura. Dann müssen wir Ihren letzten Geburtstag hier noch ordentlich feiern. Aber erst müssen Sie unterschreiben. Verkaufen Sie nur Ihre Seele nicht.

Keine Sorge, hatte Schneider gesagt und unterschrieben.

Das «goldene Strumpfband». Was sich Lutz wohl gedacht hatte, als er das las?

An seinem sechsten Geburtstag hatte ihm die Kinderfrau «Brüderchen und Schwesterchen» erzählt. Darin kam ein goldenes Strumpfband vor; darunter konnte er sich nichts vorstellen. Da schlug sie ihr langes grünes Kleid auf. Doch das Band auf ihrem Schenkel war schneeweiß, mit einer grauen Rose daran. Sie streifte es von ihrem Bein und legte es ihm um den Hals. Dann preßte sie seinen Kopf an die Stelle, wo es gelegen hatte, und er atmete ihren Duft ein.

Was macht mein Kind? Was macht mein Reh?
Nun komm ich noch diesmal und dann nimmermehr.

Er war der Jüngste in der fünfköpfigen Wohngemeinschaft in der Nachbarschaft der Technischen Hochschule, welche die andern besuchten, auch die beiden Frauen. Alle waren sie aus dem gleichen ländlichen Kanton und gewohnt, einander auszuhelfen; auch Beat bei der Vorbereitung seiner Matura, die sie ernster nahmen als er. In den naturwissenschaftlichen Fächern wußten sie auch besser Bescheid, und er verdankte ihnen den Abschluß «genügend». In den Sprachfächern brillierte er, und als er Deutsch studieren wollte, neckten sie: das beherrsche er jetzt doch schon ausreichend, und davon könne er sich nichts kaufen. Gedichte lesen, das war für sie etwas wie Fliegenfangen.

Das tapfere Schneiderlein hatte damit sein Glück gemacht. Aber davon schwieg er wohlweislich, erst recht von seinem Goldschatz.

Goldvögelein im Sonnenstrahl
Goldvögelein im Demantsaal
Goldvögelein überall

Sie waren aber in keinem Demantsaal eingemietet, sondern in einem Abbruchobjekt. Zum ersten Mal lebte er mit jungen Frauen zusammen, geschwisterlich; das gebot eine ungeschriebene Regel. Erfahrungen mit dem andern Geschlecht sammelte man auswärts; er auch, bei Grit. Niemand hätte ihn für einen reichen Jüngling gehalten. Er war heilfroh, daß Lutz sein Vermögen verwaltete, aber ein Goldstück trug er immer auf sich, als Talisman.

Schneider starrte in die Flammen.

Einmal hatte er mit LouAnne eine Oper besucht, Händels

«Alcina». Sie hatten eine Loge für sich. LouAnne zeichnete auf der
Brüstung und wiegte sich auf seinem Schoß. Die Alcina auf der
Bühne trug ein blaues Flatterkleid, und ihr alles überstrahlender
Sopran schien die geschnürte Brust zu sprengen. LouAnnes Schulter
verbarg sie ihm immer wieder, aber er hörte doch, daß sie eine Zauberin war, eine enttäuschte Liebende, eine verzweifelte Frau. Inmitten
wogender Musik trieb ihre Insel dem Untergang entgegen. Als der
Raum hell wurde, die Sänger sich verbeugten, sah er, was LouAnne
gezeichnet hatte: sein Gesicht, wie er es noch nie gesehen hatte. Denn
die Strichlein, die das ganze Blatt bedeckten, hatten es *ausgespart*. Nur
die leeren Stellen bildeten es ab, mit dem Ausdruck vollkommenen
Glücks.

Wo war dieses Gesicht hingekommen?

Als der Abbruch des WG-Hauses nicht länger zu verhindern war,
hatte er keine Wohnung suchen müssen. Alice nahm ihn auf. Sie
blieb hartnäckig dabei, Glück zu bringen, nachdem es ihr mit Saul
Einzig mißlungen war. Und als er ihr aus dem Haus lief, zu LouAnne,
stand sie acht Jahre später wieder mit dem Sprungtuch bereit, ihn
aufzufangen. Und wenn sie nicht gestorben ist …

Aber sie *ist* gestorben, weit über achtzig, in den Armen eines pensionierten Lehrers, endlich liebenswürdig, wenn sie liebte. Inzwischen glaubte sie auch ihren Schneider gut versorgt. Sie hatte ihn
ihrer Nichte hinterlassen, und an Segen für die neue Verbindung
fehlte es nicht. Erst jetzt fingen die Kamelien, die sie an der Sonnenwand des Ateliers hatte pflanzen lassen, zu gedeihen an, und seither
blühte der geborgte Süden das ganze Jahr. Auch ihre Topfpalmen
mußten nicht mehr im Atelier überwintern, sie hatten im Freien
Fuß gefaßt und waren schon zur Firsthöhe gewachsen. Der Klimawandel schuf auch in Münsterburg Verhältnisse, die Alice noch am
Mittelmeer gesucht hatte. Jetzt erlebte sie als alte Frau in Stürzikon,
daß sich zwischen Phlox und Rittersporn eine Bananenstaude breitmachte. Fehlte nur noch, daß ihre Früchte reiften.

Dennoch zündet Schneider jeden Tag, auch im Sommer, den Ofen an. Durch das nordseitige Oberlicht scheint die Sonne nie. Wenn das Feuer ausgeht, wachsen im Atelier die Schatten, und dann meldet sich auch das Gefühl, er sei schon einer von ihnen. Oft wiegt er sich im Leeren und schaukelt immer weiter, wie ein gefangenes Tier am Gitter hin und her «webt»; immer wieder nimmt der Großvaterstuhl Anlauf, die bodenlose Zeit festzuklopfen.

Aber nicht alles läßt sich schaukeln. Und immer wieder, wenn Schneider eingenickt ist, sein Gefährt ausgependelt hat, schreckt er auf, wie vom Schlag getroffen.

Diesen Schlag hat er selbst geführt, in LouAnnes Gesicht.

Das war einmal?

Das ist.

Er starrt in die niedergebrannte Glut, und aus ihr starrt es zurück, das Zyklopenauge. Die Öffnung im glühenden Rund.

Ich bin viereckig und rot.

II
1980

4 Die Zeichnerin

Da ist die Freude sündenrein
Im Sommer 1980 bot Schneider, Privatdozent für Schweizer Geschichte, jeden Freitagnachmittag um vier seine Vorlesung über «Die
Schweiz der Hirten» an. Er versuchte einen Brückenschlag vom antiken Arkadien über den guten Hirten des Evangeliums zu den
Schäferspielen an großen Höfen. In den Alpen aber suchte man die
wahre Unschuld. Die Schweiz wurde zum gelobten Land.

PD Schneiders Publikum bestand fast nur aus Damen gesetzten
Alters und verminderte sich im Lauf des Semesters von einem guten
Dutzend auf ein halbes. Reguläre Studenten, die sich in die erste
Stunde verirrten, blieben meist schon in der nächsten aus. Es gab
nur eine einzige jüngere Hörerin, die zwar nicht mitschrieb, doch
zuverlässig kam und immer rasch und wortlos verschwand. Sie fiel
durch ihre Größe und Stille auf, eine füllige Blonde, die ihn mit
weiten, kornblumenblauen Augen und einem Ausdruck, der etwas
abwesend wirkte, unverwandt mustern konnte. Auffallend der volle,
von Kerben gefurchte, wie vernarbte Mund in ihrem fliehenden
Kinn, den sie immer leicht geöffnet hielt. Schön das weizenblonde
Haar, das sich über der Stirn teilte und beiderseits in glattem Fluß
bis zu den Schultern fiel. Sie trug immer dasselbe blaue Arbeits-
kostüm mit weiten Ärmeln, und wenn er ihr im Gang nachblickte,
fragte er sich, ob sie einen langen Rock oder ein lose geschnittenes
Hosenkostüm trug.

Einmal hatte er sie angesprochen und erfahren – sie sprach etwas
schleppend –, daß sie in einem Architekturbüro als Zeichnerin beschäftigt war. Die Namen, die sie nannte, Wilander und Boff, hatten

einen Ruf als Modernisten, die mit Beton arbeiteten, seine Oberfläche aber wie Seide behandelten. Sie zeichnete auch in seiner Vorlesung. Am linken Rand der vordersten Reihe daddelte sie mit dem Bleistift auf ihrem Block, wie man tut, wenn man sich langweilt. Ihre Hände waren auffallend klein. Auf seine Frage, warum sie in seine Vorlesung komme, lächelte sie schüchtern. Ich finde sie gut, antwortete sie gedehnt und ließ offen, ob «sie» vielleicht groß zu schreiben war. Einmal war sie ihm im Traum als Kuh erschienen, von der ein silberner Schimmer ausging, als wäre sie von einer neidischen Gottheit verzaubert.

Vor der letzten Stunde hatte sie vor der Tür gestanden, offenbar im Glauben, sie habe sich geirrt, denn das Sälchen war leer. Da beschloß er, seine letzte Hörerin zum Kaffee einzuladen. Das schien ihr den Atem zu verschlagen; aber sie folgte ihm – wie ein Hündchen? Aber sie war wohl einen Kopf größer als er; nun denn: wie eine Kuh; das Wort hatte nichts Anstößiges mehr. Ihr vom Haar überwehtes Gesicht erinnerte an Sonne und Lebkuchen. Immer wenn er sie anredete, wurde sie sprachlos, aber ihre Augen blieben geradewegs in seine gerichtet, und er fühlte sich *aufgenommen* wie von einer fotografischen Linse.

Ioh, sagte sie, es blieb vorerst ihr einziges Wort, aber sie wiederholte es, als sie neben ihm herging, nach jedem seiner Anläufe zur Konversation: Ioh. Gedehnt klang es wie tröstend: er möge sich die Mühe des Redens doch sparen.

Ihr Schritt blieb gemächlich; es schien nicht angebracht, sie weiter als in die Unibar zu führen. Hie und da mußte er sie am Arm fassen, da sie nicht gewohnt schien, Leuten auszuweichen. Dafür folgte sie dem leisesten Druck seiner Hand. So geleitete er sie in den Lichthof und zu einem freien Tisch unter der monumentalen Kopie einer samothrakischen Nike. Auf seine Frage, was er ihr bringen dürfe, antwortete sie: Milch.

Warm oder kalt? hatte er zu fragen vergessen, bestellte am Buffet ein Glas von jeder Sorte, und als er mit dem Tablett zurückkam, wählte sie die warme Milch; er war gerührt und erleichtert. Was studieren Sie? fragte er. – Ich zeichne, erwiderte sie langsam. – Sie zeichnen auch in der Vorlesung. – Sie bückte sich nach ihrer Tasche, zog den Block hervor und schlug ihn auf. Auf dem Doppelblatt war wohl ein Dutzend Mal sein Brustbild zu sehen, vom Katheder abgeschnitten. Aber gezeichnet war es eigentlich nicht, sondern aus einer Unmenge kleinster Striche zusammengesetzt oder -geweht; sie verdichteten sich zur Gestalt, einem – soweit er das beurteilen konnte – Porträt von frappanter Ähnlichkeit. Festgehalten, schien es sich zugleich aufzulösen.

Ioh, sagte er nun auch; seiner Ironie begegnete sie mit unverändertem Ernst. – Das sind also die Nebendinge, die Sie treiben, lächelte er, denn auch ihr Milchbart war jetzt erheiternd, und er fühlte die Versuchung, ihn abzulecken. – Sind Sie nicht schön, fragte sie ohne Frageton. – Schön, naja. Aber wohlgetroffen. Und Sie haben mir ja wieder Locken wachsen lassen. Die hatte ich mal. – Ich bin LouAnne, antwortete sie. – Und wie noch, wenn ich fragen darf? – Sie wiederholte: LouAnne. – *Wimmer,* nicht wahr? ergänzte er selbst, den Namen hatte er sich schon in der Teilnehmerliste gemerkt, weil er in Großbuchstaben geschrieben war. So hieß auch ein Kollege Schneiders, ein renommierter Molekularbiologe. – Sind Sie mit Dieter Wimmer verwandt? – Er ist ein Säckel, sagte sie. Schneider glaubte nicht recht gehört zu haben; dieses Wort kommt eigentlich nicht in den Mund einer Frau. LouAnne fuhr in aller Ruhe fort: Aber Phil und Phips sind nett.

Ihre Architekten Wilander und Boff, beide mit Vornamen Philipp, hatten vor kurzem geheiratet. Und die Versuchung, LouAnne in die Arme zu nehmen, war in diesem Augenblick überwältigend.

Am Freitag habe ich frei, sagte sie zum Abschied.

Für ein Seminar ist es kein guter Tag.

Ioh.

Dann werden wir uns wohl nicht so bald wiedersehen.

Sie schloß die Augen, ihr Mund ging auf und zeigte ein breites Stück Zunge.

Doch im September erschien sie ihm wieder. Er hatte sich von der *Venia legendi* – der Gnade, zu lesen – beurlaubt, ohne Angabe von Gründen, und wollte sich nur noch seinem Forschungsprojekt «Über das Kleine» widmen.

Heute gehe ich ins Theater, erklärte er Alice beim Tee. – Ich würde Sie gerne einladen.

Was wird gegeben?

Shakespeare, «A Winter's Tale», antwortete er; am Theatertreffen war das Gastspiel einer Truppe aus Hobart, Tasmanien, angekündigt.

Oh! antwortete sie mit jener Sopranstimme, die allem Großen und Hohen in der Welt vorbehalten war.

Die *Zeit* tritt darin auf, in Person.

Das tut sie bei mir jeden Tag. Das ist etwas für die Jungen. Denen tut sie noch nicht weh. Aber Sie, Sie müssen unter die Leute, Beat. Gönnen Sie sich etwas, wieder einmal.

Es war ein lauer Abend, er blieb noch in einem Straßencafé hängen und kam erst kurz vor sieben am Spielort an, einer umgebauten Werft. Vor der Kasse stand eine Schlange, doch stellte er sich in die Reihe und war nach zwanzig Minuten fast am Schalter, als die Dame erklärte: ausverkauft! und den Rolladen fallen ließ. Er stand unschlüssig, als eine schwarzverhüllte Person auf ihn zutrat und fragte: Möchten Sie eine Karte?

Als er die Orientalin musterte, blickte sie aus kornblumenblauen Augen zurück, ohne den blassen Mund ganz zu schließen.

Sie hier? fragte er, LouAnne? Und warum so verkleidet?

Sie begleite einen Kunden aus *Ras al-Khaimah*, für den das Büro

Karten besorgt habe, aber der wollte dann lieber in einen Club, und sie könne nicht tanzen. Jetzt sei eine Karte übrig. – Was soll sie kosten? – Wir haben sie ja geschenkt.

Dieses «ja» verzauberte ihn, und das «Wir» noch mehr, nachdem ihn das Geständnis, sie könne nicht tanzen, erschüttert hatte; es klang wie die Beteuerung eines Kindes, daß es ein schweres Wort noch nicht aussprechen könne. Wollen Sie das Stück denn sehen? fragte er. – Der Dichter wird sehr empfohlen, sagte sie. – Shakespeare «sehr empfohlen» – in der Tat. Er blickte in das schwarzgerahmte Gesicht mit dem weizengelben Haaransatz; und plötzlich tauchte unter dem Kleidsack eine kleine Hand mit Zeichenblock hervor. Die Bewegung hatte etwas Verschwörerisches, gleich verschwand der Block wieder unter dem Umhang.

Aha, sagte er.

Sie nahm seinen Arm und führte ihn beiseite; fast standen sie an der Wand, und sie gab ihm den Block zu halten. Dann lüftete sie das Brustteil ihres Kopftuchs und ließ ihn, die Stirn gegen seine gelehnt, in ihr Dekolleté blicken. Sie trug eine Spiegelreflexkamera umgehängt auf der nackten Haut, klein wie ein Spielzeug. Ein warmer Hauch wehte ihn an. Sie ließ das Tuch wieder fallen.

Drinnen darf man nicht fotografieren, flüsterte sie.

Darum tragen Sie den Schleier, sagte er und räusperte sich; seine Stimme war dick geworden.

Einen *Hijab*, sagte sie. – Und als er nicht antwortete, wiederholte sie das Wort, wie zu einem störrischen Kind. – Aber zeichnen darf man.

Das dürfen Sie bestimmt.

Ich zeichne ja immer. – Es klang vorwurfsvoll, als hätte er Einwände erhoben.

Haben Sie denn auch Karten? fragte er, und als sie ihn immer noch ansah: Für den Eintritt? Ins Theater?

Sie hob den Arm, und als das schwarze Tuch davon zurückfiel, sah er an ihrem Unterarm, wo er in überraschend kleine Hände überging, ein goldenes Band, in dem zwei Papierchen steckten. Behutsam zog er sie heraus. Parkett links, vierte Reihe, sagte er. – Gute Plätze, aber wir haben noch Zeit. Wollen wir noch etwas trinken? Vielleicht gibt es Milch. – Sie waren ein auffälliges Paar.

Plötzlich ergriff sie seine Hand. Vor ihnen stand eine kleinwüchsige ältere Dame im Regenmantel, das graumelierte Haar zu einem Chignon gerafft, und musterte LouAnne mit wasserblauen Augen. Sie hat ihre Tasche vergessen, sagte die Frau. LouAnnes Hand hatte zu zucken begonnen. Sie hat auch kein Geld fürs Taxi, wenn es spät werden sollte.

Sie hielt LouAnne eine große Tasche aus schwarzem Flechtwerk vors Gesicht, aber diese blickte weg und faßte Schneiders Hand fester. Die kleine Dame glich Fräulein Meister, Schneiders erster Lehrerin. Sie war ein unwirsches altes Mädchen mit brüchiger Stimme, die ihm Angst gemacht hatte, am meisten, wenn sie zuckersüß zu reden anfing.

Schneider nahm die Tasche, obwohl ihm die kleine Frau immer noch keinen Blick gab; und im nächsten Augenblick war sie verschwunden, in der Menge des Publikums, das jetzt zur geöffneten Tür drängte. Sie hatten Randplätze und blieben einstweilen an der Wand stehen; LouAnne wirkte immer noch verstört.

Wer war das denn? fragte er.

Otti, sagte LouAnne. – Sie kocht.

Ihre Lippen bebten. Wenn er sich umblickte, glaubte er die Frau hinter dem Türhüter hervorspähen zu sehen.

Der würzige Duft, der von LouAnnes Umhang ausging, war stärker geworden. Er schnupperte an ihrer Schulter. Weihrauch? fragte er. – Myrrhe, sagte sie, die hat der Emir mitgebracht. – Plötzlich standen Schneider Bilder aus der Kinderbibel vor Augen. – Dann muß er einer der drei Heiligen Könige sein. – Wir bauen für ihn, sagte sie, *High abode.* – Wie bitte? – Das bauen wir in *Ras Al Khai-*

mah. – Ihre Aussprache klang original, sie mußte ein Gehör für fremde Laute haben. – Sie reisen viel. – Darüber schien sie nachdenken zu müssen, während sich die Besucher in die Sitzreihe drängten.

Der Vorhang war offen, die Bühne halb hell, und in der Tiefe zeichnete sich eine weibliche Figur im langen Faltenkleid ab; ihr Kopf war verschleiert, eine Brust entblößt.

LouAnne belegte den Randsitz und hielt schon den Block auf den Knien.

Die Bühne war heller geworden, die Statue nahm Farbe an, ohne die Stellung zu verändern. Ihre Figur verriet, daß sie hochschwanger war. Sie stand noch immer bewegungslos, als sich die Szene mit höfisch gekleidetem Personal bevölkerte, aber LouAnnes Hand hatte auf dem Papier zu vibrieren begonnen, und der Stift, ein kleiner Stummel, begann erste Spuren zu hinterlassen. Auch im Halbdunkel konnte Schneider sehen, wie eine Gestalt entstand, diejenige der verschleierten Frau.

Sie hieß Hermione und wurde als Königin von Sizilien angesprochen. LouAnne blickte immer erst auf, wenn eine Zeichnung fertig war, und begann die nächste, wieder von derselben Figur. Die Handlung schien sie nicht zu kümmern.

Schneider aber sah das Drama einer königlichen Eifersucht, die sich um Hermione aufbaute. Diese bewegte sich nur, wenn jemand sie berührte, dann begann sie mechanisch zu sprechen. Auch ihr Gatte, der König von Sizilien, mußte sie anfassen, um ihr ein Wort zu entlocken. Er hatte einen bösen Verdacht. Der König von Böhmen war schon neun Monate sein Gast. Er mußte der Erzeuger des Kindes sein, das Hermione erwartete. Dafür sollte er ermordet werden. Aber er konnte fliehen, zusammen mit einem Hofmann, der ihm den Anschlag verraten hatte, statt ihn auszuführen. Nun hielt sich der strafende Gatte an seine Frau. Sie verlor das ungeborene Kind, ein lebendes gleich dazu und gefror zu einem Bild ihrer selbst. Nur als Kunstwerk entging sie der Rache, begleitete aber als Menschenopfer im Hintergrund wie ein Denkmal alle weiteren Szenen des Spiels. LouAnnes Blick blieb an ihr haften, folgte ihr in die Versteinerung und in jedes andere Exil, auch nach Böhmen am Meer. Und während sie Blatt um Blatt umlegte, fühlte Schneider sie näher rücken. Die schwache Wärme an seinem Bein verdichtete sich zur merklichen und dehnte sich bald von der Hüfte auf seinen ganzen Körper aus. Allmählich wurde auch er blind für die Handlung, fixierte sich auf das Beben des Stifts in ihrer Hand, vertiefte sich in den fortgesetzten Schauder, die kleine, doch anhaltende Erschütterung, die sich auf ihn übertrug. Als der Zuschauerraum hell wurde und LouAnne aufstand, empfand er die plötzliche Trennung wie einen Schnitt durch Leib und Seele.

Er folgte hastig und sah sich nach ihr um, lange vergeblich, wurde plötzlich von einem Blitz geblendet und gleich darauf vom nächsten. Einen Augenblick hatte ihre Gestalt als Lichterscheinung vor seinen geschlossenen Lidern gestanden; als er wieder sehen konnte, verschwand die Kamera schon hinter dem schwarzen Tuch. LouAnne stand im Winkel hinter der Tür und verzog keine Miene; dann ging sie an ihm vorbei zur Garderobe und stellte Zeichenblock und Tasche auf dem Tresen ab.

Er war ihr nachgegangen, befremdet, dann bestürzt.

Möchtest du gehen?

Sie sah ihn an und antwortete lange nicht. Dann sagte sie: Etwas trinken.

Ich bin gleich wieder da, stieß er hervor. Er drängte sich zur Getränkeecke, die schon sehr umlagert war; es dauerte zum Verzweifeln lange, bis er bedient wurde, und seine Augen suchten LouAnne immer wieder umsonst. Als er mit zwei Gläsern Rotwein wiederkam, war der Platz an der Garderobe leer.

Sie ist zur Toilette, erklang die brüchige Frauenstimme hinter ihm.

Danke, sagte er, ohne sich umzuwenden.

Das erste Klingelzeichen ertönte, das Publikum geriet in Bewe-

gung: beim zweiten stand er schon fast allein im Foyer. Er fühlte
Panik aufkommen, stürzte seinen Wein hinunter und stellte das
Glas mit dem zweiten, noch unberührten auf den Garderobentisch;
ihre Sachen waren weg.

Dort ist sie, sagte es hinter ihm. – Bei den Getränken.
In der Tat. Sie mußte ihn gesucht haben, wie er sie. Außer Atem
lief er hin, ergriff ihre Hand, zog sie Richtung Zuschauerraum, und
sie erreichten ihre Plätze gerade noch, bevor die Bühne wieder zu
leben anfing.

Man war in Böhmen und sah ein Schäferfest, ein greller Reigen
drehte sich um die verschleierte Figur wie um einen leeren Mond.
LouAnne musterte sie unverwandt, auch ohne Zeichengerät, sie
schien sich in der Pause verändert zu haben; aber er hätte nicht sagen
können, wie. Er sah nur, daß das gelockerte Kopftuch einen Teil
ihres Haares freigab und einer Kapuze ähnlicher geworden war; auch
der fremde Duft hatte sich verloren. Er wartete auf ihre Berührung,
aber je länger sie ausblieb, desto mehr begann sich eine abgründige
Leere zu verbreiten, als entferne er sich immer mehr von jedem Gefühl.

Dabei war auf der Bühne gerade der größte Tumult ausgebrochen.
Männer und Frauen, nur mit Fell bekleidet, jagten einander mit
Scheren und klappten nach Haaren und Schwänzen. Am Fuß der
Statue hielt sich ein junges Paar bewegungslos umschlungen; im
Hintergrund deutete ein Schattenspiel an der Wand einen Liebesakt
an, der plötzlich erlosch. Der König von Böhmen trieb, laut blökend,
das nackte junge Paar vor sich her, das sich zu bedecken suchte. Und
als Schneider, aus der Welt gefallen, in seinem Stuhl allein blieb wie
das erstarrte Frauenbild auf der Bühne, fühlte er, wie etwas sich an-
schlich, beweglich wie ein Schlänglein, und an ihm zu suchen und zu
tasten anfing. *Ras Al Khaimah*, dachte er, und: sie kann nicht tanzen;
die Assoziation erkältete ihn nicht, im Gegenteil. Er fühlte sich bei
der Hand genommen, bis seine Finger unter dem Tuch das zarteste

Plätzchen gefunden hatten, und LouAnnes Zeichenblock preßte sie
darauf fest. Ihre freie Hand aber kam zurück, um sich in seinem
Schoß niederzulassen, und er deckte ihr Spiel mit seiner Rechten.
So saßen sie mit gekreuzten Armen und besiegelten, fast ohne sich zu
rühren, ihre Verbindung, nisteten sich wohlgeborgen in einer kleinen
Ewigkeit ein, während Schneider zusehen konnte, wie die ZEIT auf
der Bühne ihr großes Kuppelwerk begann. Denn jetzt kam alles wieder zusammen, was mut- oder böswillig zerrissen worden war; alle
wurden sie zu Paaren getrieben. Böhmen und Sizilien, Herren und
Damen. Allein und aus der Zeit gefallen, zur Säule erstarrt blieb nur
die Eine, doch auch nach ihr greift er jetzt wieder, der schuldige
Gatte. *O! she's warm, If this be magic, let it be an art / Lawful as eating.*
Doch im Augenblick, als er sie berührte, fühlte Schneider die Feen-
hand von sich weichen. Wie leblos hing Hermione am Hals des
Mannes, der sie wiederhaben wollte: *Let her speak, too.* Sie sprach
noch immer nicht; Schneider aber fühlte ein Schnaufen an seinem
Ohr und hörte ein fast betäubendes Flüstern:
WIR HEIRATEN AUCH.
Das Licht ging an, die Schauspieler verneigten sich; und bevor
Schneider klatschen konnte, fühlte er sich bei der Hand genommen.
Bei der Garderobe wollte er anhalten, doch LouAnne zog ihn fort,
durch die Tür und immer weiter, über einen Fußgängerweg, eine
Straße und noch eine, ins ehemalige Industrie- und neue Vergnü-
gungsviertel der Stadt, das von lärmendem Nachtvolk belebt war.
Sie hatten noch kein Wort gesprochen, als sie vor dem «Roxy» stan-
den; zu Schneiders WG-Zeit ein Schmuddelkino, in das auch er sich
geschlichen hatte; jetzt zeigte es nach elf Uhr nachts Klassiker der
Filmgeschichte.
Hier? fragte er.
Otti ist nicht da, antwortete sie.
Er kaufte Karten; als sie den Eingangsvorhang passiert hatten,
dröhnte Werbung von der Leinwand. Im Parterre war nur wenig

Publikum zu erkennen, Paare oder einzelne, die weit auseinander saßen.

LouAnne ging im Halbdunkel voran, die Wendeltreppe hinauf, auf die Galerie, wo alle Reihen leer waren, und zog ihn in der letzten, neben der Kabine des Projektors, auf die hintersten Plätze, wo sie, wie ihm schien, zugleich von ihm abrückte. Er konnte sie nach Atem ringen hören; auf der Leinwand erschien der Vorspann zu scheppernder Sirtaki-Musik.

Z, flüsterte Schneider. – Den habe ich immer verpaßt.

Als die erste Stimme laut wurde – sie klang militärisch und schien von der Bekämpfung des Mehltaus zu handeln –, schluchzte LouAnne auf. Er wollte sich zu ihr beugen, als sie vom Stuhl sank, auf die Knie, und was sie jetzt anfing, erinnerte ihn sogleich an seinen ersten verstohlenen Besuch im «Roxy», vor Jahrzehnten, als junger Mann; so hatte er den Kopf einer Frau auf und ab fahren sehen, fehlte nur der prüfende Aufblick zu ihrem Partner oder in die Kamera. LouAnne aber arbeitete mit gesenktem Blick wie eine Rudersklavin, es war etwas tief Trauriges daran, auch wenn es seine Wirkung nicht verfehlte. Beinahe hastig stand LouAnne nun vom Boden auf, wandte sich ab, raffte ihren schwarzen Umhang, war mit einem Schritt über seinem Schoß, und neigte sich vor. Der Griff war rauh, mit dem sie ihn führte, um ihre Verbindung, indem sie ihr Gewicht darauf fallen ließ, unwiderruflich zu machen.

Ich kann nicht tanzen.

Sie hatte die Arme auf die Lehnen der Vordersitze gestützt und legte den Kopf darauf; der *Hijab* war verrutscht und ließ ihr Haar sehen, das im Lichtwechsel auf der Leinwand aufleuchtete und erlosch. Er griff mit beiden Händen in dieses Haar und hielt sie daran fest.

Dabei ging ihm eine alte Geschichte durch den Kopf, und er sah Alcina vor sich, die sie erzählte. Sie handelte von zwei ungleichen Brüdern, der Reiche war böse, aber der Arme machte sein Glück.

Einmal fuhr er mit seinem Karren durch den Wald, da erblickte er zur Seite einen großen kahlen Berg, und weil er den noch nie gesehen hatte, hielt er still und betrachtete ihn mit Verwunderung, und wie er so stand, sah er zwölf wilde große Männer daherkommen; weil er nun glaubte, das wären Räuber, schob er seinen Karren ins Gebüsch und stieg auf einen Baum und wartete, was geschehen würde. Die zwölf Männer gingen aber vor den Berg und riefen: «Berg Semsi, Berg Semsi, tu dich auf.» Alsbald tat sich der kahle Berg in der Mitte voneinander, und die zwölfe gingen hinein, und wie sie drin waren, war der Berg eine Höhle voll Silber und Gold, aber der Arme wußte gar nicht, ob er sich etwas von den Schätzen nehmen dürfte.

LouAnne mußte bemerken, wie er sich entspannte, denn sie ließ ihren Kopf sinken und nahm etwas von ihrem Gewicht zurück. Der Reiche hatte den Armen so lange gepreßt, bis er ihm das Geheimnis der Höhle verriet, und *er ließ gleich einen Wagen anspannen, fuhr hinaus, wollte die Gelegenheit besser benutzen und ganz andere Schätze mitbringen.* Er kam auch hinein, aber als er seine Last hinausbringen *wollte,* hatte er den rechten Namen des Bergs vergessen, und der öffnete sich nicht mehr: Dafür kamen die zwölf Räuber zurück, die ihre Beute in der Höhle gelagert hatten. Sie ertappten den gefangenen Dieb ihres Eigentums, oder was sie dafür hielten, *da rief er: Ich war's nicht, mein Bruder war's, aber er mochte bitten um sein Leben und sagen, was er wollte, sie schlugen ihm das Haupt ab.* Das tapfere Schneiderlein saß jetzt im Berg fest, aber es spannte nicht an, spannte auch nicht ab, wußte nicht einmal, ob es arm oder reich war. Nur daß er standhaft bleiben mußte, war ihm bewußt, sonst hatte er's verscherzt, und das liebe Leben, an dem er sich festhielt, war verwirkt. Der Schatz, auf den er gestoßen war, wollte nicht geplündert sein, sondern *erlöst,* und wenn es ein rechtes Wort dafür gab, wurde es nicht mit dem Mund gesprochen. Es würde sich erst finden, wenn er die Höhle *lesen* gelernt hatte, an ihrer Wand aber stand geschrieben: dieser Ort ist verwünscht, hier waren die Räuber. Hier liegt das Kind begraben, das du nicht sein durftest, und ich auch nicht.

Darum sind wir Kinder geblieben, und jetzt haben wir's uns angetan. Aber ich raste nur, ich ruhe nicht. Was Berg Semsi mir eröffnet hat, ist eine Wunde. Sie will berührt sein, um zu heilen. Seine Hände waren jetzt untergekommen, aber was sie festhielten, war die kleine Kamera. *And pictures in our eyes to get / Was all our propagation.* Wenn er hinter LouAnnes Rücken hervorsah, hätte man glauben können, sie verfolge den Film, aber jetzt gab der Stift, den sie sich von ihm geliehen hatte, zu verstehen, daß sie *zeichnete*, während er sie las. Nur stillhalten, dann fühlte er jeden Strich. Von *Z* hat er hie und da einen flackernden Rand gesehen, mehr nicht. Er verpaßte nichts. Er lebte, zum ersten Mal bewußt, in einer Frau. Und als der Abspann lief, löste sich die Spannung, die sie zusammengeführt hatte, und sie trennten sich sachte wie die reife Frucht vom Baum. *Dies Kind soll unverletzet sein.*

Ioh, sagte sie.

Das war ihr wahrer Name, er sprach ihn nicht aus. Von Alcina wußte er, daß Pflanzen einen bekannten Namen haben und einen wahren. Das hatte sie von einem Medizinmann der Navajo gelernt. Die Pflanze hilft nur, wenn man ihren wahren Namen kennt.

Später, als sie zusammenlebten, hatte sich die wahre Ioh in kleinen Tics gezeigt. Wollte sie einen Schraubdeckel öffnen, hielt sie ihn fest und drehte die Flasche darum herum. Stieg sie eine Treppe hinauf oder hinunter, machte sie ihre Biegung nicht mit, sie drehte sich einmal halb um sich selbst und ging geradeaus weiter.

Als sie wieder auf der Straße standen, fragte er: Willst du meine Frau werden?

Ioh, sagte sie, du mußt Herrn Sigg fragen.

Wer ist Herr Sigg?

Mein Vormund. Ein Säckel.

Du erkältest dich. Ich bringe dich nach Hause. Wo wohnst du?

Otti schlägt mich.

Wer ist sie eigentlich?

Immer die Gleiche.

Er legte seine Jacke um ihre Schultern. – Kein Mensch darf dich schlagen, so wahr ich lebe.

Ich will nicht mehr süß sein.

Nie mehr, sagte er ahnungsvoll.

Niemand darf mich nackig machen.

Niemand.

Sie streckte die Hand aus, und er ergriff sie fest.

Professor! sagte sie. – Ich will dich zeichnen.

So oft du willst.

Mein Block! sagte sie erschrocken. – Die Tasche!

Du hast sie im Theater gelassen, an der Garderobe.

Da sind ja meine Kleider drin.

Ich hole sie morgen, wiederholte er. – Aber Mitternacht ist vorbei. *Heute* abend bringe ich dir die Sachen. Wenn ich weiß, wo du wohnst.

Nicht läuten. Dann kommt Otti.

Ich rede mit ihr.

Das kannst du nicht.

Sie hatte das Tuch wieder über den Kopf gezogen und stand, sein Jackett über dem langen Kleid, zitternd am Rand der menschenleeren Straße. In der Ferne sah er ein Taxischild leuchten und gestikulierte, um es heranzuwinken.

Wohin? fragte der Fahrer, als sie Platz genommen hatten. Schneider sah LouAnne fragend an.

Ich weiß ja nicht, sagte sie.

Einen Augenblick war er fassungslos.

Wohin jetzt? fragte der Fahrer unwirsch.

Zum «Auerhahn», wollte Schneider sagen, da sagte sie: Beim Kißling.

Der Kißling war ein Delikatessengeschäft in der Altstadt.

Geschworenengasse?

Während der Fahrt fragte sich Schneider, wie sie allein zum Theater gekommen war oder an die Universität, mit Otti? Auch ins «Roxy»? Sie drängte sich jetzt fast gebieterisch an ihn, und wie zufällig lag ihre Hand in seinem Schoß.

Sehen wir wieder einen Film? flüsterte sie.

Darauf küßten sie sich zum ersten Mal, ihre Zunge kam in seinen Mund und konnte nicht aufhören, darin zu zeichnen. Aber dann richtete sie sich auf und legte ihm die Jacke wieder um.

Kißling, sagte der Fahrer.

Nicht kommen, flüsterte LouAnne.

Immerhin stieg er aus, um sie die paar Schritte zu dem schmalen Stadthaus hasten zu sehen, aber sie hatte kaum die Haustür erreicht, da wurde sie schon *hineingerissen*.

Es war zwei Uhr morgens. Zum «Auerhahn», bestimmte Schneider.

Die Dame kennt man, erklärte der Fahrer unterwegs. – Eine Künstlerin. Ihr Bild war im «Expreß», mit einem Ölscheich. Ist sie Muslimin?

Nein.

Glückwunsch, Sie sind bei den Leuten.

Halten Sie hier.

Das ist erst die Tramendstation.

Den Rest gehe ich zu Fuß, sagte Schneider und zahlte.

Er hatte am Morgen gleich im Theater angerufen, aber im Sekretariat wußte man nichts von Block und Tasche. Die Garderobe sei erst abends wieder besetzt.

Der Tag wurde ihm lang. Als Alice ihm den Tee brachte, fragte sie nach seinem Theaterabend.

Tasmanien, sagte sie, ich wußte gar nicht, daß man dort auch Theater spielt. Da hat man doch die Sträflinge hingeschickt. Haben Sie die Geschichte von diesem Bryant gelesen?

Sie wußte von einem jungen Mann zu berichten, der nichts gelernt und durch die Verbindung mit einer verwahrlosten Millionärin sein Glück gemacht hatte. Sie war die Tochter eines Lotterie-Tycoons, und als sie bei einem Autounfall, den der junge Arbeitslose gebaut hatte, zu Tode kam, erbte er so viel Geld, daß er gar nicht wußte, wie er es durchbringen sollte. Erst fuhr er ein paar Monate erster Klasse in der Welt umher, aber hatte keine Ahnung, wozu, und die einzigen Freunde fand er in Nachtclubs, wo er sich nach Strich und Faden ausnehmen ließ. Als er wieder einmal nach Hause kam, nahm er sein Gewehr und schoß damit zwei Dutzend Leute tot, und als er von der Polizei überwältigt wurde, konnte er nicht sagen, warum. Da ihm das Gericht keine Unzurechnungsfähigkeit attestierte, wurde er zu einer mehrfach lebenslangen Gefängnisstrafe verurteilt. Endlich brauchte ihn sein Geld nicht mehr zu kümmern, und wenn ihn seine Mutter besucht, findet sie, er sei immer noch ihr Bub, dem sein gutes Herz zum Verhängnis geworden war.

Alice kicherte mit bebendem Kinn.

Ich möchte mich verändern, Frau Gyr.

Wie meinen Sie das?

Ich habe mich gestern verlobt.

Das kommt jetzt aber … überraschend. Wer ist denn die Glückliche?

Sie heißt LouAnne. Schädler.

Von *den* Schädlers?

Sie zeichnet in einem Architekturbüro. Wilander und Boff.

Weiland und Pfaff, meinen Sie *die*?

Sie kennen sie.

Die sind stadtbekannt, sagte sie, und ihr Mund zog sich zusammen, aber Hals und Kinn bebten heftiger. – Lieber Professor, Sie nehmen mich auf den Arm.

Es ist mein Ernst, sagte er.

Sie sah zur Decke. – Ich habe heute Gäste, sagte sie. – Mein Singkreis. Hoffentlich stört es nicht.

Im Gegenteil.

Beat, sagte sie, das tun Sie sich hoffentlich nicht an. Es wäre Ihr Ende. Das müssen Sie wissen.

Dann wissen Sie mehr als ich.

Ich weiß, was Leidenschaft heißt, glauben Sie mir. Aber sie braucht ein *würdiges* Ziel.

Ich hoffe würdig zu werden, Frau Alice.

Ihre Lippen zuckten. – Die Schädlers sind *Pack!*

Ich habe Sie gehört.

Dann entschuldigen Sie mich jetzt. Ich habe noch zu tun.

Als er um halb elf an der Geschworenengasse läutete, stand LouAnne schon hinter der Tür und hielt ihm die Tasche entgegen.

Sie strahlte. Otti war nicht zu sehen. Sie schien ihren Schrecken über Nacht verloren zu haben.

Schau, sagte sie und öffnete die Tasche, aus der ihm Damenwäsche entgegenduftete. – Dann friere ich nicht mehr! Schau. – Sie zog ihn ins Haus, schlug das stahlblaue Cape auseinander, und er sah, daß sie oben mit einem dunkelblauen Pullover bekleidet war, unten mit einem Hauch schwarzer Wäsche; aber sie trug feine weiße Wollstrümpfe mit schwarzen Bändern, was ihr das Ansehen einer großen, wohlgepolsterten Puppe gab. Sie nahm seine Hand und legte sie an ihre Brust. – Kaschmir!

Die Kamera hast du nicht dabei.

Sie raffte das Cape wieder zusammen. Dann fragte sie ängstlich: Willst du nicht mehr heiraten?

Dich oder keine.

Ich habe ein Geschenk. – Sie zeigte auf ein Paket auf dem Tischchen neben dem Eingang; dahinter sah er in eine Garderobe, wo mehrere schwarze Mäntel hingen.

Hast du Besuch? – Er deutete auf die Mäntel.

Das ist Otti, sagte sie.

Alles Otti? – Und als sie ihn erstaunt anblickte, fuhr er fort: Was für ein schönes Paket. Das hat gewiß Otti gemacht?

Das kann Otti nicht!

Er hatte das Gefühl, daß sich die Alte hinter den schwarzen Mänteln versteckte oder einer von ihnen *war*. Da faßte ihn LouAnne bei der Hand, zog ihn auf die Straße, und sogleich wurde hinter ihnen die Tür verriegelt.

Dein Geschenk! rief er. – Aber gut, ich nehme es mit, wenn wir zurückkommen. Soll ich ein Taxi rufen?

Aber ihre Hand zog ihn weiter; es war kein ganz kurzer Weg, doch plötzlich schien sie ihn auch blind zu finden. Nur bei Kreuzungen griff sie nach seinem Arm, als fürchte sie um sein Leben.

Als sie vor dem «Roxy» standen, sagte sie: Ich bin nicht süß?

Nein, sagte er ernsthaft.

Du tust mir nichts.

Ich habe dich lieb.

Und wenn ich nicht lieb bin?

Immer noch, sagte er.

Erst recht. Sag: erst recht.

Erst recht.

Als er Karten kaufen wollte, winkte ihn die Kassendame durch, als habe er etwas Lächerliches verlangt. Der Aufgang zur Galerie war durch eine Kette gesperrt. Auf dem Schild las er: RESERVIERT. LouAnne hängte die Kette ab und wieder vor, nachdem sie durchgegangen waren. Er stellte keine Fragen. Die Galerie war leer. Sie suchten im Halbdunkel den alten Platz.

Les Enfants du Paradis, wie oft hatte er den Film gesehen, zuerst in der Zeit im Waisenhaus, später mit Grit. Sie war süchtig nach Louis Barrault, dem weißgeschminkten Pantomimen; ihm verdankte er wohl den ersten Kontakt mit ihrem Körper. Was ihm selbst nachging, war Arlettys Gesicht; gerade erschien es zum ersten Mal auf der Leinwand, und LouAnne studierte es, als wolle sie es zeichnen. Diesmal gingen sie zu Fuß nach Hause, Hand in Hand, wortlos, und da sie den Weg wie im Traum gingen, war er diesmal kurz. Als sie vor der Tür standen, öffnete sie sich von selbst. Otti ruhte nie, aber sehen ließ sie sich nicht mehr.

LouAnne überreichte ihm sein Geschenk zum zweiten Mal.

Bis morgen, sagte er.

Als er das Paket im Atelier auspackte, enthielt es das Zeichenbuch ihres Theaterbesuchs, und die verfolgte Königin erschien vor seinen Augen zum Sternbild eingefroren, das an den Rändern zu sterben begann. Aber da gab es noch ein letztes Blatt umzuschlagen, und es war steif und starr von Schwärze. Ungezählte Striche hatten sich darauf zur fast kompakten Dunkelheit vereinigt. Die wenigen Stellen aber, wo sie sich lichtete, bildeten etwas wie eine Gestalt ab; sie hatte andeutungsweise die Form eines gekrümmten Embryos, nur an zwei Punkten schien das leere Papier durch und leuchtete grell, wie die Augen eines nächtlichen Tiers, das vom Scheinwerferlicht getroffen wird. Mit Mühe erkannte er den Umriß eines Gesichts und einen Wasserkopf, der, obwohl die Figur seitlich lagerte, dem Betrachter zugedreht war, angestrengt, verschreckt, hilfesuchend.

War es das Bild, das er in LouAnne hinterlassen hatte, gezeichnet mit seinem eigenem Fleisch? Es war erst zum Erschrecken, und doch ein Anfang, viel, viel besser als nichts. Eines schönen Tages würden sie das «Roxy» für ihr Werk entbehren können, aber erst einmal war Beat Schneider müde genug für einen langen Schlaf.

5 *Der Gezeichnete*

So fanden sie sich jede Nacht im «Roxy» und sahen Film um Film.
Dabei fielen einmal zwei Wochen aus, als Wilander und Boff die
Zeichnerin an den Golf entführten, wo sie in verschiedenen Emira-
ten Baustellen unterhielten. LouAnne wurde als ein lebensgroßes
Maskottchen für Auftritt und Kundenpflege eingesetzt und ihre
Chefs gaben vor, sie nicht aus den Augen zu lassen – das war zu viel
gesagt, aber man hielt ihnen ihr Desinteresse am andern Geschlecht
zugute. Schneider arrangierte sich sogar mit ihrem «Du», das keines-
wegs Kumpanei anzeigte, sondern Verträglichkeit mit der Marke
Doubleyou and Bee.

Auch hatten die beiden Philippe – unter Freunden: Phil und
Phips – offenbar Instruktion, Schneider Sorge zu tragen. Ihre Büros
lagen in den Obergeschoßen eines Hauses, in das ihn die Kinderfrau
öfters mitgenommen hatte. Damals war die Mercerie Früh, direkt am
Fluß, ein Geschäft gewesen, das nur Knöpfe feilhielt, aber in allen
Farben und Formen. Sie waren in weiße Kästchen geordnet, die drei
Wände des Geschäfts bedeckten, und an jedem haftete, wie ein
Käfer, ein Exemplar der Sorte, die es enthielt. Die grauen Verkäufe-
rinnen fanden das Gewünschte auf den ersten Blick. Später fragte er
sich, wofür Alcina so viele Knöpfe brauchte, denn er hat sie nie
einen annähen sehen. Vielleicht sammelte sie Knöpfe wie Steine, die
sie nicht nur aus fremden Weltgegenden nach Hause brachte, sondern von jedem Spaziergang.

Das tat auch LouAnne.

Steine waren kostbar, lehrte Alcina, denn jeden Stein gibt es nur
einmal auf der Welt. Später zeigte sich, daß sie ihre Steine in Gold-

stücke umgemünzt und damit in Brot verwandelt hatte, von dem er leben konnte. Alcina konnte zaubern, LouAnne aber war eine Prinzessin. Im Hinterhof der Mercerie, mitten im Fahrverbot, wartete ein Wagen auf sie, *Déesse* genannt, mit getönten Scheiben und einem Fahrer, der, wenn er nichts zu tun hatte, in der Wächterbox Kreuzworträtsel löste. Er fuhr die Architekten zu ihren Kunden, holte LouAnne an der Geschworenengasse ab und brachte sie wieder zurück. Zu Hause wie auf Reisen gab es immer einen Menschen, der nicht von ihrer Seite wich.

Wo immer Schneider auf LouAnne wartete, er zweifelte nicht daran, daß sie bewacht wurden. Ohne Otti Selegers Erlaubnis hätte sie nie das Haus verlassen dürfen, schon gar nicht spätabends. Im «Roxy» sah Schneider schon am dritten Abend einen Unbekannten in der vordersten Reihe der Galerie sitzen, trotz der Kette mit dem RÉSERVÉ; angesprochen, schien er kein Deutsch zu verstehen. Ganz allein waren sie nie, aber das schien LouAnne nicht zu stören. Je näher der Wächter, desto tiefer die Heimlichkeit. Begann der Film zu laufen, waren sie nicht mehr als ein dunkler Fleck im Hintergrund. Vielleicht leuchtete einmal ihr Haar auf, wenn sie sich, scheinbar allein und überlebensgroß, auf die Lehne des Vordersitzes stützte. Er aber blieb verschwunden wie ein Taschenspieler in der Tasche.

Die Architekten waren selbst ein Paar, und Philipp Pfaff, immer ein wenig preziös, nannte sich selbst einen *Cicisbeo*. Nicht mehr jung, noch weniger alt, trat er im maßgefertigten Jeans-Dress auf, schlaksig, brünett und mit römischer Frisur, deren Stirnfransen bläulich getönt waren. Nach der Reise an den Golf bat er Schneider ins Büro, damit er die Liebste, von ihr unbemerkt, bei der Arbeit betrachten könne. Sie saß in einem Glaskasten, der nur für sie selbst ein geschlossener Raum war; sie wußte nicht, oder es kümmerte sie nicht, daß die Wände Einwegspiegel waren. Wie eine Nonne saß sie an einem Pültchen, das mit der Sitzbank zusammengebaut war, und hob die blauen Augen unverwandt in die Höhe, wo man einen Bildträger vermuten durfte, während sie ihren Stift bewegungslos auf dem Papierblock ruhen ließ. Es genierte Schneider, sie zu belauschen, ohne seinerseits zu erkennen, was sie so gebannt, ja verzaubert betrachtete wie ein Kind seine Bescherung. Er bedankte sich für den Einblick in LouAnnes Arbeitswelt und zog es vor, im Hof auf sie zu warten.

Sie haben nur zu wünschen, *professore*. Führen Sie Lou heim, den Rest lassen Sie unsere Sache sein. Aber gestatten Sie mir noch ein Wort unter Freunden?

In seinem Büro voll figürlicher Keramik von Niki de Saint Phalle führte er Schneider ans Fenster mit Flußblick.

Heute war sie müde. Manchmal schläft sie bei der Arbeit ein.

Da Schneider die Antwort schuldig blieb, fuhr er fort:

Du bist auch ein wenig streng zu ihr, wenn ich das sagen darf.

Streng?

Seit sie mit dir zusammen ist, geht sie nicht mehr aus. Sie fotografiert die Herren nur noch, dann zieht sie sich zurück und zeichnet. Sie kennt nur noch ihre Arbeit. Das muß sie von dir haben.

Und das ist schlecht fürs Geschäft? fragte Schneider.

Sonst hat sie ganz gern noch ein wenig Spaß gehabt. Oder bist du schon eifersüchtig?

Ich wüßte nicht, worauf.

That's the spirit, sagte Phips. – Übrigens habe ich noch einen Brief für dich, von Wimmer, Lous Stiefvater.

Als er den Umschlag überreichte, gelang es ihm beinahe, vielsagend auszusehen.

Normalerweise erwartete er LouAnne vor dem Knopfladen, führte sie zum Wagen im Hof und winkte ihr nach. Dann ging er spazieren oder in die Bibliothek, später ins Restaurant; zum «Auerhahn» lieber nicht; er hatte keine Lust, Alice zu begegnen.

Wimmers Brief enthielt die Einladung zu einem Gespräch, nächsten Dienstag, beim Mittagessen in der «Kronenhalle».

Als er eintrat, erwartete ihn Wimmer schon unter der kleinen düsteren Landschaft des frühen Braque und erhob sich zögernd, als Schneider stehenblieb.

Er selbst war nicht zu verkennen, und sein starker Händedruck legendär. Mit fliehender Stirn und starkem Untergesicht hatte er etwas von einem Neandertaler, aber die lose Stirnlocke verriet Eigensinn und Mutwillen. Erst unterhielt man sich über die Forschungen beiderseits, doch eigentlich zählten nur diejenigen Wimmers. Es ging um einen Fadenwurm, dessen DNA mit derjenigen des Menschen hinreichende Ähnlichkeit besaß, daß man aus seiner Fähigkeit, unerwünschtes Zellwachstum zu korrigieren, auch für den Menschen vielversprechende Schlüsse ziehen durfte. Dagegen hatte Schneider nur brotlose Kunst zu bieten. Immerhin fand Wimmer auch kulturelle Mutationen als Träger von Evolution interessant genug, um seinen flotten Verzehr des Münsterburger Geschnetzelten hie und da mit einer Frage zu unterbrechen. Man merkte ihm an, daß er Mahlzeiten als notwendiges Übel ansah und Geisteswissenschaften als Luxus.

Gut, daß Sie davon nicht leben müssen, sagte er. – Dennoch hatte er die Einladung schon, als Schneider die Menükarte studierte, zu seiner Sache erklärt.

Lou will Sie heiraten, erklärte er beim Nachtisch, der hausgemachten Mousse; das wäre ein Schritt, den sich alle Beteiligten wohl überlegen müssen. Sie ist speziell. Ich hoffe, Sie wissen, worauf Sie sich einlassen, was Sie an ihr haben und was nicht.

Ich liebe sie.

Gut, gut. Liebe versetzt Berge, aber erst einmal ist sie wohlfeil, und Lou ist eine Frau, von der sie leicht zu haben ist.

Wenn ich Sie recht verstanden habe, würden Sie sehr irren. Ich habe an ihr nichts Leichtes gefunden.

Sie werden nicht so ungalant sein, auf ihr Gewicht anzuspielen.

Sie ißt gern, das ist wahr. Und man kann ihr ja nicht alles verbieten. – Ich bin nicht ihr Vater. Als ich ins Bild kam, war sie schon neun Jahre alt.

Wer ist ihr Vater?

Sie kam in Lisas Ehe mit meinem Vorgänger zur Welt, aber seine DNA hat sie nicht, glücklicherweise. Unter Männern hieß er Bubi, kleiner bayerischer Adel, adrett, Manieren. Den Stiefsöhnen war er nicht gewachsen. Die hatten noch einen Vater gekannt, und Lisa einen ganzen Mann. Der große Schädler ist in den Stiefeln gestorben, drüben, in West Virginia, beim ersten Spatenstich für das neue Glasfaserwerk. Zu früh für Lisa, dreiunddreißig, Mutter zweier Söhne, aber immer noch eine Frau aus Fleisch und Blut. Sie wünschte sich noch ein Kind, und da konnte Bubi nicht dienen. Für den sozialen Auftritt, Reisebegleitung, Konzert und so weiter war er gut, aber *not amused,* als sie sich bei einem Künstler holte, was ihr gefehlt hatte. Maler, glaube ich, ein Schwede. Danach hatte Lisa von der Bubi-Ehe genug, bis wir uns kennenlernten.

Und LouAnne lebte mit Ihnen.

Naja. Die Familie hat ein Gut im Fürstenland, mit Wasserschlößchen, da wuchs sie auf. Fing spät zu sprechen an, Schreiben und Lesen war gar nicht. Aber sie zeichnete. Da schlägt die Vaterseite durch, auch beim Haar und der Figur. Aber wer sie sah, war hingerissen. Immer lieb und schnucklig. Wem sage ich das.

Und wer schaute zu ihr?

Die Kinderschwester, Otti Seleger, Handarbeitslehrerin gewesen, alte Schule, strikt, aber zuverlässig. Sie mußte dem Kind die Grenzen zeigen, jetzt besorgt sie den Haushalt und sieht zum Rechten. Otti wird auch mit einem Ehepaar fertig. Aber Sie müßten zusammenziehen. Schluß mit dem lustigen Junggesellenleben.

Die Lustigkeit hält sich in Grenzen.

Jedenfalls wären Sie versorgt. An der Geschworenengasse, ein Bijou. Sie kennen das Haus.

Nur von außen. LouAnne scheint Frau Seleger zu fürchten.

Übertreiben wir nicht. Lou ist nicht mündig, juristisch gesprochen. Ihr Vormund ist Professor Sigg, öffentliches Recht, Nationalrat, unabhängig, eine Persönlichkeit. Die Familie hat mit ihm gesprochen. Natürlich wünschen wir dem Kind ein normales Leben als Frau. Aber sie braucht Beistand, rund um die Uhr. Das Büro ist eine geschützte Werkstatt, auf Reisen ist sie sicher. Aber zu Hause muß man sie hüten. Das heißt, man muß auch das Haus hüten.

Ein Bijou.

Ich denke, Sie waren noch nie drin.

Ich versuche nur Ihre Worte zu erraten. Ein Sport.

Sonst scheinen Sie wenig Sport zu treiben.

Gar keinen. Aber ich wandere, auf dem Pfannenstiel.

Wimmer lachte unbehaglich. – Ihr Glück, daß Kollege Sigg ein Faible für Geschichte hat. Aber Historiker beschäftigen sich naturgemäß mit Dingen, die vorbei sind, und Sie sind auch nicht mehr der Jüngste. Wir wünschen Lou, daß sie in gute Hände kommt. Was haben Sie sich denn vorgestellt?

Vorgestellt?

Als Mitgift.

Nichts weiter. Sie bieten mir ja ein Heim.

Übernehmen Sie sich da nicht?

Ich habe eigene Mittel.

Eine Million ist heute schnell durch, wenn man vom Kapital leben muß.

Bin ich Millionär?

Wimmer lachte. – Die Steuerbehörde hält Sie dafür. Und die Unterlagen sind einsehbar, für jedermann.

Darum kümmert sich mein Treuhänder.

Aber es ist doch Ihr Geld, sagte Wimmer deutlich befremdet.

Der Ober erkundigte sich nach weiteren Wünschen; Wimmer bestellte noch einen Grappa, schon den dritten.

Spielen wir mit offenen Karten, sagte er. – Welche Verpflichtungen haben Sie gegen die Dame, mit der sie leben? Frau Gyr? Keine, sagte Schneider, und wir leben nicht miteinander. Aber sie erläßt Ihnen die Miete. Das ist doch sehr – intim? Sehr persönlich, aber nicht intim. Jeder lebt für sich. Ihr Vermögen ist in Gold angelegt, und wenn sich sein Wert überhaupt bewegt, dann abwärts. Und dann haben Sie noch Papiere dieser Rohner AG ... Pipifax. Was sagt eigentlich Ihr Anlageberater dazu? So etwas habe ich nicht. Das ist ja märchenhaft.

Herr Kollege, erklärte Schneider, Sie haben es getroffen. Meine Kinderfrau muß über die Verwendung des Vermögens so genau bestimmt haben, daß Herrn Lutzens Hände gebunden sind. Es brächte also nichts, mit ihm zu reden, ich würde ihn nur in Verlegenheit bringen. Mir genügt, daß er der Mann ihres Vertrauens war, also auch des meinen.

Glauben Sie denn, daß dieser sogenannte Biotreibstoff je wieder *anzieht*? Oder daß die Anleger wieder ins Gold flüchten? Worauf spekulieren Sie, Herr Kollege?

Ich sehe nicht ganz, was die Frage mit LouAnne zu tun hat.

Das Kind hat nie mit Geld umgehen gelernt. Und wenn sie einen Mann bekommt, der sich auch nicht darum kümmert – wo führt das hin?

Als Herr Lutz noch mein Vormund war, hat er sein Bestes für mich getan, ohne daß wir darüber zu reden brauchten. Und LouAnne hat Herrn Dr. Sigg – eine, wie Sie sagten, absolut unabhängige Persönlichkeit. Ich schlage vor, daß diese Herren unter sich über Geld sprechen, wenn es sein muß, und was immer herauskommt, bin ich bereit zu unterschreiben.

Mit Verlaub, Herr Schneider, Sie spielen den Unmündigen. Aber LouAnne *ist* unmündig.

Darüber erlaube ich mir eine andere Ansicht. Und wo es um eine Ehe geht, spiele ich nicht, am wenigsten mit LouAnne.

Sie sind zu allem bereit? fragte Wimmer. – Soll ich Ihnen sagen, worauf Sie hinauswollen?

Bitte, Herr Kollege.

Geiselnahme, sagte Wimmer und klemmte die Lippen ein.

Schneider sah ihn verständnislos an.

Eine Kette ist so stark wie ihr schwächstes Glied, nicht wahr. Lou ist das schwächste Glied der Familie. Wer es in der Hand hat, hat die Familie in der Hand oder könnte es glauben. Und damit würde er sich verrechnen.

Das sind jetzt die offenen Karten, sagte Schneider.

Sie beschäftigen sich mit Geschichte, sagte Wimmer, und so läuft das doch immer: Schmerzensgeld gegen Schweigegeld. Und Sie haben jetzt die Wahl, ob ich Sie für einen guten Historiker halten soll oder für einen naiven Menschen.

Sie sind jedenfalls ein unerschrockener Forscher, sagte Schneider, aber Ihre Menschenkenntnis bleibt ausbaufähig. Ich habe nicht einmal LouAnne in der Hand, und noch viel weniger die Familie Schädler. Geradeheraus: ich wünsche keinen Teil an ihr, ihr Geld geht mich nichts an, und mein Glück braucht sie nicht zu kümmern.

Das tapfere Schneiderlein, sagte Wimmer. – Das ist ein Handel, und hoffentlich kein Märchen. Aber in die Geschworenengasse würden Sie ziehen, mietfrei?

Unter der Bedingung, daß Frau Seleger auszieht.

Aber sie sorgt für das Nötige, und Sie können arbeiten. Oder wollen Sie einkaufen? Kochen? Putzen?

Das kann ich lernen.

Nun gut, des Menschen Wille ist sein Himmelreich. – Aber etwas muß noch klar besprochen sein. Lou kann keine Kinder haben, ich brauche wohl nicht erklären, warum. Als Kind hatte sie eine Appendektomie, da ging es in einem.

Und war auch bequemer, bei ihrem Bedürfnis nach Zärtlichkeit.
Wimmer hatte beiden den Rest des Hausweins nachgeschenkt;
jetzt hielt er inne.

Es war ein Verbrechen, nicht wahr? fragte Schneider.

Man würde das heute wohl anders handhaben –

Ja oder nein?

Na gut, sagte Wimmer. – Es war nicht wohlgetan.

Schneider hob das Glas.

Dieter, sagte Wimmer.

Schneider.

Sie stießen an.

Gut, bleiben wir beim Sie, sagte Wimmer, trotzdem: viel Glück.

Jetzt können die Anwälte ans Werk.

6 Der unvollendete Akt

Auf dem Standesamt trug LouAnne zu einem Schleier mit Silberfäden ein weißes Hosenkleid mit knielangem Umhang in Shantung-Seide. Im Arm hielt sie eine *Cynara*, halb Distel, halb Artischocke, mit einem violetten vielblättrigen Kopf. Schneider hatte einen Frack gemietet, weiße Handschuhe und einen Zylinder, der ihn größer machte. Als Zeugen waren Professor Sigg, LouAnnes Vormund, zur Stelle, und Philipp, bürgerlich Pfaff, mit Künstlername Boff, unter Freunden Phips. Schneider hatte keine Familie. Alice war verreist. Ja. – Ioh. Dann fuhr man in schwarzen Limousinen ins Haus zum «Himmelsschlüssel». Lisa Schädler hatte es neu einrichten lassen. Im lichtdurchfluteten Dachboden, inmitten von LouAnnes Zeichentischen, erhob man noch einmal das Glas. Ihr Atelier war eigentlich eine selbständige Einliegerwohnung mit massivem Gebälk und wohnlichen Winkeln; es hatte eine Falltür, die man hochziehen konnte. Wimmer, Brautvater ersatzweise, hatte dem Paar eine Corbusier-Sitzgruppe gestiftet und einen Fernseher mit 1920 x 1080 Bildpunkten, so daß man sich unwillkürlich duckte, wenn man aus dem Bildschirm ein Pferdegespann auf sich zusprengen sah. Auch Sigg gab sich die Ehre; Schneider kannte ihn bisher nur von Wahlplakaten. In natürlicher Größe imponierte er durch druckfertige Formulierungen und fand, was andere zu sagen hatten, regelmäßig ergänzungsbedürftig. «Wenn ich Sie recht verstehe», begann er seine Erwiderung und drückte mit der ihm eigenen Brillanz aus, was der andere eigentlich hatte sagen wollen, so daß sich dieser zugleich richtiggestellt und geschmeichelt fühlte. Seine markante

Nase rümpfte sich leicht, etwa angesichts des blühenden Holun-
ders, den Schneider im Topf neben dem Bett seiner Frau hatte auf-
stellen lassen. Aber er hatte Schneiders Arbeit über Liebe im 18. Jahrhundert gelesen, und wenn er sie recht verstand, handelte sie von
Zusammenhängen, die er schon selbst hergestellt hatte, war also
nicht unbeachtlich.

Ottilie Seleger war unsichtbar. In der ersten Etage, wo sie gewohnt
hatte, durfte Schneider seine neue Wohn- und Arbeitswelt betreten.
Die maßgefertigten Nußbaumregale boten Platz für eine ansehnliche
Bibliothek. Er verfügte über ein Louis-quinze-Ensemble, bestehend
aus Schreibtisch mit Lehnsessel, zwei Kommoden und einem chinesischen Sekretär, daneben gab es ein Schlafzimmer mit Betthimmel
auf gedrechselten Säulen. Die Etage hatte auch eine Dusche.

So, erklärte Lina Schädler, würde sie selbst gerne wohnen.

Die Beletage war von einem weiträumigen Eßzimmer mit an-
schließender Wohnküche belegt. Zur Gasse öffnete sich eine Fen-
sterzeile mit Erker, nach hinten führte eine Fenstertür zum Hof, wo
man auf gedeckter Terrasse Abende im Freien genießen konnte, fast
im Schatten der nahen Dominikanerkirche, jetzt Archiv der Univer-
sitätsbibliothek. Zur Gemeinschaftssphäre gehörte auch ein majo-
lika-gekacheltes Badezimmer.

Im Parterre, mit Katzenkopf gepflastert, hatte Frau Schädler den
mittelalterlichen Zustand des Hauses wiederhergestellt. Schonend
beleuchtete Freskenreste an zwei Wänden zeigten die Gesichter unbestimmter Damen und Ritter; Faltenröcke, auch ein Heiligen-
schein, waren mit Rötel skizziert. Dahinter lagen Vorrats- und Kühl-
kammer, die den aus baustatischen Gründen zugeschütteten Keller
ersetzten, und auf der Hinterseite gab es noch ein Gastzimmerchen
mit Bett.

Bevor Schneider im «Auerhahn» ausgezogen war, hatte sich Alice
nach Fiesole verabschiedet. Seine Habseligkeiten hätten in zwei Kof-

fern Platz gehabt, den kleinen Lieferwagen benötigte er nur der
Bücher wegen. Nun bewegte er sich als Hausmann unter Stilmöbeln.

Sigg über-
wies ein Monatsgeld, über dessen Verwendung der Ehemann Buch
führte; was er für sich allein brauchte, bezahlte er aus eigener Tasche,
durch Anweisung an Herrn Lutz. Den Lohn, den LouAnne von den
Architekten auf die Hand erhielt, verlegte sie sorglos im ganzen
Haus, und was Schneider wiederfand, sammelte er in einer Schuh-
schachtel. Daraus bestritt er den Aufwand für LouAnnes textilen
Bedarf, einerseits an maßgeschneiderten Arbeitskostümen, anderseits an Kopfschmuck aller Art, den sie aus arabischen Stoffen
schneidern ließ und an dem sie stundenlang selbstvergessen wickeln
konnte. Ganz unverhüllt hat er sie in ihrer Ehe nicht gesehen, aber
der Kopf mit dem Weizenhaar blieb doch der schamhafteste Teil,
und mit dem Kopftuch schien sie anzuzeigen, daß sie gebunden war.

Noch immer fuhr sie täglich zum Zeichnen ins Büro, und wenn
sie nach fünf wiederkam, badete sie ausgiebig und kam in ihrem
langen ockerfarbenen Hausmantel zu Tisch, wo Schneider sie im
gleichen Kostüm erwartete, bei ihr mit diskreten Vierecken gemu-
stert, mit Dreiecken bei ihm. Zu Hause aß sie ungeniert, und er
hatte die Pflanzenkost, die sie bevorzugte, bald nach ihrem Geschmack zubereiten gelernt und sah ihre Zunge mit Vergnügen am
Werk; danach stieg sie vor ihm die Treppe hinauf, und nachdem er
einen Film eingelegt hatte, schritten sie ohne Umstände zum Voll-
zug ihrer Ehe, für den, statt harter Kinosessel, das nur wenig beque-
mere Corbusier-Sofa zur Verfügung stand. Den Film hatte Schneider aus dem Angebot eines Klassiker-Verleihs ausgesucht; nun lief
das Video auf dem übergroßen Fernsehschirm, dem sie so nahge-
rückt waren, daß sie sich fast als Teil der Handlung betrachten durften. Ihre eigene blieb äußerlich fast unverändert, noch immer
wandte sie ihm den bekleideten Rücken zu; noch immer saßen sie,
wie Äffchen, eng ineinandergeschmiegt; noch immer fand die eigent-

liche Handlung verborgen statt und in tiefer, ja noch zunehmender
Stille. Laut lief nur der Film, und was sie verband, hatte so lange
vorzuhalten wie er. Aber es hätte jetzt auch länger dauern dürfen,
und ihm schien, es verfeinere sich jeden Tag.

Daß er sich nicht täuschte, bewiesen die Zeichnungen, die sie davon anfertigte, wenn sie allein war; sein Gesicht hellte sich immer
weiter auf und wurde ähnlicher. Die Kamera erübrigte sich; es war
ihr Schoß allein, der Bilder machte, mit immer wechselnden Einstel-
lungen, mehr oder weniger geöffneter Blende, während er die Kunst
übte, dazu nichts als stillzuhalten. Immerhin hatte auch er seinen
Spielraum erweitert; denn allmählich lernten seine Hände unter
dem Kleid ihre Brüste fassen und bemühten sich, sie mit ähnlicher
Sorgfalt zu behandeln, wie sie seinen Zeichner in ihrem Innern
führte. Hart und Weich schienen endlos aneinander formen und
schon Erreichtes immer noch weiterbilden zu können, ohne ihre
Stellung zu verändern. Allmählich aber zog warme Leere an jede
Stelle ein, löste die Glieder, eins ums andere, sie kamen wie von
selbst nebeneinander zu sitzen. Die Arme der Frau wurden frei, sich
um den Mann zu legen; ihr Kopf fiel an seine Schulter, wo er allmählich bis zu seiner Brust weitersank. Eine Weile hörte er ihrem regelmäßigen Schnaufen zu; der Dunst ihrer Müdigkeit hatte etwas Tier-
haftes, ihn aber ließ er in Ruhe zu sich selbst kommen. Mit starken
Armen trug er die große, lockere Last in ihr Bett, küßte sie auf die
Stirn und deckte sie für die Nacht zu. Dann schaltete er den Fernseher aus, öffnete das Fenster einen Spalt und stieg durch die offene
Falltür in sein Studio ab, um zu arbeiten. Schlafen legte er sich erst
nach Mitternacht, welche die Glocke der nahen Augustinerkirche –
aufgrund vieler Einsprachen – nicht mehr anzeigen durfte.

Dafür weckte sie ihn mit den ersten sieben Schlägen, rechtzeitig
für seine Morgentoilette und die Zubereitung des Frühstücks. Da
LouAnne am Morgen nicht gesehen, darum auch nicht geweckt
werden wollte, stand er grußlos abgewandt, wenn sie an ihm vorbei

im Morgenmantel zum Badezimmer schlich. Ging sie nach oben, um sich anzuziehen – das konnte sie allein –, saß er schon bei Tisch, das Gesicht hinter der Zeitung versteckt. Endlich setzte sie sich wortlos dazu, der Fahrer wartete bereits, darum vertilgte sie hastig, was er aufgetragen hatte.

Überhaupt redeten sie wenig; vor Worten hatte LouAnne Angst, und auch am Arbeitsplatz blieben sie ihr erspart. Schneider kannte seine Pflichten; seine Bedürfnisse richteten sich nach denjenigen, die ihn LouAnne erraten ließ, und ihre Erfüllung hatte sich so weit von bekannten Wünschen entfernt, daß ihn LouAnnes Dasein in einen Zustand fortwährender Verzauberung versetzte, auch wenn sie von Verlegenheit nicht immer zu unterscheiden war. Seine Arbeitsräume betrat sie nie, und er ihren Dachboden tagsüber nur zum Aufräumen und Staubsaugen. Dabei goß er den Holunder und stellte eine frische Rose an ihrem Bett ein. Natürlich besorgte er auch ihre Wäsche – die Apparatur dazu stand im Parterre – und hängte sie in der hofseitigen Terrasse zum Trocknen auf. LouAnnes Garderobe war anspruchslos, aber ihr blaues Arbeitskleid wechselte sie täglich, und Schneider hatte es bügeln gelernt. Das erste war in Chengdu für sie maßgeschneidert worden, nachdem sie es an einem Gärtner gesehen hatte. Danach wollte sie nichts anderes mehr tragen.

In ihrem Dachatelier stand ein Schrank, der ihre Garderobe aus Ottis Zeit enthielt. Einmal hatte Schneider einen Blick hineingeworfen: da hing, in Samt und Seide, ein Markenartikel neben dem andern, von der langen Robe bis zum Mini alles, was für die Ausstattung einer Puppe von Welt nötig ist. Diese Kleider hatte LouAnne abgetan, seit sie, in Phips' Worten, «selbst zur Marke geworden war». Es gab in ihrer Dachwohnung einiges, was auch ihr Hausmann nicht anrührte, etwa die sargähnliche Truhe, in der sie ältere Zeichnungen aufbewahrte, und auch nicht – jedenfalls am Anfang – ihren Computer, den massiven, für W & B spezialgefertigten Apparat, vor dem sie selbst stundenlang sitzen konnte, um ihr Fotomaterial zu bearbeiten. Dafür gab es in ihrer Etage kein Buch. Vor Büchern zeigte sie eine Scheu, die an Angst grenzte. In ihrer ersten Zeit hatte er ihr vorlesen wollen, etwa ein Märchen; da begann sie zu zittern und hielt sich die Ohren zu. Die Wörter kamen und gingen ihr zu schnell; Musik war etwas anderes. Der Film brauchte ihr nichts zu sagen, wenn er nur von Tönen begleitet war, und manchmal hüpfte ihr Schoß im Takt dazu.

Sie konnte ja doch tanzen.

Ihr Gesicht durfte er jetzt so wenig sehen wie ihre Blöße, als wäre es das Nackteste an ihr; sie arbeitete an *seinem* Gesicht. Wenn sie glaubte, ihr Werk zeigen zu dürfen, sagte sie: Ich habe neue Bilder, und wartete darauf, daß er sie mit ihr zusammen betrachtete. Sie waren deutlicher geworden, aber oft schien er sich gar nicht ähnlich zu sein; der verborgene Entwickler warf Bilder aus, in denen er sich nicht wiedererkannte, und es konnte nicht fehlen, daß sie seine Enttäuschung bemerkte. Dann blieb sie zwar jeden Tag für Aufnahmen bereit, aber hatte keine neuen Bilder mehr – für seine Augen. Denn sie arbeitete ja fortgesetzt, werktags im Büro, am Wochenende aber im häuslichen Atelier. So blieb nicht aus, daß auch der Hausmann seinen Tag selbständig einteilen mußte.

Freitags hielt er immer noch pflichtschuldig sein Seminar zur Schweizer Geschichte; sie besuchte es nicht mehr, seit sie ihn täglich vor Augen hatte. Auch der übrige Zulauf hielt sich in engen Grenzen. Seit seiner Heirat zeigte sich Alice nicht mehr, während sie früher unregelmäßig gekommen war, um sein Thema bei Tee unter vier Augen weiterzuentwickeln. Es lautete inzwischen «Gründer der Schweiz»: er bereitete sich immer noch gewissenhaft darauf vor, und eigentlich fand er seinen Ansatz originell genug, daß er auch das Fach hätte interessieren dürfen. Denn er beschäftigte sich weder mit den geläufigen Gründerfiguren noch mit den Legenden, kraft welcher sie dazu geworden waren, wie Tell, Bruder Klaus oder Pestalozzi, auf den sich sogar das Waisenhaus einen Vers gemacht hatte:

Kännscht du de Song vom Heiri Peschtalozzi?
Isch das nüd en brave Maa?
Hät so mänge-n- arme Chinde ghulfe,
Mues de nüd en Batze haa?

Inzwischen kannte er einen andern Pestalozzi, den Franzosen-
freund, Landesverräter, frommen Narren und Phantasten, der eigene
Kinder so wenig hatte erziehen können wie Rousseau. Immerhin war
er Realist genug gewesen, dem Zaren Alexander – übrigens einem
andern wahren Gründer der Schweiz – die Alphabetisierung seiner
Russen abzuschlagen, und war von ihm dennoch mit einem Orden
bedacht worden. Um der Geschlechtersymmetrie willen hatte er seinen Studierenden (die neutrale Bezeichnung war inzwischen Pflicht)
auch einige Gründerinnen präsentiert. Zum Beispiel die Bündner
Malerin Angelika Kauffmann, die in Rom für ihre Bilder nur *Gelb*
verwendet hatte, Olga Hünerwadel, die Gründerin einer Schweizer
Kolonie in Brasilien, oder eine Landtochter aus dem Solothurner
Jura, die einem Großwesir des Osmanischen Reiches als Gattin gedient hatte. Die wahre Quelle seines historischen Gerechtigkeits-
gefühls aber blieb der Schoß LouAnnes, der von seinem Glück,
wenn es denn eines war, nichts wußte. Und im Intimbereich spielten
sich auch die Krisen ab, an denen diese Ehe in ihren acht Jahren
gewiß nicht ärmer war als eine zwischen Mündigen, denn sie waren
in Sprachlosigkeit begründet und ließen sich dementsprechend
nicht ausdiskutieren, was Schneider nicht als Nachteil empfand. Er
war der einzige, der das Gastzimmerchen benützte, aber nur, wenn
LouAnne auf Dienstreise und seine räumliche Nähe nicht geboten
war. Dann entfloh er dem Gefühl der Verlassenheit in das zellen-
artige Asyl im Parterre, wo die Leere wenigstens mit Händen zu
greifen und nicht mit Stilmöbeln verstellt war, und füllte sie mit
Erinnerungen an seine Junggesellenjahre, an Pfarr- und Waisenhaus
oder an Hanselmanns vergittertes Nest an der Hinterwand seines
Ateliers. Bei Alcina war kein Trost zu finden, denn LouAnne hatte

jetzt ganz und gar die Stelle der Kinderfrau eingenommen, und wenn sie fehlte, stürzte der Blick ins Bodenlose.

Daß sich Schneider nach einem *Menschen* zu sehnen anfing, erlaubte er sich gar nicht zu denken, denn damit hätte er diejenige, die er gewählt hatte, von den Menschen ausgeschlossen und an ihr gehandelt wie jedermann, von den Schädlers und Wimmers bis zum Emir von *Ras al-Khaimah*. Er aber war nicht jedermann, sondern der Mann zu dieser Frau, die seinetwegen nicht mehr *ausging* und tanzen lernte, um sein Gesicht zu zeichnen. Ihretwegen verzichtete er auf Menschen, die ihn verstanden, und brauchte auch nicht mehr verstanden zu sein; er hatte sich entschlossen, mit LouAnnes schönem Unverstand zu stehen und zu fallen. Darum kam ihnen kein Besuch mehr ins Haus, der sie, und also ihn, hätte bloßstellen können, sei es mit der höflichsten Floskel oder auch mit dem klügsten Gespräch. Jedes Wort hätte, schon als solches, das Innerste ihrer Verbindung nach außen gekehrt, ihre Ehe durfte nur von ihnen selbst berührt werden. Und dafür mußten sie mit ihr allein sein, und Schneider, der Wortmächtige von beiden, immun gegen jede Versuchung zur Therapie. Und das im bürgerlichen Münsterburg, das in dieser Hinsicht reicher war an Angeboten als jede andere Stadt Mitteleuropas.

Meinen Sie, Zürich zum Beispiel
Sei eine tiefere Stadt,
Wo man Wunder und Weihen
Immer als Inhalt hat?

Schneider war in Wundern und Weihen immerhin geprüft genug, um in LouAnnes Schoßkindern, wenn sie ihm nicht ähnlich sahen, Vorgängergesichter zu vermuten, und einige waren ihm so wohlbekannt, daß er Wimmers Verdacht der «Geiselnahme» in neuem Licht sehen mußte. Auch *seine* Spur glaubte Schneider auf LouAnnes Zeichnungen hinreichend – für ein verletzbares Gefühl: mehr als hinreichend – zu erkennen, wenn sie, in aller Unschuld, nur am

Gesicht ihres Mannes zu arbeiten glaubte. An den Unähnlichkeiten, die Schneider feststellte, hatten frühere Eindrücke mitgewirkt, sie verrieten sich mit außereuropäischen Gesichtszügen, aber auch mit solchen, die Schneider an ihrer Hochzeit begegnet waren. Es waren Bilder des Mißbrauchs, und daß sie LouAnne unbefangen als «neue Bilder» präsentieren konnte, bewies zugleich, daß sie ihre Kraft verloren hatten, wenn – ja, wenn er nicht mit seinem Schrecken, seiner Empörung, seiner beleidigten Eifersucht dazwischenfuhr. Er mußte *verstehen*, ja spüren, wie dem Kind geschehen war, er mußte es mittragen und keine Miene verziehen, sonst wurde das Kind nicht seine Frau und aus dem Gesicht, das sie mit seinem Stift zeichnete, nicht sein eigenes.

Er sah Männer auf LouAnnes Zeichnungen, die er aus Lisa Schädlers Fotoalbum kannte, es war eine Räubergalerie, und er schauderte beim Gedanken, was er ihnen nachgetan hatte, und verstand plötzlich, warum sie ihn zum Stillhalten gepreßt hatte, mit ihrem ganzen Gewicht. Daß sie jetzt nichts mehr dabei fand, ihm diese Gesichter vorzuführen, war eine Erlösung. Sie glaubte ihm nähergekommen zu sein, ihn immer besser getroffen zu haben; das mußte ihre Art sein, Unschuld wiederherzustellen. Ja, das war er, und es traf ja zu: gern oder nicht, das war er *auch*.

Auch diese Fratzen zeigten sein Gesicht; die Brüder, Stiefväter, Vormünder, Familien- und Geschäftsfreunde, die sich an seiner Frau, dem Kind, vergriffen hatten, sie alle war er *auch*. Und mit dieser Einsicht erst begann der eheliche Verkehr seine Fesseln abzuschütteln, auch diejenigen an Sessel und Film. Schließlich paarten sie sich rückhaltlos, als hätten sie nur darauf gewartet, und – im vierten Ehejahr – endlich lange genug.

Es hatte damit angefangen, daß er – bei Fellinis «La Strada» – zum ersten Mal die Regel brach. Mitten im Film hatte er sie aufgehoben, in ihr Bett getragen und war über sie hergefallen, als wäre es zum ersten und letzten Mal. Schließlich preßte sie ihn an sich, als wollte sie ihn ganz und gar verschlingen, und rüstete ihn damit schon für den nächsten Lauf. In jener Nacht fingen sie an zu leben, denn Berg Semsi hatte den rechten Räuber gefunden, und wollte nicht mehr aufhören, sich aufzutun, um seinen Schatz zu verschwenden, und davon erst schien er unerschöpflich zu werden.

Schon im «Wintermärchen» hatte er bemerkt, daß LouAnne für Abläufe, für den Fortgang einer Handlung, kein Organ besaß. Ihr Augenmerk haftete am einzelnen Bild. So gab es auch keinen Faden, den sie verlieren konnte. Dafür vertiefte sie den festgehaltenen Augenblick, wie ein Film sich im Säurebad entwickelt. Sie besaß einen Blick für etwas wie die Innenseite der Zeit.

Und plötzlich glaubte er in ihren Bildern immer deutlicher *frühere* Umgebungen seines Lebens mitzusehen.

Dieses Gesicht konnte sich nur mit Alice unterhalten haben, jenes mit Guy. Manchmal fiel ihm sogar erst beim Anblick ihrer Zeichnung die Person wieder ein, zu der er *dieses* Gesicht gemacht hatte, kein anderes. Die Spur ihres Stifts führte immer weiter in seine Lebensgeschichte zurück, als diene das Verrinnen der Zeit nur der klareren Sicht. Wäre eines Tages sein Kindergesicht wieder aufgetaucht?

Jedenfalls schienen Bücher für die Zeichnerin ihren Schrecken verloren zu haben. Ihr liebstes Gesicht schien sogar der *Lesende* zu sein. Einem Buch zugeneigt, das man nicht sah, wurde er wieder zum wahren Beat. Las er ein Buch, oder vertiefte er sich in sich selbst? So hatte sie ihn gezeichnet, ganz und gar treffend, dabei unwissend und nicht darum bekümmert, daß nicht seine Lektüre begnadet war, sondern ihre.

Oft trug er auf ihren Bildern längst abgelegte Kleider, und immer wieder zeigte er sich mit freiem Oberkörper, und dabei wurde auch sein Haar wieder voll. Aber *ganz* nackt machte sie ihn nie, und sein Geschlecht blieb ungezeichnet. Ihr Stift hatte die Stelle ausgespart, wo er sie am tiefsten berührt hatte. So blieb seine Gestalt ein Torso bis zuletzt, und schließlich für immer.

Auch durfte sie ihn nicht ansehen, um ihn zu zeichnen. Anfangs
war es ihr Rücken, der ihr sein Gesicht verbarg. Später hielt sie die
Augen geschlossen, auch im Augenblick tiefster Innigkeit.
Doch sie sah auch sich selber nicht.
In ihrem Dachatelier gab es keinen Spiegel; wenn sie sich
schminkte oder puderte, tat sie es nach Gefühl. Er hielt es für einen
Tic der «wahren Ioh».

Er selbst hatte einen Spiegel, gleich am Ausgang seines Studios, in
dem er sich musterte, bevor er das Haus verließ – lieber den Anzug
als das Gesicht, dem er nur einen raschen Blick gab. Er erinnert sich,
daß LouAnne einmal neben ihm stand und ihn verwundert ansah.
Wozu verweilte er sich vor der blanken Wand?

Das Mädchen, das sich im Spiegel nicht sehen wollte –
Ein solches Märchen gibt es nicht, und noch weniger hätte es
LouAnne hören wollen. Keine Märchen mehr für LouAnne. Witterte sie etwas dergleichen, konnte Schneider zusehen, wie sie erstarrte, wie sonst nur noch, wenn der Name «Gott» fiel. Es mußte
unter den Besuchern des Wasserschlößchens, den Wohltätern des
behinderten Mädchens einen Theologen gegeben haben; Märchenerzähler waren sie alle. Vielleicht hatte auch Pfarrer Butz zu ihren
Gönnern gehört. In Gottes Namen! Selbst dieser mildeste der Flüche war Schneider verboten und im «Himmelsschlüssel» nicht auszusprechen. Von Gott wollte LouAnne so wenig hören, wie sie sich
im Spiegel sah.

Er, er allein war der Spiegel, in dem sie allmählich, unendlich
zögernd, über sich brachte, sich zu sehen.

Da erst hörte auch Schneider langsam auf, mit seiner Liebe so
allein zu sein, wie er es in den ersten Jahren ihrer Ehe gewesen war.

Damals schliff er, wie ein alter Glaskünstler, aus dem verbotenen
Stoff ihres Lebens einen Spiegel für LouAnne. Er arbeitete an ihrem
Bild, gewiß nicht weniger gewissenhaft, als sie an seinem. Nur durfte

er ihr seine Arbeit nicht zeigen, sonst war sie umsonst. Mit Wörtern durfte er sie nicht zeigen. Unmittelbar mußte er sie ihr einschreiben, in ihren Leib, mit seinem Stift.

Als alles vorbei war und er zurück im «Auerhahn», hat er seine Notizen, soweit er sie noch entziffern konnte, in den Computer übertragen, den er zur Not bedienen lernte. Immer wieder ließ ihn das Gerät im Stich; aber es gelang, mit Schüpbachs Nachhilfe, zu speichern, was von seiner achtjährigen Ehe geblieben war, auf dem blauen Memory-Stick «Über das Kleine».

Ich bin gelb. Ich möchte blau sein. Aber ich bin viereckig und rot.

Als Gott den Distelfink erschuf, hatte er vergessen, ihm eine Farbe zu geben, wie allen andern Tieren. Der Distelfink war sehr traurig, denn Gott hatte versprochen, ihn besonders schön zu machen. Da kratzte er aus allen Farbtöpfen, die übriggeblieben waren, die Reste zusammen, und malte den Distelfink damit an. Ob er besonders schön wurde, bleibe offen, aber ganz sicher wurde er besonders bunt. Vielleicht schämt er sich auch darüber, denn man sieht ihn nicht mehr oft. Der Distelfink ist heute ein seltener Vogel.

«Dein Wort ist meines Fußes Leuchte, und ein Licht auf meinen Wegen.» Dieser Gott ist nicht derjenige LouAnnes. Denn er ist ein Herr des Wortes, Worte blenden, und der Punkt, auf den sie zielen, wird blind. LouAnnes Körper wurde das Augenlicht geraubt. Die großen Augen, mit denen sie in einer überbelichteten Welt herumgeht, bleiben leer, denn was sie sieht, hat keinen Zusammenhang mit ihr. Es gibt nur einzelne Bilder her, die sie mit der Kamera festhalten muß, um sie wieder herzustellen, einzusammeln, in unendlicher Mühe, aus zahllosen Spuren. Dann erst beginnt sie zu sehen, was sie nicht sehen konnte oder durfte. Ihre Zeichnungen sind eine Blindenschrift und zugleich der einzige Spiegel, den sie besitzt. Denn darin kommen die Männer zum Vorschein, die sie geblendet haben. Sich selbst ist sie noch nie begegnet; es

gibt kein Bild von ihr, das sie zeichnen könnte (vielleicht war Hermione
das Nächste dazu), dafür war ihr Körper zu tief verwunschen.
Aber auch Märchen kann sie nicht hören.

Wenn Schneider vor dem fast erloschenen Feuer brütet, weiß er, zu
spät, daß die ganze Wahrheit über LouAnne nicht einmal die halbe
war. Er hatte ihr ein Licht aufstecken dürfen, in dem sie wieder zu
sehen begann. Das Lid an ihrem Leib hatte sich geöffnet, für ihn,
um ihn, wie in einer Dunkelkammer, zu entwickeln, sich selbst immer ähnlicher zu machen, dem Menschen, der er gewesen war, und
der er, in der Tiefe der Zeit, der Wärme ihres Schoßes, immer noch
werden konnte. Er, er selbst war der Spiegel, in dem sie sich zu erkennen begann, denn in ihm begegnete ihr der eigene Wert, konnte
sie gelten lassen: sie war liebenswert und schön.

Und diesen Spiegel hat er zerschlagen.

Ioh, flüsterte er und starrte ins fast erloschene Feuer, und wenn sein
Blick unscharf wurde, sah er das verlassene Auge in ihrem Schoß
glühend werden und hatte keinen Wunsch mehr, als darin zu verschwinden.

III
1990

7 *Jomini*

Als Schneider, mit LouAnne im achten Jahr verheiratet, an der Geschworenengasse wohnte, begann er sich mit einer ihm bisher fremden Kunst zu befassen: der militärischen.

Wenn fremde Augen Schneiders Ehe ansahen, bewaffneten sie sich ganz von selbst mit einem Verdacht: die Schädlers hätten sich, unter dem Titel «Ehemann», einen Pfleger engagiert, der ihnen Verlegenheit ersparte und womöglich den Aufwand für ein Heim. Das Haus «zum Himmelsschlüssel» stand unter Denkmalschutz und lieh dem Geschäft eine respektable Fassade. Wo es um so viel Geld geht, wird *jede* Ehe legitim. Zugleich blieb sie unter Verschluß. Auch kein Vormund ist Schneider, nach dem Einzugsfest, anders als postalisch über die Schwelle gekommen.

Einen neuen Gast hatte LouAnne freilich eingeschleppt. Im Büro begannen Rechner immer mehr die Arbeit am Zeichentisch abzulösen; einen davon hatte sie nach Hause gebracht und bei seiner Bedienung ein Geschick entwickelt, über das Schneider nur staunen konnte. Zum ersten Mal schien sie Buchstaben lesen zu können, wenn sie ihnen auf einer Tastatur begegneten, und traf sie auch mit zunehmendem Geschick, obwohl die Wörter, die sie damit bildete, aller Rechtschreibung spotteten. Aber wenn sie ihre Originalzeichnungen fotografiert und die Bilder von der Kamera auf den Bildschirm übertragen hatte, kannte sie bei ihrer digitalen Bearbeitung keine Grenzen, als habe das neue Medium auch diejenige der Scham übersprungen und war etwas gelungen, so rief sie ihn in ihr Dachatelier hinauf. Wenn sie neue Bilder hatte, mußte er sie sehen, und wenn sie Kopf an Kopf saßen, manipulierte sie sein virtuelles Gesicht mit kindlichem Vergnügen, machte es mutwillig kleiner und größer, drehte es um, verfärbte es rot und grün oder zauberte eine Landschaft dahinter.

Wie sie es anfing, konnte sie ihm freilich nicht erklären, aber das konnte Schüpbach, der IT-Experte des Historischen Seminars, ebensowenig. Und so nutzte Schneider seine Inkompetenz zum Verweilen an ihrer Seite. Manchmal aber beschlich ihn das Gefühl seiner Entbehrlichkeit, und wie entzaubert kehrte er zu seiner Schreibmaschine zurück, der plötzlich alt aussehenden Super-Alphabetin mit dem Kugelkopf. Dann fiel ihm lange nichts mehr ein.

Zeichnete der Rechner die ersten Risse ins Gehäuse ihrer Ehe? Wo nahm Schneider den Eindruck her, daß es so nicht weiterging?

Wenn sich Schneider an die letzte Woche im Haus «zum Himmelsschlüssel» erinnert, sieht er das Bild eines jungen Offiziers des *Ancien Régime* vor sich: Antoine-Henri Jomini.

Doch am Anfang stand ein Wort Moritz' von Sachsen, Marschall von Frankreich, der nie eine Schlacht verloren haben wollte.

Der Krieg ist eine Wissenschaft, gehüllt in Finsternisse, in deren Mitte man nicht mit sicherem Schritte wandeln kann; die Gewohnheit und die Vorurteile sind ihre Grundlagen, die natürliche Folge der Unwissenheit. Alle Wissenschaften haben Prinzipien, der Krieg allein hat deren noch nicht. Die großen Feldherren, welche geschrieben haben, geben uns nichts dergleichen. Erst wenn man zugrunde gegangen ist, versteht man sie.

Jomini, ein Versteher des Kriegs, war unter den Schweizer Größen, die sich der Schüler Beat unter dem Titel «General» hatte merken müssen, nicht vorgekommen. Dabei hatte er das Seine dazu beigetragen, die alte Eidgenossenschaft zu begraben, um auf dem vaterländischen Boden eine einzige und unteilbare Republik zu errichten. Daß sie ein Satellit Frankreichs war, genierte ihn nicht, denn in der Sprache der Revolution vernahm er die Stimme der Menschheit.

Noch nicht zwanzig, als Adjutant des helvetischen Kriegsministers, schrieb er einen *Traité de grande tactique* in fünf Bänden, und als er nach Paris kam, führte ihn Marschall Ney bei Napoleon ein. Der begrüßte ihn mit den Worten: *Da sage man noch, daß das Jahrhundert nicht vorwärtsgeht! Da haben wir einen jungen Bataillonschef, noch dazu einen Schweizer, welcher uns lehrt, was niemals unsere Professoren uns gesagt haben.* Scherzhaft beschwert er sich über das Versagen der französischen Zensur: *Wie hat Fouché ein solches Buch drucken lassen können! Das heißt, meinen Feinden mein ganzes Kriegssystem lehren! Das Buch muß unterdrückt werden, bevor es sich verbreitet.* Aber dann fügt er lächelnd hinzu: *Die alten Generäle, welche gegen mich befehligen, werden das Buch nicht lesen, und die jungen Leute, welche es lesen, befehligen nicht.*

Daß Jomini, für seinen Geschmack, nie ausreichend *befehligen* durfte, bewog ihn später, dem Kaiser den Rücken kehren. Aber fast ein Jahrzehnt gehörte er zu seiner Entourage und nahm als Offizier an den Kriegen teil, die er nicht als Chronist beschrieb, sondern wie Kunstwerke, gleich Zeugnissen der klassischen Antike.

Da stand er auf Schneiders Tisch, ganz *bon fils*, ein wenig Schwerenöter wie sein halbes Lächeln verriet. Straffe Uniform, Schulterstücke breit wie Torten und der steife Kragen so hoch, daß das kluge Köpfchen kaum recht hinaussehen konnte. Aber er trug es mit Grandezza, und die Haare waren nach der Mode des Ersten Konsuls frisiert. Er hatte der Welt die fehlenden Grundsätze des Kriegs nachgeliefert.

Der erste ist die Politik *des Krieges. Der zweite ist die* Strategie *oder die Kunst, die Massen auf dem Kriegsschauplatz zu leiten. Der dritte ist die* höhere Taktik *der Schlachten und Gefechte. Die vierte ist die* Logistik *oder die praktische Anwendung der Kunst, die Armeen in Bewegung zu setzen. Der fünfte ist die* Ingenieurskunst, *der Angriff und die Verteidigung der Plätze. Der sechste ist die* niedere Taktik. *Man könnte noch die Philosophie des Krieges oder dessen moralischen Teil hinzu*

*fügen, es scheint aber angemessener, sie mit der Politik in einem Ab-
schnitt zu vereinigen.* Der junge Mensch zergliederte den Krieg, ohne einen Blick an
seine Opfer zu verschwenden. Worauf er bestand, war die *kunstmä-
ßige* Richtigkeit. Im Kern kam es nicht darauf an, welche Seite gewann. Der Krieg selbst mußte gewinnen, denn er war *für alle Zeiten
ein notwendiges Übel, nicht nur, um die Staaten zu erheben und zu
retten, sondern mehr noch, um den gesellschaftlichen Körper vor Auflösung zu schützen. Vielleicht ist es Vermessenheit, ein Werk über den
Krieg in einer Zeit herauszugeben, in welcher die Apostel eines ewigen
Friedens allein zu Worte kommen. Aber das industrielle Fieber und die
Vermehrung des Wohlstands, auf welche man rechnet, werden nicht immer die einzigen Gottheiten sein, denen sich Gesellschaft opfert.*
Ist es möglich, daß Schneider solche Sätze damals mit heimlicher
Zustimmung las? *Man versteht sie erst, wenn man zugrunde gegangen
ist.*

Plötzlich läutete das Telefon.

Gleich war Mitternacht, und Schneider hob hastig ab, LouAnne
durfte nicht geweckt werden.

Beat? fragte es am andern Ende der Leitung. – Hier ist Guy.

Schneider traute seinen Ohren nicht.

Ja, aus Berlin.

Guy entschuldigte sich für den späten Anruf, er sei gerade wieder
mal nach Münsterburg abgetaucht, da hätten ihn alle guten Geister
verlassen, sogar das Zeitgefühl. Wie lange habe man sich nicht mehr
gesehen! Ob Beat doch mal nach Berlin komme? Es sei ja neuerdings
wiedervereinigt.

War es die Unzeit des Anrufs, war es seine Kürze oder gar schon
eigene Not, was Schneider so sicher sein ließ, einen Notruf zu hören?

Ich komme morgen zu dir, sagte er, als hätten sie sich gestern erst
getrennt.

Morgen ist Freitag.

Der ist schon angebrochen, sagte Schneider, denn die Repetieruhr an der Wand hatte eben angefangen, die Stunden zu zählen.

Entschuldige bitte, sagte Guy, ich bin sehr ungehörig. Ich muß für meine Frau nur noch eine Kleinigkeit richten. Dann suche ich einen Flug nach Berlin. Am frühen Abend vielleicht.

Sehr schön. Und wenn etwas dazwischenkommt – ich gebe dir die Nummer meines Sekretariats.

Während Schneider sie aufschrieb, sagte er: Dann haben wir ein langes Wochenende. Wo wohnst du?

Bleibtreustraße 57. Aber ich hole dich ab. Selbstverständlich. – Und legte auf.

In diesem Augenblick schlug die Uhr zum zweiten Mal, zwölf Mal, schriller, mit höherer Kadenz.

Schneider atmete tief auf. Jomini lächelte ihm zu.

Er schlief unruhig und war schon um sieben mit dem Frühstück bereit. LouAnne mußte wach sein, aber sie ließ auf sich warten. Gestern erst war sie aus Japan zurückgekommen, wo sie W & Bs Projekt «*Reconstructing Kyoto*» begleitet hatte, eine Architektur-Fiktion, die davon ausging, daß die alte Kaiserstadt – wie ursprünglich geplant – das erste Ziel einer Atombombe geworden wäre. Womit hätte man die leere Stelle besetzt? Als die Architekten das Projekt der japanischen Presse vorstellten, legten sie dar, daß es als *mögliche Wirklichkeit* zu verstehen sei. Was in die Kunst umgesiedelt werde, brauche nicht zu verbrennen wie Hiroshima oder Nagasaki.

Als er LouAnne am Flughafen abgeholt hatte, war sie schon im Taxi eingenickt. Er hatte sie die Treppen zu ihrem Dachstock beinahe tragen und dann auskleiden müssen; sie war selbst fürs Bad zu müde. Er wechselte die Windel, die sie auf Reisen trug, und küßte sie auf bereits schlafende Lippen. Morgen war auch ein Tag.

Nun aber flog er nach Berlin.

Um halb zehn erschien sie in der Wohnetage und verschwand im Bad. Sie hatte noch nichts gegessen, als ihr Wagen bereits vor der Tür stand. Schneider ordnete ihr blaues Arbeitskleid.

Ich muß stehen, hatte sie gesagt.

Gestern hatte ihn Boff – eigentlich Philipp Pfaff – im Gedränge des *Arrival* beiseitegenommen. *Sorry,* Beat, morgen brauchen wir Lou. Medienkonferenz, das Projekt zieht Kreise.

Die Architekten sprachen Schneider mit *First name* an wie alle Mitarbeiter von W&B. Er gehörte gewissermaßen zum Außendienst der Marke, LouAnne aber war fast zu ihrem Wahrzeichen geworden. Auf den ersten Blick war sie die Hausphotographin, denn sie hielt die Kamera vor der Brust, scheinbar zum Schuß bereit. So waren ihre Hände beschäftigt, und sie wurde nicht angesprochen. LouAnne, mit ihrer hohen Gestalt, dem weitläufigen Gesicht und dem weizenhellen Haar stand dabei, wenn Phil und Phips in maßgeschneiderten Jeans-Anzügen ein Projekt präsentierten. Sie konnten das Publikum ins Bild stürzen lassen wie von einem Wolkenkratzer. Oder sie ließen es das glitzernde Gebirge einer turmhoch verdichteten Stadt umfliegen, alles in 3D. LouAnne aber stand sprachlos vor der Inszenierung. Das war ihres Amtes. Erst in der Kulisse, beim Apéro, hob sie das Kamera-Auge von der Brust, um die Promis abzulichten. Die Fotos dienten als Vorlage für die Zeichnungen, die sie später auf Papier strichelte. Ihr weitgeschnittenes blaues Hosenkleid mit losen Ärmeln wirkte zugleich formell und praktisch.

Ich habe neue Bilder.

Du solltest aber frühstücken.

Ich habe keinen Hunger.

Bitte hör mir jetzt gut zu. Ich muß unerwartet verreisen, heute nachmittag, nach Berlin. Nur für drei Tage. Aber du kannst richtig ausschlafen. Und ich sage Phil Bescheid. Am Montag, wenn du aus dem Büro kommst, bin ich wieder da.

Ioh.

Am Abend sehen wir fern.

Ioh.

Aber ich koche vor, was du gern hast, und stelle es in den Kühlschrank. Du mußt es nur noch aufwärmen.

Ich habe neue Bilder.

Du hast also zu arbeiten. Sehr gut.

Er begleitete sie zur Tür. Der Fahrer wünschte guten Morgen und
öffnete den Fond. Er war gewohnt zu warten und brachte LouAnne
am Abend auch wieder zurück. Schneider bat ihn, die Chefs von
seiner Abwesenheit zu verständigen. Wenn LouAnne etwas brauchte,
stand ein Philipp gleich vor der Tür. Darauf konnte man sich verlassen.

Schneider küßte ihre Hand.

Ich habe neue Bilder.

Die sehen wir uns am Montag zusammen an.

Als das Auto weg war, rief er das Reisebüro an. Im Flug nach fünf
Uhr war noch Platz; er buchte auch den Rückflug am Montag und
meldete Guys Sekretärin die Ankunftszeit. Dann ging er in die
Küche, und um zwölf waren LouAnnes Mahlzeiten bereit: Dorsch,
Schwarzwurzel, Spinat und Rösti, alles in Alufolie verpackt. Sie
brauchte die Portionen nur noch in der Mikrowelle aufzuwärmen.
Dazu hörte er Schumanns Vertonung von «Zwielicht»:
Hast ein Reh du lieb vor andern, / laß es nicht alleine grasen. – und
summte die letzten Worte mit: *Manches bleibt in Nacht verloren – /
hüte dich, bleib' wach und munter!*

Er verpflegte sich nebenbei, zwei harte Eier, einen Joghurt, eine
Handvoll Weintrauben. Richtig essen würde er heute abend, mit
Guy.

Guy und er hatten über zwei Jahrzehnte keinen Kontakt mehr gehabt. Als Schneider am Telefon «meine Frau» sagte, hielt er sogar für
möglich, daß Guy zum ersten Mal von dieser Ehe hörte.

1977 war er nach Amerika aufgebrochen und hatte sich von seinen Schweizer Studienkollegen in der «Kronenhalle» verabschiedet. Danach hatte er sich nicht mehr gemeldet, auch nicht, als er schon zwei Jahre später zurückgekommen war, nach Berlin. Das hatte Schneider von einem alten Studienkollegen gehört. Es sei an Guys College zu einem Eklat gekommen, über dessen Art sich der Informant ausschwieg, vielsagend, als könne man sich das Nötige ja denken. Er arbeite jetzt in einem Verlag.

Schneider wohnte schon an der Geschworenengasse, als er Guy im Fernsehen wiedersah – dem Bildschirm entsprechend: fast lebensgroß. Eine Sendung von der Buchmesse zeigte ihn am Stand des Viëtor-Verlags, im Gespräch mit einer jungen Frau, dem *Shooting-Star* des Bücherherbstes; sie bedankte sich überschwenglich für sein *super* Lektorat. Er stand daneben, geschäftsmäßig lächelnd; befragt wurde er nicht. Er schien, mit Anzug und Krawatte, unverändert, bis aufs Haar, das immer noch voll, an den Schläfen ergraut war. Seine Gesichtszüge wirkten vage, auch schien er nicht mehr ganz so hager wie in ihrer Studienzeit. Verkaufen war nicht seine Rolle. Warum war er nicht an die Freie Universität zurückgekehrt?

Wo bist du, Beat? hatte Guys Blick gefragt, nicht in die Kamera, sondern geradewegs in seine Augen.

Hier, hatte er geantwortet, als wären so viele Jahre zwischen Guy und ihm vergangen wie ein Tag. – Früher hatte er nur Ausflucht gesucht, wenn Guy ihn ansprach. Diesmal reagierte er, als habe er auf den Ruf gewartet.

In seinem ersten Sommersemester hatte sich Beat Schneider für einen Germanistenabend eingeschrieben. Man kam in einer alten Mühle zusammen, einem Fachwerkhaus mit Saalanbau. Der Biergarten war in kühler Bachtiefe gelegen; wenn die Girlanden der Glühbirnen brannten, war es ein Nest der Heimlichkeit, obwohl man sich mitten in besiedeltem Gebiet befand. Für Schneider war der Anlaß eine Mutprobe. Professor Schwank hatte seine Teilnahme zugesagt und saß nun ohne Jackett und mit Hosenträgern wie ein gewöhnlicher Mensch inmitten der andächtig verlegenen Gesellschaft. Aber er wünschte sie locker und ging mit gutem Beispiel voran. Eine hübsche Novizin aus Köln, deren Schweiz-Semester abgelaufen war, erklärte er für ganz unentbehrlich und erbot sich, ihrem Vater eine entsprechende Mahnung zu senden. Es war viel, daß er der jungen Frau nicht die Wange tätschelte. Doch als sie ihm zuflüsterte: wenn ihr Vater wissen wolle, wer denn nun der größte deutsche Dichter sei? verschlug es ihm die Sprache, und einen Augenblick schwebte Ratlosigkeit über seiner mächtigen, schon vom Wein geröteten Stirn. Doch bevor er launig antworten konnte, erkühnte sich Schneider einzuspringen. *Ihm* sei das klar. *Der* größte deutsche Dichter? Goethe. Der *größte* deutsche Dichter? Schiller. Der größte *deutsche* Dichter? Kleist. Der größte deutsche *Dichter?* Hölderlin.

Schwank schlug sich auf die Schenkel; der Anfänger hatte sich empfohlen, aber der Rückschlag folgte auf dem Fuß. Denn jetzt fragte Guy Matthéy – fast schon Doktorand, berüchtigt für seine schroffe Geistigkeit –, ob er *auch* einen Witz erzählen dürfe?

Da gab es nämlich eine Runde Subalternoffiziere, die jeden Vorgesetzten, der die Messe betrat, naßforsch immer einen Rang höher begrüßte, als er wirklich bekleidete: einen Herrn Hauptmann als Herrn Major, einen Herrn Major als Herrn Oberst, «und so», schloß Guy, «jagte ein tolldreister Scherz den andern.»

Schneider wurde blaß und rot; er verstand sogleich, auf wen Guy den sogenannten Witz gemünzt hatte. Es war nichts als subaltern gewesen, einen Kanon zu bedienen, der für Schwank ohnehin feststand. Schneider fühlte sich gedemütigt, auch noch zu Recht, verließ Tisch und Saal und fragte sich gerade, ob er nach Hause fahren solle, als er einen Arm um seine Schulter fühlte.

Gehen wir ein paar Schritte? fragte Guy.

Es wurden die ersten auf einem langen Weg. Was fiel Schneider ein, bei diesem Spaziergang sein ganzes Leben zu erzählen?

Guy war Germanist nur im Nebenfach, dennoch war er von den Studentinnen des deutschen Seminars zum bestaussehenden Kommilitonen gewählt worden, trotz bestimmter Mängel in seiner Erscheinung. Da fiel zuerst eine Zahnlücke auf, doch ging das Armutszeichen mit so viel Noblesse zusammen, daß es mehr einer Kaprize entsprungen schien. Auf Männer aber wirkten die Höhe seiner leicht gebeugten Gestalt, der schwarze, zurückgekämmte Haarturm, die steile Stirn, der kühle Blick hinter randloser Brille einschüchternd und gebieterisch. Nahm er sie einmal ab, um sich mit einer Hand die Augen zu bedecken, machte er auch ein Kopfweh zum Ereignis. Er ging, leicht schleppend, im immergleichen knappen Cordanzug herum, im Winter ohne Mantel, dafür auch im Sommer mit Fliege.

Schneider hatte ihn beim Mittagessen in der Unibar beobachtet; da zeigten sich weitere Lücken. So viel Geist, und dann diese Stimme? Sonor tragend, konnte sie plötzlich in spitzes Kichern fallen oder in den Diskant schnappen. Er hatte die Manieren eines Gentleman, doch wenn er beim Essen redete, hätte man, widerwillig Augenzeuge seines Kauwerks, gleichzeitig gespannt zuhören und geniert wegsehen mögen. Hatte er gesprochen, war die Sache erledigt – zum Widerspruch reizte er wohl, aber es fehlte an Sprechern, die ihn auf seinem Niveau hätten bieten können. Er behielt das letzte Wort und begleitete es mit einem Auflachen, das an das Spotten der Elster erinnerte.

Er war weit her – nicht nur, weil er aus Berlin kam. Viele deutsche Studenten pilgerten zu Schwank, bei dem Texte für sich sprechen durften, ohne an geschichtliche Kontexte erinnert zu werden. Dennoch hatte die Revolte gegen Autoritäten, mit ortsüblicher Verspätung, auch Münsterburg erreicht, und Guy Matthéy galt als Partisan linken Denkens. Meldete er sich aber an einer «Vollversammlung» zu Wort, dann mit Walter Benjamin oder einem unbekannten spanischen Dichter. Hier war ein *Herr,* der mit dem Umsturz sympathisierte, aber mit ihm war er nicht zu machen. Er schien unaufhaltsam unterwegs zu einem Lehrstuhl.

Und nun hatte er den Arm um Schneider gelegt und entführte ihn zu einem Spaziergang in die Schlucht, die nur im vorderen Teil von Laternen erhellt war. Es war eine Auszeichnung, dennoch suchte Schneider sich diskret loszumachen. Und beantwortete dann die Frage: wo kommen Sie her, Beat? so ausführlich und intim wie noch keinem Menschen zuvor.

Daß Beat Schneider ein Findling war, von unbekannter Hand vor dem Pfarrhaus ausgesetzt, erregte Guys humoristisches Entzücken. Findlinge sind Göttersöhne! verkündete er und hatte Beat schon nach hundert Schritten eine hohe Geburt angedichtet, als wäre er Herakles oder Ganymed. Der Schluchtweg führte ins Dunkel, vor dem der Umworbene zurückschreckte, und so gingen sie dieselbe Strecke wohl fünfmal hin und wieder zurück. Und am Ende lud ihn Guy zu seinem Lesekreis ein.

Schneider hatte sich damals um Grit bemüht, die Schwester eines WG-Kumpans, und sie zu einem Sommerfest eingeladen. Sie hatte sich lange geziert und schließlich abgesagt. Warum? hatte er ihren Bruder, einen werdenden Ingenieur, gefragt. «Sie hat gehört, du verkehrst am andern Ufer.»

Da konnte Schneider nur lachen. Zu Männern zog es ihn nicht, und «schwul» war, für anständige Leute, ein Schimpfwort wie «Schwarzer» für den damals korrekten «Neger». Solche Wörter fielen auf ihren Sprecher zurück; Guy konnte so wenig schwul sein wie Zeus oder Michelangelo. Aber «vom andern Ufer»: das hatte eine Art von Richtigkeit.

Seine Wurzeln hatte Guy im hugenottischen Berlin, und sein Großvater war einer der letzten Jünger Stefan Georges gewesen – der

einzige, dem der Meister zu einer Heirat *geraten* hatte, und zwar
ausdrücklich, weil die Braut jüdisch war, eine mit dem Verleger
Bondi versippte Bankierstochter und «fein wie Mörikes Lau». Dieses
Meisterwort gehörte zum Familienbesitz. Guys Mutter war Britin,
eine Bysshe, und mit der in ihrer Familie angestammten Frauen-
Freiheit in den dreißiger Jahren nach Berlin gekommen, um zu
studieren – was immer. Als Malerin gehörte sie zur Bohème der Ro-
manischen Cafés und heiratete den zartgebildeten Matthéy aus einer
Kaprize, erwies sich aber als Lebensversicherung, nicht nur, weil er
homosexuell, sondern weil er nach den Nürnberger Gesetzen Vier-
teljude war, obwohl seine Mutter den reformierten Glauben ihres
Mannes angenommen hatte.

Nach dem Krieg kehrte Guy als Waise aus der Landverschickung
zurück und wurde in der Wilmersdorfer Villa seines Großvaters erzogen, der, als Kenner Giottos, «vor Hitler in die Kunstgeschichte
emigriert» war. Als er 1955 starb, hinterließ er hinreichende Mittel,
daß Guy seinen Letzten Willen erfüllen konnte: er sollte in der
Schweiz studieren, und zwar in Münsterburg, der kleinen Hauptstadt des 18. Jahrhunderts, in die schon Klopstock, Wieland und
Goethe gepilgert waren. Hier gab es auch keinen Paragraphen 175.

Frauen schenken das Leben, Männer schulden das Leben.

Das hatte Schneider am nächsten Mittwochabend in Guys Lese-
runde gehört. In seiner kahlen Klause stand eine mit frischem Lor-
beer bekränzte Büste Stefan Georges. Selbstverständlich las man *ihn*,
den «Stern des Bundes». Der Text stand gemeißelt; die Frage war
nicht, was er einem sagte, sondern ob man davor *bestand.* Bei zwei
Teilnehmern nahm Schneider bestimmt an, daß sie «vom andern
Ufer» waren; der eine gefiel sich auch darin, seine Anlage stimmlich
und gestisch zu betonen. Der andere war zu scheu, um auch nur den
Mund zu öffnen, und tat gut daran. Denn der einzige, dem das

Wort zustand, war Guy. – Er wußte nicht nur, wie Georges Gedichte zu lesen waren – im Cantus firmus, von diskretem Armrudern unterstützt –; er kannte auch ihren tieferen Sinn, obwohl ihm nicht – *noch nicht!* – erlaubt war, ihn den Anwesenden zu eröffnen. Sie würden sich ihm stufenweise zu nähern haben, und es war klar, daß Guy allein Anzahl und Höhe dieser Stufen bestimmte.

Gänzlich ratlos aber machte er Schneider mit seiner Neigung, über das Allerheiligste, das er ihnen vorenthielt, plötzlich zu lachen. Da lache die Mutter aus ihm, die er leider nicht kennengelernt hatte. Sie habe den *Nonsense* geliebt und im Dritten Reich Dada getrieben. *Dada, blabla, gaga* – die dritte Phase sei ihr erspart geblieben. Sie war nicht, wie ihr Mann, für den Führer gestorben. Dagegen sei ihr Krebstod *nobel* gewesen.

Das erzähle ich *nur dir.*

Nie hat er von Guy ein anzügliches Wort gehört, geschweige denn ein schmutziges. Er konnte grausam wirken, auch frivol; versuchten sich andere in diesem Ton, bekamen sie seine Strenge zu fühlen. Dann zeigte sich der Hugenotte.

Gerade noch rechtzeitig fiel Schneider ein, daß er sein Seminar absagen mußte. Er rief das Dekanat an und machte einen familiären Notfall geltend. Ein kleiner Urlaub für Jomini. Seine fünf Hörerinnen würden ihn verschmerzen.

Von der Augustinerkirche schlug es zwei, der Flieger ging kurz nach fünf. Die Tasche, die ihm LouAnne aus Japan mitgebracht hatte, war bald gepackt. Gutes Handwerk: Segeltuch, sandfarben, die gesteppten Säume Ton in Ton, Außentaschen nach drei Seiten, die mit Stahlriegelchen zu verschließen waren, und diese große, alles bergende Klappe. LouAnne hatte sie für ihn ausgesucht, auch für sich selbst dieselbe in Schwarz, und beide als Handgepäck über die Schulter getragen. Eine begleitete sie heute zur Arbeit, der Zwilling reiste nach Berlin, und er würde sie nicht aus den Augen lassen.

Hatte LouAnne nicht von «neuen Bildern» geredet? Er beschloß, sie noch schnell für sich anzusehen, bevor er ein Taxi kommen ließ. Er stieg zu ihrem Studio hinauf und setzte sich vor den Rechner. Eigentlich rührte er ihr Gerät nicht an, aber diesmal schien ihr das Material wichtig zu sein, und es konnte nicht schaden, wenn er sich präparierte.

Und da zeigten sie sich auch schon reihenweise, die Bilder ihrer Reise. Unbekannte Japaner blickten ihn an, fast immer im Honoratiorenalter und in förmlichem Kostüm, westlich mit Krawatte oder traditionell im Kimono. Sie posierten einzeln oder in kleinen Gruppen und fast immer mit ernstem Lächeln vor bedeutungsvoller Kulisse, einem vergoldeten Wandschirm mit Kiefern- oder Kranichmotiv oder einer Nische mit Rollbild und sparsamem Blumenschmuck. Er sah die ganze Belegschaft einer Teppich-Etage zum Gruppenbild aufgebaut wie auf einem Schulfoto; dann wieder standen die Herren auf einer Terrasse mit Fuji- oder Seeblick oder in einem entzückenden Garten, mit einer geborgten Landschaft als Hintergrund. Oder sie zeigten sich neben einer abstrakten Plastik, Kunst an einem Bau von Wilander und Boff.

Die nächste Serie wirkte ungestellt. Unter dem Vordach eines Noh-Theaters hob ein Mann die sanduhrförmige Trommel ans Ohr und schien den Schlägen der eigenen Hand zu lauschen. Ein anderer, angestrengt vorgebeugt, blies in seine Querflöte, ohne daß seine Lippen sie zu berühren schienen. Eine Gruppe Chorleute saß in straffer Ordnung wie *ein* Mann, ihre Fächer lagen gefaltet und gleich gerichtet auf jedem Schoß. Es folgten Bilder von Schauspielern hinter der Bühne; einer hatte die Frauenmaske zur Stirn hinaufgeschoben und ließ ein gefurchtes Gesicht sehen. LouAnne war unerwartet zu Schnappschüssen übergegangen, und immer öfter begegnete ihm Personal, das ihr Vergnügen zu erwidern schien. Da gab es einen jungen Mann in Samuraitracht, der mitten im Sprung das Auge der Kamera suchte, während er ein Schwert über dem Kopf schwang.

Auf einem andern Bild markierte er eine Ausfallbewegung und riß den Mund zu einem stummen Schrei auf, geradewegs in die Linse, daß sie, als Fischauge, seinen Kopf zum Lachen verformte. Der Gedanke, daß ihn LouAnne zu seiner Lausbüberei eingeladen hatte, ließ Schneider mitlächeln.

Und dann gefror er, fühlte sich ins Leere fallen, immer weiter von Bild zu Bild. Denn jetzt stand sie selbst vor seinen Augen, *nackt*, wie er sie noch nie gesehen hatte.

Die erste Aufnahme zeigte vom Gesicht nur den halb offenen Mund, wie zum Beweis, daß sie *ihre* Brüste zeigte, und auf den nächsten Bildern *ihren* Körper, der nun immer weiter entblößt wurde. Auf den letzten Bildern war die Kamera bei ihrem Schoß angelangt, und als wäre er noch nicht nackt genug, spreizten ihn ihre Finger auf dem letzten Bild so weit auseinander, daß der Betrachter zwischen gerafften Lippen in einen offenen Schlund starrte.

Schneiders Gehirn arbeitete heiß und kalt. Wo stand die Kamera? Wer drückte ab? Und was kam danach?

Er saß so lange an ihrem Tisch, auf ihrem Stuhl, bis der Bildschirmschoner erschien, den er selbst eingerichtet hatte, mit seinem eigenen taumelnden Namenszug. Er ließ die Arme hängen, zwischen geöffnete Knie. Seine Hände suchten einander, wie um sich festzuhalten. Dann stand er auf und ging zum Fenster, ohne zu sehen.

Er reiste nicht mehr nach Berlin. Er verlangte Rechenschaft.

Nachträglich hätte er auch unter der Folter nicht mehr sagen können, wie er durch die nächsten Stunden gekommen war. Er starrte auf den Bildschirm, auf seinen Namen, der nicht aufhören konnte, sich zu drehen und zu wenden. Endlich hörte er den Wagen vorfahren, den Laut des Schlüssels an der Tür, Schritte in den ersten Stock, ins Bad. Nach einer Weile, die nicht enden wollte, kam LouAnne auch die letzte Treppe hinauf und erschien in der offenen Falltür, ihr aufgestecktes Haar zuerst, dann der ockerfarbene Hausmantel mit dem Viereckmuster.

Jetzt sah sie ihn an ihrem Tisch sitzen, und helle Freude erschien auf ihrem Gesicht. Sie erlosch, als er sich nicht rührte.

Du! sagte sie.

Ja, ich, erwiderte er heiser. – Und was ist das?

Sein Ton war schrecklich, und sie erschrak. Auf dem Bildschirm war der geöffnete Schoß erschienen.

Ioh, flüsterte sie.

Ioh! äffte er sie nach. – Das meine ich auch. Ioh, Ioh, Ioh.

Er war aufgesprungen und schlug in das Gesicht, das eben noch gestrahlt hatte, schlug seine Hand, zur Faust geballt, in ihr Gesicht, und als sie taumelte, noch einmal. Sie hatte Laut gegeben wie ein verstört auffliegender Vogel; dann fiel sie, aber richtete sich noch einmal auf, mit weiten Augen und blutender Lippe.

Du! sagte sie fassungslos.

Wie oft hat er sich seither, vor dem offenen Feuer, diese Szene vergegenwärtigt, um sie zu löschen, aber sie geht nicht weg, und die Hand, die geschlagen hat, will nicht verdorren.

Damals ergriff er die gepackte Tasche und verließ das Haus.

Hätte er sich in der Falltür noch einmal umgedreht –

der Flug war ohnehin verpaßt –

Hätte er sich erlaubt, sie noch einmal zu *sehen* –

hätte er ihr auf die Füße geholfen

sie hätte nicht einmal eine Entschuldigung erwartet

Aber als er sich nicht mehr umdrehte.

war sie.

wirklich.

verschwunden.

Seither blickt es ihn aus der Glut an, das Zyklopenauge. «Die Sünde, die nicht vergeben werden kann.» Er starrt in den Schoß seiner Geburt als Ungeheuer. Der scharfe Blick. Das bewaffnete Auge.

Es darf nicht wahr sein, daß er ihr noch weiter Gewalt getan hat. Er glaubt es immer noch nicht.

Wahr ist nur: er hat dieses Bild unter seinem Leib begraben wollen, für immer.

Dann war er ein Räuber wie alle andern, und das Wort, das ihm aus dem Berg geholfen hätte, blieb verloren, ungesprochen für immer.

8 *Bleibtreustraße*

Auch in Schockstarre kann man im Hauptbahnhof einen Schlaf-
wagenplatz buchen und nach Berlin melden – einem Tonband –,
daß man leider umdisponieren mußte. Der Flug ist verpaßt, aber
man kommt, mit dem Nachtzug.

Guy läßt man nicht im Stich.

Wie kann man sich, achthundert Kilometer weit, von seinem ver-
brannten Haus entfernen? Man besinnt sich auf mildernde Umstände. Man *blickt nach vorn*,
am besten im Schlaf.

Aber zum ersten Mal tat Schneider in einer Nacht kein Auge zu.
Wenn er die Lider schloß, blieb das *andere* Auge offen und fuhr fort,
ihn zu verzehren.

Im Schlafwagen, der in Basel angehängt wurde, begann es dunkel
zu werden und zunehmend ruhig. Stundenlang blieb Schneider in
seinem Zustand, halbwach und überwach, weggetreten, begleitet vom
Sausen der Räder auf glatter Schiene, dann auch wieder von vertrau-
tem Klopfen und Hämmern, und von Rütteln und Schlingern, wenn
man ein Weichenfeld überfuhr. Bewußtlosigkeit war ihm keinen
Augenblick vergönnt, auch nicht auf dem Abstellgleis, wo der Zug
stehenblieb hinter Fulda um ganz und gar stillzustehen. Eine Grenz-
kontrolle gab es nicht mehr. Dennoch suggerierten die gedämpften
Schritte des Personals und halblaute Zurufe im Gang die Vorbereitung eines Angriffs, als sammle sich heimlich eine Verschwörung gegen ihn. Zwar hatte er die Tür verschlossen, doch selbstverständlich
besaß der Nachtportier einen Passepartout. Aber schlimmer als der
unterdrückte Betrieb draußen war dann der Ausbruch völliger Stille.

Er begann zu zählen und wurde immer wacher; denn jede Zahl bedeutete das unwiderrufliche Ablaufen einer Frist; er ahnte es und brauchte die Zahlen nicht auch noch mitzusprechen. Er versuchte sich an Märchen zu erinnern, aber auch Alcina ließ ihn im Stich. Vor LouAnne zuckte die Erinnerung zurück, wie von einem glühenden Herd.

Schließlich blieb nur noch die Flucht zu Guy. Plötzlich war sie eine Wohltat. Wie hatte ihm Guy zu schaffen gemacht, von einer Trennung zur nächsten. Und keine war unwiderruflich gewesen. Man steigt nie zweimal in denselben Fluß. Aber man kann gegen den Strom schwimmen und seine Stelle behaupten, aus eigener Kraft.

Ich habe meinen Vater nie gekannt, hatte er ihm bei ihrem ersten gemeinsamen Gang erklärt, hin und zurück am nächtlichen Bach.

Immerhin ist er für keinen Führer gefallen, hatte Guy erwidert. – Noch ganz andere Leute haben ihren Vater nicht gekannt – Jesus hat ihn erst kennengelernt, als er ihn verlassen hatte. Und was ist mit deinen Müttern? Die scheinen bei dir ja immer nachzuwachsen und sind auch noch seriös! Das hätte sich meine nicht nachsagen lassen!

Als er Alice von Guy berichtet hatte, weckte er gleich ihren Wunsch, er möge ihn doch einmal «mitbringen». Und als er wirklich zum Tee gekommen war und Einzigs Farbfelder gewürdigt hatte, konnte er nichts mehr falsch machen. Auch seine Mutter war Malerin gewesen? Er war Nolde noch persönlich begegnet? Wie hätte sie Schneider nicht zum Verkehr mit einem so wunderbaren Menschen ermutigen sollen! Und als Guy ihn nach England einlud, stattete sie das Kind mit allem aus, was es für eine Schulreise braucht. Wie sehr hätte Alice selbst gewünscht, mit einem so kundigen Führer durch die National Gallery zu wandern, Victoria & Albert zu erleben, sogar Madame Tussauds *Chamber of Horrors!*

Zauberhafte Gespräche, immer drohender Absturz: das war der

englische Urlaub, die gemeinsame Wanderung der Freunde im Sommer 1974, durch Schlösser und Parks von Surrey und Kent. Das frische Du blieb immer von Beats Sorge verdunkelt, wie er Guy auf Distanz halten könne. Der Gestrenge hielt Prüderie, wo es – wie in der Kunst – um Tod oder Leben ging, für *subaltern*; was erwartete er von einem *Freund*? Wenn die Landlady einer Bed-and-Breakfast-Pension den sympathischen jungen Männern ein Doppelbett anbot, machte Schneider ein Übel geltend, das Einzelzimmer nötig mache, und ließ offen, ob er schnarche, schlafwandle oder das Bett nässe. Und als sie die National Gallery besuchten, führte Guy von Bild zu Bild, als sei er in den Malstuben aller Jahrhunderte persönlich dabeigewesen. Es war eine Explosion von Kompetenz, die Beat als bedrohlich empfand, und schließlich fand er einen Vorwand zum Abbruch der Reise: seine Freundin sei plötzlich erkrankt.

Diese Freundin gab es, doch Schneiders Beistand verlangte sie gewiß nicht. Grit war, auf ihre kleine, feine Art, nicht weniger anspruchsvoll als Guy. Sie gehörte zum Kreis einer kapriziösen Textilgestalterin, die ihren Geschmack als Maß aller Dinge behandelte. Danach zu leben, waren ihre Schülerinnen jeden Tag angehalten, und wie Beat erleben mußte, auch nachts. Denn seine Versuche, die Bekanntschaft zu vertiefen, liefen auf ein fortwährendes Examen seiner Geschmacksrichtigkeit hinaus, während sich Grit für sein Fach – damals noch: schöne Literatur – gar nicht erwärmen konnte. Er hatte mit dem Gedanken gespielt, eine Seminararbeit über «Casanova in Bern» zu einer Doktorarbeit auszubauen, die sich «die erotische Freiheit der alten Schweiz» vorgenommen hätte. Davon zeigte sich Grit anhaltend pikiert. Gegen jede Zumutung des Geschlechts hielt sie sich bedeckt und gab zu verstehen, daß sie sich nicht zum Probestück sinnlichen Interesses hergebe. Entsprechend umständlich und unschlüssig gestalteten sich Schneiders Annäherungen an ihren Körper.

Immerhin war sie eines Tages bereit, seine Universität zu betreten; Beat hielt einen Vortrag in Schwanks Mittelseminar, über «Faust und die Liebe». Die stumm Bedächtige fremdelte in einem Milieu, das ums Wort nicht verlegen und damit auch schnell fertig war. Beat aber hoffte, ihr mit einer delikaten Behandlung Gretchens, ihrer Namensschwester, näherzukommen statt nahezutreten. Zwar war ihr Goethes Bemerkung über Frauen: «Wählerinnen sind sie nicht, aber Kennerinnen» gewiß nicht aus der Seele gesprochen. Aber führte Schneider nicht vor, daß er Grits Kennerschaft nicht fürchtete, darum ihre Wahl verdiente?

Allerdings hatte er leer geschluckt, als er Guy im Auditorium entdeckte. In ihrer Beziehung war eine Zäsur eingetreten. Am Ende des Vortrags stellte er ihn Grit vor; ob man noch einen Kaffee trinken könne? Leider hatte Guy eine Abhaltung. Es reichte nur für eine Runde zu dritt im Arkadengang des Lichthofs.

Und diese hundert Schritte reichten Guy, um Beat zu vernichten. Er nannte den Vortrag «Konfekt», in knappen Worten wurde sein Gretchen klein- und Beat häßlich geredet. Von seinem Gesicht war, als Guy sich verabschiedete, nichts mehr übrig.

Grit gab sich verwirrt; sein Freund habe sie *an allem* irregemacht. Damit war, wie Beat rasch begriff, er selbst gemeint, und die Freundin, die zwar kaum ein Wort verstanden, jedes aber als Schlag empfunden hatte, schlich sich aus der Beziehung.

Guy hatte sich für England revanchiert. Darauf hatte ihm Beat einen Beschwerde- und Bekennerbrief geschrieben, der den Abstand zwischen ihnen hinreichend begründen sollte – und ihn schon durch Länge und Dringlichkeit widerrief. Und als sie sich wieder begegneten, kam Guy nicht darauf zurück. Aber Schneider hatte die deutsche Literatur aufgegeben. Nur Schwanks Hochamt besuchte er immer noch – und kam eines Tages gerade recht, eine ältere Dame aufzufangen, die unter dem Satz: «Sie war nicht liebenswürdig, wenn sie liebte», zusammengebrochen war.

Als Guy sein Examen gemacht hatte, *summa cum laude*, und eine Stelle in Seneca, N.Y., angenommen hatte, lud er seine Freunde zu einer Abschiedsfeier in die «Kronenhalle», auch Beat. Bei Tisch schien er ihn kaum zu bemerken, aber vor der Tür war es Beats Hand, die er festhielt.

Ich habe dich gern.

Und dann küßte er ihn auf den Mund.

Danach war Schneider sicher, daß sie sich nicht wiedersehen würden. Aber als, über ein Jahrzehnt später, Guys Anruf kam, mitten in der Nacht, war Schneider bereit, alles stehen- und liegenzulassen. Das würde er auch für LouAnne tun, am Montag schon, und das Blut von ihrer Lippe küssen. Alles war immer noch möglich. Und am Ende dieser Nacht glaubte er beinahe selbst daran.

Weckdienste erübrigen sich in einem Schlafwagen ohne Schlaf. Schneider saß bereits am Tisch, als das Frühstück erschien, und starrte über Kaffee, Croissants und Schrippen ins vorüberziehende flache Land hinaus. Etwas von der alten Examensangst war wieder da. Aber diesmal wollte er alles richtig machen, und richtig souverän.

Als er im Bahnhof Zoo ausstieg, war es sieben Uhr früh, und er sah Guy schon von weitem, wie er, im schwarzen Habit eines Abbé, die Aussteigenden musterte, mit kurzsichtigem Blick hinter starken Brillengläsern. Auch er erkannte Beat und warf scherzhaft beide Arme hoch, wie einer, der sich ergeben hat. Die hohe Gestalt ging immer noch mit einem Knick in der Hüfte, und aus dem schleppenden Schritt, mit dem er auf ihn zukam, war ein leichtes Hinken geworden. Dann aber reichte er ihm eine große Hand, ohne ihn zu umarmen, und sagte: *Howgh.*

Als er lächelte, sah Schneider, daß die Zahnlücke verschwunden war. Guy zeigte ein intaktes Gebiß, das sein Gesicht älter aussehen ließ und weniger beängstigend; seine Mähne war immer noch voll, aber fast weiß.

Wo hast du dein Gepäck?

Schneider hob die japanische Tasche.

Nun faßte ihn Guy doch um die Schulter. – Magst du ein Stück gehen? Es ist nur ein Spaziergang an die Bleibtreustraße. Ich kann die Tasche nehmen.

Ich bitte dich!

Du hast nicht viel geschlafen.

Sieht man's?

Es steht dir.

Er hinkte beschwingt, gab keinerlei Notlage zu erkennen, und wenn man sein Embonpoint sah, wirkte er gar ein wenig behäbig.

Die Wohnung bestand nur aus drei Zimmern, aber Fläche und Volumen waren größer als Hanselmanns Atelier; das «Berliner Zimmer» allein fast ebenso groß. Man hätte auf dem weitläufigen Parkett eislaufen können, und die Sitzgruppe in der Ecke, schwarzes Bauhaus-Mobiliar, nahm sich beiläufig aus, wie die Beratungsecke eines Autohändlers. Das «Berliner Zimmer» bildete die Verbindung – oder markierte den großen Abstand – zwischen Küche und Bad im hinteren Teil und den beiden Vorderzimmern, die zur Straße gingen. Die Linden grünten als einzige Farbe zu den Fenstern herein. Denn auch das Schlafzimmer war weiß und leer, und die Bettfläche nahm fast die Hälfte des Raums ein. Darin gab es noch zwei ebenfalls weiße Schränke mit Doppeltüren und einen Ausgang zum Balkon. So viel Weiß an einem Ort flimmerte vor den Augen wie eine Sehstörung. Dagegen war das Arbeitszimmer, wo Buchrücken drei Wände bedeckten, bunt zu nennen. Das übrige Mobiliar aber bestand aus Ablageflächen, auf denen sich zwischen elektronischer Hardware die Manuskripte türmten. Ein Sattelsitz auf Rädern war bereit, den Reiter an jeden Punkt des wohlgeordneten Labyrinths zu bewegen.

Als Schneider, Tasche bei Fuß, in einem ledernen Kubikel festsaß, fühlte er sich auf einem anderen Stern. Kein Bild, kein Schmuck, erst ganz oben stießen die Augen auf Stuckfiguren, gipsweiße Köpfe von Putten oder Eroten, die einen zarten Schatten an die Decke warfen. Das einzige Fenster des «Berliner Zimmers» ging an einem verglasten Außenlift vorbei in den Hinterhof, wo das Gelb der Hauswand gegenüber wie eine Frechheit in Guys winterliche Innenwelt hereinschien.

Als er, im blauen Jeansanzug, mit einem Tablett in der Hand, aus der Küche kam und Tee einschenkte, sagte er: Ich habe im «Bogota» ein Zimmer für dich reserviert, da bist du wohler als hier. Dasjenige, in dem Che Guevara immer abgestiegen ist, jedenfalls sein berühmtester Fotograf. Du kannst erst nach zwei Uhr einziehen. Aber wir haben Räder, und ich schlage eine Spazierfahrt in den Tiergarten vor, zum «Café am neuen See». Da sitzt man draußen sehr schön. Oder möchtest du dich etwas hinlegen?

Dafür bin ich nicht gekommen.

Ich habe dich gar nicht so plötzlich erwartet. Du bist immer noch für Überraschungen gut. Aber es trifft sich. Ich habe das Wochenende freigenommen.

Du hast mich angerufen, fast um Mitternacht.

Ich habe noch Manuskript gelesen, plötzlich hast du mir vor Augen gestanden, und ich hatte gar nicht bemerkt, wie spät es war.

Wo hattest du meine Nummer her?

Ach, ich habe das Sekretariat gebeten, ein paar herauszusuchen, die ich gelegentlich anrufen wollte. Geschworenengasse klingt verheißungsvoll. Worauf schwört man denn da? Bist du versorgt, wie einst in *Alices Restaurant?*

Er hatte zu summen begonnen: *You can get anything you want in Alices Restaurant – excepting Alice –*

Du warst in Amerika. Wie lebte sich's denn da?

Ach, weißt du, das ist vorbei, und grade noch mal gutgegangen. Mundet der Tee? Er ist von der Nachbarin. Du wirst sie kennenlernen.

Was war das für ein Manuskript?

Es hat ein Münsterburg-Kapitel, in dem Schwank vorkommt –

Gott hab ihn selig, oder lebt er gar noch? Da ist mir plötzlich deine Alice wieder aufgestoßen. «Sie war nicht liebenswürdig, wenn sie liebte.»

Und darum hast du mich plötzlich angerufen?

Um ehrlich zu sein, mir schwante, es geht dir nicht gut.

Hast du gedacht, daß ich Hilfe brauche?

Ich habe kein Helfer-Syndrom. Kurios wurde mir erst, als du dich sogleich angesagt hast. Aber es ist sehr gut. Kommst du öfter nach Berlin?

Diesmal scheint's nicht zu passen.

Aber ja. Morgen dirigiert Werner Herzog in der Philharmonie Madrigale aus seinem Film «Death for five Voices». *Moro, lasso al mio dolore* ... das lassen wir uns nicht entgehen. Die späte Reue eines Frauenmörders – kennst du die Geschichte?

Nein.

Du bleibst bei der Liebe im 18. Jahrhundert. Gut so. Da hast du dich selbst übertroffen.

Dazu gehörte wohl nicht viel. – Darf ich das Manuskript einmal lesen? fragte Schneider, und als ihn Guy fragend ansah: In dem ich dir vorgekommen bin.

Lohnt sich nicht. Die Arbeit eines Organisten, dem die Orgel nicht genügt. Er schreibt seit Jahrzehnten, noch nie ist etwas gedruckt worden. Dabei wird's auch bleiben. Eigentlich brauchte ich nur die erste Seite zu lesen ... aber es spielt in Münsterburg, da hat mich erwischt, was Schiller «das stoffartige Interesse» nennt.

Du bist ja Lektor mit Leib und Seele.

Fürs Übertreiben bezahlen wir zwei Pressedamen. In meinem Job genügt die Nase. Ja, ich bin Tag und Nacht im Geschirr. Mir fehlt eine gute Fee.

Ich habe lange auf keinem Rad mehr gesessen.

Das verlernt sich so wenig wie Schwimmen, und Berlin ist fürs Rad geschaffen – jetzt erst recht, wo die Mauer weg ist.

Schneiders Fahrzeug, das im Durchgang zum Hinterhaus bereitstand, erwies sich als Damenrad, ausgeliehen von der Etagennachbarin. Guy mußte die Sattelhöhe nachstellen, und Schneider sah ihn zum ersten Mal mit Werkzeug hantieren, durchaus geschickt. Kette und Schloß kamen in den Korb, der über dem Hinterrad montiert war, ebenso Schneiders Tasche. –

Nein, wenn sie nicht unter Verschluß ist, muß ich sie unter den Augen haben.

Dann ist nur zweierlei möglich: wir kehren in die Wohnung zurück, um sie später für den Gang ins Hotel abzuholen, oder ich lege sie in meinen Korb; der ist unter dem Lenker montiert. – Als Schneider zögerte, fuhr Guy fort: Oder wir tauschen die Räder. Du fährst das Herrenrad, das ist nur recht. Nur müssen wir die Sättel nochmals richten.

Schließlich hatte Schneider die Tasche dicht vor sich, wenn er in die Pedale trat, und er verbarg entschlossen, daß er sie nur mit den Fußspitzen erreichte. Sie fuhren auf schattigen Hinterwegen an einem Wehr vorbei, dann den Kanal und die Hinterseite des zoologischen Gartens entlang bis zum östlichen Rand des Tiergartens. Dann legten sie die Räder an die Kette; als Schneider abstieg, glaubte er den Boden schwanken zu fühlen. Als ihn Guy am Ellbogen faßte, klammerte er sich an die Tasche. Sie gingen über einen hölzernen Rost durch Stühle und Tische einem Gewässer entgegen, auf dem Boote schaukelten. Und als gebe ihm diese Bewegung den Rest, ließ Schneider sich auf einen Stuhl fallen.

Guy, ich schaff's plötzlich nicht mehr.

Dann bestelle ich ein Taxi, und wir fahren gleich in dein Hotel. Da schläfst du erst mal aus. Ich rufe an, sie sollen das Zimmer sofort bereitmachen.

Und die Räder?

Holen wir später ab.

Aber deine Nachbarin braucht das Rad.

Laß das meine Sorge sein.

Es ist zu absurd.

Aber es tut nichts, sagte Guy und ging ins Haus, um zu telefonieren.

Als sie im Taxi saßen, sagte Schneider: Weißt du, wie ich mir vorkomme? Wie eine Flasche, die man zu schnell umdreht. Da fließt erst mal kein Tropfen.

Wir haben noch Zeit, sie zu leeren.

Sie waren schon ein Stück gefahren, da schnellte Schneider hoch. Die Tasche!

Guy befahl umzukehren und Schneider, sitzen zu bleiben, aber der war nicht zu halten. Auf der Terrasse, dicht am Wasser, stand sie, die Tasche, offenbar unberührt. Schneider hielt sie fest wie ein verlorenes Kind. Im Taxi sprach er nicht mehr, im Hotel überließ er Guy den Verkehr mit dem Concierge. Schließlich stand er vor einem Bett.

Kümmere dich nicht weiter um mich.

Ruf mich an, wenn du so weit bist, ich bin zuhause. – Und schrieb seine Nummer auf den Block neben dem Telefon, in großen Ziffern.

Schneider war allein. Endlich ließ er dem Schluchzen freien Lauf.

Als er erwachte, immer noch in Kleidern, lag er quer auf einem unberührten Doppelbett. Das Licht im Tüllvorhang war erloschen, doch die gelben Streifen der unteren Wandverkleidung leuchteten wie Honig. Commandante Guevara streckte die Zigarre schief aus dem spöttisch verzogenen Mund. Es war fast sechs Uhr. Schneider wählte Guys Nummer. Er nahm sofort ab.

Ich hätte Karten für die Staatsoper heute abend, sagte er, «Ariadne auf Naxos». Ist dir danach? Dann komme ich halb acht mit dem Taxi vorbei.

Aber Schneider kämpfte auch in der Oper wieder mit dem Schlaf, und als sie hinterher ins «Einstein» Unter den Linden gingen, mußte er vor vollem Teller das Gähnen unterdrücken. Tafelspitz, zur Abrundung eines österreichischen Abends; eigentlich, das wußte Schneider, war der satte Klangschmelz, zu dem sich Hofmannsthal mit Strauß verbündet hatte, gar nicht Guys Geschmack. Es war das Hauptstadt-Programm für einen Gast aus der Provinz. Und jetzt litt der auch noch an Schlafsucht.

Es ist grotesk, sagte Schneider.

Du bist nach Berlin gekommen, um mal ordentlich auszuschlafen. Das ist doch originell.

Originalität ist nicht meine Sorge, Guy.

Über Sorgen reden wir morgen. Iß und trink, und dann geh mal richtig ins Bett, diesmal im Schlafanzug. Oder hast du gar keinen dabei? Dann kann ich aushelfen.

Schneider öffnete die Tasche und zog ein gefaltetes Stück ockerfarbenes Tuch heraus; als er es ausbreitete, war es ein Sommerkimono mit feinem schwarzen Dreiecksmuster. Von den Nachbartischen sah man herüber.

Wer bügelt bei dir? fragte Guy.

Ich selbst. Er ist ein Geschenk meiner Frau.

Er stand auf, schlüpfte hinein, holte auch einen Gürtel aus der Tasche und band ihn fest um. Das Aufsehen im «Einstein» verbreitete plötzliche Stille.

Ach, girrte Guy, *das ist Musik, und darum ist sie die heilige unter den Künsten! Dem Bacchus eintrichtern, daß er ein Gott ist! Ein seliger Knabe! Kein selbstgefälliger Hanswurst mit einem Pantherfell!*

Einen Augenblick lag Jux in der Luft, und sogleich begannen Schneiders gefrorene Augen zu tränen. Er legte den Mantel ab, und seine Hände zitterten, als sie ihn wieder so kleinzufalten suchten, daß er in die Tasche ging. – Ich habe sie noch nie geschlagen, wahrhaftig, sagte er mit erstickter Stimme.

Guy sah ihn an und nickte.

Und was wird nun aus den Velos?

Zu den Rädern spazieren wir morgen, wenn wir bei «Sachs» einen guten Brunch gehabt haben. Niddy vermißt sie nicht.

Als sich Schneider im «Bogota» hinlegte, LouAnnes Mantel auf der nackten Haut, machte er sich zum ersten Mal klar, daß sein Besuch Guy lästig war. Plötzlich verlangte ihn nach Hause. Wie konnte er LouAnne so lange allein lassen? Natürlich hatte sie ihm längst vergeben. Doch als er um sechs Uhr früh aufwachte, nahm er sich vor, gleich nach neun Phips Privatnummer anzuwählen; schließlich war Sonntag. Aber zehn war schon vorbei, als ihn Guys Stimme weckte. Sie gab vor, ein Roboter zu sein, und sprach ihm statt «Guten Morgen» ein Gedicht ins Ohr, «Im afrikanischen Felsental / Marschiert ein Bataillon / Sich selber fremd, eine braune Schar / Die Fremdenlegion». Bei den Worten «verlorenes Jugendland» fühlte Beat seine Augen wieder naß werden, und die letzten Verse sprach er lautlos mit: «Und wie er kam, zerstiebt der Feind / Wie Traum und Reu so weit.»

In der Lobby saß Guy über einem beinahe fertig gelösten Kreuzworträtsel der ZEIT; und Schneider erinnerte sich an das Nichts, das dem Guy ihrer Studentenjahre ein Zeitvertreib wie dieser bedeutet hätte.

Am Savignyplatz begegneten sie einem Straßenfest mit Imbißbuden und Zelt, unter dem eine Rockgruppe musizierte; an der Kantstraße reihten sich Spaliere von Zuschauern und erwarteten eine Oldtimer-Parade. Sie fanden bei «Sachs» noch einen Platz gleich innerhalb des Fensters, durch das Zigarettenrauch abziehen konnte; daß ihn Guy nicht ertrug, war neu; auch Goethe war Tabak ein Greuel gewesen. – *Den* Autor mache ich dir nicht streitig, sagte Guy, zum Glück kosten uns seine Rechte nichts. – Doch schien er über den Verlag so wenig reden zu wollen wie über seine amerikanischen Jahre und flirtete dafür mit den italienischen Kellnern in ihrer Sprache. Schneider war verstummt, und plötzlich schien ihm, es gäbe mit Guy gar nichts mehr zu reden.

Als dieser vom Bezahlen an der Theke zurückkam, fand er Schneider unter dem Tisch am Suchen. Wo habe ich meine Tasche? – Du bist ohne sie vom Hotel weggegangen. – Bist du sicher? – Ganz sicher. Auf dem Strafmarsch zum Tiergarten fing Schneider sich wieder auf, und beim Rückweg ließ ihn Guy vorausfahren. Unter der Haustür begegneten sie einer jüngeren Frau mit gesträubtem Lokkenhaar, die gerade ihrem Kleinauto entstiegen war. Es war Niddy, sie verbreitete geräuschvolle Herzlichkeit, und Guy bedankte sich für die freie Fahrt auf ihrem Rad. – Hat es Sie noch getragen? Es ist auch nicht mehr das Jüngste. – Sie hatte Nina, die älteste Tochter, zu ihrem Papa gebracht, der auch die beiden andern Kinder ins Grips-Theater mitgenommen hatte. – Was mache ich jetzt mit dem angebrochenen Sonntag? Guy schlug vor, bei ihm Kaffee zu trinken, sein Gast wolle sich nur noch eine Stunde hinlegen. – Das ist *die* Idee! rief Niddy und lachte Schneider an, als legte sie sich am liebsten gleich dazu. Sie verabredeten sich um halb vier, Niddy nahm ihr Rad wieder, und die Freunde stiegen in den zweiten Stock, wo sich Schneider auf die Liegefläche streckte, während Guy die Rollos herunterzog, gute Ruhe wünschte und in sein Arbeitszimmer verschwand.

Nach unbestimmter Zeit wurde Schneider von Stimmen geweckt, von Lachen und Tellerklappern. Als er ins «Berliner Zimmer» trat, war der Glastisch schon gedeckt, an dem Guy und Niddy, diese im kurzen schwarzen Kleid, bei Kaffee und Baumkuchen saßen.

Ich erzähle gerade, daß ich Frauke auch an die Schweizer Schule bringen will, sagte sie. – Nina geht schon das zweite Jahr hin, und wir sind mehr als zufrieden. Mit Guy redet sie nur noch französisch.

Niddy hat täglich zweimal Fahrdienst, erklärte Guy, kurz vor acht fährt sie die Kinder an drei verschiedene Schulen und sammelt sie um halb fünf wieder ein. Und dazwischen schreibt sie Texte. *Copy,* Inserate, die wie Artikel aussehen. Heute Einfall, morgen Abfall. Davon lebe ich, mit meinen Leutchen, aber *dafür* leben wir nicht.

Ich kenne niemanden, der weniger käuflich wäre, sagte Guy.

Ich bin nicht *nur* käuflich, aber bestechlich fast unbegrenzt. Die Schule ist teuer, zwei der Väter verdienen weniger als ich, und der einzige, der Geld hat, hat es eben, weil er nichts gibt. Ninas Pa ist Schauspieler ohne Engagement. Er verdiente, den Hamlet mal auf der Bühne zu spielen statt immer nur privat.

Niddy spielte selbst, andeutungsweise, und sagte, zu Schneider gewandt: Jetzt täte mir ein Schweizer gut – hatte schon mal einen. Er war nur zu schüchtern, um einen bleibenden Eindruck zu hinterlassen. Aber ein *reicher* Schweizer wäre nicht ohne. Sind Sie verheiratet?

Ja, meine Frau zeichnet, für ein Architekturbüro, und ist viel auf Reisen. Dafür kann sie vieles nicht, was andere können.

Zum Beispiel?

Lesen und schreiben.

Können Sie sie denn allein lassen?

Ungern, aber im Notfall, ja. Guy hat mich angerufen, und ich habe die Dringlichkeit wohl mißverstanden.

Du hast ganz recht gehört, sagte Guy. – Bevor ich dich anrief, habe ich an Selbstmord gedacht.

Niddy starrte ihn an. – Sie haben … aber warum denn?

Das tue ich jeden Tag, lächelte er, es hat nichts zu bedeuten.

Ich wußte nicht, daß Sie … einen so nahen Freund in der Schweiz haben.

Ein Freund zeigt sich, wenn es zählt. Aber greifen Sie doch zu. Der Baumkuchen ist der beste in Berlin.

Als Guy kurz in der Küche war, flüsterte Niddy: Keine Sorge. Das würde er Nina niemals antun. Sie lieben einander.

Das Haus ist hellhörig, sagte Guy unter der Küchentür.

Ja, sagte sie flüchtig verlegen, und meine Kinder musizieren auch noch. Guy hat sich noch nie beschwert.

Man war wieder beim *Smalltalk* angelangt, als sich Niddy selbst unterbrach: Schon fünf! Was bin ich für eine Mutter! Unter der Tür hielt sie Schneider die Wange *dreimal* hin: wie in der Schweiz! – Guy gibt mir Ihre Adresse, nicht wahr? Ich heiße Niedermann.

Eigentlich Ute, sagte Guy, als sie wieder allein waren, aber sie kann den Namen nicht leiden. – Sie sei eine famose Wagenlenkerin. Nicht nur führe sie die Kinderväter am langen Zügel, sie wisse auch jeden Knoten fliegend zu entwirren, und die Männer blieben bei der Stange, auch wenn sie monatelang nicht von sich hören ließen. Noch lieber hätte sie doch nur *einen*, aber der finde sich nicht.

Ich *habe* LouAnne geschlagen, Guy, sagte Schneider.

Guy sah ihn an und fragte: Warum muß ich das wissen?

Sie fuhren mit dem Taxi zur Philharmonie, dem Zipfelmützen-bau, um den Betrieb herrschte wie an einem Volksfest: Souvenir-jäger und Händler zerkleinerten die Mauer nebenan. – Deutschland sollte nie mehr eins sein, sagte Guy. – Fehlt nur noch, daß sie Berlin wieder zur Hauptstadt machen.

Herzog dirigierte aus dem Stuhl neben der stehenden Gesangs-gruppe die Stimmen mit lockeren Gesten einer Hand. Diese hatten, ohne Orchesterbegleitung, selbst Instrumentalcharakter angenom-men, eine kompakt auf- und absteigende Welle, in welcher animali-sches Geheul mit geistlicher Strenge zusammenfloß. Der Ton gab zwischen Jubel und Klage, Himmel und Hölle keinen Unterschied zu erkennen. Was laut wurde, war die über-sinnliche Entfernung der Stimme von ihrem physischen Ursprung, ein Exzeß abgründiger

Entseelung. Gesualdo lieferte den lateinischen Text menschlicher Bußfertigkeit zugleich kunstgerechtem Hohn aus.

Aber Guy fand, als die Freunde auf ein Taxi warteten, eine ganz und gar verblüffende Form, das Schweigen zu brechen. Denn er fragte:

Wann geht dein Nachtzug? Um elf oder zwölf?

Ich habe erst für morgen gebucht. Sonst hätte ich schon auschekken müssen.

Guy schlug sich an den Kopf. – Natürlich wußte ich das, aber ich weiß auch, warum ich's weggedrückt habe. Morgen kann ich dich nicht begleiten. Wir haben Postkonferenz.

Ich finde den Bahnhof schon alleine, sagte Schneider.

Trinken wir noch etwas, aber nicht bei mir, sagte Guy, Niddy hat Besuch und braucht ihre Ruhe.

Sie spazierten zum Ku'damm und setzten sich unweit des «Bogota» in ein japanisches Restaurant, das gerade eröffnet hatte. Schneider lud Guy zu Sashimi ein, der zum ersten Mal rohen Fisch aß. Aber er nahm, mit unsicheren Stäbchen, nur den Lachs vom Reis und ließ diesen stehen.

Das ist rein wie Gesualdo und hat denselben Hautgout. Des Definitiven. Ich habe dich gehört, glaube ich. Aber ich kann dir nicht helfen.

Ich weiß, sagte Schneider, aber ich bin deinetwegen gekommen. Ich danke dir sehr.

Gern geschehen, sagte Schneider.

Wolltest du deine Frau töten? fragte Guy.

Um Gottes Willen, sagte Schneider.

Um Gottes Willen wird gern getötet, sagte Guy, und am einfachsten. Dann ist es eine gute Tat. Sie braucht keine Ausrede mehr. Man hat ja selbst das größte Opfer gebracht. Du kennst hoffentlich Himmlers Posener Rede. Aber *du* bist der Historiker.

Den Satz hättest du dir sparen können.

Tut mir leid, Beat. Ich bin moros. Aber du hast mir etwas zugemutet.

Es war der Augenblick, wo er etwas wie Eifersucht über die Besessenheit des Freundes zu erkennen gab, der nur nach Berlin gekommen war, um vor ihm zu fliehen. Das alte Muster meldete sich wie ein fernes Gespenst.

Gestern hatte ich einen Disput mit Nina. Über Geschlechter.

Mit dem Kind?

Die Kindheit geht zu Ende. Sie hat eine Deutschlehrerin, bei der sie nicht mehr «man» schreiben soll. Ist eine Frau gemeint oder mitgemeint, heiße es «frau», klein geschrieben. So etwas sagt frau nicht. Daran denkt frau nicht einmal. Die Barbarei der Korrekten. Da habe man es auf Französisch doch leichter, meinte sie, da heiße es «on», punktum. Ich mußte ihr erklären, daß auch darin ein «homme» steckt, nur so verstümmelt, daß man ihn nicht wiedererkennt. Und die Franzosen seien noch schlimmer. Wenn sie «Mensch» meinten, kennten sie nur *l'homme,* den Mann, wie die Anglophonen, und diese trieben den Sexismus noch weiter. Da sei sogar *woman* nur ein abgeleiteter Mann, wie die «Männin» der Genesis.

Guy habe keinen Gender-Disput versucht. Er wollte Nina nur gesagt haben: das Geschlecht ist nicht so oder so, es ist so *und* so.

Warum ist der Mensch dann immer noch männlich? fragte Nina. Und warum ist die Sprache weiblich? Weil Menschen und Sprache nicht perfekt sind. Darüber kann man sich doch freuen! Wenn man jemanden gern hat: wie geht man – oder frau – mit seinen Fehlern um? Galant, hat mich mein Großvater gelehrt, wie deine Mutter mit mir. Erst nimmt man sich auf den Arm und dann *in* den Arm.

Warum hatte Guy die Szene erzählt, bevor er Beat, vor Mitternacht, die wenigen Schritte zum Hotel begleitete, umarmte und gute Reise wünschte – um dann zu gehen, ohne sich umzuwenden?

Ich habe dich gern, hatte er noch gesagt, das fiel Schneider erst am nächsten Tag im Zug wieder ein, als er, die Tasche auf den Knien, hinter Naumburg Giebel und Türme des alten Schulpforta durch das Zugfenster ziehen sah.

Auf den Arm, in den Arm.

Und Schneider legte die Arme um seine Tasche und flüsterte: Ich dich auch.

9 Ausgesperrt

Als er nach elf Uhr vor dem Haus «zum Himmelsschlüssel» stand, war es dunkel. An der Tür klebte ein Umschlag: An Prof. B. Schneider; der Absender war unlesbar. Er steckte den Brief in die Tasche und wollte die Tür öffnen, aber der Schlüssel paßte nicht mehr. Immerhin ließ sich der Brief damit aufreißen. Schneider war ins Licht des nahen Schaufensters getreten, und als seine Hände das Papier ausfalteten, zitterten sie.

Der Briefkopf lautete auf die Anwaltskanzlei Sigg, Keusch, Klein, & Partner, an der Freien Straße, Münsterburg, Telefon, Fax. *Sehr geehrter Herr Professor.*

Er las, daß der Unterzeichnete von den Eigentümern der Liegenschaft Geschworenengasse 14 als Rechtsvertreter benannt worden sei und daß sich der Angeschriebene für weitere Auskünfte wenden möge an: Lukas Sigg (Dr. iur. LLD, Prof. em. Dr. h. c. mult.), Büroadresse, Telefonnummer, Fax.

An dieser Adresse war Schneider schon einmal gewesen, zur Unterzeichnung des Ehevertrags, der Gütertrennung festhielt und den Vormund zum Verwalter von LouAnnes Vermögen bestimmte. Vor kurzem war Sigg von allen Ämtern zurückgetreten. Sein Mandat als Vormund LouAnnes hatte er behalten. Und hiermit ausgeübt. Schneider kam nicht mehr ins Haus. Man hatte die Schlösser auswechseln lassen. Er faßte es nicht, und es hatte seine Richtigkeit.

Die Gasse war zur Bühne geworden, auf der unbekannte Personen auftraten, zwei alte Herren, dann ein junges Paar; die Frau gab ihm einen kurzen Blick. Sie hatte ausweichen müssen, da er sich nicht rührte. Er nahm die Tasche auf.

Sonst hatte er nichts mehr. Aber mit einer Tasche in der Hand ist man immer noch ein Tourist.

Der junge Mann hinter dem Tresen des «Schwarzen Adlers» musterte ihn, und schließlich war noch ein Doppelzimmer frei. Schneider verlangte den Preis eines Einzelzimmers. So spät kam keine andere Kundschaft mehr.

In der Nacht schlief er wie tot.

Drei Tassen Kaffee ersetzten ihm das Frühstück. Um zehn Uhr rief er in der Kanzlei des Anwalts an und erhielt sofort einen Termin.

Sigg begrüßte ihn ohne Handschlag und mit einem Ausdruck, als wisse er erst gar nicht, worum es sich handle. Dann kam er auf den Punkt.

Sie haben eine schwangere Frau geschlagen.

Das ist nicht möglich.

Sie haben sie nicht geschlagen?

Aber schwanger – das kann nicht sein.

Und warum wohl ist sie auf die Straße gelaufen und hat geschrien: *Du hast mein Kind getötet!*, bis die Polizei zur Stelle war? Und die Ambulanz?

Sie kann nicht schwanger werden.

Dann kann man sie ja auch zusammenschlagen und sich selbst überlassen, nicht wahr?

Sie wußte, daß ich nach Berlin reise.

Wie schade, daß es ihr nicht gleich einfiel! Der Täter ist in Berlin, ich bin im Krankenhaus, alles paletti!

Herr Sigg, Sie waren Regimentskommandant, aber wir sind nicht auf dem Kasernenhof.

Wo sind wir denn? fragte Sigg nun doch leiser. – Lou will Sie nicht wiedersehen! Da sind wir, Herr Schneider, und wer hat uns dahin gebracht? Hier ist das ärztliche Attest.

Schneider rührte es nicht an. – Sie müssen mich verhaften, sagte er. – Holen Sie die Polizei.

Jetzt schien ihn Sigg zum ersten Mal wahrzunehmen.

Die Polizei! fauchte er, glauben Sie, das ist die Antwort? – Ich bin Lous Vormund. Die Familie hat ihr ein normales Leben als Frau gewünscht. Das haben Sie versprochen. Und jetzt? Es war das *Letzte*, was Sie getan haben.

Fassen Sie mich ins Recht.

Da hätte Lou viel davon! Wollen Sie sie auch noch vor Gericht zerren?

Er hatte sich in den Drehstuhl fallen lassen und sah ihn mit seinen braunen Augen groß an. Diesen Blick hatte man auf seinen Wahlplakaten gesehen. Die hohe Stirn hatte etwas Sinnendes, sein Anfang von Tonsur bewies Lebenserfahrung. Jetzt rührten sich die dünnen Haare im Wehen der Klimaanlage.

Lou spricht nicht mehr. Sie will Sie nicht wiedersehen. Hier haben Sie's schriftlich.

Er sah, in Großbuchstaben, ihren Namen, immer noch Schneider. Neben Sigg firmierte eine Juristin der Sozialbehörde, mit Stempel.

Das zweite Blatt trug den Briefkopf der Universitätspsychiatrie. Ihr Direktor bescheinigte, daß Frau Louise Anna Schneider Schädler stationärer Behandlung bedürfe.

Ich habe ein Offizialdelikt begangen.

Wenn wir es als solches behandelt hätten, Herr Schneider, hätte Sie die Polizei schon an der Grenze in Empfang genommen.

Ich stehe zur Verfügung.

Gehen Sie lieber nach Hause, und packen Sie Ihre Sachen.

Sie haben die Schlösser ausgetauscht.

Weil die Polizei das Haus sonst versiegelt hätte. Lou hat alles offen gelassen. Die Haussuchung konnten wir nicht verhindern.

Er griff in seine Jackentasche und legte einen Schlüssel auf den Tisch.

Damit kommen Sie erst mal rein, und über alles andere reden wir später.

Schneider rührte den Schlüssel nicht an.

Ich betrete das Haus nicht mehr, bis LouAnne wieder da ist.

Sigg hatte sich erhoben. – Wenn Frau Schädler nichts anderes beschließt, kommt das Haus auf den Markt. Sie haben einen Monat Zeit, es zu räumen.

Er schob den Schlüssel noch näher, doch Schneider rührte sich nicht.

Ich betrete es nicht mehr.

Dann müssen wir Ihnen die Räumung verrechnen.

Ich brauche nichts mehr.

Also auch Lagergebühren. Aber um einen Rechtsvertreter kommen Sie nicht herum. Sonst wird die Scheidung teuer für Sie.

Die Scheidung, wiederholte Schneider.

Was haben Sie sich vorgestellt? Vertrauen war die Grundlage dieser Ehe –

Sie kennen die Grundlage dieser Ehe am besten, sagte Schneider.

Sigg musterte ihn. – Was wollen Sie damit sagen?

Wenn ich es sage, sind Sie fix und fertig.

Und was – erwarten Sie? fragte Sigg.

Nichts, sagte Schneider. Ich brauche auch keinen Anwalt.

Heißt das, Sie geben mir Vollmacht, Sie beide zu vertreten?

Es ist Ihr Prozeß.

Dann brauche ich Ihre Unterschrift.

Wo ist LouAnnes Computer?

Sichergestellt. Aber da machen Sie sich mal keine Gedanken.

Worüber? fragte Schneider.

Rechtlich sind die Bilder Eigentum von Wilander und Boff. Aber wenn das Material zu persönlich ist … brauchen Sie die Bilder?

Ja, die Bilder ihrer Reise nach Japan. Wenn ich sie bekomme, schicke ich Ihr Mandat unterschrieben zurück.

An welche Adresse, bitte?

Wenn ich eine habe, hören Sie von mir.

Es regnete. Er achtete nicht darauf und ging immerzu, die Tasche in
der Hand wie die Leine eines Hündchens, das ihn weiterzog, Schritt
für Schritt. Im «Schwarzen Adler» checkte er aus, dann ging er durch
den Regen zum «Roxy» und setzte sich auf der Galerie in die hinterste Reihe. Auf der Leinwand lief ein Schmuddelfilm. Er schloß die
Augen. Er hörte eine Frau fragen, ob sie etwas für ihn tun könne.
Er rührte sich nicht.

Nach einer Weile fühlte er sich am Handgelenk ergriffen. Diesmal war es ein junger Mann; hinter ihm erkannte er, im flackernden
Licht des Saals, zwei weitere; war das die Polizei? Aber der Mann
fühlte seinen Puls und fragte: Glauben Sie, daß Sie gehen können? – Nicht einen Schritt, sagte Schneider, wo du wirst gehn und
stehen, da nimm mich mit. – Das Lied hatte er in der Sonntagsschule gesungen, jetzt löste es Ratlosigkeit aus. – Man versteht ihn
gar nicht, sagte einer der Männer, und als die Leinwand einen Augenblick licht wurde, war zu erkennen, daß sie schockgelbe Westen
trugen. – Anfassen, befahl einer und machte sich an Schneiders
Beinen zu schaffen, Ja, oh ja, oh ja, stöhnte eine Frauenstimme,
gleichzeitig fühlte er, wie ihn die Männer aus dem Sitz zu heben
versuchten, und zog seine Tasche fest an sich. Plötzlich hing er mit
ihr in der Luft, einer der Träger keuchte dicht an seinem Ohr; nun
wurden sie, die Tasche und er, die Treppe hinuntergequetscht, dann
griffen die Arme fest zu, trugen ihn durch einen taghellen Vorraum
und hoben ihn samt Tasche auf ein hohes schmales Brett, das gleich
zu rollen begann. Dabei versuchte ihm jemand die Tasche zu entrei-
ßen, aber er ließ sie nicht aus den Armen. Wenn ich einmal soll
scheiden, so scheide nicht von mir, er fühlte, wie ihm Gurte um
Bauch und Knie gelegt und festgezogen wurden, hörte das Zischen
auf nassem Asphalt, Gerede von Leuten, schwebte auf dem Brett in

die Höhe, es fuhr jetzt auf Schienen und rastete ein. Nach einigem Hin und Her draußen lag er wie ein Brot im Backofen, hörte, wie die Tür zuknallte, und dann setzte sich das Ganze in Bewegung.

Zugleich ging das Tuten los, das Alarmhorn heulte seine zwei Töne, immer die gleichen, Beat Schneider, sagte er, das mußte ja einmal gesagt sein, und als keine Antwort kam, wiederholte er seinen Namen. Ja, ja, hörte er, gleich sind wir da. Wie das Lamm, das vor seinem Scherer verstummt. Er will etwas sagen, bemerkte der Mann in der gelben Weste, er gibt die Tasche nicht her, so kannst du ihm keine Nadel setzen. Wir stellen ihn besser nicht ruhig, wer weiß, wie er reagiert.

Die Ambulanz quälte sich mühsam, doch gebieterisch durch den Verkehr, und wenn sie bald brüsk stoppte, bald heftig anzog, fühlte er die Fliehkraft an seinem Bett zerren. – Diese einsamen Männer, sagte jemand, als wäre Schneider eigentlich gar nicht mehr anwesend. Durch ein Seitenfenster des Wagens zogen bekannte Fassadenteile vorbei, auch die grüne Kuppel der Universität; inzwischen war er ganz ruhig, fühlte sich, verschnürt wie ein Paket, auf dem rechten Weg. Er dachte an den *Meisterdieb* in Alcinas Märchen. Es war seine letzte Aufgabe, Pfarrer und Küster aus der Kirche zu stehlen.

Als er endlich ganz unkenntlich war, nahm er den Sack, ging in die Kirche und stieg auf die Kanzel. Die Turmuhr schlug eben zwölf. Als der letzte Schlag verklungen war, rief er mit lauter, gellender Stimme:»Hört an, ihr sündigen Menschen, das Ende aller Dinge ist gekommen, der Jüngste Tag ist nahe: hört an, hört an. Wer mit mir in den Himmel will, der krieche in den Sack.

Noch eine Kurve, dann verstummte die Sirene, die Notfallstation mußte nahe herbeigekommen sein. Die Ambulanz hielt, Schneider ließ alles geschehen, nur die Tasche gab er nicht her und fand sich schließlich mit ihr, umgeladen auf ein neues Brett, in einer Koje aus Segeltuch. Wieder standen drei Personen um ihn, eine weiblich, diesmal in weißen Mänteln, und eine wollte ihm wieder die Tasche wegnehmen; die gab er auch Ärzten nicht her. – Wir müssen Sie untersuchen. Warum lachen Sie? – Ich habe an Seilers Tochter gedacht, mit der sollte der Meisterdieb nämlich Hochzeit halten. – Die Ärzte sahen einander an. – Er ist verwirrt, sagte einer, und war schon mit der Spritze bei der Hand. NEIN! schrie Schneider, ich will Petermann sprechen! – Der Name löste Stille aus. – *Professor* Petermann? – Er ist unser Leibarzt, sagte Schneider, und Professor bin ich auch. Er aber sieht mein Herz an. *Er* wird mich frei machen.

Ihr Herz ist in Ordnung, sagte der kleinste der Ärzte.

Das weiß ich besser, erklärte Schneider, und Petermann auch. Mein Herz ist *schwarz*. Und jetzt rufen Sie ihn. – Ob er im Haus ist? fragte einer, hatte aber die Instrumente bereits eingesteckt, da muß ich fragen. Und als er ging, verschwanden auch die andern, und Schneider blieb mit seiner Tasche ungestört. Er hörte hinter der Stoffwand gewichtig Kommen und Gehen, beflügelt von Zurufen, Befehlen, Dispositionen aus einer andern Welt. Ganz nahe stöhnte ein Mensch *Mami Mami* und wurde weggefahren. Plötzlich öffnete sich der Vorhang, Petermann stand in der Koje, mit weißem Mäntelchen, das seine straffe Erscheinung nicht kleiden wollte. Aus dem Täschchen hing ein Stethoskop.

Was machen Sie denn, Herr Kollege.

Schneider kamen die Tränen.

Sie wissen es, sagte er. – Wo ist LouAnne?

In der Therapie.

Wo?

Ich bin kein Psychiater. Und Ihnen dürfen wir keine Auskunft geben.

Sie ist meine Frau.

Es tut mir leid.

Schneider schwieg.

So ist das, sagte Petermann, damit müssen Sie jetzt leben.

Was macht man mit ihr?

Was man kann. Magnetstimulation, intensiv, aber nicht unangenehm.

Sie treiben ihr das Leben aus, sagte Schneider und setzte sich auf.

Das haben *Sie* gekonnt, Herr Kollege. Wir versuchen nur, die Folgen zu mildern.

Und wenn sie nicht mehr zeichnen kann?

Das ist jetzt nicht unsere Sorge, und wenn es ihre Sorge ist, wird sie auch wieder zeichnen.

Ja, sagte Schneider. – Sehr gut. Ich danke Ihnen. Dann kann ich wohl gehen.

Wissen Sie denn, wohin?

Schneider schüttelte den Kopf.

Wir können Sie hierbehalten, bis das Gröbste überstanden ist.

Das Gröbste, sagte Schneider.

Ich drücke mich aus, wie ich kann.

Danke, sagte Schneider noch einmal, richtete sich auf und drückte die Tasche an sich.

Petermann reichte ihm die Hand, und zum ersten Mal stellte Schneider in seinem Blick etwas wie Bewegung fest.

Draußen war es jetzt so dunkel geworden wie in einer Stadt möglich, auch kühl, aber es regnete nicht mehr. Schneider fühlte sich körperlos, dennoch wurde gehupt, wenn er eine Straße überquerte. Er ging den Hochschulhügel hinab, am Hauptbahnhof vorbei, dann am Landesmuseum; er ließ sich auf einer feuchten Bank nieder, bettete den Kopf auf die Tasche und dämmerte eine unbestimmte Zeit. Er erwachte am Gefühl, bis auf die Knochen durchfroren zu sein, und richtete sich auf. Er saß unter dem Denkmal des Idyllendichters auf der spitzen Halbinsel, die vom Zusammenlauf der Stadtflüsse gebildet wird. Über den Bäumen begann der Himmel schon hell zu werden. Er ging in den Bahnhof, der ziemlich belebt war, und kaufte am Stand Kaffee und eine Wurst mit Senf und Brot; dazu lehnte er sich an ein Geländer und blickte in den Schacht, in dem Rolltreppen paarweise dichte Menschenkolonnen auf- und abfahren ließen. Dabei hatte er die Tasche abgestellt und zog sie gleich wieder heftig an sich. Als er den Bahnhof verließ, geriet er ins Gedränge des Morgenverkehrs. Die Sonne war aufgegangen. Er ging ihr entgegen und überschritt den Fluß auf einem Holzsteg, geblendet vom Himmel und aus dem Wasser.

Herr Schneider!

Er stand still und blinzelte in ein bekanntes Gesicht.

Er hatte Alice groß und grau im Gedächtnis; jetzt schimmerte ihr dünn gewordenes Haar kastanienbraun, doch es war immer noch exakt geteilt wie der Vorhang eines Puppentheaters. Die Stirn wölbte sich unverändert, vertraut war die Falte zwischen hochgezogenen Brauen, noch immer blickte das eine Auge größer und erstaunter als das andere über vom Blutdruck geröteten Bäcklein, doch Kinn und Hals waren gestrafft.

So lange haben wir uns nicht gesehen! Es geht Ihnen doch gut? Immer noch der Alte?

Er schloß sie in die Arme. – Ich habe meine Frau verloren.

Er spürte, wie sie sich versteifte. – Gestorben? fragte sie, etwas zurücktretend.

Ich bin gestorben, für sie.

Sie atmete hoch auf. – Ach. Aber – es überrascht mich gar nicht, sagte sie, und ihr Hals und Kinn hatten leicht zu beben begonnen.

Ihnen geht es gut.

Ja, denken Sie, erwiderte sie plötzlich schalkhaft, ich bin umgezogen, in ein privates Altersheim, mit einem lieben Kollegen, den Sie noch gar nicht gekannt haben. Wir wohnen auf dem Land, aber manchmal vermißt man doch das Leben, und heute wollte ich wieder einmal ganz früh auf den Markt. Und wohin zieht es Sie?

Da war sie ja wieder, die feine Art, der abgespreizte kleine Finger an der Tasse.

Nach Böhmen am Meer, sagte er. – Da baue ich mir ein Schloß.
Ich brauche ja eine Wohnung.

Sie haben doch ein Haus.

Es gehört mir nicht. Und seit gestern kann ich auch nicht mehr
hinein.

Man hat Sie ausgesperrt?

Mit Recht, sagte er.

Das glaube ich nicht! Sie waren wieder einmal zu gut! Und was ist
mit Ihren Büchern? Ihren Bildern?

Was mir bleibt, hat in dieser Tasche Platz.

Alice straffte sich, sie hatte genug gehört.

Sie kommen jetzt mit mir, keine Widerrede! Das Atelier ist immer
noch leer. Jetzt lebt meine Nichte im «Auerhahn», auch grade geschieden – Sie sind nicht allein, und die erste Zeit ist immer die
schlimmste. Ja, denken Sie, sie ist Hanselmanns Tochter – und hat
ihren Vater nie gekannt.

Frau Alice, Sie wollten zum Markt.

Wo haben Sie denn genächtigt? Auf der Straße?

Im «Schwarzen Adler».

Mein Gott, sagte sie, als wäre dies der Tiefpunkt der Menschheit,
jetzt kommen Sie mit mir, auf der Stelle!

So geschah es, daß Schneider, die japanische Tasche auf den Knien,
mit dem Zehnertram zurückfuhr, nicht in die Vergangenheit, sondern in das Duplikat einer schon bekannten Zeit. Alles schien gewachsen, Wohnblocks und Einkaufszentren aus dem Nichts, Bäume
in ungewohntem Ausmaß, oder sie waren ganz verschwunden. Zugleich schienen die Straßen kleiner, dafür zog sich der Fußweg von
der Endstation zum «Auerhahn» länger hin. Sie passierten mehrere
Baustellen bis zum Eisentor; der Rost hatte die Staketen weiter ver-
fressen, aber die Villa, fast schon ein Abbruchobjekt, *stand* wie auf
einer alten Fotografie, mit ihren angestrengt wirkenden Erkern und

Ecken unter dem verwinkelten Schieferdach. Die Pergola war unter der Glyzinienlast noch zu erraten, das Atelier fast zugewachsen, und die zwei Palmen überragten den First um Haupteslänge.

Mein Gott, da muß der Gärtner her.

Als sie die Treppe hochstiegen, nahm sie Schneiders Arm, wie einst beim Abstieg aus Schwanks Auditorium. Sie hatte schon einen Hausschlüssel aus der Tasche gezogen, entschloß sich dann aber zu läuten.

Tritte drinnen, auf der Holztreppe, dann zeigte sich der schwarze Bubikopf einer Frau hinter dem Gitter des Türfensters.

Tante Alice! rief sie mit hoher Stimme, welche Überraschung!, und öffnete.

Sie schlossen sich in die Arme; die Nichte war kleiner und trug ein weites Hosenkleid, das ihre Figur verbarg. Im Schnitt ihrer Augen erkannte er etwas Gyrsches, aber ihr Ausdruck wirkte mädchenhaft. Ihre luftige Stimme neigte zum Überstürzen der Wörter und nahm dabei einen Ton an, der wie Jubel klang.

Ich dachte, du bringst Jakob, und schon kommst du mit einem neuen Mann!

Denk, Elinor, das ist der Herr Professor Schneider, der damals im Atelier gewohnt hat, vor deiner Zeit. Wir sind uns zufällig in der Stadt begegnet, und er hat gerade kein Dach über dem Kopf. Seine Frau hat ihn einfach hinausgeworfen!

Elinors Miene war plötzlich wachsam und der Druck der Hand, die sie Schneider reichte, reserviert.

Ich glaube nicht, daß ich mich erinnern kann.

Die Lockenpracht vergeht, bemerkte Alice über Schneiders Tonsur hinweg, aber dir, Elinor, sieht man die Jahre nicht an, immer weniger.

Das liegt an deinen Augen.

Sie ist ein Einzelkind wie Sie, Herr Schneider, und sieht ihrem Vater immer ähnlicher … ein feiner Mensch. Aber sein Unglück hat sie nicht geerbt.

Elinor schien über die Indiskretion nicht erbaut. – Willst du eintreten?

Du bist beschäftigt, erwiderte Alice, aber wenn du das Atelier kurz aufschließen könntest? Herr Schneider wollte es doch gern wieder einmal sehen.

Ich habe es vermietet, Tante, sagte Elinor.

Alice antwortete nicht gleich, doch ihr Kinn begann zu beben.

Du hast es vermietet?

An einen Fotografen, der aus Südamerika zurückgekommen ist. Er arbeitete in den Favelas, ein sehr engagierter Mensch. Er macht einen guten Eindruck.

Aha, sagte Alice. – Kann ich mir das Atelier trotzdem mal ansehn? Du wolltest doch über diesen Anbau mit mir reden.

Darüber *haben* wir geredet, Tante. Er steht ja auch schon, sonst läßt sich der Raum gar nicht vermieten. Und du wolltest mit der Liegenschaft ausdrücklich *nichts* mehr zu tun haben.

Alice war verstummt.

Das habe ich dir alles schon einmal erzählt. Aber du hast viel zu tun, da darf man auch was vergessen. – Und der Verdacht lag in der Luft, daß Elinor die Tante nicht nur für *vergeßlich* hielt.

Dann mußt du mir das Meisterwerk doch mal zeigen, erklärte Alice.

Das Atelier war jetzt ein fast leerer Raum, ein Studio, in dem man Musik machen konnte, einen Film drehen, Theater veranstalten. Von der bekannten Einrichtung stand nur noch die gefächerte Wand, frisch gestrichen und ganz weiß. Das Oberlicht war jetzt aus bruchfestem Glas, das sich teilweise aufklappen ließ, ohne Kurbel, mit Knopfdruck. Die Galerie war eine schlichte Plattform mit Geländer; eine Industrietreppe führte hinauf, doch die Werkbank stand noch wie früher, und in der Mitte der dänische Kanonenofen.

Wo ist Großvaters Stuhl? fragte Alice.

Draußen, beim Brennholz.

Das bringt kein Glück. Der Ofen ist noch von mir, sagte sie, zu Schneider gewandt. – Erinnern Sie sich? Ich habe ihn damals angeschafft, in der Hoffnung, daß Sie bleiben. – Und zu ihrer Nichte: Er ist noch wie neu. Ist er in all den Jahren überhaupt mal angeheizt worden?

Er genügt doch nicht, sagte Elinor, eigentlich müßte Fußbodenheizung hinein.

Bis du sie eingerichtet hast, kann Herr Schneider hier wohnen.

Man muß ja den Boden herausreißen. Aber der Fotograf nimmt erst mal vorlieb. Und ich brauche die Miete.

Natürlich, erwiderte Alice und besichtigte wortlos den Anbau, die Naßzelle.

Aha, sagte sie. – So haben wir's in Stürzikon auch. Aber die Kacheln sind hellgrün. Schwarz könnte Jakob nicht aushalten. Ist der Mietvertrag schon unterschrieben?

Vom Fotografen, ja. Ich wollte es heute tun.

Wann soll er denn einziehen?

Ende Oktober.

Das sind noch ein paar Monate, sagte Alice. – So lange hätten Sie ein Dach über dem Kopf, Herr Schneider.

Vielen Dank, aber bitte bemühen Sie sich nicht weiter. Das Atelier ist schön geworden, genau richtig für einen ernsthaften Künstler.

Aber Sie sind ein ernsthafter Gelehrter!

Die Stille wurde zum Schneiden dick. Plötzlich sagte Elinor:

Ihre Frau hat Sie hinausgeworfen?

Ich habe sie geschlagen.

Elinors Augen verdunkelten sich.

Diese Frau war nicht sehr klug, und sehr verwöhnt war sie auch, sagte Alice mit erhobener Stimme, die jetzt ebenso bebte wie ihr Hals. – Eine Schädler! Herr Schneider ist in sein Unglück gelaufen.

Und das hat er ausgehalten, acht Jahre lang – auf Händen getragen hat er die Frau! *Alles* hat er sich gefallen lassen!

Sie sprach, als wäre sie dabei gewesen und hätte hilflos zugesehen.

Und zum ersten Mal lächelte Schneider, als er sagte:

Nein, so war es nicht.

Wissen Sie, wie Sie heute früh ausgesehen haben? Wie aus dem Wasser gezogen!

Ich liebe sie unveränderlich.

Alice verstummte. Aber als Schneider Elinor in die Augen blickte, bemerkte er einen Schimmer darin und wandte sich ab. – Gehen wir jetzt, bitte.

Elinor erwiderte: Bleiben Sie nur, wenn's beliebt.

Er senkte den Blick.

Lassen Sie Ihre Sachen kommen, und wir besprechen den Vertrag.

Ich habe nichts mehr, und den Vertrag machen *Sie*, dann ist er schon richtig.

Möchten Sie etwas essen?

Das ist nicht nötig. Ich bin nur müde.

Ich lege eine Matte auf die Galerie – wenn Sie ein wenig helfen. Setz dich doch so lange in den Erker, Tante, dann trinken wir wieder einmal Tee.

Alice Gyr verbarg nicht, daß sie strahlte. – Mußt du denn nicht in die Schule?

Heute habe ich frei.

Die Steiner-Schule, sagte Alice zu Schneider, ihr Großvater hat sie anthroposophisch erzogen.

Sie wollten noch Blumen besorgen, sagte Schneider.

Hast du deine Kamelien gesehen, Tante? fragte Elinor. – Die weißen sind voll aufgegangen, und die roten fangen grade an.

Ideal, sagte Alice, erinnern Sie sich noch, Herr Schneider? Als Sie noch bei mir wohnten, haben sie gar nie richtig geblüht. – Sie hatte unverhofft Wasser in den Augen.

Das war der 14. Juli 1990, der Tag von Schneiders zweitem Einzug ins Atelier, und so gewiß er sich daran erinnert, so heillos kommt ihm die Reihenfolge der Ereignisse durcheinander.

Hat er sich gleich auf der neuen Galerie schlafen gelegt? Zuvor muß er geholfen haben, Bett- und Waschzeug zu transportieren, einen Anfang von Wohnlichkeit herzustellen in dem großen leeren Raum, wo er ein Mensch werden sollte ohne LouAnne. Sicher ist, daß er ihre Tasche als Kissen gebraucht hat, wie ein Kind, das ohne sein Stofftier nicht schlafen kann.

Schneider wünscht sich, Alice, bevor sie sich verabschiedete, geküßt zu haben, dafür, daß sie für die Fee eingesprungen war, zum zweiten Mal. Dieser Kuß wäre auch ihr letzter gewesen, denn obwohl sie noch ein *gutes* Jahrzehnt zu leben hatte, ist sie nie mehr in den «Auerhahn» zurückgekehrt.

Ein großer Teil des Lebens, wenn es in die Jahre kommt, besteht aus Wünschen an die Vergangenheit. Sie werden davon, daß ihre Zeit vorbei ist, nicht gänzlich unerfüllbar, brauchen auch nicht immer das Handeln zu lähmen. Denn, wie Schneider fand, auch Erinnern ist Handeln, und wäre es nur dadurch, daß es vor der dümmsten Wiederholung bewahrt. Diese selbst erspart es uns nicht, denn auch das beste Leben bleibt Wiederholung; aber, wenn es gutgeht, jedesmal mit einem kleinen rettenden Vorsprung des Ungleichen vor dem Bekannten, ohne den man nicht einmal dieses wiedererkennen würde.

Der Hauptsitz von Schneiders Erinnerung bleibt der Kaminofen in *Danish modern*, in dem die Flammen nach allen Richtungen züngeln. Diesen Ofen an jenem Julitag zum ersten Mal entzündet zu haben, braucht sich Schneider auch hinterher nicht zu wünschen, denn für seinen langen Schlaf hatte er mitten im Sommer noch keine Heizwärme nötig. Erst im Oktober ist er sich sicher, den Ofen, den Alice vor acht Jahren vorsorglich, doch ohne seine Ehe damit abwenden zu können, angeschafft hatte, zum ersten Mal angeheizt zu haben. Er war immer noch so gut wie fabrikneu. Der Großvaterstuhl kehrte ins Atelier zurück; das übrige Brennholz verteilte Schneider auf die vier *Wok*-Schalen, die Elinor aus dem Schiffbruch ihrer Ehe gerettet hatte. Die Klänge, die in ihnen gefangen waren, brauchten keine Trauermusik mehr zu sein, wenn sie Schneiders Lust zum Feuermachen begleiteten, und in den nächsten Jahren beschränkte er es nicht mehr auf die kalte Jahreszeit. Das Feuer begleitete fast jeden Tag die Erinnerung, die es in ihm hervorlockte, mit Knistern und Knacken, und diente ihm als Schutzwall gegen die Verzweiflung. Denn die Flammen ließen zugleich *aufleben*, was sie verzehrten, und beschworen es herauf, wenn auch nie der Reihe nach, sondern nach allen Seiten zügelnd, in einem fortwährenden Auflodern von Gegenwart.

Von diesem selbsterzeugten Lichtblick nährte sich, was er *Geistesgegenwart* nannte. War der Ofen ausgebrannt, schäufelte er die alte Asche in eine Lade aus Leichtmetall, die auf der Unterseite angebracht war, trug sie durch die Hintertür in den Trümmerhof auf der Nordseite des Ateliers und schüttete sie am Fuß der Föhre aus, deren Krone im Oberlicht schwankte. Die Asche schien sie gut zu düngen, so daß sie immer neue Zapfen abwarf, die er in der dafür bestimmten Schale sammelte, um sie wiederum den Flammen zuzuführen.

Und was seinen ersten langen Schlaf betrifft, als er zum zweiten Mal im Atelier unterkam: so erinnert er sich genau, daß ihn ein leises Läuten weckte. Und als er durchs Geländer in den Saal hinunterlugte, sah er Elinor Geschirr auftragen und von einem schwarzen Lacktablett auf einen kleinen runden Tisch absetzen, der im offenen Raum stand wie an einem leeren Strand. Der Tisch und zwei Stühle waren aus Peddigrohr geflochten, aus der Teekanne stieg Dampf zur Höhe und wehte würzigen Duft empor. Durch das Oberlicht grüßten Föhrenäste, die er zum ersten Mal in solcher Höhe schwanken sah.

Ausgeschlafen? fragte sie mit ihrer hohen Stimme, die selbst etwas Wehendes hatte. Ihre Bewegungen waren sparsam und beschwingt.

Guten Morgen, sagte er halb aufgerichtet und stellte fest: unter der leichten Decke war er nackt. Wann hatte er sich ausgezogen, wie war er ins Bett gekommen?

Es ist schon bald wieder Abend. Sie haben mehr als vierundzwanzig Stunden geschlafen. Das war ein Heilschlaf. Können Sie jetzt ein Spätstück vertragen?

Hörte er ein Wortspiel, fing er an, sich zuhause zu fühlen.

Ich habe nichts anzuziehen.

Dann betrachten Sie doch mal Ihr Geländer.

Über der obersten Stange hing, etwas abseits, der ockerfarbene Überwurf mit dem Dreiecksmuster sauber gefaltet, darüber ein schwarzer Stoffgürtel.

Ich habe Ihre Tasche ausgepackt. Das tue ich nie wieder.

War es so –? fragte er erschrocken.

Sie lachte. – Zu intim. Das machen Sie besser selbst.

Sie haben ihn gewaschen, sagte er.

Und gebügelt.

Das war nicht nötig.

Können Sie denn bügeln?

In der Regel nicht.

Dann bleiben Sie bei Ihrer Regel, sagte sie und begann Tee einzuschenken. – Sie haben jetzt auch eine Waschmaschine.

Hoffentlich kann ich sie bedienen.

Knäckebrot, Käse, Joghurt, ein halbweiches Ei standen auf dem Tisch.

Alles Bio – ist das recht?

Mehr als recht, vielen Dank, sagte er. Er war aufgestanden, nackt wie er war, ohne sich zu verbergen oder zu beeilen.

Wenn Sie mitessen, sagte er, als er die Treppe hinunterging. Das Metallgitter war nichts für nackte Füße.

Ich habe schon gegessen, sagte sie, aber einen Tee trinke ich mit.
Ich muß mich erst ein wenig frisch machen.

Sie müssen gar nichts mehr.

Ein Bad. Was für ein Luxus.

Dafür zahlen Sie Miete.

Mit jedem Satz handelten sie aus, was sie brauchten und sich gefallen ließen, an Distanz oder Nähe. Sie mußte viele Jahre jünger sein, aber, wie sich herausstellte, waren sie nur fünf Jahre auseinander.

Das Bad war aufgeräumt; am elektrischen Heizkörper hing das Reise-Necessaire, das ihm LouAnne gekauft hatte. Es war auch eine Tasche, die man aufklappen und an einem kleinen Bügel aufhängen konnte wie ein Stilleben, mit vielen passend gefüllten Fächern. Als er sein Wasser abschlug, hatte er ein absurdes Gefühl von Urlaub. Er wusch sich Hände und Gesicht mit dem Warmwasser, das immer noch ein Durchlauferhitzer spendete. Im Spiegel betrachtete er in dreifacher Perspektive einen gelichteten Kopf, der, trotz der Gräben um Mund und Nase, besser aussah, als er sich fühlte. Nur ein Handtuch fand er nicht.

Naß, entschuldigte er sich und wedelte mit den Händen, als er an den Tisch trat.

Wir können uns später noch die Hand geben.

Merkwürdig, daß Alice mir gar nie von Ihnen erzählt hat.

Wir kennen uns erst seit vier Jahren. Die Gyrsche Familie ist kompliziert. Und als ich erfuhr, wer mein Vater war, wußte ich noch nichts von seinem Leben. Alice hat mir Obdach gegeben, sonst wäre ich untergegangen. Aber Sie essen gar nicht.

In der Tat, gleichzeitig essen und zuhören hatte er nie gekonnt, so wenig wie zugleich essen und reden. Das versuchte er zu erklären. *You are too self-conscious*, hat mein Mentor in England gesagt. »Selbstbewußt« bedeutet es nicht.

Das darf man von einem Menschen aber verlangen. Sonst macht er es den andern zu schwer.

Das weiß man ja, darum ist man befangen. Was ist Ihrer Tante begegnet? Ich hätte sie fast nicht wiedererkannt. Das ist eine lange Geschichte, diesmal eine glückliche. Und eine indiskrete. Aber nach allem, was sie Ihnen schon über mich erzählt hat –

Gar nichts. Dann gehe ich mit schlechtem Beispiel voran. Meine Geschichte spare ich mir lieber. Wer über andere klatscht, verrät genug über sich selbst. Davon lebt mein Fach, ich bin Historiker. Warum ist sie ausgezogen? Weil sie etwas Besseres fand.

Alles hatte damit angefangen, daß Alice zum siebzigsten Geburtstag sich selbst eine Reise schenkte. Diese führte bildungswillige Senioren ins «sächsisch» gewesene Siebenbürgen, zu malerischen, aber verlassenen Burgkirchen, an eine echte Zigeunerhochzeit, auch auf den Biohof des immerwährenden britischen Thronfolgers. Geführt hatte die Gruppe ein Pastor aus NRW, der noch in Hermannstadt geboren war, heute Sibiu, wo er jetzt eine evangelische Akademie leitete. Viel Geld mache er mit der Vermietung mobiler Toilettenhäuschen. Sie seien ein Renner, seit man in Siebenbürgen auf den Geschmack von Open *Airs* gekommen sei, und fast immer drehten sich diese um Dracula.

Der Blutsauger war auch die Spezialität eines Mitreisenden, Sekundarlehrer, pensioniert, vielleicht, weil er selbst starke Zähne hatte – «draußen frißt», wie er launig zu sagen pflegte. Aber es waren immer noch seine eigenen, und da er bürgerlich Graf heißt, beliebte es der Gesellschaft, ihn «Graf Dracula» zu nennen. Dabei war er nicht nur ein gebildeter Mann, sondern auch ein herzensguter und humorvoller. Diese Eigenschaften gewannen ihm das Interesse Alice Gyrs, und Spötter ließen sich nicht mehr nehmen, ihr Halsbeben seinem Biß zuzuschreiben. Tatsache war, daß sich das Paar absonderte, um eine der berühmten Burgkirchen ungestört zu genießen und in hundert leeren Räumen zu stöbern. Als man Schäßburg erreicht hatte, ein artiges Städtchen, das den Vampir als Patron reklamiert, feierte die Gesellschaft ein Ereignis, das die Hauptbeteiligen als Verlobung verstanden. Tatsächlich hatte sich Alice kurz entschlossen, dem Reisefreund nach Stürzikon zu folgen, wo ein Fachwerkspeicher, den er mit Geschmack ausgebaut hatte, einer ordnenden Frauenhand harrte.

Das also war ihr «privates Altersheim».

So lebten die guten Alten in wilder Ehe zusammen, und Alice habe dafür sogar ihren Saul Einzig hergegeben. Das mußte sich Herr Schneider vorstellen: Die Tante hat zwanzig Jahre davon gelebt, ein Bild nach dem andern zu verkaufen, sich dann für ihren Vater geopfert, diesen Drachen – doch sie zeigt ihm den Meister, pflegt ihn zu Tode und erbt seinen Schatz. Und jetzt zerstreut sie, was davon übrig ist, mit beiden Händen und fühlt sich gut – wie eine, die nicht mehr gut sein muß für alle und jeden! Sie hat das Eine, was not tut, alles andere kann sie *loslassen*. Nun ja – in Grenzen, wie man heute gesehen hat.

Sie sind mir nichts schuldig.

Alice findet, ich sei *ihr* etwas schuldig. Ich verdanke ihr diese Liegenschaft, auch wenn sie noch einen Zipfel davon zurückhielt, damit Sie unterkriechen können. *On revient toujours à ses premiers amours.*

Er lachte wider Willen. – Wir hatten nichts zusammen.

Da wäre ich mir nicht so sicher. Nicht das Übliche. Gut, jetzt hat sie einen Mann. Aber als Frau wünscht man sich auch ein Kind, und mit bald achtzig ist das nicht zu früh.

Sie hat doch eins, sagte er. – *Sie.*

Oder Sie, antwortete Elinor.

Daran habe ich nie gedacht.

Sie lächelte. – Wir kennen uns noch nicht. Und bevor wir uns zu gemütlich einrichten, müssen Sie etwas wissen. Ich bin mir gar nicht sicher, ob ich Alices Erbschaft behalte. Kann sein, ich gehe, von heute auf morgen. Wie sie selbst.

Stoff genug für das tägliche Gespräch mit dem Ofenfeuer. Aber darin begann jetzt ein Zyklopenauge aufzugehen, und mit jedem Ende der Glut kam es wieder. LouAnne hat er nicht wiedergesehen, auch nicht bei der Scheidung. Da vertrat er sie beide, zum letzten Mal einverständlich, aber wortlos. Auch zu verhandeln gab es nichts mehr. Er war alleinschuldig, er war allein, und so war es gut.

IV

2006

10 Hängemann

So waren Jahre vergangen, seit er zum zweiten Mal ins Atelier eingezogen war. Hätte man sie gezählt, wären es fünfzehn gewesen, und das sechzehnte war gerade mit einem hellen Frühling angebrochen und einer schlechten Nachricht. Ganz überraschend kam sie nicht. Um sie zu vermeiden, hätte er nur Petermann nicht wiedersehen müssen. Er ging zu ihm, weil das Zyklopenauge, der starre Blick aus dem Feuer, seit dem *Personenunfall* immer deutlicher *zwinkerte*. Es hatte eine Nachricht für ihn. Er ging ihr nach, zu Petermann.

Petermann war, als Chef der Inneren Medizin und Leibarzt des Schädler-Clans, auch der Hüter vieler Familiengeheimnisse. Das Gerücht sagte ihm ein Verhältnis zu Lisa Schädler nach, als sie zum ersten Mal Witwe geworden war und sich der *Schaedler Group* bemächtigt hatte. Er hatte LouAnne seit ihrer Kindheit begleitet und ihr Ehefähigkeit attestiert. Er hatte auch den Bräutigam untersucht, und dabei war ihm Schneider zum ersten Mal in seiner Klinik begegnet, die damals die Dimension eines Großbetriebs hatte. Da die meisten Krankengeschichten bei der Inneren Medizin anfangen, ging ein unerschöpfliches Patientengut durch seine Hände. Persönlich griff er nur ausnahmsweise zu, und es versteht sich, daß die Schädlers zu den Ausnahmen gehörten. Was man seinen Geiz nannte, war schon damals sprichwörtlich, aber seit er, nach seiner Emeritierung, in der überalterten Innenstadt eine Praxis eröffnet hatte, zusammen mit einem jungen Kollegen, zeigte er sich wieder als Hausarzt, der nicht verschmähte, Patienten zu besuchen, und sich auch telefonisch erreichen ließ.

Seine Scheidung war zwölf Jahre her, als sich Schneider in der Praxis Prof. Dr. med. Hans Petermann und Dr. Stan Brzezinski anmeldete und schon für den nächsten Tag einen Termin erhielt. Die Praxis, nur zwei Blocks von der Geschworenengasse entfernt, war mit allen technischen Schikanen eingerichtet, doch gehörten sie, wie Petermann erklärte, auf die Seite des Urologen. Er selbst besaß nur noch ein Sprechzimmer in der Guten Stube des ehemaligen Patrizierhauses. Er hatte ausrangiertes Mobiliar aus seiner Universitätspraxis mitgenommen, das den Eindruck puritanischer Ökonomie verbreitete. Hier galt der Arzt, nicht der Apparat.

Die Jahre schienen an seiner drahtigen Konstitution spurlos vorübergegangen zu sein. Mit kurzgeschorenem grauen Haar, sehnigen Händen und hoher gefurchter Stirn bot er das Bild eines alten Artillerieobersten, der vom Krieg lebt, ohne ihn zu mögen. Der Nächste am Geschütz, ist er doch weit genug von der Front, um die Opfer eher professionell als persönlich zu betrachten. Die Gemeinschaftspraxis war eine Miniatur des ehemaligen Departments: Dr. Stan vertrat die spezialisierte Medizin, an welche der Chef seine Patienten weiter verwies. Er allein leistete sich einen leeren Schreibtisch, besetzt nur mit klassischen Attributen, vom Stethoskop über den Blutdruckmesser bis zum Reflexhämmerchen.

Herr Kollege! bat er Schneider auf einen Armsündersessel und nahm auf dem zweiten Platz, als säßen beide im Wartezimmer.

Ich habe Sie damals im Zug nach Friedrichshafen gesehen. Aber da Sie mich nicht erkannten, wollte ich nicht weiter lästig fallen.

Ich dachte, *Sie* hätten mich nicht erkannt.

Das passiert mir nicht so leicht, lächelte Petermann, aber ich dachte, Sie hätten vielleicht Gründe, mich nicht zu begrüßen.

Genau dasselbe dachte ich von Ihnen.

Und was kann ich jetzt für Sie tun?

Es war Ihnen bekannt, daß LouAnne sterilisiert wurde, mit elf Jahren.

Herr Kollege, sagte Petermann, Ihr Vertrauen in Ehren. Aber Sie wissen, daß ich darüber nicht sprechen darf. Das Arztgeheimnis verjährt nicht, und die einzige, die mich davon entbinden könnte, wäre Ihre damalige Frau. Sie kann es nicht mehr. Und selbst wenn Sie nicht geschieden wären ... wie lange schon? Über ein Jahrzehnt? Fünfzehn Jahre, neun Monate und zwanzig Tage, sagte Schneider. Der Arzt musterte ihn. – Sie zählen die Tage, sagte er widerwillig ergriffen. Sie zählen nicht, sagte Schneider. – Es gab für mich einen Punkt, an dem die Zeit stillgestanden ist, und an diesem Punkt ist LouAnne aus ihr ausgetreten. Wir sind getrennt und stehen immer noch da, wo unser Leben abgerissen ist. *Ich* habe es zerrissen. Seither bewege ich mich noch ... aber so recht *da* bin ich nicht mehr. Was ich tue und lasse ... es geschieht alles nur noch scheinbar.

Petermann atmete tief auf, es war das Nächste zu einem Seufzer. Ich weiß nicht ganz, wovon Sie reden, aber ich glaube, ich verstehe Sie. – Man hat das bei behinderten Mädchen damals noch so gemacht. Die *Familie* hat es gewünscht. Ich weiß, was Sie mich jetzt fragen. – Ja, als sie zu mir kam, hat sie fest geglaubt, daß sie schwanger war. Die Menstruation war zweimal ausgeblieben ... ich sollte sie untersuchen. Ich hatte nicht das Herz, sie zum Gynäkologen weiterzuschicken. Es war ja abzusehen, was er ihr sagen mußte. Und ich war ihr Vertrauensarzt –

Schneider wartete. Petermann räusperte sich.

Ich habe sie untersucht, um andere Ursachen auszuschließen – so gut mir das möglich war.

Und Sie haben die Schwangerschaft bestätigt.

Ich ließ sie offen und sagte, ich wolle sie nach der Reise wiedersehen. – Aber *sie* war ihrer Sache sicher und hatte nur die Sorge, daß noch niemand davon erfahre. Sie sollten der erste sein, wenn sie aus Japan zurückkam. Eine Überraschung.

Da Schneider schwieg, fuhr Petermann fort: Dazu ist es dann

nicht mehr gekommen. Und sie glaubte das Kind verloren zu haben.

Das ließen Sie ebenfalls offen, sagte Schneider leise.

Ich habe sie nicht mehr gesehen. Sie war ein Notfall für die Psychiatrie. Aber von einer Schwangerschaft war nicht mehr die Rede.

Hat sie noch gesprochen? fragte Schneider.

Nein, sagte Petermann. – Auch nicht von Ihnen.

Schneiders Blick war unscharf geworden. Die Augen Petermanns rückten in ein einziges zusammen, und es starrte ihn wortlos an.

Danke, Herr Kollege, sagte Schneider. – Dann habe ich eine Bitte. Untersuchen Sie mich.

Als der Arzt sich nicht rührte, fuhr Schneider fort. – Sie haben uns damals *beide* untersucht und eine verhärtete Stelle festgestellt, an meiner Prostata.

Das ist über zwanzig Jahre her.

Untersuchen Sie mich.

Ich kann Ihnen Blut abnehmen, sagte Petermann.

Untersuchen Sie mich.

Er hatte den Gürtel gelöst und öffnete den Reißverschluß.

Dann legen Sie sich hin, bitte, sagte Petermann. – Füße in die Stützen. Die Schuhe können Sie anlassen.

Schneider zog die Schuhe aus, Hose und Unterhose, und Petermann kam wieder, die Rechte in einem durchsichtigen Handschuh. Als Schneider mit gespreizten Knien auf der Liege lehnte, wurde sein Anus mit Salbe ausgestrichen, dann fuhr Petermanns Finger ein und wühlte kräftig, dabei prüfend, in seinem Enddarm; als er den Finger herauszog, sagte er: Da gibt es eine Stelle, die wir abklären sollten.

Punktieren Sie bitte, sagte Schneider.

Mein Praxiskollege ist ein hervorragender Urologe. Ich melde Sie an, damit Sie rasch einen Termin kriegen.

Sie, Herr Kollege, sagte Schneider, und *jetzt.*

Als Schneider um sechs Uhr, leicht nachblutend, die Praxis verließ, einen neuen Termin in der Tasche, um die Resultate zu besprechen, wußte er bereits, daß er ihn nicht mehr wahrnehmen würde. Er sagte brieflich ab. Drei Tage später rief Petermann an. – Wir müssen uns sehen, Herr Kollege. Der Befund ist ungünstig. Aber wir können etwas tun. Wir *müssen* es nur tun. Ich brauche Bedenkzeit. Die haben wir nicht. Ich muß deutlich sein. Dafür danke ich Ihnen. Wenn Sie eine zweite Meinung brauchen – Nur meine eigene. Ich bin dabei, sie mir zu bilden. Es ist *Ihr* Leben, Herr Kollege. Dann schicke ich Ihnen das Resultat *eingeschrieben*. Und stehe jederzeit zur Verfügung.

Die letzte Todesnachricht, auf die Schneider reagiert hatte, war diejenige von Alice. Am letzten Februartag 2001 war sie in den Armen ihres Grafen hingestorben, «vom späten Glück in die große Stille übergetreten», wie Elinor in der Anzeige formuliert hatte. Schneider, der sich krank fühlte, hatte sie gebeten, ihn bei der Trauerfeier zu vertreten. Sie hatte die Beerdigung als ländliche Weihestunde geschildert, mit Pauken und Trompeten. Am unglücklichsten war der Witwer, aber gerade das Übermaß seines Verlusts hatte ihm auch wieder Trost zu bieten. Für eine anspruchsvolle Frau war er ein Mann wie kein anderer gewesen, und der Pfarrer hatte ihm dafür vor der ganzen Gemeinde eine «Krone des Lebens» gewunden. Unter den Kränzen auf Alices Grab war der größte «vom Auerhahn» angeschrieben und bestand nur aus Kamelienblüten, rot und weiß.

Von Guy ist ein Lorbeerkranz gekommen, sagte Elinor, der hätte Alice am meisten gefreut.

Sie war zehn Tage in Stürzikon geblieben, um Herrn Graf beim Aufräumen behilflich zu sein. Etwas von Schwerenöter sei ihm im-

mer noch anzumerken. Unter den mitfühlenden Witwen am Grab
hatte sie schon diese oder jene Kandidatin für das nächste private
Altersheim ausgemacht, im Fachwerkspeicher mit der Bananenstaude. Wie sie ihn einschätze, sei er bald wieder versehen.
Von Saul Einzig hatte sich in Alices Nachlaß keine Spur mehr
gefunden. Sogar seine Briefe mußte sie verbrannt haben. Auch nach
ihrem Tod sollte Herr Graf nie auf den Gedanken kommen, er sei
ihr zuwenig gewesen.
Schneider hat Petermanns *Einschreiben* quittiert, aber nicht geöffnet. Es lag mit seinesgleichen in einem leeren Fach der Großen
Wand. Sonst unterhielt er ein wegwerfendes Verhältnis zu seiner
Post. Nur diejenige an Elinor hob er gewissenhaft auf, auch die
Drucksachen.

Einen Brief allerdings hatte er geöffnet, des Briefkopfs wegen, denn
der gedruckte Absender lautete «Residence BURGFRIED». Es gehörte zur Privatklinik-Gruppe «Christgarten», in welche Schädlers
investiert hatten. Neuerdings war auch Sigg dort eingezogen.
Der Staradvokat, Professor und ehemalige Spitzenpolitiker wäre
nach einem Handel mit Falschkunst hinter Gitter gekommen, hätte
ihm ein psychiatrisches Gutachten nicht Strafunfähigkeit attestiert.
Nachdem auch Frau und Tochter von ihm abgefallen waren, begleitete ihn nur noch eine ehemalige Sekretärin in sein geistiges Exil
und trug seine Botschaften eigenhändig zu jenen Adressaten im Rest
der Welt, die er als derselben würdig erachtete. Von drei Sendschrei-
ben an den «Auerhahn» hatte Schneider nur das erste geöffnet; vielleicht enthielt es Nachrichten über LouAnne. Ihr einstiger Vormund
ließ sich aber vernehmen wie folgt:

Herr, Herr!
Werfen Sie mir, wenn ich höflich bitten darf, keine Vorspiegelung
falscher Tatsachen vor. Diese miserable *Formulierung habe ich schon*

*bei meinen Studierenden (sic!) moniert. Als ich noch in Kraft war, habe
ich sie geradezu verboten!! Und sie bleibt auch nach meiner erfolgrei-
chen Gefangennahme odios.*

Odios, Herr Schneider! Also dringen Sie nicht in mich!

*Ich habe mein Mündel nicht geschändet, als sie erst acht Jahre zählte,
vorbehaltlich ihrer Halbbrüder (14 und 16), und ersatzweise tröstend
ihres Stiefvaters, dieses Bubi, der postwendend auf den Weg der Scheidung verwiesen wurde, genau wie Sie selbst. Das kennt man leider! Zuletzt war es noch ihrem Ehemann vergönnt, und dieser waren, Herr!
kein anderer als Sie! Also entblöden Sie sich nicht!*

*Demzufolge trifft nicht zu, daß ich mich als Vormund des Miß-
brauchs schuldig gemacht hätte, ebensowenig als Mann, welches vorzuspiegeln ich mich nie vermessen habe. Dabei war sie herzig, wie so viele
Zustandsgebundene. Und leider nur zu viele Kunstschaffende!*

*Ich verfüge immer noch über eine ausgeprägte rechtsstaatliche Seite.
Sie sollte mir zum Verhängnis werden. Aber ich untersage Ihnen hiermit
in aller Form, davon zu profitieren! Treten Sie mir nicht näher! Bürsten
Sie mich nicht ab!*

Die Unterschrift war immer noch standesgemäß unlesbar.

Der Personenunfall war jetzt zwei Wochen her, die Glyzinie stand in
voller Blüte, und Schneider hauste immer noch allein im «Auerhahn». Elinor blieb von der Norddeutschen Tiefebene verschlungen,
Guy war entweder noch bei Wal Bender im Tessin oder hatte den
Zwischenhalt in Münsterburg überschlagen.

Als Schneider abends vor dem Ofen saß und in die Flammen
starrte, mußte sich sein Blick beschlagen haben, denn auf einmal
zitterte ein aus Lichtfäden gesponnenes Geflecht darin, ein aufzuk-
kender Turm, der sich zur Kathedrale vervielfachte und dann ver-
floß. Schneider war wieder Beat. Er weinte.

Das bestimmte Gefühl, daß er nicht mehr lange zu leben habe, war eingetreten wie ein Konzertgast, der den Beginn der Aufführung verpaßt und an den Türhüterinnen vorbei, Gott weiß wie, geräuschlos seinen Platz eingenommen hat, dessen Leere zuvor niemandem aufgefallen war. Wenn er besetzt ist, bemerkt man sie naturgemäß erst recht nicht mehr, weiß nicht einmal sicher, wo dieser Platz war, am Rand jedenfalls, sonst hätte der Eingetretene zu merklich gestört. Bei vollem Haus kann man ihn auch vergessen, hat im Halbdunkel auch sein Gesicht nicht richtig gesehen. Man weiß nur, daß er da ist; aber ist es überhaupt ein Gast, oder gehört er zum Haus?

Was können wir wissen? Was sollen wir tun? Was dürfen wir hoffen?
Leben ist lebensgefährlich, hatte er Petermann zum Abschied gesagt. Ein frecher Satz.

Als Schneider das Feuer wieder sehen konnte, kam ihm ein Märchen hoch, der «Mann ohne Herz».

Da tröstet ein alter Mann seine junge Frau: *Hab kein Bangen, fürchte nicht und hoffe nicht, daß ich sterbe. Sieh, ich habe kein Herz in der Brust. – Wo aber in aller Welt hast du denn dein Herz, wenn du es nicht in der Brust hast?* Erst gibt der Alte an, er habe es in der Bettdecke versteckt, dann in der Stubentür, schließlich rückt er mit der Wahrheit heraus: *Weit, weit von hier liegt in tiefer Einsamkeit eine große uralte Kirche, die ist fest verwahrt mit eisernen Türen, um sie ist ein tiefer Wallgraben gezogen, über den führt keine Brücke, und in der Kirche da fliegt ein Vogel wohl ab und auf, er ißt nicht und trinkt nicht und stirbt nicht, und niemand vermag ihn zu fangen, und solange der Vogel lebt, solange lebe auch ich, denn in dem Vogel ist mein Herz.*

Und da die junge Frau nur *glaubt*, den alten Mann zu lieben, verrät sie eines Tages dem jungen Mann, den sie lieber hat, wo er das verlorene Herz treffen kann. Er fängt den Vogel in der uralten Kirche, und das Herz des Alten steht still.

Wer sind wir denn? Diese Frage war von Elinor gelegentlich zu hören, wenn sie gegen einen Mißstand aufbegehrte. Sie nahm sich in ihrem Mund wie ein Fremdkörper aus und stammte wohl aus dem Wortschatz ihres geschiedenen Musikers.

Ja, wer waren sie denn? Wie Vater und Tochter nicht, noch weniger wie Onkel und Nichte, am wenigsten aber – nach Elinors heftiger Überzeugung – *Partner*. Businessleute sind Partner, Akrobaten auch. Aber Menschen? Da fehlte ihr, der Vegetarierin, Fleisch und Blut. Auch das nötige Salz. Verläßlich, ja, aber das ist etwas anderes. Und wenn sie kein Paar waren, und keine Partner, was dann? *Nachbarn*, die Bezeichnung war noch die am wenigsten bedenkliche. Guy aber war in den letzten Jahren Elinors lieber Gast geworden, mit dem sie auch bereit war, unter *einem* Dach zu wohnen.

Seit seiner Rückkehr aus Amerika hatte sich etwas wie ein Wohnungstausch zwischen Berlin und Münsterburg ergeben, mit längeren oder kürzeren Überschneidungen da oder dort. Und im «Auerhahn» war Elinor nicht nur stille Teilhaberin ihrer Gemeinschaft, sondern befestigte ihre Grundlage. Das konnte diese immer noch gebrauchen.

Am Anfang stand ein Besuch Guys bei Wal Bender im Tessin.

Guy hatte Amerika und die Universität überhaupt verlassen; nun war er auch in seinem Verlag an eine Grenze gestoßen. Als Lektor für alles und jeden fühlte er sich zugleich überlaufen und unterfordert. Der Verlag seinerseits war mit einem Lektor nicht glücklich, der Autoren – und namentlich: Autorinnen – mit seinem Anspruch erkältete. Wenn sich der Verleger von Guy nicht geradezu trennen wollte, mußte er eine salomonische Lösung finden. Er entschloß sich, ihn nur noch mit der Begleitung *eines* Autors zu betrauen, des gewichtigsten. Daß sich Guy darauf einließ, hatte mit der Aussicht auf die eigene Bewegungsfreiheit zu tun. Der alt gewordene Wal Bender war nicht mehr geneigt oder imstande, sich von seinem Hochsitz über dem Lago Maggiore fortzubewegen. Er erwartete, daß der Verlag zu ihm kam. Und auf dieser Dienstreise pflegte Guy nun regelmäßig im «Auerhahn» Station zu machen. Hier blühte auch die Freundschaft mit Beat wieder auf – nicht mehr die alte, aber giftfrei geworden, dank Elinors Schutz, in dem sie gedieh. Denn ohne Elinor wäre Guy vielleicht vorbeigekommen, aber nicht geblieben, und ihre Offenheit bestimmte das Gespräch auch dann, wenn die Männer unter sich waren. Jeder redete mit dem andern *beinahe* wie mit sich selbst – und Guy wurde seine Geschichten über die literarische Szene los; von hier gingen sie nicht weiter, aber sie mußten sein. Denn Menschen von Geist erkennt man nicht daran, *ob* sie klatschen, sondern *wie*; und daß es Guy *für sein Leben gern* tat, bedurfte unter Freunden keiner Nachsicht.

Es war Guy, der das neue Kapitel aufschlug – mit einem Brief an Beat, in dem er ihn in sein neues Arbeitsfeld einweihte.

Caro,

bald hoffe ich wieder einmal deines Weges zu kommen, denn ich werde jetzt häufig ins Tessin reisen – der Verlag hat mich für ein Himmelfahrtskommando ab- oder freigestellt – on verra. Ich soll Wal Bender neu verfassen. Dafür wirft seine Biographie reichlich Stoff ab. Er selbst hat sie durch bekenntnisreiche Zeitromane nicht nur ins Gerede gebracht, sondern zu Kapiteln der Literaturgeschichte erhoben. Seine Zeitbilder waren offen wie ein Hosenstall, aber immer im Zeichen der Scham, vielmehr ihrer kleinbürgerlichen Spielart, der Verschämtheit. Seine Helden sind Lüstlinge des schlechten Gewissens, mit dem sie das Laster jagen und keines unversucht lassen. Aber das Salz der Strafe wird gleich mitgeliefert. Das notorisch Schiefe der Männerlust ist Benders Spezialität und stimmt auch Frauen gnädig, denn die Exzesse haben viel Clowneskes und eine subtile Qualität von Verrat. Er wirft sich auf keine Frau, er schleicht sich bei ihr ein, und diese Akte behalten immer etwas von der Reinheit des Toren. Eigentlich können einem seine Mannsbilder nur leid tun.

Bis in die sechziger Jahre war der verschämte Held ein Protagonist des Zeitgeistes. Jetzt ist er außer Kurs, was B. an seinen Auflagen spürt. Ein milde gotteslästerliches, explizit gottesfürchtiges Werk ist nicht mehr ins Englische übersetzt worden. Er erlebt eine Besprechung, die sich «angewidert» zeigt – die vorletzte Station vor dem Todesurteil. Und nun soll ich der Schleifstein sein, der das Profil wieder schärft. Hat der Beleuchter der deutschen Nachkriegsszene noch eine dunkle Seite? Was könnte der Ausplauderer immer noch unterschlagen haben?

B. ist ein Großer, nur mißraten. Er meint, das Publikum durch Wurmstichigkeit mit seinem Format versöhnen zu müssen. Es ist noch nicht zu spät, ihm Mut zu sich selbst zu machen. So stelle ich mir Lektorat vor. Man muß das Unmögliche eines Autors so lesen, daß das Mögliche herausschaut. Und daß dabei regelmäßig Reisen in Dein Land abfallen, und hoffentlich ein Wiedersehen ab und zu, nehme ich sehr billigend in Kauf.

Guy

PS: Lustig ist, daß ich die Frauen, auch seine Wibke, besser lesen kann als er. Er hat fast jede erobert; jetzt staunt er Blöcke über sie. Ich erzähle ihm, was ihm ganz neu ist, und dazu gehört nicht viel. Denn einem Liebhaber erzählt es keine Frau.

Der Brief, ungewohnt wortreich, war wenigstens in seiner Länge auch ein Gegenstück zu den Anklage- und Entschuldigungsbriefen, die Beat ihm als Student geschrieben hatte. Und die Nachschrift hätte damals schon Elinor gewidmet sein können, obwohl er ihr damals noch nicht begegnet war.

Sie hatten einander ohne Schneiders Zutun entdeckt. Eines schönen Freitags im Juli stand er vor dem Tor, unangemeldet, und klin-

gelte auch nicht. Elinor sah die hohe, etwas gebeugte Gestalt von
ihrem Arbeitsplatz im verglasten Erker und erkannte Guy gleich aus
Schneiders Erzählungen. Er war schon wieder am Gehen, als sie ihn
beim Namen rief. Beat sei an der Universität; er möge seine Rückkehr doch in ihrer Wohnung abwarten.

Guy war erstmals bei Bender gewesen und hatte in Münsterburg
Halt gemacht, in der Nähe von Büchners Grab ein Hotelzimmer
genommen und sich erst später entschlossen, bei Schneider vorbeizusehen. Nun aber hielt ihn Elinor fest; sie kochte für ihn, und
nachdem Schneider gekommen war, wurde es ein anregender Abend
zu dritt; zwar kehrte Guy nach Mitternacht im Taxi ins Hotel zurück, aber für ein nächstes Mal erhielt er bereits Schlüssel zu Elinors
Haus. Dafür wurde ausgemacht, daß Schneider, der in den letzten
Jahren kaum noch gereist war, Guys Berliner Wohnung offenstehen
sollte, wenn dieser in der Schweiz war. Das *couchswapping* war so zu
arrangieren, daß die Freunde eine bestimmte Randzeit da oder dort
gemeinsam verbringen konnten. Die Logistik nahm Elinor in die
Hand – und bedurfte der Abstimmung mit Niddy, Guys Berliner
Nachbarin, was sich über das Internet zwanglos ergab. So kam es
auch zu einem regelmäßigen persönlichen Austausch der Frauen.
Dank der herzhaften Niddy fühlte sich Schneider in der spartani-
schen Charlottenburger Wohnung zuhause, auch wenn er Guy als
Spielfreund der Töchter nicht ersetzen konnte, aber für sein Projekt
«Über das Kleine» lieferte ihm die neue Hauptstadt gerade den pas-
senden Stoff.

Ewig werde sein Glück als Sonderbotschafter ins Tessin nicht dauern, deutete Guy an, leider sei Benders Krankheit nicht nur eingebildet. Aber die Sorge ums Nachleben schien sein Immunsystem zu
befestigen, und vielleicht trug auch die Unterhaltung mit seinem
Eckermann dazu bei – dem seinerseits daran lag, daß er die Stelle
behielt.

Elinor liebt dich, sagte Schneider. – Sie zeigt mir nur an, erwiderte Guy, daß sie liebenswürdig wäre, wenn sie liebte, und einmal kommt es dazu: darauf mußt du dich gefaßt machen. Dann folgt sie dem Ruf und geht hier weg.

Nach dem Besuch beim Arzt eröffnete Schneider einen Ordner mit dem Titel «Hängemann», aber bei der Arbeit an der nächsten Datei nahm das elektronische Blatt das Stichwort nicht an, ohne in eine dünne Standardtype zurückzufallen, und beim Wort «Hängepartie» stand der Cursor eingefroren. Zwar gelang der Versuch, einen gewissen *Task Manager* wachzurütteln, aber diesmal half er nicht. Schüpbach war sein Mann in der Not. Da Schneider den PC so wenig bedienen wie entbehren konnte, kam der weißblonde Riese, der an der Universität sein IT-Helfer gewesen war, immer noch zum Entstören vorbei. Inzwischen arbeitete er selbständig in einem «Fab-Lab», das sich mit 3D-Druck beschäftigte; er hatte aus zweidimensionalen Vorlagen die weißen Figurinen für die Große Wand kreiert. Schon zweimal hatte er Schneider einen neuen Rechner eingerichtet und ihn in der Bedienung unterwiesen, die immer kundenfreundlicher, das heißt: mit *Apps* nachgerüstet wurde, die Schneider weder brauchte noch verstand. Er hatte sich lange gegen das Internet gesträubt, doch immer mehr Zeitgenossen ließen sich nur noch *online* erreichen. Guy war überzeugt, daß sie sich damit einen Entwicklungsnachteil einhandelten, da die Explosion des Angebots an Wißbarem das Organ zerstöre, Wissen intelligent zu gebrauchen. Längst bediene sich das Werkzeug des Users, statt umgekehrt. Und was das Soziale des Netzes betreffe, sei es noch nie ein Merkmal sozialer Intelligenz gewesen, sich einer Lemmingherde anzuschließen. Wer, wie Bender, konstitutionell unfähig sei, einen Rechner zu gebrauchen, werde von einem lebensrettenden Instinkt geleitet.

Da Schneider mit Computern auch ohne gute Gründe auf Kriegsfuß stand, hatte Schüpbach dafür gesorgt, daß er von jedem Ort der vernetzten Welt auf Schneiders Rechner zugreifen konnte. Dann begann eine geisterhafte Hand den Bildschirm abzufahren, während Schneider zusehen konnte, wie der suchende Pfeil Kaskaden von Zeichenverschiebungen auslöste. Und wenn alles aufgeräumt war – oder an einen unbekannten Ort verlegt –, durfte der digitale Stümper wieder übernehmen.

Doch neulich war Schüpbach auf seiner Harley-Davidson leibhaft vorgefahren.

Sie müssen vom Netz.

Warum?

Jemand will wissen, was Sie tun, und ich kriege ihn nicht aus dem System. Zum Glück haben Sie kein Handy. Aber auch am Festnetz gilt jetzt: wenig reden, nie alles sagen, und immer verschlüsselt.

Wie soll ich verschlüsselt reden?

Das tun Sie doch sowieso, wie Sie redet kein Mensch. Immer nur Geschichte. Wiener Kongreß, Jemineh und so.

Jomini, sagte Schneider. – Ein Schweizer Militärtheoretiker.

Nimmt Ihnen doch keiner ab. Jemand will wissen, was Sie *eigentlich* meinen. Sie sind ein Geheimnisträger.

Denken Sie das auch?

Ganz blöd bin ich nicht, sagte Schüpbach. – Die Antwort blieb zweideutig. – Arbeiten Sie vorläufig nur *offline*. Und immer sichern, auf Ihrem Stick.

Irreparabel blieb auch, seit dem Besuch bei Petermann, der blinde Fleck in Schneiders eigenem System. Er sog Lebenszeit ein wie ein Vakuum und warf Träume aus, in denen die Zeit stehengeblieben war, eingefroren wie der Cursor. Schneider träumte Szenen, die sich oft nur sekundenlang, aber plastisch hinter seinen Lidern abzeichneten, Schnappschüsse der Seele. Sie zeigten ihm LouAnne im Flugzeug zwischen Wilander und Boff, die sie stumm und königlich überragte. Sie lehnte in Petermanns Gebärstuhl, zog den Slip nieder und zeigte mit dem Finger auf das rote Viereck, in dem eine glatte

Wölbung zu sehen war, ein Schädel, von dem kleine Rinnsale abflossen. O Haupt voll Blut und Wunden, hörte er den Pfarrer von Britten sagen, während Petermann mit dem Finger in die Wunde bohrte, wie der römische Hauptmann der Kinderbibel mit der Lanze, und es zuckte wie Wetterleuchten im gemarterten Fleisch. In der Welt habt ihr Angst, hörte er sagen und sah eine über Papier gebeugte alt gewordene Frau. Jetzt saß das Zucken und Zittern in ihren Fingern, aber die Spitze des Stummels, den sie hielten, kam nicht vom Fleck.

«Hängepartie», plötzlich flackerte der Cursor am Wortende wieder einladend. Schneider hätte weiterschreiben können. Aber was?

Im letzten Augenblick ziehe noch einmal das ganze Leben vorbei, hatte er gehört, bei Menschen, die sich im freien Fall befanden. Aber mußten sie nicht, um davon zu berichten, heil angekommen sein?

Er hatte kein ganzes Leben. Aber das Leben mit LouAnne war etwas anderes. Er mußte immer wieder an seinen Anfang zurück, nach Böhmen am Meer.

11 Nach Wohlentbehren

War der Personenunfall eine Woche her, weniger oder mehr? Schneider hat Tage und Nächte nicht gezählt und oft nicht einmal unterschieden; er dämmerte im Raum der Erinnerung, den hie und da ein Lichtblick erhellte. Das Kaminfeuer ersetzte ihm Sonnenauf- und -untergang, hie und da wechselte er die Stelle, vom Lehnstuhl zum Arbeitsplatz und zurück, wie ein Träumer seine Lage. Auch der Gang zum Kühlschrank oder auf die Toilette beendete seinen Abstieg in die Unterwelt nicht. Immerhin: er kaufte das Nötigste ein und leerte den Briefkasten.

Hochverehrter Herr Professor,
das Steueramt hat mich benachrichtigt, daß Ihre Deklaration über-
fällig sei. Ich glaubte, Ihnen dieselbe bereits vor drei Monaten zur Un-
terschrift zugesandt zu haben. Zu meiner Bestürzung ist sie beim Auf-
räumen meines Büros in einer falschen Ablage aufgetaucht. Diese meine
Fehlleistung tut mir leid, und ich bitte Sie, nachfolgende Erklärung
nicht als leichtfertige Entschuldigung aufzufassen. Ich habe neuerdings
mit Anfällen von Ungleichgewicht zu kämpfen, Zuständen der Absenz.
Dabei tauchen Unregelmäßigkeiten auf, die vielleicht den vorgerückten
Jahren geschuldet sind. Ich kann das Amt Ihres Treuhänders nicht mehr
lange versehen. Was es mir bedeutet hat, erlauben Sie mir in einem
kleinen Rückblick zu erläutern, der Ihnen mit separater Post zugeht.
Die Ihr Vermögen betreffenden Unterlagen habe ich in unserem
Bankfach unter Ihrem Namen hinterlegt, wo Herr Zwyssig Ihre Anwei-
sung erwartet. Zur Entwicklung bemerke ich nur so viel, daß der Gold-
preis bei verhältnismäßig ruhiger Marktlage stabil geblieben ist, wäh-

rend sich, dank der ökologischen Wende, der Wert Ihres Energie-Portefeuille vervielfacht hat. Die Patente von Frl. Rohners verunglücktem Vater haben reiche Frucht getragen. Ich darf bitten, die beiliegenden Unterlagen zu prüfen, zu unterzeichnen und dem Steueramt ungesäumt zugehen zu lassen. Um die nötige Verlängerung der Frist bin bereits eingekommen, mit Hinweis auf mein eigenes Verschulden. Belieben Sie, wenn ich nochmals höflich bitten darf, eine bessere Vertretung Ihrer Interessen ins Auge zu fassen. Ich möchte aber keineswegs verfehlen, mich für das mir so lange bewiesene Vertrauen höflichst zu bedanken.

Der gelbe Umschlag im Großformat war von einem kleinen weißen begleitet, adressiert in derselben zittrigen Schönschrift, die auch das Blättchen darin – es schien einem karierten Schulheft entnommen – gut lesbar machte. Aber die Anrede fehlte diesmal, ebenso das Datum.

Unterzeichnender hatte die Ehre, Frl. Rohner während seines Notariatsstudiengangs kennenzulernen, und die Kühnheit, mich in dieselbe zu verlieben, obwohl beide Teile, wenn ich mich so ausdrücken darf, verschiedenen Welten angehörten. Besuchte die Ausstellung eines ihr nahestehenden Künstlerfreundes, bei welcher sich ergab, daß ich sie in einer Erbschaftsangelegenheit beraten durfte, welches sie mich bei einer Reise nach Ulm zu vertiefen einlud. Sie trug sich mit der Absicht, an der dortigen Hochschule für Gestaltung ein einschlägiges Studium aufzunehmen, wonach ihr bisheriges, der Naturwissenschaft gewidmetes, zu rufen schien. Es war auch die dem Widerstand gegen den Nationalsozialismus verpflichtete Grundlage der neuen Schule, was sie in die Siedlung am Kuhberg zog, und obwohl sie sich davon wieder abwenden sollte, schien es nach der gemeinsamen Reise, die mir ganz Unvergeßliches bescherte, nicht ganz ausgeschlossen, daß ich mit ihr in persönlichster Verbindung blieb. Doch dieselbe riß naturgemäß ab, als sie, damals 21, nach Amerika reiste, um ein Jahr mit den dortigen Ureinwohnern in der Wüste von Arizona zu verbringen. Auch von ihrer Rückkehr als

Pflegerin in einer Einrichtung für behinderte Mädchen erfuhr ich nichts, da ich mit dem Abschluß meiner Ausbildung beschäftigt war und darauf eine Stelle in der Sozialbehörde meines angestammten Bezirks antrat, wo sich die Wege unversehens wieder kreuzen sollten. Frl. Rohner sah der Geburt eines Kindes entgegen, für das sie einen Platz suchte, da sie die bevorstehende Mutterschaft nicht mit ihrem Lebensplan vereinbaren konnte, und bat mich, dem Kind als Vormund zur Seite zu stehen. Ich leugne nicht, daß meine unveränderlichen Gefühle für Frl. Rohner mich bewogen, auf einen Plan einzugehen, den ich nicht unter rein rechtlichen Gesichtspunkten betrachten durfte. Immerhin kam das Kind nach seiner Geburt in die gutbürgerlichen Verhältnisse eines Pfarrhauses auf dem Lande, und Frl. Rohner hatte dafür gesorgt, daß sie in demselben die Stelle einer Nurse einnehmen und für sein Wohl auch als unerklärte Mutter besorgt sein konnte. Da sie wieder ihr umfassendes Vertrauen in mich gesetzt hatte, waren die Jahre, die sie in Britten verbrachte, zugleich die schönsten meines Lebens, von denen ich immer noch zehre. Als sie die Stelle, und damit auch den kleinen Sohn, umständehalber, aber auch ihrem eigenen Weg folgend, nach sechs Jahren verlassen mußte, hinterließ mir nicht nur die Pflicht, auf ihr Kind ein Auge zu haben, als wäre es mein eigenes, sondern auch zu treuen Händen die Mittel, ihm nur das Beste für seine Bildung und Ausbildung zu gönnen. Sie eröffnete mir auch die Chance, mich als Vermögensverwalter beruflich selbständig zu machen. In dieser doppelten Eigenschaft konnte ich für Sie, verehrter Herr Professor, zu sorgen fortfahren, nach bestem Wissen und Gewissen, bis Sie alt genug waren, Ihr Leben selbst in die Hand zu nehmen. Daß Sie mir die Zuständigkeit für Ihren Lebensbedarf auch fernerhin vertrauensvoll überließen, darf ich für einen Glücksfall halten, dessen ich mich durch fortgesetzte Diskretion würdig zu machen hoffte. Sie sind ein Mensch geworden, der durch Geldsachen nicht behelligt sein will; ich habe davon, aber auch damit, zu leben.

Eigene Familie habe ich nicht. Frl. Rohner habe ich nur einmal, bei einem Mahler-Konzert in der Tonhalle, zufällig wiedergesehen, nun-

mehr in Gesellschaft ihres Mannes, eines bekannten Journalisten. Auch
die Verwaltung ihres Vermögens ist in andere Hände übergegangen.
Nachdem sie ihrem Krebsleiden 1999 selbst ein Ende gesetzt hat, ist auch
ihr Reichtum an eigene Stiftungen weitergewandert. Sie hat ihn, wie ich
sie kennenlernen durfte, als solchen ebenso geringgeschätzt wie Sie; Sie
sind aber auch Ihr alleiniges leibliches Kind geblieben, und durch ihr
Legat erhielt ich das Privileg, mit ihr ebenso wie mit Ihnen lebensläng-
lich verbunden zu sein.

Der Unterzeichnete darf glauben, die Geheimhaltung ihrer Person,
die mir Frl. Rohner, auch Ihnen gegenüber, zur Pflicht machte, solange
sie lebte, ebenso genau beobachtet zu haben wie die Diskretion in unse-
rem Verkehr, welche meiner Stellung entspricht. Nun aber machen zu-
nehmendes Alter und abnehmende Gesundheit neue Bestimmungen
nötig, die ich Sie bitten muß, festzulegen und mir auszudrücken, damit
das Nötige juristisch einwandfrei geregelt und nach meinem und auch
Ihrem Ableben Ihrem Wunsch und Willen folgend ins Werk gesetzt wer-
den kann.

Mit verehrungsvollem Gruß
Johannes R. Lutz

Schneider las, und sein Innerstes verstummte. Die Kinderfrau war
seine Mutter: so viel hatte er schon gewußt. Aber dem Vormund
glaubte er als Kind nie begegnet zu sein. Eine lange Sitzung vor dem
Feuer belehrte ihn eines anderen.

Beat hat die Aufnahmeprüfung ans Gymnasium bestanden; es ist
sein letzter Schultag an der Primarschule. Er ist gern in dieser Schule
gewesen, denn er geht ungern nach Hause. Wie er aus der Tür tritt,
steht ein weißer Borgward Isabella davor; ein Herr Lutz öffnet ihm
die Wagentür. Auf dem Hintersitz liegen Beats Sachen schon fix und
fertig gepackt; aus einem Bündel schauen die Figuren von Alcinas
Kaspertheater, der König, der Teufel, das Krokodil. Herr Lutz über-

reicht ihm einen Füllfederhalter, Alcinas Abschiedsgeschenk. Er erklärt, sie führen jetzt in Beats neues Heim, da habe er ein Zimmer für sich allein, wo er Theater spielen könne, wenn er seine Aufgaben gemacht habe. Sie fahren am Gymnasium vorbei, das er nun jeden Tag besuchen wird, und der Vormund verspricht ihm eine Überraschung. Im Keller des neuen Heims steht ein Rad – noch ein Geschenk seiner Kinderfrau. Ein Rad! Davon hat er bisher nur träumen können, und als er es zum ersten Mal anfaßt – es ist silberfarben, mit einem sportlichen Lenker –, hüpft sein Herz vor Unglauben und Glück.

Als Schneider den Brief des Vormunds wieder las und mit feuchten Augen ins Feuer starrte, sah er plötzlich noch mehr.

Alcina steht im Pfarrhausgarten.

Gestern hat er Geburtstag gehabt, jetzt ist er vier, und sie hat ihn zum Flugplatz mitgenommen. Sie sind zusammen in ein Flugzeug gestiegen, das «Fliegende Festung» heißt, mit diesem Flugzeug haben die Amerikaner den Krieg gewonnen. Alcina hat ihm ein Eis gekauft, und während er daran lutscht, sieht er eine Reihe junger Damen in blauer Uniform vorbeigehen. Sie lachen mit geschminkten Lippen. Das seien Stewardessen, sagte Alcina.

Und jetzt, im Garten, sieht er: sie selbst ist ja auch eine. Sie trägt ein zweiteiliges Kleid, das einer Uniform ähnlich sieht, geschminkt ist sie nicht, aber sie lächelt für den Mann, der neben ihr steht, im hellen Sommeranzug, mit spitzem Revers und penibel gekämmt. Der lächelt zurück, und in diesem Augenblick weiß Beat: das ist der Pilot, der mit ihr nach Amerika fliegen will. Das ist Herr Lutz, sagt sie, gib ihm die Hand. Das tut er auch, und dabei zaubert er ihn weg.

Doch seit diesem Tag fürchtete er sich davor, daß Alcina ihn verläßt, nach Amerika, von dem sie ihm so viel erzählt hat. Und eines Tages tat sie es auch. Da wußte Beat längst, daß er einen Vormund hatte. Herr Lutz war geblieben, würde immer da sein, wenn er etwas brauchte, aber er wollte ihn nicht wiedersehen. Das Lächeln, das ihm Alcina geschenkt hatte, verzieh er ihm nicht.

Die Freude am silbernen Fahrrad, Marke «Condor», wurde Beat
schon bei der ersten Ausfahrt vergällt. Er war damit gegen einen
Brunnen gefahren, nicht einmal heftig; dennoch war das Vorderrad
verbogen, der Rahmen gestaucht, und der ließ sich nicht mehr richten. Der Waisenvater spottete, das geschehe jedem recht, der gleich
das teuerste Rad haben müsse. Und von da an fuhr Beat vier Jahre
lang mit einem windschiefen Rad zum Gymnasium und bemühte
sich im übrigen, kein Geld auszugeben; er verstand: sein Leben war
rationiert. Der Vormund war immer noch sein Feind.

Schneider setzte sich an den Computer und klickte den Ordner
an, in dem er Erinnerungen an sich selbst abgelegt hatte.

*Das Fräulein verreiste nach Amerika, und Beat, damals sechs Jahre,
blieb allein in der Stieffamilie zurück. Er durfte nicht am Tisch sitzen,
sondern bekam sein Essen allein aufs Zimmer. Es war ihm auch lieber
so. Seit die Kinderfrau fort war, sah er nicht ein, warum er groß werden
sollte. Er hatte von ihr Lesen und Schreiben gelernt. Er schrieb ihr jeden
Tag, aber da er keine Adresse hatte, versteckte er die Briefe im Fuß der
Standuhr, die man in seinem Zimmer abgestellt hatte. Sie stand schon
lange still. Der Uhrkasten war ein sicherer Ort. Das wußte er aus dem
Märchen vom Wolf und den sieben Geißlein.*

*Eines Tages erschien der Trödler, um die Uhr abzuholen, und dabei
kamen die Briefe zum Vorschein. Beat wurde an den Familientisch
zitiert, und die Stiefmutter las die Briefe vor. Dann verbrannte sie Pfarrer Butz im Ofen, und Beat bekam Schläge. Den Stock, der in der
Waschküche immer bereitlag, mußte er selber holen.*

*Da erbarmte sich ein fremder Mensch des Kindes, der war sein Vor-
mund, tat es ins Waisenhaus, einen schönen Bau aus dem 18. Jahrhundert, und wenn es nicht gestorben ist, lebt es heute noch darin.*

Schneider öffnete ein neues Dokument und schrieb dem Vormund:

Hochverehrter Herr Dr. Lutz,

danke für Ihr wertes Schreiben. Sie nehmen und geben mit voller Hand; das würde man Ihrer Schrift nicht ansehn. Sie geben mir eine Mutter und nehmen mir eine Fee. Einen Vater für mich haben Sie noch nicht; Sie selbst können es nicht sein, wenn ich Sie recht lese. Sie haben auch nicht wie ein Vater an mir gehandelt. Bei den Vätern, die mir bekannt wurden, wäre das kein Kompliment. Aber Sie haben sich als liebender Mann gezeigt. Damit waren wir aber Rivalen um dieselbe Frau. Eine Mutter hätte ich nicht geliebt wie Alcina, glaube ich – das wäre ja noch schöner.

Aber wir beide haben keine Familie und erleben unsere Endlichkeit – um das Ende mit dem nettesten Namen zu bezeichnen. Darin gleichen wir uns ernsthafter, lieber Herr Lutz. Vielleicht laufen wir sogar um die Wette.

Aber alles, was wahr ist: Sie haben mir viel erspart, dafür bin ich dankbar. Möge Ihnen dafür auch viel geschenkt bleiben. Daß das auch traurig machen kann, weiß ich ganz gut. Man hat sein Leben ja nicht nur zum Vermeiden, und was man liebhat, das kostet auch.

Was ich von meiner Mutter geerbt, das heißt: von Alcina bekommen habe, möchte ich nach meinem Tod nur einer einzigen Person vermachen: sie heißt Elinor Gyr und wohnt im «Auerhahn», Münsterburg. Früher hatte sie noch andere Nachnamen, aber Gyr hieß ihr Vater, dessen Atelier ich als Nachbar bewohne; sie hat ihn selbst wieder angenommen, also ist er passend. Ich wünsche sie mir als Universalerbin des Vermögens, das durch mich hindurchgegangen ist, ohne daß ich's durchbringen konnte. Das müssen Sie mir noch juristisch korrekt aufsetzen, bevor einer von uns abtritt, oder gar beide. Möglichst auf einem einzigen Blatt, das ich dann abschreibe, von Hand, wie sich's gehört. Dann brauchen wir nur noch einen Notar dafür, dem wir zutrauen, daß er uns überlebt.

Noch etwas muß hinein: Ihre Vollmacht, von meinem Geld so viel abzuzweigen, was Sie brauchen, für Krankheit, Invalidität und ähnliche Beweise der Endlichkeit. Wenn Sie's nicht nötig haben: umso besser.

Sie sehen, ganz kann ich Ihnen den Abschied, den Sie mir anzeigen, noch nicht geben. Fahren Sie immer noch Auto? Damals war's ein Borgward (Isabella) und hat mir mehr imponiert als Sie.

Schön, daß man sich nicht einmal kennenlernen muß, um einander wert zu sein.

Mit besten Wünschen
Beat Schneider

Dann blätterte er die Steuererklärung durch, bis zum letzten Blatt, und zur Unterschrift verwendete er seinen ersten Füllhalter.

Das war die Post für heute, an einem schönen Morgen – zu schön, um im Halbdunkel sitzenzubleiben.

Als er an der Vorderwand des Ateliers die Kamelien wässerte, fiel unversehens ein Schatten auf ihn, und er wandte sich um.

Guy! rief er, wo kommst du her?

Dreh ruhig erst das Wasser ab.

Guy stand in blauem Poloshirt und Jeanshose da wie einer, der eben aus dem Haus getreten ist, und die Tür der Villa stand auch wirklich offen. Sie umarmten sich.

Wie lange bist du denn schon da?

Drei Tage. Es scheint, daß du mich bei deinen Kontrollgängen übersehen hast.

Natürlich war Schneider nie in der Villa gewesen.

Elinor hat angerufen, sagte Guy. – Sie ist in einem Ort namens Karlshafen, bei einer Familie Niethammer. Übermorgen kommt sie zurück und bringt wahrscheinlich Niethammer junior mit. Der prüft, ob er in Münsterburg studieren kann.

Soll er hier wohnen?

Kurze Zeit, um sich einem Professor vorzustellen. Dann bin ich schon wieder über alle Berge. Sie fragt, wie es dir gehe – sie könne dich nicht erreichen.

Und was hast du geantwortet?

Worauf?

Wie es mir geht?

Daß du aus Berlin zurück bist, wußte sie schon von Niddy. Und ich bestätigte, daß du gut angekommen bist.

Das hast du nicht gewußt.

Ich war auch nicht so sicher. Eigentlich wollte ich gestern schon fliegen. Aber dann verschob ich's, bis ich dein Gesicht sehe.

Warum hast du nicht geklopft?

Du warst in Klausur. Immer wieder stieg schwarzer Rauch aus dem Kamin. Wäre er weiß geworden, ich hätte geklopft.

Du hast mich überwacht.

Nur belauscht, Nymphe. Du wirktest etwas – mitgenommen.

Immer wenn du zu sehen warst, habe ich mich gefragt, wer oder was dich mitgenommen hat.

Du hättest fragen können.

Ich sehe lieber. Zum Fragen ist immer noch Zeit.

Mußt du denn nicht im Verlag sein?

Für den bin ich bei Bender, da kommt es auf einen Tag mehr oder weniger nicht an. Und arbeiten kann ich auch hier. *Ach mein lieber Bübe / blicke nicht so trübe / noch bleibt dir die Lübe.*

Was soll das heißen?

Bender gibt eine Sammlung seiner Kalauer heraus. Meist kommen sie ihm spontan, nach einer Lesung, im Kreis der Veranstalter. Eine Dame, die ihn verfolgt, hat mitgeschrieben, und *seine* Damen wünschen jetzt eine Edition. Bibliophil, numeriert, signiert.

Der andere Wal Bender, sagte Schneider.

Er nimmt die Sprüchlein nicht ernst, aber sein Familienrat findet sie *wirklich* komisch. Er wollte sie erst *Xenien* nennen – das denn doch nicht. Auch «Mutterwitze» fand ich nicht gut. *Nimm dir Zeit um dein Gemüten / noch beizeiten umzutüten.*

Du kannst es ja schon auswendig.

Es verfolgt mich in den Schlaf. Doch *Hoffenung im Munde / ist noch keine Sünde.*

Ja ja, lachte Schneider widerwillig. Komm herein. Raum ist in der kleinsten Hütte. Trinken wir auf unser Wiedersehen. Ich habe noch eine Flasche Veuve Clicquot.

Zu früh am Tag. Aber wenn schon: draußen. Es ist Frühling, mein Freund.

Sie stießen auf einer der alten Bänke an, die VVA («Verschönerungsverein Auerhahn») angeschrieben waren. Sie umstanden Hanselmanns inzwischen vergrasten Arbeitsplatz im Freien, wo Bohr- und Meißelstaub verfliegen konnten. Die offene Werkstatt mußte damals Stadt-, sogar Alpenblick geboten haben; jetzt waren die Randgehölze – Tuja – zu hoch geschossen. «Die Rasenbank am Elterngrab», zitierte Guy, aber die Eltern Gyr waren im nahen Friedhof beigesetzt, beide unter Hanselmanns Grabsteinen. Denjenigen für Vater Gyr hatte Alice postum setzen lassen, aus dem unverkäuflichen Lager ihres Bruders.

Auf «Das Kleine», sagte Guy.

Auf Wal Bender.

Schneider war Bender nur einmal im Fleische begegnet, am Ende seiner Studentenjahre. Damals noch kein Großschriftsteller, hatte er im Hinterzimmer einer alternativen Kneipe vorgetragen, über den *Dichter als solchen,* den er schalkhaft als Selbstporträt inszenierte, und dabei sprach er «lesen» wie «lösen» aus. Rätsel lösen, Knoten lösen. Einen Autor verstehen, sei keine Kunst. *Jeder* verstehe den Dichter besser als er sich selbst. Die Unkenntnis in eigener Sache bleibe seine Stärke, sogar seine einzige. Auch wenn er immer nur *seine* Geschichte erzählen könne, sage sie gerade *ihm* nie auf den Kopf zu, wovon sie handle. Und erst, wenn er staunend wie ein Kind davorstehe, könnte sie gelungen sein.

Das Staunen vor sich selbst schien Bender damals noch leichtzufallen. Dabei wirkte er nicht eitel, eher fahrig verspielt. Er zog sich einen Schlapphut an, wenn er seine Texte las, aber auch der vermochte sein Haar nicht zu fassen. Eine Stirnlocke drängte immer lausbübisch hervor, gerührt vom Hauch der Worte, die einem zerrissenen Mund tönend entströmten. Die Lippen behielten den wehen Ausdruck auch noch, wenn sie sich treuherzig verzogen oder zärtlich rundeten, und die Zuhörerinnen – damals noch *junge* Frauen – pflegten an ihnen zu hängen. Wal Bender, als Waldemar Biesenbender im Allgäu geboren, war «der große Chronist des Gelsenkirchener Barocks, der seine Lebenslügen mit maliziöser Herzlichkeit behandelt», «ein Homer der Kleingärtner, Mystiker der getönten Glastür». Rezensionen wie diese blieben von seinem Stil inspiriert; wer Bender anfaßte, roch am Ende nach Bender.

Er habe sich früher, erzählte Guy, gern als «Abbas» anreden lassen, dazu gehörte ein geistlicher Habit über der nackten Haut. Nichts ist verboten, außer der heiligen Ehe. Frauen waren der himmlische Stoff, aus dem er schöpfte, um sein Süppchen zu kochen. Und unter den Augen, die darauf schwammen, durfte so manche Leserin ihre eigenen suchen.

Ist dir auch eine Bekanntschaft aus Langenau bei Ulm begegnet? Merke: Indiskretionen sind für die Nachwelt reserviert. Hoffen wir, sie brennt darauf. Jedenfalls planen wir sein Leben nach dem Tod wie einen Raketenstart. Alle zehn Jahre wird wieder eine Stufe abgeworfen. Ein neuer Briefwechsel, ein unbekanntes Tagebuch, eine wirklich komplette Edition, und jedesmal geht uns ein ganz neuer Wal Bender auf, bis die definitive Umlaufbahn erreicht ist. Staunend soll die Menschheit auf ihn zeigen. Sein Pech, wenn sie andere Sorgen hat. Vielleicht hat er ihr einmal zu oft das Jüngste Gericht verkündet. Eigentlich steckt er noch bis zum Hals im katholischen Barock.

«Den losen Erzengel» hat ihn die NZZ zum 70. Geburtstag genannt.

Was zu lose ist, wird klapprig. Inzwischen weiß er zu schätzen, wenn man an seiner Erscheinung das Asketische bemerkt. Käpt'n Ahab mit dem Holzbein, die blauen Augen im Fahrtwind verkniffen, die Brauen vereist. Aber immer noch auf der Jagd nach dem weißen Wal. Auch den spielt er selbst, dann kann er gleich zweimal untergehen. Das ist sein mystischer Zug.

Du magst ihn.

An ihm verzweifelt man lieber als an sich selbst.

Und seine Frau?

Läßt ihn laufen, solange er noch kann. Seit zehn Jahren hat Wibke eine feste Freundin. Kennst du sein Versgedicht «Knäbische Belehrung»?

Schneider bedauerte.

Guy kicherte. *Sie tun sich dies, sie tun sich das / Ich sehr nur wie, ich seh nicht, was.* Nach einer Lesung aus seinem Kleist-Roman bestellte er eine nicht mehr ganz junge Dame aufs Zimmer; doch siehe, sie erschien selbdritt. Das Kränzchen gesteht errötend, man habe sich immer eine Orgie gewünscht, mit einem wahrhaft großen Dichter. Und als er abgemeldet ist, fangen sie es miteinander an. In der fränkischen Kleinstadt gewiß eine unerhörte Begebenheit, aber wenn der Dichter genug gesehen hat, erhebt sich die bange Frage: braucht es ihn eigentlich noch? Plötzlich muß sich der begehrende Mann als nicht mehr ausreichende Wirklichkeit erleben. Sein Stolz sagt: nicht möglich. Augen und Ohren sagen: aber wahr. Danach wollte er selbst Frau werden. Jetzt gibt ihm seine Diagnose eine Chance dazu.

Diagnose?

Prostata-Krebs. Er hat ihn einmal als «statistisch normal» bezeichnet. Jetzt versucht er alles, sich aus dem Befund zu stehlen – als Mann. Als Dichter muß er ihn als Sensation behandeln. «Wo Gefahr ist, wächst das Rettende auch.» Leider sitzt der Wurm gerade da, wo das Rettende bisher so prächtig nachgewachsen ist. Was tun? spricht Zeus. Nun sieht er sich mythologisch. Er muß weibliche Hormone schlucken, und jetzt gedeiht ihm ein Busen. Er macht das Beste draus: ein *Tiresias-Experiment*. Dem Seher wird ja nachgesagt, er sei ein echter Zwitter gewesen, da wird man doch fragen dürfen, ob er als Mann oder Frau die größere Lust empfinde. Immer eine brennende Frage, wie du der Groschenpresse entnehmen kannst. Bender wird sie beantworten. Wir schreiben ein Tiresias-Protokoll. Ein echt Bendersches Spottgedicht über ein echt Bendersches Elend.

Diesen Krebs habe ich auch, sagte Schneider.

Das war der Augenblick, an dem Guy einen Spaziergang vorschlug.

Es ist schon elf, sagte Schneider, wir können in einem Landgasthof Mittag essen. Drei Viertelstunden zu Fuß, wenn du magst, fast alles durch den Wald.

Nachdem sie die ersten Schritte schweigend gegangen waren, sagte Guy: Ich nehme nicht an, daß du einen Scherz gemacht hast. Es kam ein wenig brüsk. Du brauchst dich nicht zu äußern. Ich würde trotzdem gern deine Geschichte hören.

Schneider erzählte, in dürren Worten, von der Konsultation bei Petermann.

Guy schwieg längere Zeit. Dann sagte er: Was ist Krebs? Du hast etwas in dir, das glaubt, dich überleben zu müssen. Da will einer um jeden Preis größer sein als du.

Dafür brauche ich eigentlich keinen Krebs.

Voilà. Du hast jetzt die Wahl, daran zu sterben oder damit zu leben.

Ist das denn zweierlei?

Sterben mußt du, so oder so. Aber es macht einen Unterschied, wie du das Ding behandelst. Oder denkst du, die Ärzte behandeln es?

Als Schneider schwieg, fuhr er fort: Hoffentlich tun sie ihr Bestes. Aber ist es auch dein Bestes? Das solltest du ihnen doch lieber nicht geben.

Was soll ich tun? fragte Schneider.

Guy zögerte mit der Antwort.

Bender redet sich immer größer. Ich fürchte, das nimmt sich der Krebs zum Muster. Wenn man's mit dem Gegenteil versuchte? Krebs ist überschüssige Energie auf deine Kosten. Warum verwendest du sie nicht dazu, dich zurückzunehmen? Dann schießt der Krebs ins Leere.

Aus Angst vor dem Tod in den Selbstmord flüchten?

Wer redet von Mord? Und woher kennst du das Selbst? Vielleicht hat es nur auf seine Chance gewartet, und der Krebs hat sie zu bieten. Dein Glück, daß er das nicht weiß. Er hat nur ein einziges Programm: Wachsen. Zurücknehmen ist nicht drin. – Aber in dir ist es drin.

Du bist ja ein Medizinmann.

Vermutlich bilde ich Krebszellen wie jedermann und habe nur das Glück, daß sie klinisch noch nicht auffallen. Wenn du dich an die alte Kompositionslehre hieltest? In der Kunst der Fuge ist der Krebs nichts weiter als das Zurückbuchstabieren eines Motivs. Fuge ist Flucht; wie findet man Ruhe auf der Flucht? Da liegt's. Die Zeit läßt sich nicht aufhalten, aber umbiegen vielleicht – das hätte mit Lebenskunst zu tun, und dazu fragst du mich besser nichts. Gegen dich hilft dir keiner als du. Aber wohl dir, wenn du Menschen hast, denen zuliebe du das Spiel noch ein wenig weitertreiben willst.

Hast du solche Menschen?

Wenn du fragen mußt, bin ich mir schon nicht mehr so sicher, sagte Guy mit schwachem Lächeln. – Aber *du* hast einen. Ich will, daß du lebst.

Nach ein paar Schritten sagte Schneider. – Danke, Guy, und sorge dich nicht. Ich wollte schon vorher nicht mehr zum Arzt. Aber besser hat mir noch keiner gesagt, warum. Wo hast du das her?

Von den Frauen, Niddy und Elinor. Du siehst, schon bin ich so weit wie Bender. Wir passen zueinander. Nur denkt er nicht daran, auf mich zu hören. Dafür diktiert er mir, was die Welt über ihn noch zu wissen hat. Ich fürchte nur, er kennt sie so wenig wie sich selbst. Dafür ist er ein Dichter. Ein *großer* Dichter.

«Wohlentbehren» – und die gleichnamige Gastwirtschaft – liegen auf einer Terrasse mit Seeblick; die nächsten Weiler heißen «Schmalzgrub» und «Gibisnüt». Inzwischen haben sich Scheunen und Ställe in teure Wohnungen mit rustikalem *Touch* verwandelt, aber von der Weide läutete an diesem warmen Apriltag immer noch Braunvieh herüber und raufte hörbar das junge Gras. Sie saßen im Freien, vom jungen Kastanienlaub nur sparsam vor der schon kräftigen Sonne geschützt. Einmal näherte sich eine Kuh hinter dem elektrischen Zaun und warf heftig den Kopf auf, als Guy sie zwischen den Hörnern kraulte; ihre gewimperten Augen glotzten auf den gedeckten Tisch. Schließlich setzte sie sich mit einem ungelenken Sprung ab.

Sie wittert das Schlachthaus auf dem Teller, sagte Guy, wir essen ihr Kind.

Sie hatten Kalbsleber bestellt, und einen Augenblick setzte Schneider Gabel und Messer ab.

Wir sind das Tier, das sich an Tieren gütlich tut, sagte Guy. – Stehen wir dazu, daß es uns schmeckt.

Beim Kaffee sagte Schneider:

Du hast LouAnne nicht kennengelernt.

Dafür habe ich dir auch nichts verderben können.

Das habe ich ganz allein gekonnt.

Du hast noch etwas vor, Beat. Du sollst leben.

Auf dem Rückweg sagte Guy, um den müden Schritt zu beschwingen, Benders Küchenverslein auf. Er konnte sie in der Tat auswendig, manchmal überschlug sich seine Stimme beim Erzählen, oder sie kamen vor Lachen nicht vom Fleck.

Tännchen stark im Glauben / wird sich nie entlauben. – Unser Herre Gotten / läßt sein gerne spotten. – Sieh dich vor mit Wärtern / alle wolln

dich märtern. – Ein früher Tod, ein kalter, / schützt vor Zucker im
Alter. – Mitgesungen, mitgehungen. – Kannstu lange bitten / Fleisch
läßt sich nicht kitten. – Kratz dich, solang es noch juckt, nachher ist's zu
spät. – Was sich fickt, das knickt sich. – Willst du kacken, mit Ge-
schmacken, tu's im Fracken. – Mußt dich besser winkeln / sonst kannst
du nicht pinkeln.

Um den Abstieg ins allzu Stoffwechselhafte aufzufangen, berichtete Guy von der Frau, die sich, Witwe geworden, mit dem Gedanken tröstete, daß ihr Gatte immer schon tot gewesen war. Oder von
Mordechai, dem ein gnädiges Schicksal den Tod eines Hühnerdiebs
bescherte.

Der Vorrat an Nonsens reichte für den ganzen Rückweg und
schien vom Nachholbedarf an gelebter Brüderschaft so willig ge-
speist zu werden, daß die Freunde bald nicht mehr wissen wollten,
was Benders krausem Dichtermund entsprungen war, und was ihrer
Bereitschaft, ihm die Stange zu halten.

Danach gönnten sie sich, jeder in seinem Haus, eine Ruhezeit.
Schneider hatte sich in sein Schlafnest in der Höhe zurückgezogen,
und plötzlich war ihm, am hellen Mittag, als riefe ihn Hanselmann
beim Namen. Vielleicht war in diesem Raum zu wenig an ihn gedacht worden? Unwillkürlich begann Schneider über andere Bewohner der Liegenschaft zu meditieren und unterschied bald nicht
mehr zwischen Lebenden und Toten. Als habe das Waldgeblödel
eine Sperre fallen lassen, die ihn nicht nur von Guy, sondern auch
von der eigenen Kindheit getrennt hatte, *sah* er sich knien, wie bei
der befohlenen Hausandacht, als ihn Pfarrer Butz für die armen
Kinder, die in der ganzen Welt hungerten oder froren, beten geheißen hatte. Und er hätte, wenn überhaupt, doch nur für *ein* Kind
beten können, das nicht einmal arm sein durfte, für sich selbst.

Und jetzt, ein Mann an der Schwelle des Alters, kniete er wahrhaftig wieder, und wußte gar nicht, wie er dazu gekommen war.
Seine Gedanken waren Bitten, und diese Gebeten immer ähnlicher

geworden. Er bat für Alice, für Elinor, auch Niddy, und betete für seine lebende Tote immer mit. *O paß, ob mit der breiten Zunge / Sie ihm die neuen Zeiten brunge. – Auf der Schulebank / kniet der Buhle schlank.* Ohne zu wissen, was er ihr denn noch wünschen durfte, versenkte er sich in das Bild der Frau, die über ihren Block gebeugt saß, ohne den Stift zu rühren. Plötzlich sah er die Augen des großen arglosen Tiers vor sich und hörte sein schweres Schnaufen, während er die Kalbsleber aß. Du hast mein Kind getötet. Ja, das hatte er getan und wußte, daß er sich nicht vergeben konnte. Für sich selbst bat oder betete er nicht mehr. Und fragte sich hinterher, warum er auch nicht daran gedacht hatte, für Guy zu bitten, als hätte er schon gewußt: der Freund war über Hilfe hinaus.

12 *Ein Schuß*

Nach Guys Abreise hielt sich die Hochdruckzelle, und Schneider hörte auf, Elinor zu erwarten. Er nützte die Frist jeden Tag für eine Mittagswanderung nach Wohlentbehren. Auf dem Rückweg kam er an einer zukunftsweisend gewesenen Siedlung ergrauter Betonkuben vorbei, die in Form eines Polymers angeordnet waren und jetzt wie ein Geisterdorf wirkten. Der «Hummel» hatte einmal als Modell gemeinschaftlichen Wohnens gedient. Nun war die Trägerschaft ausgewandert oder ausgestorben. Baugerüste reckten sich in den Himmel, die den Umriß eines mehrstöckigen Neubaus vorzeichneten, aber Einsprachen oder der Rückzug von Investoren schienen ihn zu verzögern, so daß auch die Gerüste schon baufällig wirkten. Ein Abrißbagger gammelte auf dem Niemandsland, das einstweilen von Braunvieh bestoßen wurde. Da begegnete Schneider den Kühen wieder, die ihm auf dem ländlichen Gasthof beim Essen zusahen – inzwischen unverstört von dem, was auf seinen Teller kam. Sogar futterneidisch, denn auch er nährte sich, Elinors Mahnung eingedenk, beinahe konsequent von Grünzeug, von dem er sich am Buffet selbst bediente, aber durch einen kindlichen Nachtisch schadlos hielt. Die Tamilin brachte ihm schon ungefragt eine gebrannte Creme mit einem üppigen Sahnehut an den immer gleichen Tisch, der ebenso regelmäßig frei war. Denn nach ein Uhr, wenn die Handwerker den Parkplatz geräumt hatten, war er oft der einzige Gast.

Südwärts unter dem «Hummel» begann Wald, den man bis zum «Auerhahn» nicht mehr verließ. Beim Eingang stand eine Buchengruppe, die in diesen Tagen, unter Gekreisch der Motorsäge, gefällt, kleingearbeitet und geschichtet worden war. Als Schneider die Stelle passierte, sah er auf einem Strunk einen Mann sitzen, der sich mit beiden Händen den Kopf hielt.

Er trug robustes Schuhwerk, Knikkerbocker, die Schneider lange nicht gesehen hatte, und eine kleinkarierte Joppe mit Krawatte, die nicht zu einer Wanderausrüstung passen wollte.

Brauchen Sie Hilfe? fragte Schneider

Als der Mann die Hände herunternahm, kam er Schneider nicht ganz unbekannt vor; er hatte eine markante Nase, starke Brauen über auffällig schiefstehenden braunen Augen, wenig graues Haar und eine von tiefen Falten eingefaßte Mundpartie, die jetzt eine Art Lächeln bildete.

Nein, sagte der Mann mit belegter Stimme, aber danke der Nachfrage. – Herr Schneider, nicht wahr?

Wir kennen uns?

Gygax. Ich gehörte zu Frau Gyrs Liedertafel und weiß, wo Sie gewohnt haben: im Atelier nebenan – sie sprach mit Hochachtung von «ihrem Historiker».

Begegnet sind wir uns nicht.

Gehört könnten Sie mich haben, hoffentlich nicht zu deutlich.

Und jetzt wohnen Sie immer noch dort?

Wieder, sagte Schneider. Dazwischen war ich acht Jahre verheiratet.

Ja, davon hat Alice auch gesprochen. Aber wollen Sie sich nicht setzen? – Er deutete auf den nächsten Buchenstrunk.

Es riecht nach frischem Holz, sagte er, die Buchen müßten bluten, und sie duften. Ich war immer ein Liebhaber des Waldgesetzes von 1876. Man durfte keinen Baum fällen, ohne einen neuen zu pflanzen. Wenn es so was im Altertum gegeben hätte! Man kann gespannt sein, wo die neuen Buchen eigentlich gepflanzt wurden. Angeblich verwaldet die Schweiz. Wir leisten uns nicht mehr, die Alpen zu pflegen. Und hier wird der Boden für Wald zu teuer.

Jede freie Stelle wird mit Lärm besetzt, Sägelärm, Baulärm, Mäh-
lärm, sogar das Laub wird lärmend zusammengepustet.

Da oben ist es jetzt eher still, sagte Gygax und deutete auf den
«Hummel». – Wir haben da gewohnt, im nächsten Haus. Oft bin
ich nachmittags zu Alice gegangen und in der Nacht wieder zurückgekehrt.

Durch den Wald? fragte Schneider. – Haben Sie sich nicht gefürchtet?

Doch. Aber ich habe mit der Furcht gespielt. Nachts ist der Wald
lebendig. Da läuft immer etwas und setzt erst aus, wenn Sie stehen-
bleiben. Das kann nur ein anderer Mensch sein, denken Sie, aber
der andere sind Sie selbst. Wer sonst verirrt sich um Mitternacht in
den Wald? Und wenn, können Sie sicher sein: der Unbekannte
grault sich vor Ihnen nicht weniger als Sie sich vor ihm.

Meine Landlady ist auch lärmempfindlich, sagte Schneider, im
«Auerhahn» wird gebaut und jeden Tag die Straße aufgerissen.
Darum ist sie so viel unterwegs.

Immer noch Italien? fragte er. – Dort lärmen sie noch mehr.

Ich glaube, Sie denken immer noch an Alice. Sie ist gestorben.

Ja, natürlich. Ich war ja an ihrer Beerdigung.

Alice hat auch von Ihnen gesprochen, Herr Gygax, aber offen
gesagt –

Hielt sie mich längst für tot. Mit Recht. *Klinisch* tot. Dann wurde
ich reanimiert und bekam eine Chance, es beim zweiten Mal besser
zu machen.

Sie wirken ganz lebendig auf mich.

Sehr wohl, aber seit dem Unfall ist mein Zeitgefühl durcheinander. Da ist Alice erst gestern gewesen, dafür ist der Vortag gelöscht,
und oft ein ganzes Jahr einfach weg. Aber – sehen Sie den Weih über
dem «Hummel»? – an den werde ich mich lange erinnern. Es ist
nicht das Kurzzeitgedächtnis, das ausfällt. Es ist die Reihenfolge.

Ich habe Sie jetzt lange genug gestört, sagte Schneider.

Darf ich Sie ein paar Schritte begleiten?

Ich gehe zum «Auerhahn» zurück. Wenn das Ihr Weg ist?

Einer ist so gut wie der andere. Ich muß mich bewegen. Und den «Auerhahn» sähe ich gerne wieder. Wenn es nicht geniert.

Sie hatten die ersten Schritte in den Wald hinein getan; Schneiders Gangart war zu forsch, denn der alte Mann schien ein Bein nachziehen zu müssen. Er sagte:

Wenn ich aus der Redaktion nach Hause kam, sah ich an der Stelle, wo wir gesessen haben, das erste Licht in unserem Haus. Da saß meine Frau am Computer und übersetzte Märchen ... in eine Sprache der amerikanischen Ureinwohner, die sie bei ihnen gelernt hatte. Oft arbeitete sie die ganze Nacht.

Als Sie von Ihren Nachtgängen erzählten, fiel mir auch ein Märchen ein.

Von einem, der auszog, das Fürchten zu lernen. Erinnern Sie sich noch, wo er es gelernt hat?

In der Ehe.

Ja, im Bett der Prinzessin. Sie tat glitschige Fische hinein, da endlich gruselte ihm. Da lernt man es, bei der Frau, die man liebt. Man kennt sie nicht, wie könnte man sie sonst lieben. Und wenn man angefangen hat, sie zu kennen, gruselt einem entweder für immer, oder man fürchtet die Liebe nicht mehr.

Was heißt das? fragte Schneider.

Zum Beispiel, daß Ihre Frau noch andere geliebt hat, und wenn Liebe unteilbar ist, nicht weniger als Sie.

Das glaube ich nicht.

Die Liebe mag unteilbar sein, aber Menschen sind es nicht. Dann muß man lernen, die Liebe höher zu achten als die Menschen, sonst wäre ja keiner respektabel. – Anstand, hat meine Frau das genannt. Wer das nicht faßt, an dem ist die Liebe verloren.

Und Sie haben sie gefunden? Nach dem Tod Ihrer Frau?

Leider erst nach meinem eigenen Tod.

Das klingt verrückt, wenn Sie erlauben.

Nicht wahr? Schon verrückt, daß man sterben muß, um zu erleben: die Liebe, wie immer sie sei, ist *normal*. Ich hatte das Glück. Und ist sie Ihnen nochmals begegnet? fragte Schneider.

Das Glück hatte ich nicht. Ich meine: ich begegne der Liebe, wie sie ist, jeden Tag, aber sie sieht mich nicht mehr an. – Vielleicht habe ich das Fürchten zu gründlich verlernt. Ein *wenig* Furcht gehört dazu, sonst zittert und bebt man nicht mehr, wie es sich gehört.

Der andere ging neben Schneider jetzt so exakt im gleichen Schritt, daß ihn das Gefühl beschlich, als wären sie Doppelgänger oder einer der Schatten des andern. Ein Jogger lief ihnen entgegen, der keuchend einen gemächlich trabenden Hund an der Leine führte; der Mann grüßte nicht. Vielleicht hätte es die Meßinstrumente an seinem Leib gestört.

Ihre Frau hat sich mit Märchen beschäftigt?

Gegen die Schmerzen. Sie hatte Krebs.

Schneider schwieg. – Was wissen Sie über den Tod?

Nichts, sagte Gygax, so wenig wie über meine Geburt. Der Tod ist gnädiger, glaube ich. Er gibt uns dem Nichtwissen zurück. Der Körper ist aus flüchtigem Zeug. Meine Frau hat ihn gerne ziehen lassen. Und Ihre Frau – sie ist noch da?

Ja und nein. Sie ist im «Burgfried». Sie existiert noch, aber redet nicht mehr.

In diesem Augenblick fiel ein Schuß, ganz in der Nähe. Sie hatten das Geschoß pfeifen gehört und blieben stehen.

Was war denn das? fragte Gygax. – Es kam aus den Häusern da vorn.

Das ist schon der «Auerhahn».

Sie lauschten; durch die Stämme klang entfernte Orgelmusik.

Bach, die Toccata in b-Moll, sagte Schneider. – Meine Landlady ist zurück.

Als sie am Gittertor standen, war die Tonquelle eindeutig. Elinors

Fenster standen offen. – Bitte treten Sie doch ein. Ich möchte Sie Frau Gyr vorstellen.

Auf der Gartentreppe fragte Gygax: Sagten Sie nicht, sie sei lärmempfindlich?

Bitte?

Eben, antwortete Gygax, ebenfalls unverständlich; der Orgelklang war zu laut, ohne die Dissonanz darin zu übertönen; eine heftige Frauenstimme. Schneider drückte entschlossen die Klinke.

Was fällt dir ein? Warum tust du das?

Mit einigen Schritten war Schneider unter der Tür zu Elinors Arbeitszimmer. Sie wandte ihm den Rücken zu und schüttelte ein Gewehr in der Hand. Vor ihrem Tisch stand ein junger Mann, hochgeschossen, rotblond und eine Sonnenbrille im blassen Gesicht; die Hände hatte er in den Taschen seiner Jeans vergraben, und auf seinem gelben Trikot war in großen Lettern *SunGard* zu lesen. Als er die Männer in der Tür sah, drehte er am Regler der Musikanlage; plötzlich war Stille.

Schneider rief Elinors Namen. Sie drehte sich um, weit offene Augen im roten Gesicht, lief zu ihm und hielt sich an ihm fest, ohne das Gewehr loszulassen.

Eine Stunde ist er im Haus, und was tut er? Er schießt!

Verzeihung, sagte Gygax und nahm ihr das Gewehr aus der Hand, riß den Riegel auf, aus dem eine Patrone sprang, blickte in die Ladekammer, entnahm das Magazin und steckte es in die Hosentasche. Dann schob er den Riegel zurück und drehte den Sicherungsring.

Das ist Herr Gygax, sagte Schneider, ein Bekannter Ihrer Tante. Ich bin ihm auf einem Spaziergang begegnet und wollte ihm das Haus zeigen … ich wußte nicht, daß Sie heute wiederkommen.

Sie sind nicht die Polizei? fragte Elinor.

Gygax, sagte er und reichte ihr die Hand. – Harmlos.

Aber Sie kennen sich mit Waffen aus.

Der alte Karabiner war einmal der ständige Begleiter jedes Miliz-
soldaten, und so einer war ich auch. Viele Wochen meines Lebens.
Wie kommt das in mein Haus! rief sie.
War schon da, sagte der junger Mann. – Im Dachzimmer.
Ausgeschlossen! rief Elinor. Sie war noch im Reisekostüm, einem
eleganten Deux-Pieces, das Haar ungewohnt toupiert.
Das ist mein Gast, Fränk Niethammer. Er besucht das Gymna-
sium in Karlshafen.
Eher nicht, sagte der junge Mann. – Seine Manieren hielten sich
in deutlichen Grenzen. Er nahm die Sonnenbrille nicht ab, als
Schneider «sehr erfreut» sagte.
Er war zu gut für die Schule. Das war sein Problem.
Das Problem der *Schule*, sagte Fränk, ohne zu lächeln. Er hatte
einen Anflug von Bart, und seine aufgeworfenen Lippen wirkten
kindlich.
Wo hast du das gefunden? fragte Elinor.
Im Zimmer oben, hinter der Wand, im Kabuff.
Kabuff? fragte Elinor, erkennbar irritiert, daß ihr ein Winkel des
Hauses unbekannt war. – Und warum mußt du schießen?
Die Munition lag daneben. Ich schoß nur zum Fenster hinaus.
Man kann die Waffe nach Hause nehmen, wenn man ausgedient
hat, erklärte Gygax.
Hannes hat nur Zivildienst geleistet, sagte Elinor. – Dann muß
sie sein Vater versteckt haben. Mein Gott.
Die Munition lag daneben? fragte Gygax den jungen Mann.
Die Schachtel war offen.
Die *Dose*? fragte Gygax sehr ernst. – Offen? Das wäre gegen die
Ordonnanz. Stand wohl gar «Notmunition» darauf?
So genau habe ich nicht geschaut.
Die Notmunition öffnen! Das tut man erst, wenn das Vaterland
in Gefahr ist!
Sie war schon offen, wiederholte Fränk.

Dann muß die Gefahr vorbei sein, sagte Gygax und hängte den Karabiner um. Seien Sie so freundlich, Herr Niethammer, und bringen Sie die angebrochene Dose.

Als Fränk offensichtlich beeindruckt den Raum verlassen hatte, bat Elinor die Gäste in die Küche und setzte einen Tee auf. Sie verströmte einen diskreten Duft, ihre Erscheinung war verändert, die Lippen und Nägel brombeerfarben, und um den Hals trug sie eine Kette aus kleinen Perlen mit einer Kamee als Medaillon, einen antiken Frauenkopf weiß in Weiß. Ich möchte nicht, daß er Scherereien bekommt. Er ist ... unvorhersehbar. Seine Mutter holte mich – ich mache Familientherapie, fügte sie leicht errötend hinzu, während sie schwarze Teekrümel in die Kanne fallen ließ. – Die Eltern wurden mit dem Jungen nicht fertig. Hoffentlich hat niemand den Schuß gehört.

Gygax zog vier Patronen aus der Tasche, und Schneider reichte ihm diejenige, die der Ladekammer entsprungen war. – Wenn er jetzt noch die Dose bringt, ist alles i. O., wie Feldweibel sagen. Neunundzwanzig müssen es sein, wenn er nur *einmal* geschossen hat.

Elinor holte vier Teetassen mit chinesischem Zeichen aus dem Schrank, und die Tafel war gerade gedeckt, als Fränk eintrat, die Dose in der Hand. Gygax deponierte sie bei der Waffe im Vestibül, und Fränk verschwand.

Das sollte jetzt so bald wie möglich ins Zeughaus.

Das mache *ich*, sagte Schneider.

Nehmen Sie's nicht persönlich, sagte Elinor. – Er ist nervös. Morgen hat er ein Interview mit Wimmer.

Dem Molekularbiologen? fragte Gygax. – Der hat schon meine Frau fasziniert.

Elinor erklärte, was sie von Fränks Fadenwürmern zu verstehen glaubte. – Er saß nur noch am Mikroskop und schwänzte das Gymnasium. Da er das Abi brauchte, mußten ihm die Eltern die Hölle

heiß machen, dafür brachte er sie zur Verzweiflung. Seine Mutter
glaubte, ich wäre die Richtige, den Knoten zu lösen. Aber Fränk hat
mich zur Komplizin gemacht. Er hat Wimmer sein Paper geschickt,
und der wünschte ihn kennenzulernen. Erst wollte sein Vater mit
und hat Wimmer vorher geschrieben, von Vater zu Vater, Fränk kam
dahinter, und da war wieder die Hölle los. Ich wollte den Schaden
begrenzen, aber Fränk nimmt von beiden Eltern nichts mehr an –
und sie voneinander auch nicht.

Ist er Radfahrer? fragte Gygax.

Wie kommen Sie darauf? fragte Elinor.

Sein Trikot. Ich habe es schon bei der *Tour de France* gesehen ...
ein Sponsor aus dem Software-Bereich. Und schon das gelbe ...
nicht schlecht.

Radfahren ist das einzige, wozu man ihn nicht prügeln muß. Er
fährt bei jedem Wetter, schlängelt sich durch jede Lücke. Seine Mutter hielt es nicht aus.

Auch die Sonnenbrille paßt, sagte Gygax.

Am liebsten trüge er sie auch nachts, sagte Elinor. – Er versteckt
sich.

Vielleicht schützt er sich nur gegen Pädagogen. Danke, Frau Gyr,
der Tee war vorzüglich.

Müssen Sie schon gehen? fragte Elinor.

Zuvor möchte ich sehr gerne einmal das Atelier sehen, wenn's erlaubt ist.

Schneider begleitete Gygax hinüber, aber der blieb unter der Tür
stehen und schien sogleich an der der Großen Wand interessiert. –
Das war Alices Museum, sagte er. – Wo sind die Einzig-Bilder hingekommen?

Die Originale hat sie verkauft und vom Ertrag gelebt, bevor sie
hier wieder einzog. Ich habe nur noch Kopien gesehen, aber sie sollen perfekt gewesen sein.

Von Störi? fragte Gygax.

Woher wissen Sie das?

Er war mein Klassengenosse, wie Sigg. Der hat ihn falsche Noldes malen lassen und ist darüber selbst gefallen. Wäre ich noch beim Blatt gewesen, ich hätte die Geschichte recherchiert, aber es wäre mein letzter Streich gewesen. Sigg war mit den Schädlers verbandelt, und deren Arm ist lang. Ein Junior sitzt im Verwaltungsrat der Zeitung. Wo sind die falschen Einzig hingekommen?

Alice muß sie noch selbst vernichtet haben – oder Elinor. Aber falsch waren sie nicht. Störi hat immer seine Initiale hinzugesetzt. St. O. F.

St. O. F., wiederholte Gygax, und prustete. – Sankt Störi, Seine Heiligkeit. Das paßt. – Er hat sich aufgehängt, der arme Kerl, als Genie war er nicht falsch genug. Sigg war eine Nummer größer. Aber auch ihm hat es nicht gereicht.

Als Gygax sich verabschiedet hatte, trat Elinor ins Atelier, ein flaches Paket im Arm. Es war in Geschenkpapier eingeschlagen.

Lieber Beat, ich habe Sie lange allein gelassen. Ist alles gutgegangen?

Ich komme davon.

Karlshafen war eine Strapaze. Aber ich habe Ihnen etwas mitgebracht. – Sie hielt es ihm hin, mit gestreckten Armen und mit einem deutschen Knicks.

Er dankte und holte ein Papiermesser von der Werkbank, um die Hülle zu entfernen. Zum Vorschein kam ein Bild, mit dünner Pappe unterlegt und von einem Seidenpapier geschützt. Er streifte es ab und erschrak.

Das Blatt zeigte eine weiße Maske, ausgespart aus einem Gewimmel schwarzer Strichlein, die das Papier bis zum Rand bedeckten. Es war Schneiders Gesicht, gezeichnet von LouAnne, auf der Brüstung der Loge, als sie «Alcina» gesehen hatte.

Sieht es Ihnen nicht ganz ähnlich?

Wo haben Sie das her?

Aus einem Antiquitätengeschäft in Einbeck. Paul – Niethammer hatte im Schaufenster eine KPM-Schale gesehen, und ich suchte ein Geschenk für Claire ... Beim Stöbern bin ich auf diesen Kopf gestoßen – unter alten Stichen, Stadtbildern und Landschaften. Signiert ist es nicht ... nehmen Sie es als Jux.

War es teuer?

Sie lachte. – Ich bekam es geschenkt. Das Umständliche war der Transport.

Ich danke Ihnen für die Mühe.

Ist Ihnen nicht gut? – Kommen Sie, Beat, es gefällt Ihnen gar nicht. Sie müssen es nicht behalten.

Vielen Dank, wiederholte er, und jetzt gehen Sie zu Fränk. Er braucht Sie.

Dann gute Nacht.

Gute Nacht.

Als er allein war, zündete er im Ofen ein Feuer an. Das zerknüllte Geschenkpapier verwendete er zum Anheizen. Als ihm der Brand ausreichend schien, nahm er das Bild von der Unterlage und legte es darauf, mit dem Gesicht gegen die Flamme; erst wollte es sie erstikken. Aber dann leckten kleine Feuerzungen unter den Rändern hervor und vereinigten sich zur hellen Lohe. Kniend sah er zu, wie sich das Papier kringelte und dünn machte, zu einem noch immer zusammenhängenden Blättchen Asche. Es dauerte, bis es ganz auseinanderfiel, und er betrachtete die Verwandlung von einem Augenblick zum andern, bis zum letzten.

Dann hob er die feste Papierunterlage und lehnte sie in ein leeres Fach an der Großen Wand. Sie paßte genau. Und auf den ersten Blick schien das Fach wieder ganz leer, bis auf den Hauch eines Schattens, den der Karton an drei Kanten warf.

V

2006

13 Niethammers Mission

Professor Paul Niethammer, für seine Nächsten Paulchen, trotz seiner Körperwucht und des gepflegten roten Vollbarts, saß endlich im Zug, der ihn durch den Gotthard ins Tessin fuhr, zweiter Klasse, nach der Richtlinie, doch zum Glück in einem leeren Abteil, wo er den versäumten Schlaf hätte nachholen können, wenn ihn dreisprachige Lautsprecherdurchsagen nicht regelmäßig aufgeschreckt hätten. Er war schon am Vortag früh in Kassel aufgebrochen und hatte in Stuttgart Station gemacht, um sich mit der Präsidentin noch einmal abzustimmen. Sie hatte ihn in einer Vertreter-Absteige logiert, und er lag Wand an Wand mit dem Aufzug. Das Bett war, wie immer, zu kurz gewesen, die Zudecke knapp, und da die Klimaanlage zwar funktionierte, aber laut und nicht abzustellen war, hatte er eine fast schlaflose Nacht auch noch durchfroren zugebracht, und das an der Schwelle des Sommers.

Frisch also war der Zustand nicht zu nennen, in dem er an diesem Junimorgen in den Zug gestiegen war. Es hatte Kraft gekostet, sich die Sorgen der Präsidentin gelassen anzuhören. Statt auf den gefährdeten Historikertag bezogen sie sich auf einen kritischen Artikel, den er dazu vor einem Jahr für die ZEIT verfaßt hatte und den sie für den Verband als so rufschädigend betrachtete, daß sie ihn für den Rückzieher des Hauptreferenten verantwortlich machte. Das war natürlich Unfug. Erstens war Heuer nicht zimperlich und, wenn es ihm darauf ankam, an Frivolität selbst nicht zu überbieten. Zweitens hatte der Artikel den Kongreß in Konstanz erst zu einem Ereignis gemacht, auf das man wieder einmal gespannt sein durfte – was früheren Historikertagen nicht beschieden war, aus Gründen, die Niethammer beim Namen genannt hatte. Da meldete sich endlich einer zu Wort, der die Öffentlichkeit von den Konflikten seines Fachs *nicht* ausschloß. Und wahrscheinlich verdankte er seinem Votum sogar die Wahl zum Schriftführer des Präsidiums – auch wenn gewiß der Hintergedanke nicht unbeteiligt war, den Bock als Gärtner scheitern zu sehen. Und es fing ja auch gut an: die Präsidentin hatte ihn dazu verurteilt, den Keynote-Sprecher, der bereits im Programm gedruckt stand, durch eine Bußfahrt umzustimmen.

Barnabas Heuer war als junger Bielefelder Ordinarius eine treibende Kraft der Universitätsreform gewesen. Dann hatte er sich unter dem Titel «ein hoffnungsloser Fall» von dem Projekt, aber auch gleich von der alten Bundesrepublik verabschiedet und einen Ruf ins schweizerische Münsterburg angenommen, um Europa in einer Erzählung zu begründen, die gewissermaßen den Erzähler entbehren konnte. Er hatte die personen- und ereignisbezogene Geschichte durch eine prinzipiell andere ersetzt, die sich einerseits in Bodennähe bewegte, anderseits mit größeren Zeiträumen operierte. Sie traute der langen Dauer mehr zu als Fluktuationen, die als Fort- oder Rückschritt imponieren, und Aktualität war für ihn geradezu ein Schimpfwort. Natürlich verdankte er seinen Ruf dem Widerspruch, daß einer, der Lange Weile auf die Tagesordnung setzt, kein Langweiler sein darf, und um den Feind der Anekdote sammelten sich persönliche Histörchen wie – je nach Geschmack – Bienen um die Apfelblüte oder Fliegen auf dem Aas. Wer Acker- und Weinbau, Viehzucht, Fischfang und Handwerk ernster nimmt als die Wellenschläge der Politik, provoziert schon damit, daß er nationale Grenzen als Größen eines identitätsmächtigen Schicksals nicht ernst nehmen kann. Jedenfalls lag der Akzent, mit dem er von Geschichte sprach, so sehr auf dem *Spiel* mit ihren sogenannten Gewißheiten, daß er vielen Kollegen geradezu als Geschichtsfeind galt.

Er selbst pflegte die Geschichtswissenschaft mit einem Kaleidoskop zu vergleichen, das, geschüttelt, ein Bild von wunderbarer

Schlüssigkeit produziert, und nach neuem Schütteln ein völlig anderes von gleicher Schlüssigkeit. Das bestochene Auge kann nicht sehen, daß es sich bei den Elementen in der Röhre um immer dieselben schlichten Brösel handelt, die erst ein eingebauter Spiegel in ein Muster verwandelt. In seinen letzten Hochschuljahren war er von Münsterburg nach Genf weitergezogen, wo er ein Institut mit dem Titel: *Recherches de l'identité européenne* leitete. Inzwischen lebte er, ein brüchig gewordener Hagestolz, in einer Tessiner Seniorenresidenz, aber Kollegen, die ihn besucht hatten, wußten von der geistigen Frische des Neunzigjährigen Wunder zu berichten.

Niethammers Vorschlag, man möge, um Heuer entgegenzukommen, das Kongreßthema «Über Grenzen» vertagen und dafür «GeschichtsBilder» wählen, wurde akzeptiert. Darauf sagte Heuer zu, «so Gott will und wir leben», und löste damit im Vorstand große Erleichterung aus, allerdings auch neue Unruhe, angesichts des fünfstelligen Honorars, das er forderte. Auf zaghafte Rückfrage erwiderte er kühl: «Hat man bei Ihnen eine Ahnung, was eine erträgliche Unterkunft in der Schweiz kostet?» Dank einer Stiftung der Aroma-Industrie, in die Niethammer eingeheiratet hatte, ließ sich auch diese Lücke stopfen, und am Jahresende 2005 schien alles in trockenen Tüchern – bis im Mai eine dürre Meldung eintraf: Leider wolle Heuer nichts einfallen, darum ziehe er seine Zusage zurück.

Es war der GAU, und die Präsidentin verlor gänzlich die Nerven. Sie rieb Niethammer seinen alten Artikel unter die Nase, den sie mit Bleistiftkorrekturen versehen hatte, und mutete ihm allen Ernstes zu, einen zweiten zu verfassen, in dem er den ersten «zurechtrücke».

Niethammer befand sich in einer so genannten *Lose-lose*-Situation, und angesichts der näher rückenden Alpen kam ihm der Psalmist in den Sinn: «Ich hebe meine Augen auf zu den Bergen, von welchen mir Hilfe kommt.» Als Bildhistoriker wußte er immerhin, daß die Wurzel für den Höhenkult, den der Tourismus propagiert, in der Hl. Schrift gesucht werden muß. Wie wären arme Bergbauern ohne den schwärmerischen Zuzug frommer Briten auf die Idee gekommen, eine herrliche Landschaft zu bewohnen!

Immerhin lieferten die Schweizer Alpen dem Pilger aus Niedersachsen den im Firnelicht glänzenden Beweis, daß man aus verlorenen Positionen noch etwas Gewinnbringendes machen kann. Auch seinen alten Artikel fand er immer noch ganz passabel. Es traf ja gar nicht zu, daß er sich selbst «immer gut» fand, wie seine Frau Claire unterstellte. Viel eher war das Gegenteil richtig. Allerdings erlaubte er auch nicht, daß sich andere seine Selbstkritik zu eigen machten, was ihm von Frauen fast regelmäßig widerfuhr: seiner Frau Claire, seiner Mitarbeiterin Iris und neuerdings auch Elinor, einer Familientherapeutin, die Claire eingeschleppt hatte – um sie danach ebenso madig zu machen wie Iris, nachdem sich schon diese angemaßt hatte, den Schlüssel für Sohn Fränks Probleme zu besitzen. In der Folge mußte er seine engste Mitarbeiterin entlassen, die ihn auch auf Heuer gebracht hatte; darum schloß er nicht aus, daß seine Absage ihr Rachewerk war, und konnte nur *hoffen*, daß sie dem großen Mann ebenso lästig geworden war wie ihm selbst. Aber am Ende wurde doch jeder Zickenkrieg auf seinem, Niethammers, Buckel ausgetragen. Er war ein Märtyrer der Leichtigkeit, mit der Frauen auf ihn flogen – seine Ehefrau inzwischen leider gänzlich ausgenommen.

Nun richtete er sich im Zug an seinem alten ZEIT-Artikel auf.

Unter welchem Stern steht er nun, der nächste deutsche Historikertag? Er findet alle zwei Jahre statt, auch der Gastgeber ist gesetzt: die neue Universität Konstanz, und das Thema lautet denn auch, zu ihrer Lage passend, «Über Grenzen», was man so lesen darf, daß der Kongreß einerseits von Grenzen handelt, andererseits Grenzen überschreitet. Auch die – für deutsche Verhältnisse – fast mediterrane Bischofsstadt, die nicht nur Schnäppchenjägern aus der nahen Schweiz eine Reise wert ist, freut sich, mit der Handschrift des ersten grünen OB der Republik, ein neues Konzil zu Konstanz zu begrüßen, «die größte geisteswissenschaft-

liche Vereinigung Europas». Der Verband deutscher Geschichtslehrer ist
auch dabei; man sollte also mehr als ein rein akademisches Ereignis erwarten dürfen.

Ohne Claire, die Vanille-Prinzessin aus Holzminden, wäre Paul
Niethammers akademische Existenz bestenfalls eine bürgerliche geworden; ihr verdankte diese – trotz Gütertrennung – den großbür-
gerlichen Zug, für den er, bei Licht besehen, mehr bezahlte als gewann. Denn ohne Claires Anspruch auf Gleichgewicht von Leib
und Seele, das sie sich vom täglichen Gebrauch eines Heilbades versprach, hätte sich der B-2-Professor der niedersächsischen «Walduniversität» nicht im hessischen Karlshafen niedergelassen – in einer
Villa, die er zwar nicht hätte bezahlen, aber ebensogut entbehren
können. Damit hätte er sich auch die täglichen Fahrten an sein
Institut in Einbeck erspart – und zugleich Claires Vorwurf, er sei ja
nie zuhause, wenn sein Sohn ihn brauche, und genieße sein Doppel-
leben, während sie allein die volle Last der Familie trage. Claires
Anteil an ihrer Ehe bestand darin, daß sie ununterbrochen Probleme
lösen mußte, die es ohne sie nicht gegeben hätte. Die Türen, die sie
zugeschlagen hatte, konnte sie in der Regel nicht mehr selbst öffnen;
und dann war Paulchen natürlich wieder nicht da. Daß sie die Entfremdung, über die sie sich beklagte, selbst betrieb, war jenseits ihres
Vorstellungsvermögens, wohl aber behielt sie am Ende nichts als
recht, wenn sich ihre Phantasien, was seine Aushäusigkeit betraf, in
der Tat immer wieder erfüllten; sie hatte also nicht umsonst das
Schlimmste befürchtet. Je schwächer sie sich gab, als Unrecht Lei-
dende, desto gewisser saß sie am stärkeren Hebel, denn die Verbindungen, von denen er scheinbar so ausschweifend profitierte, hatte
nachweislich *sie* der Ehe zugebracht, während er allein für die Unko-
sten aufkommen und sie nicht einmal ein Unglück nennen durfte.
Denn eine Frau mit ihrem Hintergrund hat *Anspruch* auf eine glückliche Ehe.

Daß Sohn Fränk an dieser Glückslast keinen Anteil zu haben verlangte, sondern sich wegduckte, um im Okular seines Mikroskops eine andere Welt zu suchen, die vergleichsweise überblickbare der Viren und Bakterien, verwunderte Eindringlinge wie Iris weniger als die eigene Mutter. Gab sie nicht ihr Bestes, um dem Sohn ein Heim zu bieten? Warum nahm es ihr Fränk nicht ab? Daran hatte wieder der abwesende Vater schuld – wo immer er zu sein sich verpflichtet fühlte, an seiner Walduniversität Solling, in Uslar, Hameln und Holzminden: er war jedenfalls nicht *da*. Fränk hätte sich dafür auch bedankt. Und Claire noch mehr. Wo wären dann die mitfühlenden Kurschatten her- oder hingekommen, denen sie das schwere Los klagen konnte, mit ihrem anspruchsvollen Lebensstil ganz allein zu sein: mit einem superbegabten Sohn, der sein Talent vergrub, und einem Ehemann, der das seine an ein brotloses Fach wie Geschichte verschwendete – und sich auch noch einbildete, damit welche zu machen?

Das alte Kostnitz, am untern Ausgang des Schwäbischen Meers zugleich See- und Flußstadt, besitzt für Zusammenzüge historischer Tragweite eine Tradition sondergleichen. Denn hier hat 1414–18 das Konzil statt- gefunden, ein großes Welttheater, das Kaiser und Papst noch einmal auf einer Bühne vereinigte… allerdings unter einem Zeichen, das nichts Gutes verhieß: dem des Sündenbocks. Das letzte Wort, das Jan Hus an ein altes Mütterchen richtete, das sein Scherflein zu seinem Scheiterhau- fen beitrug, war zugleich an den Selbstbetrug des frommen Mittelalters gerichtet und signalisierte sein Ende: «Du heilige Einfalt.» In diesem Feuer verbrannten auch die letzten Trümmer der Einen Welt.

Als die Familie zur Kampfzone geworden war, schien nur noch die Wunderfrau helfen zu können, die Claire in einem Seminar am Mummelsee aufgetan hatte. Elinor Gyr zog ein und half wenigstens so weit, daß sich Fränk wieder ans Gymnasium bewegen ließ, aber nur weil sich die Aussicht ergab, in Münsterburg zu studieren. Jetzt schien er sogar bereit, Abitur zu machen, dafür platzte im Flickwerk eine neue Naht auf.

Claire warf ihrem Mann ungebührliche Nähe zu dieser Frau Gyr vor, die *sie* ins Haus gebracht hatte – nur weil er im ehetherapeutischen Gespräch ihren Kontrollwahn für Fränks Entfremdung verantwortlich machten. Er verfluchte den Tag, am dem diese Schweizerin ins Haus gekommen war, denn als sie es nach vier Wochen verließ, hatte sie den Knoten nur noch fester gezogen.

Geistliche und weltliche Hoheiten, Papst und Gegenpapst vereinigten sich wenigstens in der Überzeugung, daß ein Konzil, das sich jahrelang hinzog, auch für die nötige Entspannung sorgen müsse. Und um diese anzubieten, waren «Hübschlerinnen» aller Stände zur Stelle, die – anders als die beteiligten weltlichen und geistlichen Herren – aus ihrer Käuflichkeit kein Hehl machten. Es sollen 700 gewesen sein, und ob man sie Dirnen nennen durfte, war eine Frage des Preises. In Konstanz traten Frauen auf die Bühne, die ihre Gunst als Gnade zu verstehen geruhten; sie betrachteten sich als Verkörperungen der Göttin Fortuna, die Papst und Gegenpapst, Kaiser und Gegenkaiser nötiger hatten als sie.

Der Zuger See grüßte durch nicht ganz saubere Fenster, dahinter die Rigi, die historische Aussichtspyramide mit Blick ins Erhabene. Niethammers Gebiet war eigentlich die Weimarer Republik, und ins Tessin fuhr er zum ersten Mal. Er kannte Apulien und das Sizilien Friedrichs II., auch die griechischen Inseln, aber für Familienurlaube – solange Fränk dafür noch zu haben war – hatte man die Hochpreisinsel Schweiz gemieden und war lieber zum Tauchen auf die Malediven gereist und zum Skifahren ins Tirol.

Eine Notorische wurde Imperia genannt, vielleicht aus Spott über das zum Neutrum heruntergekommene Imperium, dessen Gliedern sie jederzeit Beine machen konnte. Dieser Dame hat die Stadt, auf Anstiftung eines verschmitzten Bildhauers, 1993 ein überlebensgroßes und selbstdre-

hendes Denkmal setzen lassen, passenderweise in der Hafeneinfahrt.
Daß die pudelnackten Figürchen mit Krone und Tiara, welche Imperia
auf den leuchterartig aufgebogenen Armen und Händen tanzen läßt,
Kaiser und Papst darstellen, bestreitet der Künstler. Erstens seien es nur
Kobolde, denen man überall begegne, und zweitens habe er sie gar nicht
der Stadtgeschichte entnommen, sondern einer Erzählung Balzacs.
Konstanz hat schon größere Fische an seine lieblichen Ufer gezogen als
einen Historikerverband. Und doch hat gerade dieser Fisch «vom Kopf
her zu stinken» begonnen, wie sich die «Süddeutsche» ungalant, aber lei-
der treffend ausdrückte, als sie den Rücktritt – in corpore – des Präsidi-
ums melden durfte, und eine heillose Spaltung des vierhundertköpfigen
Vorstands. Es ging, vordergründig, um die Bezeichnung des Verbands,
und da es sich um Männer und Frauen handelt – schon falsch! um Frauen
und Männer! – hatte die Imperia durchaus ihre Hände im Spiel.
Es zeigte sich nämlich, daß eine fundierte Geschichte der deutschen
Geschichtsschreibung, also auch der Historikertage, immer noch fehlt.
Das muß man sich auf der Zunge zergehen lassen: Männer, welche das
Fach Geschichte für die Öffentlichkeit repräsentieren und von dieser
bezahlt werden, sind ihre eigene Geschichte schuldig geblieben! Und
warum? Ganz einfach: weil es Männer sind!

Der Zug hatte den Urner Arm des Vierwaldstättersees erreicht, und
Niethammer fühlte die Pflicht, nach dem Rütli Ausschau zu halten.
Aber immer, wenn ihm eine Geländeform rütli-verdächtig vorkam,
raubte ihm ein Tunnel den Ausblick, und bevor er sich neu orien-
tiert hatte, schlug schon die nächste Dunkelheit zu.

Daß der Verband nach seiner Neugründung 1949 immerhin beide Ge-
schlechter aufgeführt hatte («Verband der Historiker und Historikerin-
nen Deutschlands»), war inzwischen keiner Rede mehr wert. Jetzt ver-
langte die radikale Fraktion geradezu die Streichung der männlichen
Komponente. «Verband der Historikerinnen Deutschlands» decke alle

erlaubten *Ansprüche des Verbandes ab. Es gab Universitäten, die den Titel «Professor» auch bei Männern konsequent durch «Professorin» ersetzten, zum Zeichen, daß der Mann die abgeleitete Erscheinungsform der Art sei, was auf der Ebene niederer Tiere wie der Fadenwürmer auch biologisch seine Richtigkeit hatte.*

Für Geschichte hatte sich Fränk nie interessiert, und das Ansehen, das sich der Vater in seinem Fach erworben hatte, war ihm so egal, daß dieser sich auch schon grimmig gefragt hatte, ob das Früchtchen überhaupt von seinem Stamm gefallen sei.

Der VDH – wo Begriffe fehlen, stellt eine Abkürzung zur rechten Zeit sich ein – steht vor einem neuen Konzil von Konstanz. Eröffnet es auch eine neue Ära der Geschichtswissenschaft, oder beendet es endgültig ihre Relevanz für eine Kultur, die das kollektive Gedächtnis durch die Suchmaschine ersetzt hat?

Der Zug hatte inzwischen die Pirouetten um das Kirchlein von Wassen absolviert und damit die Höhe gewonnen, die ihm bei Göschenen den Eintritt in den Berg erlaubte. Bald sah Niethammer nur noch sich selbst im Fenster gespiegelt. Den gepflegten Rotbart im rosigen Gesicht, das zu einem feinen Lächeln neigte. Die randlose Brille über seinen leider entzündlichen Augen. Der Völkerwanderungs-Look seiner imposanten Gestalt, zivilisiert durch einen immer noch fast weißen Sommeranzug, der zur breiten resedafarbenen Krawatte paßte, und zu den braun-weißen Great-Gatsby-Schuhen.

Und in diesem Augenblick fuhr der Zug ins Licht, ein heiterer Himmel brach herein, und als die ersten Häuser im südlichen Stil auftauchten, glaubte Paulchen das Gröbste hinter sich zu haben.

Als er eine Stunde später in Ascona aus dem Taxi stieg, fühlte er sich nach Palm Beach versetzt. Der Marmorluxus der Casa Bianca wirkte eher neureich als spätrömisch, und ein wenig vulgär. Eine junge Frau im hellblauen Mini führte ihn in die Beletage, wo sie an der Tür mit dem Schild HEUER klopfte, aber die Antwort nicht abwartete. *Maestro! Your visitor!* Sie ging ohne Umstände auf den Schaukelstuhl zu, der mitten im Raum stand, und drehte ihn um.

Auf den ersten Blick saß nur eine ausgebreitete Zeitung darin, doch als gichtige Finger sie ein Stück sinken ließen, kam ein danteskes Haupt zum Vorschein mit glatt zurückgestrichenen schneeweißen Haarsträhnen und überhoher Stirn. Heuers Blick war ockergelb wie derjenige eines Katers. Unter der Zeitung zeigten sich wachsbleiche Beinchen, die in geblümten Shorts steckten und in Plastiksandalen endeten.

Niethammer fürchtete den Augenblick, wo die Zeitung ganz fiel, aber Heuer drehte sie nur um. Jetzt war auf der linken Seite ein bärtiger Jungmann im rot-weißen Tennisdreß zu sehen, der einen Pokal auf Schulterhöhe gestemmt hatte. Auf dem rechten Blatt neigte ein junger Asiate sein trauriges Brillengesicht seitwärts.

Sehen Sie diesen Menschen? krächzte Heuer statt jeder Begrüßung. – Er hat die ersten 23 Jahre seines Lebens in einem nordkoreanischen Lager zugebracht. Jeden Tag gefoltert, Mutter und Bruder vor seinen Augen erschossen. Nun lebt er in Südkorea. – Heuer schlug das Blatt wieder um und las vor, ohne Brille: *In der kompetitiven Gesellschaft, in der auch viele Universitätsabsolventen mit Jobs vorliebnehmen müssen, für die sie überqualifiziert sind, sind die Berufschancen für einen Flüchtling aus dem Norden gering. Daher nutzt Shin, was ihn von anderen unterscheidet. Er erzählt immer wieder und wieder seine Geschichte. Er wisse nicht, was er sonst tun könnte.* – Der andere Herr weiß, was er zu tun hat. Er empfiehlt die Investment Bank, die sein Preisgeld ausrichtet. Sie ist mit Nordkorea gut im Geschäft. Und was macht Ihre Bologna-Reform?

Nun, seit wir sie haben –

Schon falsch. Sie haben sie nicht, Bologna hat *Sie*. Aber getretener

Quark wird breit, nicht stark. Hinterm Solling ist er grün und wird mit Waldmeister angerichtet, in Bielefeld war er rot, Knabberzeug aus dem Reformgeschäft. Das Resultat bleibt dasselbe: überqualifizierte Absolventen, die sich verkaufen müssen, und wenn niemand sie kauft, haben sie nicht einmal eine Geschichte zu erzählen wie Herr Shin. Der totalitäre Markt, das Straflager ohne Zaun, Unfug ohne Grenzen, und wehe, Sie machen keine gute Miene dazu. Es gibt ja nichts mehr, was wir müssen, wir *dürfen* nur noch. Sie glauben gar nicht, was ich hier alles darf! *Professore*, Sie dürfen eine Faust machen, es gibt jetzt einen kleinen Stich. Aber wissen Sie, was ich *muß*? Grinsen, bis zum letzten Augenblick, als wäre der Tod eine Kamera. Dabei kommt das Grinsen erst später im Text.

Er ließ die Zeitung gleiten und deutete auf den Flügel. Hinter dem Notenhalter stand ein Schädel auf blauem Sammet.

Original, aus einer Brandstätte am Ganges. Eine vierzigjährige Frau. Heute verkaufen die Inder Omas Schädel nur noch schwarz. Dafür die Nieren ihrer Kinder.

Die junge Dame hatte ihn im Schaukelstuhl sanft hin und her gewiegt. Jetzt fragte sie: Brauchen Sie mich noch, Maestro?

Anouk ist Dienstleistung pur. Einmal über's Haar streichen: zwanzig Franken. Aber sie ist eine *Digital Native*. Ihr Gerät könnte schneller arbeiten, meldet ihr Gesicht jeden Tag.

Die junge Dame hatte sich auf die Armlehne des Schaukelstuhls gesetzt. Barry, Barry!

Barry, der Hund mit dem Fäßchen um den Hals. Aber ich muß niemanden mehr retten. Auch keinen Historiker-Kongreß.

Dann würde ich Sie jetzt lassen, sagte die junge Dame.

Für immer? fragte Heuer, wie blind zu ihr aufblickend.

Nur ein Viertelstündchen, dann kommt die Spritze. – Und sie entschwebte.

Niethammer war noch nicht zu Wort gekommen. Er entschloß sich, *in medias res* zu gehen.

Verehrter Herr Kollege, am Sekretariat soll es nicht scheitern. Wenn Sie den Vortrag einer Fachkraft diktieren wollen – meine Assistentin würde sich eine Ehre daraus machen.

Kann sie stenographieren? fragte Heuer maliziös.

Seit die Zeitung weg war, ließ sich der Zusammenhang von Haupt und Gliedern nicht mehr leugnen. Über den geblümten Shorts trug er ein blaues T-Shirt; *Christ is the Answer*, stand auf der Brust in weißen Lettern, und auf dem eingesunkenen Bauch etwas zerknittert in schwarzen: *What was the question?*

Mein Vortrag ist nicht an fehlender Technik gestorben, sondern an fehlendem Sinn. Wer sich nur noch wiederholen kann, soll keine Reden mehr halten.

An dieser Stelle brach Niethammer in aufrichtige Empörung aus.

Aber Sie sind ein Zeitzeuge! Wenn *Sie* nicht mehr wissen wollen, was Sie uns zu sagen haben, dann kann ich nur sagen – Er rang nach Luft.

Sagen Sie es ruhig, sagte Heuer.

Und siehe da, auch Niethammer fiel jetzt nichts mehr ein.

Ihre gute Meinung ehrt mich, sagte Heuer, und Ihre Arbeit ehrt *Sie*. Ja, das mußte doch mal laut gesagt sein – auch wenn es auf der Hand liegt –, an wem Hitler am schlimmsten gesündigt hat: an den Deutschen. Er hat ihnen die Sprache nicht verschlagen, leider, aber genommen. Die Sprache Goethes ist so tot wie sechs Millionen Juden. Dabei ist diese Sprache, wie Sie ganz richtig schreiben, im 20. Jahrhundert das Werk deutschsprachiger Juden gewesen. Heute haben die Deutschen keine Sprache mehr, in der sie über ihre Taten so reden können, daß sie sie selbst verstehen. Da haben meine Witze nichts mehr verloren.

Aber etwas zu suchen, rief Niethammer geistesgegenwärtig.

Nein, Freund, auch nichts zu suchen. Die globalisierte Welt ist nicht mehr zu retten. Aber Sie brauchen immer noch Ihren Festredner. Ich kenne Ihre Not. War lange genug in Gremien – tätig, will ich nicht sagen, aber beschäftigt. Nun, ich habe eine gute Nachricht. Ihr Mann ist gefunden. Er heißt Beat Schneider.

Niethammer war zu verblüfft, um gleich zu reagieren. – Wer? fragte er.

Ich habe ihn in Münsterburg habilitiert.

Ich glaube mich an den Namen zu erinnern, sagte Niethammer. Er hat wenig publiziert. Aber das wenige ist auffallend besser als nichts.

Aber wie kann er *Sie* vertreten!

Er ist der einzige, der mich verstanden hat. Ich habe ihn an die Universität geholt und ihm damit keinen Dienst getan. War auch nicht meine Absicht. Aber jetzt ist er Titularprofessor und bewohnt eine Villa. Da steckt wohl eine Frau dahinter. Er ist eine Waise, da werden Frauen schwach.

Schneider, sagen Sie.

Beat. Sogar der Name ist schweizerisch. Deutschland kennt nur die Beate.

Sie sind – befreundet?

Wir haben keinerlei Verkehr. Null Filz.

Und worauf gründen Sie Ihre Wertschätzung?

Auf sein Schriftchen über die Lotterschweiz – an den Titel erinnere ich mich nicht so genau. Aber an das Motto: «Hier brennt die Liebe frei / Und scheut kein Donnerwetter. Man liebt für sich selbst / Und nicht für seine Vätter!» Wie finden Sie das? «Die Alpen» von Haller. Ein frommer Universalgelehrter. Hat die Frauen auf dem Seziertisch zum ersten Mal nackig gesehen. Aber mit fünf Jahren Altgriechisch gekonnt und Hebräisch gelesen.

Sie haben das Buch nicht zufällig zur Hand.

Sehen Sie sich um: habe ich Bücher? Ich behalte nur noch, was ich im Kopf habe. Der Rest ist Fernsehen, italienisch, der perfekte Schwachsinn, aber zum Einschlafen ideal.

Ich werde mich kundig machen und Schneider kontaktieren. Beeilen Sie sich. Ich habe ihm nämlich den Job schon angeboten.

Niethammer war sprachlos. – Verehrter Herr Kollege, das hat ja wohl noch Zeit – eigentlich kommt für diesen Vortrag gar kein anderer in Frage.

Aber noch eigentlicher werde ich ihn nicht halten. Tut mir leid, aber *nach* der Tat hielt der Schweizer Rat. Neuerdings bin ich ja einer, Ehrenbürger von Couvet, Val de Travers, wo mein Lehrer geboren wurde – Denis de Rougemont. Ein Phantast, wie Schneider. «L'Amour et l'Occident». Doch ohne Schweizer Paß wäre der Aufenthalt hier *ganz* unerschwinglich. Nur für *Cadaveri excellenti*. Schneider ist erst 56, Nachwuchs im besten Alter. Er ist Ihr Mann. Es muß aber allerersten Ranges sein, sonst nimmt der Verband Schaden.

Oder noch besser eine Frau, nicht wahr? – Es war nicht zu unterscheiden, ob Heuer grinste oder greinte. – Schneider *ist* ein Historiker ersten Ranges, denn anderseits ist er gar keiner – genau, was Sie brauchen. Er hat auch schon zugesagt.

Er hat – ? Niethammer glaubte nicht recht gehört zu haben.

Heuer langte zum Flügel hinüber und schüttelte das Papier, das er Schneider entgegenhielt.

Cher Maître,

für Sie befreunde ich mich auch mit dem Unmöglichen und überlege Annahme der Wahl. Ihr Beat Schneider.

«Annahme der Wahl»! Der Briefschreiber hatte nichts zu wählen, und Heuer – bei allem Respekt – nichts zur Wahl zu stellen. Dafür war das Präsidium zuständig.

Haben Sie ihm Ihre Bedingungen mitgeteilt? fragte Niethammer.

Ich bin doch nicht verrückt, und der Verband hoffentlich auch nicht. Schneider tut's auch für einen Gotteslohn. Er ist ja bei Tuche. Sehen Sie sich an, wie er wohnt.

Und Heuer holte ein Foto vom Flügel, das eine weiße Jugendstilvilla zeigte, mit gerundeten Fenstern im hochgezogenen Erker und schmucken Mansarden im steilen Schieferdach.

Google Street View, sagte Heuer, nichts bleibt verborgen.

Haben Sie auch die Adresse? fragte Niethammer.

Es steht darunter, «Im Auerhahn» 23, glaube ich. Natürlich versuchen Sie ihn auszuladen.

Nein, sagte Niethammer.

Sein Geist hatte einen Sprung getan. Vor einem Abgrund blieb nichts anderes übrig.

Da kommt ja schon mein Schuß.

Die junge Dame war mit einem Tablett eingetreten, auf dem Spritzen und Ampullen sauber assortiert lagen; Niethammer hatte sich erhoben.

Bleiben Sie nur, mein Fleisch hat keine Geheimnisse mehr. – Er entblößte den Bauch, während Anouk die Ampullen köpfte und aufzog. – Ein Mistelpräparat. Ich glaube zwar nicht daran, aber vielleicht hilft's auch ohne. In meinem Alter beeilt sich auch der Tod nicht mehr.

Niethammer sah der Prozedur zu, verlegen und etwas degoutiert. – Ich danke für Ihre Zeit. Sie wird mir unvergeßlich bleiben.

Ich *darf* Sie jetzt begleiten, sagte Anouk.

Als er die Knochenhand behutsam gedrückt hatte, folgte er der Dame durch die Tür; er hätte, auf ihrer Duftspur, auch blind gehen können.

Wie träumend trug er seine Reisetasche weiter, bis zum Seeufer. Dort setzte er sich auf eine Bank, mit Blick auf die italienische Seite, zog das Smartphone und tupfte die Nummer der Präsidentin. Sie nahm den Anruf sogleich an – mußte ihn dringend erwartet haben.

Und? fragte sie.

Heuer kann nicht, Petra, ausgeschlossen. Krebs im letzten Stadium.

Und jetzt?

Er hat uns einen Schüler empfohlen, den er noch habilitiert hat –
eine Art graue Eminenz. Gelernter Historiker, aber jetzt *macht* er
Geschichte – und für Heuer wäre er bereit, aus der Kulisse zu treten.
Ein Honorar würde er vermutlich als Beleidigung betrachten. Sein
Auftritt wäre eine Sensation – und für den Verband auch politisch
wertvoll. Natürlich sitzt er in allen möglichen Stiftungen.
«Wäre», sagte die Präsidentin, das heißt, er kommt nicht sicher?
Es hängt vom Eindruck ab, den ich mache. Natürlich spreche ich
gleich persönlich vor – mit deinem Einverständnis.
Die Präsidentin wünschte ihm viel Glück.
Er heißt Schneider, aber hält sich sehr bedeckt – Du wirst auch
bei Google kaum etwas finden.
Aber nun steht Heuer schon im Programm.
Da bleibt er auch. Wir rücken erst auf der Medienkonferenz mit
der Sensation heraus – Insider werden staunen. Schneider! Den Er-
öffnungsvortrag!
Die Präsidentin seufzte. Eigentlich müßtest du meinen Job ma-
chen, Paul. – Du bist ein Netzwerker. Ich als Mediävistin –
Niethammer verabschiedete sich mit einem Kompliment: *geschafft*.
Aber es war erst der Anfang. Er mußte diesen Schneider gelesen
haben, bevor er ihm unter die Augen trat. Er tippte die Adresse in
die Suchmaschine («Das kostenlose Telefonbuch der Schweiz») –
und stieß auf: Elinor Gyr, dipl. Gestalttherapie.
Er glaubte es nicht. Was hatte Elinor mit Schneider zu tun? Lebten sie womöglich zusammen? Oder war die Adresse falsch?
«Du überfährst den Jungen mit deinen Erwartungen. Erdrückst
ihn mit Wortgewalt.» Er hörte das Flatterstimmchen, mit der sie
ihm auf die Füße trat, im therapeutischen Du. «Du umgibst dich
mit einem Wortschleier wie ein Tintenfisch auf der Flucht.» – «Fränk
öffnet sich, er legt den Panzer ab.» Kunststück, wenn man ihm nach
dem Mund redete, ohne daß er ihn aufzutun brauchte.
Er wählte die Nummer, Elinor meldete sich sofort und stieß einen

kleinen Schrei aus, als er seinen Namen wiederholte. – Wie schön, Sie zu hören, Paul!

Ich erwarte Ihre Frage, wie es Fränk geht.

Wie es *Ihnen* geht, möchte ich erst wissen!

Zur Zeit sei er etwas verwirrt. Eigentlich habe er an der Nummer einen gewissen Dr. Beat Schneider erwartet.

Der wohnt gleich nebenan.

Davon haben Sie gar nie etwas erzählt.

Ist es wegen des Vortrags in Konstanz?

Erstaunt sagte Niethammer: Allerdings. Könnte ich mit ihm einmal reden?

Er bedient das Telefon nicht immer.

Ich würde ihn ja auch gern besuchen, wenn es möglich ist.

Ich frage. Können Sie eine Minute warten?

Es dauerte deutlich länger als eine Minute, bis ihre Stimme wieder da war, ein wenig atemlos. – Er freut sich, Sie zu sehen. Kommen Sie übermorgen zum Tee?

Vielen Dank, aber ... *morgen* würde es nicht passen?

Er will noch einmal darüber schlafen.

Zweimal, meinen Sie.

Dann eben zweimal, lachte sie. – Aber Sie können gern hier übernachten, ich habe ein Gastzimmer.

Niethammer staunte noch mehr, zugleich irritierte ihn die Einladung. Und warum war Elinor zum «Sie» zurückgekehrt? – Er bedankte sich, aber in diesem Fall habe er in der Schweiz noch etwas zu besorgen. Heuers Absage sei ja ebenso überraschend gekommen wie Schneiders Zusage.

Er hat noch nicht zugesagt, Paul, Sie bekommen noch zu tun.

DIE BATTERIE IST FAST LEER.

Also übermorgen um vier Uhr.

Er mußte Schneiders Schrift unbedingt lesen. Ein kleiner Urlaub in der Schweiz. Warum nicht? Das hatte er sich verdient. Der blaue

See plätscherte fast bis an seine Schuhe. Für eine Bergwanderung ungeeignet. Aber warum nicht eine Promenade in Ascona, der Berliner Dependance seiner Forschungsperiode? Zum Monte Verità? Oder im Boot zu den Brissago-Inseln? Er gab Schneiders Namen im Zentralverzeichnis antiquarischer Bücher ein. «*Das neue Arkadien*. Die Schweiz als gelobtes Land des 18. Jahrhunderts.» Das mußte die *Lotterschweiz* sein. Sie wurde nur *einmal* angeboten, «etwas bestoßen, leichte Gebrauchsspuren», von einem Antiquar in Teufen, und natürlich war es zu spät, sie zu versenden. Also beschloß er, nach Teufen zu fahren, bestellte das Buch und vermerkte: *wird morgen, am 17. Juni, im Laden abgeholt.*

DIE BATTERIE IST FAST LEER.

Er würde sie in einem Hotel wieder aufladen, vielleicht in Teufen. Aber die Suchmaschine verzeichnete zwei Orte dieses Namens, in Zürich und Appenzell. Dann gab das Handy den Geist auf.

Es sei, sagte er laut, selbst ist der Mann.

Er bummelte zur Hauptstraße zurück bis zu einer «Parsifal-Garage», wo er ein Taxi nach Locarno bestellte; am Bahnhof nahm er zur Kenntnis, daß der Zug nach Bellinzona in drei Minuten abfahre. Er hatte gerade noch Zeit, am Automaten eine Fahrkarte zu lösen, in das weiter entfernte Teufen (Appenzell), und wunderte sich über den Preis: ein Land der Wegelagerer! Erst im Zug stellte er fest, daß er ein *Retourbillet* gelöst hatte. In Teufels Namen – das ging nun in den Kauf. Gegessen hatte er noch nicht, im Lokalzug nach Bellinzona gab es keinen Speisewagen, aber im Anschluß nach Zürich gewiß. Doch als er umgestiegen war und sich in ein Abteil zweiter Klasse gelagert hatte, überfiel ihn schwere Müdigkeit.

Das Rütli war schon wieder vorbei, als er aufwachte. Erregt tastete er um sich.

Vermissen Sie etwas? fragte die junge Dame gegenüber.

Ach, nur mein Handy, sagte er; aber es ist sowieso leer. – Es war ihm eingefallen, daß er Claire einen Anruf versprochen hatte. Die

Nachbarin bot an, auszuhelfen. Es ist ins Ausland! sagte er, aber sie
hielt ihr Gerät unverwandt hin, und als er es entgegennahm, fand er
angebracht, sich vorzustellen.

Sie war eine kleine Brünette, ganz
hübsch, aber mit einer tiefen Furche über der Nase; Mado, erwiderte
sie. Ihre Generation beschränkte sich auf Vornamen; also schob er
«Paul» nach. Sie sprach ein unmerklich gebrochenes Deutsch.

Er wählte die Nummer in Karlshafen. Claire, die ja nicht wissen
konnte, daß er ein fremdes Handy benützte, sprach ihn an, als
stände er neben ihr in der Küche. Und noch bevor er die Verlängerung seiner Reise anzeigen konnte, protestierte sie heftig, daß er
überhaupt abwesend sei. Fränk sei verschwunden!

Es war ihm peinlich, das fremde Handy für eine häusliche Szene
zu benützen.

Entschuldige, sagte er in ihren Ausbruch hinein, mein Handy ist
fast leer, und ich bin grade im Zug. Ich rufe dich heute abend an.

Kaum hatte er Mado das Handy zurückgegeben, läutete es schon
wieder, und sie reichte es ihm sogleich hinüber.

Was ist das für eine Nummer, von der du anrufst? fragte Claire,
und er hatte kaum angefangen, die Umstände zu erklären, da schrie
sie schon, daß man es zwei Abteile weiter hören mußte: WARUM
LÜGST DU? Er wollte die Verbindung unterbrechen, da besorgte
das ein Tunnel für ihn. Jetzt nahm er das Gerät nicht mehr an. Er
werde später nach Hause anrufen, erklärte er, aus Teufen.

Teufen? Der Ort war Mado bekannt, sie studierte in St. Gallen,
Betriebswirtin; also hatten sie den gleichen Weg. Der Zwischenfall
mit dem Handy hatte den Kontakt zugleich kompliziert und gelokkert. Er fragte beiläufig, ob er geschnarcht habe, leider sei er ein
Schnarcher, so daß seine Frau Zuflucht zu getrennten Zimmer genommen habe. Geschnarcht nicht, aber er habe im Schlaf ganz
andächtig ausgesehen; «süß» sagte sie nicht geradezu, aber nachdem
das Gröbste heraus war, fand er nichts mehr dabei, seine Familienverhältnisse zu skizzieren. Fränk sei ein *Nerd*, bleibe den ganzen Tag

an seinem Instrument hocken. Nein, nicht am PC, am Mikroskop. – Ob seine Frau Amerikanerin sei? Weil der Junge einen englischen Namen habe. – Den habe er sich selbst gegeben, nach einem Radrennfahrer, seinem Vorbild, aber jetzt forsche er nur noch. – Was denn so? – Fadenwürmer. – Mado schüttelte sich ein bißchen, aber sie fand es faszinierend und wollte über Fränks Würmer noch mehr wissen. Und so rekapitulierte Paul denn, was er selbst von *Caenorhabditis* begriffen hatte. C. elegans, wie das kaum einen Millimeter lange Tierchen von Insidern genannt wurde, sei ein Fadenwurm, der beide Geschlechter in sich trage. Nach Bedarf bringe er das eine oder andere hervor und könne sich selbst befruchten, für eine Ökonomin sicherlich attraktiv. Aber da er eine übersichtliche DNA-Struktur vorweise, sei er auch ein Hoffnungsträger der Humangenetik, etwa für die Krebsforschung. – Er fügte bei, daß er selbst Historiker sei, und Karlshafen, wo er wohne, sei ursprünglich eine hugenottische Siedlung gewesen und trage immer noch das Gepräge einer französischen Provinzstadt, mit Platanenallee und Schwanenteich; das beste Gasthaus am Ort heiße *Le Cygne*.

Unterdessen stand schon die Ankunft in Münsterburg bevor. Und da sie immer noch den gleichen Weg hatten, denn Teufen, jedenfalls das ihr bekannte, lag nahe bei St. Gallen, wechselten sie den Bahnsteig gemeinsam, wobei sie seinen Versuch, ihr Gepäck zu tragen, ablehnte. Kavaliere war ihre Generation nicht gewohnt. Oder hielt sie ihn schon für zu alt, zwei schwere Taschen zu tragen? Auf der Fahrt nach St. Gallen erzählte sie, daß sie ihren Freund in Locarno besucht habe; er studiere Literatur und wohne bei dem Dichter, über den er arbeite und bei dem ebenfalls komplizierte Familienverhältnisse herrschten. Natürlich war Paul der Name des Romanciers geläufig, Wal Bender war berühmt für das umständliche Aus- und Einpacken von Beziehungskisten, unübertroffen in der Schilderung von allem, was zwischen Mann und Frau schiefgehen

konnte. Mado ließ durchblicken, ihr Freund habe sich von Bender
anstecken lassen, auch ihre Beziehung sei schwierig geworden.
Unterdessen waren sie auch St. Gallen schon näher gekommen,
fast unbemerkt wurde die Landschaft, die draußen eindunkelte,
hügelig, und da Mado St. Gallen naturgemäß gut kannte, wollte sie
ihm den Weg zur Appenzeller Bahn zeigen. Aber es war schon halb
acht, da würde das Antiquariat in Teufen geschlossen sein, und sie
empfahl, doch lieber in der Klosterstadt zu übernachten, kannte
auch ein Viersternehotel, bei dem das Preis-Leistungs-Verhältnis
stimmte. Daß Paul Hochschullehrer war, hatte er nicht vier Zug-
stunden lang verbergen können. Wie hatte man sich denn eine Re-
formuniversität am Solling vorzustellen? Er stattete das Konzept der
Walduniversität mit einem Reiz aus, den es für ihn eigentlich verloren hatte, aber Mados Aufmerksamkeit hatte ihn wieder frisch gemacht.

Sie erbot sich, ihm noch rasch das Hotel zu zeigen, auch wenn es
nicht am Weg in ihre Frauen-WG lag, und als es gefunden war, fand
er seinerseits, wenn die Küche stimme, könne man ja auch noch miteinander essen. Warum nicht, nachdem man den Speisewagen verpaßt hatte. Sie wartete in der Lobby, bis er eingecheckt hatte, dann
schritt er ihr ins Restaurant voraus, wo sie fast allein saßen. Der
Fisch war vorzüglich, der Weiße aus der Bündner Herrschaft beflü-
gelte das Gespräch, und nach zehn Uhr ergab sich wie von selbst,
daß man es auf seinem Zimmer vertiefte, endlich fast wortlos. Er
hatte ein Einzelzimmer genommen, aus Spesengründen, sein Zivil-
stand war ihr auch kein Geheimnis mehr, so wenig wie dessen Kom-
plikationen, auch sie hatte immer noch eine Beziehung, und so war
diejenige, zu der man sich verband, einerseits ganz neu, anderseits
nicht ahnungslos, daher auch nicht ganz flüchtig. Wenn das schmale
Bett nicht zum Verweilen einlud, hatte auch das seine Richtigkeit,
die sie unter der Hoteltür, wohin er sie begleitete, immer noch fast
wortlos, mit einem Abschiedskuß bekräftigten.

14 Der Troubleshooter

Mittlerweile hatte sich auch der Akku wieder aufgeladen, und da Niethammer grundsätzlich in der Schweiz kein Hoteltelefon benützte – Wegelagererpreise! – konnte er nach Karlshafen gute Nacht wünschen und sich für seinen letzten Anruf entschuldigen. Der Akku sei leer gewesen, er habe sich bei einem Mitreisenden bedienen müssen. Jetzt aber war er gut angekommen, und da Claire nicht fragte, wo, nur weinte, sagte er es selbst: in St. Gallen. – Was ist los, mein Schatz?

Plötzlich hatte Claire ihre Stimme wieder, und sie war nicht laut, nur noch schneidend.

Vor drei Stunden habe Iris angerufen, Iris! Angeblich, um Claire zu beruhigen. Fränk sei gerade eingeschlafen. Er arbeite ja Tag und Nacht. Sie habe sich ein Mikroskop ausgeliehen. Was heißt das? Hast du sie gefeuert oder nicht?

Habe ich doch, mein Schatz.

Und warum ist er bei ihr?

Ach, weißt du. Sie gehörte mal ja fast zur Familie.

Und wer hat sie eingeschleppt?

Sie war dir ja lange recht, mein Schatz.

Und dir war sie *mehr* als recht, ja?

Liebste, BITTE. Sie war verständnisvoll, das ist alles.

O ja, verständnisvoll, das hast du immer gebraucht, wie? VERSTÄNDNIS!

Ich bitte dich.

Als Elinor da war, hast du es zugegeben. Glaubst du, ich hätte es nicht gewußt?

Da wir von Elinor reden, ich habe heute mit ihr telefoniert.
Was habt ihr zu telefonieren? Sie lebt mit Schneider zusammen, den ich morgen besuche, wegen des Vortrags in Konstanz. Sie lebt mit *niemandem* zusammen, das weiß ich genau. Du suchst ein Alibi, weil du es selbst bei ihr probiert hast. Mit Elinor? fragte er ernsthaft entrüstet. – Hat *sie* das gesagt? Ich habe Augen, mein Lieber. Du bist – das ist verrückt! Und ich dachte, wir reden von Fränk. O ja. O ja. Wir reden von Fränk. Er ist siebzehn, weißt du das? Und deine Iris ist eine Nymphomanin! Er wird achtzehn. Und du verreist ins Tessin! Es ist dir wohl egal, wenn sie auch noch deinen Sohn verdirbt! – Sie ahmte den Ton einer haltlos verlogenen Person nach: *Ich habe ein Gästezimmer.* O ja, sie hat ein Gästezimmer, deine Wirtin wundermild! Ich sagte ihr: in einer Stunde bin ich in Einbeck. Sie geben meinen Sohn heraus, oder ich hole die Polizei. Was Sie treiben, ist *Kindsentführung!* Und dann fuhr ich los, fünfzig Kilometer durch deinen verdammten Wald, und wehe, sie hätte mir nicht aufgemacht. Aber da komme ich an, dein Sohn hockt vor ihrem Fernseher, und was sagt er, als ich eintrete? Kein Wort. Aber gepackt hat er schon, und als wir gehen, verneigt er sich vor der Dame. *Verneigt* sich! Fränk! Auf der Rückfahrt immer noch kein Wort, kein gute Nacht, geht in sein Zimmer und schließt sich ein. Und wo ist sein Vater? In St. Gallen! Hattest du einen lustigen Abend mit deinem Zugbegleiter? Schatz – fing er an. Weißt du was? fiel sie ihm ins Wort. – Es reicht! – Und hängte auf. Er rief zurück, aber sie nahm nicht mehr ab.

Er hatte keine gute Nacht. Fränk ging ihm nicht aus dem Sinn. – Er hört dir gar nicht mehr zu! hatte Elinor gesagt. Nun war ihm im

Zug, auf dem Weg zur Toilette, ein Einfall gekommen. An der Wand hing eine Streckenkarte der SBB, und als er Teufen suchte, stieß er auf «Trogen» und erinnerte sich an ein Gespräch, das er mit einem Uni-Kollegen geführt hatte. Sein Sohn nahm Drogen, da schickte er ihn nach Trogen, wo es ein prima Internat gab, nach einem Jahr war er *clean*, und nach zwei Jahren machte er Abitur. Trogen, sicher unbezahlbar mit einem B2-Professorengehalt, aber Claires Hintergrund war auch noch da, auch wenn sie grade wieder mal mit Scheidung gedroht hatte. Aber mit Elinor lag sie grundfalsch, nie hatte er daran gedacht, sich an der angegrauten Elfe zu vergreifen. Plötzlich fiel ihm auf die Seele, daß er mit Mado *ungeschützt* verkehrt hatte. Aber sie war nicht von gestern und kam grade von ihrem Freund – im Streit hat man die Pille am nötigsten. Und mit Claire war er sogar *darüber* längst hinaus. Er beschloß, an jenen Zustand der Zuversicht wieder anzuknüpfen, die ihn angesichts des SBB-Streckenplans erfüllt hatte, und in Trogen jedenfalls *vorbeizusehen*. Nach dem Hotelfrühstück ließ er sich die Verbindungen nach Teufen und Trogen herausschreiben. Nirgends las er lieber als im Zug, durch Glas von vorbeiziehender Landschaft getrennt. Er rief das Antiquariat an, eine Dame bestätigte, das Buch liege bereit. Aber wo blieb er die nächste Nacht?

Plötzlich stach ihn der Hafer, Elinor auf die Probe zu stellen. Das Quartier bei ihr würde ihm einen Einblick in Schneiders Lebensumstände erlauben, außerdem war es kostenlos. Elinor nahm ab, begrüßte ihn herzlich, stutzte allerdings, als er fragte, ob das Angebot mit dem Gastzimmer noch stehe. Aber dann beschrieb sie ihm den Weg in allen Einzelheiten. Nur dürfe man Schneider nebenan besser nicht stören; wenn er feststelle, der Besucher habe die Nacht schon in seiner Nähe zugebracht, könne das ungünstig sein. Natürlich habe sie ihm über ihre Verbindung zur Familie Niethammer nichts erzählt.

Bei Licht betrachtet, hatte er sich mit Elinor grade zur Geheimhaltung seines Besuchs verabredet. Nun, er habe ausreichend zu

arbeiten, versprach, auch erst nach zehn Uhr einzutreffen, wolle also
der Küche keinesfalls zur Last fallen –
Er fühlte sich schon wieder kühn bewegt.

Das Antiquariat erwies sich als Etagenwohnung; Schneiders
Schrift lag bereit, nicht einmal ein Buch, sondern eine hektogra-
phierte Hochschulschrift. Sie war aus der Erbschaft eines ländlichen
Sammlers angefallen, dessen Erben die Frucht seiner Lebensmühe
entsorgt hatten, ohne dafür noch Geld zu erwarten. Das war Anlaß
für ein traurig-besinnliches Gespräch über das Schicksal der Bücher,
die für die jüngere Generation nur noch raumfressendes Sperrgut
seien. Auch die Kinder der Antiquarin hätten zwar jede Menge Elek-
tronik im Zimmer, aber kein einziges Buch mehr. Selbst die Schule
komme, wie die ganze Verwaltung des Dorfes, inzwischen ohne
Papier aus und habe ihren Geschäftsverkehr an eine angeblich sichere
Wolke ausgelagert. Wer noch mit Gedrucktem umgehe, erscheine
auch den Bauern wie ein Altvorderer, der sein Feld immer noch mit
dem Handpflug bestellte.

Tatsächlich lag auch auf den Wiesen Teufens die Grasernte in
weiße Ballen verpackt, welche die Mähmaschine am Ende ihrer Spur
liegenließ. Damit ersparten sich die verbliebenen Agro-Produzenten
auch die Silage. Die Bücherfrau erklärte, daß ihre Arbeit, das Sortie-
ren und Lagern des Überflusses, gar nicht zu bezahlen wäre, wenn
sie den Lohn einer Putzkraft dafür einsetzen müßte. Das gehe nur,
wenn man hinreichend über ererbten Raum verfüge, um sich darin
selbst auszubeuten. Wer diesen Luxus immer noch treibe, müsse dran
glauben, in jedem Sinn des Wortes.

Niethammer fragte sich danach ernsthaft, ob er die 4.50 für das
Buch nicht verdoppeln müsse. Das sagte er auch lächelnd, aber die
ältere Dame erklärte: normalerweise wandere ein Buch dieser Sorte
gleich in die Mulde. Im strengen Sinn habe er für Abfall bezahlt, also
schon mehr als seine Schuldigkeit getan.

In Teufen nahm Niethammer den Bus nach Speicher, dort das

Bähnchen nach Trogen, zu Fuß wäre die Strecke nicht viel länger gewesen, aber dann hätte er nicht lesen können. Schon nach den ersten Seiten hatte er sich in Schneiders «Lotterschweiz» so festgelesen, daß das Hügelland mit den schmuck bemalten Einzelhöfen fast unbeachtet an ihm vorbeizog. In Trogen angekommen, warf er immerhin einen Blick auf die Kantonsschule am Hang, um wenigstens über die Lage reden zu können, bewegte sich dann aber in Gegenrichtung zum Landsgemeinde-Platz und ins «Lamm», um zum Essen weiterzulesen. Um drei Uhr war er wieder am Bahnhof, entschlossen, die Zeit bis zum Einbruch der Dunkelheit in Münsterburg zu überbrücken, wo es, wie er aus der Emigrationsgeschichte wußte, Lesecafés gab. Da hatte man sich in ein Buch vertiefen können, bei einer einzigen Tasse Kaffee und einem Glas Wasser, das der Kellner jede Stunde gratis nachfüllte.

Inzwischen brauchte er die Begeisterung, mit welcher er den Verfasser der «Lotterschweiz» morgen begrüßen wollte, nicht mehr zu heucheln. Der hatte kein Bild der alten Schweiz entworfen, sondern ein Dutzend liebevoll ausgemalter Vignetten zu einem Bilderbogen gereiht, als hätte er, im Stil Watteaus, die Wände eines Boudoirs auszumalen. Am Anfang sah man Geßners Pärchen, Hirt und Hirtin, am sprudelnden Quell lagern und sich vor der drohenden Aufklärung in die holde Unvernunft der Idylle retten. Nicht viel weiter war Niethammer gekommen, als er in St. Gallen umstieg, mit einem Gefühl der Rührung, und zugleich froh, mit Mado weder Telefonnummer noch E-Mail-Adresse getauscht zu haben. Münsterburg, das er mit Einbruch der Dämmerung erreichte, hatte mit der Stadt, die er aus der Literatur kannte, nur noch die Hülle gemeinsam. Diese allerdings, vom Denkmalschutz dauerhaft gemacht, war mehr als intakt. Die Stadt schien nicht einmal zu ahnen, wie verschont sie war; und die Spuren, die der Reichtum darin hinterließ, waren keine Wunden, sondern fortgesetzte Verschönerungen.

Dabei waren die meisten Treffpunkte der zwanziger und dreißiger

Jahre *umgenutzt*. Das «Odeon» hatte Marmor und Leuchter behalten, aber es war eine Apotheke; der hintere Teil sah immer noch wie ein Restaurant aus, aber nicht so, als könnte man darin stundenlang ein Glas Wasser zum Kaffee trinken. Das «Terrasse» gegenüber, wo ausgewanderte Dichter mit einheimischen politisiert hatten, war jetzt ein Nachtlokal, auch im «Select» waren die Schachbretter verschwunden. Das «Urban», ein Emigrantenhotel, fand Niethammer gar nicht mehr; dafür war die «Kronenhalle» mit ihrem Originalwandschmuck moderner Meister dermaßen besetzt, daß man ihn höflich ersuchte, in der Bar einen freien Platz abzuwarten. Wenn er nächste Nacht gratis wohnte, konnte er sich die berühmte «Voiture» vielleicht leisten; so trank er auf einem Eckplatz der Bar einen Whisky und genoß die Dämmerung des verschleierten Kajütenraums, bis er fand, wenn er essen *und* lesen wolle, sei er hier am falschen Ort. Schließlich fand er den richtigen in einer «Kropf» genannten Bierhalle, die an die Münchner Jahre Gottfried Kellers erinnerte. Auch sie war mit vaterländischen Fresken geschmückt, aber hier hätte sich ein armer Künstler an einem Tag, wo er etwas zu feiern hatte, gerade noch getraut einzutreten.

So verzehrte Niethammer zu einer währschaften Rindsleber ein pikantes Kapitel «Lotterschweiz» und trank einen «Stäfner Clevner» dazu, den die Saaltochter als besonders süffig empfohlen hatte. Dabei entführte «Mimili» den Leser ins Berner Oberland, wo ein Veteran der deutschen Befreiungskriege einer Alpentochter wundermild begegnete, die ihm nicht nur ihr von romantischen Lektüren bewegtes Herz, sondern auch das Mieder öffnete, was sie noch für keinen Mann über sich gebracht hatte. Aber nun tat sie es mit jeder nur wünschbaren Verschämtheit, die zu überwinden der deutsche Offizier und Studienrat seinen ganzen Schatz an höherer Bildung auspacken mußte. Dafür durfte die Liebe, die er dafür gewann, aber auch ewig heißen, zumal das Alpenkind die Trennung von ihrem Helden nicht überlebte.

Dabei las Niethammer immer weniger mit interesselosem Wohlgefallen. Vom Zürisee-Wein beflügelt, war auch im Hinterzimmer
seiner Gefühle ein ganz eigener Betrieb ausgebrochen. Immer weniger
wollte er die Lotterschweiz nur lesen, immer dringender verlangte
ihn, selbst zu *lottern. Das Mädchen wollte hier übernachten!!* Niethammer auch, und dabei beschlich ihn, neben männlicher Begierde,
eine gewisse Feierlichkeit. Ein paar Wochen hatte Elinor in Karlshafen unter seinem Dach gewohnt, und keinen Augenblick war ihm
eingefallen, die Therapeutin als Frau zu betrachten. Sie hatte, im
Verbund mit Claire, nur sein schlechtes Gewissen verstärkt, und er
hatte sie herzlich gern wieder ziehen sehen. Nur Claire konnte auf
die Idee kommen, sie habe ihm gewisse Wünsche eingeflößt – und
nun, ihm selbst unverhofft, bekam sie recht. Der Gedanke, Elinors
Singstimme ganz andere Töne zu entlocken, bereitete plötzlich die
Vorfreude der verbotenen Frucht. Und so schlich er sich jetzt an ihre
Adresse wie ein Dieb in der Nacht.

Er zahlte; er brach auf, er sparte sich ein Taxi, stieg ins Tram
Nr. 10. Den Weg hatte sie ihm ja selbst beschrieben. Es schlug zehn,
als er vor dem Gittertor stand, und es war einen Spalt offen. Dahinter stand ihre Gestalt, und er sah sie, im schwachen Licht der Straßenlaterne, einen Finger auf die Lippen legen. Dann ergriff sie seine
Hand und zog ihn schweigend herein, über den Vorplatz, eine Gartentreppe hinauf, zu einer Pergola, dann rechts durch die Tür in die
Villa, eine Treppe hinauf, zwei Treppen. Schließlich durch die letzte
Tür in ein Dachzimmer. Auf dem Tisch am Fenster brannte eine
Kerze und beleuchtete einen Strauß weißer Kamelien. Sonst gab es
nur ein Bett. Er legte seine Reisetasche ab, noch immer hatten beide
kein Wort gesprochen. Sie umschlang ihn mit den Armen, suchte
im Bart seinen Mund und saugte ihre Lippen daran fest. Und dann
betrogen sie sich miteinander, mit Leib und Seele, aber nicht ganz
ohne Vorbehalt. Dieser erst machte es zum Abenteuer.

Weißt du, sagte sie ihm eine unbestimmte Zeit später, ich weiß jetzt, daß ich zu allem fähig bin. – Es klang durchaus nicht kokett. – Du hast mich nicht einmal nachdenklich gemacht, nur dumm. Und du mich sprachlos. Dabei muß ich mich heute mit Schneider unterhalten. Dir fehlt etwas. Du solltest wieder einmal mit einer Frau schlafen. Er lachte nicht mühelos. – Elinor, das wird zu groß für mich. Du bist frei.

Die nächsten Stunden blieb er im Dachzimmer, las in Burckhardts «Weltgeschichtlichen Betrachtungen» und nickte immer wieder ein. Um drei Uhr brachte ihm Elinor «Wasser und Brot»; die Brötchen waren kunstvoll belegt und streng vegetarisch. In einer Stunde, sagte sie.

Als sie vor Schneiders Tür standen, auf der andern Seite der Pergola, sah er sie noch einmal an. Sie trug ein silbergraues, auf Figur geschnittenes Strickkleid, das eher elegant als handgemacht wirkte. Ihr Aufblick machte ihm das Reckenhafte seiner Gestalt fast peinlich bewußt. Sie betrachtete ihn mit großen Augen im gefältelten Gesicht. Alles an ihr war lebendig, die Augen, das dichte, zum Pagenkopf geschnittene Haar, die praktisch aussehenden Schuhe. Der breite Gürtel, der das Kleid raffte, war weiß, und ebenfalls das Medaillon, das sie um den Hals trug. Durchsichtig weiß in *fast* weiß zeigte es das feine Profil einer jungen Frau aus alexandrinischer Zeit, einer Nike oder Berenike.

Wir siezen uns, Paul.

Und während sie seine Hand ergriff, ließ sie mit der andern einen kleinen Trommelwirbel gegen die große zweiflüglige Tür los. Ohne Antwort abzuwarten, drückte sie die Klinke und trat ein.

Beat, Ihr Besuch.

Niethammer folgte ihr in den hohen Raum, dem eine verglaste Dachschräge gleichmäßiges Licht spendete; die Wand darunter war mit einem weißen Vorhang verhängt, die höhere Wand gegenüber

aber wabenartig mit tiefen offenen Fächern zugebaut, in denen aller-
lei Figuren standen. Sie erinnerte Niethammer an eine vergrößerte
Puppenstube. Eine Leiter lehnte daran. Auf halber Höhe der Hin-
terwand sah er, von Metallsäulen gestützt, eine Galerie, auf die eine
Industrietreppe führte; in der Mitte des Raums stand ein runder
Gußeisenofen mit bis zur Decke gewinkeltem Rohr, davor ein alter-
tümlicher Schaukelstuhl. Ein massiver Tisch, eigentlich eine lange
Werkbank, zog sich in den nicht einsehbaren Winkel hinter die
Bücherregale, die einen Eingangskorridor bildeten. Dahinter begann
es sich zu regen. Ein Stuhl rückte, ein Mann trat heraus.

Er war fast kahl, etwas unter mittelgroß und hager; in seinem
dunklen Anzug wirkte er delikat; er hatte sich feingemacht. Sein Gesicht lag im Schatten, als er den Besucher in seine Ecke bat, die als
Arbeits- und Wohnzimmer zugleich dienen mußte. Denn am Ende
waren dem langen Tisch, auf dem Rechner und Drucker standen, vier
Stühle beigesellt, die, bar jeder Bequemlichkeit, ebenso für Mahlzeiten wie Sitzungen dienen konnten. Beleuchtungskörper mit schwenk-
baren Lichtarmen umstanden die Arbeitsfläche wie Hafenkräne.

Als die Männer sich gesetzt hatten, fragte Elinor: Was darf's denn
sein, Paul Niethammer? Kaffee oder Tee?

Sein voller Name in ihrem Mund klang ironisch; er hatte ja gesehen, was sie in der Küche vorbereitet hatte, wobei sie ankündigte,
daß sie sich zurückziehen wolle, wenn die Honneurs gemacht waren.

Was trinken *Sie*, Herr Schneider? fragte Niethammer.

Grüntee, bitte.

Für mich dasselbe, bitte.

Als sie gegangen war, fand er sich wie ein fremder Gast am Wirts-
haustisch.

Dies war ein Bildhaueratelier, wie mir Elinor erzählt hat.

Ihr Großvater hat es für seinen Sohn gebaut, Elinors Vater. Aber
das ist eine lange Geschichte.

Sein Ton, obwohl nicht unfreundlich, gab zu verstehen, daß er keine Lust hatte, diese Geschichte zu erzählen. Redete er, gingen seine großen blauen Augen am Gegenüber vorbei und fixierten es erst wieder, wenn er zuhörte.

Elinors Hilfe hat meiner Familie sehr viel gegeben, sagte Niethammer. – Unser Sohn ist zur Zeit schwierig. Er sollte in zwei Jahren Abitur machen, aber er weigert sich, zur Schule zu gehen.

Dafür kann es gute Gründe geben, sagte Schneider.

Elinor hat sie ihm bewußt gemacht, ohne ihn bloßzustellen. Dafür hat sie ein Händchen.

Innerlich wand er sich. Jedes Wort klang falsch.

Darf ich Sie etwas Fachliches fragen? Bei Ihren Studien zum 18. Jahrhundert fällt mir auf, daß Sie doch sehr von der schönen Literatur ausgehen.

Und was war Ihre Frage?

Waren Sie nicht Germanist?

Ich wollte über Goethe promovieren, bei Schwank, er war damals der führende Feingeist des Fachs. Aber mein Thema schmeckte ihm nicht. «Goethe als Hochstapler».

Niethammer lachte; in diesem Augenblick brachte Elinor ein Tablett herein, Grüntee in der Kanne, zwei handgeformte Becher und eine Schale mit Konfekt.

Kuchen, sagte sie, für die japanische Teezeremonie. Die wird nicht verlangt, aber Genuß mit Verstand ist nicht verboten.

Sie trinken doch mit, sagte Niethammer.

Vielen Dank. Aber jetzt müssen Historiker unter sich sein.

«Goethe als Hochstapler», soufflierte Niethammer.

Ich wollte zeigen, daß Goethes große Lieben nie mit einer realen Frau angefangen haben. Erst hatte er ein literarisches Szenario, zu dem sie paßten: Friederike Brion zu Goldsmiths «Vicar of Wakefield», Frau von Stein zu Euripides, Marianne Willemer zu Hafis. Zuerst die Kunst, dann das Leben, zum guten Ende wieder die Kunst. –

Danach behandelte ihn Schwank wie Luft, erklärte Elinor.

So bin ich eben Historiker geworden.

Wozu wir uns nur beglückwünschen können! bemerkte Niethammer.

Aber ohne Schwank wären Sie nicht im «Auerhahn», das müssen Sie auch erzählen.

Er tat es, bis zum Schlüsselsatz: «Sie war nicht liebenswürdig, wenn sie liebte.» Meine Tante war seine erste Landlady. Ich habe die Ehre, die zweite zu sein. Dazwischen war er uns ein paar Jahre untreu.

Sie waren im Ausland?

Ich war verheiratet.

Ich überlasse die Herren jetzt ihrem Geschäft, sagte Elinor, die sich nicht einmal gesetzt hatte. – Und wenn es zu spät werden sollte, wünsche ich schon gute Nacht, Paul Niethammer. Wo logieren Sie? Soll ich ein Taxi vorbestellen?

Ent-täuschung. Davon war, mit Bindestrich, in Karlshafen immer wieder die Rede gewesen. Elinor hatte sie einen «verkleideten Segen» genannt.

Danke sehr, ich komme zurecht. Ich habe ein Handy.

Sie hielt Niethammer eine Wange zum Kuß hin. – Grüß Claire von mir, und Fränk. Das Geschirr hole ich morgen.

Niethammer erschrak. Sie hatte ihn geduzt. Prüfend sah er Schneider ins Gesicht. Es zeigte keinerlei Überraschung.

Wenn er sprach – viel war es nicht –, wanderte sein Kehlkopf am nackten Hals auf und ab wie eine gefangene Maus.

Interessant, wie Sie zu dieser Wohnung gekommen sind.

Wie die Jungfer zum Kind. Germanistik hätte ich wohl ewig studiert. Davor rettete mich Heuer.

Er läßt Sie grüßen. Er hält große Stücke auf Sie.

Große Stücke? lächelte Schneider zum ersten Mal. – Stücke sind Kanonen. Das heißt mit Kanonen auf Spatzen schießen. Aber Ihre

Zeit ist kostbar, ich will Ihnen gleich klaren Wein einschenken. Ich
möchte den Vortrag nicht halten. Viel Ehre, aber ich bin zu gründ-
lich weg vom Fenster. Das war's. Jetzt half nur noch: kein Wort weiter. – Dürfte ich mir
kurz die Hände waschen? fragte Niethammer.

Dort hinten, durch die Tür. Und dann geradeaus.

Niethammer quälte sich hinter dem Tisch hervor. Auch seinem
Gang durfte man nichts anmerken. In der Hinterwand war erst
keine Tür erkennbar, aber dann fand er einen Drehknopf, und als er
öffnete, entzündete sich das Sparlicht an der Decke des winzigen
Korridors. Die Naßzelle war eng. Als er vor der Schüssel stand, lief
gar nichts.

Va banque.

Als er zurückkam, sah er Schneider etwas geknickt am Tisch sitzen.

Sie verstehen, hörte er ihn sagen.

Wie dürfte ich nicht. Doch entschuldigen Sie einen Augenblick.
Mein Handy vibriert.

Er hatte sich noch nicht gesetzt. Jetzt ging er mit großen Schritten
auf und ab, während er in sein Gerät sprach. Nichts an seiner Erregung war gespielt.

Fränk! sagte er gepreßt, ja. – Ja. – Aha. – Das ist nicht wahr. –
Darüber reden wir noch, Fränk. – Fränk! – Das tust du deiner Mut-
ter nicht an. – Bitte! Bitte. – Ja, darüber reden wir noch. – Ja, auch
über das Mikroskop. REM heißt das, gut. Ich weiß zwar nicht, wie –
Aber gut. Aber gut. Nur keinen Unsinn jetzt, Fränk. Bitte. – Bit-te!
Nein! – mein Gott! Ich habe dich doch lieb –

Er starrte auf das Gerät. Offenbar war die Verbindung gerissen.
Paul Niethammer brach in Tränen aus. Beim Versuch, den Anfall zu
unterdrücken, schüttelte es ihn noch mehr. Der Gedanke an seinen
Sohn ließ alle Dämme brechen. Im Vollgefühl von Schuld und Unschuld weinte er wie ein Kind.

Plötzlich fühlte er sich an der Schulter gefaßt. Schneider versuchte ihn mit einer Handvoll Trost zu behandeln. In das Schluchzen mischte sich etwas wie schauriges Gelächter, aber das hätte niemand unterscheiden können, auch ein Engel nicht. Er fühlte sich von Schneider gehalten, an den Tisch zurückgeführt. Wie jene Alice, dachte er. Jetzt muß der Glücksfall kommen. Er hatte sich zu einem Stuhl geleiten lassen, Schneider im Augenwinkel, der sich ebenfalls gesetzt hatte, sichtlich erschüttert.

Kann ich etwas tun? fragte er und reichte eine Packung Papiertaschentücher über den Tisch. Und während sich Niethammer die Augen wischte, sagte er:

Let-7.

Was heißt das? fragte Schneider.

Entschuldigen Sie, sagte Niethammer mit schwankender Stimme. – Mein Sohn beschäftigt sich mit einem Fadenwurm, dessen Zellen, wenn sie entarten, ein Selbstmordprogramm in Gang setzen, Let-7. Darum kriegt der Wurm keinen Krebs.

Sie brauchen nicht mehr zu reden, sagte Schneider. – Niethammer nötigte sich den Hauch eines Lächelns ab.

Die bösen Zellen des Fadenwurms, sagte er kaum gefaßt, haben sogar die Höflichkeit, sich bei den guten förmlich abzumelden. Morgen gibt es uns nicht mehr, sagen sie, nur damit ihr euch nicht wundert. Und jetzt verlangt unser Sohn ein Elektronenmikroskop, sonst habe sein Leben keinen Sinn. Wissen Sie, was das kostet? Aber Fränk braucht es für seine Schwester.

Eigentlich war jedes Wort wahr, und als er Schneiders weit offene Augen auf sich gerichtet fühlte, gab es nur eins: weiter im Text, und nichts als die Wahrheit. – Haben Sie Kinder?

Schneider schüttelte den Kopf.

Wir erwarteten zwei, Zwillinge. Das Mädchen starb schon im Mutterleib. Kein Herzschlag mehr seit dem 6. Monat. Claire hat es dennoch ausgetragen. Alles andere hätte das gesunde Kind nicht überlebt. Sieben Wochen trug meine Frau ein totes Kind im Leib, bis zum bitteren Ende. Ein Anfang war die Geburt nur für den Jungen, Fränk. Aber meine Frau wollte das Tote nicht hergeben. Ich fotografierte sie mit zwei Kindern im Arm. Der kleine Engel schien selig zu schlafen. Wir haben das Bild weggeschlossen. Aber als Fränk zehn war, hat er es gefunden. Seither forscht er nach dem Schwesterchen, und meine Frau studiert.

Studiert? fragte Schneider.

Eine versteckte Depression. Sie will sich's nicht anmerken lassen, aber es schlägt durch. Es macht sie unerträglich, für sich, für uns. Und Fränk gibt sich Schuld daran. Was hat er getan, daß er lebt, und die Schwester nicht? Was hat er *ihr* getan? Jetzt will er ganz genau wissen, wie Leben funktioniert. Gentechnologie ist sein Ein und Alles. Und er braucht das teuerste Mikroskop. Er will ja das Schwesterchen wieder herstellen. Und es eilt auch noch. Er hat eine Augenschwäche, angeboren – sie liegt in der Familie meiner Frau. Aber bevor er blind wird, will er sehen.

Entschuldigen Sie, sagte er, denn der Weinkrampf war wiedergekommen. Er hatte eine Familie geschildert, die er nie würde verlassen können. Seinen Wunsch nach Glück hatte er begraben, wie Claire ihre Depression. Und das war Elinor so klar gewesen wie der helle Tag.

Diesmal ließ ihn Schneider weinen. Aber er legte eine Hand auf seine Hand.

Trösten kann ich Sie nicht. Aber darf ich eine Geschichte erzählen? Ich bin gestern wieder einmal zu meinen Quellen gegangen ... ins 18. Jahrhundert. Langweilt es Sie?

Niethammer schüttelte nur den Kopf. Die Welt war untergegangen. Es war sogar gleichviel, ob Schneider den Festvortrag hielt oder nicht.

Schneider holte zwei Bücher, die neben dem Computer aufgeschlagen waren, und setzte sich neben Niethammer. Sie waren in lackierte Pappe von unterschiedlichem Braun gebunden, das poröse Papier stark vergilbt. Schneider schlug das Titelblatt auf und streichelte über die in Antiqua gesetzten Zeilen. *Lettres de M. William Coxe,* las er mit leiser Stimme, *sur l'état politique, civil et naturel de la Suisse.* Das Buch ist französisch, aber der Verfasser war ein englischer Geistlicher. Der Übersetzer ist ein gewisser Ramond de Carbonnières. Vor der Revolution war er in Straßburg, als Sekretär des Kardinals Rohan, Sie erinnern sich: der unbedarfte Verehrer der Königin Marie Antoinette, der zum Mißkredit der Monarchie so viel beigetragen hat. Wir kennen die Halsbandaffäre aus Goethes «Großkophta». Ramond muß Goethe in Straßburg begegnet sein, er war der engste Freund seines unglücklichen Imitators Lenz. Weil er nicht ebenfalls im Wahnsinn enden wollte, warf er sich auf die Naturwissenschaft. Aber er war auch ein politischer Kopf und ist der Guillotine nur knapp entgangen – durch Flucht in die Pyrenäen. Man darf ihn ihren wissenschaftlichen Entdecker nennen. Das Rüstzeug dazu aber hat er sich in den Schweizer Alpen geholt. Und hat sie gewissermaßen mit Goethes Augen gesehen, nicht als Schwärmer, sondern als Geologe und Botaniker.

Er war 25, als er Coxes Schweizer Briefe übersetzte, die zwei Jahre früher erschienen waren. Sie galten als zuverlässiger Schweiz-Führer, auch was die politischen Zustände betrifft. Aber Coxe war als Begleiter eines Noblen gereist, Earl von Pembroke, und ist zwar den Alpen begegnet, aber wie das Volk der Hirten wirklich lebte, hat ihn nicht interessiert. Darum hat Ramond die Briefe des geistlichen Herrn zwar nicht umgeschrieben, aber durch Kapitel aus eigener Feder ergänzt – mit *Parties du voyage du traducteur.*

Es sind höfliche, aber unerbittliche Kritiken des Originaltexts. Ramond kennt eine andere Schweiz – sehen Sie sich nur die Widmung an. Aber ich rede zu viel.

Die Wahrheit war, daß Niethammer sich gehoben fühlte, wie von einem warmen Bad, und aus dem schrillen Weh der vergangenen

Minuten war ein rätselhaftes Wohl geworden, wie man es nur empfindet, wenn man *aufgegeben* hat. Er blickte tränenlos in das aufgeschlagene Buch.

A Madame de Sérilly, las er, seine Stimme war heiser.

Ich zeige sie Ihnen.

Schneider ging zur Kassettenwand, zog aus einem hohen Fach eine kleine Büste heraus und brachte sie an den Tisch. Es war ein weibliches Brustbild im Halbprofil, gipsweiß und von trauriger Grazie.

Die letzte große Salonnière des Ancien Régime, befreundet mit Madame de Staël – bevor diese zur Feindin wurde, denn sie hatte einen Mann hofiert, der die Sérilly vorzog. Sie heiratete ihn und behielt ihn nicht einmal ein Jahr, bevor er an Schwindsucht starb. Wieder war sie Witwe, schon zum zweiten Mal. Ihr Erster hatte den Kopf unter der Guillotine verloren – nur daß sie schwanger war, ersparte ihr das gleiche Los. Sie hat vier Kinder ganz allein durch Bankrott und Revolution gebracht, bevor sie, zu ihrem Schutz, einen alten Herrn heiratete, einen Marquis von Montesquiou – er war zärtlich und generös, nur steckte er sie mit den Blattern an, und so ist sie ihm kein Jahr später nachgestorben. Mit 36 Jahren soll sie noch schöner gewesen sein als in ihrer Jugend, als sie Houdon Modell saß.

Ah, Houdon! sagte Niethammer.

Das Original steht im Louvre, aber eine Ahnung erhalten Sie auch so.

Sie leben mit ihr.

Sie würde meine Tränen stillen, wenn ich weinen könnte. Das ist mir nicht gegeben, seit der Kindheit nicht mehr, als mir eine Kinderfrau Märchen erzählte. Bei den schönen konnte ich fast weinen, bei den traurigen biß ich auf die Zähne.

Die Plastik erinnert mich an jemanden.

Mich auch, sagte Schneider. – So ist das bei wahrer Kunst.

Niethammer lächelte zum ersten Mal. – Und das andere Buch? Nochmals über die alte Schweiz – aber ich möchte Sie nicht langweilen.

Sie referieren hinreißend, sagte Niethammer. – Ihr Stück über Rousseau ist etwas vom Schönsten, was ich kenne. Die Petersinsel. *Europäischer* Boden! *Les reveries du promeneur solitaire.* – Wieder beschlugen sich seine Augen.

Tableau historique et politique, sagte Schneider, wieder über die Schweiz. Und ebenfalls *Traduit de l'Anglois.* 1766, scheinbar ohne Verfasser. Aber es war ein gewisser Abraham Stanyan, der englische Gesandte bei der dreizehnörtigen Schweiz – nein, nur bei den reformierten Ständen. Er residierte in Bern, damals eine kleine Großmacht, für schweizerische Verhältnisse. Aber das Kleine war für ihn das Feine, und er sah es in Lebensgefahr – zwischen Persern und Makedoniern.

Bitte? fragte Niethammer.

Die Schweizer waren seine Griechen. Er wollte nicht, daß sie wie diese aus der Geschichte verschwinden, und versuchte ihnen seinen Geist einzuhauchen, wie Demosthenes den Athenern, damit sie Vertrauen schöpften zu sich selbst –

Halt! gebot Niethammer mit lauter Stimme und blitzenden Augen. – Verraten Sie nichts!

Schneider sah ihn erstaunt an.

Darüber reden Sie jetzt nicht mit mir, sondern mit uns allen, in Konstanz, am Historikertag!

Schneider sah vor sich nieder, dann sagte er leise, und sah Niethammer dabei voll an: Da möchte ich passen.

Das – können – Sie – nicht! rief Niethammer und vermied gerade noch, auf den Tisch zu schlagen. Er war seiner Sache jetzt fast so sicher, wie er eben noch an ihr verzweifelt war.

Nun ja, sagte Schneider. – Für Fränk und sein Elektronenmikroskop.

Niethammer war froh, daß er in diesem Augenblick sein eigenes Gesicht nicht sehen mußte. Welches Gesicht macht ein Reiter zum Bodensee, wenn er bemerkt, daß er hinüber ist?

Unter einer Bedingung, sagte Schneider.

(Was noch? Doch noch?)

Daß Sie Elinor Sorge tragen.

15 Historikertag

Der Festsaal im Oberstock des ehrwürdigen Konstanzer Konzil-
gebäudes war ein Dahlien-Meer, als der deutsche Historikertag mit
dem Thema *GeschichtsBilder* eröffnet wurde. Leider begann er mit
einer schlechten Nachricht. Der erkrankte Oberbürgermeister
konnte den Gruß an die in 600 Köpfen versammelte Zunft nicht
persönlich entbieten, und nach den ersten Sätzen, welche die Kul-
turdezernentin an seiner Stelle las, war deutlich, daß er auch den
Themenwechsel nicht mitbekommen hatte. Die Rede war immer
noch «Über Grenzen» verpflichtet, und der OB knüpfte eine wohl-
gelaunte Betrachtung daran.

Sie betraf einen südwestlich vor den Toren der Stadt gelegenen
alten Sumpf, der sich unter dem Namen «Tägermoos» einer doppelten Staatszugehörigkeit erfreute. Ein Staatsvertrag von 1831 hatte das
von 20 Seelen besiedelte Gebiet dem Kanton Thurgau zugeschlagen,
aber die Verwaltungshoheit der Stadt Konstanz fortbestehen lassen,
so daß das alte Festungsvorland nun einen Überfluß an Untertänig-
keit friedlich-schiedlich zu regeln hatte. Heute besaß das Tägermoos
eine schweizerische Postleitzahl, der Kanton Thurgau entschied
auch über Bauvorhaben, dagegen waren Grundstücksbesitzer von
der Schweizer Vermögenssteuer befreit. Denn das Tägermoos war
immer noch ein Stadtteil von Konstanz. So blieben die Fahrverbots-
tafeln deutsch, und der kleine Wegfrevel wurde von der Konstanzer
Polizei geahndet, während die Regelung der Höchstgeschwindigkeit
den Schweizer Behörden oblag und auch die Ortstafeln schweizerische Handschrift zeigten.

Zwar fänden gewisse Staatsrechtler, daß diese Rechtsunsicherheit durch einen neuen Staatsvertrag beseitigt und die betroffenen Gemeinden in einer Volksabstimmung befragt werden müßten. Aber das keineswegs Drängende dieser Bereinigung sei für einen OB eben auch eine Quelle reiner Freude, denn der mittelalterliche Fleck stelle ja zugleich ein Stück des künftigen Europas dar. Pragmatisch betrachtet, habe ihre doppelte Loyalität die Bewohner ja keineswegs daran gehindert, den Sumpf trockenzulegen, in ein Eldorado der Kleingärtner zu verwandeln und als Standort einer Gemeinschafts-Zollanlage aufzuwerten – um so lieber und leichter, als deren Zweck, die Unterschiede zweier Länder hoheitlich zu markieren, hinfällig geworden sei. Unter diesen Umständen halte er den vermessungstechnischen Absatz von 25 Zentimetern, der sich – aufgrund des in Deutschland herrschenden Gauß-Krüger-Koordinatensystems – gegenüber der Schweizer Landesvermessung ergeben habe, für zumutbar, denn über diese Schwelle sei noch keine glückliche Kuh von Tägermoos gestolpert. Als OB von Konstanz halte er damit den Anschluß des «Paradies» genannten linksrheinischen Konstanz an das wahre Paradies des schweizerischen Wohlstands für vollzogen, ohne die bösen Geister, die ein Wort wie «Anschluß» früher begleitet hätte, wieder zu wecken. Inzwischen sprenge ja auch die tägliche Wanderung schweizerischer Kunden ins Einkaufsparadies Konstanz alle Grenzen: *Honni soit qui mal y pense!*

Das zünftige Publikum dachte sich trotzdem sein Teil. Daß der kranke OB dem Kongreß zu einem Thema gratulierte, welches das Präsidium auf den nächsten Historikertag verschoben hatte, mochte noch hingehen; auch, daß die stellvertretende Dame die heiter gemeinte Rede glanzlos, weil nervös vom Blatt las. Wahres Ärgernis erregte aber, daß schon wieder eine *Frau* als Stimme eines männlichen Amtsträgers hatte herhalten müssen, die auch noch provinziell daherkam. Als hätte eine im Umbruch befindliche Zunft nichts dringender zu bedenken als das Schicksal eines Sümpfchens vor den Toren seiner Stadt! Immerhin hatte man ihren Namen nun oft genug gehört, daß auch der Hinterste wissen mußte, wie er auszusprechen war: *Kon-schtanz.*

Doch nun ergriff die Präsidentin das Wort. Die Tochter eines Generals aus Greifswald dankte dem verhinderten OB, indem sie dem verfehlten Thema eine Brücke zum angesagten baute, und es kam der Mediävistin zustatten, daß sie sich auch im 19. Jahrhundert umgesehen hatte. Das Tägermoos erinnerte sie nämlich an Neuchâtel (sie sagte: «Nöffschatell»), das ebenso ein staatsrechtliches Kuriosum gewesen war: zugleich preußisches Kronland und ein Schweizer Kanton, weswegen 1857 ein Krieg zwischen beiden Ländern nur knapp abgewendet worden sei. *Nöffschatel,* aber erinnere sie wiederum an so manchen bedeutenden Europäer, den es hervorgebracht habe, von Marat, dem «ami du peuple», über Le Corbusier bis zu Denis de Rougemont, der den Begriff des «GeschichtsBildes» jenseits der bequemen Phrase fundiert und einen kunstgeschichtliches Ansatz zur Grundlage historischer Forschung erhoben habe. Aber er habe einen Schüler hinterlassen, dem man recht eigentlich das Thema verdanke, auf das sich der Verband, nach gründlicher Revision seiner selbst, habe einigen können. Wie glücklich sei das Präsidium gewesen, als der große *Heuer* den Festvortrag zugesagt habe! Und wie sehr am Boden zerstört, als er mitteilen mußte, seine Gesundheit erlaube ihm leider nun doch keinen Ausflug nach Konschtanz mehr. Wie mein verehrter Kollege – sie wandte sich an Niethammer – uns und Ihnen aus der Verlegenheit geholfen hat, wird er uns nun selbst berichten. Der 46. Historikertag ist hiermit eröffnet. Ich wünsche ihm viel Glück!

Ein Hauch preußischer Ironie zeigte an, daß man dieses Glück wohl nötig haben werde und daß die Präsidentin an der Wahl des *Keynote-Sprechers* jedenfalls nicht schuld sein wollte. Und Paul Niethammer erstieg mit starkem Schritt das Podium, um das Süppchen, das er dem Verband eingebrockt hatte, mutig auszulöffeln. Er reckte seinen Rotbart über das Rednerpult und hob auch seine Stimme,

den angenehmen Tenor, um einen Redner beliebt zu machen, den
niemand kannte.

Mit bewegten, aber schonenden Worten berichtete er von seiner
Audienz bei Heuer, der ihm einen Stellvertreter in höchsten Tönen
ans Herz gelegt habe. Danach sei es keine leichte Pflicht gewesen,
diesen aufzustöbern, doch nach seinem Besuch in Münsterburg
habe er keinen Augenblick gezweifelt, einen Schatz gehoben zu
haben.

Beat Schneider!
Ich sage nicht: Sie werden ihn heute kennenlernen. Lassen Sie
mich ruhig gestehen, lieber, verehrter Kollege Schneider, daß mir
Ihr Name vor einem Jahr noch nicht geläufig war. Er erlaube keinem, sich zu benehmen, als kenne er ihn, sagt Ihr Landsmann
Robert Walser – dem Sie, wenn ich das anmerken darf, im Typ ein
wenig gleichen. Aber ich hätte nicht den Mut, das *Vergnügen, Sie
nicht zu kennen,* mit den Teilnehmerinnen dieses 46. deutschen
Historikertags zu teilen, wenn mir in Ihrer Person, Ihrer Arbeit nicht
das Thema – GeschichtsBilder – in seiner radikalsten Form begegnet
wäre. Theologen würden wohl gar von Bildnisverbot sprechen.
Schneider begnügt sich mit der bescheidenen Erinnerung, daß der
Gegenstand unserer Forschung strenggenommen nicht *Gegenstand*
werden kann, weil Geschichte nur als offenbleibende vertretbar ist.
Sie ist jener Weiße Wal, von dem sein Dichter sagt, menschliche
Kunst reiche nicht einmal dazu aus, ihm unter die Haut zu gehen
oder seine Schwanzflosse zu schildern, geschweige denn sein Gesicht – *I say again he has no face.* Das heißt: wir müßten uns selbst
erkennen, um uns ein Bild der Geschichte zu machen – und dann
würden wir so klug sein, es zu lassen. Herr Schneider: jetzt sind wir
gespannt auf Ihren Vortrag.

Als er die Hand nach dem Referenten reckte, hatte das Publikum zu
raunen begonnen. Man hatte fast ein Korreferat gehört, dem, bei

allem Enthusiasmus, etwas Präventives anhaftete. Niethammers Lobrede erregte Verdacht, er habe die eigene Haut retten wollen, als er den schmalen Menschen, der jetzt auf das Podium stieg, gewissermaßen jeder Konkurrenz enthob.

Das Saallicht wurde gedimmt, und auf der Großleinwand hinter dem Rednerpult erschien das Foto eines scheel blickenden, unrasiert aussehenden Mannes mit Augenringen und schiefem Lächeln. Die Älteren im Publikum erkannten ihn sofort. Aber was hatte Richard Nixon hier verloren, der 37. Präsident der Vereinigten Staaten und der erste, der aus dem Amt gejagt worden war?

Schneider hatte seine Reisetasche am Fuß des Rednerpults abgelegt und tauchte nun hinter seinem oberen Rand auf; das knappe Brustbild eines kleinen Mannes, fast kahl, etwas ausgezehrt, mit markant gebogener Nase, weit geöffneten, ganz blauen, im Projektorlicht glitzernden Augen und einem schmallippigen Mund. Die hageren Schultern waren mannhaft aufgerichtet, und in der Kragenöffnung des erdfarbenen, sehr ordentlichen Anzugs zeigte sich der Knoten einer rot gepunkteten Krawatte. Und nun begann er mit belegter Baritonstimme zu reden.

Würden Sie, verehrte Damen und Herren, von diesem Mann einen Gebrauchtwagen kaufen?

Das war der Satz, der Richard Nixon 1960 die Wahl zum Präsidenten gekostet hat, mehr noch als der Bartschatten und der verkrampfte Eindruck, den er gegen den scheinbar jugendfrischen Kennedy machte. Aber nun liefert er mir das Stichwort für meinen Vortrag. Angenommen, sieben Herren hätten Ihnen ein Geschichtsbild anzubieten. Welchem würden Sie es abkaufen?

Während er noch sprach, breitete sich an der Stelle des Unglückspräsidenten eine Galerie überlebensgroßer Häupter aus wie ein Tarot-Deck, Männerporträts in Kostümen des 17. und 18. Jahrhunderts.

Sie haben sieben Mannsbilder vor Augen, nicht alle werden Ihnen

bekannt vorkommen. Ich habe sie numeriert. Das einzige, was sie
gemeinsam haben, ist der Porträtist – kein geläufiger Künstler, aber
ein professioneller; man glaubt sich auf die Ähnlichkeit seiner Porträts verlassen zu können. Also: welchem dieser Männer trauen Sie
ein Bild der Welt, also auch eine Darstellung der Geschichte, zu, die
Sie mittragen könnten? Wenn Sie ihnen im Totenreich begegnen:
welchen würden Sie fragen wollen, wie er seine Zeit betrachtet hat?
Bitte versenken Sie sich einen Augenblick in diese Gesichter, prüfen
Sie den Ausdruck, die Haltung, würdigen Sie die Kostüme, bedenken Sie auch den Rang ihrer Gemaltheit, wenn ich mich so ausdrük-
ken darf. Dann werde ich mir erlauben, Ihre Wahl auf demokrati-
schem Wege zu erheben. Vielleicht sind Sie so freundlich, lieber
Herr Niethammer, die Stimmen zu zählen, wie an einer Lands-
gemeinde. Ich bedanke mich auch für die Einführung, mit der Sie
sich selbst mehr Ehre getan haben als mir.

Niethammer hatte sich halb erhoben und maskierte seine Verwirrung mit einem Lächeln. Die folgende Pause schien endlos.

Betrachten wir die Gesichter einzeln, sagte Schneider; die Galerie
verschwand, und nur ein einziges Bild blieb stehen, deutlich vergrößert. Es zeigte einen noch jungen Mann mit natürlichen Locken, die
ihm bis auf die Schultern des talarähnlichen Obergewands fielen;
das Hemd, das herausblickte, wirkte leger. Sein starkknochiges Gesicht mit der fleischigen Nase zeugte von Energie, Intelligenz und
Sinnlichkeit, aber diese nahm um den Mund einen bitteren, leicht
schnöden Zug an. Er ließ den Blick, statt ihn auf den Betrachter zu
richten, nach rechts wandern; sein Ausdruck wirkte unwirsch, als
hätte er Nötigeres zu tun, als einem Maler Modell zu stehen. – Wer
gibt ihm die Stimme?

Es waren vielleicht zehn Arme, die sich zögernd erhoben.

Ich fürchte, Sie haben Sir *Isaac Newton* bereits abgewählt, sagte
Schneider. – Nun, die Gravitation ist ja auch ein Buch mit sieben
Siegeln. Der berühmte Apfel, der vom Baum fällt, als Frucht der

Erkenntnis weniger genußvoll als der im Paradies, aber womöglich nachhaltiger. Die Spektralfarben, nun ja, er war der Solon der modernen Physik; Goethe hätte widersprochen. Es hätte ihm wohlgetan, daß Sie von diesem Herrn nichts kaufen, auch kein Geschichtsbild. Ich fürchte, Geschichte hat beide nicht sonderlich interessiert, gemacht haben sie immerhin welche. Und wie qualifizieren Sie meine Nummer zwei?

Das nächste Gesicht war das schwermütige Gegenstück des ersten. Der Mann war vielleicht nicht älter, aber wirkte morbid und strahlte eine bodenlose Melancholie aus. Im weit geschnittenen Schlafrock mit Schlafmütze stützte er seine wachsfarbene Stirn in eine langfingrige Hand und den Ellbogen auf ein Buch; ein fragiler Eierkopf, auf dem das Gewicht der Welt wie ein Vorwurf zu lasten schien.

Ihre Stimmen, bitte?

Es erhob sich nur eine einzige Hand; vielleicht wollte der Votant nur anzeigen, daß er den Mann kannte. *Alexander Pope!* rief er aus.

Und nur eine einzige Stimme für ihn, das hätte ihn getroffen. *Irren ist menschlich, aber vergeben ist göttlich.* «The Essay on Man», mit dem Hauptsatz: *Das wahre Studium der Menschheit ist der Mensch.* Der drittmeist-zitierte Autor englischer Sprache, nach Shakespeare und Tennyson. Auch über Geschichte hat er nachgedacht, aber vornehmlich über Schöpfungsgeschichte. Katholisch, physisch ein Krüppel und ein Zwerg, steinreich geworden mit einer Übersetzung Homers. Das soll ihm heute einer nachmachen! Aber Sie trauen ihm nicht. Er wird auch das überleben.

Wir kommen zum Kopf Nr. 3.

Es war das Bild eines nicht mehr ganz jungen, doch unverfrorenen Herrn, der sich im schlichten Samtjackett von der Seite zeigte, aber den Kopf über die Schulter dem Betrachter zukehrte: gelassen forschend, offensichtlich seines Wertes sicher, präsentierte er ein üppig gelocktes Haupt mit kühlem Blick und wohlgeformtem sinnlichen Mund.

Es waren viele Arme, die sich hoben. Nicht nur die Votanten sahen einander schmunzelnd an. Das Spiel fing an zu gefallen. Fast hundert, sagte Niethammer, zu hörbarem Protest. Jedenfalls deutlich mehr als die andern, entschied Schneider. Gestatten Sie mir, die Identität dieses Mannes erst später zu enthüllen. Und jetzt Nummer 4: wie taxieren Sie ihn?

Diesen Mann sah man bis zum Knie, fast so weit, wie sein blauer Samtrock mit wohl einem Dutzend Tressen reichte. Ganz zugeknöpft zeigte er sich nicht, denn eine kostbare Halsschleife blühte aus dem Revers. Sein Kopf, in eine braune Lockenperücke gefaßt, blickte weltmännisch-kritisch auf den Betrachter, während er seine rechte Hand auf einen Standglobus legte; seine Finger spannten darauf ein bestimmtes Revier ab. Vier davon lagen nebeneinander auf den Britischen Inseln, der Daumen verwies auf das Zentrum Europas. Der frei hängende linke Arm, ebenfalls mit betreßter Manschette, hatte den Zeigefinger ausgestreckt. Belehren und Verweisen schienen dem straff aufgerichteten Würdenträger im Blut zu liegen, das man als eher kühl einschätzen mußte. Um seine Lippen spielte etwas Loses, doch sein Gesicht blieb neutral; es hätte auch das einer reifen Frau sein können.

Der Mann holte dennoch nicht mehr als zwanzig Stimmen.

Nummer fünf? fragte Schneider.

Dieser Mann war wieder jünger, sein Gesicht verriet eine gewisse Üppigkeit des Lebenswandels, aber sein Ausdruck ruhte eher geschäftsmäßig auf dem vorgestellten Gegenüber und schien etwa zu sagen: immer mit der Ruhe. Dabei dräute schweres Gewölk über seinem Perückenhaupt.

Er erhielt deutlich mehr Stimmen als der steife Vorgänger, vierzig vielleicht, und Schneider bemerkte: der Mann werde nur Spezialisten der diplomatischen Geschichte Europas im 17. Jahrhundert bekannt sein, namentlich des spanischen Erbfolgekriegs. Es sei ein gewisser *Abraham Stanyan*, Botschafter der britischen Krone in Bern, das heißt: bei den reformierten Ständen der Schweiz. Er hatte

den Auftrag, die alte Eidgenossenschaft dem Einfluß Frankreichs zu
entziehen, der namentlich in den katholischen Ständen sehr merklich war und die seit dem Westfälischen Frieden praktizierte Neutra-
lität der Tagsatzung gefährdete.

Ich habe die Ehre, Ihnen von diesem Herrn später noch Näheres
zu berichten.

Das Publikum war unruhig geworden. Es wollte weiterspielen,
doch Niethammer intervenierte: Sie haben uns die Identität von
Nr. 4 vorenthalten.

Ich bitte um Entschuldigung, wie konnte ich nur. Aber ich dachte,
Sie merkten ohnehin, daß es sich bei den Herren 4 und 5 um dieselbe Person handelt. Ich habe nur die Lebensreihenfolge umgekehrt. Auch Nr. 4 ist Stanyan, inzwischen nicht mehr Gesandter in
der Schweiz, sondern bei der Hohen Pforte in Istanbul, wo er – ohne
sich von seiner Frau, einer Bernerin, formell getrennt zu haben –
einen Serail unterhielt und inmitten liebenswürdiger Frauen das
Zeitliche segnete. Ja, ich denke mir, er wird es, bei allem Griesgram,
doch einmal gesegnet haben, denn endlich kam im Puritaner der
Lebemann zum Durchbruch –

Im Publikum ertönten einige Buhs, nur eine einzelne Frauenstimme rief Bravo! und ging in lautem Zischen unter.

Niethammer meldete sich abermals. – Von Stanyan werden Sie
uns noch ganz andere Dinge erzählen, rief er, aber lassen Sie uns Ihre
Volkszählung zu Ende bringen! Wer hätte Nummer sechs gewählt?

Das Bild zeigte einen Jüngling, in halb kriegerischem, halb ele-
gantem Kostüm; er trug ein Barett oder schlappen Dreispitz auf der
üppigen Haarpracht, die gewiß naturwüchsig war. Der Maler hatte
ihn ins beste Licht gesetzt und sein Unschuldsgesicht engelhaft
leuchten lassen, aber seine Sprödigkeit nicht unterschlagen, die es
noch gewinnender machte. In der Rechten hielt er das Objekt seines
Stolzes nahe zur Brust, eine goldene Münze oder Ehrenmedaille, die
auch ihm selbst den begehrten Wert verlieh.

Auf die Frage, wer für diesen Mann als Geschichtsverkäufer plädiere, flogen, in humoristischer Verve, unzählige Hände hoch. – Wohl zweihundert, eine untrügliche Mehrheit, kommentierte Niethammer, dankbar erheitert.

Bleibt Nummer sieben.

Es war das Bild eines Greises im Gelehrtentalar, der ausgezehrt, aber keineswegs reduziert wirkte. Seine Augen blickten besorgt, aber in den heruntergezogenen Winkeln seines wohlgeschnittenen Mundes – unter einer Nase von humoristischer Größe – verbarg sich ein maliziöses Lächeln.

John Locke!

Sie sagen es, antwortete Schneider, allerdings. John Locke, der Vater der wissenschaftlichen Empirie und des politischen Liberalismus. Ihn weiterzuempfehlen, würde an Beeinflussung grenzen. Ihre Stimmen, bitte.

Der Philosoph schien vielen nichts zu sagen, denn es blieb bei zwei Dutzend Stimmen. Da im Saal wohl 600 Historiker versammelt waren, hatten sich ohnehin die meisten enthalten, viele mit dem Ausdruck leichten *Degouts*. Dies war nicht ihre Idee eines Eröffnungsvortrags. Niethammer setzte sich einstweilen.

Auf der Leinwand erschien wieder die vollzählige Galerie.

Sie haben gewählt, sagte Schneider, soweit Sie denn gewählt haben. Zwei klare Favoriten. Nummer drei ist kein anderer als der Maler der Bilder – ein Selbstporträt.

Godfrey Kneller, eigentlich Gottfried Kniller, 1646–1723, aus Lübeck gebürtig, war der erfolgreichste Sproß einer Malerfamilie. Er hat die europäische Nomenklatura porträtiert, darunter zehn regierende Häupter, und wurde vom letzten der drei britischen Könige, denen er als Hofmaler diente, geadelt. Knellers Epitaph in Westminster Abbey ist das einzige, das an einen *Maler* erinnert. Es wäre zweifellos interessant, auch sein Bild der Geschichte zu hören, ich fürchte nur: die hielt er sich gerne vom Leib; in seiner Position darf

man auch als Opportunist nicht seinesgleichen haben. Also: Sie
haben zwar nicht den Richtigen gewählt, und doch sehr passend.
Er war der Bildner vieler Größen der Zeit und *verrät* sie auf ganz eigene
Art – auch wir haben diese sieben Männer nur durch seine Augen
gesehen. Was nun Ihre *Number One* betrifft, meine Nr. 6: seine einzige
bekannte Eigenschaft besteht darin, von Godfrey Kneller gemalt zu
sein. Wir wissen weder, wer er ist, noch, wofür er seine Goldmedaille
gewonnen hat. Sicherlich hat er davon geträumt, Geschichte zu machen, aber sie hat ihn leider nicht zur Kenntnis genommen. Er existiert nur noch als Bild seiner selbst. Damit repräsentiert er die radi-
kalste Variante unseres Themas.

Sie haben die Intellektuellen abgewählt und für Kunst und Sport
optiert, ich gratuliere zu Ihrem repräsentativen Geschmack. Wir bekommen die Geschichte, die wir verdienen. Jetzt tut es mir fast ein
wenig leid, daß ich Sie mit den Nummern 4 und 5 langweilen muß,
einer in mancher Hinsicht halben Portion – ein wenig Politiker, ein
wenig Diplomat, ein wenig Schriftsteller, ein wenig Epikureer. Es
war dieser Abraham Stanyan, dem wir eine – nicht mehr geläufige –
Geschichte der Schweiz, ich meine: über die Schweiz, verdanken.
Sie haben ihn im bürgerlichen Braun seiner Berner Zeit gesehen,
und im hofmännischen Blau des arrivierten Lakais. Aber die Karriere ist gemacht, also stirbt er als gemachter Mann.

Beachten Sie seinen Griff auf den Globus – sein Daumen liegt auf
der Schweiz, er fühlt ihr den Puls, stellt ihre eine Diagnose. Was die
künftigen Kantone trennt, von der Konfession bis zum Regime,
scheint so viel mächtiger als das, was sie zusammenhält – etwa diese
umständliche Tagsatzung ohne Entscheidungskompetenz! –, daß
eigentlich ein Wunder hermuß, damit das Land aus dem nächsten
Krieg so ungeschoren hervorgeht wie aus dem Dreißigjährigen.
Stanyan versucht den Zeitgenossen dieses Wunder zu buchstabieren
und findet seine Wurzel in der Klugheit, mit der es seine *kriegerische*

Kompetenz verwaltet. Sie ist – neben Ackerbau und Viehzucht – das einzige reelle Kapital der Schweiz, das er ausmachen kann. Da, aber *nur* da, stellt er Geschäftstüchtigkeit fest: im Export armer Söhne, die sich als gesuchte Soldaten auf fremden Schlachtfeldern schlagen. Aber es sind vor allem die Offiziere aus guten Familien, denen er die Entwicklung des Landes zutraut. Sie kommen als geschliffene Männer zurück und zivilisieren das Regiment ihrer heimatlichen Republik, so daß sie im Konzert größerer Mächte mithalten kann. Sie gerät, in Ermangelung eigener Größe, nicht in Versuchung, ihr den Marsch zu blasen. Intelligente *Kleinheit* ist die evolutionäre Nische, in der die Schweiz länger zu leben verspricht als die Großen, in dem Maße, als sie allzeit bereit ist, auf eigene Größe zu verzichten. Die Anläufe zu einer europäischen Macht sind an der eigenen Zerrissenheit gescheitert; diese Lektion ist gelernt. Die Schweiz lebt gewissermaßen von dem, was sie *nicht* ist, und findet ihren Wohlstand in dem, was sie *nicht* hat. Ihr bewaffneter Pragmatismus ist, im Kleinen, das Gegenstück der britischen Gleichgewichtspolitik, nur daß sie sich nicht gegen den Rest der Welt, sondern nach innen bewähren muß, zur Sicherung des Existenzminimums.

Das ist Stanyans Bild der Schweiz: man möge sie – trotz ihrer hohen Berge – *übersehen*, man soll sie, politisch betrachtet, am besten gar nicht bemerken, und die beste Geschichte, die sie haben kann, ist gar keine. Ihre Krone sei eine Tarnkappe, in der sie der Geschichte der andern entgeht, und auch noch mit Gewinn.

Bravo! rief eine weibliche Stimme.

Die Riesenköpfe im Rücken des Redners waren erloschen; er sah jetzt, in der Halbdämmerung des Saals, blaß aus wie ein weiß geschminkter Clown. Oder lag es nur am Schein des Leselichts? Aber nun starrte er ins Publikum hinaus, auf die Spenderin des Beifalls. Kannte er sie, oder kannte er sie nicht?

Schneider hatte sich an den Trick erinnert, daß man ein Publikum am besten fesselt, wenn man seine Rede an drei oder vier über den ganzen Raum verteilte Häupter richtet, als wären es gute Bekannte. Das sind Fixpunkte des Netzes, das man dem ganzen Publikum überwirft. In der vordersten Reihe hatte sich eine Dame als Empfängerin angeboten, fast aufgedrängt. Sie schien die Pointen seiner Rede herbeizulächeln und belohnte sie dann mit hellem Entzücken. Sie war fast ein wenig ordinär geschminkt und von unbestimmtem Alter. Erst hatte sie mit übereinandergeschlagenen Beinen gesessen, und wenn er den Blick hob, blieb er unwillkürlich an ihrer Büste haften, die sich im sommerlichen Body hob und senkte und immer wieder den Atem anzuhalten schien.

Die Dame war ihm nicht vorgestellt worden, aber ihr Platz deutete darauf, daß sie der Organisation nahestand. Schneider ließ die Verbindung immer wieder abreißen, um einem weiter entfernten Gesicht gut zuzusprechen, und natürlich auch dem Präsidium, vor allem Niethammer, dessen Aufmerksamkeit fast etwas Bohrendes hatte. Aber wenn Schneider seinen Blick hatte schweifen lassen, kehrte es wie gebannt zu der weißen Dame zurück; und jedesmal stellte er eine Lockerung ihrer Contenance fest. Ihre Beine schienen immer weniger Wert auf festen Verschluß zu legen, und bei der nächsten Augenvisite hatte sie einen Schuh abgestreift. Ihm schien, als sei er der Person bei wichtiger Gelegenheit schon begegnet. Jedenfalls zog sie ihn nicht nur ins Vertrauen, sie *beanspruchte* es für ihre Person. Solange er seine Schau mit scheinbar freier Rede begleitet hatte, konnte ihm der Bann nichts anhaben. Jetzt war er froh, zu seinem Skript zurückzukehren.

Aber, sagte er, es ist nicht nur anspruchsvoll, unsichtbar zu sein, es ist auch anstrengend, keine Geschichte zu haben. Es widerstrebt der Schmucklust der menschlichen Natur, und, natürlich kann es bei dem Thema, das sich der Historikertag vorgenommen hat, nur Fehlanzeige melden. *La Suisse n'existe pas* – das ist eine für Historiker unattraktive Lebensversicherung, denn es ist eine Empfehlung zur Geschichtslosigkeit. Ich wundere mich nicht, daß Sie diesen

Stanyan nicht gekauft haben. Wie erkläre ich Ihnen nun, daß mir seine Verlegenheit teuer ist, obwohl er damit nicht gut aussieht – oder eben darum? Ich kann es nur auf dem unwissenschaftlichen Weg Ihrer Erheiterung versuchen ... denn wie sagt Grillparzer? *Man kann die Berühmten nicht verstehen, wenn man die Obskuren nicht durchgefühlt hat –* Plötzlich fiel es ihm wie Schuppen von den Augen. Hier saß die Frau, die nach dem Personenunfall in sein Abteil gekommen war und mit der er sich bekenntnishaft über alles Mögliche unterhalten hatte; sie hieß natürlich – Es fiel ihm nicht ein. Der Faden riß. Und da ließ er ihn fallen. Statt in der Geschichte Stanyans Schutz zu suchen, begann er frei zu sprechen ... und wußte bei keinem Satz, was ihm als nächstes einfallen würde. Einen Kühreihen aus dem 18. Jahrhundert hatte er schon *in petto,* und um die Strophen halb singend aufzusagen, blickte er vom Manuskript auf – und verließ es jetzt ganz. Ein rascher Blick auf seine hingerissene Zuhörerin sagte ihm, daß er auf dem rechten Weg sei – für eine Rückkehr war es ohnehin zu spät.

Hier im Schweizerland / ist der Küherstand / für preiswürdig zu erachten, / wenn man Berg und Tal / darin überall / recht aufmerksam tuet betrachten. / Wie zög man das Land zu Ehren, / wo kein Pflug sich recht kann kehren? / Aber durch das Viech / können Arm und Rych / sich darinnen gut ernähren. O heilig Herz der Völker, o Vaterland! Allduldend, gleich der schweigenden Mutter Erd, und allverkannt, wenn schon aus deiner Tiefe die Fremden ihr Bestes haben! Was kann schöner sein, was kann edler sein, als der liebe Küherstamme? Wenn zur Frühlingszeit sich die Erd erneut, sind sie fröhlich all zusamme! Wenn sie hören d'Vögel singen, tut mir's Herz im Leib aufspringen, daß die Zeit ruckt an, und die Erde dann Laub und Gras herfür tuet bringen.

An dieser Stelle blickte Schneider in die aufgerissenen Augen Niethammers und auf die gespreizte Innenfläche seiner Hände, die er abwehrend erhoben hatte. Der übrige Vorstand rückte auf den

Sitzen. Aber die Landung war verpaßt, und so blieb ihm nichts übrig, als durchzustarten.

Sind nicht viel größere Nationen untergegangen, als wir sind? Oder wollt ihr einst ein Dasein dahinschleppen wie der ewige Jude, der nicht sterben kann, dienstbar allen neu aufgeschossenen Völkern, er, der die Ägypter, die Griechen und Römer begraben hat?

Inzwischen hatte die Unrast das übrige Publikum ergriffen, doch die Unbekannte in Weiß schien, hingegossen, jedes Wort von seinem Mund zu trinken.

Wie es dem Manne geziemt, in kräftiger Lebensmitte zuweilen an den Tod zu denken, so mag er auch in beschaulicher Stunde das sichere Ende seines Vaterlandes ins Auge fassen, damit er die Gegenwart desselben um so inbrünstiger liebe; denn alles ist vergänglich und dem Wechsel unterworfen auf dieser Erde.

Im Publikum hatte es zu flüstern, dann zu murren begonnen.

Nein! ein Volk, welches weiß, daß es einst nicht mehr sein wird, nützt seine Tage um so lebendiger, lebt um so länger und hinterläßt ein rühmliches Gedächtnis; denn es wird sich keine Ruhe gönnen, bis es die Fähigkeiten, die in ihm liegen, ans Licht und zur Geltung gebracht hat, gleich einem rastlosen Manne, der sein Haus bestellt, ehe denn er dahinscheidet.

Die weiße Dame nickte mit Inbrunst. Dann wandte sie sich nach den Störern um. *Psst!* zischte sie gebieterisch, und tatsächlich legte sich die Unruhe. Niethammer aber hatte sein Gesicht mit beiden Händen bedeckt.

Ist die Aufgabe eines Volkes gelöst, so kommt es auf einige Tage längerer oder kürzerer Dauer nicht mehr an, neue Erscheinungen harren schon an der Pforte ihrer Zeit!

Er hielt inne, rang nach Luft und schloß die Augen. Jetzt hätte man eine Nadel fallen hören.

So muß ich denn gestehen, daß ich alljährlich einmal in schlafloser Nacht oder auf stillen Wegen solchen Gedanken anheimfalle und mir

vorzustellen suche, welches Völkerbild einst nach uns in diesen Bergen
walten möge? *Und jedesmal gehe ich mit um so größerer Hast an meine*
Arbeit, wie wenn ich dadurch die Arbeit meines Volkes beschleunigen
könnte, damit jenes künftige Völkerbild mit Respekt über unsere Gräber
gehe.

Das tiefe Schweigen hielt an, und Schneider begann zu summen;
es war die Melodie der bundesdeutschen Nationalhymne. Plötzlich
hatten sich Präsidium und Vorstand erhoben, und fielen ein, mit
Einigkeit, Recht und Freiheit, die «des Glückes Unterpfand» seien.
Und bald sangen es alle mit, mehr oder weniger, der 46. deutsche
Historikertag wurde – warum eigentlich nicht? – wie ein Fußball-
Länderspiel eröffnet, und die Hymne hatte auch den Vorzug, dem
Publikum Applaus zu ersparen.

Er hätte den Redner nicht mehr erreicht. Denn Schneider hatte
das Rednerpult verlassen, war noch einmal zurückgekehrt, um seine
sandfarbene Reisetasche zu ergreifen, warf den Riemen über die
Schulter und eilte durch den Mittelgang, dem man ihm nur zu be-
reitwillig öffnete, hinaus, ins Treppenhaus, durch die zum Häppchen-
empfang gerüstete ebenerdige Halle: nur hinaus!

Da stand er, an seine Tasche geklammert, eine Weile betäubt. In
seinem Rücken hatte das Konzilsgebäude zu summen begonnen; das
Publikum strömte ins Erdgeschoß, die Gruppe der Raucher schwoll
bereits durch die offene Tür. Sie lachten laut, und Schneider wich in
die Dämmerung des Stadtparks aus. Die Luft war spätsommerlich
lau, über die Blumenrabatten hätte der Blick zur Hafenanlage
schweifen können, zum Kandelaber der *Imperia*, zum Kapellenfrag-
ment gegenüber, zur Platanenallee, den Bänken am Wasser, zum
See, von Lichtern gesäumt. Hinter dem taghell angestrahlten Corpus des Konzilsgebäudes fuhren Züge hin und her, doch Schneider
suchte nur noch Schatten, wo er am tiefsten war.

Als er die Augen hob, sah er seewärts, etwa zwanzig Schritte entfernt, die weiße Dame. Sie ging allein, zögernd Schritt für Schritt,

und ihr Kleid ließ Kopf und ihre Arme verschwinden, als wäre sie eine Amphore mit zwei Henkeln und einem schwellenden Rumpf.

Und plötzlich packte den Beobachter Begierde, wie er sie lange nicht mehr gefühlt hatte, Herz und Atem stockten, die Hände zitterten, der Schweiß brach ihm aus. Und er hatte kaum den ersten Schritt in ihre Richtung getan, als jemand ihm zuvorkam, als wäre es sein vorauseilender Schatten.

Aber es war ein junger Mann, der unter den Platanen hervor- und auf die Dame zugetreten war, die sich halb nach ihm umwandte. Schneider sah, wie er sie ansprach, sie wandte sich ab und begann noch gefaßt, doch schon erkennbar auf der Flucht, Richtung Konzilsgebäude zu weichen. Der Mann heftete sich an ihre Fersen.

Schneider trat auf die beiden zu. Die Frau lief ihm entgegen und ergriff seinen Arm. Zwei, drei Schritte waren sie so auf das Gebäude zugegangen, Schneider war jetzt auch ihr Name eingefallen, und er fing die Wärme ihres Arms zu fühlen an, als ihn eine Explosion traf: ein betäubender Schlag gegen seinen Kopf, ein zweiter gegen sein abgewandtes Gesicht. Er fiel auf die Knie und konnte zu stürzen nicht aufhören. Aber schon halb bewußtlos hatte er sich, die Tasche gerafft, wieder fast aufgerappelt, als ihn die um Hilfe schreiende Frau weiter hochzog und mit ganzem Leib stützte.

Er wußte nicht wie, aber hatte wieder ihren Arm genommen und ging an ihrer Seite, Schritt für Schritt. Vor dem Konzilsgebäude waren Leute aufmerksam geworden und gingen dem Paar entgegen. Schneider reagierte nicht, als die Frau sein Gesicht befühlte. Er führte sie unerbittlich weiter mitten unter die Menschen, die auseinanderwichen.

Hier sind Sie sicher, hörte er sich sagen, danke, mir ist gar nichts passiert, ich möchte nur gleich ins Hotel zurück. Bleiben Sie bei den Leuten.

Ihren Protest hörte er nicht. Vor einem kalten Buffet entledigte er sich ihres Arms und ging so geradezu wie möglich aus dem Saal.

Einen Augenblick glaubte er das Gesicht Niethammers zu erkennen, aber auch diese Hand auf seinem Arm schüttelte er ab. Ein älterer Kollege stellte sich mit einem Glas in seinen Weg. Wir wollten auf Sie anstoßen, das war ja ein Ding! – Danke, sagte Schneider und faßte die Tasche fester. Endlich war er an der Luft.

Der kürzeste Weg zum Hotel hätte ins Halbdunkel des Parks zurückgeführt, doch Schneider suchte das Licht, lief den Bahngeleisen zu, wo Blinklichter das Sinken der Barriere ankündigten, und stürzte gerade noch hinüber. Auch auf der stark befahrenen Straße zeigte sich eine Lücke; noch einmal um sein Leben laufen, dann war er auf der sichern Seite. Der Schmerz hatte sich verdumpft, er konnte nicht mehr gerade gehen. Eine Gehirnverschüttelung, sagte er vor sich hin, so hatte er das Wort als Kind nachgesprochen, als er es zum ersten Mal hörte. Das Inselhotel, murmelte er. Eine Insel ist befestigt. Sein Gehweg war menschenleer, am Rand eines Verkehrsstroms, der nicht abreißen wollte. Er tastete sich einer Wand stattlich wirkender Häuser entlang vorwärts, auf einen Zwiebelturm zu, diese Kirche mußte er erreichen. Ein einzelner Baum am Straßenrand, dahinter, ein Stück Wiese, eine schief weglaufende Hausfront. Und plötzlich eine Gestalt, die Halt gebot.

Es war ein junger Mann. *Der* Mann. Er war aus dem Baumschatten getreten, und Schneider konnte sein Gesicht nicht sehen. Aber er sah das Messer in seiner Hand.

Guten Abend, sagte Schneider.

Der Mann war untersetzt, doch kräftig. Das war es jetzt, dachte Schneider. Er rief nicht um Hilfe. Wenn ein Mensch des Weges kam, würde der andere zustoßen, sogleich. Die Autos fuhren in hoher Geschwindigkeit vorbei, in beiden Richtungen. Noch waren sie allein, nur drei Schritte voneinander entfernt.

Warum hilfst du dieser Frau?

Er sprach deutsch, mit Akzent. Schneider schüttelte langsam den Kopf.

Sie ist eine Hure.

Glaubst du? fragte Schneider, plötzlich ruhig.

Sie wollte Geld.

Das wußte ich nicht.

Warum beschützt du sie?

Du beschützt Frauen doch auch.

Willst du mich sauer machen?

Ich will dich verstehen.

Du? Warum?

Weil du ein Mann bist.

Ist das dein Hotel?

Ja.

Du bist zu alt für sie.

Ja.

Aber du hast Geld.

Nicht viel. Aber du kannst es haben.

Gib die Tasche.

Die Tasche nicht. Sie ist ein Geschenk meiner Frau.

War sie eine Hure oder nicht?

Das glaube ich nicht.

Alle Frauen sind Huren.

Deine Mutter nicht.

Kennst du meine Mutter?

Sie ist stolz auf dich. Ich bin Beat. Wer bist du?

Der junge Mann schwieg. Dann schnappte sein Messer zu. – Trajan, sagte er. – Du hast keine Ahnung. Wie mein Vater. Verpiß dich.

Schneider neigte nur den Kopf, ging weiter, ohne Eile und ohne sich umzusehen. Bei der Kirche fuhren ihm drei Radfahrer entgegen; wären sie früher gekommen, sie wären vielleicht das Letzte gewesen, was er gesehen hätte. Die Kirche war einem heiligen Konrad gewidmet. Noch am Theater vorbei, dann stand er dem Hoteleingang fast gegenüber. Er brauchte nur noch die Straße zu queren, die Schienen und einen Kanal.

Als er beim Concierge den Schlüssel verlangte, sah ihn dieser scharf an.

Ist Ihnen was passiert?

Nur gestürzt, nicht der Rede wert.

Der Concierge sprach mit dem gleichen Akzent wie Trajan.

Brauchen Sie einen Arzt – ?

Nur einen guten Schlaf. Darf ich fragen, wo Sie herkommen?

Rumänien, sagte er. – Ich wünsche eine gute Nacht.

16 Im Kloster

Auf dem Zimmer flackerte das rote Licht, das eine Nachricht anzeigte. Es war Niethammer, der um Rückruf bat. Er klang engelmild, als er sich nach seinem Befinden erkundigte. Danke, es geht. Es ist schon eine Agenturmeldung im Netz. Ein Idiot hat Ihr Impromptu mißverstanden. Ich habe gleich eine Richtigstellung nachgeschoben. Es war kein Cabaret, sondern eine Gewissensprüfung, als Happening gestaltet. Einverstanden?

Da Schneider die Antwort schuldig blieb, sagte Niethammer: Jedenfalls haben Sie was ausgelöst.

Entschuldigen Sie, ich kann schlecht sprechen. Das Mundwerk ist geschwollen.

Ich hätte Sie begleitet, wenn ich geahnt hätte, daß Sie gleich verschwinden. Aber dann entdeckte eine Kollegin die Agenturmeldung auf dem Handy.

Ich entschuldige mich.

Wie sind Sie gerade an die Duß geraten? Und wer hat Sie ... geschlagen?

Ich sah, wie sie belästigt wurde, und versuchte dazwischenzutreten.

Sie war meine Assistentin, leider mußte ich sie feuern. Eigentlich hatte sie hier gar nichts mehr zu suchen. *Belästigt!* Sonst ist sie diejenige, welche. Sie bringt kein Glück. Hätte ich Ihnen gleich sagen können.

Ich bin ihr im Stadtpark begegnet, ganz zufällig.

Das denken *Sie.* Haben Sie nicht bemerkt, wie sie *demonstriert* hat? Das ging gegen das Präsidium. Zuerst gegen mich.

Tut mir leid.

Wir sehen uns doch morgen um zehn, in meiner Arbeitsgruppe?

Ich bitte um Dispens. Morgen reise ich.

Sehr, sehr schade, sagte Niethammer. – Er schluckte. – Dann grüßen Sie bitte Elinor – Frau Gyr.

Als Schneider nach seinem Befinden gefragt wurde, verschlech-
terte es sich gleich; der Schmerz nahm jetzt die ganze linke Gesichts-
hälfte ein. Er fühlte sich wie gehäutet, schon der Gedanke, unter
Leute zu gehen, tat ihm weh. Der Mutwille, mit dem er vor einer
Stunde in ein Publikum hineingeredet hatte, schien einer weit entfernten Zeit anzugehören.

Er setzte sich auf das Doppelbett und entledigte sich der Uhr, es
war halb elf. Dann legte er das Jackett ab, zerrte die Krawatte vom
Hals, zog die Schuhe aus; sein Kopf schien zu fiebern, das linke Auge
war zugeschwollen. Er nahm eine kalte Flasche aus dem Kühlschrank und preßte sie dagegen; ihn fröstelte. Er zog sich aus, aber
dann war er zu müde für ein Bad und zum Schlafen zu aufgewühlt.
Einen Augenblick hatte er sich im Spiegel gesehen. Er schlüpfte in
den Frotteemantel und fiel in einen Sessel. Die Lichter vom andern
Ufer zwinkerten herüber. Am nahen Wasser metallisches Klöppeln,
an einer Fahnenstange, im Takelwerk eines Boots.

Sein Zimmer lag im ersten Stock. Der Hinweg hatte der rechten
Seite des Kreuzgangs entlang zu einem versteckten Lift geführt. Das
Hotel gab sich erst hinter dem Entree als altes Kloster zu erkennen.
Aber die gotischen Bögen waren verglast.

Auf dem Tisch lag eine Broschüre über die Geschichte des Hauses. Schneider begann zu lesen; die Brille saß schief. Die Kapitel
beschrieben die Fresken, mit denen ein gründerzeitlicher Professor
die Bogenfelder des Kreuzgangs ausgemalt hatte.

Da läutete das Zimmertelefon wieder, leise und durchdringend.
Es war eine Frauenstimme. Er hörte ihren Atem stocken.

Ja?

Gefällt dir das Zimmer?

Wer spricht?

Eine, die es für dich ausgesucht hat. Darf sie nachsehen, ob es paßt?

Sie meinen –

Ja.

Ich bin aber in gar keinem Zustand. Das hast du für mich getan. Nach einem Nightcap schläfst du besser.

Nein, sagte er. – Nein.

Überleg dir's. Ich rufe in zehn Minuten nochmals an. – Und sie hängte auf.

Nach dem Faustschlag hatte ihn Iris im Arm gehalten und in sein Ohr geredet – *inbrünstig* besorgt; nun also war auch *sie* im Hotel.

Sie ist eine Hure. Warum schützt du sie?

Du schützt Frauen doch auch.

Er dachte an die Briefe, die sie ihm nach dem Personenunfall geschickt hatte. Er sah sie unter dem Rednerpult sitzen, ganz in Weiß.

Nein.

Er hängte seine Kleider in den Schrank, mit der Sorgfalt des Junggesellen, der mit Wäsche haushalten muß. Er roch an seinem Hemd und entschied dagegen, sich wieder anzuziehen. Für ein Bad reichten zehn Minuten nicht mehr. Der Bademantel klaffte, Schneider band den Gürtel fester. Sein Mund tat auch ohne Sprechen weh genug. Er nahm einen Piccolo aus dem Kühlschrank, aber öffnete ihn noch nicht. Und zwei Gläser. Dann setzte er sich ans Fenster. Als er auf die Uhr sah, zeigte sie zwanzig nach elf; zehn Minuten waren vorbei.

Er atmete tief auf; dabei spürte er einen Stich in der Flanke. Er war ja auch noch *gestürzt.* Er nahm die Broschüre wieder auf. Wo war die Brille? Aber er hatte sie ja schon auf.

Jetzt kam kein Anruf mehr.

Nach einer Weile stellte er das zweite Glas zurück und schenkte sich das andere ein. Sein Magen knurrte; der Sekt übertrug seine Wirkung ungehemmt in den Schädel. In der Tasche war ein Schmerzmittel. Er blieb sitzen.

Gestern war am Kreuzgang eine Tür halb offen gewesen, auf der «Festsaal» stand; so war Schneider, bevor er sein Zimmer bezog, in den ehemaligen Kirchenraum eingetreten. Er war für einen großen Anlaß bestuhlt, mit Podest und Mikrophon. Einige Fresken waren erhalten. Eine Wand zeigte reihenweise zartbunte Medaillons auf grauem Grund. Sie bildeten ab, was Menschen einander antun können, sie wurden gerädert, gesteinigt, gesotten, gebraten, mit Zangen gezwickt und durch Mühlsteine gepreßt, auch gekreuzigt. Die Dominikaner hatten bei ihrem Gottesdienst alle Greuel vor Augen, die Christen angetan worden waren, um sie gegen die Ketzer ihrer Zeit nachzutun. Dazu war der Orden der heiligen Inquisition berechtigt, ja verpflichtet. Als die Klosterkirche eine Fabrik gewesen war, hatte der fromme Musterbogen unter ihren Dämpfen gelitten und war behutsam restauriert worden. Als Kunstwerke betrachtet, störten sie die Agenda eines Firmenjubiläums nicht mehr.

Warum rief Iris nicht an?

Er erwachte, immer noch im Sessel, an einer knäbischen Pollution. Jetzt blieben nur die Dusche und dann das Bett. Das letzte, was er sah, war eine digitale Anzeige in Rot: 03:50.

Das nächste Mal erwachte er, 08:49, in den hellichten Tag. Durchs Fenster, dessen Vorhänge nicht zugezogen waren, zündete die Sonne. Sie war schon ein Stück über den Hügel gerückt und verwandelte den See in silbernes Blendwerk. Klappern drang herauf, die Terrasse unter seinem Fenster war mit Sonnenschirmen bedeckt, aber in einer Lücke sah Schneider den Rotbart mit einer Gruppe beim Frühstück. Er wollte warten, bis die Zunftgenossen verschwunden waren, und packte schon seine Tasche, hoffentlich war das Buffet danach noch nicht ganz geplündert. Das Gesicht tat dumpfer weh als gestern, war aber stärker geschwollen und schon deutlich verfärbt.

Um viertel vor zehn war die Terrasse fast leer.

Er belegte einen Platz auf der in den See kragenden Bastion, besetzte ihn mit der ungelesenen Zeitung von gestern und wanderte das Buffet ab. «Kaffee», den er bestellte, würde hoffentlich die nächsten Stunden sein letztes Wort bleiben. Ein Schwanenpaar ruderte heran.

Er hatte gerade die Zeitung zum Lesen kleingefaltet, da erschien Iris Duß in zinnoberrotem Kleid.

Erlaubt? fragte sie.

Er machte eine Handbewegung.

Der Patschuli-Duft begleitete sie diesmal unaufdringlich, und ihre grauen Augen musterten ihn mit dem Ausdruck der Sorge.

Für mich nur Kaffee. Aber Sie müssen essen, und ich rede. Sie lächelte. – Verzeihen Sie den Anruf gestern spät.

Sie zogen ihn ja zurück.

Aus Angst vor meiner Courage. Ich wollte bei Ihnen wachen. Mit einem Schlag an die Schläfe ist nicht zu spaßen. Sie durften nicht wegsacken, darum hätte ich Sie regelmäßig geweckt. Aber ich spürte, daß Sie nicht gepflegt sein wollten. Hoffentlich haben Sie ein wenig geschlafen.

Er nickte.

Gut, daß Sie nicht wußten, welches Zimmer ich Ihnen zugedacht hatte. Die Junior Suite im Turm, wo Hus gefangen saß. Dann fand ich den Streich geschmacklos.

Sie bestellte Kaffee und flirtete mit dem Ober, einem Österreicher, fragte seine Sprache ab, seinen Herkunftsort; Schneider bekam Zeit, mit zwei Spiegeleiern fertig zu werden.

Ich habe heute morgen schon den sogenannten Festsaal angesehen. So waren Christen, und heute empören sie sich über Muslime.

Es soll noch andere Fresken geben, hinter der Eingangshalle, die hat die Denkmalpflege zugedeckt. Ein Totentanz, das wäre echt nicht mehr kundenfreundlich.

Schneider nickte und aß.

Auch ein Historikertag geht vorbei. Ihr Vortrag war das *Highlight*.

Er schüttelte den Kopf und bestrich ein Brötchen.

Barbarossa war eifersüchtig, normalerweise ist er der Platzhirsch. Aber mit der Welt halbwegs versöhnt, seit Fränk in Münsterburg einen Studienplatz hat. Daß er bei Elinor wohnt, paßt Claire schon weniger.

Schneider versuchte zu kauen.

Die schöne Seele, die kein Wässerchen trüben kann! Aber bei Niethammers hat sie alles getrübt, was sonnenklar war, und dann im Trüben gefischt.

Was war sonnenklar?

Daß Niethammers Ehe im Eimer ist. Daß nicht Fränk das Problem ist, sondern seine Eltern, und wo es um seine Zukunft geht, der Vater. Was hatte sie für Sorgen, diese Frau Gyr! Man sollte sie nicht «Güür» aussprechen, sondern Gier – mit Recht! Sie gierte nach Seele, wo es gesunder Menschenverstand auch getan hätte. – Und ein Unschuldslamm ... sieht anders aus.

Sie ist ein feiner Mensch, murmelte Schneider.

Das kommt erschwerend hinzu. War wohl Zeit, daß sie mal was Unfeines erlebte. Ich war die erste, die Fränk einmal richtig angefaßt hat. – Was für eine glückliche Tasche. Überall darf sie mit, auch aufs Rednerpult und zum Frühstück.

Ein Geschenk meiner Frau.

Noch ein Joghurt? Ich habe Sie gestern um den sogenannten *Apéro riche* gebracht. Und wissen Sie, was ich heute Nacht gelesen habe? Bartleby, *I would prefer not to*. Ihr Tip, im Zug nach Friedrichshafen. Danach hat mich Barbarossa gefeuert. Wenn er mit Claire *noch* unglücklicher ist, meldet er sich wieder, *but I would pre-*

fer not to. Der junge Mann im Stadtpark hat mich nur *Wieviel?* gefragt. Dann kamen Sie.

Sie müssen nicht mehr alleine reden.

Warum wollen Sie sterben?

Er erschrak. – Sterben?

Wissen Sie nicht mehr, was Sie den Historikern erzählt haben?

Wenn die Aufgabe gelöst sei, komme es auf ein paar Tage mehr oder
weniger nicht an –

Da improvisierte ich nur noch. Sie hatten mich aus dem Konzept
gebracht.

Da hörte ich *Sie.*

Leider nicht. – Das war Gottfried Keller.

Ich habe Sie aus dem Konzept gebracht? Warum denn?

Müssen Sie fragen?

Ja. Ich bin nicht liebenswürdig.

Schneider schwieg. – Dann sagte er: Wenn Sie schon anrufen ...
warum kommen Sie nicht?

Wenn Sie gewollt hätten, daß ich komme ... hätten Sie mich
dann nicht suchen können?

Mitten in der Nacht?

Ich war nur eine Wand von Ihnen entfernt. Sie hatten noch lange
Licht.

Er schwieg, gequält oder verstockt.

Dann frage ich Sie, wann Sie Geburtstag haben.

Gar keinen.

Aber in Ihrem Lebenslauf steht der 1. April 1950.

Ein Scherz. Mein Ziehvater hatte ihn wohl nötig. Aber seine Frau
war überzeugt, er sei der richtige Vater.

Diese Geschichte möchte ich hören. Würden Sie sie mir mailen?

Ich maile nicht mehr.

Dann gebe ich Ihnen meine Postadresse. – Sie schrieb in ihr
Notizbuch und riß die Seite heraus.

Goethe-Institut, las er. – Da arbeiten Sie?

Ja, ich habe mich beworben, in der Zentrale, Abteilung Ostasien.

Ich komme Ihrer Tasche immer näher. Aber Ihre Geburtstagsge-

schichte ... versprochen?

Über Kindheit reden, ernsthaft – das kann ich noch nicht.

Dann tun Sie's im Spaß.

Sie hatte das Gute, daß ich gern zur Schule ging. Und mit zwölf

kam ich ins Heim. Danach brauchte ich nur noch brav zu sein.

Wie haben Sie das ausgehalten?

Brav. Ich hatte immer noch zu lesen.

Ihr Leben ging Sie nicht an?

Erst, als ich meine Frau kennenlernte. Und dann hab ich's wieder

verscherzt.

Sie blickte über das Wasser.

Sie sind wie ein Stern, mit starker Energie geladen. Aber sie ist ein

schwarzes Loch. Was machen Sie eigentlich mit all der Liebe, die Sie

Menschen absaugen? Sie brauchen ja nichts.

Immer weniger. Ich hatte keine Ahnung, daß es jemandem abge-

hen könnte.

Und haben sich fast totschlagen lassen, für mich. Sie sind ein

Steher. Aber auch ein Saugnapf, jemand muß Ihnen das doch mal

sagen. Was machen Sie mit all dem Zeug anderer Menschen? Spuk-

ken Sie es aus, oder wo horten Sie es? Darf ich fragen, wofür Sie

leben?

Er schwieg.

Sie haben die Klugheit mit Löffeln gefressen. Wie gern hätte ich

Sie einmal richtig unklug gemacht.

Für mich war es hinreichend.

Das glaube ich nicht. – Wohin haben Sie mich getan, Beat Schnei-

der? Sehen Sie mich doch bitte an!

Er tat es.

Und jetzt lachen Sie mir ins Gesicht! Das geht doch?

Die Visage macht nicht mit.

Ich habe *auch* eine Geschichte.

Heuer, sagte er.

Ach ja, Heuer. Vielen Dank. Gut, ohne mich wären Sie nicht zu Ihrem Vortrag gekommen. Aber wissen Sie, was Sie sind? Ein ungenügender Egoist. Also greifen Sie doch zu. Wir hätten Ihr Zimmer bis morgen.

Ich muß heute reisen.

Reisen, sagte sie. – Ja, warum nicht verreisen? Auf eine einsame Insel im Ozean? Ich möchte mich mit dir einmal so richtig... zu Tode langweilen.

Das haben wir verpaßt, lächelte er mühsam.

Na, sagte sie. – Aber Beat, mein Kriegsinvalider: heute bekommst du nicht alles geschenkt. Ich will bezahlt sein.

Was darf's denn sein?

Wieviel, mußt du fragen.

Wieviel?

Egal, aber in Gold.

Er beugte sich zu seiner Tasche; im Innenfach verwahrte er eine Münze aus Alcinas Hinterlassenschaft. Er wickelte sie aus dem Seidenpapier und legte sie auf den gedeckten Tisch. Sie nahm sie in die Hand, hielt sie in die Sonne und drehte sie hin und her. Die beiden Schwäne äugten erwartungsvoll. Schneider wartete darauf, daß sie die Münze ins Wasser warf.

Schön, sagte sie. – Ein Kaiser, im Lorbeerkranz. – Dann nahm sie das Seidenpapier vom Tisch, wickelte die Münze sorgfältig wieder ein und steckte sie in ihre Handtasche.

So, Herr Schneider, dann leben Sie wohl.

Sie erhob sich vom Stuhl, ohne ihn anzusehen. Beim ersten Schritt auf dem Kies schien sie zu fallen, aber auf den Tisch gestützt, richtete sie sich wieder auf und ging Schritt um Schritt dem Ausgang entgegen. Dort blieb sie stehen, griff hinter sich, raffte schnell das rote Kleid und entblößte einen nackten Hintern. Die Tasche an ihrem Handgelenk baumelte wie ein Perpendikel.

Als Schneider in den «Auerhahn» zurückkam, herrschte heiterer Betrieb. Guy hatte auf seiner Rückkehr aus dem Tessin Station gemacht, und Elinor legte auch für Schneider ein Gedeck auf, doch sogleich war sein Gesicht Gegenstand besorgter Nachfrage. Er gab Rechenschaft, nicht in allen Einzelheiten; immerhin berichtete er diesmal von der zweiten Begegnung auf der nächtlichen Konzilstraße.

Du hast Glück gehabt, sagte Guy. – Ich kenne Kerle aus dem Milieu, die der Gedanke an ihren Vater aggressiv gemacht hätte.

Guy, empörte sich Elinor, er nahm sein Leben in beide Hände!

Das macht solche Leute erst scharf. Der Mensch ist nicht gut, Elinor, auch wenn es dich ehrt, wenn du von dir auf andere schließt.

Was war das denn für eine Frau? fragte Elinor.

Eine Mitarbeiterin des Historikertags.

Der muß auch Verantwortung übernehmen! Sie waren schließlich der Festredner! Und es hätte böse ausgehen können!

Kann es immer noch, lächelte Guy, aber du hast Old Shatterhand nicht gelesen. An seinem Faustschlag ist kein Irokese gestorben. Er wurde nur außer Gefecht gesetzt, für eine genau passende Zeit.

Aber das Messer, sagte Elinor. – Ich darf gar nicht daran denken.

Du bist noch einmal davongekommen, sagte Guy, aber du hast dich endlich einmal geschlagen. *Chapeau!*

Als Schneider wieder im häuslichen Atelier war, suchte er Iris' ungeöffneten Brief hervor und fand ihn, beschwert von Hölderlins Diotima, in der Kassettenwand liegen. Jetzt las er ihn zum ersten Mal.

Lieber, verehrter Herr Schneider,

sehr oft denke ich an unsere Begegnung im Zug nach Friedrichshafen zurück, auch wenn die Gelegenheit keine glückliche war. Umso mehr habe ich das Bedürfnis, mich für meine Flucht zu entschuldigen. Sie hat sich selbst bestraft. Ich kam zu der vereinbarten Zusammenkunft mit meinem Chef zu spät. Daß er inzwischen mein «damaliger» ist, hat Gründe, die Sie nicht wissen müssen. Aber an meinem letzten Arbeitstag erhielt ich die Nachricht, daß Sie für den Festvortrag gewonnen werden konnten, und so habe ich die Suite im Inselhotel, die für Heuer gebucht war, nicht storniert. Nach seiner Absage hat das Präsidium eine Pflegerin eingespart. Aber Sie sollen im Hotel auch nichts entbehren. Wir sind uns in der ersten Klasse begegnet – für mich war auch unser Gespräch über ein Liebesgedicht erstklassig. Small change, when we're to bodies gone! *Sie haben mich nicht gefragt, warum eine Frau* Moby Dick *liest. Walfang im 19. Jahrhundert! Eben darum. Man will doch wissen, was Männer umtreibt, wenn sie unter sich sind – allein vor dem leeren Horizont und einem weißen Wal.*

Es sieht so aus, als ob ich im Oktober eine neue Stelle antrete, aber ich werde mir nicht nehmen lassen, in Kon-schtanz als Zaungast aufzutauchen. Über eine Fortsetzung unseres Gesprächs würde sich niemand mehr freuen als

Ihre Iris (Duß)

zur Zeit ohne feste Adresse, aber für Sie immer erreichbar unter iris@iris.com

Schneiders Nacht wurde unruhig. Im Traum geschah ihm, daß er auf einem Pferd saß, aber der mächtige Körper rüttelte und schüttelte ihn nur und kam nicht vom Fleck. Was soll das? fragte er, und das Tier rollte sein Auge zurück, daß er das Weiße darin sah, es war Iris' Auge, und er wunderte sich nicht, denn die Mähne, an die er sich klammerte, war ja auch ihr Haar. Du hast es gerade gesagt, antwortete das Pferd, ich rüttel dich, du schüttelst mich, jetzt wirf dein Säcklein hinter dich! – Willst du jetzt ein Pferd sein? fragte er. Ich bin, was du wilt, wieherte es zurück. Und als er nach ihren Hufen sehen wollte, waren es Räder. Ich bin dein Lebensgefährt, sagte das Pferd, ich passe auf, daß du nichts verschüttest. Halt dich fest, sagte es. Das waren die Worte, mit denen ihn Iris im Stadtpark aufgefangen hatte, und jetzt fiel er immer weiter. Es geht ein Bi-ba-butzemann in meinem Haus herum, dideldum, hörte er an seinem Ohr, *kumm lat uns tosam! Ik kann as de Daam! De Krei de spelt Fidel,* der große Kopf nickte im Takt und wußte nicht weiter, aber der Reiter sehr wohl. *Denn geit dat kandidel, denn geit dat man scheun,* und den letzten Vers sprachen sie zusammen: *Op de acht-ersten been.*

Das Schaukelpferd. Darauf war er, im Karussell, zur Hochzeit ge-ritten, in Alcinas Arm, rundherum dideldum, und die Welt zog vor-bei, im Kreis immerzu, bis sie sich in Schwindel aufgelöst hatte, und danach hatte ihn Alcina nach Hause getragen.

Schneider stieg von seinem Schlafbalkon, duschte und setzte sich an den PC. Im Ordner «Über das Kleine» fand er den Text, den er Iris versprochen hatte.

Das Findelkind hatte keinen Familiennamen. Nur «Beat» stand in Großbuchstaben auf dem abgerissenen Zettel, der an sein Deckbett genadelt war, als Pfarrer Butz aus Britten am 9. Mai 1950, im ersten Tageslicht unterwegs zu seiner Garage, auf das Kind stieß. Um genau zu sein: die Anwesenheit eines Rohrkorbs hinter seinem Gartentor feststel-len mußte, das er am Vorabend wie immer ordentlich abgeschlossen hatte. Als er den Deckel aufschlug, lag ein Säugling darin, in feines Strickzeug gepackt und in tiefem Schlaf. Der Pfarrer war in Eile, hatte in der Nacht einen Anruf bekommen, der ihn an ein Sterbebett rief. Er läutete seine Frau aus dem Bett und bat sie, den Fund einstweilen zu hüten, denn sein Freund, der todkranke Lehrer, verlangte ihn dringend zu sprechen. Es war dann ein rechter Schlag, als ihm der Sterbende ge-

stand, er habe vor Jahren ein Verhältnis mit der Frau Pfarrer gehabt, für das er den Ehemann um Vergebung bitten müsse. Eigentlich war er durch den nahen Tod schon genug gestraft. Dennoch kam den Pfarrer das gemeinsame Gebet, das er schuldig war, blutsauer an. Dabei war es ein schöner Maientag, aber nichts davon nahm er wahr, als er, im neu angeschafften Volkswagen, nach Hause jagte, um der Gattin Rechenschaft abzufordern. Dort hatte das Findelkind, von Krämpfen geschüttelt, gerade erbärmlich zu weinen begonnen, und die Frau hatte bereits den Hausarzt kommen lassen. Vor Zeugen konnte Butz seinen Gefühlen nicht freien Lauf lassen. Das Kind bedurfte auch polizeilicher Nachforschung: was war das für eine Mutter, die das Kind geboren und im Pfarrhaus hinterlegt hatte? Es wurde drei Uhr nachmittags, bis es ins Kinderspital gebracht war – an Mittagessen hatte natürlich niemand gedacht! –, bis Pfarrer Butz seine Frau zur Rede stellen konnte. Und schon eine Stunde später war der Fall erledigt, aber nicht, wie er sich das vorgestellt hatte.

Denn der Verklagte war er. Was Frau Butz – nicht erst seit heute! – ihrem Mann vorgehalten hatte, seine Schwäche für weibliche Jugend, war jetzt an den Tag gekommen und lag auf der Hand. Eine verzweifelte Kindsmutter hatte die Frucht der Verführung an seiner Schwelle deponiert. Offen blieb nur, um welches seiner Opfer es sich handelte. Nun, er werde es am besten wissen und Gelegenheit erhalten, dazu zu stehen. Sie aber sei jetzt am längsten Pfarrfrau gewesen und verlasse heute noch sein Haus. Alles Weitere könne er mit ihrem Anwalt besprechen.

Die Welt stand auf dem Kopf. Statt schuldig zu sprechen, mußte Pfarrer Butz seine Unschuld beteuern und tat es ungeschickt genug. Seine Gattin erwiderte, man wisse ja, warum er unbedingt ein Auto haben mußte, und in seiner Lage noch «haltet den Dieb» zu schreien, sei ja wohl das Schäbigste, was ihm einfallen konnte.

Das Taxi, das sie zu ihrer Freundin fuhr, war schon bestellt.

So hatte Pfarrer Butz an einem schönen Dienstag im Mai alles ver-

loren: Frau, Ruf und Selbstachtung. Am Abend saß er allein vor dem Radio, in dem Robert Schuman gerade den Kohlen- und Stahlpakt verkündete, und in Korea zeichnete sich der nächste Weltkrieg ab. Offenbar mußte Ärgernis in die Welt kommen. Und da die ihm unterschobene Vaterschaft nicht gänzlich außerhalb des Vorstellbaren lag – wir sind allzumal Sünder vor Gott –, beschloß Pfarrer Butz, sein Kreuz auf sich zu nehmen. Christliche Handlungsweise wurde ihm auch durch den Amtsvormund nahegelegt, einen Herrn Lutz, und durch eine junge Person erleichtert, welche ihm dieser als Kinderfrau zuhielt. Sie arbeitete fast unentgeltlich, und daß sie im Pfarrhaus nur für das Kind da war, das (aus unbekanntem Grund) den Zunamen Schneider erhielt, unterlag keinem vernünftigen Zweifel – außer bei der neuen Pfarrfrau, die der geschiedene Butz unter diesen Umständen nur zu nötig hatte. Es war die Tochter des Volkswagen-Garagisten, die ihm das Jawort gab und rasch hintereinander drei eigene Kinder gebar. Dafür sagte sie immer deutlicher Nein zu Beat, dem Kuckuckskind, das vom übrigen Haushalt fast getrennt unter demselben Dach aufwuchs, von seiner lockeren Gouvernante bis zum Mißbrauch verwöhnt. Beat mußte entfernt werden und kam, bevor er schulpflichtig wurde, ins Waisenhaus, während seine Gouvernante ihr Studium wiederaufnahm, das sie seinetwegen unterbrochen hatte. Dem Vernehmen nach verreiste sie nach Amerika. Der Findling Beat aber, genannt Schneider, gedieh herrlich und in Freuden im Waisenhaus, einem schönen Bau aus dem 18. Jahrhundert, und wenn er nicht gestorben ist, lebt er heute noch darin.

Er druckte den Text aus und steckte ihn in einen Manila-Umschlag ans Goethe-Institut München, mit dem Vermerk: *Persönlich.*

VI
2007

17 Abdankung

Es war ein heller Aprilmorgen, kurz nach acht, als an der Ateliertür heftig geklopft wurde. Schneider hatte das Frühstück beendet und sich am Bildschirm eingerichtet, um Notizen «Über das Kleine» zu machen. Da stand Elinor vor der Tür, blaß und aufgewühlt. Guy ist tot.

Dienstag nach Ostern war er in seiner Wohnung gefunden worden; am Donnerstag meldeten es die Agenturen. Elinor las weder Zeitung, noch sah sie fern, hatte Niddy also nicht *deswegen* angerufen. Sie hatte ihr am Karfreitag gemailt, blieb fast eine Woche ohne Antwort und war beunruhigt. Dabei hatte Niddy angezeigt, daß sie in den Urlaub fahre, es war auch sonst nicht ihre Art, auf Mails pünktlich zu reagieren, doch war sie, als Elinor anrief, so fassungslos, daß diese erst recht nichts mehr verstand.

Ja, nein, sie hatte ihn gefunden, aber nicht direkt, als sie vom Osterurlaub zurückkam, *so* glücklich, daß Bob, das war ihr neuer Partner, von den Kindern angenommen wurde. Sie war auch selbst …, aber das gehörte jetzt nicht hierher, sie hätte in Berlin bleiben müssen, aber wer hätte so was geahnt. Guy hatte ihr noch den Koffer zum Lift getragen und viel Vergnügen gewünscht, witzig und zuvorkommend wie immer –

Guy? hatte Elinor gefragt. – Was ist mit ihm?

Er ist tot.

Elinor war erstarrt.

Suizid war es auf keinen Fall, er brauchte oft diesen Rückzug, ein paar Tage, in denen er mit sich allein war, mein Gott, das hatte Niddy *so* respektiert. Die Kinder konnten laut sein, das hat ihn nie gestört, jetzt waren sie mit Bob *wirklich* warm geworden, und als sie vom Urlaub zurück waren, spielten sie in der Wohnung: ich weiß etwas, was du nicht weißt, während sich Niddy an den Computer setzte. Sie hatte Elinors Mail gesehen, aber da war noch eine von Bender, und eine zweite, mit hoher Dringlichkeit. Sie hatte doch keine Ahnung, daß Bender ihre Mailadresse besaß, es war so untypisch für Guy, Mailadressen weiterzugeben, inzwischen denkt Niddy, er habe doch irgendwie vorsorgen wollen, im Notfall, man hat ja seine Ahnungen. Wo Doktor Matthéy stecke, hatte Bender gefragt, er brauche eine Rückmeldung, und am Ostermontag hatte er aufs Band gesprochen, als wäre sie Guys Hüterin, dabei machte sie nur wieder einmal richtig schön Urlaub, zum ersten Mal seit Jahren, und während sie Sandburgen bauten, mußte Guy schon –. Warum mußte er über Ostern allein sein, das hatte er auch schon anders organisiert, und als sie ihn tot sah, und nackt, hatte sie gleich an ein Verbrechen gedacht, obwohl ihm diese Typen eigentlich nie in die Wohnung kamen, aber vielleicht hatte doch einer den Schlüssel. Karfreitag um elf war Bender mit Guy telefonisch verabredet gewesen, und da Guy nicht abnahm … der Zeitpunkt war interessant für die Gerichtsmedizin, aber als sie aus Rügen zurückkamen, hatten sie ja keine Ahnung. Am Mittwoch früh mußten die Kinder wieder zur Schule und Bob nach Leipzig, aber um fünf Uhr morgens klingelte es an der Wohnung. Zwei Männer. Polizei. Wiesen sich aus, fragten, ob sie einen Schlüssel zu Herrn Matthéys Wohnung habe, der Verlag suche ihn, und er melde sich nicht. Erst konnte sie die Schlüssel nicht finden, dann zitterten ihr die Hände, als sie ihn ins Schloß steckte, zuvor hatte sie ja geklingelt, geklopft, gerufen, aber das hatten die Polizisten auch schon. Und nun ging die Tür nur einen Spalt auf, ein Gewicht lehnte dagegen, schließlich schoben die Männer, und als die Tür so weit offen war, daß man sich durchquetschen konnte, war etwas umgefallen, ein Körper, Guy, und ein Geruch drang heraus! Und da lag er bleich wie Wachs, Mund und

Augen weit offen. Fünf Tage hatte er an dieser Tür gelehnt! Sie drängte die Kinder, die ihr nachgelaufen waren, in die Wohnung, zum Glück war Bob immer noch da, im Schlafanzug, und hielt die Kinder fest. Es roch bis ins Treppenhaus, die Polizisten gingen hinein, der eine gleich zum Fenster, um es aufzureißen, der andere redete schon in sein Handy –

Dann hatten sie sich nur noch in die Wohnung eingeschlossen. Nebenan herrschte immer mehr Betrieb, später hatte ein Beamter geklingelt und Fragen gestellt. Vor der Haustür amtliche Fahrzeuge, ein Leichenwagen, um halb zehn hatten sie den Behälter hineingeschoben und dann die Wohnung versiegelt. Es kamen auch welche zum Desodorieren, aber unter dem Lysol oder was lauerte der entsetzliche Geruch immer noch.

Schneider war bald nicht mehr imstande zu unterscheiden, was er von Niddy gehört hatte und was aus Elinors aufgelöstem Mund. Kein *Foul Play*, die Obduktion deutete auf spontanes Kreislaufversagen, und die halbvolle Badewanne bewies, wo es sich ereignet haben mußte, aber die Lage, in der man ihn gefunden hatte, schloß einen plötzlichen Herztod aus, deutete auf Panik und große Not. Guy hatte das Bad noch verlassen, feuchte Tritte markierten seinen Weg, zum Telefon hatte es nicht mehr gereicht, auch nicht mehr dazu, die Tür aufzuriegeln. Hautspuren am Schloß verrieten seine letzten Bewegungen, bevor er das Bewußtsein verlor, und unter den Fingernägeln fanden sich Reste des weißen Türlacks. «Abgekratzt», dem Polizisten war nicht klar, was er da sagte, aber Niddy meldete es mit schwankender Stimme. Ein «Defibrillator» hätte das Herz wieder in Gang gebracht, aber wer hat so was im Haus und setzt es dann auch noch rechtzeitig an? Davon wäre sie gleich nebenan so weit entfernt gewesen wie auf Rügen. –

Elinor aber wollte hinterher etwas geahnt haben. Ihr Feinblick hatte bei seinem letzten Besuch eine Trübung seiner Aura bemerkt, die ihr Sorgen machte. Da hatte sie schon etwas *gespürt*, was sich von seinem physischen Leib zu lösen begann. Jetzt war das Feinstoffliche endgültig zu reineren Sphären aufgebrochen. Die Erschütterung hatte Elinors Rudolf-Steiner-Boden wieder freigelegt. *Selbst der Liebste ringet / irgendwo fern; / doch wer's ganz vollbringet, / siegt sich zum Stern.* Jede der Frauen trauerte auf ihre eigene Art um Guy, und Schneider sah es fast mit Neid. Denn seit jener Nacht in Konstanz war sein Gefühl für das Lebendige wie erloschen; als hätte er damals in aller Stille die Seiten gewechselt. Die grellen Dramen, die seine Umgebung um Leben und Tod aufführte, kamen ihm wie ein Spiel tanzender Schatten vor. Ihm schien, er sehe die Welt durch die Augen jener in eine Statue verwandelten Hermione, die LouAnne im Theater gezeichnet hatte. Es mußte ein Wunder geschehen, daß sie sich noch einmal rührte.

Im Mai sollte in der Akademie eine Gedenkfeier stattfinden; Elinor wollte nicht hinreisen. Vertreten Sie uns beide, hatte sie gesagt: ich bring's nicht über mich. Guys Wohnung sei bereits von seinem Verlag übernommen worden. Ihm sollte Schneider auch seine Schlüssel übergeben. Guy habe ein Testament gemacht und beim Justitiar des Verlags hinterlegt. Eröffnet sei es noch nicht, aber da er gelegentlich bemerkt habe, er würde nur Schulden hinterlassen, nahm Niddy an, seine gesetzlichen Erben schlügen die Erbschaft aus. Verwandte von Mutterseite, zu denen er keine Beziehung mehr habe. Seine Hinterlassenschaft würde ins Archiv des Verlags gehen. Dieser hatte für die Trauerfeier einen Saal in der Akademie gemietet.

So war Schneider im Nachtzug nach Berlin gereist und hatte ein Zimmer im «Bogota» bezogen, bevor er im Taxi zur Akademie fuhr, in das Haus am lübischen Weg. Um den Waschbeton-Bau aus den fünfziger Jahren mit der Henry-Moore-Figur auf dem Vorplatz war es still geworden, als wolle der üppig grünende Tiergarten den Platz wieder einnehmen.

In der vertieften Eingangshalle sammelte sich die Trauergesellschaft; Schneider kannte niemanden, bis er auf einer Bank zwei Frauen Hand in Hand sitzen sah, Elinor in tiefem Schwarz; sie trug auch die Andeutung eines Schleiers um den Hals und ließ Niddy nicht los, als sie erklärte, sie habe sich plötzlich doch zum Flug nach Berlin entschlossen. Es war Mitte Nachmittag, eine merkwürdige Zeit für eine Trauerfeier; Niddy meinte, sie habe wohl den Sinn, ein bestimmtes Publikum fernzuhalten, das gewohnt sei, den hellen Tag nur zum Ausschlafen zu verwenden. Für die Akademie spreche Wal Bender. Die professionelle Würdigung Guys liege in den Händen des Kunsthistorikers Dominik Hartriegel.

Daß sich der Vortragssaal wenigstens zur Hälfte füllte, war zweifellos der Anziehungskraft Benders zuzuschreiben, der an der Bar Hof hielt; auch der Verlag war in großer Besetzung angerückt. Schneider fand, er selbst gehöre eigentlich nicht hierher. – Wir auch nicht, sagte Elinor, der Guy dieser Leute ist ein anderer, wir behalten *unsern.*

Auf der Bühne stand ein Bukett weißer Kalla neben dem Rednerpult, mit einem Gestell für den Computer. Im Hintergrund war ein Techniker beschäftigt. Während das Publikum den Saal besetzte, lief der Ton bereits, und es befremdete Schneider, der sich in einer hinteren Reihe niedergelassen hatte, als Konserve wiederzuhören, was ihm Guy vor Jahren als Ereignis präsentiert hatte: die Madrigale von Gesualdo. Mit dem Rücken zum Auditorium dirigierte ein Mann die Tonprobe, offenbar Hartriegel, klein am linken untern Rand eines Bildschirms, der die ganze Hinterwand einnahm und zwei Männerporträts in monumentaler Größe zeigte: links das Bild eines spröden Jünglings in diskreter Farbigkeit, rechts schwarzweiß, in fast gleicher Stellung und ebenfalls in hochgeschlossener Soutane, das Photo-Porträt des jungen Guy, mit Namen, Geburts- und Todesdatum. Dann ließ Hartriegel eine Serie weiterer Bilder im Galopp über den Schirm laufen, wobei sein Finger wie wegwerfend auf der

Tatstatur hackte. Es war sichtlich kein Aufbau einer besinnlichen Stimmung vorgesehen, und das bekräftigte der Redner schon mit den ersten Worten, die er ins Mikrophon sprach. Dabei wandte er sich allmählich dem Publikum zu.

Dies werde, sagte er mit hoher Stimme, eine *wilde* Trauerfeier, denn Guy hätte eine förmliche nicht vertragen, und die Freiheiten, die er, Hartriegel, sich herauszunehmen vorhabe, seien *verboten* und wollten es sein.

Eine solche Warnung, fuhr er fort, hätten Guys *wahre* Freunde eigentlich nicht nötig, aber deren habe er nicht viele gehabt, und auch diese habe er nur gerade *geduldet*. Denn wie sagte Stefan George: «Schon eure Zahl ist Frevel.» Guy hätte es nicht gesagt, denn gerade mit dem Snobismus exklusiver Kunstkonsumenten habe er sich nie gemein gemacht, und Goethes Forderung – «geselle dich zur kleinsten Schar» – sei nur von Menschen erfüllbar, die sich hüteten, sie in den Mund zu nehmen. Einen gefallenen Engel erkenne man an seinem Schweigen zu Himmel und Hölle, und das einzige, was Hartriegel hier und heute zu sagen wage, sei darum: er *fehlt.*

Er werde an seiner Stelle Bilder sprechen lassen, Bilder Lorenzo Lottos, des *peintre maudit,* in dem der Verstorbene seinen Meister gefunden habe. Er, Hartriegel, werde in der nächsten Stunde zeigen, was Guy unter *Meisterschaft* verstanden habe, was einen Meister ausmache und ihn vom Dilettanten unterscheide, *unerbittlich.* Einen Menschen wiederherstellen könne man nicht. Aber ein Maß aufrichten, an dem Gefälligkeit zu Schanden werde.

Hartriegel verschmähte auch die Höflichkeit, die geboten hätte, Wal Bender, der mit Frau Wibke in der ersten Reihe saß, als eigentlichen Trauerredner zu begrüßen. Man konnte nur hoffen, daß die «Stunde», die er für seinen Vortrag in Aussicht stellte, nicht wörtlich zu nehmen war. Das «Format», das er gewählt hatte, war, wie sich Schneider erinnerte, immer ein Gegenstand von Guys Spott gewesen. Die *Power Point Demonstration* sei eine Ausflucht von Leuten, die selbst keine *Power* hätten und es als Kompetenz betrachteten, sich als Randfiguren vorfabrizierter Drucksätze selbst zu erübrigen. Allerdings ließ Hartriegel keinen Zweifel daran, *wer* hier *wen* zu illustrieren hatte: Lottos Bilder Hartriegels Worte.

Der Redner war von gedrungener Gestalt, sein üppiges schwarzes Haar zeigte einen exakten Mittelscheitel; Einzelheiten seines Gesichts verschwanden hinter einer starken Brille mit runden Gläsern. Gebieterisch wirkte das Ausfahren seiner linken Hand zum Computer, wenn die Bilder zu wechseln hatten. Gebot er eine Pause, damit das Publikum eine Formulierung im Bild nachprüfen konnte, so verstärkten sich im Hintergrund die Stimmen Gesualdos.

An der Wand erschien ein Totenbild, das man zuerst für dasjenige Guys halten konnte, es war aber von Lotto. Alle Bilder, die Hartriegel an die Wand werfen ließ, waren von Lotto, er war groß wie Caravaggio und Lionardo, größer als Raffael, selbst als Michelangelo. Trotz der frühen Nachmittagsstunde waren doch einige Typen aus der Hardrock-Szene und Drag Queens erschienen, die gewiß eine Akademie zum ersten Mal von innen sahen. Es gab aber auch den Charakterkopf des einsamen Wolfs oder des verkannten Studienrats, dessen dünn gewordenes Haar vom Geist verweht war. Die Mehrzahl wirkte dezent bildungsbürgerlich, wobei Damen jedes Alters überwogen, denen der streitbare Zartsinn ins Gesicht geschrieben stand.

Während Hartriegel redete, zog Schneider die Drucksache hervor. Das Todesdatum war «Karfreitag 2008», der Vorspruch lautete – in Stefan Georges Kleinschrift, doch ohne seine Typographie, auch ohne seinen Namen:

Ich forschte bleichen eifers nach dem horte
Nach strofen drinnen tiefste kümmerniss
Und dinge rollten dumpf und ungewiss –
Da trat ein nackter engel durch die pforte.

Was kam denn da ins Rollen? Eine rollende Kümmernis konnte sich Schneider nicht vorstellen, aber das alles fand ja auch in «strofen» statt, also in poetischer Sprache; nur wurde es davon eigentlich erst recht ungeschickt. Er ist ein großer Dichter, hatte er von Guy gehört, man erkennt ihn daran, daß er gar nicht recht dichtet, er dengelt Verse, wie ein Bauer die Sense oder wie ein Wirt Gläser trocknet. Er war ja Sohn eines solchen, sein Kreis ist ein zur Gralsrunde erhöhter Stammtisch. Da klopft er seine Sprüche und gebietet Schweigen, oft eins der Verlegenheit. So ländlich ist der Meister, und doch macht sein Werk den Eindruck, er könne mehr als dichten. Aber *plötzlich*, verstehst du? gelingt etwas, in drei oder vier Worten, und eine ungeheure Nähe verschlägt dir den Atem. Das war kein Gedicht. Es war eine Geburt.

Guys Namen folgten ein paar dürre Nachsätze: Die Beisetzung habe bereits. Im engsten Kreis. Trauerfeier 21. April um 15 Uhr im Studio der Akademie. Keine Blumen. Man gedenke. Unterschrift: Seine Freunde.

Auf der Projektionswand erschienen die zwei Porträts junger Männer wieder. Beide trugen über herb abweisendem Gesicht auch ein Barett auf dem Kopf, nur daß auf dem Gemälde braunes Haar bis zu den Schultern fiel, während es auf der Fotografie unter der Baskenmütze endete. Beide blickten aus mißtrauischen Augen direkt in diejenigen des Betrachters; die Brustbilder, einander zugewandt, wirkten wie Spiegelungen. Beide setzten sich von einem ganz hellen Hintergrund ab, aber auf der Fotografie war er reine Leere, beim Gemälde ein delikat gemusterter weißer Atlas-Vorhang, der schräge Falten warf, eine davon messerscharf. Die Zwillinge waren durch ein halbes Jahrtausend getrennt, aber für den Redner war es wie ein Tag.

Ja, das ist er, bekräftigte Hartriegel, wenn auch nicht mehr derjenige, den die Jüngeren hier erlebt haben. Und wer ihn als Toten sehen mußte –

Sein Zeigefinger schlug zu, und an der Wand erschien ein verzogenes, wie verrutscht wirkendes Gesicht. Der nackte aufgeschwemmte Körper, der dazugehörte, hatte die Proportionen eines Säuglings, sonst aber nichts Kindliches. Noch ein Klick, dann erschien das Bild als Ganzes und zeigte das Jesuskind, gelagert auf dem Schoß einer verdrossen blickenden Maria. Zu ihrer Linken kniete eine schöne junge Dame, einen Ring an der Hand, und starrte dem Kind zwischen die Beine.

Die mystische Verlobung der heiligen Katharina, erklärte Hartriegel, ist eine häusliche Szene der frommen Legende. Das Motiv muß nachgefragt gewesen sein, denn Lotto hat es immer wieder gemalt. Warum immer Lotto? Weil Guy auf ihn geschworen hat, auf Tod und Leben, wie man heute sagen muß. Er hat meine Lotto-Studie in «Sinn und Form» besprochen, und wenn ich beifüge: schmeichelhaft, so nur, weil das Lob über ihn viel mehr sagt als über mich. Familienbilder wie dieses mochte er nicht besonders, den Schlüssel dazu liefert seine Lebensgeschichte. Wohl aber fand er – klick! – diese Grablegung Christi *lustig* – *sein* Wort, und es ist, wie immer, exakt. Ein Begräbnis verpflichtet dazu, den Toten *anzufassen*, und das wiederum erlaubt dem Maler, die Hingabe an ein terminales Ereignis als *Fest* zu inszenieren. Und er versäumt nichts! Jeder und jede beteiligt sich am Corpus Christi so leidenschaftlich wie möglich. Grob gezählt, vier Frauen und vier Männer, den Leichnam eingerechnet, alle im Zustand der Ekstase – des Jammers, versteht sich. Aber das unbefangene Auge kann auch eine Orgie sehen, und eigentlich gar nichts anderes. Die Gruft als Lotterbett: bald wird es leer sein, und diese Tatsache ist ein Grund zu heilsgeschichtlichem Entzücken. Wer verargt den Bettmachern, daß sie etwas von dieser Freude vorwegnehmen, solange Christus noch im Fleische anwesend ist? So tot, wie er aussieht, ist er bekanntlich nicht – für Gläubige nicht, auch nicht für Genießer. Das ist keine mystische Verlobung mehr, es ist schon ein Hochzeitsgedränge. Guy hatte seinen

Spaß an dem Bild. Hätte es Ton, wäre er das vielstimmige Stöhnen einer Orgie –

Für sich selbst wünschte er keine Grablegung. Wir haben die Asche in den Templiner See gestreut. Legal war das nicht, das hätte noch gefehlt. – Und wieder erschienen die beiden Köpfe.

Betrachten wir den Zwilling zur Rechten, sagte Hartriegel, denjenigen, den wir gekannt zu haben glauben. Und dann schweigen wir einen Augenblick, wenn's beliebt.

Der Augenblick dauerte wohl drei Minuten. Hartriegel verhängte einen Terror der Ehrfurcht über sein Publikum und entschied eigenmächtig, wann es genug war.

Guy Matthéy war der letzte Europäer. Den Grund dafür hat er schon als Schüler gelegt, dessen Vorsprung auf die Kameraden man sich nur *schwindelerregend* vorstellen kann. Er hatte sie zu einem Bund zusammengezogen, der sich «die Joachimsthaler» nannte. Ein ganz freier Mensch wurde er durch sein Studium in der Schweiz, wo er auch seinen Eros leben durfte, ohne sich strafbar zu machen. Erlaubt war es darum noch lange nicht. Er war keine dreißig, als er sein Mallarmé-Buch «Présence, Absence» vollendet hatte und einem Ruf an das Seneca College, New York, folgte, auf einen Lehrstuhl der Kunstgeschichte. Da begann er – auf Englisch – sein Hauptwerk über «Innocence». Es blieb unvollendet, da er vertrieben wurde – durch die Klage eines Schiffsjungen und *born-again Christian,* der ihn zuerst erpreßt, dann denunziert hat. Er sprang ab aus *God's Own Country,* im *degoût.* Er wurde abgesprengt von einer brillanten akademischen Karriere. Ein Trauerfall. Man kann nicht behaupten, daß ihn die Tätigkeit für einen Verlag dafür entschädigt hat. Und doch hat er, in meisterlicher Demut und hugenottischer Strenge, sein Bestes gegeben, ohne es ein Opfer zu nennen. Aber nun, da es eingefordert wurde, sehen wir, daß der Bruch seines Lebens nicht zu heilen war.

Schneider sah Guys Fotoporträt in die Augen; sie antworteten ihm nicht.

Als Hartriegel von Unschuld sprach, jagte sein Hackefinger in rascher Folge Bilder des Paradieses über die Leinwand: den Baum der Erkenntnis, Adam, Eva, die Schlange in allen Stellungen, kaum gesehen, schon wieder vorbei. Für das unbewaffnete Auge, führte Hartriegel mit zunehmend flotter Stimme aus, zerfällt der Mensch, wie jedes Säugetier, in zwei Geschlechter, und *Zerfall* scheint hier kein unpassendes Wort. Für das bewaffnete Auge darf es schon etwas mehr sein – ich rede nicht vom beliebten Gender-Diskurs. Bei Guy mußte es denn doch ernsthafter zugehen, soll heißen: angemessen frivol. Sein Fall war die Kunst – *auch* ein Sündenfall, aber ganz eigener Art. Folgen wir seinem Beispiel, lassen wir uns von der Kunst in die schamhaften, weil beschämenden Geheimnisse *realer* Schöpfung einweisen. Bleiben wir, in Gottes und Teufels Namen, bei der Zweihäusigkeit der Welt, aber kodieren wir sie nicht männlich oder weiblich. Reden wir von Tugend und Laster, den Milchgeschwistern an der vergifteten Zitze Vergänglichkeit.

Auf dem Bild hier – es nennt sich: Allegorie – sehen wir das Männliche am Werk, als Kind und als Mann. Auf der linken Bildseite – für Pfaffen die rechte – beschäftigt sich das Kind im Sandkasten mit Büchern und Zirkeln. Pudelnackt, wie es aus einer Mutter gekrochen ist, spielt es mit allem, was auf der dunklen Erde schön, gut und wahr genannt zu werden pflegt. Wie man sagt: es *bildet* sich, und zwar im Schutz eines Löwenschildes, der die Grenze des Erlaubten markiert, bewacht oder schützt – wovor, wogegen? Vor allem und gegen alles, was der Faun auf der andern Bildseite tut – und noch lieber *läßt*. Er tut nichts, er säuft. Das einzige, wonach sein trüber Sinn sonst noch stehen mag, zeichnet sich zwischen seinen haarigen Schenkeln ab, und ihre Position suggeriert – sehen Sie nur scharf hin! – in bildübergreifender Riesengröße, wozu das Mannsglied an bösem Tun fähig ist. Das Bild führt uns zwei Welten vor, entsprechend führt es ihre Hintergründe aus und läßt die Seite des Lasters trübe verhüllt. Licht vom Himmel fällt nur auf die Seite der Unschuld.

Das sollen wir verstehen. Aber was wir *sehen*, ist etwas ganz anderes – und wir sehen es ausgerechnet in diesem Licht der Unschuld. Wir sehen da, nicht wahr, diesen Baumstamm, an den der Löwenschild lehnt. Und wir sollen *glauben*, daß er die Sphären anständig trennt.

Aber je genauer wir hinsehen, desto unanständiger wird der Baum, desto mehr markiert er die Grenze nicht, er *dementiert* sie –

Pardon, erhob sich eine bebende Frauenstimme, ich bin gekommen, um Herrn Bender zu hören.

Elinor war aufgestanden, und im nächsten Augenblick stand auch Niddy.

Machen Sie Schluß, sagte sie laut, und fahren Sie ab.

Das Publikum saß erstarrt. Dann rief jemand: Bravo! und einige der jungen Leute begannen schrill zu pfeifen.

Hartriegel hob beide Arme und öffnete den Mund, aber seinem Versuch, sich Gehör zu verschaffen, antwortete ein allgemeines Buh. Das Publikum blökte wie eine empörte Schafherde, und der Sturm hielt an, bis Hartriegel von der Bühne vertrieben war. Eine Weile hatte er sich noch in gespielter Fassung an einem Gerät zu schaffen gemacht; doch als der Bildschirm erlosch und das Saallicht anging, war er nicht mehr zu sehen, und der Ausbruch legte sich augenblicklich.

Denn jetzt kam Wal Bender.

Von Frau und zwei Töchtern gestützt, lüftete er sich aus der ersten Reihe. Er erstieg die Bühne mit schwerem, ausladendem Schritt, nur noch von seiner Frau begleitet. Sie nahm das Handmikrophon vom Pult, doch Bender wedelte es weg und stellte sich an die Rampe, ganz vorn, der Kante bedrohlich nahe. Als er sich nach seiner Frau umdrehte, versuchte sie ihn festzuhalten. Doch er entließ sie mit dem graziösen Kompliment einer Hand, wartete, bis sie die Bühne

verlassen hatte, und stand, leise schwankend, noch lange stumm,
um das Publikum zu mustern und schalkhaft den Kopf zu lüpfen,
wenn er jemanden zu erkennen glaubte.

Ja, ja, sagte er mit leiser Stimme. Und als in den hinteren Reihen
immer noch Unruhe herrschte, wiederholte er:

Ja, ja.

Jetzt hätte man eine Nadel fallen hören.

Guy. Guy. Gei.

Er lächelte.

Gud gei, sagte er nun erkennbar englisch, wenn auch schwäbisch-
alemannisch gefärbt. – Er hatte keine Seele. Er *war* eine Seele. Und
jetzt ist sie fort. Hinweg. Dahin. Entflogen. Verflogen, wie ein Vogel,
wie ein großer Duft. Es *gibt* große Düfte. Sie halten nicht vor. Aber
sie bleiben länger als große Menschen. Große Menschen bleiben
nicht.

Er schien in Nachdenken zu versinken, seine zerrissenen Lippen
rührten sich tonlos. Dann sagte er:

Bei uns daheim sagt man von einem Toten gern: es ist ihm gutgegangen. Gehen müssen wir ja. Und gern geht keiner. Die meisten
auch nicht gut. Und doch sagen wir noch: es ist ihm gutgegangen.
Gegangen, ja. Tod ist nicht gut. Aber man muß ihn gut sein lassen.
Es bleibt ja nichts anderes. Übrig. Gut so. Oder auch nicht. Aber es
ist die Stimme des Lebens. Das Leben ist weder wahr noch gut. Aber
es ist. Und auf einmal ist es gewesen.

Der arme Guy, sagte er.

Im Publikum weinte jemand hellauf.

Bender legte eine Hand an die Stirn, halb spähend, halb leidend.

Wo sind wir denn alle, wir Armen? fragte er. – Ich will uns
sehen. – Und dabei schlich ein wehes Lächeln auf seine geschunde-
nen, doch wohlgeformten Lippen.

Wo sind wir? Und wer?

Im Publikum hörte man schluchzen.

Guy macht uns grade wieder ein Geschenk. Die Gabe der Tränen.
Bender hatte die Gewohnheit des Seemanns, seine kleinen Augen
wie weitblickend zu verengen, so daß man ihre Farbe – wasserhell –
nicht lesen konnte und der Faltenwurf des Gesichts ihren Ausdruck
übernahm. Dieser Mann verkniff sich immer nur das Größte. Er
hatte eine Yacht im Hafen von Ascona liegen, er trieb Lago-Mag-
giore-Schiffahrt, und sie schlug auf seine Sprachbilder durch. Wenn
er sagte, kein Mensch sei eine Insel, dann standen ihm die Brissago-
Inseln vor Augen, auf die er von Fontana Martina fast senkrecht
hinunterblickte. Da wurde der Späher zum Seher. Jetzt *schaute* er sie
nur noch, die Inseln der Seligen, denen er so oft mit einer würdigen
Gefährtin schaukelnd nahe gekommen war –, erschaute sie in der
Halbdämmerung von Toteninseln, aber nun erst entfalteten sie den
Reiz des Mysteriums. Es schwebte auf seinen Lippen, ründete sich
im Hauch seines Atems. Deiner Inseln ist noch, der blühenden,
keine verloren, beschwor er nur noch flüsternd den Landsmann
Hölderlin, denn auch Bender schwäbelte, wenn ihn der Geist ergriff – bei den Haaren, JA! auch wenn sie sich gelichtet hatten. Noch
immer ließen sie seine Stirnlocke wehen, die grau geworden, aber
licht geblieben war, wie ein Flämmchen des Pfingstwunders. Das
achtzigjährige Götterkind, Jünger des Enthusiasmus, begnadeter
Spötter seiner selbst: er war immer noch an seiner Verwuschelung zu
erkennen. Ihretwegen wurde er von Leserinnen geliebt und gekauft,
sie streichelten in seinen Büchern immer auch über sein Wuschel-
haar, wenn sie sich von seiner Sprache ihrerseits wie verwuschelt
fühlten. Auch seine Frau nannte er, wie er ihnen verriet, in zärt-
lichen Augenblicken «Wusch».

Er ist ein Genie der Indiskretion, hatte Guy gesagt, jede Dame,
die er zu beglücken geruhte, darf sich in seinen Seiten wiederfinden
und über mitbegünstigte Schwestern rätseln. Sie sind ihm immer
nur die Eine, und dürfen ihm deswegen nicht zu sehr zürnen, wohl
aber einmal sanft *schmälen*, dann verwuschelt er ihnen das Haar.

Kein Zweifel: jetzt saßen sie auch im Vortragssaal, auch nicht mehr die Jüngsten, aber gekommen, um zu erleben, wie der Meister, in Mundart, einen Jünger zu betrauern wußte. Frage nicht, wem die Glocke läutet, sie läutet für dich, aber noch ist der Inseln, deiner blühenden, keine verloren. Das war sein Ton, und sie hörten ihn in seiner Stimme immer mit. Doch jetzt hatte er sie erhoben, hob auch die Arme dazu, zeigte an, daß er flügge werden wollte. Seine Seele war ihren Flug zu nehmen geneigt.

ABER!

Mir schwindelt, flüsterte er laut, und dem Bühnenrand beängstigend nahe. – Guy ist hinüber. Mir schwindelt, aber auch vor ihm hat mich ja immer auch a bißle geschwindelt. Er las mich so viel besser als ich mich selbst. Das hatte immer etwas Schwindelhaftes. Der Schwindel war unser Element. Und es war so tragfähig!

Er wedelte mit den Armen.

Seine Flügel brauchten die Luft nur zu rühren, dann wurde sie fest. Unten strampelt die Maus und schlägt zu Butter die Milch, in der sie ersaufen sollte. Andern sind schon die Stühle gerichtet, bei den Sibyllen, den Königinnen, und da sitzen sie wie zu Hause, leichten Hauptes und leichter Hände. Da schlagen Geistesschwingen den heiligen Äther, und die Leere *trägt* – wir sind auf Ikarus-Höhe. Ikarus muß er bleiben, darum so bleibt er nicht. Und wenn die zu nahe Sonne das Wachs in seinen Flügeln schmilzt –

Ein Meer von Wassern. Müssen wir es noch mit Tränen nähren? Wir müssen nicht, Freunde. Erscheint er uns doch wieder. Es beginnet nämlich der Reichtum im Meere. Es nehmet aber und gibt Gedächtnis die See, und die Lieb auch heftet fleißig die Augen. Was bleibet aber – JA! –, stiften die Dichter.

Laßet uns schwindeln, Freundinnen und Freunde, und bleiben wir getrost.

Er ließ die Arme sinken und fuhr *parlando* fort.

Bei mir habe ich ihn ganz gern Gulliver genannt. Er war zu groß

und zu klein für die Welt, in der er sich so tapfer rührte. *Fast* gleichzeitig stand er auf der Riesenhand, schwindelnd hoch über der Erde.
Gestikulierte heftig, um sich bemerkbar zu machen. Und ließ seinen
Degen spielen, der doch nicht größer war als eine Stecknadel. Wie
erschütterte er mich mit jedem Versuch, *mir*, den er zum Riesen
gemacht hatte, unter die Haut zu gehen, ohne sie zu verletzen. Erschütterte auch meine Lachmuskeln mit unaussprechlicher Rührung, denn er brauchte die Waffe des Geistes wie ein chinesischer
Arzt die Nadel. Nicht Nadelstiche, nur nicht! Denn klein war sie
nicht, die Seele des liebevoll Kleinen. Mit zartestem Aufwand, einem
einzigen treffenden Wort zielte er auf mein Kunstgewissen, und
immer in heilsamster Absicht.

Ich *darf* von mir reden, ihr Freunde Guys! denn es steht mir zu.
Ich bin sein Fall gewesen, und wie hätte ich ihm mögen gönnen, er
hätte sein Ziel mit mir erreicht. Aber – ABER! daran hinderte er
immer wieder auf furchterregende – JA! Furcht erregende! – Art sich
selbst, und mich auch. Furcht, Furcht! Sie schlich sich in das Mitleid, das Guy nicht erregen wollte – nur kein Mitleid! Sie schlich wie
ein Dieb in der Nacht, aber auch als mächtiger Schreck. Denn der
Zwerg auf meiner Hand war ja auch ein Riese, der mit *einem* Finger
seiner Hand, dieser schlanken, unvergeßlichen Hand! nicht nur
eine, nein: zwei, drei, viele! Kriegsflotten aus dem Hafen ziehen und
zu Paaren treiben konnte, als wären sie Spielzeug. Auch das Größte
und Gröbste wurde zum Spielzeug in seiner Hand, und was ich, der
kleine Dichter, in die Schlacht führen wollte, wirbelte er mir durcheinander wie Spreu im Wind. Der kluge, ach so kluge! Bittsteller um
jedes Wort von meinen Lippen, liebe Freunde: er war ja auch mein
Salamis! mein Trafalgar! Ich ging unter in den Tiefen seiner Ironie,
meine wilde See war nur noch ein Planschteich … und was schmerz-
hafter war, und lachhafter! meine Schifflein gingen durchaus nicht
verloren. Er stellte sie aus, wie unter Glas, die Objekte meines kleinen Hochmuts, die Zeugnisse seiner großen Kindlichkeit. Und

doch – lasset die Kindlein zu mir kommen! hat er mich immer wieder kommen lassen. Und führte mich, den Dichter, den er ums Wort bat, das rechte, das treffende Wort, immer auch bei der Hand. Und führte mich a bißle *vor* dabei – liebevoll, liebe Freunde, aber dann war, in allen Ehren, *ich* der Zwerg! und er der Riese. JA! Wal Bender stand und fiel mit jeder *seiner* Bewegungen, während er mich beschwor, nur keine überflüssige zu tun, als wäre jeder Fehler meines Stils *sein* Untergang. Er las mich zu gut! Er konnte mich mühelos in Grund und Boden lesen … und gleichzeitig zappelte und zuckte er vor meinen Augen wie ein Kätzle, das ersäuft werden soll und um sein Leben bittet. Und es war ja doch *mein* Leben, um das er bat! Um einen Bender von innen! Das war sein Amt, und wißt ihr was? Es war ihm heilig.

Natürlich war es auch ein Fluch. Ich zweifle nicht, daß er mich verflucht hat, wie ich ihn. Schwindel … uns schwindelte voreinander, und wir beschwindelten einander, was das Zeug hielt … das seine, sein Zeug, das wissen wir nun, *hielt nicht*. Er hat, dünkt mich, oft über unerklärlichen Schwindel geklagt. Nein, *geklagt* hat er eben nicht. Und doch, und doch! Es war ja doch eine Klage, aus Gullivers tiefster Brust. Wie klein mußte der Große sich machen, um einem andern etwas zu sein, ihm nicht nur gutzutun, sondern genug. Wie riesenhaft blieb er in seiner kostbaren, kostspieligen Kleinheit. Klein wie Kleinod. Wie *Petitesse* – nö. Er betrieb das Schwindelgeschäft generös, auf eigene Kosten. Bis zum Schlag. Wer hat ihn geschlagen? Apollo! Er war geschlagen, er selbst. Jetzt hat er sich zurückgenommen. Gründlich. Aus Herzensgrund! Und wir sitzen da und schauen so dumm, wie wir, in seinen Augen, nie hätten sein dürfen.

Vale. Sela. Salve, noch eine Salve über sein Grab, kein Schießzeug, kein Scheißzeug, ein Gewitter gezückter Degen. Ein Blitzgewitter, wie wenn am Feiertage. Daß wir sein Grab nicht sehn. JA! Wir sehen es aber, wohl, wohl. Ins weit offene Auge sehen wir ihm.

Aber, ABER! noch nie, meine Freunde! nie! ist das Ende des Ulysses das Ende des Odysseus gewesen.

Wißt ihr, was ich mir als klein-kleiner Knabe ausgedichtet habe?

Und mußt du sterben, stirb! Doch stirb in Blüten,
die smalten noch um deine Locken schmeicheln

Smalten! das war mein Wort. *Smalten.* Emerald. Schmelz. Plötzlich begann Bender am Podiumsrand zu tänzeln und leierte mit Kopfstimme: Da ist der ganze Schmelz des Lebens drin.

Seine Frau hatte sich erhoben, als könnte sie ihn auffangen. Er hörte zu swingen auf und hob einen Finger gegen sie.

So lange die Rose zu denken vermag, ist nie ein Gärtner gestorben!

Was habe ich gesagt? Noch nie sei das Ende des Ulysses das Ende des Odysseus gewesen. Aber! Warum? Weil immer, wo Odysseus aufhört, wieder ein Ulysses beginnt. Einer kommt und schreibt ihn, und wenn er Joyce heißt: *rejoyce!* Denn der Boden zeugt sie wieder, wie seit je er sie gezeugt. Schöpft des Dichters reine Hand, Wasser wird sich ballen.

Plötzlich hob er sich auf die Zehenspitzen und hob beide Arme. Kein Gott! Ein Mann der Ferne. Ódysseus. Nicht Odýsseus, bitte sehr. ÓDYSSEUS!

Good Guy. *Salut et chapeau.*

– Danke, hauchte Wal Bender tonlos. – Danke.

Er ließ die Arme fallen und schien zusammenbrechen zu wollen. Dann richtete er sich umso höher auf und ging, die Augen auf den Boden geheftet, schweren Schrittes zur Treppe, wo ihn die Töchter empfingen, und, eine an jeder Seite, zu seinem Sessel geleiteten, wo er sich fallen ließ.

Und die völlige Stille im Saal war Applaus genug.

18 Verlust

Schneider entschloß sich, in der gleichen Nacht heimzureisen. Dafür mußte er noch einmal ins Hotel zurück, um sich abzumelden; dem wohlbekannten Gast wurde die Nacht geschenkt, er würde ja nächstens wieder – ! Man war ihm beim Buchen eines Platzes im Nachtzug behilflich und druckte das Ticket aus. Bis zur Abfahrt nahm er sich noch Zeit für einen Besuch bei Niddy; sie habe ein Andenken für ihn. Als er mit dem Taxi eintraf, verabschiedete sich Bob eben nach Leipzig. Er hatte die Töchter gehütet, und es war deutlich, sie wünschten, er bliebe am liebsten für immer. Er war groß gewachsen, ein IT-Spezialist, in dessen Armen sich Niddy zierlich ausnahm, aber unübersehbar war auch, daß sie älter war als der junge Mann, der etwas zu beflissen bedauerte, daß er leider nicht mehr zum Essen bleiben könne.

Elinor kochte; sie hatte das Trauerweidenkostüm eingepackt und bewegte sich, wie Niddy, in Pullover und Jeans. Guy hatte die schwesterliche Verbindung gestiftet; über die Trauerfeier wurde nicht mehr gesprochen. In die Wohnung nebenan zog bereits die Buchhaltung des Verlags ein; Guys Sammlung von Kameen, von der Schneider zum ersten Mal hörte, war schon an ein Museum in der fränkischen Provinz verkauft.

Eine hatte er Elinor geschenkt, und sie trug sie um den Hals.

Das Andenken, das Niddy Schneider zugedacht hatte, war eine Dunhill-Pfeife, die Guy aus Amerika mitgebracht hatte. Sie war das Geschenk eines Emigranten, dessen Vater ein Nachbar der Familie Benjamin im Grunewald gewesen war. Für Guy war die Pfeife ein Erinnerungsstück an zwei verlorene Welten. Er habe sie nur geraucht, wenn sein Leben eine schöne Wendung genommen habe.

Bei Tisch hatte Niddy einen Tinto aus Montepulciano aufgemacht, den er hinterlassen hatte und von dem er vor dem Schlafengehen ein Glas zu trinken pflegte, immer allein. Die Töchter verlangten zu kosten und schüttelten sich; wie konnten Erwachsene das mögen! Als man anstieß, fragte Elinor, plötzlich schüchtern, ob sie Schneider ebenfalls Du sagen dürfe. Beat war er für Guy gewesen, später nur noch für LouAnne. Er packte die Pfeife in ihre Tasche, zur Goldmünze, in das verschließbare Innenfach. Niddy gab ihm auch Pfeifenbesteck mit, Streichhölzer und einen Rest Tabak. Da er ausgetrocknet war, legte sie ein Stück Orangenschale hinein.

Nach neun verabschiedeten sich die Töchter in ihre Zimmer, wo Elinor vorlas; Niddy begleitete Beat zur S-Bahn-Station Savignyplatz. Als der Zug einfuhr, nahm sie ihn in die Arme und küßte ihn auf den Mund.

Dann war nur noch die Tasche bei ihm.

Im neuen Bahnhof, der in weitläufigem Ödland stand, nahm er die Rolltreppe ins tiefste Untergeschoß, wo der City Liner bereitstand. Er bezog sein Abteil, und es bewegte sich bereits, als er die Zähne putzte. Er zeigte dem Steward den Fahrschein und verlangte nicht mehr gestört zu werden. Er freute sich auf einen tiefen wiegenden Schlaf zum Herzschlag der Räder. Sein Kopf lag auf der japanischen Tasche, und durch das Segeltuch glaubte er den Druck der Pfeife zu fühlen. Nicht mehr ankommen. Er hatte kein Ithaka.

Als es im Zug munter zu werden begann, schob er das Rollo hoch. Was hereinglänzte, war schon die Weite der Oberrheinebene, da und dort von Dunstbänken verwischt, dahinter die Vogesen im entfernten Morgenlicht. Elinor hatte offen gelassen, wann sie aus Berlin zurückkam; Guy kam nie wieder. Während sich Schneider wusch und anzog, packte ihn unverhofft die Begierde, Guys Pfeife zu rauchen. Er packte sie aus, befühlte ihr körniges Holz und das edelmatte Mundstück mit dem weißen Punkt. Das Innere des Kopfs war schwarz, aber glatt und reinlich, als wäre es mit glanzlosem Lack ausgekleidet. Als junger Mensch hatte er hie und da eine Pfeife versucht, Billigware, an der er nie hängengeblieben war. *Gauloises bleues,* ja, in der Studentenzeit. Als er die Schweizer Liebesgeschichten schrieb, war es plötzlich ohne Rauchen gegangen. Hinter Freiburg kam der Trolley mit dem Frühstück; Kaffee schlürfend, überfuhr er die Grenze. Die Wiederkehr des Schweiz-Gefühls, an Bahnhöfen blau-weiße Lettern, die gewähltere Buntheit dichter gebauter Siedlungen, Sproßenfenster, sachliche Grafik von Reklamen und Wegweisern, zarter beschriftete Fahrzeugschilder. Die Tasche wie ein Kind auf den Knien, empfing er durchs Fenster die untrüglichen Signale der Annäherung an Münsterburg: Güterbahnhof, ein begradigter Fluß, von Industriebauten besetzt; der immer wieder überraschend nahe Hausberg, auf dem die Antenne während Schneiders Lebenszeit immer höher gewachsen war. Diese Strecke hatte einmal Ankommen bedeutet.

Das Gefühl hielt vor, als er, die Tasche an der Schulter, ausstieg und sofort von Menschen überlaufen wurde. Es war nach neun Uhr morgens, welche Eile sollte er jetzt noch haben? Niemand erwartete ihn; die Spannung blieb, ein Rest von Vorsatz. In der Halle war Rauchen erlaubt. Neben dem Treffpunkt mit der Monsteruhr gab es Stehtische einer Imbißbude; der vorderste war leer. Er kramte Guys Pfeife aus der Tasche, auch Tabakbeutel und Stopfer. Für die Tasche gab es einen Platz, der ihm wegen seiner Gewagtheit gefiel. Hinter der Brüstung, über die man in die Tiefe des Untergeschosses blickte, bildete der Beton einen nach innen geneigten Sims. Da saß sie, die Tasche, immer noch in Griffnähe über dem Absturz wie ein Schwalbennest auf der Klippe.

Erst war der Pfeifenkopf zu stopfen, nicht ganz locker, aber auch nicht zu fest; ein Streichholz musste reichen. Er strich an, wartete, bis die Flamme den Schwefel verzehrt hatte, ließ, behutsam ziehend,

den Tabak Feuer fangen und zog zwei-, dreimal nach, bis die erste
Glut ihrer Sache sicher war; jetzt durfte er sie auch mit dem Stopfer
drücken. Nun war es soweit, daß er den ersten würzigen Rauch in
den Mund ziehen konnte. Die Pfeife brannte selbsttätig, und ihr
Geschmack erinnerte an verstohlene Genüsse und verbotene Bücher,
an Benjamins «Berliner Kindheit», die Wohltat schöner Sätze und
Sachen.

Diesen Augenblick glaubte er noch einmal mit Guy zu teilen. Er
wandte sich den Gesichtern der Passanten zu, sie prägten sich ein,
auch wenn sie weiterhasteten, und es kam ihm vor, als sehe er fremde
Menschen zum ersten Mal. Bedachtsam ziehend, blickte er der kleinen Wolke nach, die in die Höhe stieg, um zu verwehen, er sah die
Metallträger des Gewölbes, die klassizistischen Innenfassaden, die
halbrunden Arkadenfenster, den Spielzeugengel «Niki de Saint Phal-
les». Es war eine Welt fast vergessenen Vertrauens, die in seinem
Mund aufging. Dabei wußte er auch schon, daß er die Pfeife nicht
oft, vielleicht nie wieder rauchen würde. Aber diese *eine* wollte er
genießen, als wäre es die letzte.

Selbstvergessen blickte er in den Schacht, die Unterwelt des
Bahnhofs. Wie in einem Bergwerk fingen doppelt geführte Rolltreppen das Gewicht von Höhe und Tiefe mit massiven Schrägen ab und
ließen die Oberteile von Menschen gemächlich mitlaufen. Er lehnte
sich ans Geländer, drehte sich von ungefähr dem breiten, wie einla-
denden Sims zu, der seinen Fall aufgehalten hätte, wäre nicht schon
die stählerne Reling so unbeugsam fest gewesen.

Dann sah er: Die Tasche fehlte.

Der Sims war leer.

Die Leere hatte die Macht einer Detonation. Sie ließ ihn im Unglauben erstarren; dann gefror er in endgültiger Gewißheit.

Die Tasche war weg für immer.

Er blickte um sich, wie suchend. Die Halle war in unaufhörlicher
Bewegung. Nur am Treffpunkt, bei der großen Uhr, standen einige

Gruppen still, lagerten auf Steinbänken, und vor der Wand, an der Fahrpläne angeschlagen waren, lungerten junge Männer herum, ein Dutzend vielleicht, rauchend; er musterte sie. Keiner blickte zurück. Hie und da puffte einer den andern, gerade noch freundschaftlich, Maghrebiner, Kosovaren, vielleicht eine Bande. Sie redeten eine hastige, verschliffene Mundart, an der man junge Leute erkennt, die nicht im Lande geboren sind. Er versuchte auszumachen, ob sie, noch so unauffällig, verrieten, daß sie *wußten*, wie die Tasche weggekommen war. Aber der Dieb konnte in jede Richtung verschwunden sein. Es war sinnlos, ihn in einer bestimmten zu verfolgen. Mit kalten Händen kratzte er die Pfeife aus und klopfte ungerauchte Krümel in den Aschenbecher auf dem Tischchen. Er versuchte sich die Gedanken des Diebs zu machen. Diesen interessierte nur der Inhalt der Tasche, sie selbst konnte ihm nur lästig sein. Er würde sie so bald wie möglich leeren und loswerden, am besten noch im Bahnhof. Schneider fielen die Schließfächer ein. Sie befanden sich auf einer Zwischenetage.

Er steckte das Rauchzeug in die Jackentasche; sonst war sie leer. Geld, Kreditkarten, Schlüssel, Adreßbuch, Agenda, Wäsche zum Wechseln – alles hatte er in die japanische Tasche ausgelagert. Auch die drei Memory Sticks, die er immer mitführte, als könnten sie im Atelier nicht ganz sicher sein. Unter jedem fremden Tisch suchte sein Bein den Kontakt mit LouAnnes Tasche, auch auf die Toilette kam sie mit, und oft diente sie ihm als Kopfkissen.

Bis heute.

Auf der Rolltreppe fragte er sich, was der Dieb suchen konnte. Bargeld; viel fand er nicht. Die Ausweise nützten ihm nichts, und alles Übrige nur, wenn er erwarten konnte, damit an Geld zu kommen. Mit Kreditkarten – jedenfalls nicht gleich. Aber die Codes standen im Adreßbuch. Sobald der Dieb Ruhe hatte, lag Schneiders Existenz wie ein offenes Buch vor ihm. Und die Schlüssel, auch diejenigen zur Villa, bekam er mitgeliefert. Er konnte eher im «Auerhahn» sein als Schneider, der keine Schlüssel mehr hatte. Bevor sie nachgefertigt waren, konnte die Liegenschaft geplündert sein.

Es gab viele hundert Schließfächer, die meisten ordentlich verriegelt; in jedem konnte die Tasche sein, wenn sich der Dieb die Besichtigung der Beute für später aufhob. Schneiders Gefühl sprach eher dagegen. Also mußte er Fach um Fach überprüfen; offenstehende waren rasch abgetan. Schneider stieß auf Abfall in jeder Form, auf eine Tüte mit Erbrochenem, verlassene Gegenstände, Bücher, Zeitungen, auch Schirme und eine schwarz lackierte Damenhandtasche.

Was machen Sie da?

Zwei junge Leute, Mann und Frau, in schockgelben Westen, auf denen SICHERHEIT stand.

Schneider erklärte seinen Fall.

Warum sind Sie nicht gleich zur Polizei gegangen?

Er hätte sich ausweisen müssen, und das war nicht mehr möglich.

Und jetzt glauben Sie, hier finden Sie Ihre Tasche?

Es schien ihm das am wenigsten Sinnlose.

Dann kommen Sie jetzt erst mal mit, sagte die Frau.

Auf dem Posten der Kantonspolizei, an der nördlichen Außenseite des Bahnhofs, wartete schon eine Reihe Leute vor dem einzigen bedienten Schalter. Der Beamte hatte mit einem jungen Mann zu tun, der sich nur auf Arabisch ausdrücken konnte. Schneiders Begleiter waren ungeduldig, sie mußten wieder zum Dienst zurück. Schließlich kam ein zweiter Mann aus dem Bürohintergrund und öffnete einen Schalter.

Nein, kein Ausweis mehr. Aber ein Name und eine Adresse. Der Beamte beklopfte seinen Rechner. – Sie wohnen bei Elinor Gyr.

Dann müsse Frau Gyr kommen und ihn identifizieren.

Das könne sie zur Zeit nicht, sie sei in Berlin.

Der Polizist bearbeitete wortlos seinen PC.

Wer kann Sie identifizieren?

Nicht einmal ein Briefträger hätte Schneider wiedererkannt; die
Boten wechselten zu häufig. Schließlich fiel ihm Dr. Lutz ein.
    Ihr Freund? fragte der Beamte.
    Er war mein Vormund.
    Aha, sagte der Beamte. – Sind Sie ... behindert?
    Normal behindert. Inzwischen verwaltet Herr Lutz nur noch
meine Konti und berät mich in Geldsachen.
    Berät Sie, sagte der Beamte und klöppelte wieder am Rechner. –
Ihr Handy ist auch weg?
    Ich habe kein Handy, sagte Schneider und konnte dem Gesicht
des Beamten ansehen, wie jede Annahme zu seinen Gunsten in sich
zusammenfiel.
    Ihr könnt gehen, sagte er zu den beiden jungen Ordnungskräften,
und Sie, wandte er sich an Schneider, füllen doch mal Ihren Verlust-
schein aus. Brauchen Sie Hilfe?
    Nicht beim Ausfüllen.
    Ich muß Ihnen gleich sagen, die Chance, den Täter zu finden, ist
gleich Null. Solche Fälle begegnen uns jeden Tag. Was die Diebe
nicht verwerten können, werfen sie in den Müll. Wenn Sie Glück
haben, taucht die leere Tasche im Fundbüro wieder auf. Ihre Kreditkarten haben Sie hoffentlich schon gesperrt.
    Ich kam noch nicht dazu, wegen meiner Verhaftung.
    Verhaftung! lachte der Mann wegwerfend, wiederholte die Adresse
von Schneiders Vormund und klöppelte weiter. Schneider setzte sich
ans Tischchen. Als er die Tasche genauer beschreiben sollte, fühlte er
einen Schmerz, als verlöre er sie damit zum zweiten Mal. *The passage
of time and loving use bring forth comments / on how much character it
has gained. / This is the kind of bag we wish to make.*
    Er hatte das Formular ausgefüllt, den Inhalt der Tasche hoffent-
lich vollständig wiedergegeben, als der Beamte in den inzwischen
leeren Schalterraum heraustrat.
    Ihr Vormund ist verstorben.

Wann?

Vor einer Woche. Aber wir haben jemanden gefunden, an Ihrer Adresse. Warum haben Sie den Herrn verschwiegen?

Welchen Herrn?

Einen Professor Niethammer.

Davon wußte ich nichts, sagte Schneider, als ich verreiste, war er noch nicht da. Ja, ich kenne ihn, und er mich auch ... denke ich. Er muß wohl bei meiner Vermieterin zu Gast sein.

Er ist schon auf dem Weg hierher. Sie sind an der Universität tätig?

War ich, ja.

Herr Lutz hat sich unter einen Zug gelegt. Möchten Sie einen Kaffee?

Als Schneider im Becher rührte, dachte er an Herrn Lutz und seinen Borgward. Ob er seinen Brief noch bekommen hatte? Geantwortet hatte er nicht. Oder war sein Suizid die Antwort darauf?

Er schrak auf, als er seinen Namen hörte; Niethammer stand in der Tür, im Dufflecoat mit Kapuze. Es war ein Comedy-Auftritt, den er inszenierte, und für den Beamten, der jetzt ein Sandwich verzehrte, sicher zu laut und zu deutsch.

Professor Schneider, von der Schweizer Polizei festgehalten? Die kannte ihn wohl gar nicht? Wenn das nicht zum Lachen war! Und so lachte er denn auch, als er sich, lächerlicherweise, für die Identität Schneiders verbürgte, wofür er erst seine eigene belegen mußte, was er mit viel Ironie besorgte. Schließlich sei er – er versuchte sich in Mundart – ein «frömder Fötzel».

Nach ein Uhr verließen beide den Posten, um sich im Etagenrestaurant des Hauptbahnhofs nicht nur dem Mittagessen zuzuwenden, sondern ernsteren Dingen. Niethammer hatte, als er vom Verlust der Tasche erfuhr, gleich den Gang aufs Fundbüro angeboten, aber Schneider winkte ab. Der Helfer mochte spüren, daß Schneider aufgegeben hatte, und redete nicht lange dagegen an. Denn seine eigene Last war, wie sich herausstellte, mehr als ausreichend.

Der Rubikon war überschritten!

Er hatte sich ja aus seiner Ehe innerlich längst zurückgezogen und gestern zu offener Flucht entschlossen. Fränk war – nein, nicht die Quelle des Konflikts, aber sein Beschleuniger. Schneider erfuhr, daß er bei Wimmer schon so gut wie angestellt sei.

Sie wollen Fränk, um jeden Preis. Die Krebsforschung steht vor einem Durchbruch, und der Junge hat wahrscheinlich den Schlüssel dazu. Aber in Niethammers Gesicht kämpfte Vaterstolz mit so viel Unglück, daß dieses zuerst behandelt sein wollte.

Der Sohn hatte sich den Eltern leider ganz entfremdet, und Claire gab ihm, Niethammer, Schuld daran. In Claires Augen hatte Elinor den Aufenthalt in der Familie dazu benützt, nicht nur den Sohn zu sich hinüberzuziehen, sondern auch den Vater. Sie hatte die Familie zerstört.

Aber es war doch Claire, die sie eingeladen hatte.

Das darf nicht mehr wahr sein. Dabei hat sie Wunder gewirkt. Sie hat Fränk die Türen nach Münsterburg geöffnet. Aber das hat sie nur getan, um Claire zu treffen und mich ihr wegzunehmen.

Das klingt nicht nach Elinor.

Es ist auch der reine Unsinn! Wir haben *alle* zusammengespannt, um für Fränk das Beste zu erreichen – und dafür mußten wir gegeneinander offen sein. Ganz offen! Aber das geht nur mit Elinor. Claire macht die Schotten dicht, wenn sie Gefahr für ihre Kontrolle wittert. Und plötzlich ist ihr zu intim, was gestern noch bitternötig war – Mut zur Wahrheit! Anerkennung von Gefühlen! Gefühle sind auch Tatsachen! Ich kämpfe nicht für eine verbotene Beziehung, Schneider, ich kämpfe um meine Selbstbestimmung als Mensch! Was bin ich ohne Claire? Genau das will ich jetzt wissen!

Sie haben Schlüssel zu Elinors Haus.

Als sie Karlshafen verließ, hat sie die Schlüssel zurückgelassen, für jeden, der sie brauche, um einmal zur Ruhe zu kommen. Dem stehe ihr Haus offen, jederzeit, Fränk, mir, aber auch Claire! Sie waren ja mal Freundinnen! Und nun bin ich derjenige, welcher! Aber ich mußte mal zur Ruhe kommen, Schneider, und Elinor hat sie zu bieten, in Gottes Namen!

Das scheint mir alles ganz schön verwickelt, sagte Schneider.

Ich brauchte diese Freistatt, Schneider, wie ein gejagtes Wild! Und jetzt ist Elinor nicht mal da!

Da kann ich ja froh sein, daß Sie das Telefon abgenommen haben. Ich dachte, es sei Claire oder schon ihr Anwalt.

Den Appetit hatte ihm die Krise nicht verschlagen. Er wanderte immer wieder zum Buffet und kam mit vollem Teller zurück.

Wissen Sie denn, wo sie geblieben ist? Sie nimmt das Handy nicht ab.

Wir sind uns grade in Berlin begegnet, bei der Trauerfeier für einen Freund.

Matthéy. Ich wohne in seiner Dachkammer. Seine Bücher stehen noch da. – Ja, den hat sie verehrt. Niemand könne ihm das Wasser reichen. – Seine Augen waren beschlagen. – Es war nicht so gut, Hals über Kopf bei ihr einzufallen. Aber ich war am Ende meines Lateins.

Ja, sagte Schneider, Elinor weiß Rat, auch wenn Sie selbst keinen hat.

Niethammer nickte schwermütig. – Und Sie? fragte er, was vermissen Sie jetzt alles? Geld, Papiere – was?

Alles weg. Aber was ich wirklich vermisse, weiß ich noch nicht.

Von mir weiß ich es, sagte Niethammer, meinen Sohn.

Davon haben Sie mich schon bei Ihrem ersten Besuch im «Auerhahn» überzeugt.

Mögen Sie Fränk?

Warum fragen Sie?

Niethammer schluckte. – Es würde mir viel bedeuten, wenn Sie in der Nähe sind. Und ihm auch, das weiß ich. Er fühlt sich ... vaterlos.

Und Wimmer? fragte Schneider.

Ist ein Häuptling, aber kein warmer Mensch.

Der bin ich auch nicht. Ich bin ein Mann ohne Herz.

Niethammer lachte auf; es klang wie ein Notschrei. – Das weiß ich besser, wenn Sie erlauben.

Ich habe andere Sorgen, zum Beispiel, wer dieses Essen bezahlt. Versuchen Sie es mit mir, aber im Ernst: an Geld kommen Sie doch immer noch ran?

Mein Vormund ist tot. Jetzt möchte ich gern heim und schlafen, sagte Schneider.

In der Straßenbahn sah ihn Niethammer erschrocken an. – Aber die Schlüssel für Ihr Atelier habe ich ja gar nicht.

Elinor hat sie, sagte Schneider, und ich weiß wo. Wenn Sie mich kurz ins Haus lassen.

Als sie vor dem eisernen Tor standen, öffnete es Niethammer sichtbar verlegen wie auch die Tür zur Villa, wo Schneider hinter dem Schirmständer unter den Teppich griff. Er hielt einen Schlüsselbund hoch.

Kann ich sonst irgendwie … behilflich sein? Er hielt einen Zwanzigfrankenschein in der Hand. – Ist Ihnen damit gedient – bis morgen?

Nein, vielen Dank, sagte Schneider.

Niethammer sah ihm besorgt nach. Er ging nicht zu seiner Tür, sondern die Treppe hinab zum Briefkasten, und entnahm ihm einen Brief, hielt ihn lange in der Hand und bewegte sich nicht mehr.

Was von Beat Schneider noch zu melden bleibt, ist lückenhaft und oft aus zweiter Hand. Einiges hat die Polizei erst nach seiner Vermißtmeldung rekonstruiert.

Jeden Tag sei er zum Bahnhof gegangen und habe sich nach neun Uhr, an immer derselben Stelle, eine Pfeife angezündet. Er habe die

Passanten beobachtet, besonders die jungen Leute, die sich am Treffpunkt sammelten, oder vor der Anzeigentafel für *Ankunft* (weiß)
und *Abfahrt* (gelb). Es waren Teenager mit Ausländerhintergrund,
die einander pufften und beim Anblick der Bilder, die sie einander
auf ihren Smartphones zeigten, in Gelächter ausbrachen.

Es ist wahrscheinlich, daß er sich zu der Gruppe begeben hat, um
denen, die gerade und sogleich mißtrauisch zuhörten, von seinem
Verlust zu erzählen und für die verlorene Tasche, nur die Tasche
allein, einen Finderlohn anzubieten. Dann mußte er sich dessen
Höhe wohl überlegt haben, um sie nicht noch argwöhnischer zu
machen. Offenbar legte er einen Köder aus, auf den anzubeißen
nicht ratsam war. Sie seien ja immer da, hätte er sagen können,
sähen bestimmt mehr als andere. Dann mußte schon die Unterstel-
lung, sie seien ja immer da, ihren Ohren etwas Befremdliches haben,
denn der einzige, der zuverlässig jeden Tag da war, mit Pfeife, war er
selbst.

Einer von denen kann dem Mann aber auch einmal gefolgt sein.

In diesem Sommer hat man Schneider im «Auerhahn» nur noch
unregelmäßig gesehen, ihn aber auch nicht sonderlich vermißt. Elinor
war zu beschäftigt, mit Niethammer und Fränk, mehr noch mit sich
selbst; dies wurde, seit der Scheidung, ihr schwierigstes Jahr. Schneider schien sie seinerseits zu meiden, seit, nach Guys Tod, auch die
fast tägliche Teestunde ausgefallen war, als hätten sie einander nichts
mehr zu sagen; und vielleicht war es auch so.

Umso erstaunter war Elinor, als Schneider an einem schönen Sep-
tembermorgen vor ihrer Tür stand; sie hatte ihn nicht einmal klin-
geln gehört. Sie hatte am Vorabend mit Niddy gemailt, dann ein
wenig getrunken, um sich die nötige Bettschwere zu verschaffen,
auch um die Sorgen zu vergessen, die ihr unbezahlte Rechnungen
machten. Zuerst stundenlang ruhelos, hatte sie dann doch über-
schlafen, warum nicht, da sie am nächsten Morgen nichts und niemand erwartete. Doch nun stand Beat Schneider davor, wer weiß,

wie lange schon, und begrüßte sie sichtbar befangen. Er war vom Fleisch gefallen und wirkte übernächtig.

Aber er hatte eine Bitte. Ob sie so gut wäre, ihn morgen zum «Burgfried» zu fahren? Er habe etwas zu besprechen.

Im «Burgfried» lebte – wenn es denn noch ein Leben war – seine geschiedene Frau. Natürlich wollte er sie besuchen. Warum bemühte er Elinor dafür? Es gab öffentliche Verkehrsmittel, und er konnte sich auch ein Taxi leisten.

Elinor sollte sich an dieses Gespräch noch erinnern, nicht nur, weil die Polizei sie dazu vernahm. Es zeigte sich, daß sie die Letzte war, die Schneider gesehen hatte, lebend oder tot. Nach dieser Fahrt blieb er verschwunden, und sie hatte es lange nicht einmal bemerkt. Vielleicht hatte sie ihren Anteil daran. Denn sie hatte ihn damals nicht wiedersehen wollen.

VII
2007/08

19 Zeichen und Wunder

Das «Burgfried» ist ein vierstöckiger Betonbau aus den sechziger Jahren, der von einem privaten Unternehmer über «Wohlentbehren», dem Sennhof der Gemeinde Überseen, errichtet wurde. Eine «Tobel» genannte Schlucht trennt die Hochweide vom alten Dorf, das einst am See mit Weinbau anfing und auf der nächsten Geländestufe Acker- und Obstbau trieb. Zur obersten gelangt man zuerst durch Mischwald, dann über das Tobel, das eine schiefe Furche durch den Rücken der Pfannenstielkette zieht. Der Bach hat bei größeren Unwettern das Unterdorf überschwemmen können; seit der Lauf durch Schwellen gezähmt ist, eignet er sich zum langen Spazierweg mit flachem Anlauf, bei dem die Lehm- und Nagelfluhwände in den Himmel zu wachsen scheinen. Dann aber nützt der Weg die letzte Gelegenheit, sich die Flanke zum «Burgfried» hinaufzuwinden.

Selbstverständlich führt auch eine Autostraße hinauf und an der Schattenseite wieder hinab. Aber in den letzten Jahrzehnten ist die ganze Region gewissermaßen zur Sonnenseite geworden und mit einer dicht gewordenen Agglomeration von Wohlstand zugesiedelt. Diese «golden» genannte Küste kann man die Stammlande des Krankenguts nennen, das im «Burgfried» residiert und durch Zuzug aus den Villenvierteln europäischer Hauptstädte verstärkt wird. Neuerdings wird der medizinisch und psychiatrisch hervorragend ausgestattete Komplex auch aus Übersee, Rußland, ja aus China beschickt, wo das Zusammentreffen von Luxus und Leiden bis vor kurzem unbekannt war. Auch an Aussicht wird im «Burgfried» nicht gespart. Angeboten wird ein See- und Alpenblick, der an einem Nachsommertag wie heute von einer Geländekammer zur nächsten im hellen Dunst verdämmert, bis er sich im Glärnischmassiv, Tödi und Großen Faulen wieder zu einer Höhe erhebt, die dem Kostenniveau des gesegneten Landes entspricht.

Der Grundriß der Klinik bildet einen nach Süden offenen, etwas eckig geratenen Fächer, der jedem Zimmer, auch den diskret vergitterten, einen individuellen Panaromablick erlaubt. Und wenn nicht mehr alle Patienten – heute «Klienten» genannt – davon profitieren: sicher ist, daß er ihre Besucher aufrichtet und ihnen den allmählichen Abschied von ihren Lieben erleichtert. Sie wissen schon, daß Geld dabei keine Rolle spielen darf.

Gedanken dieser Güte gehörten eigentlich nicht zur Vorstellung einer geistigen Welt, die Elinor aus ihrem großväterlichen Haus mitgebracht hatte. Aber sie hatte sich eine eigene bauen müssen, als sie die Schläge nachgeliefert bekam, die weniger geistige Leute für eine Schule der Realität halten. Da diese obligatorisch bleibt, hatte Elinor immer Menschen gesucht, für die es noch immer eine *hohe* Schule blieb, und dabei hatte die Dressur des Niedrigen, die ihr Guy vorgelebt hatte, eine Rolle gespielt. Ihr eigenes Bedürfnis zu helfen war, wie bei vielen, die ihre Hilflosigkeit verstecken müssen, unausrottbar. Intakt aber durfte man es nicht mehr nennen.

Sie hatte ihrem Ehemann, dem verunglückten Musiker, nicht helfen können, und dem geliebten Kollegen an der Steiner-Schule nicht einmal durch einen Schnitt ins eigene Fleisch. Der therapeutische Beruf, dem sie sich als «pilgernde Törin» verschrieben hatte, war in Karlshafen gewissermaßen an einem Überschuß ihres Willens gescheitert, aber auch an ihrem eigenen Unwillen, eigene Wünsche und Bedürfnisse berufsmäßig hintanzustellen, so daß die Hilfsbereite am Ende als ebenso grenzenlose Intrigantin dastehen konnte. Es war in der Welt der andern verboten, naiv zu sein. Wo aber wird der Punkt überschritten, wo sich gesunder Menschenverstand von

einer zynischen Betrachtung der Dinge nicht mehr unterscheidet?
Wann muß eine gute Seele zum Schluß kommen, daß sie ihre Empfindlichkeit wegwerfen muß, weil dem Menschen – Mann oder
Frau – doch nicht zu helfen ist? Aber welchen Sinn hat es dann noch
zu leben? Was Elinor erfüllte, als sie Schneider zum «Burgfried» chauffierte,
war Ungeduld. Das Gegengewicht edler Langmut war, angesichts
der Kürze des Lebens, die sie mit bald fünfzig zu fühlen begann,
aufgezehrt. Ungeduldig hatte sie Niethammer beherbergt und verabschiedet; unwirsch hatte sie schon die Rücksichtslosigkeit betrachtet, mit der Fränk kam und ging – aber als er weg war, blieb
auch das Gefühl, sie habe an ihm viel versäumt. Mit einer Ungeduld, die eigentlich schon Verachtung war, sah sie jetzt den Komplex
«Burgfried» näherkommen, der sich als Dienstleistung anbot für
Menschen, die ihre Not immer noch mit einem Bankkonto unter-
füttern konnten.

Schneider hatte sich fein gemacht wie ein Bräutigam vom Lande
und trug einen Anzug, den sie erst einmal an ihm gesehen hatte, als
er zu seiner Festrede in Konstanz aufgebrochen war: lehmfarben mit
einem rot gepunkteten Schlips zwischen spitz ausladenden Revers.
Der Stoff flatterte um seine hager gewordene Gestalt, und ein
schwarzer Hut in seiner Hand, der ihr ganz neu war, gab ihm etwas
vom Leichenbitter – oder Dandy. Plötzlich erschien der Titular-Pro-
fessor als Prüfling, der seine Angst hinter einem Clownskostüm versteckt. Aber da es nicht zum Lachen war, erfüllte es sie mit – nun ja:
Ungeduld, die ihr selbst als Verkleidung durchsichtig war, für einen
absurden Neid: dieser Mensch besuchte seine große und einzige,
dement gewordene Liebe. Er hatte sie verspielt, dafür trug er sich als
Narren, und Elinor sollte das mit ansehen, aushalten und diesen
Herrn auch noch *fahren*. Jeder Halt vor einer Ampel erfüllte sie mit
Ungeduld, das Anfahren erst recht. Sie hatte immer das Gefühl, verspätet zu sein, und wußte immer weniger, wofür.

Während der ganzen Fahrt sprach Schneider kein Wort.

Warum heißt es «Burgfried»? fragte sie. Der Komplex erinnerte an ein geblecktes Gebiß und an die Festung der IG-Farben, die Elinor in Frankfurt gesehen hatte; die Bomben hatten sie ausgespart, damit sie die Besatzungsmacht später als Hauptquartier nutzen konnte.

In der Schlucht dahinter gab es eine Ruine, sagte er.

Talwärts setzte sich der «Burgfried» in einem terrassierten Garten fort; auf einer Seite führte ein Sitzlift zur Höhe des Eingangs, und in die Treppen war eine Spur für Rollstühle eingelassen. Die Anlage war von einem hohen Zaun umgeben. Und obwohl sie im vollen Sonnenlicht lag, zeigte sich darin kein Mensch.

Am Zollhaus vor dem Parkplatz war eine Gebühr zu entrichten.

Bevor er aus dem «Laubfrosch» stieg, hatte Schneider ein Buch aus der Brusttasche gezogen, einen schwarz und braun gemaserten Pappband.

Vielleicht blätterst du mal darin.

Sie las den Titel: «Lebensgeschichte und Natürliche Ebentheuer des Armen Mannes im Tockenburg».

Wann bist du fertig?

Du brauchst nicht auf mich zu warten.

Herr Schneider! sagte sie, wenn ich Sie schon hinfahre, fahre ich Sie auch wieder zurück. Es ist jetzt drei. Also wann?

Um vier, danke sehr, sagte er.

Vom Parkplatz führt ein unterirdischer Zugang ins Innere des «Burgfried»; anfangs weiß gekachelt, endet er im Innern bei einem Aufzug direkt zum Entree. Der Eingang trägt die Leuchtschrift SALVE und ist mit Lämpchen als Triumphbogen gestaltet. Bis der Tunnel Schneider verschluckt hatte, sah sie ihm nach, mit Erleichterung – und Ungeduld.

Der Weg, den sie unter die Füße nahm, führte erst durch einen von Weißdorn bestandenen Hohlweg ein Stück geradeaus, dann steil abwärts zum Waldsaum, der das Tobel begleitete; man hatte auf jeden Schritt zu achten. Paul Niethammer hatte ihr ein langes Mail geschickt; etwas wie einen Heiratsantrag. Sie mußte sich die Antwort genau überlegen; zugleich kämpfte sie mit dem Verdacht, daß jedes Wort unnütz, ja falsch war. Sie glaubte das Weite zu suchen. Und nun, da es sie auf allen Seiten umgab, schenkte sie ihm keinen Blick.

Als sie aus Berlin zurückgekommen war, hatte sie Paul Niethammer im «Auerhahn» vorgefunden. Er war eingebrochen, unangekündigt, und wie er angab, auch für ihn selbst überraschend. Sein Leben in Karlshafen war nicht mehr auszuhalten, keinen Tag länger. Und sie, Elinor, war die Wahre. Er hatte lange Zeit gebraucht, bis er das zu wissen gewagt hatte, jetzt aber war es ihm sonnenklar.

Was *ihr* sogleich klar war: er redete von verschiedenen Dingen. Erstens: er hielt es in der Ehe nicht mehr aus. Zweitens: er brauchte Elinor. Und solange er beides zusammenwarf, durfte sie nicht daran denken, ihm entgegenzukommen.

Er erzählte ihr, wie er Schneider, nach dem Verlust seiner Tasche, herausgehauen hatte, fast so, als wäre er *deswegen* in die Schweiz gefahren. Schneider schien ihm die Heldentat wenig zu danken. Er zeigte sich in der Villa nicht mehr und hatte Elinor kaum begrüßt.

Aber wer sie ernsthaft beschäftigte, war Fränk.

Sie hatte ihn, nicht sich selbst entlasten wollen, als sie ihm eine Bleibe in der Stadt vermittelte. Eine Ex-Kollegin der Steiner-Schule vermietete zwei Etagen an studentische Wohngemeinschaften. Von da an ließ er sich im «Auerhahn» nur noch auf dem Rad blicken, um seine Trainingseinheiten zu absolvieren, und schlüpfte dann ins Atelier, um Feuer zu machen; Schneider hatte ihm den Schlüssel gegeben, und Elinor sah mit Befremden, daß er dessen Heizgewohnheiten fortsetzte, auch zur Sommerszeit. Drohte er ihr mit Brandstiftung, weil sie ihn fortgeschickt hatte? Anfangs hatte er ihr, mit der flapsigen Anrede «Guten Tag!», hie und da noch gemailt – und den Kontakt erst abreißen lassen, als sein Vater im «Auerhahn» eingezogen war.

Sie hatte lange genug im Niethammerschen Haushalt gelebt, um das Heikle dieser Vater-Sohn-Beziehung zu erkennen. Als Paul seine Sekretärin entlassen hatte, war Fränk zuhause aus- und bei dieser Iris eingezogen und hatte damit seinen Vater bloßgestellt und die Ehe seiner Eltern noch mehr durcheinandergebracht. Das hatte sich *nach* Elinors Aufenthalt als Familientherapeutin ereignet, aber Claire betrachtete es als Folge davon und verzieh ihr nicht. Darüber hatte ihr Paul fortgesetzt durch Mails berichtet, und sie sah mit Schrecken – und einer Spur Genugtuung – daß sein Verhältnis zu Elinor, nachdem sie *ein* Mal zusammen eine Grenze überschritten hatten, mit Nachhaltigkeit drohte. Und plötzlich wohnte er als Eheflüchtling in ihrem Haus.

Was sollte Fränk davon halten?

Aber bitte! Fränk hatte doch genau die Stelle, von der er nur hatte träumen können. Er war Wimmers rechte Hand, stand vor einem wissenschaftlichen Durchbruch: was wollte er mehr?

Weißt du, wie er lebt? Wo er wohnt? Er meldet sich nicht mehr, seit er glauben muß, ich nehme ihm den Vater weg.

Das ist Claires Propaganda!

Ich weiß, was es heißt, keinen Vater zu haben. Ich hatte nie einen, und durfte nicht einmal wissen, daß ich ihn vermißte. Und suchte ihn dann im ersten Besten. So kommt man an den falschen Partner. Ich habe ihn büßen lassen, daß er nicht mein Vater war.

Du hast mich Fränk nicht weggenommen!

Nein, das tue ich nicht.

Paul beschwor seine Liebe, verlangte mit ihr zu schlafen. So treu war er noch keiner Frau gewesen, aber er war immer noch ein Mann! Und dann ließ ihn auch die Männlichkeit im Stich.

So wird das doch nichts!

Es wird auch nichts, Paul.

Ich dachte, du magst mich.

Ja, Paul. Aber *du* magst dich nicht.

Einmal hatte er sie geschlagen, wie einst ihr Ehemann, danach war er die Reue selbst. Er führte sie aus, ins Konzert, ins Theater, er war wunderbar im Gespräch, einen solchen Partner hatte sie sich eigentlich immer gewünscht. Aber ihr Versuch, Fränk wieder in den «Auerhahn» zu locken, mißriet regelmäßig. Er stellte sich tot.

Du mußt ihm schreiben, sagte sie.

Nach allem, was er mir an den Kopf geworfen hat? Das akzeptiere ich nicht!

Dann kam ein Ultimatum von Pauls Dekan. Claire sandte es in die Schweiz nach und begleitete es mit keinem Wort. Sie kannte Pauls Adresse, das sagte alles.

Es gibt noch andere Menschen, die dich brauchen, Paul, deine Studenten.

Was soll ich tun?

Du mußt abreisen. So kommen wir nicht weiter.

Das sehe ich, antwortete er bitter und sah noch immer nicht genug. Denn versprechen durfte sie ihm nichts. Dennoch reiste er ab, mit Tränen, denen sie zu trauen versuchte. Aber ihren eigenen Gefühlen traute sie nicht mehr. Schneider war tagsüber abwesend, erst spät in der Nacht sah sie im Atelier wieder Licht. Einmal war man sich um Mitternacht am Gartentor begegnet, als sie mit Paul von einer Vorstellung des «Sommernachtsraum» zurückkam. Schneider war erschreckend blaß, aber höflich, auch zu Niethammer; offenbar betrachtete er sie jetzt als Paar.

Trinkst du noch einen Schlummerbecher mit?

Tut mir leid, ich muß morgen wieder früh auf.

Das blieb lange Zeit sein letztes Wort, auch als Paul abgereist war. Dieser mailte, er halte wieder Seminar. Claire sei ausgezogen, doch es sei immer noch ihr Haus, und bald werde es verkauft; er suche etwas Neues. Sie antwortete teilnehmend und ausweichend. Damals begann die Ungeduld. Sie zeigte sich mehr und mehr in den Mails an Paul. Sie machte ihm keine Hoffnung. Sie hatte selbst keine. Er begann ihr Gedichte zu mailen, darauf antwortete sie nicht mehr. Sie hatte keine Arbeit, sie lebte vom Ersparten, und es wurde weniger. Sie begann Scherenschnitte anzufertigen, die immer kunstvoller wurden, und hängte sie an die Fenster ihres Arbeitserkers. Um zu schlafen, brauchte sie ein Glas Wein, und immer öfter noch eins. Bald würde auch sie das Haus verkaufen müssen.

In Gedanken ging sie, dem Waldrand entlang, einer Bankgruppe entgegen, die einen weiten Blick versprach. Aber dann setzte sie sich mit dem Rücken zur Aussicht, sonst schienen die Seiten des Buchs, das sie irgendwo aufgeschlagen hatte, zu grell. Gleich hinter den Bänken stürzte das Gelände in die Schlucht ab. Der Boden war so weit abgetragen, daß die Pfosten des Zauns teilweise in der Luft hingen. Es war nur eine Frage der Zeit, bis die Stelle, wo sie saß, weggewaschen war; vielleicht drohte dem «Burgfried», den nur eine Baumreihe von der Schlucht trennte, ebenfalls das Verschwinden. Noch hörten die Patienten das Freßgeräusch des Baches als Murmeln, das ihnen das Einschlafen erleichterte.

Elinor stieß im selbsterzählten Leben des armen Hirtenbuben gleich auf eine Stelle, wo er sich weh getan hatte: *Dann kamen die Schmerzen. Mein Vater sah' nach, und fand mitten an der einten Fußsohle ein groß Loch, und Moos und Gras darinn. Nun erinnert' ich mich erst, daß ich an einem spitzen Weißtann-Ast aufgesprungen war: Moos und Gras war mit hineingegangen. Der Aeti grub mir's mit einem Messer heraus, und verband mir den Fuß. Nun mußt' ich freylich ein Paar Tage meinen Gaissen langsam nachhinken; dann verlor ich die Binde: Koth und Dreck füllten jetzt das Loch, und es war bald wieder besser.*

Da sah sie den Schatten neben ihrer Bank und blickte auf. Ein älterer Mann stand nur zwei Schritte entfernt. Sie hatte ihn nicht

kommen hören, und das erste, was sie sah, war ein orangerotes Heftchen in seiner Hand.

Oh, pardon, sagt er mit tiefer Stimme. – Ich wollte Sie nicht erschrecken.

Setzen Sie sich ruhig.

Das ist Ihr Platz.

Es gibt noch Platz genug.

Wenn es recht ist. Danke sehr.

Er ließ sich nieder, blickte über See und Alpen, dann öffnete er
sein Reclam-Heft.

Mit einem fremden Menschen zusammen zu lesen, in weit offener Landschaft, hat etwas Intimes. Er war wohl siebzig, mit schiefer-
grauem, doch immer noch vollem Haar, und trug einen altväteri-
schen Anzug aus braunem Tweed mit gleichfarbiger Krawatte.

Elinor räusperte sich. – Darf ich fragen, was Sie lesen?

Euripides, antwortete er, ohne den Blick zu heben.

Original? fragte sie, denn von weitem kam ihr der Satzspiegel
fremd vor.

Zweisprachig. Wenn ich den deutschen Text gelesen habe, über-
prüfe ich, was mir an Griechisch geblieben ist. – Und Sie? Bräker?

Das sehen Sie gleich?

Ich habe dieselbe Ausgabe.

Man mußte sich wohl unterhalten. – Er sagte: Da sitzen wir vor
einer glorreichen Aussicht und *lesen* –, wie Petrarca. Er bestieg den
Mont Ventoux, als erster, soviel man weiß. Und als er auf dem Gipfel saß, was tat er? Er begann zu lesen.

Was denn?

Die Bibel, denn da steht geschrieben, was von der Herrlichkeit
der Welt zu halten ist. Aber erlauben Sie, daß ich mich vorstelle.
Emil Gygax. Wie geht es Fränk?

Sie starrte ihn an.

Ja, wir haben uns schon getroffen, Frau Gyr. In Ihrem Haus.

Mein Gott!

Ich hatte die Ehre, Ihren jungen Gast zu entwaffnen. Fränk Niethammer. Nicht Schleck.

Sie schlug die Hände vors Gesicht. – Herr Gygax! Wie konnte ich das vergessen!

So etwas passiert mir jeden Tag. Nicht jedermann prägt sich ein. Und Sie waren ziemlich aus dem Häuschen. Kein Wunder, wenn im Haus geschossen wird.

Dabei habe ich oft an Sie gedacht. Und jetzt werden Sie mir kein Wort mehr glauben.

Jedes, liebe Frau Gyr. In der Erinnerung verändern sich die Menschen, und manchmal ist Vergessen auch eine Gnade – Vergessenwerden nicht minder.

Nein! protestierte sie. – Sie haben damals wirklich anders ausgesehen – *ganz* anders.

Damals bin ich mit dem Herrn Schneider durch den Wald gegangen, und wir haben von lauter letzten Dingen geredet. Da sieht man feierlicher aus, als man ist.

Bitte machen Sie mich nicht zur Närrin. Sonst wären wir im «Burgfried» grade richtig, und ich müßte Sie bitten, mich gleich einzuliefern.

Er lachte.

Dafür würde ich gern erst Ihren Bankauszug sehen, und die Direktion vermutlich meine Vollmacht. Und dann wäre ich noch schneller im «Burgfried» als Sie.

Ernsthaft – es passiert ziemlich oft, daß ich mich selbst nicht kenne. Da braucht man schon andere, die das besorgen und sich nicht kopfscheu machen lassen.

Sie leben nicht allein?

Halb und halb, das scheint so meine Art zu sein. Aber meine Landlady ist eine ganze Portion, Crescentia, genannt Zenzi, aus Kaufbeuren. Für sie bin und bleibe ich ein verhinderter Sänger. Dafür hat sie mir den Gerichtsreporter nicht abgenommen, der ich mal war. Ich könne doch keinem Menschen ein Haar krümmen! Das war auch nicht meine Aufgabe. Allerdings, manchem Staatsanwalt hätte ich sie am liebsten büschelweise vom Kopf gerissen. Dafür habe ich hie und da einen armen Sünder so frisiert, daß er vor Gericht wie ein Mensch aussah.

«Manches Verbrechen ist ein Aufstand gegen die Armut der Seele.»

Wer sagt das?

Das haben Sie geschrieben.

Sieh an. So klug bin ich schon mal gewesen. Ich hätte den Satz nicht wiedererkannt. Jetzt sind wir quitt!

Meine Tante Alice hat jedes Wort von Ihnen gelesen. Sie hat Sie sehr verehrt.

Auch das habe ich verpaßt. Die Partie wird ungleich, liebe Frau Gyr. Aber: haben *Sie* mich bei Alices Begräbnis gesehen?

Sie schüttelte langsam den Kopf.

Ich Sie schon. Da hätten wir uns schon begegnen können. Auch noch im Glück.

Im Glück?

Alices Glück. Sie hat es doch noch kennengelernt. Als ich zum Singen kam, hatte sie es noch mit Geistern. Und mit ihrem toten Künstler ... hieß er nicht Freundlich?

Einzig. Saul Einzig.

Sie hat uns durch das Atelier geführt – Ein Einzig neben dem andern, ein Schatzhaus, wie im alten Delphi.

Es waren keine Originale. – Die hat Alice verkauft, um leben zu können. Aber vorher hat sie noch jedes Bild exakt kopieren lassen.

Von Störi?

Das wissen Sie ...? Alice hat es gern verschwiegen.

Ich war mit ihm am Gymnasium, in der gleichen Klasse wie Sigg, der ihn später zum Fälschen angestiftet hat – im großen Stil. Sigg, das war immer ganz großer Stil. Den kleinen Störi hat man nicht mal hängen müssen, das besorgte er selbst. Sigg hat man laufen lassen – in die Demenz. Strafunfähig, aber immer noch auf großem Fuß. Oder die Familie hat ihn aus dem Verkehr gezogen – wer weiß. Sie müßten es wissen, als Gerichtsreporter.

Der ruht in Frieden – wie Sigg im «Burgfried».

Grade hab ich Schneider hingefahren. Er war der Vormund seiner Frau. Sie ist auch im «Burgfried», und jenseits von Gut und Böse.

Jenseits von Gut und Böse ... wiederholte er. – Seine Frau gehört zu den letzten Dingen, von denen Schneider auf unserem Waldspaziergang berichtet hat. Dabei sehen wir uns zum ersten Mal.

Sie war Analphabetin, ein großes Kind. Alice war sicher, daß sie ihm unterschoben wurde, damit sie versorgt war. Sie gehörte nicht so recht zur Familie Schädler. Guy Matthéy – ein gemeinsamer Freund – hat einmal etwas Schreckliches gesagt, die Nazis hätten sie als lebensunwertes Leben betrachtet.

Matthéy, der Kunsthistoriker?

Er war Schneiders Freund. Und meiner auch. Wenn er in die Schweiz kam, wohnte er bei mir.

Darf ich fragen, womit Sie sich beschäftigen?

Mit Scherenschnitt, sagte sie. – Ich bin arbeitslos.

Es war so still, daß man auf der andern Seeseite die Eisenbahn tuckern hörte. Gygax hatte das Heftchen auf die Bank gelegt, faltete die Hände und blickte vor sich hin.

Sehen Sie die Häusergruppe, da unten, an der Geländekante, grau und gelb? Das ist ein Therapiezentrum für Zappelphilippe – ADHS-Jugendliche heißen sie. Eine Weile war sie ein Billighotel. Aber gebaut wurde das Ganze als reformierte Begegnungsstätte. Im Gymnasium hatten wir da mal eine Arbeitswoche, Biologie und Religion. Gleichzeitig war eine Gruppe behinderter Mädchen da. Da habe ich zum ersten Mal mit einer Frau geschlafen.

War sie auch behindert?

Alles andere, sagte er, oder nichts weniger. – Entschuldigen Sie: was heißt «nichts weniger»?

Fragen Sie im Ernst?

Ja, denn der Sprache ist nie zu trauen. Nichts weniger! Er lachte zum ersten Mal hörbar, aber ein Auge lachte nicht mit, auch der linke Mundwinkel blieb gefangen.

Sie konnte die Behinderte *spielen*, und auch damit war es ihr ernst. Heute sagt man den Leuten immerzu, sie müßten sich neu *erfinden*. Sie hat es wirklich getan. Sie hat sich immer weiter erfunden, bis zum letzten Tag. Wir waren verheiratet.

Schneider glaubt, er habe seine Frau getötet.

Meine Frau ist am Leben gestorben, und ich war nur ein kleiner Teil davon.

Ich könnte Sie beneiden, sagte Elinor.

Sehen Sie das Moos da unten? Jetzt ist es zugesiedelt. Aber damals roch es nach Bienensaug, Mädesüß, Wasserminze – wir mußten die Pflanzen *bestimmen*, nach Schinz. Wollgras, Orchis maculata, das gefleckte Knabenkraut. Und grade unter uns, auf dem Parkplatz, gab es eine Scheune, fast am Waldrand, sonst allein auf weiter Flur.

Gefällt Ihnen der arme Mann im Tockenburg? fragte er unvermittelt. Der Näbis-Ueli? Schon Flausen im Kopf? «*Uli! führ' du mich auch Eins herum!*» Ich feuerroth erwiederte: «*Ich kann's nicht, Aennchen! Gewiß ich kann's nicht!*» «*So zahl' mir denn eine Halbe*», versetzte sie, ich wußt' nicht recht ob im Schimpf oder Ernst. «*Es ist dir nicht Ernst, Schleppsack*», erwiedert' ich darum. Und sie: «*Mi See s'ist mir Ernst!*» Ich todtblaß: «*Mi See, Aennchen, ich darf heut nicht! Ein andermal. Gwüß ich möcht gern, aber ich darf nicht!*»

Sie können das auswendig!

Mi See. Nur wegen «Schleppsack». Ich wunderte mich, wie ein junger Mann ein Mädchen so anreden kann. Schleppsack! So ein Wort bleibt haften wie die Fliege im Bernstein. Ich habe mich über meine Frau jahrelang dumm und dämlich gewundert, und als sie tot vor mir lag, schoß mir durch den Kopf: Schleppsack!

Das ist ja schauderhaft.

Und komisch. Das hat sie selbst nie auseinandergehalten. Ich habe mich gefreut, als ich Sie beim Begräbnis Ihrer Tante lachen sah. Das hätte Alice auch getan, angesichts der Blasmusik an ihrem Grab, außer sie hätte es schauderhaft gefunden. Für Glückliche macht es keinen Unterschied.

Woran ist Ihre Frau gestorben?

Er blieb eine Weile stumm. – An Krebs, sagte er. – Daran *wäre* sie gestorben, aber vorher ist sie ins Wasser gegangen, die Taschen mit Steinen beschwert.

Ist das lange her?

Wie man's nimmt. Im letzten Herbst des letzten Jahrhunderts.

Fränk arbeitet am Krebs. Er erforscht einen Wurm, dessen Zellen nicht entarten können. Wenn man Krebs zurückbuchstabieren könnte, auch beim Menschen –

Man muß nur Bach heißen. Die Fuge und ihr Krebs.

Ja, in der Kunst. Im Leben will erst mal gestorben sein.

Es ist immer noch mehr Kunst daran, als wir fassen können. Euripides hat es gefaßt. Aber werden Sie nicht erwartet?

Sie sah auf die Uhr. – Ich möchte hier sitzen und die Zeit vergessen.

Darf ich das als Kompliment nehmen?

Wie Sie wollen. Aber von mir nehmen Sie am besten gar nichts.

Er schwieg. – Dann würde ich Ihnen gern was geben, sagte er, zum Lesen. Meine Schleppsack-Geschichte, vom Moos da unten.

Immer noch Reportagen? sagte sie.

Nur für den Hausgebrauch, und «manches Verbrechen ist ein Aufstand gegen die Armut der Seele.»

So eins kann ich jetzt gut brauchen.

Ich kann es Ihnen schicken.

Ich gebe Ihnen meine E-Mail-Adresse.

So was hab ich nicht. Also mit gewöhnlicher Post, ohne Kommentar, auch Ihrerseits. Im Auerhahn 23, stimmt das noch?

Ihr Gedächtnis!

Wie die Fliege im Bernstein! Manchmal sieht man vor lauter Fliegen den Bernstein nicht, und heute bin ich am Fliegenfangen. Erst im Moos, dann da unten in der Mühle. Da feierte ich mal Hochzeit, und meine Frau lebte noch, naturgemäß. – Er stand auf. – Lassen Sie sich nicht mehr stören.

Ich habe gestört, sagte sie, Sie haben keine Zeile Euripides lesen können.

Einen ganzen Akt, wenn ich nicht irre, lächelte er, nur nicht im Büchlein da. Aber dafür gehe ich jetzt zum Mittagessen.

Adieu, sagte er noch, und sie sah ihm nach. Der alte Mann hatte, wie ihr schien, *gehen* gelernt, und am liebsten wäre sie mitgegangen.

Schneider saß auf der Leitplanke, die den Parkplatz umzog. Sie haben ja Ihre Tasche wieder! rief Elinor. Dasselbe in Schwarz, grinste er. Woher? fragte sie. Gewußt wie, antwortete er. – Glück muß man haben! Und Ihre Sachen? Paß, Agenda, Schlüssel? Alles? Ja, alles überflüssig! Er schien ausgelassen, der Hut saß schief wie bei einem Komödianten, und als er ihn abgenommen und sich angeschnallt hatte, schlug er vor, in der nahen Mühle Tee zu trinken, er lade sie ein, und begann schon den Weg zu beschreiben, den sie fahren mußten. Plötzlich war die Ungeduld wieder da. In der Mühle war Gygax mit seinem Euripides.

Ich möchte allein sein, Beat.

Er verstummte.

Und dein Buch weiterlesen. Aber zuhause. – Sie drehte den Zündschlüssel.

Nach einigen hundert Metern Fahrt nahm Schneider den Hut

von den Knien und setzte ihn auf; er stieß gegen das niedrige Dach, das ihn fast bis zu den Brauen niederdrückte.

Ich habe da eine Geschichte gehört, sagte er.

Er fragte nicht, ob sie hören wollte, begann zu reden und hörte nicht mehr auf, bis sie im «Auerhahn» vorfuhren.

Eine Schulkasse aus Überseen, *Fifthgraders*, war nämlich verloren gegangen, auf einem Spaziergang am Pfannenstiel. Der nannte sich «botanische Exkursion», und als man den Weiler Hinter-Guldenen erreicht hatte, sandte Lehrer Spörri sein Schulvolk in den Wald, um Pflanzen zu suchen, damit man sie gemeinsam *bestimmen* könne. Der Lehrer setzte sich auf die Terrasse des Restaurants, um sich einen Kaffee zu gönnen und ein wenig zu twittern. Hinter-Guldenen liegt in einer Lichtung, und Spörri sah zu, wie sich die Grüppchen nach allen Seiten verzogen, eher schleppend, denn jeder und jede hatte schon das Handy hervorgekramt und begann zu tüpfeln, während die Köpfe gesenkt blieben und den Sneakers das Gehen überließen. Spörri bezweifelte, ob noch irgendwo ein Kraut wuchs, das sie hätten beim Namen nennen können. Aber da sie Unterricht als *Streß* empfanden, erlaubte er ihnen eine Auszeit in der guten Waldluft. Mochten sie *simsen* und *gamen*, dann hatte er seinen Frieden. Hätte er geahnt, daß alle Gedanken, die er sich in diesem Augenblick gemacht oder geschenkt hatte, sehr bald Gegenstand eines peinlichen Verhörs würden!

Denn als die Stunde vorbei war, kamen die Kinder nicht zurück. Unsichtbar blieben sie auch, als Spörri seinen Kaffee bezahlt und sich erst ärgerlich, denn irritiert, schließlich verstört auf die Suche gemacht hatte. Auch nach zwei Stunden hatte sich kein teures Haupt gezeigt, als hätte sie allesamt der Boden verschlungen. Natürlich dachte er zuerst an einen dummen Streich, ein Komplott, um ihn auf Trab zu bringen, aber allmählich wurde ihm derjenige vom Wirtshaus in den Wald und zurück zu viel. Schließlich tippte er einen Notruf in sein Smartphone. Die Polizei traf in Hinter-Guldenen ein, war für eine Großfahndung nicht gerüstet und verlangte Verstärkung, die mit Blaulicht anrückte. Die Männer schwärmten aus, fuhren auch die weitere Umgebung ab, mit Motorrädern und auf Wegen, die eigentlich der Waldwirtschaft vorbehalten waren. Immer mehr Männer kamen nach und bildeten Ketten, um jedes Dickicht abzuklopfen, doch als die Sonne im Zenit stand, war noch kein Kind zum Vorschein gekommen. Der Pfannenstiel, das reine Erholungsgebiet, auch für Rollstuhlfahrer gangbar, verwandelte sich in eine Kampfzone. Die Suchtrupps drangen in jede Röhre, jeden Graben, kehrten jeden Stein um. Aber auch ihre Spürhunde fanden nichts.

Die Polizei wollte die Eltern ja nicht gleich erschrecken, aber die Bitte, getragene Leibwäsche ihrer Kinder mitzubringen, zur Erkennung durch Hundenasen, war alarmierend genug. Nur gab es keinen Tatort, den man mit rot-weißen Bändern hätte absperren können. Elternteile begannen sich unter die Fahnder zu mischen und riefen die Namen ihrer Lieben. Geländewagen, sonst nur für den Schulweg der Kinder benötigt, brachten jetzt jede Menge Rotwild auf. Der Hügel befand sich in hellem Aufruhr, Hubschrauber streiften, wenn nicht lebensgefährlich, so doch ohrbetäubend über die Wipfel. Das gab es doch gar nicht!

Selbstverständlich hatten jetzt auch die sozialen Netzwerke die Jagd aufgenommen und überschlugen sich in Beobachtungen und Hinweisen. Aber auch IT-mäßig war den Verlorenen nicht beizukommen. Hatten Außerirdische zugeschlagen? Waren die Kids in ein Schwarzes Loch gefallen? Die Hunde liefen ratlos bellend zwischen Waldrändern hin und her, als drohe auf allen Seiten der freie Fall ins Bodenlose.

Und konnte man sich den *Shitstorm* vorstellen, der über Lehrer Spörri hereingebrochen war? Seiner konnte man immer noch habhaft werden, aber auch die Schulpflege bekam ihr Fett weg. Der Rattenfänger von Hameln blieb einstweilen von Verdacht verschont.

Kein Fingerabdruck, von einem Fußabdruck zu schweigen! Der Pfannenstiel wurde zur Pilgerstätte für Zeichendeuter und Rätsellöser. Einig war man sich nur, daß es für einen Gedenkgottesdienst noch zu früh war. Aber Bittprozessionen konnten nicht schaden, und Notfallseelsorger waren rund um die Uhr am Werk –

Schneider schwenkte den Borsalino, auf engstem Raum, und feixte. Elinor lachte nicht mit. Am Steuer eines Laubfroschs hat man umso weniger zu lachen, je mehr man dazu einlädt.

Als der Laubfrosch stillstand, stieg er aus und setzte sich den Hut wieder auf. Als er die Treppe hinaufgestiegen war, allein, schwenkte er ihn noch einmal, ohne sich umzublicken, und setzte ihn schief wieder auf.

Er ging noch durch die Tür. Das Letzte, was Elinor von ihm sah, war die schwarze Tasche an seiner Schulter, dann war sie vom Dunkel des Eingangs nicht mehr zu unterscheiden und die Tür ging zu.

Es sollte lange – für die Polizei: verdächtig lange – dauern, bis jemand anfing, Schneider zu vermissen: Fränk.

20 Schwarzmaler

In diesen nächsten Tagen brach das Hoch zusammen, und der Oktober zeigte ein vorwinterliches Gesicht, mit Temperatursturz und Regenböen. Für Elinor war es eine Zeit der Prüfung. Sie verließ das Haus nur noch für das Nötigste.

Fränk beantwortete keine Mail. In einem Traum Elinors wollte er mit dem Bike über drei Pässe fahren, die lawinengefährdet waren. Ihre Warnung schlug er in den Wind.

Sie verstand: seine Flucht vor den Eltern mußte gestoppt werden, um jeden Preis. Sie dachte nicht daran, ihm den Vater zu entfremden, den er deswegen zu hassen meinte. An nichts lag ihr mehr als an seinem Frieden, das mußte er glauben. Genügte es nicht, daß sie Paul aufgab? Mußte sie sich selbst opfern?

Aber wie hätte ihr Großvater gesagt? Ein Opfer darf man nur bringen, wenn man die Kraft hat, zu verschweigen, daß es eines ist.

Sie mußte Fränk ein Angebot machen, das er nicht ablehnen konnte.

Wenn sie schwerkrank würde?

Wenn sie Krebs hätte?

Sie wollte Fränk nicht erpressen. Sie drückte ja nur ihren tiefen Ernst aus ... sogar ihre Bereitschaft, für ihn zu sterben ... gegebenenfalls. Eine Psycho-Tante brauchte er nicht. Beziehungskisten aus- und einzuräumen, war nicht sein Ding. Doch eine Person, die seiner wissenschaftlichen Phantasie bedürftig war, würde ihn nicht ruhen lassen. Und sie konnte selbst dafür sorgen, daß er die Herausforderung bestand. Glaubte er sie aber geheilt ... so hatte er dabei eine große Rolle gespielt. Dafür durften die Sorgen, die er beschwichtigte, auch eingebildet sein. Sie mußten es sogar sein, um ihn nicht *wirklich* aufzuhalten.

Das wollte sie auf keinen Fall.

Natürlich wollte sie auch keinen Krebs.

War der Einfall, ihn vorzuspiegeln, schon fast so viel, wie ihn einzuladen?

Sie trank jetzt oft allein, natürlich nie zu viel – nur, damit der Kreisel in ihrem Kopf ein paar Stunden stillstand. Morgens trank sie nie, und immer nur das Beste aus Großvaters Keller. Und wenn er leer war – was dann?

Die Scherenschnitte wurden immer weniger zierlich, ihre Hand zitterte zu sehr. Wenn sie das gefaltete Papier öffnete, zeigte sich immer noch eine gepaarte Figur, aber die Symmetrie machte sie nicht schöner ... Sie klebte sie nicht mehr ins Fenster, zerknüllte sie und warf sie in den Papierkorb.

Eine Geschichte ging ihr nach. Sie handelte vom Erbstreit dreier Söhne, denen ihr Vater siebzehn Kamele hinterläßt. Sein Testament verlangt, daß der Älteste die Hälfte kriegen soll, der Zweite ein Drittel, der Dritte ein Sechstel. So sind die Kamele aber nur teilbar, wenn man sie schlachtet. Doch der weise Mufti weiß Rat. Er gibt sein eigenes Kamel dazu: und siehe da, achtzehn Kamele lassen sich nicht nur mühelos teilen, am Ende bleibt sogar eines übrig, dasjenige des Mufti, und er nimmt es wieder mit.

Elinor hätte ein Kamel zum Zurücknehmen gebraucht, aber sie hatte nur sich selbst anzubieten.

Einmal erinnerte sie sich daran, daß Schneider ihr Geld angeboten hatte. Wofür hielt er sie?

Am dritten Tag kam Post, von Gygax. Sie öffnete den Umschlag, gelbes Manilapapier, sechs eng beschriebene Blätter, Durchschläge einer alten Maschinenschrift, und dem Titel war ein handschriftlicher Gruß beigefügt. Ohne Anrede.

To whom it may concern

1958, zwei Sommer vor der Matura, veranstaltete die Klasse 5b des Lite-
rargymnasiums eine Arbeitswoche im Haus Wolferlei, einer Tagungsstätte
der reformierten Landeskirche mit Seeblick. Sie liegt an der flachsten Stelle
des Pfannenstiels, einer Randmoräne des einstigen Gletschers, wo er sich,
einige hunderttausend Jahre unschlüssig, eine neue Richtung überlegt
haben muß. Dann zog er den Arm wieder zurück und hinterließ eine
Senke, in der sich ein Hochmoor bilden konnte. Darin siedelten sich sel-
tene Pflanzen an, Orchideen sogar, weshalb das Gebiet nach dem Krieg
unter Naturschutz gestellt wurde.

Damit war unser Biologielehrer Loosli als Leiter gesetzt. Als Begleiter
bot sich der Religionslehrer an, Butz, ein nicht mehr junger Stadtpfarrer, den
wir keineswegs liebevoll Butzli nannten. Der Diminutiv paßte für beide,
denn sie waren kleiner als die meisten von uns, wobei der Pfarrer seine
Erscheinung durch eine schwarze Stirnlocke hob, die bei jeder Bewegung
ins Wippen geriet. Während der gedrungene Loosli Treuherzigkeit aus-
strahlte, zeigte sich Butzli als Grenzgänger zwischen Religion und Existen-
tialismus. Sie vertraten Nebenfächer, die für die Maturität unerheblich
waren, auch Biologie gelangte in unserem Jahrgang nicht zur mündlichen
Prüfung. Das gemeinsame Thema hieß «Wachstum», beim Menschen:
«Erwachsenwerden». Butz war Hobby-Ethnologe und hatte Material
sogenannter Naturvölker mitgebracht. Seine Junggesellen-Häuser paßten
zum christlichen Wolferlei, einer Neubaugruppe im sparsamen Heimatstil
der fünfziger Jahre.

Das Haus war zur Zeit wenig belegt, jeder Teilnehmer bekam ein Einzelzimmer. Überhaupt roch die Arbeitswoche nach Freizeit und Urlaub. Unsere Bande – Sigg, Störi, Forster, Schafflützel, Rufer und ich – kochte ihr
eigenes Süppchen. Wir nannten uns «Waräger» und hatten uns verschwo-
ren, alles Halbe und Minderwertige der Nachkriegswelt auszumerzen. Für
Butzlis Wochen-Thema, «Liebe im Licht des Evangeliums», hatten wir nur
Spott übrig. Frauen waren dafür gut, Helden wie uns auf die Welt zu stel-

len. Dafür mußten wir sie Mores lehren. Sie hatten die Männer schon genug verweichlicht.

Auch in Wolferlei gab es Frauen. Sie kamen aus einem Heim für «dissoziale Mädchen», die im Umgang mit der Normalgesellschaft trainiert werden sollten. Als solche betrachteten wir uns wahrlich nicht, dennoch beschäftigten uns die jungen Frauen, die sich ungeschickt bewegten oder mangelhaft ausdrückten. Nicht bei allen war die Behinderung offensichtlich. Megi zum Beispiel war geradezu eine Schönheit mit grauen Augen, rotem Haar, schlanker Figur und kühn geschnittenem Kleid, das sie angeblich selbst genäht hatte. Aber sie lächelte nie und erwiderte keinen Gruß. Wir wurden diskret belehrt, sie leide an «elektivem Mutismus». Ihre Intelligenz sei normal, aber unter Menschen, die sie nicht kenne, fehle ihr die Sprache.

Butz erklärte, sie werde an seiner Stunde als Hörerin teilnehmen. So saß sie bei seinen Selbstgesprächen über evangelische Liebe neben der Tür, ohne eine Miene zu verziehen. Es streifte sie mancher scheue Blick, wenn Butzli die Feindesliebe erklärte, den harten Kern der Frohen Botschaft. In den Erzählungen des Arztes Lukas spielten Frauen als Trägerinnen des Sündenheils eine ausgezeichnete Rolle; das fing mit Maria an und ging bei den verschiedenen Magdalenen immer noch weiter. Die Sünderin in Lukas 7 wäre in unserer Sprache einfach eine Hure gewesen. Als sie Jesu Füße gar nicht genug salben konnte, hielt der Pharisäer, als Gastgeber, den Beweis für erbracht, daß ein Mann kein Erwählter sein könne, der zwischen solchen und solchen Frauen nicht unterschied. Für Jesus aber war sie Maß und Muster des Erlösungswerks: eine Frau, die viel gesündigt habe, habe auch viel geliebt. Liebe, und tu, was du willst! so das Wort eines Kirchenvaters.

Doch Vorsicht! Original laute der Satz *dilige et ama*, und das sei kein Freibrief für das Laster. Denn *diligere* heiße soviel wie: gut unterscheiden. Man werde eingeladen, Grenzen zu *sehen*, nicht zu überschreiten. Und schon war Butzli bei den Jugendhäusern in Polynesien angekommen, die eben dafür gut seien, daß der doppelt verfaßte Mensch sein je eigenes Geschlecht kennen- und hüten lerne.

Wir spielten die Gelangweilten und fragten uns beiläufig, ob Megi überhaupt verstand, wovon die Rede war. Sie verließ den Raum, wie sie wollte, doch wir registrierten ihr Kommen und Gehen genau.

Nachmittags mußte man an die Luft, um für Loosli zu botanisieren, aber die Pflänzchen, die es zu *bestimmen* galt, waren bald gepflückt, und dann sammelten sich die Waräger in der nahen Burgruine um ein Feuer. Da wurde beschlossen, die geforderte Klassenarbeit schuldig zu bleiben. Bei diesen Lehrern fürchteten wir keine Folgen, und als werdender Jurist wußte Sigg schon genau, wie er den Fall beim Rektor darstellen mußte. Butz wäre nicht der erste Lehrer gewesen, den wir über die Klinge springen ließen. Wir waren die kommenden Herren der Lage und mußten uns nur noch schlüssig werden, wie mit den Frauen zu verfahren war.

Am dritten Tag erschien Störi verspätet in der Ruine und hatte Skandalöses zu berichten. Pflanzensuchend war er durchs Moos gegangen, als er aus dem Heuschober am Waldrand eigentümliche Geräusche vernahm. Er hatte sich angeschlichen und durch eine Ritze gesehen, wie sich im Innern, keine drei Schritt entfernt, eine Frau an Butzli zu schaffen machte, wozu er *oh ja, oh ja* gestöhnt habe. Dann habe er die Kleider geordnet, einen Fünfliber aus dem Geldbeutel geklaubt, und die Frau habe ihn wortlos angenommen.

Diese stumme Frau war Megi.

Wir waren erschüttert. – Für Geld! sagte einer verächtlich. Wir beendeten die Zusammenkunft und verzichteten darauf, das Feuer, wie sonst, mannhaft zu löschen. Wir traten es mit den Schuhen aus.

Zum Abendessen servierten die Mädchen, wir trugen das Geschirr in die Küche und halfen beim Abwaschen. Sigg sprach Megi an, und wir sahen, wie sie ihm in den Hof folgte. Als er zurückkam, war er sehr ernst. Er forderte die Waräger auf, sich in zehn Minuten hinter der Kapelle zu besammeln, unauffällig.

Dann ließ er sich vernehmen wie folgt:

Entweder wir lassen Butz hochgehen, oder wir machen es selbst.

Wir wußten gleich, was gemeint war, es verschlug uns die Sprache.

Und sie?

Ist dabei. Wenn wir es *richtig* machen.

Sie hat geredet?

Über Sex: ja.

Das Schweigen war tief, bis einer sagte:

Aber sie ist behindert.

Wir nicht, sagte Sigg. – Und sie hat Erfahrung.

Wie soll das laufen?

Zusammen, sagte Sigg. – Alle.

Aber das kostet.

Ich habe schon bezahlt, sagte Sigg. – Hundert.

Wir rührten uns nicht.

Zwanzig für jeden, fuhr Sigg fort. – Ich komme in zehn Minuten zurück.

Wer von euch dann noch da ist, ist dabei.

Schafflützel fiel immer ein dummer Witz ein, oder Forster ein böser.

Diesmal saßen wir vor den Kopf geschlagen.

Als Sigg erschien, hielt er ein Marmeladenglas in der Hand. Er musterte uns und sagte nur ein Wort: *Waräger.*

Zwei Dinge. Das erste: Wir schweigen. Sprecht mir nach: Wir schweigen.

Wir sprachen es nach.

Das zweite: Wir bleiben zusammen.

Wir sprachen es nach.

Jetzt die Reihenfolge. – Im Glas waren fünf Röllchen, jedes mit Gummiband verschnürt.

Es steht eine Nummer drauf. Jeder zieht. Das letzte Los ist für mich.

Er schüttelte das Gefäß und hielt es Forster hin. Der griff hinein und wickelte das Papier auseinander. – Drei, sagte er.

Als nächster zog Schafflützel die Fünf, dann Störi die Zwei.

Blieben die Vier und die Eins. Ich sah das Schlimmste kommen, und da lag es auch schon auf meiner Hand.

Für mich die Vier, sagte Sigg. – Gygax fängt an.

Er rief uns auf, mit Namen, und jeder antwortete mit seiner Nummer. Sigg blickte auf seine Uhr. – 19 Uhr 45. Morgen um dieselbe Zeit, und hier. Ich bringe eine Taschenlampe. Was willst du beleuchten? Hinterher müssen wir aufräumen. Bei der Übung kein Licht, Ehrensache.

Diese 24 Stunden wurden lang, doch nicht lang genug. Loosli erläuterte Wachstum, bei Zellen, Pflanzen, Embryonen, auch in der Wirtschaft; Butz übertrug das Prinzip ins Geistige. Ich hörte nur *Oh ja, oh ja*. Anscheinend war ich der einzige, der noch nie mit einer Frau geschlafen hatte. Schafflützel hatte eine Freundin «fest», Forster behauptete, als Gigolo reifer Damen im Geschäft zu sein, Störi wollte es einem Lehrmädchen besorgt haben, Sigg hatte sogar ein Bordell in Wien besucht, «wo ein Herr alles auszieht, außer Schuhen und Handschuhen». Ich aber bekam von meinem Vater, dem Briefträger, fünfzig Rappen Taschengeld in der Woche, und er erwartete noch, daß ich etwas zurücklegte.

Am Nachmittag hielt Butz einen Vortrag über den Unterschied von *Eros* und *Agapä*. Beide machten uns zu schaffen, aber dahinter stehe ein je verschiedener Wille, ein freier und ein unfreier. *Eros* diene letztlich nur dazu, den Menschen fortzupflanzen, dafür unterwerfe er uns dem Trieb. In der *Agapä* aber pflanzten wir uns – wie Nietzsche sagte – «nicht nur fort, sondern hinauf». Sie verlange, daß wir uns selbst beherrschten, davon würden wir zu Individuen und erhöben uns über die bloße Art. *Agapä* bewahre vom Geschlechtlichen nur das Geistige, wie ein Parfüm die Essenz der Rose. In der *Agapä* erbarme sich der Mensch gewissermaßen seines Rohstoffs und veredle ihn. Dann erst könne uns Gott, als ganz Anderer, auch im anderen Geschlecht begegnen.

Ich stellte mir vor, wie Megi sich Butzlis erbarmt hatte.

Beim Mittagessen hatte er erklärt, daß er von uns Abschied nehmen müsse. Er sei auf eine Pfarrstelle auf dem Lande gewählt worden, und seine Frau freue sich darauf, als begnadete Gärtnerin.

Oh ja, oh ja.

Beim Nachtessen trug Megi ein ockerfarbenes Sommerkleid. Der Schatten, in dem ihre Schenkel verschwanden! Ihr Ernst war mir unheimlich. Sie kommt gar nicht, dachte ich, nie läßt sie so etwas mit sich machen! Doch als sie noch vor dem Nachtisch verschwand, wußten wir: wir waren dran.

Beim Nachtessen stand Loosli auf und bot für den Abend eine Demonstration an. Es ging um Wachstum der dritten Art. Man werde sich über eine Bohne beugen und ihren Keim zur vollen Pflanze entwickeln, aber nur im Geiste. Damit wachse in uns selbst die Kraft der Meditation. Loosli hatte diese spirituelle Seite. Sigg erklärte, es tue ihm leid, er habe sich mit ein paar Kollegen schon verabredet. Das Dorfkino zeige «Nous irons à Paris» im Originalton. Ich staunte nur, wie flott Sigg lügen konnte. Er hatte immer ein Alibi parat.

Und so schlichen wir ab, als die Zeit gekommen war, hinaus ins offene Feld. Wir hatten uns geschniegelt und dieser und jener auch ein Düftchen aufgetragen. So näherten wir uns, Sigg voran, im Gänsemarsch dem Schauplatz, an dem wir zu bestehen haben würden wie vor dem Jüngsten Gericht. Die Wipfel des nahen Waldes zeichneten einen scharfen Umriß ins Abendrot, der See schimmerte wie Quecksilber. Je näher wir der Scheune kamen, desto unbewohnter sah sie aus.

Sigg hob die Hand, als wir vor der Tür standen. Dann zog er sie auf, trat ein, und man sah im Innern ein Licht herumirren.

Alles i.O., flüsterte er, als er wiederkam. – Auf geht's. Merkt euch, wo ihr die Kleider hinlegt. Gygax fängt an.

Drinnen stach uns Terpentingeruch in die Nase; die Augen begannen den Umriß des Raumes auszumachen. Er war zweiteilig; hier ein Strohlager, in dem sich Ballen in verschiedene Höhe türmten, daneben eine Werkstatt, aus der es durchdringend nach Farbe roch. Wir begannen uns auszuziehen und legten die Kleider auf den Balken ab, der sich über dem Fußboden hinzog. Zuhinterst, wo das Dunkel am tiefsten war, sahen wir in einem Bett aus Stroh etwas kauern.

Das mußte sie sein.

Wir standen auf der Türseite, wie Schwimmer am Beckenrand, eine Reihe heller Gespenster.

Ich tat den ersten Schritt, und immer noch einen; ich spürte mich nicht. Der Gang hatte etwas Überpersönliches, als sähe ich mir selbst zu, aus großer Höhe, auf dem Weg zur Hinrichtung. Und dann stand ich vor ihr. Ihr Gesicht war aus Schatten gebildet, am dichtesten lagerte er um die Augen. Nackt war sie nicht, aber ich sah den Schimmer ihrer Haut, einen Arm, jetzt auch die Schenkel, und dem Stoff, der sie bedeckte, entstieg ein Duft, zarter als Terpentin. Da stand ich nun, fröstelte, und alles an mir war stumm. Wie weiter?

In diesem Augenblick hörte ich Motorengeräusch draußen; ich täuschte mich nicht. Es wurde lauter; ein Traktor näherte sich der Scheune; jetzt tuckerte er vor der Werkstatt. Zwei Männerstimmen redeten französisch; jemand machte sich an der Tür zu schaffen. Es war die *andere* Tür, aber die Räume waren nur durch einen Wall aus Strohballen getrennt. Im nächsten Augenblick konnten die Männer hier sein, und wir waren entdeckt. Schon begann die Garagentür zu knarren.

Verschwinden!

Mein erstes Gefühl war: Erleichterung. Ich suchte Deckung, stieß mit Megi zusammen, ihr Körper wurde faßbar, aber er war neutral, und es schien nur natürlich, daß sie sich an mir festhielt. Ich versuchte sie hoch- und mitzuziehen; an der Wand drüben hatte schon die Flucht begonnen, die Waräger rafften ihr Zeug zusammen, ich sah sie gestikulieren – ich kam ja schon! Aber wie? Megi hielt mich fest. Drüben war die Tür schon weit offen, der Traktor hatte gewendet und ließ den Anhänger einfahren; *Recule! Encore! Plus gauche! Encore! Encore! Plus gauche!* kommandierte einer, der schon in der Scheune war, den andern draußen am Steuer und ließ das Licht seiner Taschenlampe wandern. Eigentlich mußte er Sigg gesehen haben, der uns aus dem Türspalt heftig zuwinkte, mit beiden Armen, ich aber rang mit Megi, wir hatten einander in den hintersten Winkel zurückgedrängt, um dem Irrlicht zu entgehen. Schließlich erlosch es, weil drüben ein anderes, stetig brennendes Licht angezündet worden war. Der Anhänger wurde schon beladen, das Blech krachte und klirrte, es roch nach Farbe und Lack. Die Männer unterhielten sich über einen Urlaub in Korsika, wo das Wasser noch sauber sei und die Mädchen heiß. Sie redeten kein Schulfranzösisch, aber es war immer noch zu verstehen, und solange sie redeten, fühlten wir uns ein wenig sicherer im Versteck. Doch hatte sich dabei der Kontakt mit Megi ganz merklich verändert, und ich begann erst zu verstehen, wie mir geschah, als es schon geschehen war, ich steckte fest in ihrem Leib. Das Gefühl, das nachkam, war wie noch kein anderes, und daß wir uns dazu ganz und gar still halten mußten, verstärkte es noch mehr. Dabei drückte sie mir den Mund mit ihrem eigenen zu, der aufgeblüht war, und verwickelte sogar unsere Zungen miteinander, damit keine einen Laut gab. Denn als die Männer drüben ihr Material geladen hatten, zündeten sie sich Zigaretten an, dabei lehnte sich einer an den Strohballen, hinter dem wir umschlungen lagen, so daß wir das Wippen seines Rückens fühlten. Und während sich Rauchduft verbreitete, war alles still wie in der Kirche, eine Minute, zwei ... ich glaubte nicht, daß wir sie überlebten, aber es war mir gleichgültig, wie der Wadenkrampf, das harte Nest war ja unbequem genug. Aber Megi zog mich mit beiden Beinen so nahe, daß ich wie in einem Schraubstock fest saß, und ich spürte, wie es mich überkam. Ich rührte mich nicht, und doch blutete ich aus, stoßweise in ein Meer grenzenloser Verlorenheit.

Allons! Drüben begann der Abmarsch, der Traktor begann zu stottern, Kübel und Kessel ratterten, das Licht ging aus, die Tür zu; wir lagen in tiefstem Dunkel, das sich, während das Motorengeräusch immer ferner herüberklang, zu lichten begann, aber so schwach, daß ich Megis Gesicht nicht erkennen konnte: Ich war ihr entschlüpft, bevor sie mich losgelassen hatte; sie stand auf und sagte kein Wort. Sie war stumm geblieben, ich aber lag bewegungslos, dann ging die Tür, und ich war allein.

Als ich nach meinen Kleidern tastete, stieß ich auf Siggs Taschenlampe und knipste sie an. Ich leuchtete den Schauplatz ab, als könne er mir jetzt noch zeigen, was hier geschehen war. Ich verstand es nicht. Aber im Winkel, wo wir gelegen hatten, sah ich, auf einem Häufchen losem Stroh, die Spur von Blut.

Megi zeigte sich nicht mehr im «Wolferlei».

Ich hätte sie nicht wiedererkannt, als sie, fünfzehn Jahre später, ihre Bildreportage auf die Redaktion brachte. Sie war eine weitgereiste Dame aus sehr vermögendem Haus, die früh Waise geworden war. Ihre Eltern waren in ihrem Privatflugzeug abgestürzt, für das ihr Vater einen neuen Treibstoff entwickelt hatte. Aus seinen Erträgen hatte sie ein selbständiges Leben angefangen. Auch wenn sie ihr Biologiestudium nie beendet hatte, blieb ihr Interesse für Menschen naturwissenschaftlich begründet. Als sie sich Mitte dreißig zu einer Ehe entschloß, fast beiläufig, war ich ihr Mann.

Daß sie stumm war, hat sie gut verborgen; auf Menschen, die sie nur oberflächlich kannten, wirkte sie beredt, wenn auch auf eigenwillige Art. Sich selber treu zu sein, hat sie nicht ausgelernt; aber Menschen, die von ihr andere Sorten Treue erwarteten, konnten ihr nicht helfen; leider gehörte ich dazu. Die Frage: hättest du es damals auch mit fünf Leuten getan? habe ich immerhin unterlassen. Die Antwort darauf ist auch so bei mir angekommen, nach ihrem zu frühen Tod. Aber ich hätte die Blutspur erkennen müssen. Es war schon im Strohlager von Wolferlei nicht mein Blut gewesen. Eine Jungfrau war sie gewiss nicht mehr, aber eine Seejungfrau ist sie geblieben. Der Schnitt, der ihr zur Menschenfrau nötig war, blutete ein Leben lang nach; er war es, der sie stumm gemacht hat. Ihr Leben als Menschin ließ zu wünschen übrig. Das tut ihr nicht mehr weh, aber mir.

Was ihr zu reden verbot, nannte sie «Anstand».

Es heißt nicht viel, daß ich keine geliebt habe wie sie, denn ich habe sonst keine geliebt. Das war vielleicht zuviel für ein gemeinsames Leben, und nicht ganz genug für ein gutes.

Der nächste Tag war der letzte in «Wolferlei».

Ich habe Sigg die vergessene Taschenlampe wiedergegeben, kommentarlos.

War es gut? fragte er immerhin.

Toll! habe ich gesagt.

Sonst ist niemand auf die «Übung» zurückgekommen. Aber sie war das Ende der Waräger. Für den Rest der Schulzeit waren wir nur noch Maturanden. Erst viel später hat uns Sigg wieder zusammengeholt und jedes Jahr im September ein Seminar veranstaltet, in der alpinen Dependance seines Instituts. Wir lasen Euripides.

Aber das ist eine andere Geschichte.

In Wolferlei gab ein Nachspiel.

Am letzten Tag bekamen die Männer, die ich in der Scheune gehört hatte, ein Gesicht. Es waren belgische Fahrende, mit Wohnwagen und Hund unterwegs, um für Gelegenheitsarbeit anzuheuern. Der Verwalter ließ sie seine Werkstatt streichen, nachts, um beim örtlichen Gewerbe keinen Anstoß zu erregen. Die Schwarzmaler versteckten ihr Gerät. Am Morgen zogen sie sich zur verdienten Ruhe in ihren Caravan zurück, wo sie über Nacht den Hund eingeschlossen hatten. Dazwischen ließen sie ihm noch etwas freien Lauf. Und während er mit den Hunden des Verwalters tollte, genehmigten sie sich einen Kaffee im Hof, der als Amphitheater gestaltet war. Sie sahen zu, wie uns Butz zu einer Morgenbetrachtung versammelte, zur Einstimmung in die sogenannte Bilanzrunde («Wachstum, Erwachsenwerden»). Man mußte auch die Mädchen des «Integrationskurses» ordentlich verabschieden. Loosli dirigierte einen Kanon aus seiner Pfadfinderzeit: *Entendez vous dans le feu / Tous ces bruits mistérieux? Ce sont les tisons qui chantent / Que nos cœurs soient joyeux!*

Während die Mädchen mit ihren Einsätzen kämpften, die Jungen sich gar nicht erst darum bemühten, waren auch die Hunde jappend und jaulend beschäftigt. Denn der Spaniel-Bastard der Schwarzmaler war eine Hündin, daran erlaubte das Verhalten der ansässigen Rüden, Schäfer und Mops, bald keinen Zweifel mehr. Als die Leiterin der Mädchengruppe aufstand, um sich bei den Kollegen vom Gymnasium für besonders wertvolle Zusammenarbeit zu bedanken, ließen die Hunde des Verwalters nichts unversucht, die geduckt trabende Hündin zu besteigen. Und als Butz zum Gegendank ansetzte und bedauerte, daß der Abschied schon so nahe sei, hatte sie der Schäfer am Fuß des freistehenden Kapellenturms so in die Enge gedrängt, daß er sein Ziel erreichte. Die Paarung, vom Mops inbrünstig verbellt, gipfelte in heftigen Lufttritten des Rüden, während sich unter den menschlichen Zeugen Verlegenheit breitmachte. Dann begann eine Behinderte mit dem Finger darauf zu zeigen und wollte nicht aufhören zu lachen, bis die Leiterin sie am Arm nahm und zum Aufbruch mahnte. Wo blieb der Verwalter?

Die Schwarzmaler hatten der Szene zugesehen, bis Pfarrer Butz vorstellig wurde, in energischem Schulfranzösisch. Darauf begann der Ältere: *Bella, ici!* zu rufen, mit absehbarem Mißerfolg. Der Schäfer war abgestiegen, versuchte aber umsonst, loszukommen; und während allgemeines Händeschütteln begann, standen die Hunde trübe blickend Hintern an Hintern, während der Mops bald am einen, bald am andern aufstieg. Jetzt aber ergriff Loosli die Gelegenheit, dem Auftritt der Tiere eine Lehre abzugewinnen. Während der Bus mit den Mädchen davonfuhr und die Schwarzmaler ihre Hündin anleinten, dirigierte uns der Biologe in den Seminarraum zurück.

Evolution! Es war ihre Logik, der Loosli den hündischen Eros unterordnete. Kühn sei es von ihr gewesen, die Kreaturen zweihäusig auszustatten und das verschiedene Geschlecht für die breitere Streuung des Erbguts zu verwenden. Danach erst habe man sich – sagte er mit Blick zu Butz – nicht mehr nur *fort*pflanzen können, sondern *hinauf*. Allerdings hätten sich mit zunehmender Höhe der Evolution auch entsprechende Abgründe aufgetan. Die habe man diese Woche mit Pfarrer Butz ausgelotet. Dem zweigeschlechtlichen Geschöpf werde auch noch zugemutet, sich hineinzustürzen, mit hormonal reduziertem Bewußtsein. So sei die Evolution für ihren Hauptbegünstigten, den Menschen, auch zum Hochrisikogeschäft geworden.

Denn Mutter Natur sei an erfolgreicher Befruchtung viel mehr interessiert als am Überleben der Individuen. So statte sie die männliche Seite scheinbar verschwenderisch aus und garantiere unter den Samenzellen den nötigen Wettbewerb um das einzige Ei, die wohlgehütete Rarität. Es verdiene nur das Beste. Aus ebendiesem Grund bleibe der Rüde, wie wir erlebt hätten, an der Hündin haften, damit sie auch vom letzten Samentropfen profitiere. Der Penisknorpel erleichtere zwar die Begattung, erschwere aber auch die Trennung. Das Paar böte dann den traurigen Anblick von Partnern, die auseinander wollten und nicht konnten. Die Natur aber triumphiere, denn durch den *Lock-up* erreiche sie, was sie wünsche – da könnten die Hunde dumm aussehen, wie sie wollten.

Post coitum animal triste.

Ruth und ich bekamen keine Kinder. Wir blieben eine Sackgasse der Evolution.

Als Elinor die Blätter weglegte, klingelte es am Haus. Sie blickte durchs Fenster und sah den behelmten Radfahrer vor dem Tor, ganz in Schwarz.

Fränk!

Warum läutete er denn? Das Tor war offen!

Sie stürzte die Treppen hinunter, überglücklich, sperrte das Tor auf, rief seinen Namen, griff nach seinen Händen, aber er rührte sich nicht.

Ich muß Schneider was fragen. Wo ist er?

Bitte komm herein.

Hast du ihn heute schon gesehen?

Heute nicht. Aber es ist noch früh.

Schon elf. Ist er verreist?

Das hätte er mir doch gesagt.

Fränk schulterte das Rad, und sie stiegen zur Pergola hinauf; Elinor fragte sich mit wachsender Bestürzung, wann sie Schneider zum letzten Mal gesehen hatte. Die Fahrt zum «Burgfried» war über eine Woche her.

Das Telefon nimmt er nicht ab, sagte Fränk.

Das kommt vor, wenn er arbeitet, sagte Elinor mit schwankender Stimme.

Fränk hatte an die Tür des Ateliers geklopft, ohne Antwort; dann hämmerte er dagegen. Alles blieb still.

Ich hole den Schlüssel, sagte sie, verschwand in der Villa und kam hastig zurück; doch gelang ihr nicht, das Schloß zu öffnen. Fränk drückte die Klinke. Die Tür war offen.

Der Raum wirkte unberührt. Der Kühlschrank war leer. Fränk blickte in den Ofen; sauber. Er ging die Treppe hinauf: das Bett war gemacht. Die Arbeitsecke aufgeräumt; der Computer zugeklappt, daneben einige Bücher und Stöße Papier.

Nichts berühren, sagte Fränk.

Es war, als hätte Elinors Schreck nur auf diese Worte gewartet. Sie klammerte sich am Großvaterstuhl fest und begann zu schluchzen. Fränk zog den Helm ab und nötigte sie ungeschickt, sich zu setzen. Sie hielt seinen Arm fest und preßte ihr Gesicht dagegen.

Er holte sein Handy hervor und tupfte eine Nummer. Die Polizei meldete sich. Er heiße Fränk Niethammer. Er müsse eine Person vermißt melden. Er nannte die Adresse. Und die Vermieterin.

Ich wohne auch hier, sagte er und hängte auf.

Elinor war verstummt.

Bis der Fall gelöst ist, sagte Fränk.

Ach Fränk, sagte sie, durch Tränen lächelnd, du bist doch kein Detektiv.

Ich habe eine Hypothese.

Das tust du meinetwegen.

Die WG scheißt mich an. Paulchen ist weg?

Wenn du deinen Vater meinst – wir haben uns getrennt.

Wenn die Polizei da gewesen ist, bringe ich mein Zeug. Aber erst gehen wir aufs Präsidium.

Und dein Institut?

Ich nehme frei.

Elinor atmete tief auf. – Genauso hat es ausgesehen, als er einzog, vor fünfzehn Jahren. Damals habe ich mich *zu viel* um ihn geküm-mert. In der letzten Zeit zu wenig.

Um mich, sagte Fränk, braucht sich niemand zu kümmern. *Im Fall.*

Inzwischen redete er schon wie ein Einheimischer.

VIII
2008/09

21 *Scrabble*

Heute hatte es Elinor schon früh auf den Markt gezogen, in der Stadthausanlage. Seit Fränk wieder im Haus wohnte, war es um ihren ruhigen Schlaf geschehen. Er kam und ging unregelmäßig und verbat sich, daß sich der Haushalt nach ihm richte, aber das war leichter zugesagt als getan. Eigentlich war Elinor Tag und Nacht auf dem Quivive und horchte auf seine Schritte zum Dachzimmer. Es kam vor, daß sie ihn mitten in der Nacht in der Küche antraf, wo er etwas in der Mikrowelle Aufgewärmtes in sich hineinschaufelte, während er neben dem Teller – oder lieber gleich der Schüssel – den Computer bediente. Sein immer noch kindliches Gesicht wirkte frisch und rosig, wie er da saß, in seiner Radfahrermontur, die mit einem Hauskleid zu vertauschen er keine Zeit gehabt hatte. Das einzige, wofür er sich welche nahm, war eine ausgiebige Dusche, für die er das Bad fast eine Stunde belegte, nie, ohne es in peinlich aufgeräumtem Zustand zu hinterlassen. Dann verduftete er – das Wort verband sich ganz von selbst mit dem nach einem Massageöl riechenden, noch dunstwarmen Badezimmer; zum Beweis, daß er zwar nicht mehr da, doch immerhin da gewesen war.

So war es ihm jedenfalls gelungen, Elinors Kummer über Schneider zu betäuben. Sie hatte zum ersten Mal wieder einen Weihnachtsbaum gerüstet; er ließ sich's gefallen, und die Händel-Oper, die sie ihm geschenkt hatte –*Alcina* – fand er so *cool*, daß sie ihn auch beim Radfahren im Ohr begleitete. Am Neujahr teilte er ihr nach dem Prosit allerdings seinen festen Vorsatz mit, sich im neuen Jahr *nur noch* mit seinem Forschungsprojekt zu befassen.

Wenn es frühmorgens still war, galt ihr erster Blick durchs Fenster seinem Fahrrad. Oft ging sie noch bei Dunkelheit aus dem Haus und kehrte mit klopfendem Herzen zurück, ohne Chance, wieder einzuschlafen. Dann zog sie sich besser gleich an und fuhr mit der ersten Zehner in die Stadt.

Die Läden waren noch zu, aber in der Stadthausanlage bauten schon Marktfahrer ihre Stände auf. Fränk hatte, bei seiner Lebensweise, Gemüse besonders nötig, auch wenn er es im Kühlschrank gerne übersah. Sie hatte eine Auslage Brokkoli geprüft und sich so brüsk aufgerichtet, daß sie mit dem Herrn hinter ihr zusammenstieß; eine Entschuldigung murmelnd, blickte sie ihm flüchtig in die Augen und erschrak. Es war Emil Gygax.

Guten Morgen, Frau Gyr.

Als sie seine Geschichte gelesen hatte, schrieb sie ihm einen etwas reservierten Dank zurück und hatte darauf keine Antwort erhalten. Er trug immer noch seinen braunen Tweed und in der Hand ein Netz. Aus dem Zeitungspapier schauten gewickelte Kräuterbünde.

Fährt sie noch, Ihre Trockenhaube auf Rädern?

Wenn sie muß.

Und wie geht es Ihrem Nachbarn?

Beat Schneider? Wird immer noch vermißt.

Vermißt? Was heißt das?

Seit drei Monaten fehlt von ihm jede Spur.

Haben Sie schon gefrühstückt? fragte er, und als sie den Kopf schüttelte: Ich auch nicht. Darf ich Sie auf die «Kleine Schanze» einladen?

Ich wollte Gemüse kaufen, aber das kann ich auch später. – Haben Sie einen Küchengarten?

Zenzis Estragon hat den Winter nicht überstanden. Ich dachte, er sei mediterran, aber er stammt aus Asien. Kam über die Seidenstraße zu den Arabern, bevor er sich in unseren Gurkensalat verirrte.

Kochen Sie selbst? fragte sie und ging schon neben ihm; sein Schritt war wieder etwas schleppend.

Kaffee und Tee, manchmal eine Fertigsuppe. Alles andere kocht meine Landlady. Wir sind noch aus der Zeit, wo das Mittagessen die Hauptmahlzeit war; die Leute waren seit Sonnenaufgang an der Arbeit. Zenzi ist auch mit siebzig dabeigeblieben. Sie ist eine Bauerntochter.

Landlady, das habe ich lange nicht mehr gehört.

Hat er nicht schon ihre Tante so genannt?

Wer? fragte sie überrascht

Schneider. Er wohnte doch zu ihrer Zeit schon da. Alices Restaurant. So nannten wir den Liedersalon Ihrer Tante. Da hat sie uns auch von Herrn Schneider erzählt, aber dazugebeten hat sie ihn nicht. Er habe Wichtigeres zu tun und sei nicht der singende Typ. Das war ich auch nicht – wenn ich ehrlich sein soll, war das Liedgut nicht ganz mein Geschmack. Wir sollten *a capella* singen, aber dazu gehören *Comedian Harmonists*. Ich erfüllte nur den ersten Teil der Beschreibung, aber die Damen fanden, ich brauchte Gesellschaft, als meine Frau gestorben war.

Damals lebte ich noch in Basel, erwiderte Elinor, meine Tante war stolz, daß ihr Emil Gygax die Ehre gegeben habe – aber mir scheint, davon haben wir schon einmal gesprochen.

Herr Schneider war damals schon verschwunden.

Verschwunden? Nur ausgezogen. Er hat sich verheiratet.

Ihre Tante sagte: verschwunden.

Aber auch wiedergekommen. Dafür hat sie selbst gesorgt. Sie war schon nicht mehr im Haus, aber ich mußte ihn unbedingt aufnehmen.

Vielleicht ist wieder so etwas passiert. Er versteckt sich bei einer fremden Frau.

Elinor lachte wider Willen. – Für ihn gab es nur die Eine, und nach der Scheidung noch mehr.

Die «Kleine Schanze», in den Fluß hinausgebaut, war Teil der alten Stadtbefestigung; ein Dach weißer Segeltuchflächen schützte den gekiesten Platz gegen die Sonne, die schon ein Stück über See und Pfannenstielkette gestiegen war. Das Restaurant war am Markttag gut besucht. Sie fanden einen Platz an der Brüstung, belegten ihn mit Gygax' Kräutern und suchten an der Krippe ihr Futter, wie er sich ausdrückte; er bestand darauf, sie einzuladen.

Als sie sich mit ihren Tabletts niedergelassen hatten, sagte er: Jetzt darf es ja heraus: Ich habe auch ein paar Nächte bei Ihrer Tante zugebracht, heimlich, aber in Ehren. Sie bat mich, Gespenster dingfest zu machen, die sie in der Villa verfolgten.

Wie früher in ihren Mietwohnungen. Ich dachte immer, in der Villa hätten sie ausgedient.

Wir haben sie auch nicht mehr gehört. Oder es war die Zentralheizung. Immerhin habe ich bei diesen Séancen ihre Familiengeschichte erfahren, und da war an Gespenstern kein Mangel.

Sie arbeiten Ihre Jugendjahre auf, sagte Elinor.

Wie kommen Sie darauf?

Wegen Wolferlei.

Verzeihen Sie die Aufdringlichkeit.

Ich las es als Vertrauensbeweis … auf den ich nicht gefaßt war. Es beschämte mich ein wenig, und meine Reaktion war danach. Sie haben nicht geantwortet.

Die richtigen Antworten lassen manchmal auf sich warten. – Nach einer Pause fuhr er fort: solange Alice ihrem Künstler nachtrauerte, war an Umzug nicht zu denken. Dabei gestand sie mir schon damals: nichts täte sie lieber.

Sie hat es auch getan, sagte Elinor, und erzählte von Graf Dracula, Siebenbürgen und Stürzikon.

Contra deum nemo nisi deus ipse.

Ich hatte kein Latein.

Gegen Geister helfen nur stärkere Geister. Ich war an einem humanistischen Gymnasium, und die alten Sprachen galten als Schlüssel zu allem. Namentlich Griechisch.

Euripides, sagte sie, Ihr Reclam-Heftchen.

Manchmal kommen mir unsere Lebensgeschichten nur wie ein schwacher Aufguß der Tragiker vor. – Er hob und senkte das Beutelchen im Teewasser.

Leben Sie noch, Ihre Schulkameraden von damals? fragte sie.

Störi hat sich in Rottweil aufgehängt, Forster ist in Australien an Krebs gestorben. Schafflützel mit einem Hotel in den Bergen verbrannt. Sigg gibt es noch – im «Burgfried». Wenigstens fehlt ihm der Luxus nicht.

Und Rufer? fragte sie.

Rufer? fragte er überrascht. – Es gibt keinen Rufer.

In Ihrem Bericht gibt es einen.

Sie haben ihn zu gut gelesen. So habe ich die Figur genannt, die ich lieber gewesen wäre als «ich».

Sie experimentieren mit der Wahrheit.

Nur mit der Vergangenheit. Dafür hat man sie gehabt.

Man hat sie nicht mehr in der Hand.

Das ist die Frage.

Aber Megi war die Wahrheit.

Ganz und gar meine Wahrheit von damals.

Sie wurde Ihre Frau, und Sie haben sie nicht wiedererkannt. Wie ist das möglich!

Es könnte normal sein.

Das ist also, was Sie «Ihren Fall» genannt haben.

Für etwas muß der Mensch leben. Ich war nämlich auch schon klinisch tot.

Das müssen Sie mir erklären.

Er berichtete, er habe die Asche seiner Frau, die im Herbst 1999 im Silsersee den Tod gesucht habe, ein Jahr drauf im selben Wasser beisetzen wollen und plötzlich dem Bedürfnis nachgegeben, ihr zu folgen.

Ich weiß, was Ertrinken heißt. Eine junge Frau, die mich retten

wollte, hat nachgeholfen, ohne es zu wollen. Ich wurde ohne Lebenszeichen nach St. Moritz geflogen, und es traf sich, daß dort gerade
ein Spezialist aus Kanada hospitierte, der sich mit dem Winterschlaf
von Erdhörnchen beschäftigte. Ich – wenn man noch von Ich reden
darf – wurde noch weiter gekühlt, bis ich so gut wie ein Eisblock war,
und dann ungemein langsam wieder aufgetaut. Und siehe da: was
zum Vorschein kam, war eine lebende Kreatur – aber so ganz der Alte
wurde ich nicht mehr. Viel muß ja doch hängengeblieben sein, sonst
könnte ich nicht so mutwillig daherreden. Die medizinische Literatur führt mich als «Sutter» – der Name, mit dem ich mich zurückge-
meldet haben soll. Ich hatte ihn von meiner Frau, wollte nicht als
Gygax wiederkommen, aber Hochmut kommt auch *nach* dem Fall.

So gleichmütig er geredet hatte, betrachtete Elinor ihn doch mit
Teilnahme.

Aber Sie müssen eine Sensation gewesen sein!

Für einen Teil der Fachpresse. Die größere Partei hielt meinen Fall
für getürkt. Man mag die Methoden des kanadischen Doktors nicht.
Aber das Business war mächtig hinter mir her, diese Kryologen, die
krebskranke Milliardäre tiefgefroren einlagern, bis zum großen Tag,
an dem die Medizin das ultimative Medikament hat. Es gibt auch
eine Billigversion, bei der man nur den Kopf behält und darauf
zählt, daß der Rest von der Stammzellen-Abteilung nachgeliefert
wird. Ich habe das Meine getan, um den *Hype* zu dämpfen – keine
Nahtod-Beichten, kein Interview, nichts. Dafür sind mir Leben und
Tod denn doch zu ernst – und jedenfalls eins von beidem steht mir
ja weiter bevor. Gut, ich bin wieder bei der Truppe, aber Gygax ist
immer noch der vorige, nur um ein Leben ärmer.

Das kann ich nicht glauben. – Elinor hatte zu kauen vergessen.

Ich bin nicht auferstanden. Auch wenn's kein Witz war – Humor
bleibt die beste Art, ihn zu behandeln. Für gute Christen müßte
Auferstehen normal sein.

Ich bin keine gute Christin.

Sind Sie sicher? Wo kämen wir hin, wenn uns ein Erlöser so einfältig behandelte wie wir ihn! Darum stelle ich mir lieber eine Frau vor. Männer müssen alles mit Löffeln gefressen haben, Gnade trinkt man besser von einer Brust. Aber ernsthaft. Wo kann Schneider geblieben sein?

Ich war bei meiner Freundin in Berlin, länger als vorgesehen, und als ich zurückkam ... hatte ich alle Hände voll mit mir selbst zu tun. Ein Freund, in dessen Familie ich therapiert hatte, war zu mir geflohen. Er mußte sich mit seinem Problem konfrontieren. Aber es dauerte, bis er die Kraft aufbrachte, zurückzufahren.

Und es tat weh, sagte Gygax.

Warum meinen Sie das?

Weil Sie gesagt haben, Sie hätten alle Hände voll *mit sich selbst* zu tun gehabt.

Er hatte sich meine Gefühle ... einladender vorgestellt. Und ich habe ihm Grund dazu gegeben.

Hat Schneider Sie geliebt?

Wenn er jemanden geliebt hat, war es LouAnne. Er hat sich nicht verziehen, daß er sie geschlagen hat. Danach ist sie nie wieder geworden – und er auch nicht. Als ihm auch noch ihre Tasche wegkam ... das war sein Ende. Aber daß er tot ist, kann ich auch nicht glauben. Das letzte Mal, als ich ihn sah, wirkte er fast fiebrig – er hatte eine Art Sprechdurchfall.

Sie erzählte von der stummen Hinfahrt zum «Burgfried» und der redseligen Rückfahrt, der Geschichte von den verschwundenen Kindern – er erzählte hektisch, als könne er sich gar nicht genugtun, sie verschwinden zu lassen.

Das war der Tag, an dem wir uns beim Lesen auf der Bank begegnet sind, sagte Gygax, und danach war er verschwunden – jedenfalls für Sie. Ob sie mir die Geschichte mit den Kindern aufschreiben könnten?

Das ist wie hundertmal schreiben: ich habe nicht aufgepaßt.

Ich habe Ihnen schon einmal eine Strafaufgabe zugemutet. Und danach gaben Sie mir den Eindruck, ich sei nur zufällig in den Verteiler Ihrer Jugendliebe geraten. Nein. Sie waren die erste, die ich mir als Leserin vorstellen konnte. Merkwürdig, warum ich das der Polizei gar nicht erzählt habe – die Sache mit den verschwundenen Kindern. Es war erst wieder da, als Sie fragten. Sehen Sie, man muß nur fragen. Immer noch der Gerichtsreporter. Die sind meist verhinderte Richter. Ich war ein verhinderter Täter. Da hat einer was verbrochen, was ich an seiner Stelle besser gemacht hätte. Dafür half ich ihm hinterher ein wenig aus der Patsche … auf Papier, für mich kostenlos. Aber es bleibt verdächtig, wenn man Straffällige schöner schreibt, als sie waren. Das hat meinen Chefs eines Tages in die Nase gestochen, und sie haben mich fallen lassen … in Ehren natürlich. Damals schlug die Stunde von Null Toleranz, und meine Stücklein paßten nicht mehr dazu.

Er habe von keiner Tat gehört, die er nicht unter bestimmten Umständen selbst hätte begehen können, sagte Schneider. Eigentlich Goethe, über den hatte er einmal arbeiten wollen.

Ein schönes Alibi. Jetzt möchten wir nur gern die Tat dazu kennen. Diese Genies! Ihres heißt Fränk. Wie Sinatra? Oder Roosevelt?

Getauft wurde er Franz. Fränk nannte er sich nach einem Radrennfahrer.

Fränk Schleck hat 2006 die Etappe zur Alpe d'Huez gewonnen. Sein junger Bruder Andy wird noch besser. Hat Ihr Fränk auch einen Bruder?

Nein, er ist ein Einzelkind. Aber er kam als Zwilling zur Welt. Das andere Kind war totgeboren.

Und jetzt studiert er Molekularbiologie. Wie ist er an Wimmer herangekommen? Den habe ich einmal über ein wissenschaftliches Plagiat vernehmen wollen. Es war unmöglich, ihn zu stellen.

Er hatte gleich eine Position für Fränk. Und der hatte ja noch nicht mal Matura. So vereinbarten sie einen Trick: er solle die Aufnahmeprüfung an die ETH machen, das gibt es dort – und sich dann ummatrikulieren. Fränk büffelte – und schaffte es auch. Aber dann stürzte die Ehe der Eltern völlig ab, und die Frau gab mir Schuld daran. Mit der Folge, daß Fränk von uns allen nichts mehr wissen wollte.

Man sitzt hier doch etwas kühl. Wollen wir weiterreden? Dann doch besser an einem warmen Ort.

Ich sollte längst zurück sein – wollte nur frisches Gemüse kaufen, damit sich Fränk nicht nur mit Schokoriegeln verpflegt.

Er ist doch ein wenig Ihr Kind, wie Schneider.

Ich bitte Sie! Ich habe nicht gut zu ihm gesehen.

Wovon hat er eigentlich gelebt?

Gewiß nicht von Hörergeld. Aber er hatte Vermögen, und die Geschichte, wie er dazu kam ... er wollte eine gute Fee gehabt haben.

Eine gute Fee?

Seine Kinderfrau. Er war ja ein Findling. Er wurde vor dem Pfarrhaus abgelegt, darauf nahm sie sich seiner an, aber dann ging sie weg, bevor er in die Schule kam. Sie soll ihm sogar seinen Namen gegeben haben. Schneider, nach dem «tapferen Schneiderlein». Das habe ich ihm nicht geglaubt, Wahr ist aber, daß sie ihm Märchen erzählt hat – er wußte sie noch auswendig und konnte sie mir wiedererzählen. Er muß sie wie Muttermilch eingesaugt haben ... was haben Sie? Ist Ihnen nicht gut?

Gygax lächelte nicht mühelos ... Es ist nur, wenn ich «Milch» höre ... ich habe eine Milchallergie. Das ist wie bei Teufel und Weihwasser. Kennen Sie den Namen der Fee?

Beat nannte sie «Alcina».

Klingt nach Chemie.

Eine Oper von Händel.

Hierorts unbekannt, sagte er wieder heiter, musikalisch habe ich viel verpaßt, trotz Alices Restaurant.

Daß sie Schneider einen Goldschatz hinterlassen hat, ist kein Märchen. Davon hat er seine Miete bezahlt. Aber er brauchte sich nicht um Geld zu kümmern. Dafür hatte er einen Treuhänder.

Es müßte doch ein Testament geben, sagte Gygax.

Ist es denn sicher, daß er tot ist?

Testamente werden noch von Lebenden verfaßt, sagte er, der Tod ist dafür eher hinderlich. Aber für Überraschungen immer gut. Es stimmt, Schneider muß fünf Jahre verschollen sein, wenigstens so gut wie tot, damit ein Testament in Kraft tritt.

Um Gottes Willen! sagte sie plötzlich. – Wissen Sie, was er mich auf unserer letzten Fahrt gefragt hat? «Brauchst du Geld??»

Ich dachte, er hat von verschwundenen Kindern gesprochen.

Auf der Rückfahrt. Aber auf der Hinfahrt fragte er wie aus heiterem Himmel: Brauchst du Geld? Ich war ziemlich … schockiert.

Und, brauchen Sie es?

Ich glaube, es reicht noch, um meinen Einkauf abzuschließen, sagte sie, und ich glaube, das möchte ich jetzt ganz gerne tun. Sie müssen mich auch nicht einladen.

Die Bitte kommt zu spät, sagte er, ich habe schon hinter Ihrem Rücken gehandelt. Und bitte um Ihre Erlaubnis, damit noch ein wenig fortzufahren. Ich rede nicht von Geld. Aber was Sie mir von Schneider erzählen, hat mich doch sehr nachdenklich gemacht.

Das tut mir leid.

Keine Ursache. Nachdenken ist gut für die Hirnrinde, dann bröckelt sie nicht zu rasch.

Als sie sich schon ein Stück vom Tisch entfernt hatten, blieb Elinor stehen und sagte: Ihre Kräuter, Herr Sutter.

Was habe ich gesagt. Die Furie Vergeßlichkeit. Aber Sutter sollten Sie mich besser nicht nennen. – Als er die Kräuter geholt hatte, sah er Tränen in ihren Augen. Er nahm ihren Arm.

Herr Gygax, sagte sie stehend bleibend, mit tonloser Stimme, *ich kann nicht mehr.*

Langsam, doch mit Festigkeit führte er sie über den kleinen Steg auf das Festland Münsterburgs zurück. – Als er ihren Arm losließ, sagte er: 36 Punkte!

Sie sah ihn an, wider Willen verblüfft. – Was meinen Sie?

Beim Scrabble, sagte er. – Ihr Name und meiner zusammen. Zweimal Y!

Sie haben auch noch ein X dazu, sagte sie, aber Eigennamen gelten nicht.

Die Regeln bestimmen wir selbst. Spielen wir einmal?

Elinor schöpfte Luft, der angehaltene Atem kehrte mit einem kindlichen Schluckauf zurück. Sie traute sich wieder zu lächeln.

Aber bei mir, sagte sie. – Ich möchte gerne wieder für jemand kochen. Wenn Ihre Landlady erlaubt.

Könnte ich dann auch das berühmte Atelier betreten?

Sie verabredeten sich schon für übernächsten Nachmittag im «Auerhahn».

Der Strom ist abgestellt, und das Atelier hat nur Oberlicht, sagte Elinor, kommen Sie früh genug, daß Sie noch etwas sehen. Wenn Sie Gnocchi mögen ... vegetarisch. Aber ich mache den Teig selbst.

Es sollte nur nicht zu spät werden. Ich wohne etwas abseits.

Ich kann Sie fahren, in der Trockenhaube auf Rädern.

Vergessen Sie bitte Ihre Strafaufgabe nicht! Die verschwundenen Kinder.

Am Mittwoch erschien Gygax im «Auerhahn», aber erst gegen fünf, und entschuldigte sich für die Verspätung; er habe sich in der Distanz verschätzt und geglaubt, mit einer guten Stunde Marsch sei es getan, wie zu Alices Zeiten; aber sein Schritt sei schwerer geworden und die Besiedlung dichter. Wo einst Feldwege waren, sei er auf Überbauungen gestoßen, habe Umwege gehen müssen und manchmal bedauert, den Kompaß nicht mitgehabt zu haben, den er noch aus seiner Pfadfinderzeit besitze. Eine «Recta» genannte stoßfeste Büchse aus Schwarzeisen, die man mit Knopfdruck wie eine Schublade aufziehen könne, wobei ein Klappspiegel aus poliertem Blech herausfalle. In ihm könne man, wenn man die Richtung suche, die grün-rote Nadel – sie schwimme in Öl – auch auf Augenhöhe sehen und über ein Visier den nächsten Fixpunkt anpeilen; dort nahm man dann wieder eine Ortung vor. Dafür müsse die Nadel mit dem roten Ende genau zwischen den Markierungen aus grünem Leuchtstoff pendeln.

Vermutlich war der Phosphor schädlich, sagte Gygax, aber darum kümmerte man sich noch nicht. Man hat ja im Schuhladen auch getrost die Füße in einen Röntgenapparat gehalten, um zu sehen, ob die neuen Schuhe paßten. Er zeigte auch gleich das Fußskelett mit, und einmal hat Störi sogar seinen Kopf in das Loch geschoben, damit wir seinen Schädel betrachten konnten. Einmal ist keinmal, hieß es. Nur im Aufklärungsunterricht hörte man das Gegenteil.

Für einen, der gar keinen Kompaß dabeihatte, war Gygax' Schilderung exzessiv. Er stand neben Elinor in der Küche, wieder in seinem Tweed, und trug Filzpantoffeln. Die Marschschuhe hatte er im Entree ausgezogen, ihres Protests ungeachtet. Sie hatte ihn am Gittertor abholen müssen, da er sich nicht zu läuten traute. Zufällig hatte sie ihn vom Erker aus auf der Straße stehen sehen, denn eigentlich mußte sie in der Küche sein, bei den Gnocchi. Dabei war sie schon unsicher geworden, ob er überhaupt komme. Und jetzt erklärte er ihr vor dem Herd alles über einen Kompaß, den er gebraucht hätte.

Sprechdurchfall, sagte er, ich habe nur ausprobiert, wann man so was bekommt. Bei hochgradiger Befangenheit. Wenn man eine Erschütterung zudecken muß.

Und wenn man dem andern etwas vormacht, sagte Elinor. – Sie sind keinen Schritt durch den Wald gegangen.

Er musterte sie erstaunt.

Ihre Schuhe waren sauber, sagte sie.

Er sah zu, wie sie die Kartoffeln durch die Presse drückte; dann gab sie die Masse in die Schüssel mit dem Eigelb und rührte sie mit Mehl und geriebenen Trüffeln zusammen.

Vertragen Sie Zuschauer in der Küche? fragte er.

Wenn sie nicht mogeln, sagte sie. – Ich habe nichts zu verbergen. Der Kompaß ist geschenkt, sagte er, aber daß ich mich orientieren mußte, ist wahr. Ich war auf der Polizei, bei einem Freund in der Presseabteilung, und habe Schneiders Akten eingesehen – erst das Nötigste. Die alten Netzwerke funktionieren noch, etwas abseits des Korrekten – aber ich habe Münger auch ein paar Dienste geleistet, als ich noch für das Blatt schrieb.

Darf ich dreimal raten, was das Nötigste war?

Schneiders Testament gibt es nicht – oder die Polizei hat es nicht gefunden.

Während sie die Teigmasse auf dem Brett knetete, sagte sie: Und Megi war die leibliche Mutter Schneiders, und Sie sind sein Vater.

Wollen wir dieses Gespräch für den Nachtisch aufheben? fragte er.

Und wann spielen wir unser Scrabble?

Wenn die Gnocchi so lange warten können?

Die dürfen jetzt etwas liegen. Gekocht und angerichtet sind sie schnell. Dafür bin ich dann gern allein in der Küche. Und Sie können sich so lange überlegen, was Sie mir erzählen wollen.

Fränk ist nicht da?

Er übernachtet im Institut.

Kann ich etwas helfen?

Wenn Sie so freundlich wären, den Wein zu dekantieren. Es ist schon etwas spät dafür. Aber entschieden zu spät für das Atelier. Sie müssen wiederkommen.

Wenn Sie zu gut spielen, getraue ich mich nicht. – Mein Gott, sagte er, als er die Flasche ansah. – Grand cru 1968. Der gehört an eine Auktion. Für französischen Rotwein war es ein guter Jahrgang, sagte mein Großvater. Von den übrigen 68er-Produkten hielt er nichts. Er hatte eine Privatbank, bis sie fallierte – 1974. Aber den Weinkeller hat er gerettet. Jetzt muß ihn nur noch jemand austrinken. Früher war's Schneider. Jetzt müssen Sie sich opfern.

Ein diskreter Geruch unter ihrem Parfüm verriet, daß sie ihren Teil des Opfers schon gebracht hatte, auch ihre Wangen waren unter sorgfältiger Kosmetik leicht gerötet. Er ließ den Wein durch den versilberten Ausguß andächtig in die gläserne Phiole fließen. Elinor hatte die Schürze abgelegt, unter der ein Strickkleid mit Silberglanz zum Vorschein kam, auf Figur geschnitten. Sie bewegte sich mit unauffälliger Anmut. Er war in einem von Zenzis alten Telefon-büchern – sie warf keines weg, es war ihre Bibliothek – auf den Ein-trag gestoßen: Gyr, Elinor, Eurythmie. Jetzt brachte sie zwei ge-schliffene Gläser, in die er einen Schluck aus der Phiole umgoß. Sie stießen wortlos an. Der Wein war schwer wie ein herber Likör.

Bei meinem Hahnenwasser stehe ich für den Jahrgang. Und Münsterburg ist besser als Vichy. Während wir spielen, darf der Bur-gunder nochmal durchatmen.

Alices einstiger Salon war jetzt mit Bauhaus-Mobiliar belegt; überhaupt war die Villa umgerüstet worden. Freilich widerstand der großbürgerliche Grundriß einer umfassenden Korrektur und ließ die Zeugnisse der Moderne eine Nummer zu klein aussehen, und die mit Eichenholz-Paneelen verkleideten Wände leer. Auf Bild-schmuck hatte Elinor ganz verzichtet; so hatte das Wohn-Eßzimmer einen Hauch von Kantine und Provisorium. Der Eßtisch war mit Kamelien geschmückt, doch neben den zwei Gedecken blieb noch viel Fläche frei.

Der Schrank, aus dem sie das Spiel holte, war ein Stück Täfelung, das sich öffnen ließ, und Gygax glaubte in eine Kindertruhe zu blikken. Der Schrank war bis zum obersten Regal gefüllt mit Stofftieren, Puppen, Baukästen, Modellautos alter Jahrgänge, Zinnfiguren und Schachteln aller Größen mit zerfledderten Rändern.

Das ist noch aus der Jugend Alices und meines Vaters. Aber das Scrabble habe *ich* eingebracht.

Vielleicht kommt Fränk, wenn wir spielen.

Ohne Eigennamen!

So verging eine Stunde, Gygax schrieb die Punkte auf, und Elinor machte sie; am Ende hatte sie gewonnen, nicht haushoch, aber deutlich.

Bitte zünden Sie die Kerzen an, ich gehe jetzt in die Küche. Mögen Sie ein Gedicht Schneiders lesen? Die Polizei hat es im Atelier gefunden – für sie enthielt es keinen Hinweis auf seinen Verbleib.

Die großräumige Handschrift war auch bei Kerzenlicht leicht zu lesen.

Dieses Sommers letzte Rose
Blüht vom ganzen Jahr,
Eh ich sie mit Augen kose,
Wart ich wunderbar.

Hast mit deines Blickes Bienen
Manchen Schatz gemehrt,
Dennoch blieb von ihrem Dienen
Eines unversehrt.

Eines, wie die Rose, leise
Denn zurückgeblüht,
Deinem Blick auf diese Weise
Wieder neu verfrüht.

Wie finden Sie es? fragte sie, als er Parmesan über seinen Teller raffelte.

Vielleicht etwas ungelenk. «Wart ich wunderbar.» Aber «wieder neu verfrüht» – das hat etwas. «Auf diese Weise» – naja. Lesen Sie gern Gedichte?

Morgenstern war mein ständiger Begleiter, in der anthroposophischen Zeit. Der tiefe, humorfreie Morgenstern. «Wir fanden einen Pfad»; den suchte ich auch und hatte selbst nichts zu lachen.

Nachdem sie nochmals mit dem Jahrgang 1968 angestoßen hatten, und auf ihre Gnocchi mit Rucola-Salat, sagte sie: Auf dem Umschlag stand Ihre Adresse, aber auf dem Plan habe ich Sommerau nicht gefunden. Und mit üblichen Kommunikationsmitteln sind Sie nicht zu erreichen, fast so wenig wie Schneider.

Aber ich werde nicht mehr vermißt, das ist ein Unterschied.

Was tun Sie?

Nichts.

Das stelle ich mir anstrengend vor.

Ich grabe im Garten meiner Landlady einen Teich, wenn Sie's genau wissen wollen.

Und bearbeiten Ihr Leben.

Ich versuche festzuhalten, was mir passiert ist, erschrecke über alles, was ich mal nicht wissen wollte, und staune manchmal, wieviel mir dazu einfällt. Und manchmal könnte es auch wahr sein.

Ich wüßte gern, wie Sie leben.

Im Eigensinn bürgerlicher Konvention gar nicht mehr. Warum lachen Sie?

Das hat Schneider auch gesagt.

Und ist auch von Morgenstern, wie das Knie, das einsam durch die Welt geht. Es ist ein Knie, sonst nichts.

Es ist kein Baum, es ist kein Zelt, setzte sie fort.

Es ist ein Knie, sonst nichts, beendete Gygax gravitätisch. «Einer hohen Direktion stellt sich, laut persönlichem Befund, untig angefertigte Person als nichtexistent im Eigen-Sinn bürgerlicher Konvention vor und aus, und zeichnet, wennschonhin mitbedauernd nebigen Betreff –!»

Beat konnte auch den ganzen Tag Gedichte aufsagen.

Sie räumte das Gedeck weg; auch der Nachtisch – Crème brûlée – mundete vorzüglich. Inzwischen hatte es eingenachtet.

Kannten Sie Schneiders Frau?

Nein. Als ich ihn kennenlernte, war die Scheidung schon vorbei. Sigg besorgte das Rechtliche. Schneider nahm das Urteil an. Er hätte für sich selbst die Todesstrafe verlangt, wenn es sie gegeben hätte.

Haben Sie sich schon gefragt, warum Sie ihn zum «Burgfried» fahren mußten?

Hundertmal, antwortete sie. – Natürlich suchte er seine Frau, obwohl er geschworen hatte, sie nie wiederzusehen – ihrer Ruhe zuliebe. Oder er wollte zu Sigg, ihrem dementen Verwandten.

Er wäre weder zu ihm noch zu ihr durchgekommen, sagte Gygax, sie sind in der geschlossenen Abteilung. Und die Polizei hat das Personal vernommen: es ist kein Besucher mit Namen Schneider registriert, oder mit seiner Beschreibung – die wäre ja auffallend genug gewesen. Er war nie im «Burgfried», Elinor.

Ich habe ihn doch im Tunnel verschwinden sehen!

Sie sagen es. Verschwinden. Das erste Mal ist er nochmals wiedergekommen. Da hat er's geübt. Das zweite Mal hat er es gekonnt. Und beide Male vor Ihren Augen. Dazwischen war seine Erzählung, und wovon handelte sie? Vom Verschwinden einer Schulklasse. Da war er auch dabei, als Fünftkläßler. Sein Lehrer hieß wirklich Spörri. Wo ist übrigens der Text geblieben, den Sie mir versprochen hatten?

Sie errötete. – Er fiel mir nicht mehr ein, sagte sie. – Ich habe es versucht –

Auch verschwunden, lächelte er. – Sehen Sie. Gestern so farbig, heute schon weg. Es strahlt immer noch was ab von diesem Schneider, Verschwinden ist ansteckend. Ein Vorgeschmack der Tatsachen.

Sie werden keinem Menschen erspart bleiben – aber wenn wir selbst in den Fall kommen, tut es uns nicht mehr weh.

Aber, begehrte sie auf, warum sollte ich denn hinfahren? Er hat mich förmlich *gebeten*, Emil, fast feierlich – und das, nachdem er wochenlang unsichtbar gewesen war.

Unsichtbar für Sie, sagte Gygax, denn Sie waren mit eigenen Geschichten beschäftigt. – Er wollte Sie noch einmal sehen, Elinor, mit Ihnen fahren, im Laubfrosch; warum hätte er sonst das Sonntagskleid angezogen?

Wenn Sie ihn gesehen hätten, sagte sie. – Die reine Vogelscheuche.

Sie haben sich ja auch verschrecken lassen. Aber was wissen wir über den Sonntag der Vogelscheuchen? Wäre das nicht ein Romantitel?

Emil, Sie nehmen mich auf den Arm.

Dafür bin ich nicht mehr jung genug. Aber im Alter lauscht man Wörtern nach und dem Wortlaut. *Warum sollte ich denn hinfahren?* Da haben Sie viel gefragt – weit über den Anlaß hinaus. Da klang was durch Ihre Worte, Elinor, das verschwindet nicht auf der Stelle – in einem alten Kopf wie meinem bleibt's haften, wenigstens bis übermorgen. *Warum sollte ich denn hinfahren?* Daraus könnte sich auch ein Kirchenlied was machen. Das haben nicht nur Sie gesagt, Singvogel – darin höre ich die Musik der Welt, und ihre Melodie namens Vergänglichkeit.

Warum nennen Sie mich «Singvogel»?

Warum nicht?

Weil es mein Übername war, in der Schule, unter dem ich gelitten habe. Für meine Stimme konnte ich nichts.

Das wußte ich nicht, aber sehen Sie: da schien wieder was durch in meinem Gerede, das muß weiter her sein als Sie und ich. Sie waren ein Singvogel, Schneider war ein Kuckuckskind. Darunter wird er nicht weniger gelitten haben, nur weil er nicht wußte, warum. Aber seine Kinderfrau konnte es ihm sagen, in der Sprache der Märchen, und so eine hatte ich auch einmal. Sie bleiben nur nicht.

Wenn Schneider nicht im «Burgfried» war, wo dann?

Das ist so recht eine Frage für die Polizei. Vielleicht kann sie mein Freund Münger noch beantworten. Wo war Beat Schneider am so und sovielten zwischen so und so? Da waren wir doch schon weiter, sogar zur selben Stunde, Sie und ich. Wir kannten uns kaum, und schon waren wir auf dem Mont Ventoux und beim Armen Mann im Tockenburg und seinem Schleppsack. – Das sind Realitäten, Frau Gyr, und für die brauchen wir nicht mal ein Alibi. Dafür muß man hie und da ein Pseudonym in Kauf nehmen. Wer war Megi, wer Ruth? Was sind Namen? Schall und Rauch. Aber der Schall kann Musik sein, und der Rauch einer Dunhill-Pfeife … Schneider wäre ihm wohl am liebsten nachgezogen. Vielleicht *ist* er ihm nachgezogen.

Lieber Emil, Sie sind doch ziemlich verrückt.

Unziemlich hätte mir früher besser gepaßt, aber man muß wissen, wenn ein Glück vorbei ist. Sonst war's auch kein Glück.

Sie machen mich traurig. Als wäre alles nichts.

Das hat Ihre wunderbare Küche nicht verdient. Mein erster geselliger Abend seit – anno Toback. Nur beim Scrabble herrscht Ungleichgewicht. Revanche muß sein – wann?

Sie sah ihn an, zugleich erschrocken und erwartungsvoll.

Sie müssen schon gehen? Aber Sie kommen wieder.

Unter der Bedingung, daß Sie nicht kochen.

War es so schlimm?

Nein, liebe Elinor, zu gut – daran darf ich mich nicht gewöhnen. Und ich bin mir noch einen Spaziergang durch den Wald schuldig.

Mitten in der Nacht?

Wie zur Zeit von Alices Restaurant. Und es ist erst neun.

Sie können fallen und nicht mehr aufkommen und haben nicht mal ein Handy.

Bewegung tut gut. Ein wenig Fürchten auch. Hab's noch nicht ausgelernt.

Aber morgen bringe ich Sie nach Hause.

Morgen?

Und Sie kommen früher!

Wie sich zeigte, tat er das durchaus nicht, obwohl er mit dem öffentlichen Verkehr gekommen war. Aber er war zuvor noch in der Stadt gewesen, bei einem bekannten Traiteur, und brachte eine große Schachtel mit Leckerbissen mit.

Mein Gott! Was das gekostet hat!

Wenn wir von Geld reden: Schneider hat Ihre Miete sechs Monate vorausbezahlt.

Woher wissen Sie das?

Von meinem Freund bei der Polizei. Verraten Sie ihn nicht, sonst versiegt die Quelle. Ich habe mich über Schneiders Leben kundig gemacht – was die Daten so hergeben. Also nur das Gröbste. Aber sechs Monate Miete im voraus – ist das nur Schmerzensgeld, oder ein Indiz, und wofür?

Sie sind bald abgelaufen, sagte sie. – Dann muß ich hier verkaufen.

Also nichts wie ran, an den Spieltisch.

Sie lachte wider Willen und holte das Scrabble.

Heute müssen Sie ja nicht kochen.

Ich habe aber gekocht. – Ich kann es kaltstellen, für morgen.

Hat Fränk sich gemeldet?

Heute Nacht dachte ich, ich höre ihn weinen, aber es war ein Käuzchen.

Das heißt, Sie haben kaum geschlafen.

Spielen kann ich immer noch.

Diesmal punktete er höher, dank glücklichem Einsatz des «Q» in «Quirite, römischer Vollbürger».

Der Duden ist immer auf der Seite der Klugscheißer, sagte sie, als das Buch die Existenz des Wortes bestätigte. – Das schreit nach Revanche. Morgen! bestimmte sie, wenn Sie mögen.

Unter der Bedingung, daß Sie heute früh schlafen gehen.

Wenn Fränk mich läßt.

Ignorieren Sie ihn. Er ist auch auf einem Revanche-Trip.

Wofür?

Sie widmen sich einem fremden Mann.

Sie lachte, dann machten sie sich über die Delikatessen her, wobei Elinor für jedes Pastetchen ein passendes Schälchen suchte. – So was ißt man nicht aus der Schachtel. Und jetzt müssen wir ins Atelier, solange es noch hell ist.

Das hat keine Eile. Ich wollte Ihnen nämlich einen Vorschlag machen. Ich möchte es mieten, für drei Monate vielleicht. Nur kann ich nicht immer da sein.

Sie sah ihn mit großen Augen an. – Wollen Sie das *für mich* tun?

Nein, sagte er schroff, für *mich*.

Ich verstehe, sagte sie leise. – Sie wollen wissen, wie Ihr Sohn gelebt hat.

Mein Sohn? fragte er scharf. – Wie kommen Sie denn *darauf?*

Es liegt doch auf der Hand, sagte sie, Sie wissen, wer Megi war. Nicht Beats Kinderfrau, seine Mutter. Und später wurde sie Ihre Frau.

Es war dreimal eine Frau namens Ruth Rohner, sagte Gygax. – Und? Was wissen wir jetzt?

Sie sah ihm ungläubig ins Gesicht. – Aber sie bekam ein Kind –

Schneider und ich haben eine Märchenerzählerin kennengelernt – glauben Sie, das macht uns schon zu Vater und Sohn? Die wahre Ruth haben wir beide nicht gekannt. Und sie sich selber auch nicht. *Daran* ist sie gestorben, Frau Gyr. Bitte machen Sie mir aus Herrn Schneider keinen verlorenen Sohn.

Aber Sie suchen ihn doch, sagte Elinor erschüttert.

Soll ich im Atelier Haare und Hautreste beibringen, nur damit mir jemand beweisen kann, daß ich ein Kind zu vermissen habe? – Ruhiger fuhr er fort: Diese Geschichte bewegt Sie, dafür danke ich Ihnen. Aber es gibt noch ein paar andere Geschichten, die ich mir lieber nicht vorstelle. Ich habe meine Frau nicht gekannt. Genügt Ihnen das noch nicht?

Sie haben sie geliebt. Sie lieben sie bis heute.

Eben. – Ich habe sie nicht gekannt.

Nach einer Weile sagte sie: Ich habe das Atelier offen gelassen. Ich glaube, Sie sollten alleine hinüber.

22 Brennholz

Der große Raum war nicht kalt, aber wirkte ganz leer. Als Gygax die Garderobe passiert hatte, sah er rechts im Augenwinkel etwas zukken; der Computer lief, er sah den Reflex wechselnder Bilder an der entfernten Wand. Er ging um den langen Arbeitstisch herum. Als er vor dem Bildschirm stand, blickte er in ein weit offenes, wie zur Geburt geöffnetes weibliches Geschlecht.

Freeze!

Am andern Tischende stand ein junger Mann und hielt eine Pistole auf ihn gerichtet.

In seinem Neopren-Anzug erinnerte er Gygax an die Surfboarderin, mit der er im Silsersee um sein Leben gekämpft hatte. Fränk war um Lässigkeit bemüht, aber sein Gesicht war blaß, und der vorgestreckte Arm bebte.

Easy, sagte Gygax. – Ich komme im falschen Moment. Immer, wenn Sie eine Waffe in der Hand haben.

Was spionieren Sie hier herum?

Hier lebte Herr Schneider.

Und? fragte Fränk. – Was geht er Sie an?

Das weiß ich noch nicht.

Keine Bewegung! Sonst sind Sie ein toter Mann.

Der war ich schon einmal. Ein toter Mann.

Sie lügen, sagte Fränk. – Sie heißen nicht Sutter.

Doch, sagte Gygax. – Aber woher wissen Sie das?

Very funny, sagte Fränk geringschätzig, aber diesmal gebe ich die Waffe nicht her. – Er hatte sie schon halb sinken lassen.

Woher kennen *Sie* Sutter, wenn ich fragen darf?

Ich lese die Literatur, sagte Fränk. – Und so tot, wie Sie sein müßten, wenn Sie Sutter hießen, sehen Sie nicht aus.

Außer, Sie helfen ein wenig nach, sagte Gygax.

Ich weiß, daß Sie von der Polizei sind, sagte Fränk und legte die Pistole auf den Tisch. – Sie haben heute angerufen, ich soll den Ausländerausweis abholen. Aber den habe ich doch längst. Sie wollen mich wegweisen, weil ich geschossen habe.

Und die Notmunition angebrochen.

Sie wollen mich verhaften.

Das müßte ich, da Sie schon wieder Leute bedrohen. Und dann wären Sie Ihren Ausweis wirklich los.

Darf ich mal Ihren sehen? fragte Fränk.

Im Film dürften Sie das, aber ich habe keinen. Ich bin ein rein ziviler Mensch, drüben zu Besuch, bei Frau Gyr. Trotzdem haben Sie recht, der Anruf heute morgen war ein Test. Frau Gyr kann Sie nicht erreichen und macht sich Sorgen. Da habe ich ein wenig nachgeholfen, das heißt, ein Freund bei der Polizei.

Und was suchen Sie hier?

Jetzt nichts mehr. Ich habe Sie ja gefunden.

Sie sind also der neue Freund. Schon bißchen alt.

Sie auch. Zu alt für Pornographie.

Was wollen Sie sagen, Mann?

Ich habe zufällig Ihren Bildschirmschoner gesehen.

Fränk stutzte, dann kam er herüber, blickte auf den Computer und klickte das Bild weg.

Ist das Porno für dich, Mann? Dann tust du mir leid. Das ist Schneider.

Schneider?

Material von seinem Stick. Und das eben war seine Frau.

LouAnne?

L.A. Personen anonymisieren wir. Schneider ist ESSE.

Und Sie forschen also. Darf ich fragen, woran?

Wir schauen, was zusammenpaßt.

LouAnne ist im Pflegeheim, Beat Schneider ist verschwunden.

Eben. Und das Bild ist der Schlüssel zu beidem.

Sie erwarten nicht, daß ich das verstehe.

Es ist sehr technisch. *Where physics meets physiology.*

Alles klar. Und wo haben Sie die Knarre her?

Sie lag unterm Feuerholz. Aber in der Schweiz hat ja jeder so ein Ding. Nicht mal geladen, auch keine Notmunition, aber eure Polizei findet ja nicht einmal eine Pistole im Brennholz. Gut, daß ich hie und da den Ofen heize.

Wo hast du sie denn gefunden, die – Frau auf dem Bildschirm?

Auf Schneiders Sticks. Und die hat die Polizei *auch* nicht gefunden. Sie waren im Wäscheklammerbeutel.

Moment, sagte Gygax. – Aber erst mal waren sie doch auf einer Festplatte, in Schneiders Computer. Und den hat die Polizei mitgenommen und ausgewertet.

Hoffentlich, sagte Fränk. – Sie hat nur nichts gesehen, oder Schweinkram, wie Sie. Sie hat keine Ahnung, worauf sie achten muß.

Und Sie haben eine Ahnung, woher? fragte Gygax.

Von den Sticks, sagte Fränk.

Ist das Material nicht dasselbe?

Auf die *Selektion* kommt es an, sagte Fränk. – Und die hat Schneider selbst getroffen. Auf den Sticks hat er nur die Information behalten, die er braucht.

Wofür?

Um zu verschwinden, sagte Fränk, und zwar am gewünschten Ort.

Und der wäre?

Wofür müssen Sie das wissen? fragte Fränk.

Du kannst es mir also nicht sagen.

Ich kenne Sie nicht, erwiderte Fränk, darum könnten Sie damit gar nichts anfangen. Selbst wenn Sie das Technische daran checkten.

Davon bin ich weit entfernt, und dabei wird es auch bleiben. Aber dich würde ich gern besser kennenlernen.

Das sagt sich so leicht, so redet Elinor auch.

Etwas möchte ich doch gern wissen, sagte Gygax. – Wenn ich auf Material stoße, von dem Sie wissen, daß es der Polizei längst bekannt ist – warum wollen Sie auf mich schießen?

Fränk war verlegen. – Ich dachte, Sie haben etwas *gemerkt*.

Und das wäre dir gar nicht lieb gewesen?

Ich mache *mein* Ding, sagte er. – Soll die Polizei doch Spuren suchen. Mal sehen, wer Schneider findet. Und wissen Sie was? Ich habe drei Tage nicht geschlafen. Jetzt will ich pennen.

Ich bin nicht die Polizei, fuhr Gygax ungerührt fort. – Aber ich weiß ungefähr, was ihr schon bekannt ist. Sie hat auch LouAnnes alten Rechner ausgewertet. Da kommt das weibliche Organ her, für das Sie mich totschießen wollen. Seither ist sie im Heim und bedient keinen Computer mehr. Sie ist von Schneider geschieden. Aber er hat die Bilder mitgenommen – auch das Bild, das der Vagina.

Er hat gewußt, warum, sagte Fränk.

Er hat sie nicht wiedergesehen, sagte Gygax. – Er hat sie auch im Heim nie besucht.

Das war auch nicht mehr nötig, sagte Fränk, und ich muß mich jetzt wirklich hinlegen.

Wo hast du dein Rad gelassen?

In der Werkstatt. Die Kette ist futsch.

Elinor dachte, du bist gar nicht da.

Sie denkt sich zuviel, und immer gleich das Schlimmste, das geht mir auf den Geist, ehrlich. – Er gab Gygax einen schnellen prüfenden Blick. – Sie heißen wirklich Sutter?

Bürgerlich Gygax, Emil. Gygax mit Y.

Güügax.

So nicht, in der Schweiz bitte nicht.

Was ist falsch daran?

Zu deutsch.

Jetzt reden Sie wie Dad, dem ist auch alles zu deutsch. Dabei ist er selber deutsch und meint, das sei zum Schämen.

Das sind nicht die Schlechtesten.

Aber sie ätzen.

Ich wollte mal etwas mit dir besprechen, sagte Gygax. – Ich überlege mir nämlich, hier ein paar Wochen einzuziehen. – Würde dich das stören?

Fränk stutzte. – Ins Atelier? – fragte er. – Wenn es Elinor recht ist. Aber warum schlafen Sie nicht gleich drüben? – Ich bin sowieso nicht da.

Das wäre schade. Das ist auch dein Platz. Vielleicht können wir ihn teilen. Wir haben ja dasselbe Thema.

Nämlich?

Schneider, sagte Gygax. – Du könntest mir weiterhelfen.

Haben Sie sich schon mal mit Stammzellen beschäftigt? fragte Fränk.

Nur mit den Menschen, die daraus werden. Es gibt einen Code. Als meine Frau noch lebte, hat sie sich mit schwierigen Schriften beschäftigt. Sie kam aus den Naturwissenschaften. Die Entzifferung des Genoms hätte sie gerne noch erlebt.

Das war erst das Alphabet, sagte Fränk, inzwischen bilden wir Wörter und Sätze.

Glaubst du, ihr kommt einmal bei der Poesie an? fragte Gygax. Dann wäre die Kunst schon ganz nahe bei der Natur.

Machen können wir schon allerhand, sagte Fränk. – Schneider ist auch nicht einfach weg. Wir können ihn wiederherstellen.

Da wäre ich gern dabei, sagte Gygax. – Wo hast du übrigens die Tasche her? Die graue, beim Ofen?

Die lag draußen beim Brennholz, vielleicht hat sie ESSE noch gebraucht. Sie muß mal fast weiß gewesen sein.

Könnte ich sie mir mal ausleihen? fragte Gygax.

Ist aber schmutzig, ich klopfe sie erst mal aus. – Er drehte die Tasche um und begann über einer Wok-Schale Splitter und Krümel herauszuschütteln.

Hast du dir auch schon eine Freundin hergestellt? fragte Gygax.

Fränk lachte zum ersten Mal, aber nicht fröhlich. – So weit ist die Kunst noch nicht. Aber ich bin froh, daß Eli wieder Gesellschaft hat. Sagen Sie ihr einen schönen Gruß, ich sei immer noch am Leben, und ich schliefe heute hier. – Es stört Sie doch nicht?

Warum soll es mich stören?

Wenn Sie hier Hausherr werden, sagte Fränk.

Ich freue mich, wenn wir den Raum miteinander teilen. Essen willst du nichts mehr?

Nur noch schlafen, Herr Güügax mit Ypsilon. Das bringt Punkte. Eli ist ein Scrabble-*Fiend.* Hat keine Ahnung, aber die Wörter kennt sie – *alle* Wörter.

Wir spielen bereits, sagte Gygax.

Fränk gähnte und reichte ihm die Tasche, dann begann er sich aus der Neopren-Haut zu schälen, und Gygax wünschte ihm gute Nacht.

Auch Elinor hatte gedöst, das war ihr anzusehen, aber als sie die Tasche sah, wurde sie hellwach.

Mein Gott. Wo kommt die her?

Ist es *die* Tasche? fragte er.

Ja, stammelte sie. Sein Ein und Alles.

Fränk hat sie zum Holztragen gebraucht. Übrigens: er ist da und läßt grüßen. Schläft sich nur eben aus.

Elinor hatte sich einfach setzen müssen, sie hatten sich beide gesetzt, auf den Fußboden, mitten im Durchgang zur Küche. Dazwischen stand die Tasche.

Wie ist das möglich, flüsterte sie. – Dann ist *alles* möglich.

Man muß sie nur waschen.

Nein! fuhr sie auf. – *Nie* waschen! War die Gebrauchsanweisung nicht dabei?

Gygax hatte noch nie von einer Gebrauchsanweisung für Taschen gehört.

Beat legte größten Wert darauf. Die Tasche war ihm *heilig*.

Gygax sah eine Tasche aus sandfarbenem Segeltuch, handwerklich sauber, sonst unauffällig. Plötzlich war Elinor aufgefahren.

Ich will das nicht im Haus! Bringen Sie das weg!

Sie war erstarrt und spreizte die Finger beider Hände, als hätte sich eine züngelnde Schlange vor ihr aufgerichtet. Von einem Augenblick zum nächsten war sie die Karikatur einer hysterisch Angewiderten und erinnerte Gygax an ihre Tante Alice, wenn sie einen Poltergeist in der Decke gehört hatte.

Wohin damit? fragte er. – Soll ich es mitnehmen?

Das gehört begraben! Und was hat Fränk damit zu tun? Er soll es verbrennen, augenblicklich! Es war ja beim Brennholz! Und dann soll er auch weg!

Er gab ihr eine schnelle, nicht ganz flüchtige Ohrfeige; sie schauderte zusammen und sah ihn an, erst fassungslos, dann schüttelte sie Kopf und Haar, atmete auf und sagte mit schwachem Lächeln:

Entschuldigen Sie.

Entschuldigen *Sie*. Sie brauchen jetzt Ihre Ruhe. Ich nehme die Tasche mit.

Sie wollen jetzt noch gehen? Durch den Wald?

Morgen komme ich wieder und bringe das Nötigste mit. Für ein paar Tage.

Bleiben Sie, sagte Elinor plötzlich angstvoll. – Bleiben Sie – bleiben Sie länger.

Ich muß packen und mich von Zenzi verabschieden.

Dann fahre ich Sie, sagte sie. – Oder haben Sie Angst? Ich habe nicht getrunken.

Natürlich habe ich Angst, sagte er, Ihr Laubfrosch führt ins Verschwinden. Das hat man ja erlebt.

Sie lachte, erst unsicher, dann plötzlich befreit. – Sie müssen mir nur den Weg zeigen, sagte sie. Den rechten Weg. – Sie begann zu summen. *Ich bin es nicht, O kehr zurück! Mein eitel Sehnen / ist nun gestillt, o kehr zurück.*

Das war Ruths Lied, sagte er beherrscht.

Ich bin es nicht, wiederholte Elinor kühn und eine Spur kokett. Nein, die Tasche bleibt hier. Morgen bürste ich sie sauber und stelle sie in die Große Wand.

Als sie vor dem Laubfrosch standen, dessen Rot im Natriumlicht die Fehlfarbe von Herbstlaub zeigte, sagte sie:

Wir wollen uns eine gute Zeit machen.

Mit Fränk, sagte er. – Er hat eine Idee, wie wir Schneider wiederfinden.

Mit der Tasche als Köder? lachte sie.

So ungefähr, sagte Gygax. – Ich mache jetzt das Tor auf.

Er meinte in einer erstarrten Sprechblase zu hocken, als sich die Plexiglas-Kapsel über ihm geschlossen hatte.

Auf diesem Haus liegt ein Fluch, Emil, sagte sie, und bemerkte offenbar nicht, daß sie ihn mit Vornamen anredete.

Kennen Sie das Märchen mit den drei Wünschen? fragte Gygax. – Die hatte ein armes Ehepaar frei. Als es vor seinem Frühstück saß und rätselte, was es sich unter allen Schätzen der Welt wünschen sollte, wünschte sich der Mann statt der halben Sardine eine fette Blutwurst auf den Teller, und schwupp! da lag sie auch. Als die Frau Zeter und Mordio schrie, daß der Mann seinen ersten Wunsch verschenkt habe, geriet er so in Rage, daß er ihr die Blutwurst an die Nase wünschte, und schwupp! da hing sie auch. Nun war er selbst entsetzt und versprach ihr, die Wurst an der Nase so zu vergolden, daß man sie nicht mehr sähe; aber dabei schwoll sie immer nur wei-

ter und wurde groß wie ein Elefantenrüssel. Da blieb nichts mehr zu
wünschen übrig, als daß die Blutwurst wieder weggehe. Wer das gewünscht hat, ist schon nicht mehr wichtig, denn – meint das Märchen – die beiden hatten einander ja doch lieb. Schade nur, daß die
Wurst jetzt ungenießbar war.

Sie lachte, über das Lenkrad gebeugt. Aber das Fahrzeug hoppelte
die beiden angestrengt summend hinter den Pfannenstiel und am
Ende nach Sommerau und vor Gygax' Haus. Es war der Vorbau eines alten Bauernhauses, das in der Mitte geteilt war; in der größeren
Hälfte brannte noch Licht.

Zenzi, sagte er. – Ich muß mich bemerkbar machen, sonst findet
sie keine Ruhe. Aber erst zeige ich Ihnen mein Werk.

Er öffnete ein kleines eisernes Gartentor, hinter dem ein Paar grü-
nender Birken den Gelbstich des nahen Straßenlichts zeigten, und
führte sie durch den Garten zu einem Schuppen, vor dem eine Bank
stand.

Das war der Ponystall meines Vorgängers. Heute sind die Steine
drin, die Ruth von ihren Reisen mitgebracht hat. Auch die, mit denen sie die Manteltaschen beschwerte, zum Untergehen. Sie wäre
eine zu gute Schwimmerin gewesen.

Er sprach gedämpft, damit man ihn im nahen Haus nicht höre.
Dann ließ er die Taschenlampe aufblitzen und richtete sie auf die
zwei Schritt entfernte Grube.

Und das wird ein Teich, sagte er. – Das Licht zuckte den Rändern
entlang, an denen Spatenstiche zu erkennen waren, und erlosch.

Er faßte die Stumme am Arm und geleitete sie zur Straße zurück.
Bevor sie einstieg, fiel sie ihm kurz und heftig um den Hals.

Bis morgen, sagte er, dann sehen wir mehr.

Er blickte dem Laubfrosch nach und rief nach einer halben
Stunde an; sie nahm ab, und ihre hohe Stimme jauchzte mehr als je.
Aber ja, sie war gut angekommen, was denn sonst?

Und morgen schlage ich Sie beim Scrabble!

Im späten August begann Gygax im „Auerhahn" einzuziehen, das heißt: er war einfach öfter da, immer unversehens, immer auf Abruf und in fliegendem, für Elinor undurchsichtigem Wechsel mit Fränk. Das war offenbar unter den Männern abgesprochen, und oft saßen sie, aus dem hell bleibenden Oberlicht zu schließen, oder Fränks Bike vor der Tür, bis in alle Nacht zusammen. Nicht immer stahl sich Fränk dann zur Villa hinüber, um noch ein paar Stunden in seinem Dachstock zu verschlafen; Elinor hatte aufgegeben, auf ihn zu warten, offenbar hatten die Männer ein Geheimnis, und Gygax sprach von einem Geschenk, das sie vorbereiteten, wenn nicht zu Weihnachten, so vielleicht zu ihrem Geburtstag.

Das Datum war erst im März fällig, aber Elinor verstand den Wink und betrat das Atelier nicht mehr. Die Männer versorgten sich selbst, es schien ihnen nichts abzugehen, und wenn sie Fränk einmal auf der Treppe begegnete, wirkte er ausgeglichen und für seine Verhältnisse umgänglich. Gygax' Gesellschaft schien ihm zu bekommen, und sie gab auf, ihren Regeln nachzuforschen.

Gygax kam immer noch fast jeden Nachmittag zu einem Scrabble hinüber, war aber wortkarg und oft so wenig bei der Sache, daß sie fast regelmäßig gewann. Sie hatte ihn in Verdacht, eben darauf habe er es abgesehen, sein Besuch diene halb der Seelsorge, halb der Kontrolle, und unter diesen Umständen machte das Gewinnen keinen Spaß. Die Wahrheit war, daß sie sich, wenn das Haus besorgt und aufgeräumt war, oft allein fühlte, die ernsthafte Arbeit war ihr ausgegangen, und sie gewöhnte sich daran, ihrer Stimmung mit einem Glas nachzuhelfen, aus dem auch zwei oder drei werden konnten. Dann blieb sie oft auf dem Wohnsofa liegen, aber es kam auch vor, daß sie am Morgen dennoch auf ihrem Bett erwachte, ohne sich zu erinnern, wie sie dahin gekommen war. Sie lag in Kleidern, aber sorgfältig zugedeckt, und der Gedanke, daß jemand sie wie ein Kind, dahin getragen haben mußte, beschämte und tröstete sie zugleich. Unter diesen Umständen schien das Bedürfnis, sich gehen zu lassen, unwiderstehlich, aber als sie mit stillem Grauen kommen sah, daß der Vorrat in Opas Weinkeller zur Neige ging, packte sie eines frühen Morgens plötzlich das größere Grauen vor sich selbst.

Im Traum hatte sie die zwei Männer gesehen, die sie ins Bett geschleppt hatten, den einen erkannte sie sogleich an seinem Alkoholdunst, es war Reinhard, ihr Geschiedener, der sie unter den Armen gefaßt hatte, den andern zu ihren Füßen hatte sie noch nie gesehen, er stand halb abgewandt, und seine Schultern zuckten. Sie merkt nichts, sagte es hinter ihr mit dicker Stimme, jetzt können wir alles machen, und sie spürte, wie seine Hände, diese Musikerhände, ihre Brüste zu kneten anfingen, als wären es Gnocchi. Der Mann zu ihren Füßen begann mit der einen Hand ihr Hemd hochzuziehen, in der andern hielt er einen dicken Prügel, und als er ihr sein unendlich trauriges Gesicht zudrehte, erkannte sie Hanselmann. Nein! schrie sie, bäumte sich auf wie eine Besessene, und als sie auffuhr, schweißbedeckt, saß sie aufrecht im Bett, mit weit offenen Beinen. Es war tiefe Nacht, zugleich schien das Schlafzimmer in ein geisterhaftes Licht getaucht: war das nun der Tod? Aber sie erkannte das vertraute Schlafzimmer, sie war ganz allein darin, das fremde Licht war immer noch da.

Sie stand auf, lief zum Fenster und blickte in eine andere Welt. Der Garten, das Atelier, die beiden Palmen, alles lag wie vermummt vor ihren Augen. Der erste Schnee hatte jede Form zugedeckt, ihren Umriß gepolstert, gerundet und verbreitete sein ganz eigenes Licht, während die Schwärze des Himmels unaufhaltsam nachrieselte. Elinor öffnete das Fenster; alles war so still, daß sie den Schnee *hören* konnte, die knisternde Musik des *Fallens* und je stärker sie fröstelte, desto durchdringender wurde das Gefühl des Anfangs und gefror zum festen Entschluß: sie war frei.

Hier war Elinor, eine Frau, die wiedergeboren im Schnee, zu leben begann, von einem Augenblick zum andern, *open end*. Das war jetzt ihr Studium für jeden Tag, die Arbeit, in der sie sich selbst wieder ähnlich werden durfte. Sie hing nicht mehr, hing nicht mehr ab; sie rührte keinen Tropfen mehr an.

Als sie am offenen Fenster ganz kalt geworden war, zog sie sich aus, duschte noch kälter, und rubbelte sich so warm, daß sie nackt aus der Tür treten konnte, ohne zu frieren. In diesem Augenblick kam Fränk die Treppe hinauf, erschrak und wollte mit einer Entschuldigung vorbei.

Fränk! sagte sie. – Immer noch auf? Übernimm dich nicht.

Verlegen stehen bleibend, sagte er. – Ich habe geräumt, aber es ist Scheiße.

Den Schnee? fragte sie.

Nur den Vorplatz und die Treppe. Aber es bringt's nicht. Kommt ja immer mehr nach. In einer Stunde ist alles wieder zu.

Das mache ich, sagte sie. – Du mußt wieder mal schlafen.

Geht nicht, zur Zeit. Wir sind zu nahe dran.

Emil und du? fragte sie. – Was macht ihr eigentlich?

Überraschung, Überraschung. Erkälte dich nicht. Es ist unter Null.

Ist das alles, was du sagst? Sieh mich doch richtig an. – Das Frotteetuch fiel zu Boden.

Er hob den Blick, deutlich verlegen. Dann grinste er. – Du siehst immer noch aus.

Wie?

Alles noch dran.

Sie ging auf ihn zu, nahm ihn in die Arme und gab ihm einen Kuß.

Du auch, sagte sie, und die Dusche wäre frei.

23 Spritzfahrt

Noch vor Tag, in aller Frühe, die schon halb hell durch das Oberlicht blickte, stieg er ab von seinem hohen Lager, vom Geist getrieben, der ihm als Traum erschienen war. Er wollte ihn festhalten,
bevor er sich im wachen Bewußtsein verlief. Doch der Stift hatte
Mühe, die phantastische Räumlichkeit des geträumten Ereignisses
an die Kette von Wörtern zu legen.

Er hatte im Bett, in dem er wirklich lag (darum glaubte er nicht
zu träumen), einen zugedeckten Frauenkörper gesehen, der aber
weder neben ihm lag, noch seine Stelle einnahm, obwohl das schmale
Lager unmöglich doppelt belegt sein konnte, und es war ihm sogleich klar, daß es *die gesuchte Tote* war. Aber eine Stimme sagte zugleich, es sei nur die scheintote Stellvertreterin der für tot erklärten
wahren Frau. Wenn er diese nicht wirklich töten wolle, dürfe er das
Scheinbild nicht aufdecken, sondern müsse die verborgen gehaltene
Wahre finden, *heute noch*. Dafür mußte er nicht wissen, wer und wo
sie war. Sie würde ihm *gezeigt*.

Träume sind Schäume, aber es bedarf einer bewegten Tiefe, diesen Schaum aufzuwühlen. Gygax hatte noch keine zwei Zeilen geschrieben, da legte er das Büchlein weg. Er zog sich an, setzte Kaffee
auf und frühstückte stehend; er konnte es kaum erwarten, ins Freie
zu kommen. Ein vorzeitiger Frühling lag in der Luft, nachdem ein
Föhneinbruch den Schnee bis auf verschmutzte Reste beseitigt hatte,
doch in der Nacht war es wieder frisch geworden. Der weißgespren-
kelte Weg führte fußhart durch den gelichteten Wald, und durch die
leeren Wipfel schien durchsichtige Bläue. Kleine Atemwolken stiegen aus Mund und Nase, während er dem Ruf einer Eule folgte, bis

er das Rauschen einer befahrenen Straße näher kommen hörte. Doch fand er immer wieder einen Weg, der rechtzeitig abbog, um ihn davon fernzuhalten. Er bewegte sich in einer Zone, wo man weit gehen konnte, ohne einen Menschen zu treffen.

Als er in den Sonnenaufgang trat, blendete dieser die Einzelheiten der Landschaft aus und ließ nur ihren Zusammenhang bestehen. Er hatte in der Waldestiefe zugleich an Höhe gewonnen und überblickte das Land, wie es die Gletscher gebildet hatten, in großen Zügen, über denen ein Hauch der Vorzeit schwebte, von einer Geländekammer zur nächsten, bis zum Rand der Erde, den die Alpenzähne in einen glashellen Himmel zeichneten. Immer mehr entzündeten sich auch die Siedlungen im Morgenlicht, wie glitzernder Schorf, mit dem das Land flächendeckend besetzt war, und in ihrer verwirrten Geometrie glaubte der Wanderer zukünftige Ruinenfelder zu erkennen.

Nun sah er auch, wo er sich befand: in Sichtweite der Bänke, wo er vor Monaten mit Elinor gesessen hatte. Dahinter spreizte sich der Baukörper des Heims «Burgfried» über den grünen Hang, und die verglasten Mauern glänzten wie Wände eines Steinbruchs. Jenseits der Schlucht erhob sich die Ruine, die dem Krankenpalast den Namen gegeben hatte.

Und Gygax ließ sich *führen*.

Er stieg die Treppe zum noch fast leeren Parkplatz hinauf, ging grüßend am Pförtner vorbei, schaffte, mit etwas Stechen in der Brust, auch die aus Marmor gefügte Treppe zum Entree und gelangte durch eine Drehtür in die als Gewächshaus möblierte Halle, wo ihn warme Krankenhausluft überfiel und nichts zu hören war als das Getriller tropischer Vögel. An der Rezeption stand die persische Ärztin, die für Sigg zuständig war. Sie hatte ihn früher bei einem Krankenbesuch zu seinem dementen Schulfreund begleitet.

Heute möchte ich in die Frauenabteilung, zu LouAnne. – Wimmer?

Oder Schneider, sagte er, ich möchte sie sehen.

Die junge Ärztin blickte ihm in die Augen. – Sie wird Sie nicht erkennen. – Sie zog ihren weißen Arztmantel aus und reichte ihn Gygax. – Wir haben die gleiche Größe, sagte sie, bitte folgen Sie mir.

Sie ging voran, durch menschenleere Korridore, die mit Gemälden bukolischer Landschaften behängt waren, passierten gläserne Schleusen, die die Ärztin mit Chipkarte öffnete, und gelangten schließlich in den hinteren Teil des Hauses, wo es an den Wald stieß. Aber da dieser Trakt in den Boden versenkt war, blickte man nur gegen eine aus zyklopischen Blöcken getürmte Mauer, deren Fugen noch mit Schnee besetzt waren. Erst in der Höhe war, am Fuß hoher Stämme, immergrünes Gestrüpp zu sehen. Draußen zog sich der Glaswand entlang ein Streifen aus geharktem Kies. Darin waren einzelne Steingruppen eingelassen, mit Schneeflecken dahinter, als würfen sie weiße Schatten. In Abständen war die Front durch verglaste Vorbauten unterbrochen. Sie sprangen wie Erker in den versteinerten Garten vor.

Nur eine einzige Koje war besetzt, mit einem Rollstuhl. Darin kauerte eine Frau mit dichtem weißen Haar, das ihr bis auf die Schultern fiel, und beugte sich über den Zeichenblock auf ihrem Schoß; ihre rechte, sehr kleine Hand hing leblos an der Seite des hohen Rades, aber die Linke stützte sich zitternd auf den Stift, der sich ins Papier zu bohren schien, wie um den Punkt, auf dem die Spitze stand, weiter zu vertiefen. Das Papier war bereits mit unregelmäßig verteilten Punkten besetzt.

Ich lasse Sie allein, aber bitte nur eine Viertelstunde.

Erst stand er nur da. Dann kauerte er an der Seite des Rollstuhls nieder, um das Gesicht der Frau zu sehen, und berührte ihre hängende Hand; sie war kalt. Ihre großen Lider waren fast geschlossen, die etwas geöffneten Lippen blaß, aber ihm schien, die Spitze des Stifts zittere stärker, seit er sie betrachtete. Ihr Gesicht war bleich, aber nicht verfallen, auch ihre Stirn zeigte kaum Falten, nur über der Nase hatte sich ein Bündel Furchen gebildet, wie bei einem Kind, das sich konzentriert. Plötzlich ließ ihre linke Hand den Stift fallen, und ihre Augen öffneten sich; dunkelblaue, große Augen, deren Blick zu irren schien, bevor er sich befestigte; sie sah ihm nicht in die Augen, sondern auf den Mund. –

Ja, sagte er laut. – Ja, LouAnne.

Sie krauste die Lippen, dann schloß sie die Augen wieder, und mit einer kleinen Bewegung schob sie ihm den Zeichenblock zu. Er nahm ihn von ihrem Schoß, legte ihn noch einmal ab, um ihre Hände zu ergreifen, und versteckte beide in seinen Händen. Knie und Schenkel schmerzten ihn, doch sie öffnete die Augen nicht mehr. Mit einem sanften Nachdruck ließ er die kühlen Hände los und bettete sie auf ihren Schoß zurück. Dann hob er das Zeichenbuch auf und verneigte sich, schon in ihrem Rücken, der zu zucken schien.

Ist sie nicht süß? fragte eine brüchige Stimme hinter ihm.

Aus der nächsten Glaskoje war eine kleinwüchsige alte Frau getreten, das graue Haar zu einem Chignon gerafft, und musterte ihn mit wasserhellen Augen.

Oh, sagte er. – Sind Sie Pflegerin?

Ich werde bei ihr sein bis an der Welt Ende.

Hoffentlich ist ihr das recht, dachte er, und sagte laut: Ich habe Sie gar nicht bemerkt.

Kommen Sie wieder, Herr Doktor, Sie gefallen ihr.

Gut so? fragte es hinter ihm.

Er wandte sich um; es war die persische Ärztin. Die kleine Dame hatte den Rollstuhl ergriffen und entfernte sich mit ihm so rasch, als werde sie vom langen Korridor eingesogen.

Wer war das? fragte er.

Auch eine Patientin, sagte die Ärztin. – Sie war schon vor meiner Zeit da.

Sie fragte mich, ob ich LouAnne süß finde, sagte er.

Sie nennt sich Imperia und hält diesen Ort für ein Freudenhaus. Wir sind keine Doktoren. Wir *spielen* Doktor. – Sie lächelte.

Gehen wir bitte, sagte Gygax.

Das Buch unter dem Arm, folgte er ihrem flotten Schritt durch einen Korridor nach dem andern, bis sie wieder in der Eingangshalle standen. Er wollte den Arztmantel ausziehen, da sagte sie: Behalten Sie ihn zum Andenken. Sie verneigte sich andeutungsweise und verschwand.

Der Empfang war jetzt durch eine Dame besetzt.

Können Sie mir ein Taxi rufen, bitte?

Sie sind neu, Herr Doktor?

Gygax.

Sie müssen noch das Namensschild wechseln.

Wir haben die Mäntel vertauscht. Bitte legen Sie es Frau Dr. Goharis ins Fach.

Ein Pfefferfresser starrte mit gelbem Auge vom Topfbaum.

Erst als er im Taxi saß, das Buch auf den Knien, fiel ihm ein, daß er versäumt hatte, den Stift aufzuheben.

Der Fahrer war ein älterer Mann mit markantem Gesicht, das ihn an jemanden erinnerte, doch jetzt führte ihn der Traum nicht mehr.

Notfall? fragte der Fahrer.

Nein. Auf den neuen Campus der Universität.

Höckerberg? – Er sprach mit balkanischem Akzent.

Unterwegs begann der Scheibenwischer zu arbeiten. Ein Regenguß wie im Sommer, aber jetzt hatte Gygax einen Mantel, um das Zeichenbuch zu schützen. Er spürte den Druck der Spiralheftung an der Brust. Nach zwanzig Minuten erreichten sie die Lichtung, in welcher der Campus lag. Gygax, immer noch im Trainingsanzug, hatte kein Geld bei sich, nur die Hausschlüssel.

Das Taxi hielt bei der Busstation, hinter der Schranke zum Parkplatz.

Karte geht auch, sagte der Chauffeur. – Aber die hatte Gygax ebensowenig.

Nehmen Sie auch Gold?

Seine Tote hatte ihm einen Beutel Goldstücke hinterlassen, den er nie anrührte, aber eines trug er als Talisman immer auf dem Leib. Auch in seinem Trainingsanzug gab es eine Herztasche.

Nein, sagte der Fahrer.

Gygax gab ihm die Münze in die Hand. Sie war groß, aber so dünn, daß man glaubte, sie biege sich in den Fingern.

Es ist ein Vier-Dukaten-Stück aus Österreich-Ungarn und wird für fünfhundert Franken gehandelt. Sie können es in jeder Bank wechseln.

Nein, sagte der Fahrer.

Dann müssen Sie mich anzeigen.

Sie sind gratis gefahren, antwortete der Fahrer, mit dem Ausdruck vollkommener Geringschätzung. – Aber jetzt raus.

Gygax lächelte.

Danke, sagte er, dann nehmen Sie das Goldstück bitte geschenkt.

Der Mann nahm die Münze zurück und befühlte sie.

Bleiben Sie lange hier?

Vielleicht eine halbe Stunde.

Ich warte.

Gygax irrte auf Parkflächen herum, bis er auf den Einstellplatz für Fahrräder stieß; die Suche nach demjenigen Fränks war hoffnungslos. Da sah er das blaue Bike gerade vor der Glastür, zum «Institut für Bionik». Fränk hatte wieder einmal Eile gehabt, zum Glück.

Gygax stieg die Hintertreppe hoch, und als er die Glastür zum Labor öffnete, sah er Fränk schon auf den ersten Blick. Er saß allein in der Kaffee-Ecke und mampfte ein Sandwich und trug einen weißen Labormantel, wie Gygax selbst, darum merkte er erst auf, als dieser an seinem Tisch stehenblieb.

Sie hier? Machen Sie Interviews?

Nur mit dir.

Sie hatten diesen Winter an der Großen Wand gearbeitet – Fränk
in jeder freien Stunde. Gygax mußte ihn ins Bett jagen, damit er zu
seinem Schlaf kam. Die Wand-Architektur hatte die Polizei nicht
interessiert; jetzt wurde sie zur Fundgrube der Forschung; Sie war
ein Rebus, eine Ausstellung von Objekten, die man als Selbstporträt
des Verschollenen lesen mußte, und sie studierten Fach für Fach.
Dabei hätte Gygax auf der Leiter einfrieren können, wenn Fränk
nicht Feuer gemacht hätte – noch so gerne, denn er betrieb Heizen
als Wissenschaft, für die nur Holz in Frage kam. Auch Schneider
habe niemals Briketts verwendet, und so fror auch Gygax wieder
ums Leben, aber für einen guten Zweck. Wo lag der Schlüssel zu
Schneiders Abgang?

Manche Ähnlichkeit mit sich selbst fand der Forscher beklemmend: die Steine, die Tasche, die verlorene Frau. Aber es macht
einen Unterschied, ob eine Frau ihre Manteltaschen mit Steinen füllen muß, um unterzugehen, oder ob ein Mann eine schöne Tasche
mit sich herumträgt, in der ein paar kleine Steine liegen als Andenken. Oder waren sie genau das Gewicht, das ihn noch am Boden
festhielt und gehindert hatte, wie Ballast einen Ballon, ins Nirgend-
wo zu entschweben?

Aber die Tasche hatte sich ja wieder gefunden, wenn auch beim
Brennholz, und LouAnnes Steine lagen in einem Fach der Großen
Wand, als wären sie nie weg gewesen.

Gygax hatte eine – vorläufig verschwiegene – Erklärung dafür.
Der Sockel einer «Jomini» angeschriebenen Figurine war aus Pappe.
Als er ihn herauszog, entpuppte sie sich als Skizzenbuch aus grauem
Bütten, das erste Blatt angeschrieben mit: «Tagebuch mit Trajan». Es
war Schneiders Hand, aber die Seiten waren leer, es waren auch keine
entfernt worden. Der Name «Trajan» war der Polizei bekannt; er
fand sich unter «eigene Dokumente» in Schreibers Rechner. Unter
«Konstanz» hatte er die nächtliche Straßenszene festgehalten, und
man war den Fakten dahinter grenzüberschreitend nachgegangen.

Ein Rumäne namens Trajan Ionescu hatte bis Juli in der Küche des indonesischen Lokals «Wok» schwarz gearbeitet und war danach ohne Nachricht abgetaucht. Aufgewachsen in einem Waisenhaus nahe der ukrainischen Grenze, war er nach Bukarest durchgebrannt und hatte als Teil einer Jugend-Gang in der Kanalisation der Hauptstadt gelebt, bevor er sich nach Deutschland abgesetzt hatte, wo er in verschiedenen Städten aktenkundig geworden war; über einen Abstecher in die Schweiz war nichts bekannt. Gygax hatte im Winter einige Tage in der Halle des Hauptbahnhofs gestanden, probeweise. Die Imbissbude, vor der Schneider geraucht hatte, war aufgehoben, und auch die Szene arbeitsloser Jugendlicher, die es zu seiner Zeit gegeben hatte, bildete sich nicht mehr. Sie hatte, wie die Recherche ergab, vor allem aus Flüchtlingen aus dem ehemaligen Jugoslawien und Albanern bestanden. Rumänien war erst seit Anfang 2007 Mitglied der EU, und die Kinder-Opfer von Ceaucesus Bevölkerungspolitik überschritten – Roma ausgenommen – kaum je die Schweizer Grenze.

Aber Schneiders Notate waren nicht zuverlässig. Die Polizei hatte unter dem Titel «Dußlig» einen Eintrag gefunden, in den Münger dem alten Freund nur schamrot Einblick gewährte. Er handelte von einem sexuellen Kontakt im «Insel»-Hotel und war haltlos in jedem Sinn des Wortes. Denn die einzige Dame, die dafür – dank der lieblosen Verdrehung ihres Namens – in Betracht kam, verwahrte sich: sie sei mit Herrn Schneider nur flüchtig und rein dienstlich bekannt gewesen, aufgrund ihrer früheren Tätigkeit für den Historikerverband. Es gab aber das Zeugnis Elinors, daß er nicht nur physisch geschlagen aus Konstanz zurückgekommen sei. Endgültig aus der Bahn geworfen habe ihn der Verlust der Tasche, und als Phantasten habe sie ihn erst bei ihrer letzten Ausfahrt kennengelernt.

Sie war damals ja selbst von der Rolle, schnödete Fränk; Gygax fragte sie also besser nicht, ob sie von Trajans möglicher Anwesenheit etwas bemerkt habe. Er wollte sie weder Gespenster sehen lassen noch ihre Zweifel an sich selbst verstärken. Im Stillen aber hielt er es für nur allzu möglich, daß der Bedroher auf den Mann, der ihn angeblich an seinen Vater erinnerte, zurückgekommen war und zum zweiten Mal im Dunkel gelauert hatte, um sich Schneiders Tasche und damit aller Zugänge zu seiner Existenz zu bemächtigen. Um ihn zu erpressen, aber wozu? Um ihn zu entführen, aber wohin? Um einen Vater auszulöschen, den er nicht gekannt hatte – so wenig wie Schneider selbst? Hatte eine Waise die andere heimgesucht? Das hätte das Wiedersehen mit der japanischen Tasche erklärt – aber nicht, wie sie, das Teuerste, was Schneider geblieben war, beim Brennholz landen konnte. Oder hatte Trajan das Bild seiner Ehe vollkommen verändert? Was bedeutete Schneiders Besuch im «Burgfried», den er vielleicht gar nicht ausgeführt, für den er Elinor aber dringend in Anspruch genommen hatte, um ihn durch eine närrische Fabel des Verschwindens zu ersetzen – und dann wirklich zu verschwinden?

Gygax ertappte sich dabei, daß er sich, nach alter Gewohnheit, einen justiziablen Fall zusammengereimt hatte. Mit Elinor war darüber nicht zu reden, aber auch Fränk, sein Bergfreund an der Großen Wand, konnte keinen banalen Täter brauchen. Er wollte ganz andere Spuren lesen und wurde durch eine Rolle aus papyrusartigem Stoff bedient, die in einem oberen Fach verstaubte. Sie war mit einer klein gemalten, aber weitläufigen Bilderschrift bedeckt, die etwas von einem abstrakten Comic hatte und ebenso den Spiel- wie den Forschungstrieb reizte. Da standen Männchen neben igel- und oktopusartigen Gebilden, manche Figuren glichen aber auch Hasen, Seesternen und Kellerasseln, andere waren Schnittmustern nachempfunden oder inneren Organen. Viele hatten auch eine rein geometrische Struktur, etwa diejenige einer zweistöckigen Raute. Sie konnten Miniaturen der Graffiti sein, die bald jede öffentliche Mauer bedeckten, sahen aber auch den Keksformen ähnlich, die Gygax' Mutter von ihrer Mutter geerbt hatte.

Für Liebhaber von Kryptogrammen ein gefundenes Fressen; Gygax waren schon Schneiders ausgeschriebene Texte rätselhaft genug. Die Notate «Über das Kleine», die auf einem blauen Stick vereinigt waren, beschäftigten ihn viele Stunden als «offenbares Geheimnis», eine Formel, die darin oft wiederkehrte. Teils waren es Variationen zum Thema «klein», vom «Kleinod» über den «kleinsten der Brüder» bis zur «kleinen messianischen Hoffnung», aber es waren auch Maximen und Reflexionen bekenntnishafter Art zusammengetragen, deren Offenheit mit ihrer Widersprüchlichkeit einen durchgehenden Kontrast bildeten. Dabei schien die Figur des Krebses eine besondere Rolle zu spielen, wobei weder die medizinische noch die astrologische Lesart, sondern die musikalische zur Sprache kam: die Umkehrung einer Komposition vom Ende zum Anfang, ihre Spiegelung in der Vertikalen, und dann wiederum die Umkehrung des Krebses. Das Prozedere wurde an verschiedenen und scheinbar beliebigen Wortreihen durchexerziert; dabei sprangen dem Leser jede Menge Schlüssel entgegen, aber es fehlten Schlösser und Türen, die sie hätten öffnen können. Und wenn es darauf angekommen wäre, eine Nadel im Heuhaufen zu suchen, so fand der Sucher hier vor lauter Nadeln das Heu nicht mehr.

Erleichtert kehrte er immer wieder zu einem vollkommen durchsichtigen Text zurück, den er, kleingefaltet wie der Beipackzettel eines Medikaments, unter einem abgebrochenen Mädchenkopf der Hanselmannschen Hinterlassenschaft gefunden hatte. Es war die – auch Elinor geläufige – «Gebrauchsanweisung» der japanischen Tasche:

Nor fancy nor dressy, nor made for special occasion
but with a certain something that calls on you to use it everyday.
The passage of time and loving us bring forth comments
on how much character it has gained
This is the kind of bags we wish to make.

Bist du mit der Bilderschrift weitergekommen? fragte Gygax den jungen Mann in der Kaffee-Ecke.

Es gibt ein Resultat. Aber es sind Zahlen. Man müßte sie noch alphabetisieren. Das machen wir heute.

Heute nicht mehr, sagte Gygax. – Ich muß ein paar Tage weg.

Warum tragen Sie diesen Mantel?

Gygax erzählte von seinen Besuch im «Burgfried».

Diese Zeichnung möchte ich sehen, sagte Fränk.

Gygax öffnete den Zeichenblock auf der Seite, die mit ungezählten Punkten bedeckt war.

Fränk musterte sie lange. – Die Verteilung hat System.

Glaubst du, du kannst es finden?

Die nächsten Tage habe ich zu viel Streß im Institut.

Vom Fadenwurm lernen, sagte Gygax, in meiner Jugend hieß es noch: von der Sowjetunion lernen. Da ist der Fadenwurm doch näher an der Natur. Das wollte die Kunst früher auch sein.

Mit Zahlen ist es ziemlich einfach, sagte Fränk. – Das Problem sind die Wörter. Vielleicht gehört das hier unters Mikroskop. – Aber in der Arbeitszeit schaff ich das jetzt nicht.

Gönnen wir uns eine Woche Urlaub von Schneider. Aber der Block hier muß ganz sicher sein.

Schauen Sie mir zu, sagte Fränk, ich tu das in den Safe.

Er stellte die Kaffeetasse auf den Spültisch und ging voraus, bis zum hintersten Ende des Korridors. Da stand ein altväterischer Tresor ohne Schloß, aber mit radförmigen Kurbeln bestückt, einer großen und einer kleinen. Fränk begann daran zu drehen wie ein Schiffssteuermann, und die Tür öffnete sich einen Spalt. Man brauchte beide Hände, um sie aufzuziehen, denn der Stahl war dick wie die Wand eines Luftschutzkellers. Das Innere war mit Aktenstößen belegt, aber es lugten auch Stoffhasen und Teddybären heraus. Zuvorderst standen eine Flasche Pflaumenschnaps und eine angebrochene Packung Kondome.

Manchmal bringt jemand Kids her, aber hier ist der Block sicher. Verreisen Sie?

Elinor weiß es noch nicht. Sagst du ihr Bescheid?

Kann ich machen, sagte Fränk. – Die merkt das vielleicht gar nicht. Die hat doch nur einen Mann im Kopf.

Einen Mann? fragte Gygax.

Egal, sagte Fränk, ich sage ihr einfach, daß Sie mal weg sind. Wann sind Sie zurück?

Nächste Woche, spätestens. Dann arbeiten wir weiter.

Passen Sie auf sich auf. Sie müssen sich wärmer anziehn.

Das Taxi stand noch da; der Fahrer las den Sportteil des «Tages-Anzeigers».

Danke fürs Warten, sagte Gygax.

Wohin fahren wir?

Nach Berlin.

Berlin, Deutschland?

Aber erst nach Sommerau, bitte. Ich muß mir noch etwas anziehen.

Als sie vor dem alten Bauernhaus hielten, sagte Gygax, danke, das war's schon. Ich hole das Portemonnaie, dann können Sie weiterfahren.

Nicht nach Berlin?

Es muß nicht sein, sagte Gygax. Wieviel?

Es muß nicht sein, sagte der Fahrer, und bevor er anfuhr, warf er das Goldstück aus dem Wagenfenster.

Gygax hob es auf und steckte es ein. Dann rief er: Halt! Der Fahrer stoppte.

Ins Tessin! rief Gygax.

Jaja, sagte der Fahrer und fuhr weiter.

Und Gygax ging ins Haus, um sich richtig anzuziehen.

24 Aufgeräumt

Eine Woche später kniete Gygax vor dem Kaminofen, als es klopfte.
Elinor hielt eine Zeitung in der Hand.

Ich dachte, du kommst nicht wieder.

Hat Fränk nichts ausgerichtet?

Daß du weg bist, ja. Aber nicht, wohin, warum und wie lange.

Das wußte ich selbst nicht.

Er kam immer wieder her. Aber nur zum Feuermachen.

Das sehe ich. – Gygax schlug die Deckelklappe der sandfarbenen
Tasche zurück. Auf der Innenseite zeigte sich ein Brandfleck.

Mein Gott. – Er hat einen Brief seiner Mutter erhalten. Sie hat
sich endgültig verabschiedet. Lebt jetzt in Hannover, mit einem
Arzt.

Ich bringe nur die Asche weg.

Er verließ das Atelier durch die Hintertür, um die volle Schublade
im Hinterhof am Stamm der Föhre auszuklopfen. Darunter hatte
sich bereits ein kleiner Aschensumpf gebildet, am Rand des Geröll-
felds, in dem Marmorreste mit Bauschutt und natürlichem Gestein
zusammen vermoosten. Als er zurückkam, schob er die Schublade
wieder in den Ofen und reinigte die Platte davor mit Besen und
Schaufel.

Da ist noch etwas, sagte Elinor und hielt ihm die offene Zeitung
vor die Augen. Er war die Seite der Todesanzeigen. Er las, daß Louise
Anna Schädler still in eine andere Welt hinübergegangen sei. Für die
Familie zeichnete in tiefer Trauer Lisa Schädler Wimmer. Die Bei-
setzung sei «im engsten Familienkreis» erfolgt. Das Motto lautete:
Uns fehlt etwas, aber wir haben keinen Namen dafür. Statt Blumen

gedenke man. Das Todesdatum war dasjenige seines Besuchs im «Burgfried».

Ja, sagte Gygax.

Eine Ärztin versuchte dich zu erreichen.

Ist es recht, wenn ich Feuer mache?

Er griff nach der Zeitung.

Beat hat immer ohne Papier angefeuert.

Ich bin kein Pfadfinder, sagte Gygax, nahm ihr die Zeitung aus der Hand, ballte sie und umstellte den Knäuel mit Scheiten; die Lücken stopfte er mit Föhrenzapfen. In der Schale für das Grobholz kam eine Tabakspfeife zum Vorschein. Er zog das Mundstück mit dem weißen Punkt heraus, steckte den Pfeifenkopf in eine Kluft des Scheiterbaus, rieb ein Streichholz an und hielt es ans Papier. Man konnte zusehen, wie die Flamme, von den Föhrenzapfen gierig angenommen, das Strohfeuer des Papiers überlebte. Die kleinen Herde steckten die dünneren Scheite an, dann begannen blaue Zungen auch die Ränder der starken zu belecken.

Sie gehörte Guy, sagte Elinor. – Sie ließ sich auf den Großvaterstuhl fallen und bedeckte die Augen. Sie standen voll Tränen, als sie die Hände sinken ließ.

Guys Pfeife, sagte sie leise. – Ins Feuer. Einfach ins Feuer. – Sie zog die Beine an den Leib, wie um dem Ansturm von Elend die kleinste Angriffsfläche zu bieten. Dabei senkte sich der Stuhl nach hinten.

Gygax schob die Luftklappe zu, bis sich die Lohe von selbst mäßigte. Die Pfeife war auf den Rost gefallen. Er scharrte sie mit dem Haken heraus.

Nicht mal warm, sagte er, den Pfeifenkopf in der Hand, und preßte das Mundstück wieder in den Schaft. Er stand auf und legte die Pfeife in ein Fach der Großen Wand, wo sie ihm die leere schwarze Öffnung zudrehte.

Gygax ließ sich behutsam auf die Armlehne des Stuhls nieder, so daß er ins Lot zurückkehrte. Er legte eine Hand auf die ihre.

Ich dachte schon, ich hätte es wieder verscherzt. Auch mit dir, sagte sie, und als er nicht antwortete, fuhr sie fort:

Ich habe euch machen lassen. Oder nicht? – Gestern schlief Fränk in diesem Stuhl, vor offenem Feuer, ein Papier im Schoß. Ich wollte leise wieder hinaus, da sprach er mich an. – Ist Gygax schon zurück? – Guten Morgen, sagte ich. Ich wußte ja nicht einmal, daß er weg ist. – Oh, das sollte ich dir ja ausrichten. Sorry, aber bei mir war zu viel los. – Er hielt mir das Papier entgegen, es war ein handgeschriebener Brief.

Liest du mir das mal vor? fragte er, ich kann die Schrift nicht lesen. – Der Brief war von Claire. Natürlich hatte er ihn gelesen. Der Brief handelte vom Unglück, das ich angerichtet habe. Das sollte ich laut lesen. Es war eine Strafe.

Was ist Claire für ein Mensch?

Erwachsen, sagte sie. – Das war ihr drittes Wort. Wir waren immer noch nicht erwachsen, unsere Konflikte auch nicht. Sie wollte *erwachsene* Beziehungen.

Und jetzt hat sie eine?

Ich kenne den neuen Mann nicht. Ein Hautarzt, soll eine Autorität sein, das brauchte sie wohl, nach Paul. Der Brief war kindlich, ich bin eine Hexe, das sagt man der Wand oder schreibt es ins Tagebuch, aber dem eigenen Sohn schreibt man es nicht.

Und Fränk?

Er sagte: Sie hat wieder einen Mann, und für dich stellen wir Schneider wieder her. Deswegen bringen wir uns nicht um.

Klingt erwachsen, sagte Gygax.

Zu erwachsen. Hauptsache, ich kriegte mein Fett weg.

Und Paul Niethammer?

Über den kein Wort. Von seinem Vater spricht er nicht mehr.

Was heißt: wir stellen Schneider wieder her?

Das mußt *du* wissen. Wir, das sind er und du. Er hat wieder einen Vater.

In diesem Augenblick sprang, mit einem Knall, ein glühendes Stück Holz aus dem Ofen und landete vor dem Lehnstuhl, wo es weitergloste, als atme es. Gygax schob es mit dem Haken auf die Schaufel und warf es ins Feuer zurück. Aber auf dem Holzboden blieb ein Brandfleck.

So muß es mit der Tasche passiert sein, sagte Elinor. – Fränk ist eingeschlafen, ohne das Glas zu schließen.

Er will das Feuer *sehen*, sagte Gygax. Er hob die Tasche auf und nahm sie in beide Arme. – Schneider hat sich etwas Kleines gewünscht. – Er begann die Tasche zu wiegen und summte: *Our material of choice is cotton and linen sailcloth as they are natural, durable, air permeable, and produce no or little static electricity. Moreover, they become more flexible with use and develop a definitive characteristic that makes each product the only one of its kind in the world.*

Du kannst es schon auswendig.

Ich trainiere nur mein Gedächtnis. Aber Sachen, die mit Sorgfalt gemacht sind, haben es in sich. In Japan baut man Schreine für sie. Sie haben gedient, nicht nur ausgedient. Es kann wieder ein Mensch daraus werden. Auch bei uns gab es eine Zeit, wo eine Frau ein Frauenzimmer war und nicht erschrak, wenn man sie «Täschli» nannte. Ist dir nie der Gedanke gekommen, Beat könnte sich in dieser Tasche verbergen?

So etwas habe ich im Seminar gehört. «Der Mann, der seine Frau mit einem Hut verwechselte». Ein Zeichen von Demenz.

Aber wovon ist Demenz ein Zeichen? fragte Gygax und stellte die Tasche behutsam auf den Fußboden zurück.

Du siehst Beat immer ähnlicher.

Denn wird es wohl Zeit, daß ich weiterkomme. – Und als sie ihn bestürzt ansah: Erstmal wird alles gut, Elinor.

Sie lächelte schwach.

Du pflanzt ja schon wieder, dein Arbeitsplatz ist kein Wintergarten mehr. Das ist ein Treibhaus.

Ihr Gesicht hatte sich aufgehellt. – *Oba*, sagte sie, Niddy hat mir Samen geschickt, und er kommt, wider Erwarten – das mußt du dir ansehen.

Oba, wofür ist das gut, oder wogegen?

Gut zum rohen Fisch … und zum Riechen und Anschauen. Die Blätter werden rötlich wie Weinlaub.

Und warum kommt er wider Erwarten?

Weil ich mir gar nichts mehr zutraue.

Nein. Weil alles Schöne wider Erwarten kommt.

Sie drückte einen Kinderkuß auf seine Hand, die wieder ihre Hand hielt, und stand auf.

Ein paar Stunden später klopfte sie wieder an, diesmal im Strickkleid mit Silberschimmer und frisch gewaschenem Haar. Er saß am PC, aber jetzt holte er den Wein aus dem Ofenfach und zwei Gläser.

Elinor, sagte sie.

Emil.

Sie tranken einander zu, ohne anzustoßen.

Sie seufzte. – Ich wollte nicht mehr trinken. Es ist auch nur noch eine Flasche in Opas Keller.

Die öffnen wir an deinem Geburtstag.

Wo bist du gewesen?

Bei Bender.

Im Tessin?

Eigentlich bin ich meiner Frau nachgereist. – Er trank bedachtsam Schluck um Schluck. – Ruth kannte drei Kraftorte in diesem Land. Ich weiß nicht, ob sie daran geglaubt hat, aber an einem ist sie gestorben, bei der Halbinsel Chasté im Silsersee. Einen andern habe ich noch ohne sie gefunden, als junger Reporter. Da verfaßte ich ein Stücklein über eine Künstlerkolonie im Tessin.

Monte Verità?

Ja, das war Ruths zweiter Kraftort. Und nein, meiner liegt etwas
daneben, auch politisch. Sagt dir Fontana Martina etwas?

Da sie den Kopf schüttelte, sagte er: Ronco sopra Ascona. Da hat
sich in den Zwanzigerjahren ein Hans Jordi niedergelassen, Drucker
und Anarchist aus dem Bernbiet, mit Heinrich Vogeler aus Worps-
wede, dem Kommunisten und Maler. Er hat ein Ruinendorf gekauft
und zur Filiale der Weltrevolution ausgebaut – damals war das Tessin noch der arme Süden der Schweiz, wo eine Schüssel Polenta für
drei Tage reichen mußte. Heute … du kannst dir vorstellen, was von
Fontana Martina geblieben ist: Kunstgewerbe mit Patina. Wal Bender hat mich zu meinem Artikel beglückwünscht, damals war er
noch ein junger Kommunist. Jetzt lebt er gleich daneben in seiner
Villa und sieht keinen Widerspruch. Er *ist* ja der Widerspruch in
Person, und das hat ihn reich gemacht, sein Witz auf eigene Kosten.

Er hat Guy die Totenrede gehalten, sagte Elinor. – Und lebt immer noch? Er war doch sterbenskrank.

Er liegt, aber immer noch grandios. Alles an ihm wird durchsichtig. Er schreibt nicht mehr, aber auch das ist ein Ereignis. Da liegt er
nun vor seiner Aussicht, dem einzigen Absturz ins Blaue, und da er
die Zeit abgedankt hat, kann er sich auch noch etwas verweilen. Ein
Feinschmecker des Absterbens.

Redet er noch von Guy?

Er dauert ihn. Wenn schon Freitod, dann müsse er auch gelingen.

Es war kein Freitod.

Das weiß er besser. Guy habe sich ins Bad gelegt, um darin zu
verbluten, wie Seneca; dann habe ihm sein Herz einen Streich gespielt, und er sei verendet wie ein Wild im Stacheldraht. Was ihm
gefehlt habe, sei ein Freund im rechten Augenblick – JA! ein Freund,
mit dem er gemeinsam hätte scheiden können –

Elinor war bei dem Ja!, obwohl es Gygax nur markierte, so zusam-
mengefahren, daß sie den Weinrest im Glas verschüttete; ein großer
Fleck hatte sich auf ihrem weißen Kleidrock ausgebreitet. Gygax

eilte in die Küchenecke, kehrte mit dem Salzstreuer zurück und schüttete den Inhalt auf den Fleck.

Guy war ein Edelmann, sagte sie. – Und der dritte Kraftort?

Den hat mir Ruth nie gebeichtet, sagte er.

Ich kenne den Ort, sagte sie. – Wolferlei. Wo ihr Beat gezeugt habt.

Du ersparst mir nichts.

Sonst wären wir gar nicht weitergekommen.

Das sind wir auch nicht, nur nicht mehr am gleichen Punkt.

Sie schenkte sich selbst den letzten Schluck Wein nach und intonierte:

Gleich einer Raupe, die vom Maulbeerbaume
Die Blätter faßt, daß sie den Saft verzehre,
Falt ich die Hände fromm zum Miserere,
Genährt von einem immergrünen Traume – weißt du, was Miserere heißt?

Erbarme dich.

Wenn du so lange kotzen mußt, bis nur noch Scheiße nachkommt. *Das* heißt Miserere.

Trink nicht mehr, bitte.

Sie setzte das Glas ab. Sie schwiegen, nur das Feuer knisterte vor sich hin.

Ich werde das hier verkaufen müssen.

Und wohin zieht es dich?

Du redest wie Alice. Ich weiß es nicht. Kein Herr Graf in Sicht.

Grafen verspäten sich oft. Und vielleicht haben sie Angst vor dir.

Warum?

Du bist zu gut.

Das haben die Leute meiner Großmutter nachgesagt. Sie sei zu gut gewesen für die Welt.

Das hast du schon verpaßt. Ist dir warm genug?

Sie nickte.

Ich habe dich im Glashaus lesen gesehen.

Stifter. Die Vorrede zu «Bunte Steine».

Danach hast du dich fein gemacht. Nur für mich.

Sie lachte wider Willen. – Schneider zu Ehren, sagte sie, er hatte es auch mit den falschen Begriffen von Groß und Klein. Das Mus im Töpfchen der armen Frau kocht nicht weniger und nicht mehr als die Lava in einem Vulkan.

Soll ich Licht machen?

Ich möchte nicht, daß du mich zu gut siehst.

Den Weinfleck sieht man schon nicht mehr. Würdest du dein Gedicht noch zu Ende sagen?

Das war aus meiner frommen Zeit. Ich kann es nicht mehr.

Versuchs's doch. Trotz *Miserere*.

Tastend erst, dann immer bestimmter fuhr sie weiter:

Aus meines Mundes weißem Seidenschaume
Spinn ich ein Netz, darin ich mich verkläre.
Ein starrer Schläfer, den des Lebens Chöre
Nicht mehr erreichen, hafte ich im Raume.

Es malen sich in meinen Dunkelheiten
Die bunten Augen aller Jahreszeiten,
Bis der Verpuppung Mummenschanz zerbricht.

Dann steige ich aus Hülle und Gedicht …
Es straffen sich in einer neuen Sonne
Die schönen Flügel meiner Todeswonne.

Siehst du, sagte er.

Hugo Ball ist auch im Tessin gestorben. Mach jetzt doch lieber Licht.

Noch nicht, sagte er. – Es dämmert so schön. Mein Vater wußte auch ein Gedicht, das einzige, das er auswendig konnte. Er hat es in der Sonntagsschule gelernt.

Laßt mir die Lampe aus dem Zimmer,
Noch dämmert ja der Abend kaum,
Bei dieses Zwielichts halben Schimmer
Wieg ich mich gern im wachen Traum. – Wir mußten Strom sparen. Da kommt so ein Gedicht wie gerufen.

Und was sagt der wache Traum? fragte Elinor.

Daß Schneider fein raus ist. Wenn ich seine Große Wand ansehe – nichts auf der Reihe, und doch gehört alles zusammen. Das ist *er* – ob er leibt und lebt oder auch nicht. Vielleicht ist er mit einem Sprung eingelaufen, eingegangen – dort angekommen, wo das Größte zum Kleinsten wird, und umgekehrt. Und wenn die Maßstäbe dazu unserer Vorstellung spotten – warum soll das nicht wörtlich zu nehmen sein, sogar ernst? Vielleicht steckt das Lachen des Schöpfers darin, und warum sollte es schadenfroh sein, wenn er sein Werk genießt?

Und ich habe immer nur das Geistige gesucht, sagte Elinor.

Aber da liegt es doch, im Innersten der Materie – reiner und feiner als jeder Vers, den wir uns darauf machen. Das Trübe liegt nur im Auge, das nicht sehen will, was auf der Hand liegt: daß das Kleine nicht klein ist und das Große nicht groß, so wenig wie wir selbst.

Weißt du, was mich ärgert? fragte sie. – Daß Beat sich einbildete, was er getan habe, sei nicht wieder gutzumachen. Mein Mann hat mich auch geschlagen, ich weiß nicht, wie oft, und einmal war es zuviel. Aber ich habe immer noch gesehen, wie geschlagen er selbst war. Und so lange ein Gefühl dafür zu spüren ist … tun die Schläge immer noch weh, und ewig herhalten mußt du nicht. Aber du kannst auch vergeben. Dann hatten wir die guten Augenblicke. «Wie ein Soldat in Feindesland» sei er auf seine Frau los, sagte Beat, und ich war gebührend erschüttert … und heimlich belustigt. Ein Weltuntergang! Und so einfältig. So lange ein Mann mit dem Herzen dabei ist, darf er so dumm sein, wie er will.

Und wenn er nicht mit dem Herzen dabei war? Wenn ihm das hinterher aufgegangen ist? Was hat er nicht alles für seine Frau getan ... Alles aus Eitelkeit. Man nennt sie auch Schuldgefühl. Immer gut sein wollen, ist nie gut genug. Solange eine Spur Gefühl daran beteiligt ist, sagst du. Und wenn es diese Spur nicht gab? Wenn es *das* war, was er sich nicht vergeben konnte?

Sie schaute ihn groß an.

Der Mann ohne Herz, sagte Gygax. – Ich kenne ihn. So einer bin ich auch.

Das ist nicht wahr!

Siehst du, das nimmst du mir nicht ab. Darum war es bei dir so schön.

Aber dann war es ja auch unerträglich!

Aber ich bin noch da. Sogar einmal zurückgekommen von den Toten. Also bleibt immer noch Zeit, mein Herz zu suchen. Geschenkt nehmen kann ich's nicht, leider.

Danke, daß ich mich mal freihusten konnte.

Trinken darfst du auch, nur nicht allein. Sonst ist keiner da, der dir's verdirbt.

An diesem Abend fand Elinor eine Mail von Niddy und als sie den Anhang öffnete, warf er sie aus dem Geleise.

Sie sah Schneider.

Er blickte ihr lachend in die Augen. Neben ihm stand eine unbekannte Frau mit kupferrotem Haar. Er hatte den Arm um ihre Schulter gelegt, und ihre linke Hand umschlang seine Taille, während die rechte in die Kamera winkte. Das Paar stand am Fuß einer Gangway, bereit, ins Flugzeug zu steigen, das LAN angeschrieben war und weiß wie der Sommeranzug, den sie an Schneider noch nie gesehen hatte, während die Frau etwas Buntes, Kleingemustertes trug. Einzelheiten abgerechnet, war es Schneider ganz und gar, unverkennbar in seiner immer leicht windschiefen Haltung, nur sein

Lächeln war breiter geworden, und halb verschämt grinste er ins Bild. Wo sich das Flugzeug befand, war nicht auszumachen. Es gab nur den grauen Tarmac und viel graublauen Himmel dahinter, so daß es aussah, als stehe das Flugzeug allein für das gereifte Hochzeitspaar zum Abheben bereit.

Liebe Elli,

wie geht's dir? Mir auch, habe wieder mal einen Lauf. Was auch der Grund ist, warum ich mich lange nicht gemeldet habe. Der Ofen raucht, und Bob legt tüchtig nach. Bei ihm sieht jetzt alles nach Scheidung aus, erwartet hab ich's nicht, wußte ja lange nicht mal, daß er noch verheiratet ist. Er ist jetzt öfter da, und länger, die Kids sind happy, und neuerdings haben wir auch einen Hund.

Aber jetzt halt dich gut fest: Beat Schneider ist gefunden! Siehe Attachment!!

Das Heft, in dem er aufgetaucht ist, lag heute im Kasten, und als ich es aufschlug, bin ich vom Stuhl gefallen.

Gleicht der Mann dem guten Beat nicht aufs Haar?

Daß er welches hat, kommt allerdings überraschend. Aber Perücken sind erschwinglich, und ich habe mich immer gewundert, daß er keine anschafft. Eitel war er doch genug. Vielleicht tut er's dieser Dame zu Gefallen. Mir ist sie total neu, ihm aber schon 30 Jahre verbunden – daraus soll man klug werden! Er nennt sich jetzt Osterwald, wohnt in Indiana, Pa., hat aber immer noch einen Schweizer Stammbaum zu bieten, und die Story mit dem Hut klingt wie Schneider pur. Die Frau scheint eigentlich nicht sein Typ – aber was weiß man von der Liebe!

Elinor las den beigefügten Artikel wieder und wieder. Er hatte mit Schneider nicht das mindeste zu tun. Aber nahm sie das Bild wieder vor, so sah sie *ihn*, keinen andern, und ihre Verwirrung nahm kein Ende.

Der Artikel steht in Senior Travel. *Ich texte für die deutsche Ausgabe. Eins der* glossy Magazines, *die man im Kiosk findet und sich immer fragt, wer so was denn kaufen soll. Aber es wird gekauft, von Kreuzfahrern aus Wanne-Eickel und Tiefseetauchern aus Wernigerode. Und Werbung, die man nicht bemerken darf, wird anständig bezahlt. Muß nur alles kurz und klein geschnitten sein. Vorbei die Zeit, wo ich auch mal ein Gedicht wie* The Ancient Mariner *für die übersetzt habe.* A wiser and a sadder man / He woke the other morn. *Da kommt der Albatros her, der Männern am Hals hängt, wenn ihnen der Spaß über den Kopf gewachsen ist. Darf* Senior-Travel-*Kunden nicht passieren. Die wollen ihre Lei & Aloha-Kränze. Die Osterinsel ist keine typische Destination, aber Beat war immer hinter dem Speziellen her. Und nach der Durststrecke mit LouAnne wäre ihm eine robuste Beziehung zu gönnen. Diesen Eindruck macht die Person, auch wenn sie schon bißchen alt aussieht. Tat er auch immer. Und jetzt deutlich weniger.*

Nina will sich verloben. Mit achtzehn! Offenbar ist die Mutter schuld, wie immer. Bob ist mein ein und alles, aber gleich heiraten? Das hat sie nicht von mir.

Laß dich doch öfter bei uns blicken! Letztes Mal wolltest du dein Haus loswerden. Warum nicht? Verreisen, weil noch das Lämpchen glüht! Muß ja nicht gleich die Osterinsel sein. Auch Japan war doch mal eine Option. Nichts wie hin, solange es noch steht! Wir haben seit kurzem ein Sushi-Restaurant um die Ecke, der Koch ist sogar ein echter Japaner. Auch in Berlin sind Menschen. Und keiner wartet auf dich? Das läßt sich ändern. I am a believer.

Zur Zeit wieder mal relativ überglücklich: Deine Niddy

Nein, sagte Elinor fast laut. Wie konnte Niddy so naiv sein? Und so taktlos? Und warum hatte Elinor den schlechten Scherz *ausgedruckt?*

Sie drehte das Blatt um und bedeckte es mit einem Heft der anthroposophischen Zeitschrift, die sie immer noch bezog.

IX

2009

25 Wiedergeburtstag

Gut, daß du früh da bist, sagte Elinor. Ihre Augen tränten. Sie war mit Zwiebelhacken beschäftigt, als Fränk in der Küchentür erschien, im Outfit und das Gesicht vom Fahren gerötet.

Wenn das hier feierlich werden soll, sagte er. – Ich habe auch ein Geschenk. Ich habe Schneider gefunden.

Was heißt, du hast Schneider gefunden?

Unterwegs zur Wiedergeburt. Muß dir doch passen. Dann dusche ich jetzt.

Sie begann einen Kopfsalat zu zerpflücken.

Oder kann ich helfen?

Danke, es geht allein schon schwer genug.

Warum will Emil weg? Biete ihm doch an, weiter im Atelier zu wohnen.

Sie hielt inne. – Und du? *Du* wolltest doch da einziehen.

Ella, sagte er, ohne aufzublicken, darüber müssen wir reden. Ich glaube eher nicht, daß ich hierbleiben möchte.

Meinetwegen?

Erst mal meinetwegen. Du machst zu viel Druck.

Druck? fragte sie befremdet.

Im Ernst. Laß Schneider hier wohnen.

In Sommerau gibt es eine Person, die auf ihn wartet.

Ein guter Grund, nicht zu gehen. Weißt du, wenn schon – ich brauche auch mal eine Freundin.

Was hast du denn ... bei Iris getan?

Da hast du was mißverstanden.

Du warst oft ganze Nächte weg.

Warum wohl.

Warum, Fränk?

Deine Therapie schmeckte mir nicht.

Aber Fränk ... deine Mutter hat mich doch geholt.

Aber nicht dafür, daß du dich um Paul kümmerst.

Es ging doch um dich! Nicht um die Ehe deiner Eltern!

Dann hättest du sie nicht stören dürfen.

Und darum hast du dich zu Iris geflüchtet?

Geflüchtet? Ihr habt mir *gestunken.*

Und ich habe geglaubt, du erlebst eine Liebesgeschichte.

Du erlebst eine Liebesgeschichte ... wiederholte er höhnisch. –
Wäre euch bequem gewesen, was? Soll ich dir was flüstern? Iris war
noch schlimmer. Sie hatte nur Paul im Kopf, und der hat sie gefeuert. Nicht Claire zuliebe, aus *Angst* vor Claire. Und ich war nur ihr
Schuh in der Tür. Iris hätte mich sogar ficken lassen, wenn sie Paul
damit wieder gekriegt hätte. Aber der hatte ja eine Therapeutin, und
ich brauchte leider immer noch ein Bett.

Und warum bist du zu mir gekommen? Nur wegen Wimmer?

Mal sehen, was eigentlich mit dir los ist.

Und weißt du es jetzt?

Es geht.

Sie rührte die Salatsauce zusammen. – Gygax geht weg, du willst
weg. Was soll ich allein mit zwei Häusern?

Abreißen oder verkaufen. Und vom Ertrag leben.

Vielleicht in einem Heim? Wie LouAnne?

Deine Tante ging auch nicht ins Heim. Gewußt wie.

Du kannst auch mit einer Freundin hier leben.

Willst du dir eine billige Pflegekraft nachziehen?

Jetzt bist du gemein, Fränk, *echt.*

Sie holte die Schüssel mit den Rindfleischplätzchen aus dem
Kühlschrank. Die Marinade hätte länger dauern müssen.

Seit wann gibt es hier Fleisch?

Als sie schwieg, fuhr er fort. – Ich wollte auch Veganer werden. Und jetzt? Fleischvögel!

Rouladen. Du kannst mir füllen helfen. Und dann zubinden.

Paßt es, wenn ich mich vorher umziehe?

Du wolltest erst duschen.

Rieche ich?

Dein Dreß riecht.

Eine Viertelstunde später erschien er in Jeans und rotem T-Shirt, die Tolle frisch gegelt. Elinor hatte Zucchini und Karotten in Streifen geschnitten; sie zeigte ihm, wie die Fleischblättchen zu würzen und mit Mehl zu bestäuben waren, bevor man das Gemüse darauf legte, wickelte und mit Zahnstochern befestigte.

Sie sah auf die Uhr. – Schon fünf. Könntest du jetzt den Wein dekantieren?

Und den Tisch decken. Nur für drei? Oder holst du noch ein paar Arme von der Straße?

Du könntest Kamelien schneiden, die weißen, an der Atelierwand.

Sollen die schon blühen? Im März!

Sieh nur mal recht hin. Knospen sind schon da, die eine oder andere geht auf.

Dann muß es heiß werden am Tisch.

Dafür haben wir Kerzen. Aber beeil dich, es kommt Regen.

Es war ein seltsamer März. Erst viel Schnee, und dann eine Föhnmauer über den Alpen, die für helle, warmwindige Tage und Kopfweh gesorgt hatte. Heute trieb sie in Wolkenfetzen über das Land; gegen Abend bauten sie sich, während die Temperatur fiel, zu dunklen Wettertürmen auf, in denen Blitze zuckten.

Es goß schon heftig, als sie zu dritt bei Tisch saßen, und das Sausen und Rauschen der Böen ersetzte minutenlang das Gespräch, das nicht recht in Gang kommen wollte.

Gygax hatte die einzige Krawatte angezogen, die er im Gepäck hatte; auf bestimmten Ämtern waren Auskünfte nur im Anzug zu erlangen. Förderlich war auch das Gerücht versteckten Reichtums, das ihm nachging. So wirkte das Formlose, dessen sich alte Bekannte aus seiner *–ax*-Zeit befleißigten, angestrengt, wie das Spontane, das sie ihrer bewegten aber vergangenen Jugend schuldig glaubten, und er spürte die Empfindlichkeit darunter.

Immerhin hatte Gygax bei alten Gegenspielern das Gefühl, daß man immer noch wußte, wovon man schwieg. Bei jüngeren Kollegen lächelte er ins Leere. Er verstand sie nicht mehr, nicht ihre Korrektheit, noch weniger ihre lockere Art. Alle schienen sie Dauer-Praktikanten einer pflegeleicht aussehenden, dabei aber beinharten Oberfläche zu sein, Bewohner einer *coolen* Sphäre, von der ihn eine unsichtbare Wand trennte. Für Ironie waren sie unerreichbar, die einmal Gygax' Lebenselement gewesen war. Dabei lebten sie auch dann fraglos in ihrer Welt, wenn sie erkennbar an ihr kaputtgingen. Sie schienen gar kein inneres Feuer zu brauchen, um auszubrennen. Ganz sicher aber rauchten sie nicht mehr.

Aber mit Fränk konnte Gygax gut leben, und vielleicht noch etwas mehr. Weil der Junge ein wenig altklug war, und naseweis? Aber das hatte er werden müssen, um sich im wortmächtigen Niethammer-Haushalt zu behaupten, wo Vater und Mutter nur gute Worte hatten und doch nie so gut waren wie ihr Wort. Worte lassen sich biegen und brechen, so etwas spürt ein Kind lange, bevor es versteht, wovon die Rede ist – und je mehr es davon begreift, desto mehr muß es glauben, daß Worte nur trügen. Fränk aber brauchte etwas Unverbrüchliches, und das haben Zahlen eher zu bieten als Worte, denn was sich rechnet, erspart sie und spricht für sich selbst. Fränk konnte besser rechnen als seine Mitschüler, von seinen Eltern ganz zu schweigen. Er hätte das Zeug zum Ökonomen gehabt, hätte Kosten-Nutzen-Rechnungen anstellen, seine *Work-Life-Balance* austarieren, auch sich selbst immer besser verkaufen können – Claires Vanille-Industrie hätte ihre Freude daran gehabt, und er seinen Nutzen davon. Nun aber hatte es ihn in die Lebenswissenschaften verschlagen, und die führt ihren eigenen Widerspruch schon im Namen mit. Auch da will zwar viel gerechnet sein, aber je wissenschaftlicher die Rechung, desto weniger geht sie auf. Die Forschung muß Hand und Fuß haben, jedoch umgekehrt wird kein Schuh draus: nicht nur Hand und Fuß, auch das unscheinbarste Molekül will als Darsteller eines unfaßbaren Ganzen gewogen, *gewürdigt* sein und spottet aller Berechnung. Es fordert die Phantasie heraus, um nicht zu sagen; die Divination; und dafür bietet sich – in Gottes oder Teufels Namen – immer noch kein schlechteres, aber auch kein besseres Gefäß an als das Wort. Hätte sich Fränk damit begnügt, der Industrie eine gewinnversprechende Substanz zu liefern, er hätte in Wimmers Institut ausgesorgt gehabt. Aber er wäre gar nicht nach Münsterburg gekommen ohne den dringenden Wunsch, einem verlorenen Geschwister nachträglich zum Dasein zu verhelfen, das diesem schon im Mutterleib abgeschnitten worden war. Bei diesem tief vermißten Mitgeschöpf war er *im Wort*, und dazu stimmte, was ihm in Gygax' Rätselwerkstatt begegnete, sogar noch besser als die Labor-Arbeit an seinem Modellorganismus *Caenorhabditis elegans,* ja es war gewissermaßen die phantastische Probe darauf.

Und von Gygax – anders als von Vater Paulchen – durfte sich Fränk auch etwas sagen lassen. Der alte Gerichtsreporter und der junge Gentechniker vereinigten ihre Kompetenzen, um diesen Beat Schneider aus den Spuren, die sie von ihm beibrachten, wieder herzustellen, und wenn sie weit hergeholt waren: um so größer das Abenteuer. Gygax aber genoß die Kunst, die sie gemeinsam entwikkelten, mit einem Verlust umzugehen, als wäre er ein Spiel. Im tieferen Sinn beruhte eben darauf seine Heilsamkeit, und Ruth hätte ihren Segen dazu gegeben, auch wenn es ein wenig *unanständig* war. Denn sie buchstabierten einen Menschen aus vielerlei Quellen zusammen, ohne die trüben zu scheuen; aber Wort und Zahl gingen dabei wieder jene Verbindung ein, die ihren gemeinsamen Ursprung durchscheinen ließ und welche die Zaubermeister des Geistes behauptet hatten, von Pythagoras über Novalis bis zu den Dadaisten, bevor die digitalen Analphabeten überhand nahmen und die mehrdeutige Welt kassierten.

Die Forscher hatten herausgebracht, daß es sich bei der Bilder-Rolle um etwas schon Bekanntes handelte. Es war die Rongorongo-Schrift von Rapa Nui, der Osterinsel, und hatte der Entzifferung lange widerstanden. Diese Information hatte Gygax keiner Suchmaschine abgewonnen, sondern einem alten Reiseführer, den er in der Dorfbibliothek Sommerau gefunden hatte, wobei sich wieder einmal Schneiders Spruchweisheit bewährte, daß nur findet, wer nicht richtig gesucht hat. Denn da begegneten sie ihm wieder, die stachligen Tierbilder und Keksformen aus der Großen Wand, und ihre Botschaft war nicht weniger fremd als diejenige der steinernen Moai-Kolosse, die über die Insel verteilt waren. Schließlich wurde, dank Gygax Nachhilfe und Intuition, ein solides Märchen daraus.

Der Prozeß, in dem sich ein fast endloses Band von Bildzeichen am Ende zu einem sinnhaften Knoten schürzte, um ein Geschenk für Elinor zu schnüren, ist unmöglich in jedem Schritt nachzuzeichnen: aber sein soziales Resultat war mit Händen zu greifen. Er brachte die Beteiligten einander nahe, jeder half dem andern mit dem ihm eigenen Spielwitz aus, und die Arbeit wurde immer wieder von Lachanfällen beflügelt. Aber da war kein Um- und Abweg, der sich, gut behandelt, nicht als Weg erwiesen hätte, auf dem man *gemeinsam* weiterkam. Dabei lernten zwei ganz verschiedene Sorten Humor sich vertragen, und dabei kam es auch immer wieder zum überraschenden Rollentausch. Denn Fränks an Comics geschulter Ausdruck war demjenigen Gygax' in mancher Spielphase überlegen und entkräftete jeden Verdacht seiner Dürftigkeit. Es war eben *anders* als dasjenige eines altgedienten Gerichtsreporters und trug durchaus zum Resultat bei – auch wenn dieses am Ende in einer Sprache frisiert wurde, die von beiden Spielern gleich weit entfernt war.

Dabei verschwieg Gygax allerdings, daß er das Märchen schon gekannt hatte. Um so erstaunlicher, daß Fränk, dem es neu war, es mit seinen Instrumenten so zielsicher ansteuerte, daß es ebensogut sein Werk heißen durfte. Die Bildchen des Urtexts gaben eine erstaunliche Verwandtschaft mit der vereinigten Phantasie grundverschiedener Männer zu erkennen – als rede man diesseits und jenseits der Grenze dieselbe Sprache, auch wenn man nur diejenige der eigenen Seite verstand.

Im Universum von LouAnnes Pünktchen hatte Gygax allerdings nicht mitzureden. Da blieb das Feld einer bildgebenden Technologie überlassen, über die Fränk allein verfügte. Aber dabei ließ er so viel Respekt einfließen, sowohl vor seinem Gegenstand (soweit eine Milchstraße von Punkten als solcher zu bezeichnen ist) wie auch vor Gygax, der ihm dieses Werk letzter Hand anvertraut hatte, daß sich dieser auch am Resultat beteiligt fühlen durfte – ein wenig lächelnd, aber nicht wenig betroffen. Denn, mit Rechner und Mikroskop bewaffnet, legte die forschende Jugend hier die bei ihr so oft vermißte Radikalität an den Tag. Und *darum* verstörend, weil sie, auch als Karikatur, einer Ungeheuerlichkeit *in der Sache* entsprach. Denn sie zeigte eine Kraft am Werk, die Geschöpfe ebenso gelassen wieder zurücknehmen kann, wie sie sie hervorbringt.

Und das von einem Neunzehnjährigen, der schon an der Abschaffung des Todes arbeitete, aber noch keine Freundin hatte! «Rührung» mag nicht das ganz treffende Wort sein für das Gefühl, mit dem Gygax die großen Sprünge Fränks betrachtete. Wohl aber registrierte er die größere Freiheit, mit welcher der Junge seither seiner Umgebung begegnete. Die Aufgaben, die er ihm zugemutet und zugetraut hatte, und der gemeinsame Spaß an ihrer Bearbeitung hatten wohl ihren Anteil daran. Schneider mochte verloren bleiben, aber Fränk hatte angefangen, sich zu finden.

Doch eben heute, am Tag der Bescherung, mußte ihm etwas über die Leber gekrochen sein. Nachdem er den gröbsten Hunger gestillt hatte, blieb er ohne erkennbare Beteiligung eben nur am Tisch sitzen und stocherte hie und da im Salat, um eine hochbeladene Gabel Grün in den Mund zu werfen. Er beteiligte sich nicht am Gespräch, das Gygax und Elinor mit der Artigkeit unheilbar Erwachsener im Gange hielten. Gegen die Feierlichkeit, die mit dem Entzünden der Kerzen aufkommen wollte, blieb er immun. Unter freier Verwendung von Besteck saß er auf einen Ellbogen gestützt dabei oder lehnte sich auch einmal zurück, um aus der Wasserflasche, die er immer mitführte, einen langen Schluck nachzugießen. Er wußte, daß er Elinor damit aufbrachte. Immerhin schenkte er nicht nur sich selbst, sondern auch den andern Rotwein nach, nachdem er – wortlos – auf Elinors Gesundheit angestoßen hatte. Damit hatte er seinen guten Willen fast schon verschwenderisch bewiesen.

Natürlich, dachte Gygax, wenn wir so zu dritt am Familientisch sitzen, sind Elinor und ich das falsche Paar. Auch ein Nobelpreis könnte ihm die Eltern nicht ersetzen, und keine Freundin die tote Schwester Andy Schleck.

Aber das Radfahren bei jedem Wetter hatte sein käsig gewesenes Gesicht nachgebräunt und seine weichen Züge gestrafft. Der Genie-Vorschuß wurde nicht mehr als Symptom einer neurotischen Kindheit behandelt. Daß Fränk nicht verstanden wurde, war inzwischen ein Merkmal seiner Qualifikation. Auch Elinor nahm nicht mehr so leicht Anstoß an seiner brüsken Art; dafür fühlte er sich erkennbar weniger verpflichtet, Anstoß zu erregen. Mochte er das Spiel der andern für schwach halten; jetzt leistete er sich eine gute Miene dazu. Gegen Gygax äußerte er anfallsweise geradezu Verehrung, und es kam auch vor, daß er Elinor überraschend in den Arm nahm.

Der Hauptakt des Festessens war eher mühsam über die Bühne gegangen, doch als vom Jakobsweg die Rede war, vermochte Fränk dem Pilgern durchaus etwas abzugewinnen. Man müsse wieder *ge-*

hen lernen, und es tue gut, dabei auch zu schwitzen und zu hungern. Elinor begleitete, was sie für Annäherung an das Geistige hielt, mit so viel Zustimmung, daß Fränk bald wieder verstummte. Er trug den Nachtisch herein, an dem Elinor nicht gespart hatte: gebrannte Creme mit Schlagsahne, Zabaione, *Mousse au Chocolat*, Apfelkuchen, ebenfalls mit reichlich Sahne – Fränks Appetit ließ keinen Zweifel daran, daß er Süßigkeiten als Hauptmahlzeit betrachtete. Die Entbehrungen des Jakobswegs waren kein Thema mehr, doch würde Fränk auf seinem Bike fast ebenso weite Wege fahren müssen, bis er die Kalorien, die er hineinschaufelte, wieder heruntergestrampelt hatte. Und Gygax nützte die Erheiterung des Augenblicks.

Nun, Fränk, Du weißt also, wo Schneider ist? Heraus damit.

Erst mal weiß ich nur, wo er hingekommen ist.

Ist das nicht dasselbe?

Nicht ganz. *Schneider* war er da noch nicht. –

Und wo ist er denn hingekommen?

Fränk bückte sich und brachte eine Tasche zum Vorschein, *die* Tasche. – Die *Vulva* kennt ihr ja schon.

Das hast du dir angesehen? fragte Elinor.

Glaubt ihr, ich hocke den ganzen Abend vor dem Feuer?

Ich habe das mal geglaubt, sagte Gygax.

Na dann viel Glück. – Er leerte das Glas in einem Zug. Gygax beugte sich vor, um es wieder vollzuschenken, und dann sein eigenes.

Emil, sagte er und hob das Glas.

Fränk stutzte, dann tat er desgleichen. Sie stießen an.

Fränk. Ich kann Du sagen? Stark. Ich weiß doch, wer Sie sind.

Da hast du mir etwas voraus. Und wieder etwas weniger, was du groß schreiben mußt. Oder schreibst du «Sie» gar nicht mehr groß?

Darf ich dich unter «Freunde» buchen?

Bitte, sagte Gygax, nur nicht im Netz.

Nicht mal ein Handy, wie kannst du leben?

Gute Frage, sagte Gygax.

Du bist das Größte, ehrlich.

Nach Wimmer, will ich hoffen.

Du spielst in einer anderen Liga.

Amateur, sagte Gygax, ihr seid Profis. Darum kannst du ein Geschlechtsteil professionell betrachten.

Mann, sagte Fränk. – Es ist auch die Geburtsöffnung. Dieselbe Muskulatur. LA zeigt nur, was sie hat.

Du hast ihre Todesanzeige gesehen, sagte Elinor. – Und was du gesehen hast, wollte sie ihrem Mann zeigen, keinem andern.

O.k., sagte Fränk, aber sie wollte auch ein Kind. Sie zeigt ihm, wie das laufen würde. Und da dreht er durch.

Viele haben Angst, geboren zu werden, sagte Gygax, aber um sie zu haben, mußt du es schon sein.

Bevor man eine Hexe verbrannte, sagte Fränk, zeigte man ihr die Instrumente, Daumschrauben und so. Damit sie gesteht, sie habe mit dem Teufel was gehabt.

Und wenn sie gesteht? fragte Gygax.

Dann hat sie ihre Seele gerettet. Aber verbrannt wird sie allemal.

LouAnne war keine Hexe.

Sie hat ihm die Instrumente gezeigt, und er hat nichts geschnallt.

Sie war nicht mehr so jung. Und sie konnte gar kein Kind kriegen.

Aber es gibt Wunder, in der Bibel zum Beispiel.

Liest du die Bibel?

Da gebären sie noch mit neunzig. Heute kein Problem. Überhaupt, männlich, weiblich sind Variable, und wenn nötig, bildet sich eins aus dem andern.

Wir reden nicht von Fadenwürmern, Fränk, sagte Elinor.

C.e ist ein Modellorganismus.

Früher hatte man andere Muster, weißt du, warf Gygax ein, zum Beispiel die klassische Antike. Da glaubten sie nicht an ein ewiges Leben, aber sie kannten einen guten Tod.

Er reichte Fränk das Glas hinüber, der auch Elinor nachschenken wollte, aber sie winkte ab. Die Flasche war leer, es war die letzte aus Opas Keller. Plötzlich hatte sie nasse Augen.

Ich habe ihr gesagt, daß ich ausziehe, sagte Fränk. – Sie hat geglaubt, ich gehe ins Atelier.

Dort hättest du Platz, sagte Elinor.

Zu *spooky*, sagte Fränk, da kommen doch nie Freunde hin. Aber für dich ist es doch genau richtig, Emil. – Zum ersten Mal hatte er ihn mit Vornamen angeredet.

Ich habe schon eine Landlady. Sie würde mir nie sagen, wenn sie mich braucht, und merken kann ich's nur, wenn ich da bin. *For I have promises to keep and miles to go before I sleep.*

Klingt gut, sagte Fränk, von wem?

Von einem Robert Frost, *The Gift Outright*, Amerika in elf Zeilen, ein Gedicht. Er hat es bei Kennedys Amtsantritt rezitiert.

Und Marylin Monroe hat *Happy Birthday, Mister President* gesungen, warf Elinor ein, und sogar die Ehefrau wußte, daß sie seine Geliebte war. Und mit seinem Bruder schlief sie auch.

Sex ist *plastisch*, erklärte Fränk, erst von außen betrachtet wird er *moralisch*. – Und plötzlich war der Tonfall von Niethammers Professorenhaushalt zu hören.

Ist das von dir? fragte Elinor.

Man kommt nicht so oder so auf die Welt, sondern so *und* so. Geschlecht ist wählbar. Es gibt Sex ohne Liebe, und Liebe ohne Sex. Du kannst ein Kind haben ohne Mann und mußt es nicht einmal selbst gebären. Oder du bringst es zur Welt und behältst es dann nicht. Jungfrauengeburt, wenn du auf so was stehst: kein Problem. *Kein* Kind geht auch. Ist überhaupt das Beste, für die Umwelt und so.

Gygax sah, daß Elinor nur noch mit Mühe an sich hielt. – Fränk, sagte er, zeig uns doch, was du auf LouAnnes Zeichnung gefunden hast.

Erst das Märchen, sagte Fränk.

Nein, das nehmen wir an den Schluß, bestimmte Gygax. – Bitte entschärf erst deine Tasche. Es ist eine Bombe.

Fränk hob sie auf und nahm sie auf den Schoß. Also – fing er an.

Elinor unterbrach ihn.

Wo hast du die Tasche her, Fränk? Bitte sag uns die Wahrheit.

Fränk starrte sie an.

Wenn sie so wichtig war, warum landet sie beim Brennholz? Das Segeltuch – er tippte mit dem Finger darauf – ist imprägniert. Gehört nicht in den Ofen. Erstens, es verbrennt nicht ohne Rückstände. Zweitens, man kann das Ding noch ganz gut brauchen. Aber ich kenne das, die Leute fliegen *Economy*, und plötzlich haben sie eine Tasche zu viel. Dann bleibt so was einfach stehen, irgendwo.

Fränk, sagte Elinor leise, davon reden wir bitte nicht.

Wenn die Tasche so kostbar ist – nimm sie doch! Ich schenke sie dir zum Geburtstag!

Jetzt brauchst du sie noch, Fränk, sagte Gygax, du hast ein ganz anderes Geschenk. Pack aus, bitte. Elinor, ist dir nicht gut?

Die Rouladen liegen auf.

Gygax füllte ihr Wasserglas nach, und sie trank es aus, fast in einem Zug. Fränk zog Rollen aus der Tasche, und streifte den Gummi von der ersten; sie war aus transparentem Papier, wie man es früher bei Wilander & Boff gebraucht hatte.

Ich wollte das am Computer zeigen, aber da gibt es ein Problem. Darum habe ich die Vergrößerungen kopiert, nur, das Problem haben wir immer noch.

Er sah jetzt aus wie ein Nikolaus, der noch verbirgt, ob er mit der Rute kommt oder mit Lebkuchen.

LA hat auf dem Papier nur punktgroße Abdrücke hinterlassen, und leider fehlt der Stift, den sie gebraucht hat.

Er fiel zu Boden, als sie mir den Block gab, und ich vergaß, ihn aufzuheben, gestand Gygax.

Das war ein aktiver Sensor und hat Eindrücke hinterlassen. Aber was uns die Vergrößerung zeigt, sind nicht bloß Mondkrater im Papier. Sondern *das*.

Er entrollte das Transparent. Darauf erschien eine Serie von Männerköpfen mit einem Stück Torso, doch Hell und Dunkel vertauscht, wie bei einem photographischen Negativ. Die Serie zeigte identische Bilder, aber der Faden, der den Brustbildern anhing, war bei jedem unterschiedlich gewellt.

Elinor war erblaßt. – So ein Bild hab ich in Einbeck gekauft, in einer kleinen Galerie. Und Schneider zum Geburtstag geschenkt.

Positiv sähe das dann *so* aus. – Und auf der nächsten Rolle erschien die Figur als sogleich erkennbares Schneider-Porträt. Jeder Strich zerfiel in minimale Schraffuren, die sich, von weitem betrachtet, zu Linien zusammenzogen, aber auch schattierte Flächen bildeten. Das Bild schien zu wabern.

Jeder Punkt wiederholt selbstähnlich dasselbe Motiv, erklärte Fränk, nur die Flagellen variieren.

Flagellen? fragte Elinor.

Geißeln. Bei Samenzellen dienen sie der Fortbewegung, und ihr Tempo entscheidet, ob es nach der Befruchtung ein Männchen wird oder Weibchen. Aber LA generiert ein adultes Individuum. Die Schwänzchen sind nur noch Deko. Real könnten sie ein solches Gewicht auch nie bewegen.

Als sie noch gesund war, hat sie immer nur *ihn* gezeichnet, sagte Elinor bewegt. – Das hat er mir erzählt. Wenn sie zuhause war: immer nur Beat, ohne Vorlage.

Bisher blickten wir immer noch durch ein Lichtmikroskop, fuhr Fränk ungerührt fort, mit rund tausendfacher Vergrößerung. Mit dem Raster-Elektronen-Mikroskop sehen wir noch tausendmal mehr.

26 Schneider im Himmel

Er rollte das nächste Blatt aus. Es zeigte nur noch eine unregelmä-
ßige Verteilung von Strichlein, die, ohne unscharf zu werden, Grau-
zonen verschiedener Dichte und Helligkeit bildeten, so daß man in
einen Himmel mit gestrichelten Sternwolken zu blicken glaubte; er
war bestechend klar.

Das ist ESSEs Augenbraue, eine Million mal vergrößert, und wenn
wir einen Strich davon noch weiter vergrößern könnten, kriegten
wir ein ähnliches Bild. Wieder nur Milchstraßen. Das Objekt ist
unerschöpflich. Nur, das schafft kein Objektiv. Das ist eben so, mit
biologischen Zellen.

Jede beherbergt ein Universum! rief Elinor. – Ist das nicht wunderbar?

Und damit *lebt* sie noch lange nicht. Leben passiert durch Vernet-
zung. Und das Netz steht in den Sternen. Zeigen können wir es
noch nicht. Aber LA war nahe dran. Neben ihrem Strich sieht ein
Pixel aus wie ein Schandfleck. Darum zeige ich das lieber analog und
auf Papier.

Aber LouAnne hat doch ein *Bild* gezeichnet sagte Elinor. – Und
jedes Pünktchen ist wieder ein ganzes Bild!

Sie muß das Netz im Kopf haben, sagte Fränk. – Und mit dem Stift
transportiert sie es irgendwie – *wie* genau, verstehen wir noch nicht.

Muß es uns denn kümmern? fragte Gygax. Da *macht* gar niemand, da *geschieht* etwas! Es ereignet sich! Zuschauer stören nur, wie
beim Kartenspiel!

Moleküle, sagte Fränk, sind bisher nur annähernd darstellbar.
Aber selbst, wenn wir über bessere Instrumente verfügten: hinter

den kleinsten Teilchen – die wir annehmen müssen, weil ohne sie die ganze Veranstaltung nicht zu erklären ist – muß es immer noch weiter gehen.

Die ganze Veranstaltung – damit meinst du die Welt? fragte Elinor.

Sie ist *ohne* die kleinsten Teilchen nicht zu erklären, sagte Gygax, aber *mit* ihnen auch nicht, hast du mir gesagt.

Noch nicht, sagte Fränk trotzig. – Klar ist soviel: Das Ganze halt, das gibt es nicht. Der Physiker kann nur *vermuten*, daß die Organisation der Materie im Nanobereich keine Endlichkeit kennt. Hier kann es der Mikrobiologe mal verifizieren, sogar an einem Artefakt. Wir können in sein Minimum dringen, und es entwischt uns ins immer noch Kleinere. Auch einer unbeschränkten Auflösung würde das Bild immer noch etwas voraushaben.

Fränk redete wie ein Professor, und jetzt hatte Elinor ja *doch* verstanden. Ihr Blick leuchtete, ihre Stimme jubelte wieder, als sie ausrief: Siehst du, Emil! Je näher wir der Materie kommen, desto geistiger wird sie! Sie ist überhaupt nur eine Form des Geistigen und umgekehrt! Und *nur* der Kunst gelingt es, diese Einheit auszudrükken! Wahr oder nicht, Fränk?

No signal, sagte er.

Das ist doch das Allerbeste! Das Geistige hat dich beim Wickel, ob du willst oder nicht! Emil! Du hast LouAnnes Stift zittern sehen, an ihrem letzten Tag! Das war das Vibrato des Lebens!

Zu Befehl! hätte Gygax beinahe geantwortet, aber er wandte sich zu Fränk. – Du sagst, daß die Organisation der Materie keine Endlichkeit kennt. Anders betrachtet, kennt sie *nur* Endlichkeit und praktiziert einen starken Humor dabei. Deine Bilder sind Comics. Wir begegnen Beat Schneider als geschwänzter Ikone. Aber ist er damit weniger verschwunden? Du hast ihn in Millionen Punkte zerstäubt – und kannst den Effekt noch steigern, meinetwegen: beliebig. Dann hat sich Schneider ins Universum aufgelöst. Aber wer vermißt ihn da noch?

Fränk hatte seine Papiere wieder eingerollt und die Gummibänder darüber gezogen.

Der Biologe sieht das ein wenig anders. LA kreiert eine Art Mimikry biologischer Fakten. Erst imponiert sie mit ihrem Gebärkanal. *No luck.* Dann ändert sie das Geschäftsmodell. Sie simuliert den Partner autonom, von dem sie befruchtet sein will, und liefert sich selbst die gewünschten Spermien dazu.

LouAnne war ganz allein, willst du sagen. Sie ist daran gestorben!

Der Tod des Individuums ist der Natur eher egal. Sieh mal, wie redundant sie schon bei seiner Erzeugung verfährt. Mit einem einzigen Samenerguß kann der Mann einen ganzen Erdteil bevölkern. Der Engpaß ist die Frau. Hat immer nur ein einziges Ei zu vergeben. Und bei diesem Wettbewerb bleibt das Meiste auf der Strecke. Das Individuum ist nur ein Versuchsballon, und wenn er kaputt geht, steht dahinter steht schon ein besserer bereit.

Weißt du eigentlich, wie du redest? fragte Elinor. – Abscheulich!

Sorry, meine Idee war's nicht. Vom Tod macht die Natur nicht viel her, das ist nun mal so. Dafür übertreibt sie beim Leben. Diesen Sprung mußte sie sich mal schwer erarbeiten, und dann war er auch noch ein Zufallsprodukt. Muß man sich mal vorstellen.

Das *will* ich mir nicht vorstellen, Fränk, sagte Elinor. – Redet Wimmer auch so?

Wir wollen das Produkt ja stabilisieren. Dafür muß man seine Herstellung genau lesen, nur so kann man sie verbessern. Und wir arbeiten daran. Eines Tages drucken wir auch Menschen in 3D. Ich habe die Idee, mit Romanfiguren anzufangen. Den Zugang laß ich mir patentieren.

Dafür müßtest du den Stoff kennen, aus dem der *ganze* Mensch gemacht ist, rief Elinor, immer noch beschwingt, diesmal von heiligem Zorn. – Und davon seid ihr weit entfernt, weiter geht gar nicht!

Für dich sind Quarks auch nur Quark, oder was? sagte Fränk seinerseits heftig. – Weißt du, wer dahintersteckt? Ein Dichter, James

Joyce! Er machte einen Witz, und was ist daraus geworden? Glaubst du, er hat den Teilchen nur den *Namen* gegeben? Er *bestand* selbst daraus! Und daß Quarks einen *Geschmack* haben, hast du wohl auch noch nicht gehört? Und daß sie rot sind oder blau? Weißt du, was eure Kunst ist? Nichts als eine Quelle der Wissenschaft, mit der ihr nichts habt anfangen können! Da nimmt man eure Affentänze mal ernst, und was versteht ihr? Bahnhof!

Am Bahnhof ist Schneider die Tasche gestohlen worden, sagte Gygax, und du hast sie noch nicht ganz ausgepackt. Du hast auch mit Farbe gearbeitet. Das möchten wir sehen.

Halb unwillig brachte Fränk eine weitere Rolle zum Vorschein; diesmal aus silbrig gefasertem Japanpapier. Als er sie glättete, zeigte sie ESSEs Porträt bunt wie eine Warhol-Graphik mit 3-D-Effekt. Als Beat Schneider war sie jetzt kaum noch wiederzuerkennen. Man sah eine Maske der chinesischen Oper grell geschminkt, zinnoberrot, kobaltblau, smaragdgrün. Das Haar leuchtete in den Farben des Regenbogens, die gelben Augen strahlten wie die einer Katze. Aus dem Schwänzchen aber war eine rosa Krawatte geworden.

Mit dem Spektralmikroskop gemacht, erklärte Fränk, *Spatially Modulated Illumination*. Und bißchen bearbeitet.

Elinor schien das Bild nicht fassen zu können. Dann sagte sie tapfer: Etwas poppig. Aber cool.

Ich weiß, dir würde Schwarzweiß reichen. Aber das Leben will immer noch mehr. Eigentlich wollte ich es dir schenken.

Sie stand auf, legte die Arme um seinen Kopf und preßte die Lippen an seine gelierte Tolle.

Unglaublich, was du hingekriegt hast. Ihr macht mir beide die schönsten – Abschiedsgeschenke. – Sie weinte.

Entschuldigung, sagte Fränk, das war's dann auch, für mich. Ich ginge dann rauf. Gute Nacht, auf alle Fälle.

Man hörte noch seinen Tritt auf der Treppe, dann nur noch den Regen. Die Tasche stand allein auf dem Stuhl.

Das Beste hat er zurückbehalten, sagte Gygax. – Schneider *live*.

Habe ich etwas Falsches gesagt? fragte Elinor.

Nicht daß ich wüßte. – Aber da wir gerade unter uns sind: du könntest mir einen Gefallen tun. Ich verreise bald, und da macht man ein Testament. Ich habe keine Nachkommen und keine Güter, bis auf den Heckpfennig meiner Frau. Sie hat selbst nichts dazu getan – ich noch weniger. Ich habe nicht mal geschafft, ihre Erbschaft durchzubringen. Wenn ich verschwinde: würdest du einspringen? Es gibt einige Stiftungen meiner Frau, aber die sorgen für sich selbst. Ich rede nur vom Privatvermögen – es würde mich erleichtern, wenn du damit etwas anfangen könntest. Dieses Haus renovieren, zum Beispiel. Du kannst es dann immer noch verlassen. Es ist eine Bruchbude – eine Million müßtest du hineinstekken. Aber es bliebe noch genug übrig, um mit Anstand darin zu leben.

Sie sah ihn unverwandt an, dann sagte sie: Beat, du hast einen Sohn.

Du meinst, weil er mit Geld auch nichts anzufangen wußte? Jedenfalls ist er Ruths Sohn. Sie hat ihn nicht weniger begünstigt als mich. Und er hätte – wenn ich mich so ausdrücken darf – ebenfalls ausgesorgt. Da wir von seinem Verbleib nur so viel wissen, daß ihn, wenn überhaupt, ganz andere Sorgen beschäftigen als sein Lebensunterhalt, habe ich wohl das Recht, über meinen Teil der Mittel zu verfügen. Wir hatten beide mit ihrem Erwerb nichts zu tun, zu unserem Glück. Sie stammen auch aus derselben Quelle: Gewinnsucht, geflossen durch eine Feenhand, die den Stoff veredelt hat, zu seinen und meinen Gunsten. Aber auch daraus wird Abfall, der entsorgt sein will, und damit würde ich dich gerne belasten.

Lieber Emil, sagte sie, an dir ist ein Jurist verloren gegangen. Zum Glück bleibt ein Märchenerzähler übrig. Aber ich habe keine Feenhände.

Die Gabe, *the gift*. Wenn jemand sie entgiften kann, dann du.

Und bis Schneiders Testament zum Vorschein kommt, nimm so lange meins.

Es *ist* zum Vorschein gekommen, sagte Elinor und war tief errötet. – Jedenfalls hat er eins hinterlegt – bei seinem Vormund, der es an ein Anwaltsbüro weitergab, bevor sich der das Leben nahm.

Und das erzählst du erst jetzt? fragte Gygax fassungslos. – Woher weißt du das alles?

Von Klein, dem zweiten Testamentsvollstrecker, sagte sie.

Von Sigg, Keusch und Klein? fragte er. Dem Hehlerkartell?

Ich habe das Erbe ja auch nicht angenommen.

Schneider hat dich begünstigt? fragte Gygax.

Sie senkte die Augen. – Alleinbegünstigt, sagte sie tonlos.

Gygax schwieg lange.

Und du hast das Erbe abgelehnt.

Verzeih, sagte sie, ich weiß, es ist das Geld deiner Frau. – Aber Schneider ist nur verschollen. Verschollene haben immer noch Rechte, und sie genießen Schutz. Ihre Erbschaft wird erst fällig, wenn das Gesetz sie für tot erklärt, dafür muß man fünf Jahre ohne Nachricht geblieben sein, und auch dann erben die Begünstigten mit Vorbehalt. Sie müssen Bürgschaft leisten, daß sie das Erbe herausgeben, wenn der Verschollene wieder auftaucht.

Du kennst mich doch nicht, Emil, sagte sie und blickte ihm in die Augen. – Ich mag nicht auf *Geld* warten. Ich will in meinem Leben auf gar nichts mehr warten, schon gar nicht auf eine amtliche Todeserklärung. Wenn Beat nichts als tot hätte sein wollen, hätte er dafür auch gesorgt, klipp und klar, wie sein Vormund. Der hat sich unter den Zug gelegt. Aber es war nicht Beats letzter Wille, tot zu sein. Er ist nur verschwunden wie seine Kinder am Pfannenstiel. Und da er die Bedingung für einen Erbgang selbst nicht erfüllt, gibt es für mich auch nichts zu erben.

Kann man immer noch tiefer schweigen? So sah es aus. Gygax, der alte Mann, sah so aus.

Elinor lächelte, ihre Stimme kehrte sogar zu einem kleinen Jubel-
ton zurück.

Emil! sagte sie, wozu habt ihr euren ganzen Zauber auf mich losgelassen, du und Fränk, wenn nicht, um mir zu beweisen: Schneider
lebt! In welcher Gestalt auch immer, mit Schwänzchen oder Schlips,
schwarzweiß oder knallbunt: er lebt! Was hat LouAnne im Pflegeheim anderes getan, als ihn am Leben zu erhalten, Punkt für Punkt,
bis zum letzten Atemzug? Und da soll ich hingehen und *erben*?
Glaubst du, ich will *weniger*, daß er lebt – nur weil ich von seinem
Geld leben könnte, herrlich und in Freuden? Wofür hältst du mich?
Lieber tot!

Es wäre auch nicht sein Geld, sagte Gygax, es gehörte Ruth. Aber
was heißt das? Sie hat immer so gelebt, als gehörte es sich nicht, viel
Geld zu haben, und so ist sie gestorben – nicht um Geld, nicht für
Geld, nicht einmal dagegen –, dankbar allein dafür, daß es sie nicht
zu kümmern brauchte. Fast so wenig, wie damals, als sie noch *ohne*
Geld gelebt hat, bei ihren Hopi und Navajo. Aber eigentlich auch
mit mir. – Und jetzt nimmst du nichts an. Das trifft mich, Elinor.
Auch ich bin Ruths Erbe, und ich lebe davon.

Du hast es auch verdient! rief sie.

Als Schadenersatz und Schmerzensgeld? fragte er mit schiefem
Mund. – Du irrst dich zu meinen Gunsten, wie es im Monopoly
heißt. Mein Schaden war nur scheinbar unbegrenzt, als ich Ruth
verloren hatte. Dafür hat sie selbst gesorgt, und ich habe sogar gelernt, ihr dafür zu danken. Und was den Schmerz betrifft … derjenige Schneiders um LouAnne hat ihm nicht nur die Ohren betäubt,
auch die Seele. Dagegen bin ich nichts als ein zufriedener Rentner.

Du tust dir Unrecht.

Schön, jemand muß es mir ja tun, sonst lebe und sterbe ich zu
gut. Dann kommen wir jetzt zu dir. Unrecht tun, das ist doch mal
was Neues für dich. Du kannst es schon ganz flott. So flach heraus-
gekommen bin ich lange nicht mehr, wie beim Versuch, ein Testa-

ment zu schreiben – und dich auch noch zu begünstigen. Fast ein unsittlicher Antrag! Dabei bin ich noch nicht mal richtig tot – jedenfalls deutlich weniger als Herr Schneider. Aber das kann sich ja noch ändern.

Elinors Augen standen in Tränen, aber es waren auch solche der Empörung.

Du weißt hoffentlich noch, daß du Unsinn redest! – Ihre Jubelstimme klang nur noch grell. – Ich möchte dich nicht aus dem Haus werfen, aber wenn du fortfährst – Sie hielt inne, in plötzlichem Entsetzen, warf sich an seine Brust und verbarg ihr Gesicht daran.

Na, sagte er, sie leicht wiegend, doch nicht an deinem Geburtstag. Eigentlich haben wir ja nur von allem *zu viel*. Daraus muß sich doch etwas machen lassen. – Ich hätte einen Vorschlag, sagte er, aber dafür mußt du dich hinsetzen.

Elinor richtete sich auf. – Ist es so ernst? lächelte sie unter Tränen.

Nur ernst gemeint. Wenn mein Vater sagen wollte, zwei hätten im selben Augenblick den gleichen Gedanken gehabt, hatte er einen Spruch: «Sie haben einen Schneider in den Himmel gelüpft.» Ich versteh's nicht ganz, aber es paßt. Schneider und ich hatten mit dem Testament das Gleiche im Sinn – vielleicht doch eine Familienähnlichkeit. *Die* Gleiche. Da wird das Wunder schon beinahe natürlich. Wie wär's, wenn du es dir gefallen ließest, in Anbetracht der Spenderin? Ruths Art war nun mal der verschwiegene Überfluß. Ich wünschte nur, sie hätte selbst mehr von ihm gehabt als Anstand und Krebstod. Machen wir's so: du nimmst mein Erbe an, als Kredit und als Sicherheit für den Fall, daß Schneider wieder auftaucht. Und wenn nicht er, so doch ein Gericht die Rückerstattung verlangt, bleibt dir mein Erbe immer noch – endgültig. Denn wenn ich mal abtrete, bleibe ich auch, wo ich bin. Keine Sperenzien, keine Seelenwanderung, keine Wiederkehr mit Schwänzchen und Schlips. Wenn es hart kommt, bleibst du eben auf dem doppelten Haufen sitzen – dann wird dir schon was einfallen, wie du viel Geld mit Anstand wieder los wirst. Dann kannst du zeigen, ob auch eine Fee in dir steckt – mach dein Glück damit, denn ihr Unglück wünsche ich dir nicht.

Kennst du den Vormund, der sich unter den Zug gelegt hat? fragte sie.

Der Polizei ist er bekannt und war so etwas wie Schneiders versteckter Ziehvater – er hat Ruth geliebt, wie andere auch. Nein, ich wollte ihn nicht kennen. Das Letzte, was er bearbeitet hat, war die Vorlage von Schneiders Letztem Willen. Als es unterschrieben war, hat er es dem stellvertretenden Testamentsvollstrecker geschickt, und der hat es genau an dem Tag erhalten, als sich Lutz unter den Zug legte. Warum? Es gibt Beziehungsdelikte mancherlei, auch solche, die man an sich selbst begeht. Nachdem du selbst aus diesem Lutz und seinem Brief ein Geheimnis gemacht hast, wollen wir ihm auch das seine lassen. Jeder Krieg hat seinen Unbekannten Soldaten.

Wir haben keinen Krieg, Emil, sagte Elinor.

Dann schließen wir einen Vergleich, sagte Gygax. – Ich nehme noch ein Törtchen, und du akzeptierst mein Papier.

Sie senkte den Kopf, er zog einen Umschlag aus der Brusttasche und legte ihn in ihre gefalteten Hände.

Sieh die Kommafehler nicht an. Ich hatte keinen Juristen.

Für Beat, sagte sie. – Ich danke dir. – Sie legte den Brief in die Tasche.

Und *dafür,* sagte Schneider, während er Fränks Kunstwerke auf dem Tisch einsammelte, gibt's in der Großen Wand eine leere Zeichenmappe. Wahrscheinlich noch von LouAnne. Aber was ist das? Hörst du nicht? Da ruft doch jemand.

Elinor lauschte angestrengt, und jetzt hörte sie es auch: Im Tosen des Regens das Hämmern gegen Metall, und ganz deutlich ihren Namen: Elinor.

Jemand am Tor! flüsterte sie. – Bei diesem Wetter! Um diese Zeit!

Ich sehe nach.

Aber paß auf! Und nimm einen Schirm!

Gygax war schon auf dem Weg zum Parterre. Den Schirm spannte er in der offenen Tür auf; es goß wie aus Kübeln. Schon von weitem erriet er eine Gestalt hinter dem Tor, und als er es erreicht hatte, blickte er durchs Gitter zu einem triefenden Gesicht hinauf; Haar und Bart klebten an Stirn und Mund, die Schultern des Regenmantels waren schwarzgenäßt.

Was wünschen Sie?

Entschuldigen Sie – die Klingel geht nicht. Ich heiße Niethammer, habe bei Frau Gyr noch Licht gesehen. Sie war mal Gast bei uns.

Wenn Sie Ihren Sohn suchen, er ist hier, sagte Gygax, schloß das Tor auf, und als der Mann eintrat, hielt er den Schirm über ihn.

Fränk ist hier? fragte Niethammer, und sein Schritt stockte; dann beeilte er sich um so mehr. Rasch hatten sie die dreißig Schritte über die Gartentreppe zur Tür zurückgelegt, trotz Größenunterschieds notdürftig unter einem Schirm. Im Vestibül sah Gygax den Gast bei Licht. Haar und Bart waren rötlich, die Augen gekniffen, der schmallippige Mund auffallend breit.

Ihren Mantel, bitte. Sie haben ja keinen trockenen Faden mehr am Leib.

Ich habe Sie nicht gleich wiedererkannt, Herr Schneider, pardon. Es ist ja auch eine Weile her.

Ich bin nicht Schneider. Den suchen wir immer noch. – Er wird vermißt.

Vermißt? Davon wußte ich gar nichts. Sind Sie von der Polizei?

Nur ein alter Freund des Hauses. Gygax, ehemals Journalist.

Niethammer blickte sich um. – Hier gab es doch mal Hausschuhe –

Gygax deutete auf einen Kasten und hängte den nassen Mantel auf. Der Gast sagte, als er sein Schuhwerk wechselte: Ich war auch schon hier, aber das ist schon etwas her –

Paul! rief es am oberen Treppenabsatz.

Elinor! erwiderte er, nahm die Stufen im Sturm und schloß sie in die Arme.

Du bist ja naß durch und durch, sagte sie und stemmte sich von ihm weg.

Wo ist Fränk? fragte er.

Schon zu Bett. Aber du brauchst trockenes Zeug! Wo kriegen wir das bloß her! Ich frage Fränk –

Nicht wecken, sagte Niethammer, bitte nicht.

Ich hätte einen Trainingsanzug zu bieten, sagte Gygax.

Und trockene Strümpfe auch, bitte! rief Elinor.

Gygax entfernte sich, öffnete den Schirm zum zweiten Mal und ließ sich Zeit mit dem Gang ins Atelier, zum Suchen im Schrank, zum Eintüten der Sachen. Als er wiederkam, saß der Hüne mit dem Rücken zu ihm auf seinem Stuhl, und Elinor, ein Tuch in der Hand, trocknete sein Haupt, wie eine Katze ihre Jungen leckt, umständlich und hingebungsvoll. Gygax wartete am Fenster, bis sie ihn bemerkte und ihm die Tüte aus der Hand nahm; Niethammer rubbelte seinen Bart selbst weiter. Sie zeigte ihm das Bad, zum Wechseln, und als sie mit Gygax allein war, flüsterte sie: Es geht ihm sehr schlecht.

Aber ihr Gesicht leuchtete.

Als Niethammer wiederkam, trug er einen weißen Frotteemantel, der nicht verbarg, daß ihm auch der Trainingsanzug darunter reichlich knapp saß. Aber auch er zeigte etwas wie heiligen Ernst im hochroten Gesicht.

Bis auf die Haut, sagte er, es tut mir leid. – Er hatte eine für seine Größe überraschend hohe Stimme.

Socken auch, mahnte Elinor. – Du darfst nicht barfuß gehen.

Er mußte sich setzen, und sie kniete nieder, um ihm Gygax' Wollsocken über die Füße zu zerren.

Im Hotel sah es noch gar nicht nach Regen aus, sagte Niethammer, schon am Tisch, wo er der Nötigung begegnete, etwas zu essen.

Man hat gefeiert, sagte er kauend.

Elinors Geburtstag, erwiderte Gygax.

Mein Gott, sagte Niethammer und griff sich an den Kopf.

Gott sei Dank hast du ihn vergessen, sagte sie heiter. – Wieder ein Jahr mehr. Da ist man jedem dankbar, der nicht mitgezählt hat.

Und Sie wohnen hier? fragte Niethammer, an Gygax gewandt.

Ich habe eine Weile im Atelier gehaust. Morgen ziehe ich in meine Wohnung zurück, ein paar Dörfer weiter.

Er hat geholfen, Beats Spuren zu sichern, sagte Elinor.

Was ist mit Schneider? fragte Niethammer.

Verschwunden, sagte sie. – Seit Oktober.

Er wird doch gesucht?

Die Polizei hat aufgegeben, sagte sie.

Das ist ja – schlimm.

Auch das wissen wir nicht, Paul. Vielleicht müssen wir es einfach gut sein lassen.

Ich sehe ihn immer noch vor mir. Seine Rede in Konstanz. Er sprach vom Ende des Vaterlandes. Und ich hatte immer das Gefühl, er rede von seinem eigenen.

Ja, Paul, sagte Elinor. – Aber du ißt ja gar nicht.

Ich habe im Zug aus Genf schon ein Sandwich gehabt.

Wie geht es Claire?

Funkstille. Sie nimmt nicht einmal meinen Anruf entgegen. Dabei wollte ich nur hören, ob sie weiß, wie es Fränk geht.

Sie weiß es auch nicht, Paul, sagte Elinor. – Er verkehrt nicht mehr mit ihr.

In seiner WG wußte niemand, wo er geblieben ist, und Wimmers Institut ... gibt keine Auskunft. Angeblich auf seinen Wunsch. Und von dir ... kam auch nichts mehr.

Ich habe mich an unsere Abmachung gehalten, sagte Elinor, zum ersten Mal streng. – Ich tue nichts hinter Fränks Rücken, nie mehr. *Er* muß dir schreiben.

Das tut er nicht, sagte Niethammer. – Jetzt bin ich selbst gekommen.

Er will auch hier wieder ausziehen, sagte sie.

Wohnt er im Atelier?

Nein, bei mir, oben im Gastzimmer.

Niethammers Blick ging fragend von einem zum andern.

Emil war Gerichtsreporter und schon mit meiner Tante befreundet. Er sieht mehr als andere.

Und haben Sie etwas gefunden?

Vielleicht nur, sagte Gygax, daß wir ihn nicht mehr suchen sollen.

Zum ersten Mal erschien ein Lächeln in Niethammers Bart, der wieder eher rot schien als grau. – Das klingt nach Schneider. Er war ziemlich meschugge, aber ich habe oft an ihn gedacht.

Und Sie haben ihn nie wiedergesehen? fragte Gygax.

Seit Konstanz nie mehr. September 2006.

Du kommst aus Genf, sagte Elinor. – Hattest du einen Vortrag?

Ich suchte eine Wohnung.

In Genf?

In Carouge. Endlich ein sauberes gallisches Städtchen. Aber unbezahlbar.

Und deine Stelle?

Weg, definitiv. Es wären noch drei Jahre, die schenke ich mir.

Wovon willst du leben?

Ich möchte schreiben.

Und was ist mit Karlshafen? fragte Elinor.

Claire verkauft es. Zur Zeit lebe ich in Einbeck, als möblierter Herr. Aber eigentlich hält mich nichts mehr in Deutschland. Fränk ist ja auch weg.

Warum bin ich weg? fragte es aus dem Hintergrund.

Fränk stand in der Tür, die Hände in den Taschen.

27 Vogelmänner

Komm doch herein, sagte Elinor, setz dich zu uns.

Danke, ich bin austherapiert, sagte Fränk, ohne sich zu rühren. – Wenn ihr schon über mich reden müßt ... Ich habe auf dem Bett gelegen und gedacht: Da schwatzen sie wieder. Wann fangen sie an zu ficken?

Fränk, sagte Elinor. – *Bitte.*

Wollt ihr euch *hören?* fragte Fränk und zückte ein Gerät.

Fränk, muß das jetzt sein? fragte Niethammer.

Wann darfs denn sein, lieber Vater? Wann paßt es dir zu hören, daß du ein Arschloch bist?

Niethammer wandte sich mit gequältem Ausdruck zu Gygax. – Entschuldigen Sie, das sind die sozialen Medien.

Nein, das bist du. Die Scheiße bist du, ganz große Scheiße. Mutter bringt Therapeutin, um Sohn zu heilen. Vater besteigt Therapeutin. Sohn geheilt, von Mutter und Vater.

Draußen war es still, als hätte es auch dem Regen die Sprache verschlagen.

Sie müssen nämlich wissen, Herr Gygax, Emil, diese netten Menschen haben meinen Bruder umgebracht.

Fränk ist ein Zwilling, sagte Niethammer, seine Schwester wurde leider totgeboren.

Hauptsache, ihr lebt. Ihr habt immer noch das Problemkind gebraucht, ja? Jetzt braucht ihr mich nicht mehr – und schon ist Schluß mit der Ehe. Prima Eltern.

Du hast recht, sagte Niethammer mit erstarrtem Gesicht.

Dann muß ich dich etwas fragen, Fränk, bemerkte Elinor mit

bebender Stimme. – Warum bist du in dieses Haus zurückgekommen? Du warst doch schon in einer WG.

Scheiß WG, sagte Fränk. – Die wollten auch nur ficken.

Und darum kommst du dann zu mir?

Warum nicht?

Du wolltest es mit ihr machen, sagte Gygax, wie dein Vater.

Fränk musterte ihn fassungslos, dann wandte er sich ab und nahm die Hände aus der Tasche; als er sie hängen ließ, gingen seine Finger auf und zu.

Das ist normal, sagte Gygax. – Ich lebe lange genug allein im Atelier, und Elinor allein in der Villa. Ich habe auch daran gedacht. Elinor ist eine wunderbare Frau, aber eigentlich wäre mir jede recht gewesen. Nur, ich bin alt und traue mich nicht mehr. Darum habe ich's lieber gar nicht erst versucht.

Du hattest doch eine Frau, sagte Fränk.

Sie hat sich das Leben genommen. Das Letzte, was ich von ihr erfahren habe, ist, daß sie mich betrogen hat, auch während unserer Ehe. Erzählt hat sie es mir nicht. *Ich* habe die Entdeckung gefürchtet, denn sie hätte keine Ausrede gebraucht. Dafür habe ich sie nach ihrem Tod zu lieben begonnen, wie zu ihren Lebzeiten noch nicht. Vielleicht hätte sie mich dann nicht betrügen müssen, aber das ist nicht sicher. Ich weiß nur, daß ich mich in jedem Fall mehr betrogen habe als sie.

Bist du ihr treu gewesen? fragte Fränk.

Nein, sagte Gygax.

Findest du das auch normal?

Ich entschuldige es nicht. Aber setz dich doch zu uns.

Fränk gehorchte zögernd und saß erst so schief, als wäre er an den Stuhl gefesselt. Seine Augen hatten sich gerötet, seine Schultern zuckten. Er nahm die Tasche vom Tisch, legte erst die Arme um sie, dann ließ er sie sinken und drehte den Kopf zur Seite.

Ihr könnt Claire nicht miesmachen. Sie hat recht.

Ja, sagte Niethammer, sie hat recht. Und dich hat sie immer noch lieb.

Quatsch nicht, sagte Fränk; Elinor schob ihm ein Papiertaschentuch zu, er schnaubte hinein und behielt es in der Hand. Als sie es ihm abnehmen wollte, warf er es in die Tasche und die Tasche auf den Boden.

Wozu, glaubst du, bin ich ins Atelier? Zum Feuermachen? Ich habe Schneiders Frau betrachtet und mir einen runtergeholt.

Paul Niethammer war aufgestanden, Wasser in den Augen, ging auf die andere Tischseite, ergriff Fränks schlaffe Hände und zog ihn daran vom Stuhl und an seine Brust. Der sträubte sich nicht, aber hing an seinem Vater wie ein Boxer in den Seilen. Gygax hob die Tasche auf und gab sie Elinor in die Hand.

Was machen wir mit ihr? fragte sie. – Es ist ein Brandfleck drin.

Du reist nach Japan und fragst den Hersteller, wo es einen Schrein für ausgediente Taschen gibt, sagte Gygax. – Es gibt auch Schreine für alte Hüte, gebrauchtes Werkzeug oder ausgediente Nadeln.

Ich muß nicht nach Japan, Emil, sagte sie.

Fränk hatte sich von seinem Vater gelöst und drehte sich zu ihr.

Ich reise. Auf dem Zettel steht ja: nur der Hersteller kann die Tasche reparieren. Mir klaut sie keiner, sonst will ich Schneider heißen.

Und wer zahlt die Reise? fragte Elinor.

Niethammer lächelte verlegen. – Wir können zusammen reisen, Fränk. In Japan gibt es auch einen Pilgerweg … 88 Stationen, und ich kann kein Japanisch. Wenn's das nicht bringt …

Das machst du allein, bitte. Ich suhle im heißen Bad.

Das bezahlst du aber aus deinem Stipendium, sagte Niethammer.

Das bezahlt der Mikado.

Es gibt keinen Mikado, Fränk, sagte Elinor. – Was es gibt, sind kleine Statuen aus Stein, zum Andenken an Kinder, die nicht leben durften. Sie tragen weiße oder rote Schürzen. Man kann sie nicht kaufen, und man darf sie nicht wegnehmen. Darum muß man hinreisen.

Was du alles weißt, sagte Fränk.

YouTube, sagte Elinor.

Fränk musterte seinen Vater. – Erst fährst du zu Claire und entschuldigst dich. Du warst ein Säckel.

Ja, ich gehe nach Hannover, sagte Niethammer.

Glaubst du, Claire will dich sehen?

Ich werde ihr schreiben.

Schreiben! schnaubte Fränk. – Einen Roman, oder was? Da läßt du mich bitte aus. Und Claire auch. Du hast kein Recht –

Ich schreibe nur von mir.

Nur von mir. Professor Paul Niethammer. Immer noch *so* wichtig.

Gygax hatte das Fenster geöffnet. Die Luft schien von Nässe zu knistern.

Das Atelier, sagte er, seht doch mal.

In der verglasten Dachschräge zuckte ein bläulicher Schein wie ein Irrlicht, das aufsprang und wieder schwand.

Ich rufe die Polizei, sagte Elinor. – Gespannt beobachtete sie das Lebenszeichen hinter Glas.

Wird mein PC sein, sagte Fränk. – Beim *Updating* springt er manchmal aus dem Ruhemodus.

Du brauchst einen neuen, sagte sein Vater.

Das flüchtige Licht erlosch. Das Glas blieb dunkel.

Gygax blickte auf die Uhr. – Ein Uhr dreizehn, sagte er. – Jetzt hören wir Schneiders letzten Text, entschlüsselt von Fränk Niethammer.

Er reichte ihm die Tasche.

Lies vor, dann ist sie leer.

Fränk griff hinein und zog einen verschlossenen Umschlag heraus.

Halt! rief Elinor. – Das habe ich aus Versehen hineingetan.

Wieso? fragte Fränk. – Das ist *meine* Tasche! Schon wieder Geheimnisse?

Nur mein Testament, sagte Gygax, ich habe Elinor gebeten, es zu hüten.

Natürlich ist es deine Tasche, Fränk, sagte Elinor.

Fränk gab ihr den Brief. – Ich brauche sie. Ich fliege nämlich *wirklich* nach Japan. Nicht euretwegen. Für Schneider.

Dann mußt du es auch machen wie er, sagte Gygax. – Nur so viel mitnehmen, wie hineingeht.

Man kann sie auch als Rucksack tragen. – Fränk klinkte den Tragriemen ab, verlängerte ihn und zog ihn durch die Schlaufe an der Rückseite. Er schlüpfte mit einem Arm hinein, dann mit dem andern.

Das hat Schneider nie bemerkt, wunderte sich Elinor.

Er ist auch nie Rad gefahren.

Dazu braucht man die Arme frei, stellte Gygax fest, das hätte Fränk Schleck gleich bemerkt. Pack nochmals ab und lies das Märchen, das du entschlüsselt hast. Es muß immer noch drin sein.

Fränk fingerte in der offenen Tasche und brachte dann ein Bündelchen Papiere heraus.

Moment, sagte Elinor, ich möchte etwas verstehen.

Ich habe Blätter in der Großen Wand gefunden, sagte Gygax, unter einem kleinen Gipskopf. Sie schienen in einer Geheimschrift verfaßt – lauter kleine Bildchen. Da habe ich sie Fränk zur Prüfung weitergegeben … ich dachte, wer ein Genom entziffern kann … und er hat es geschafft.

Mit deiner Hilfe, sagte Fränk. – Es war nämlich ein Märchen, und die hat man mir nie erzählt.

Wie kannst du das sagen! protestierte Niethammer. – Jeden Abend habe ich dir eins vorgelesen, vor dem Einschlafen – du tatest es nicht ohne! Wie kannst du das vergessen haben!

Vorgelesen, sagte Fränk geringschätzig. Die Märchen, die du Claire erzählt hast, waren ganz andere. *Die* habe ich behalten, leider.

Und ... wie hast du die Schrift entschlüsselt? fragte Elinor.

Die Grundlage war schwach. Praktisch hatte ich nur die Anzahl der Zeichen.

Auf dieser Grundlage arbeiten Journalisten schon lange, bemerkte Gygax.

Der Code ist von Schneiders Frau, erklärte Fränk. – Sie ist eine Zeichnerin und hat ihn zu ihm übertragen.

Wie soll das gehen? fragte Niethammer.

Quantenmechanisch, erklärte Fränk. – Zwischen ESSEs Gehirn und LAs Zeichenstift liefen Informationen hin und her und stellten sich dann in nichtalphabetischen Zeichen dar.

Ganz einfach, sagte Gygax. – Wie bei einem Strichcode oder einem EEG.

Aber wir reden von einer Dimension, wo du Körper und Wellen nicht trennen kannst, fuhr Fränk fort. – Raum und Zeit danken ab, das Kontinuum verduftet, dann ist es belanglos, welchen Abstand die beteiligten Größen haben, er kann unendlich sein, oder fast gleich Null.

Aha, sagte Elinor.

Sowas gibt es auch bei Fledermäusen und Walen, fiel Gygax ein, dort heißt es Ultraschall. Oder bei der Orientierung von Zugvögeln, dort tut es der Erdmagnetismus. Ein interaktives Verhältnis, wie zwischen Bienen und Blüten.

Und bei ESSE und LA endete das eben mal mit dieser Geheimschrift.

Du nimmst mich auf den Arm, sagte Niethammer.

Könnte man auch sagen, LA war in ESSE enthalten und umgekehrt? Virtuell? fragte Gygax in tiefem Ernst.

Realer geht gar nicht, entgegnete Fränk ebenso, und für die Wissenschaft ist eine Realität so gut wie eine andere.

Im Netz auch, meinte Gygax, damit komme ich einfach nicht zurecht.

Mußt du auch nicht. Mal kippt Materie in Energie, mal umgekehrt. Du hast was bezeichnet – und schon wird es zum Zeichen für etwas ganz anderes. Unsere Objekte mutieren unaufhörlich, und wenn du Grenzen siehst, liegen sie am Objektiv. Das erzeugt Artefakte. Die liest du dann als Bild oder als Text und kannst es aufzeichnen.

Und wenn du Glück hast, wird ein Märchen daraus, sagte Gygax.

Niethammer blickte fast erschrocken von einem zum andern, doch Elinor wirkte zunehmend verstimmt. Sie ahnte wohl, daß Schneider und Fränk grade ein Muster jener Unterhaltung lieferten, die sie in ihrer Klausur gepflegt hatten. – Aber wer hat denn da gelesen, wer zeichnet auf? fragte sie.

Mal sie, mal er.

Aber sie waren getrennt für immer.

Für die Wissenschaft macht es keinen Unterschied.

Aber geweint hast du, weil es doch einen macht.

Versteh doch einfach Bahnhof, sagte Gygax zu Elinor. – Da ist die Tasche verschwunden, und jetzt ist sie wieder da. Wieder, oder immer noch, und gar nie weggewesen, alles zugleich. Genau so, wie Saul Einzig gemalt hat.

Elinor witterte Unrat, aber von wem ging er aus? Von Fränk? Von Gygax? Sie waren Verschworene geworden.

Es waren zwei Königskinder, sagte Niethammer und begann plötzlich zu summen, dann leise zu singen:

Ach Liebster, könntest du schwimmen,
so schwimm doch herüber zu mir!
Drei Kerzen will ich anzünden,
und die soll'n leuchten dir.

Das hört eine falsche Nonne,
die tat, als wenn sie schlief;
sie tät die Kerzlein auslöschen,
der Jüngling ertrank so tief.

Wer war die falsche Nonne? fragte Elinor.

Die Parze, erklärte Niethammer. – Die dritte, mit der Schere. Die den Lebensfaden abschneidet.

Gibt es nicht, erklärte Fränk. – Wenn ein Faden reißt, hat die Natur schon einen neuen gesponnen. Warum singst du nicht fertig?

Ich kenne nicht mehr alle Strophen, sagte Niethammer.

Da setzte Gygax ein, mit belegtem Bariton:

Was zog sie ab vom Finger,
ein Ringlein von Gold so rot:
Sieh da, wohledler Fischer,
kauf deinen Kindern Brot.

Sie schwang um sich ihren Mantel
und sprang wohl in die See:
Gut Nacht, mein Vater und Mutter,
ihr seht mich nimmermehr.

Er brach ab.

Geht es noch weiter? fragte Fränk.

Jetzt noch nicht, sagte Gygax.

Du kannst ja doch singen, sagte Elinor.

Das hat deine Tante Alice auch immer geglaubt. Aber nicht bei allen Vögeln ist es ein gutes Zeichen, wenn sie singen. Schwänen zum Beispiel. Ja, hier war *Alices Restaurant.* – Er räusperte sich. – Hören wir deinen Text, Fränk. Aller Rätsel Lösung.

Fränk hatte das Blättchen aufgeschlagen und räusperte sich ebenfalls. Plötzlich hielt er es seinem Vater hin.

Lies du, du bist so was gewohnt.

Niethammer hielt das Papier in der rechten Hand. Mit der linken klopfte er sich an die Herzgegend, offensichtlich suchte er seine Brille, aber in Gygax' Dreß war sie natürlich nicht zu finden. Jetzt mußte es auch ohne gehen. Er reckte den Kopf, zugleich hob sich sein Kinnbart, und als er las, kam immer mehr seine Singstimme zum Tragen.

Es trug sich zu, daß der liebe Gott an einem schönen Tag in dem himm-lischen Garten sich ergehen wollte und alle Apostel und Heiligen mit-nahm, also daß niemand mehr im Himmel blieb als der heilige Petrus. Der Herr hatte ihm befohlen, während seiner Abwesenheit niemand einzulassen, Petrus stand also an der Pforte und hielt Wache. Nicht lange, so klopfte jemand an. Petrus fragte, wer da wäre und was er wollte. «Ich bin ein armer ehrlicher Schneider», antwortete eine feine Stimme, «der um Einlaß bittet.» – «Ja, ehrlich», sagte Petrus, «wie der Dieb am Galgen, du hast lange Finger gemacht und den Leuten das Tuch abge-zwickt. Du kommst nicht in den Himmel, der Herr hat mir verboten, solange er draußen wäre, irgend jemand einzulassen.» – «Seid doch barmherzig», rief der Schneider, «kleine Flicklappen, die von selbst vom Tisch herabfallen, sind nicht gestohlen und nicht der Rede wert. Seht, ich hinke und habe von dem Weg daher Blasen an den Füßen, ich kann unmöglich wieder umkehren. Laßt mich nur hinein, ich will alle schlechte Arbeit tun. Ich will die Kinder tragen, die Windeln waschen, die Bänke, darauf sie gespielt haben, säubern und abwischen und ihre zerrissenen Kleider flicken.» Der heilige Petrus ließ sich aus Mitleiden bewegen und öffnete dem lahmen Schneider die Himmelspforte so weit, daß er mit seinem dürren Leib hineinschlüpfen konnte. Er mußte sich in einen Winkel hinter die Türe setzen und sollte sich da still und ruhig verhalten, damit ihn der Herr, wenn er zurückkäme, nicht bemerkte und zornig würde. Der Schneider gehorchte, als aber der heilige Petrus einmal zur Türe hinaustrat, stand er auf, ging voll Neugierde in allen

Winkeln des Himmels herum und besah sich die Gelegenheit. Endlich kam er zu einem Platz, da standen viele schöne und köstliche Stühle und in der Mitte ein ganz goldener Sessel, der mit glänzenden Edelsteinen besetzt war; er war auch viel höher als die übrigen Stühle, und ein goldener Fußschemel stand davor. Es war aber der Sessel, auf welchem der Herr saß, wenn er daheim war, und von welchem er alles sehen konnte, was auf Erden geschah. Der Schneider stand still und sah den Sessel eine gute Weile an, denn er gefiel ihm besser als alles andere. Endlich konnte er den Vorwitz nicht bezähmen, stieg hinauf und setzte sich in den Sessel. Da sah er alles, was auf Erden geschah, und bemerkte eine alte häßliche Frau, die an einem Bach stand und wusch und zwei Schleier heimlich beiseite tat. Der Schneider erzürnte sich bei diesem Anblicke so sehr, daß er den goldenen Fußschemel ergriff und durch den Himmel auf die Erde hinab nach der alten Diebin warf. Da er aber den Schemel nicht wieder heraufholen konnte, so schlich er sich sachte aus dem Sessel weg, setzte sich an seinen Platz hinter die Türe und tat, als ob er kein Wasser getrübt hätte.

Als der Herr und Meister mit dem himmlischen Gefolge wieder zurückkam, ward er zwar des Schneiders hinter der Türe nicht gewahr, als er sich aber auf seinen Sessel setzte, mangelte der Schemel. Er fragte den heiligen Petrus, wo der Schemel hingekommen wäre, der wußte es nicht. Da fragte er weiter, ob er jemand hereingelassen hätte. «Ich weiß niemand», antwortete Petrus, «der dagewesen wäre, als ein lahmer Schneider, der noch hinter der Türe sitzt.» Da ließ der Herr den Schneider vor sich treten und fragte ihn, ob er den Schemel weggenommen und wo er ihn hingetan hätte. «O Herr», antwortete der Schneider freudig, «ich habe ihn im Zorne hinab auf die Erde nach einem alten Weibe geworfen, das ich bei der Wäsche zwei Schleier stehlen sah.» – «O du Schalk», sprach der Herr, «wollt ich richten, wie du richtest, wie meinst du, daß es dir schon längst ergangen wäre? Ich hätte schon lange keine Stühle, Bänke, Sessel, ja keine Ofengabel mehr hier gehabt, sondern alles nach den Sündern hinabgeworfen. Fortan kannst du nicht mehr im Himmel bleiben, sondern mußt wieder hinaus vor das Tor: da sieh zu, wo du

hinkommst. Hier soll niemand strafen denn ich allein, der Herr.» Petrus
mußte den Schneider wieder hinaus vor den Himmel bringen, und weil
er zerrissene Schuhe hatte und die Füße voll Blasen, nahm er einen
Stock in die Hand und zog nach Warteinweil, wo die frommen Soldaten
sitzen und sich lustig machen.

Und da ist er nun, Beat Schneider, sprach Emil Gygax, im Land
Warteinweil.

Märchen haben einen Schluß, sagte Elinor, und das ist keiner.
Schneider ist kein frommer Soldat. Er wartet nicht mehr! Er lebt auf
der Osterinsel, mit einer fremden Frau.

Sie stand auf, ging in ihren Arbeitserker, kehrte mit einem Blatt
Papier zurück und legte es auf den Tisch. Vater und Sohn beugten
sich darüber; dann richteten sie sich gleichzeitig auf.

Eine *ganz* fremde Frau, sagte Fränk. – Oder kennst *du* sie vielleicht, Dad?

Niethammer schüttelte unmerklich den Kopf und warf noch
einen Blick auf das Bild. – Sie gleicht etwas Frau Duß.

Es *ist* Iris Duß.

Das war eine Dame, die mal in unserem Sekretariat arbeitete, erläuterte Niethammer. – Vor deiner Zeit, Elinor. Du hast sie nicht
mehr kennengelernt.

Vom Hörensagen sehr wohl, sagte Elinor spitz.

Fränk verschränkte die Arme. – *Daddy.* Willst *du* zu Iris noch
etwas mehr sagen, oder soll ich – ?

Da wärst du ganz der Rechte, gab Niethammer scharf zurück,
und man glaubte die Stichflamme zu sehen, mit welcher ein Kon-
flikt wieder aufflackern wollte. Gygax betrachtete das Blatt.

Wo kommt das her?

Von Niddy. Sie hat es mir gestern gemailt. Aus der neuesten Ausgabe von *Senior Travel.*

Wer ist Niddy? fragte Fränk.

Meine Freundin in Berlin, und die Nachbarin der Wohnung, in der
Beat regelmäßig untergekommen ist. Das Bild muß ganz neu sein.

Es ist eine Legende dabei, sagte Gygax, ziemlich viel Text.

Das Märchen war auch ziemlich viel Text, antwortete Elinor.

Vorlesen! bestimmte Niethammer. – Bitte, Herr Gygax. Damit
alle es hören.

Der Vogelmann

*Seit dem Tag, da sie ihrem Walter vor 40 Jahren in der Calvary Presby-
terian Church das Jawort gab, hatte sie ihm diese Reise schenken wollen.
Damals wurde sie Iris Osterwald, in Indiana, der pennsylvanischen
Kleinstadt hinter den sieben Bergen. Die Eltern des Paars arbeiten immer noch auf einer Farm, welche die Ostküste mit Weihnachtsbäumen
beliefert. Von der weiten Welt konnte man hier nur träumen.*

Der Name ihres Mannes ist schweizerischer Herkunft und bedeutet:
Easter Forest. *Darum war es wohl kein Zufall, daß sich Walter schon
als kleiner Junge mit der geheimnisvollen Osterinsel beschäftigte. Er
wollte eines Tages einer jener kühnen Vogelmänner werden, die im Wett-
kampf um das erste Ei der Seeschwalbe über glatte Wände klettern und
sich ins wilde Meer stürzen.*

*Nach seiner Pensionierung war es endlich soweit: das Paar flog über
Chicago und Santiago de Chile auf die Insel mitten im Pazifik, wo es
vierzehn Tage im Hotel Hanga Roa zubrachte.* Walter war ein wenig
enttäuscht, daß es hier nicht einmal einen Palmenwald gab und fast
keine Strände, *erzählte Iris,* es war überhaupt ein wenig langweilig,
aber, fügte sie errötend hinzu, dafür war Frühling, und wir wußten
uns zu beschäftigen. Wir mieteten einen Geländewagen und besuchten alle 638 Moai, die überlebensgroßen Steinfiguren, und natürlich
auch den Felsen, von dem sich die jungen Eingeborenen gestürzt
hatten, um Vogelmänner zu werden. Ich war so froh, daß Walter
nicht mehr in Versuchung kam, *lächelte sie.*

*Ein Abenteuer hatten sie trotzdem erlebt. An ihrem letzten Tag be-
suchten sie den einzigen Friedhof der Insel. Da ihnen bis zum Abflug
nur wenig Zeit blieb, baten sie die Taxidame zu warten.* Als Pfand
ließen wir im Wagen den Hut meines Mannes zurück, den wir bei
unserer Israel-Reise in Nazareth gekauft hatten, *berichtete Iris.* Und
als wir von unserem Spaziergang durch die malerischen Gräber zurückkamen, war das Taxi weg! Wir waren verzweifelt, denn unser
Flug würde nicht warten, und so rannten wir schneller, als wir
eigentlich konnten, zum Hotel zurück, fast eine Meile! Und als wir
atemlos ankamen: was wartete da auf uns? Unser Taxi, Walters Pana-
mahut immer noch auf dem Hintersitz!

Die gute Frau hatte uns mißverstanden. Sie glaubte, der *Hut*
müsse unbedingt um 12 Uhr im Hotel zurück sein! Wir lachten und
beglichen die Extrafahrt von Walters Hut mit einem guten Trink-
geld. Dann holten wir unsere Sachen, die zum Glück schon gepackt
waren, und die Taxidame fuhr uns auf Teufel komm raus zum Flugplatz. Und am Ende blieb sogar noch Zeit, sie um diesen Schnapp-
schuß zu bitten!

Ende gut, alles gut, und wir kamen gerade rechtzeitig nach Hause,
um für unsere Enkelkinder den selbstgezogenen Christbaum zu
schmücken wie jedes Jahr!

Na! sagte Paul Niethammer nach einiger Stille.

Es ist *doch* Iris, sagte Fränk.

Beat ist es auch, erklärte Elinor.

Seid ihr denn – ? zürnte Niethammer fassungslos. – Mit Fotos
kann man heute alles machen!

Hast du ihre Nummer noch? fragte Fränk.

Niethammers Mundwinkel verkniffen sich.

Ich habe sie, sagte Fränk und tüpfelte an seinem Handy. Eine
weibliche Roboterstimme verkündete hörbar: kein Anschluß unter
dieser Nummer.

Kein Wunder, nach vierzig Ehejahren in Amerika, bemerkte sein Vater ironisch, und so lange kann Iris gar nicht verheiratet sein.

Wie alt hast *du* sie denn geschätzt? fragte Fränk.

Es war kein gutes Gespräch.

Die Osterinsel, sagte Gygax. – Schneider hat sich mit der Rongorongo-Schrift der Insulaner beschäftigt. Sie wurde nicht entziffert – bis heute.

Das hat mir Niddy nicht erzählt, erklärte Elinor.

Damals wurde die Bilderschrift mit Haifischzahn eingeritzt, auf Tafeln des verschwundenen Toromiro-Baums. Sie sind beidseitig beschriftet, und die Gelehrten streiten, wie man sie lesen muß. Wo fängt man an? Muß man dazu die Tafel drehen, und wo geht es dann weiter?

Was steht denn im Mail dieser Niddy? fragte Niethammer.

Entschuldige, Paul, aber das geht nur *mich* etwas an. Ich wollte nur wissen, ob jemand *zufällig* die Dame kennt.

Iris, ganz klar, sagte Fränk. – Etwas verwackelt, das liegt nicht nur am Bild. Aber Schneider? Nee. Der ist aus dem Spiel.

Das war *dein* Spiel, wenn du erlaubst, verwahrte sich Elinor. – Und *du* warst derjenige … mit der Quantenmechanik.

Die Information an diesem Tisch ist etwas ungleich verteilt, meldete sich Gygax zu Wort. – Elinor, nur du weißt, wer Niddy ist; dafür kennen die Herren Niethammer eine Iris, der wir andern leider nie begegnet sind.

Und *wie* wir sie kennen, Dad, nicht wahr? zündelte Fränk.

Und das unterscheidet euch beide wiederum von Niddy, fuhr Gygax fort, – das heißt, wir Nichtkenner dieser Iris bilden eine Mehrheit – eine *schwache* Mehrheit, das haben Mehrheiten so an sich. Die Wahrheit ist leider keine Demokratin.

Reden wir Klartext, erklärte Niethammer blaß, es ist wahr, daß Iris im Leben unserer Familie eine Rolle gespielt hat – vielleicht sind wir darum keine Familie mehr.

Woran du ganz unschuldig bist, sagte Fränk.

Nein, Fränk. Ich bin so schuldig, wie du willst.

Sei nur so schuldig, wie du bist, das reicht.

Reden wir jetzt von Schneider, wenn ich bitten darf, sagte Gygax bestimmt.

Iris, sagte Niethammer, war mit der Organisation des Historikertags befaßt, an dem Schneider seine Rede hielt. Kurz davor mußten wir sie leider entlassen –

Wir nicht. *Du.*

Ich, ja. Wir hatten eine Grenze überschritten.

Aber *sie* mußte gehen, und du bist geblieben.

Ich glaube, das hat sich richtiggestellt, und für meine Verhältnisse gründlich.

Du tust dir sehr leid.

Es tut mir leid, sagte Niethammer. – Und dich bitte ich um Vergebung.

Und wie war das mit Elinor? – Der Sohn ließ nicht locker.

Fränk, sagte sie, das bleibt *meine* Sache.

Niethammer fuhr mit beherrschter Stimme fort: Trotzdem kam Iris nach Konstanz und hat Schneider *gestalkt.* Sie war der Grund, weshalb er von einem Asylanten niedergeschlagen wurde, der sie angesprochen hatte. Offenbar hielt er sie für eine ... leichte Person. Schneider hat ihr Schutz angeboten. Dafür kam er zu Kasse.

Sein Gesicht war tagelang geschwollen, sagte Elinor.

Sie wird ihn auch ins Hotel verfolgt haben, sagte Niethammer.

Im Hotel war er allein, widersprach Gygax. – Das hat die Polizei geklärt.

Hat sie auch den Schläger identifiziert? fragte Niethammer.

Daß er Trajan heißen soll, weiß sie nur aus Schneiders Unterlagen. Ich halte ihn für eine Erfindung.

Hat er sich etwa selbst grün und blau geschlagen? – Elinor war empört.

Wieder kehrte Stille ein. Wenn ein Engel durch den Raum ging, verkündigte er keine große Freude und den Menschen kein Wohlgefallen.

Jedenfalls, sagte Fränk, hat ihn Iris unbemerkt nach Pennsylvania entführt, um vierzig Jahre mit ihm verheiratet zu sein. Unter dem Christbaum hat sich dann ein Zeitfensterchen aufgetan, damit die zwei noch schnell auf die Osterinsel entwischen konnten.

Jetzt spielst du falsch, Fränk, sagte Niethammer. – Entweder du nimmst deine Wissenschaft ernst, oder du spottest darüber. Beides geht nicht.

Du entscheidest immer noch, was geht, oder was? erwiderte Fränk mit schwankender Stimme. – Pardon! Bitte tausendmal um Vergebung!

Gygax blickte auf Niddys Blatt, als suchte er dort eine Lösung.

Auf *dieser* Seite der Welt sind wir uns doch wohl einig, daß Beat Schneider verschwunden ist – wie auch immer, wohin auch immer. – Er blickte von einem zum andern, dann sprach er nur zu Fränk.

Wir haben von dir gehört, *wohin* er verschwunden ist, und naturgemäß war die Erklärung atemberaubend. Danach wäre er – laienhaft gesprochen – wieder in seine Frau als Mutter zurückgekehrt, auf Grund eines Prozesses, der ein ganz neues Weltbild verlangt. Du darfst nicht erwarten, daß Leute es gleich packen, die sich nicht auf deinem mikrobiologischen Niveau bewegen. Aber auch solche – ich jedenfalls – vermögen zu erkennen, was dafür spricht. Darf ich es Schönheit nennen?

Eleganz, sagte Fränk.

Sie hat etwas Weltbewegendes, die Eleganz deines Beweises, sie erschüttert Mark und Bein, sogar unser Bild von Leben und Tod, und das Zusammenwirken dessen, was wir bisher als real und was wir als virtuell betrachtet haben … als Schüler eines humanistischen Gymnasiums sage ich lieber: das Zusammenspiel von Kunst und

Natur. Bei diesem leuchtet sogar einem Trottel ein, daß es den gesunden Menschenverstand beschämt.

Einem Trottel nicht, verwahrte sich Fränk.

Dem nicht, gestand Gygax zu, auch Barbaren nicht. Aber Wilden. Bei denen ist der Sinn für Magie noch lebendig. Und was ist die Aufhebung von Raum und Zeit anderes als Magie.

Einfach Physik, sagte Fränk.

Gut. Aber einfach Physik ist noch keine Physik für Einfache. Du hast selbst ein wenig einfach argumentiert, als du behauptet hast, der Mann auf dem Bild könne *nicht* Schneider sein. Warum soll er nicht *zugleich* in den Mutterschoß zurückgekehrt und mit dieser Iris in Indiana, Pennsylvania, verheiratet gewesen sein, als Mr. Osterwald? Und nach dreißig Ehejahren die Osterinsel besucht haben, um festzustellen, daß es dort leider keinen Osterwald mehr gibt, weil die Insulaner ihre Bäume abgeholzt haben? Dafür bekam er sein Erlebnis mit dem Hut – und dabei ging es ja fast mit rechten Dingen zu. Das Mißverständnis, den Hut statt zweier Fahrgäste zu transportieren, kommt uns zwar ein wenig grenzwertig vor, aber gerade noch im grünen Bereich. Und natürlich ist es zum Lachen.

Daß Schneider verschwunden ist, finde ich nicht zum Lachen, sagte Elinor.

Das ehrt dich, sagte Gygax. – Aber es gibt andere Fälle, wo ein Geschöpf verschwunden ist und nur sein Lachen zurückließ. Zum Beispiel ein gewisser Merlin, Stammeszauberer der Bretonen. Er ist mir in den Märchen meiner Frau begegnet. Daß sie selbst verschwunden ist, für immer, ist darum nicht weniger – er stockte – herzzerreißend.

Du hast deine Erzählung verteidigt, Fränk, gegen die Christbäume von Indiana, Pa., und die verschwundenen Bäume der Osterinsel. Das ist dein gutes Recht. Aber was die wahre Geschichte ist, muß sie uns selber zeigen, durch ihre Entwicklung, und wo soll sie die nehmen, wenn nicht in uns? An *uns* entscheidet sich, was sie wert ist, und wenn wir Glück haben, vertragen wir mehr als eine. Denn auch der Baum der Erkenntnis trug vielleicht nicht nur *eine* Frucht und war mit dem bekannten Sündenfall noch lange nicht abgeerntet.

Was mir an deiner Geschichte einleuchtet, Fränk, ist ihre *erotische* Eleganz – auch wenn man sie erst ein wenig suchen muß. Du hast bewiesen, daß Schneider nicht nur zu seiner Mutter zurückgekehrt ist, sondern *gleichzeitig* hineingekommen in seine Frau – und das nach einer schrecklichen Trennung des Paars. Die Frau war unterbunden; da ist *er* das Kind geworden, das sie nicht haben konnte. Wovon er nicht einmal mehr träumen durfte, du hast es bewiesen. Wann und wo LA ihren ESSE entbinden oder von ihm entbunden sein wird, steht bei Gott – hätte man früher gesagt. Vielleicht steht es in den Sternen, zu denen dein Supermikroskop die Materie, den Mutterstoff aufgelöst hat. Oder man liest es einmal in einem Buch, geheimnisvoll wie die Rongorongo-Schrift, aber lesbar, sogar als Liebesgeschichte. So weit, so gut.

Aber, Fränk – die Geschichte, die Elinor von Niddy gemailt worden ist, hat doch auch etwas für sich, sagen wir diesmal: an *menschlicher* Eleganz. Um diese Iris hat sich, wenn ich recht sehe, die Geschichte zu lange nicht mehr gekümmert. Nicht einmal Sie, Paul, als Arbeitgeber oder Fränk, der ja auch mit ihr zu schaffen hatte. Und nun taucht sie in Niddys Mail wieder auf, sogar in einer Hauptrolle. Woraus ein Laie schließen möchte, auch Iris habe gewisse Rechte auf Schneider besessen – oder sagen wir: auf seine Erzählung. Wichtige Rechte, sonst hätte sie ihn nicht vierzig Jahre für sich allein gehabt – ob ausschließlich, wissen wir nicht, dafür sind die Daten von *Senior Travel* zu dürftig. Jedenfalls brachte er die Osterinsel als Traum in die Ehe mit, und den hat sie ihm erfüllt – auch wenn er dann, wie jeder erfüllte Traum, *etwas langweilig* war. Am Ende kriegte er sogar einen Hut aus Nazareth wieder, von dem wir zum ersten Mal hören, und sie erreichten den Flieger noch rechtzeitig für Familienweihnachten in Pennsylvanien. Offensichtlich hatten sie auch Kinder. Wie Niddy.

Zwei Geschichten. Für einfältige Augen schließt eine die andere aus. Für Augen, die sogar in einem Elektronenmikroskop sehen gelernt haben, müssen sie es nicht. Vielleicht entdeckst du, wenn du älter wirst, auch deine Mutter darin, Fränk; sie scheint mir bisher noch ungenügend erforscht, und vielleicht hat auch sie Rechte zu melden – und ganz gewiß Anspruch auf eine Geschichte, oder mehr als eine.

Aber wer bin ich, dir Forschungsprojekte vorzuschlagen? Dafür hast du Herrn Wimmer – aber auch wenn er den Nobelpreis doch noch bekommt, schadet es nichts, wenn du ihm etwas voraushast.

Aber nun das Verschwinden Schneiders!

Immer mehr kommt es mir vor, es sei dabei zugegangen wie im richtigen Leben. Auch da schließt eins das andere nie aus. Wo kämen wir hin, wenn wir uns nur auf *eine* Erzählung unserer selbst beschränken müßten! Die Natur, die dir so lieb und teuer ist, Elinor, hat Besseres zu bieten. Vernunft und Logik, Wahrheit und Moral, und natürlich von allem immer auch das Gegenteil – alles läßt sie eingehen in ihre unbegrenzte Tätigkeit. Und darin muß es dann, als begrenztes Werk, auch wieder *eingehen* – um das Ding so kraß zu bezeichnen, wie es uns vorkommt, wenn wir das dunkle Tor von weitem betrachten. Stehen wir selbst davor, so kommen wir wohl auch dahinter – und müssen nicht mehr draus kommen, um Schülersprache zu verwenden. Auch Sterben hat seine Eleganz, und einmal war ich schon nahe genug dran, um zu merken: das geht noch besser.

War das ein Schlußwort? fragte Niethammer.

Gygax griff sich an die Stirn. – Ach, ich rede mir doch nur gut zu. Schneiders Fall war ein bißchen Urlaub von meinem eigenen. Ich gehe nicht gern.

Aber willst auch nicht bleiben, sagte Elinor. – Schade. Jetzt brauche ich das Atelier nicht mehr zu renovieren.

In die Stille hinein bemerkte Fränk: Du suchst doch etwas, Dad.

Das muß sich finden, sagte Niethammer.

Er hat doch nichts mehr, sagte Fränk zu allen andern.

Und tue mir deshalb nicht einmal leid, erwiderte Niethammer.

Sorry auch, Dad. – War nicht so gemeint. Vorher, meine ich.

Natürlich war es so gemeint, Fränk, fiel Elinor ein, sei doch ein bißchen stolz. *Du* hast die Tasche gefunden.

Da fuhr Gygax auf. – Die Tasche! rief er. Mein Geburtstagsgeschenk, Elinor! hätte ich beinahe vergessen! Ich hole sie – nur einen Augenblick Geduld!

Er stürzte hinaus, sie hörten ihn die Treppe hinunterlaufen, flotter, als in seinem Alter gut sein konnte; und obwohl der Augenblick eher lange dauerte, blieben die Zurückgebliebenen stumm. Elinor hatte Tränen in den Augen; plötzlich faßte sie heftig Fränks Hand, dann diejenige seines Vaters, und hielt beide fest, wofür sich alle drei erheben mußten wie die Schwurgenossen auf dem Rütli. So standen sie, als auf der Treppe wieder Schritte heraufpochten, schwer diesmal und lastbar, bis Gygax unter der Tür erschien, die Schirmmütze auf dem Kopf und offensichtlich reisefertig. Er trug auch schon seinen Rucksack, in der Hand aber hielt er eine schwarze Tasche, und als er sie Elinor überreichte, deutete er eine Verbeugung an. Sie nahm sie fast erschrocken entgegen.

Das ist ja –

Ja, erwiderte Gygax, stark atmend, die japanische Tasche in Schwarz. Sie gehörte LouAnne.

Aber – sagte Elinor, dann nichts mehr, und setzte die Tasche so behutsam auf den Tisch ab, als sei sie zerbrechlich. Fränk hob ihr sandgelbes Gegenstück vom Fußboden und stellte es daneben. Sie glichen sich, hell und dunkel, wie eineiige Zwillinge.

Emil … wo hast du sie her?

Von Dr. Goharis, der Ärztin LouAnnes. Am Vormittag war ich bei ihr und nahm den Zeichenblock entgegen, den Fränk bearbeitet hat. Am Abend brachte mir die Ärztin den Stift, der heruntergefallen war, extra nach Sommerau, denn er gehörte dazu. Darum sollte ich ihn haben, es sei LouAnnes letzter Wunsch gewesen. An diesem Nachmittag ist sie gestorben.

Konnte sie denn noch sprechen? fragte Elinor erschüttert.

Für diese Ärztin ja, sagte Gygax.

Sie betrachteten schweigend die Taschen, ein vollkommenes Paar, und Elinor hatte wieder Niethmammers Hand ergriffen.

Und wo ist er jetzt, der Stift? fragte Fränk nach einer Weile.

Gygax schlug die schwarze Segeltuchklappe zurück, griff behutsam in die Tasche und kam mit einem Bleistiftstummel heraus. Auf der flachen Hand war er gerade halb so lang wie ihr kleiner Finger, rot lackiert und nur mäßig gespitzt.

Ein gewöhnlicher Bleistift, sagte Fränk. – Ich glaub's nicht. Und man kann ihn ja kaum noch halten.

Sie hatte kleine Hände, sagte Gygax.

Und die Tasche ging einfach so mit? fragte Niethammer. – Sieht ja noch aus wie neu.

Gygax lächelte. *The passage of time and loving use bring forth comments / on how much character it has gained.* LouAnne soll sich von der Tasche nie getrennt haben. Sie diente ihr auch als Kissen zum Schlafen. – Für dich, Elinor, herzlichen Glückwunsch.

Nein, Emil, sagte sie, sieh dir die zwei doch an. LouAnne hat sie zusammen aus Japan mitgebracht. Jetzt sind sie vereinigt. Niemand soll sie mehr trennen.

Willst du sie gleich aufbahren, oder was? fragte Fränk. – Oder in die Große Wand stellen? Dafür gebe ich meine nicht her. Es sind gute Taschen, und man darf sie brauchen.

Das meine ich auch, sagte Gygax, und sie bekommen zu tun. Die helle geht nach Japan zurück, der Brandfleck muß weg, die Herren Niethammer begleiten sie, und wenn sie sich dabei noch ein wenig lustig machen, brauchen sie keine frommen Soldaten zu sein. Als Land Warteinweil ist Japan so gut wie jedes andere –

Ich komme aber nicht vor Ende April weg, sagte Fränk.

Da soll die Kirschblüte am schönsten sein, sagte sein Vater. – Bis dahin suche ich mir eine Wohnung.

Die hast du doch schon gefunden, erwiderte Fränk. – Oder habe ich etwas falsch gehört, Elinor?

Wenn er will, sagte sie, dann hast du recht gehört.

Er will, sagte Niethammer. – Nichts lieber. Aber was ist mit dir, Fränk?

Ich überlege mir, ob ich zu Wimmer ziehe, sagte Fränk, das heißt, zu seiner Ex. Sie hat etwas frei.

Das höre ich ja zum ersten Mal, sagte sein Vater.

Zu Wimmer? fragte Elinor.

Schädler, heißt sie, glaube ich.

Glaubst du! fuhr Elinor auf. – Das ist die Familie von LouAnne!

Und? fragte Fränk. – In deinem Haus stimmt das nicht für mich, auf die Dauer. Aber wenn man so alt ist wie Dad, ist es richtig geil.

Es gab immer noch Menschen am Tisch, die bei diesem Wort zusammenzuckten, aber Elinor faßte sich rasch. Zu Schädlers willst du? fragte sie. – Ist das dein Ernst?

Sie haben auch Liegenschaften, fuhr Fränk fort, in bester Lage. Sogar in der Altstadt.

Hast du eine Ahnung, was das kostet?

Ich kriege es zum Freundschaftspreis, Personal inbegriffen. So kann ich auch mal zuhause arbeiten.

Hast du etwa schon eine Adresse? fragte Niethammer.

Geschworenengasse, antwortete Fränk. – Restauriertes Mittelalter. Ein Bijou.

Elinor hatte sich gesetzt, und ihr Gesicht hatte alle Farbe verloren.

Genug, Fränk, mahnte Gygax, sie fangen an, dir zu glauben.

Warum nicht? fragte Fränk. – Ich kann *wirklich* dahin, wenn ich will. Und andere täten es auch.

Du nicht, sagte Elinor mit schwankender Stimme, aber in ihre Wangen war wieder etwas Rot zurückgekehrt.

Ihr habt jetzt hoffentlich, was ihr wollt, sagte Fränk, da kann man ja auch noch ein wenig zusehn. Aber Familienanschluß – muß ich nicht mehr haben, pardon. Bis das Projekt durch ist, hätte ich auch gar keine Zeit. Aber so lange kann ich mit dem Dachzimmer leben.

Es ist das Zimmer mit Seeblick! sagte Elinor, Guy fand es traumhaft.

Zum Schlafen brauche ich keinen See nicht, sagte der junge Forscher, und die Heizung könnte besser sein.

Weißt du was? fragte Elinor. – Wenn ihr aus Japan zurückkommt, habe ich in Pauls Atelier endlich mal Bodenheizung eingerichtet. Und den dänischen Ofen stellen wir in dein Zimmer, Fränk. Dann kannst du Feuer machen nach Herzenslust. – In ihre Stimme war wieder das kleine Jauchzen zu hören.

IT ist wichtiger, bemerkte Fränk, und du nimmst jetzt bitte dem Emil die Tasche ab, und den Bleistift gleich dazu. Vielleicht steckt ja doch ein Sensor drin.

Elinor nahm die schwarze Tasche vom Tisch und drückte sie an ihre Brust. – Danke, Emil. Du hast mich reich beschenkt.

Und wenn ich mal so sagen darf, fiel Niethammer ein, er sieht Schneider immer ähnlicher.

Dann wird es Zeit, daß ich verschwinde, antwortete Gygax. – Der Fall nähert sich ja auch der Lösung, wenigstens für das Atelier. Hanselmann, Saul Einzig, zweimal Schneider, Gäste wie Fränk und mich nicht mal eingerechnet – und alles in einem einzigen Jahrhundert. Allerhand Evolution für eine Immobilie. Jetzt noch ein Schriftsteller, und hoffentlich nie mehr kalte Füße – viel Glück, Herr Niethammer, Sie werden es brauchen. Und du, Elinor – ich habe kürzlich eine Gutschrift bei dir gesehen. Wenn sie dir etwas wert ist, steck sie nie in die schwarze Tasche. Taschen sind kein sicherer Ort. Man muß sie auch verlieren können.

Niethammer versuchte der letzten Weinflasche noch ein paar Tropfen abzunötigen, aber sie war endgültig leer. Es gab nur noch

Wasser zu trinken. Kurz entschlossen füllte er alle vier Gläser damit und hob das seine gegen Gygax.

Paul! sagte er, ich bin Paul. – Emil! Auf dein Wohl.

Gern, erwiderte Gygax, wir duzen uns dann, wenn Fränk und Sie die Tasche heil zurückgebracht haben.

Du kannst sie auch als Rucksack verwenden, erklärte Fränk und sprach jetzt nur noch zu Niethammer. Er klinkte den Tragriemen ab, verlängerte ihn, zog ihn durch die breite Schlaufe auf der Hinterseite der Tasche, hob diese an den Rücken des Vaters und schnallte mit Kraft und Mühe den verdoppelten Riemen unter seinen Armen fest; am Ende saß er auf Niethammers starkem Torso so eng, daß dieser oben wie ein verschnürtes Paket aussah, während der Morgenrock unten aufbarst und unter dem ebenfalls zu knappen Sportanzug rosig behaarte Beine sehen ließ. Der Sohn genoß die Folter des Vaters, an dem er ungeniert ziehen und zerren durfte, und dieser machte seine beste Miene dazu.

Da geht aber nicht genug hinein, für zwei, sagte er grimmig lächelnd.

Man muß nur weniger brauchen, erklärte Fränk, und als Rucksack schafft sie mehr. Und du kannst immer noch einen Pilgerstock halten.

Dann wäre ich jetzt so weit, sagte Gygax und leerte sein Wasserglas.

Ich fahre dich, sagte Elinor.

Danke. Aber ich gehe zu Fuß. Es regnet nicht mehr.

X

Das Tal der Dachse. Ein Nachspiel

Omnia mea mecum porto, alles Meinige trage ich auf dem Buckel; fast aller Dinge und bald auch seines Geldes ledig, zugunsten eines hoffentlich glücklichen Paars, ledig überhaupt, aber seines Lebens noch nicht, wanderte Gygax zwar keiner Heimat zu, aber unerledigten Geschäften entgegen, an denen sein fünfundsiebzigjähriges Leben immer noch reich genug war. Der Aufenthalt im «Auerhahn» hatte sie einen Winter lang aufgeschoben, doch aufgehoben nicht; und wäre er in moroser Stimmung gewesen, so hätte er auch diese jüngst vergangene Zeit als unerledigtes Geschäft betrachten können. Sogar für den subtilsten Gerichtsreporter ist ein Fall nicht gelöst, wenn er sich, wie derjenige Beat Schneiders, in viele Varianten aufgelöst und über die ganze bekannte Welt zerstreut hat, von der Gentechnologie bis zur Osterinsel, und wenn über seine Deutung ein für allemal keine Hoheit mehr zu gewinnen ist.

Aber nichts geht verloren. Und da «ein für allemal» auch nur eine Behauptung ist, machte er sich davon nur so viel zu eigen, daß Hoheit, in welcher Form immer, ein für allemal nicht mehr sein Fall war; sie stand ihm nicht mehr zu Gesicht. Ebensogut konnte er gelten lassen, daß ihm in Beat Schneider ein Sohn verloren gegangen war; daraus hätte ein mitfühlendes Herz wie Elinor gern eine eigene Geschichte gemacht, und in der großen Literatur hätte sie auch das Zeug dazu gehabt, von der Heiligen Schrift bis zu Professor Freuds Seelenstücken. Aber an diesem Zeug zu sparen, seine Person, nach gehöriger Erschütterung derselben, immer kleiner zu schreiben, hatte sich Schneider, als Historiker, offenbar zum eigentlichen Beruf gemacht, und einer dritten Person kam nicht mehr zu, ihm daran zu

flicken. Das Verschwinden war in seinem Lebenslauf inbegriffen, er
schien es recht eigentlich darauf angelegt zu haben, und ob er damit
glücklich geworden sei, ließ sich, mangels Masse, nicht mehr ent-
scheiden, Man hatte sich, und wäre es nur aus *Anstand*, mit dem
Gefühl zu begnügen, daß vielleicht, Niddy oder Iris zuliebe, kein
Trauerfall daraus geworden war.

Gygax, im dunklen Wald zwischen «Auerhahn» und «Wohlentbehren», war jedenfalls guten Mutes. Er schritt wacker aus oder fürbaß, wie es in Ruths Märchen hieß, und entschloß sich, doch lieber
fürbaß zu schreiten als vorwärts und immer weiter. Für-baß, fürbaß, für-baß, hämmerte er sich ein, Schritt für Schritt, denn das
Fürchten im dunklen Wald ist nie ausgelernt, und man ist seines
Weges nie ganz sicher. Da er seine Taschenlampe im «Auerhahn»
vergessen hatte, orientierte er sich nach oben; in der Schneise zwischen Wipfeln blieb das Nachtleben der nahen Stadt auch bei trüb-
stem Wetter als milchiger Nachschein liegen. *The city that never
sleeps*, er begann im Takt eines alten Schlagers fürbaß zu gehen und
widerstand dem Anreiz, ihn laut zu singen. Wer weiß denn, ob er
sich damit Unholde vom Leib hielte oder sie erst recht anzöge;
kurzum, er wollte sich lieber nicht selbst unheimlich werden und
möhnte nur so laut, daß er's im eigenen Kopf hören konnte, dann
gingen die Füße wie von selbst und vergaßen zu stocken.

Natürlich lebt ein Wald nach dem Regen auf. Es knackt und
knirscht darin, es tüpfelt und tippelt, aber das sind keine fremden
Schritte, alles regt sich elfenleicht. Nur hie und da entleert sich eine
kompakte Ladung Wasser auf den Boden wie ein gedämpfter Schuß.
Natürlich erinnert er sich daran, wie er mit Schneider diesen Weg
gegangen ist, damals in umgekehrter Richtung, talwärts zum «Auer-
hahn»; sie waren einander gerade zum ersten Mal begegnet, und
Schneider hatte bei jedem Schritt geklingelt wie ein Schellenbaum.
Das hatte Gygax schließlich so irritiert, daß er stehengeblieben war.
Was klingelt da immer bei Ihnen? Schneider, ebenfalls stehenblei-

bend, hatte gelacht und ein wenig verschämt in die Hosentasche gegriffen, um ein Glöcklein hervorzukramen; als er es an der Kordel schüttelte, läutete es durchdringend. Das ist gegen Bären, das hat mir Phips, Philipp Pfaff, aus Japan mitgebracht, da kommen Bären ganz nah an die großen Städte heran, darum nehmen Spaziergänger das Spielzeug mit, um sie zu vergrämen. Die kleine Szene hatte am hellichten Tag etwas Amüsantes, aber wenn auch die tiefste Nacht das Erholungsgebiet am Pfannenstiel nicht zum Bärenland machen konnte: warum trug Schneider das Glöcklein auf dem Leib? Das Thema ließ ihn nicht los, er wußte von einem Wald im Norden Japans zu berichten, der unter Lebensmüden beliebt war, auch bei verzweifelten Liebespaaren, weil man sich darin den erwünschten Selbstmord durch Bären besorgen lassen konnte. Eine gruselige Art spurlosen Abgangs, und natürlich fiel Gygax auch die Phantasie der verschwundenen Kinder am Pfannenstiel ein. Und jetzt ging er selbst auf dem Boden, der sie verschluckt hatte.

An seinem Schuhwerk, spätestens, würde sich ein Bär die Zähne ausbeißen, entschied Gygax in grimmigem Humor, denn inzwischen war das Thema auch gegessen, er hatte beschlossen, nicht länger zu gruseln, und schlug sich Schneider endgültig aus dem Sinn. Er war, schätzungsweise, fast eine halbe Stunde geschritten, fürbaß oder nicht: der Wald mußte gleich zu Ende sein, und zum Glück war es auch der einzige und letzte auf seinem Marsch. Nach dem «Hummel» würde er nur noch entweder durch besiedeltes Land führen oder über weit offenes, und wenn er weiter so zügig ging, konnte er in zwei Stunden in Sommerau sein, rechtzeitig zu Zenzis altbäuerlichem Sechsuhrfrühstück. Die kleine Steigung setzte ihm kaum zu, auch nicht, als sie, wider Erwarten, merklicher wurde, und nach einer Wegbiegung, an die er sich nicht erinnern konnte, geradezu schroff.

Nun, bisher mochte er sein Wegstück gedankenlos gegangen sein oder auch in Gedanken vertieft, jedenfalls unerhebliche; davon wollte er sich jetzt nicht mehr verrückt machen lassen. Also stieg er nach wie vor guten Muts, aber mit Verstand, und vergewisserte sich durch einen Blick auf die Lichtbahn über den Wipfeln: er war immer noch auf einem Weg, auch wenn ihm die Füße sagten, daß dieser unsicher werden wollte, erst unerwartet holprig, dann plötzlich zu weich, und schließlich einfach unwegsam, als gehe er nur noch auf Waldboden weiter und immer wieder durch niederes Gestrüpp; dann und wann eine Wurzel. Plötzlich sogar eine unverhoffte Rutschpartie. Bald sank er ein, bald blieb er hängen, oder Zweige schlugen ihm ins Gesicht, die er nicht hatte kommen sehen und an denen er sich hie und da gar festhalten mußte. Von einem Weg am Himmel keine Spur mehr, oder eine trügerische. Die Bäume standen in so unregelmäßigem Abstand, daß die Entscheidung, wo jetzt durchzugehen war, sich verwirrte, aber sie tropften und knisterten unverändert.

Das hat, wenn man seinen eigenen Schritt nicht mehr hört, etwas Tröstliches. Zum Glück wußte er immer, daß man in einem so dicht gestrickten Erholungsgebiet nie lange von einem Weg abkommt, ohne auf den nächsten zu stoßen, und doch hörte er sich jetzt keuchen. Immer mehr brauchte er auch beide Arme, um sich durch Gestrüpp und andere Hindernisse Bahn zu schaffen. Da war es nur geraten, hie und da stehenzubleiben, um auf Geräusche zu achten, nicht um sich zu fürchten, sondern um sich zu orientieren. Das Geräusch eines Baches etwa hätte bedeutet, daß man sich besser nicht in dieser Richtung fortbewegte, denn irgendwo drohte dann Gefälle und womöglich ein kleiner Absturz. Ein gebrochenes Bein, auch nur einen verstauchten Fuß, konnte er nicht gebrauchen, auch nicht in einem Erholungsgebiet. So hielt er sich so geradeaus wie möglich und suchte dabei immer etwas eher zu steigen als abzusteigen. Es gibt in der Pfannenstielgegend ja nur mäßige Höhen, und war erst einmal eine Krete erreicht, egal, an welchem Punkt, so war auch etwas wie Übersicht zu erwarten. Die Landmarken nach allen Seiten waren ihm ja wohlbekannt.

So stieg er eben, wenn auch nur sachte, immer weiter, wunderte sich nur, daß auch in dieser Richtung der Weg, der keiner mehr war, nicht enden wollte. Als er wieder einmal gefallen war und den Rucksack gerade noch an weiterer Flucht hatte hindern können, richtete er sich mit dem Gedanken wieder auf, daß er die Irre, in die er sich hatte ziehen lassen, morgen auf der Karte genau rekonstruieren wollte. Vielleicht hatte er doch einmal zu oft an Schneider und sein Verschwinden gedacht; das wollte er wahrhaftig hinter sich haben, aber erst einmal diesen verwünschten Wald.

Einmal lichtete sich der Himmel deutlich, und er begann schon Hoffnung zu schöpfen, als er feststellen mußte, daß er nur in eine Baumschule hinausgestolpert war. Kleine Weißtannen, werdende Christbäume aller Größen besetzten eine ganze Lichtung, die, wie es Waldesart ist, ringsum von Baumwänden umstanden war. Sie standen schwarz und schweigend und erlaubten keinerlei Um- und Aussicht auf keine Seite.

Als er stand, hoch atmend, inzwischen schweißgebadet, hörte er – DA! – das Fahrgeräusch eines Autos, ziemlich entfernt zwar, aber in der Richtung doch unverkennbar. Es wanderte zwar hin und her, bevor es sich im Seufzen des nassen Grüns verlor, aber nun war er entschlossen, den schlechten Scherz zu beenden, und hielt so geradezu wie möglich auf die unzweifelhaft gewesene Tonspur zu. Dabei nahm er sich immer noch in acht, nicht auf eins der zarten Baumgeschöpfe zu treten. Es gab Gebote, die er auch in der Not noch kennen wollte, doch fand er sich übel belohnt, denn die nächste Waldwand zeigte sich so undurchdringlich, als läge sie am Amazonas. Die Stämme waren durch lianenartiges Gewächs zusammengestrickt; er hätte eine Machete gebraucht, um diese faserigen Ketten aufzutrennen, und zerrte er sie nur mit Leibeskraft auseinander. Es waren Waldreben, die einmal, in seiner Kindheit, in Stücke geschnitten, das erste Rauchzeug hergegeben hatten. Jetzt wühlte er sich hindurch wie durch höllisches Spinnweb, das ihm bald den Rucksack

von den Schultern, bald den Kopf vom Halse zerren wollte, bevor er
es, einen oder zwei Schritte weiter, mit Füßen treten konnte. Es war
eine Schlangengrube, durch die er sich kämpfte, bis er weiter vorn
eine Fläche, weit wie ein Schneefeld, durch das Gestrüpp schimmern sah. Noch eine Entstrickung, ein Durchbruch noch: nicht
mehr kraftvoll, nur noch zum Lachen verzweifelt, taumelte er ins
Offene hinaus.

Aber was war das? Und wo war er?

Vor ihm dehnte sich ein weitläufiger Parkplatz, mit einem unregel-
mäßigen Muster weißer Markierungen; er war ganz leer und lag als
schiefe Ebene in einem Trichter, zu dem die Berge zusammengerückt
waren. Zugleich hatte die Nacht sich gelichtet, die Atmosphäre schien
durchsichtiger geworden zu sein. Gygax glaubte sich ins Voralpen-
gebiet versetzt, aber die Form der schwarz bewaldeten Höhen hatte
nichts Vertrautes. Sie erinnerte ihn ans Tessin – oder an vulkanische
Topographien der Südsee, denen er auf Bildern begegnet war. Erst
stand er nur und atmete, bis Kampf und Krampf sich gelegt hatten,
auch die Angst; an ihrem Verschwinden bemerkte er, wie stark sie ihn
schon besessen hatte. Was ihm jetzt begegnete, war nur noch überaus
seltsam, doch zum Fürchten nicht mehr, auch nicht im ersten Augenblick. Doch viele Zeichen sagten ihm: ein Traum war es nicht.

Wo ein Parkplatz ist, muß eine Zufahrt sein; er sah sie auch schon.
Sie führte nach unten in den Wald zurück, und gewiß auch zu einem
Straßennetz, einer Siedlung. Doch Gygax dachte plötzlich nicht
mehr daran, auf sicherem Weg abzusteigen. Denn wo eine Parkfläche ist, muß auch ein Ziel in der Nähe sein, das Menschen suchen
und aufsuchen. Zwar zeigte sich einstweilen kein Hotel, kein
Restaurant, nur, am Ende des Parkplatzes, eine Baracke; offenbar
gehörte sie zu jener heruntergelassenen Schranke, die zu einer weiteren, tagsüber bewachten Parkfläche führte. Das Gebäude hatte seine
Holzläden unter dem weit vorspringenden Dach geschlossen; nur
die hochkantige weiße Fahne davor verriet, wenn sich ein Wind-

hauch rührte, eine Spur von Leben. Die roten Zeichen darauf konnten chinesisch sein; er war ihnen inzwischen nahe genug gekommen, um festzustellen, daß er sie nicht lesen konnte. Den Fuß der Schranke bewachte eine Keramikfigur, ein kniehohes Monster mit Knopfaugen und stumpfer, kleingezähnter Schnauze. Der großkrempige Hut war ihm auf den Rücken gerutscht, und die Vorderseite präsentierte einen stark gerundeten Bauch. Es mochte einen Dachs vorstellen; sein Ausdruck war eher herausfordernd als komisch.

Die Bergränder zeigten auch hier jene diffuse Nachthelle, die sich in der Nähe großer Städte verbreitet. Von keiner solchen drang ein Laut herauf, und doch schien der Bergtrichter von Summen erfüllt, wie man es von Transformatoren kennt oder von Bienenschwärmen in einem blühenden Garten. Doch stellte Gygax keine Anzeichen einer bestimmten Jahreszeit fest, auch nicht des Winters, dafür war die Atmosphäre zu mild, und das Grün der Bäume wirkte, wenn sein Finger über ein Blatt strich, starr; offenbar warfen sie ihr Laub nicht ab.

Nein, die Straße ins Tal zurück nahm er nicht. Ohne sich zu bedenken, folgte er dem Wasser, das am oberen Ende der Betonplatte in einem Gitter verschwand, der Höhe entgegen, und hier gab es auch wieder einen Weg. Nach einer Linkskurve rückten die Berge zu einer engen Kluft zusammen, und der Weg begann einen scharfen Anstieg. Es machte aber, von der Steilheit abgesehen, keinerlei Mühe, ihn zu gehen, ja, er fühlte sich so seidenweich an, daß sich der Wanderer fast des Schmutzes an seinem groben Schuhwerk schämte. Er ließ sich, eher mutwillig als notgedrungen, von einer Seite zur andern pendeln, um die Strapaze wie im Tanz hinter sich zu bringen, während ihn der Bachlauf jetzt rechter Hand hörbar begleitete.

Inzwischen war das Sträßchen auch von steinernen Stelen gesäumt. Sie standen dicht an dicht, wie Staketen eines Zauns, die von oben bis unten mit schwarzen Schriftzeichen bedeckt waren. Gygax fühlte ihre Unerschütterlichkeit, wenn er sich bald rechts, bald links, daran abstieß, um sich schrittweise immer höher zu winden. Unversehens stand er vor einer steinernen Treppe, die geradezu in den Himmel zu führen schien, und begann sie gewissenhaft zu ersteigen. Er hatte hundert Stufen gezählt, als ihm wieder ebener Boden begegnete, aber es war nur der Absatz zur nächsten Treppe, die ebenso lang, nicht ganz so steil, doch doppelt geführt war. Die Stufen wurden linker Hand von einem mitsteigenden, wie verschachtelten Korridor begleitet, einer Galerie aus einer endlosen Reihe einzelner Torgerüste, eben hoch genug, daß man aufrecht hätte durchgehen können. Irgendeine Lichtquelle ließ erkennen, daß die eckigen Durchgänge rot bemalt waren, und obwohl die Steigung darin durch gestufte Rampen erleichtert wurde, zögerte Gygax einzutreten und entschied sich auch diesmal für die offene Treppe. Beim Aufstieg sah er, daß die parallel mitsteigende Fallbrücke in der Mitte durch einen tempelartigen Hochbau unterbrochen war, von dem sie sich etwas abgewinkelt weiter in die Höhe zog; jetzt sah er weiter oben auch ein fahles Licht, das die Torgerüste in starkem Karmesinrot leuchten ließ. Inzwischen war das Japanische der Anlage, von Bildern bekannt, nicht mehr zu übersehen. «Teuer erkauft», murmelte er, denn auch die Bäume erinnerten ihn jetzt an Japan. Kerzengerade, masthohe Stämme zeigten gleichmäßige Längsfurchen und neigten ihm Büschel wohlgeformter Zweige und Äste entgegen, und die nahen Gipfel erhoben sich jetzt fast turmhoch über das im Mittelland Gewohnte.

Und als er ihn, den Andern, auf halber Höhe der Treppe stehen und ihn erwarten sah, erstaunte er zwar bis ins Mark, aber erschrak nicht mehr.

Der Andere stand dicht neben einem der gefurchten Stämme, der diesmal aus der Mitte der Treppe gewachsen war. War es der Tod? Etwas überlebensgroß stand er mit breiten Beinen, die aus einem mit unbestimmtem Krimskrams besetzten Rocksaum hervortraten.

Da er mit dem Rücken zum höher gelegenen Licht stand, schimmerte sein Umriß nur an den Rändern, gerade genug, um die Körperlichkeit der schwarzen Gestalt erkennen zu lassen. Auf dem Kopf trug er einen waagerecht aufgesetzten Schirmhut; der rechte Arm hielt einen Stab gerade vor sich, hoch wie eine Lanze, mit einer unkenntlichen Figur an der Spitze. Den linken Arm aber hatte er an den Leib gewinkelt, und was immer diese Hand festhalten mochte, lag im tiefen Dunkel.

Gygax begann dem Andern entgegenzusteigen, ohne sich zu besinnen. Auf der Höhe der eisernen Sandalenfüße hielt er an, blickte auf und erschrak jetzt zum ersten Mal. Hut und Haupt des Anderen waren gelöscht; nur der Stumpf des Halses schimmerte im näher gerückten Licht. Erst als sich die Augen ans Dunkel der leeren Stelle gewöhnt hatten, zeichnete sich der Rand des Hutes wieder ab wie ein verfinsterter Mond. Der Kopfteil des Andern war mit dem Schwarz der Zeder dahinter verschmolzen, und das Gesicht war immer noch nicht zu erkennen.

Gygax verbeugte sich, bevor er aus den Riemen des Rucksacks schlüpfte und ihn der Gestalt zu Füßen legte. Dann setzte er seinen Aufstieg fort, dem fahlen Neonlicht entgegen, und als er es erreicht hatte, stand er zugleich auf einer größeren Bodenterrasse und am Ende des Talkessels. Das Herz der Anlage öffnete sich vor seinen Augen und zeichnete sich mit genauem Umriß gegen den nachthellen Himmel ab. Es war ein Tempelkomplex mit ineinander verschränkten und ausladend geschweiften Dächern. Der vorderste und höchste Giebel zeigte an der Stirnseite ein Medaillon mit einer golden glänzenden, doch unlesbaren Inschrift. Der vordere Teil des Baus aber ruhte auf einem Stützwerk, höher als er selbst, das aus der Tiefe wuchs, in die Gygax von seinem Standort auf dem Vorplatz hinunterblickte. Die Brüstung bestand auch hier noch aus jenen Granitsäulen, die ihn auf dem ganzen Aufstieg begleitet hatten. Der Luftbau wirkte, mit zwei leeren Etagen, mächtiger als das fest verschlossene Gehäuse darauf. Dieses war finster und scheinbar ganz unbewohnt. Nur in der Mitte gab es einen von bläulichem Licht erleuchteten Raum, der aber nichts weiter zu enthalten schien als einen Getränkeautomaten.

Gygax stand still. Das regelmäßige Begleitgeräusch des Baches hatte sich entfernt, aber in seinem Rücken fuhr etwas zu tropfen fort; es war eine tiefe Nische im Fels, von einer kleinen Steinfigur besetzt, und auf ihrer Fußplatte zerspritzte ein kleiner Wasserstrahl nach allen Seiten. Gygax hielt die Hände hinein, fühlte sie naß werden und streifte über sein Gesicht. Der Rand der Quelle war von einer ganzen Familie der tönernen Dachse besetzt, die einen der Ihren zum Parkplatz vorgeschickt hatten; hier gab es auch weibliche, die über dem prallen Bauch zwei ebensolche Brüstchen sehen ließen.

War er an den *dritten Kraftort* gelangt, über den Ruth sich ausgeschwiegen hatte? Jedenfalls begegnete er ihm hier als fremde Topographie inmitten einer geläufigen, die unversehens aufgebrochen war und ihre Harmlosigkeit abgetan hatte, wie die Höhle, in die der Rattenfänger die von seiner Flöte verhexten Kinder geführt hatte. Nun war Gygax auch den nächsten Schritt schuldig.

Langsam querte er den leeren Vorplatz in der Richtung der Tempelanlage, widerwillig angezogen vom kränklichen Licht ihres allein zugänglichen Raums. Er schob eine Glastür auf und verweilte vor dem Angebot der Produkte, dessen Haupttitel er immerhin lesen konnte. POCARI SWEAT, EMERALD MOISTURE, REAL GOLD, MINUTE MAID, AQUARIUS. Dann wandte er sich ab und trat wieder ins Freie, auf die hölzerne Terrasse hinaus; jetzt galt es, ihren vordersten, fast in die Luft hinaus gebauten Punkt zu erreichen, welcher die beste Aussicht in das beiderseits von Bergabstürzen geschmälerte Landschaftsdreieck versprach. In der Tiefe glaubte er Lichter einer fernen Stadt glimmen zu sehen, wie Glutreste in Schneiders dänischem Ofen. Der Boden unter seinen Füßen klang hohl; und nach ein paar Schritten hielt er inne.

Denn die Stelle, die er suchte, war schon besetzt. Was er für eine eigenwillige Verbindung von Hölzern gehalten hatte, mußten lebende Menschen sein. Denn sie bewegten sich, wenn auch fast unmerklich. Es war ein Paar. Er sah es nur als Brustbild, exakt vor der Aussichtslücke, darum scharf wie einen Scherenschnitt; der untere Teil der Körper verschwand im Dunkel der Brüstung.

Was taten sie? Es war nicht recht zu erkennen. Jedenfalls neigten sich ihre Gesichter zueinander, ohne einander zu berühren; dennoch wirkten sie ineinander vertieft, ganz und gar, wobei sie ein Schauer zu überlaufen schien, von dem Gygax, je länger er hinsah, immer weniger hätte sagen können, ob er das Paar wirklich bewegte oder der Anstrengung seiner Augen entsprang. Denn sie kamen ihm immer bekannter vor, und je bekannter sie schienen, desto unsicherer wurde er, und schließlich fassungslos.

Die Frau stand höher, nur ließ sich nicht erkennen, ob sie es von Natur war, dank eines Sockels oder gar, weil die Arme des Mannes sie angehoben hatten. Sie neigte sich über ihn, bald gegen sein aufblickendes Gesicht, bald über seinen Kopf, der dann mit ihrer Brust wie verschmolzen schien; stillte sie ihn, war er ein Kind? Erregte er sie, war sie eine Geliebte? So oder so gaben sie keinen Laut, und so oder so war die Frau, die er sah, einmal als Megi zu erkennen, dann wieder als Ruth.

Wer aber war der Mann, wenn es denn einer war, und nicht doch vielleicht ein Kind?

Oft mußte Gygax zehn Schritte entfernt beklemmend lange warten, bis das männliche Profil wieder auftauchte, wie aus einer schwarzen Welle, die es immer wieder verschlang. Sah er dort sein eigenes Gesicht?

Von der Seite hatte er es zum ersten Mal beim Friseur gesehen, der ihm den Handspiegel von allen Seiten vorgehalten hatte; darin sah er sich auch im zweiten Spiegel; sein Gesicht nickte. Fremder war ihm noch kein Mensch vorgekommen, als dieser Kopfnicker für nichts und zu niemand; nun, am Rand des fernen Geländers, sah er das Gesicht wieder, älter, als damals beim Friseur; nicht so alt, wie er heute war. Dann kam ihm der Unbekannte doch wieder eher wie Schneider vor, und plötzlich war er es ganz unzweifelhaft. Da also war er gelandet, der mutwillig Verschollene, in den Armen einer Frau, die nie die Seine gewesen war; oder hatte er nur seine Mutter wiedergefunden? Sah Gygax seinen eigenen Sohn? Dann aber war es viel, zuviel, was er sich bei dieser Frau herausnahm, in deren Schatten er oft minutenlang untertauchte.

Und je länger Gygax die Szene beobachtete, desto mehr hörte sie zu brennen auf. Immer deutlicher wurde ihm, daß er nur um seiner Erregung willen sah, was zu sehen er so sicher gewesen war. Er konnte sie lassen, dann war, was immer er sah oder sehen wollte, in Ordnung. Und schließlich brauchte er auch gar nicht mehr hinzusehen. Man muß die Lebenden ruhen lassen, Sutter. Du kannst es.

Soviel wußte er noch: geht man hier weg, dann sieht man sich nicht mehr um.

Noch einmal kehrte er bei der Quelle ein, noch einmal lief ihr Wasser über seine Hände. Er faltete sie, und die Dachse sahen ihm zu, mit der selbstgefälligen Belustigung, die ihnen ins Gesicht gebrannt bleiben würde, bis es zerbrach.

Der Rückweg aber konnte schwierig werden. Dafür brauchte er den Segen des Todes.

Darum blieb er, als er den bronzenen Wandermönch erreicht hatte, bei ihm nochmals stehen, jetzt in seinem Rücken. Er prägte sich die Gestalt ein, bis sie so eingeschärft war, daß er sie auch mit geschlossenen Augen sehen konnte, und nichts anderes als sie. Dabei fühlte er seine Brust warm werden.

Die Gestalt war nicht schrecklich. Sie war ein aufrecht rastender Pilger, der auf der Treppe innegehalten hatte, am Fuß einer Zeder. Vielleicht war sie, vor undenklicher Zeit, seinem Fußabdruck entsprangen, zum Zeichen, daß sein Weg gesegnet war, ob er darauf stand oder ging. Er war dem nächtlichen Besucher nicht in den Weg getreten, um ihn aufzuhalten, sondern um ihn aufzurichten, oder auch in gar keiner Absicht. Er war selbst ein Pilger und stand gar nicht im Weg, er war selbst ein Stück dieses Wegs; und er *stand.* Er wachte, aber ein Wächter war er nicht. Er hatte den Besucher eintreten lassen, aber er durfte die Anlage auch wieder verlassen, diesmal noch. Emil Gygax, Sutter genannt, lebte; und wer lebt, kann auch gehen. Was wollte er, dieser Andere? Emils Bestes nicht; das – was immer es war – mußte er ihm nicht geben. Das Einzige allerdings, sein Leben, würde er ihm eines Tages nehmen, aber ohne Gewalt, nur, weil alles, was gegeben ist, auch wieder genommen wird. Und in diese bronzene Hand würde es Gygax auch geben können, denn sie war das Bitten gewohnt.

Bitte, dachte er selbst.

Er griff in seine Herztasche, bis er seinen Leibdukaten gefunden hatte; dann trat er dem Andern, etwas von hinten, auf den harten Fuß und streckte sich an ihm hoch genug, um ihm das Goldstück in die Bettelschale zu legen, denn eine solche war es, die er sich zur Brust genommen hatte. Auf den Andern gestützt, konnte Gygax, auf dem Hintergrund des Himmels, auch sehen, was er auf der Spitze seines Wanderstabs trug: einen kleinen Drachen, so schwungvoll gebogen, als wäre er mit himmlischer Wonne darauf heruntergestürzt.

Als Gygax wieder am Boden stand, verneigte er sich vor dem breitbeinig stillstehenden Wanderer, dankte ihm für das Hüten des Rucksacks und schlüpfte wieder in die Riemen. Wieder trug er alles, was sein war, auf dem Leib.

Treppen hinunterzukommen ist nicht schwer, wenn man das Geländer benutzt, und Gygax glaubte den Druck der zahllosen Griffe nachzufühlen, die sich früher, wie jetzt er, daran festgehalten hatten. Jetzt war er berechtigt, in die Galerie aus lauter roten Toren hinüberzuwechseln, und am Altar in der Mitte bat er noch einmal um gute Heimkehr; es war keine Figur darin. Aber er schüttelte den rot und weiß gezwirnten Strick, der in der Mitte herunterhing, hörte das Glockenbündel scheppern, das oben daran befestigt war, und glaubte sich erhört.

Der Abstieg war zu Ende. Jetzt begann der Rückweg. Und schon beim ersten Schritt wußte Gygax, was jetzt zu tun war, und was nicht.

Er schloß die Augen und ging. Nicht mehr fürbaß, nur noch Schritt für Schritt. Jeder ist gefährlich, wenn man ihn blind geht, und schon der nächste kann der letzte sein, auch bei einem jungen Mann. Der war Gygax nicht mehr. Aber er widerstand, vor allem und immer aufs Neue, der heftigen Versuchung, dem dringenden Gebot, die Augen zu öffnen. Und siehe da, wenn er weiterging, blieb die Angst, zögernd erst, zurück und kam nicht wieder. Jetzt ging er wohlgemut. Die Füße wußten den Weg nicht, sie *waren* der Weg. Und Sutter ging ihn mit wachsendem Vertrauen. Am Ende schritt er richtiggehend aus, denn da war kein Ende. Da war immer noch Weg.

Wieviel Zeit, nach der Uhr gemessen, verstrichen war, seit er die kleinen Glocken im Schrein geweckt hatte, brauchte er nicht zu wissen, bis er sie das nächste Mal läuten hörte. Diesmal war es – lauter, heller, einfältiger, auch ein wenig verschlafen – der Klang der Herde, die der Wirt von Wohlentbehren über Nacht auf der Weide gelassen hatte. Und als er das warme, würzige Schnaufen einer großen Kreatur fast an seinem Ohr fühlte, wußte er, daß er die Augen wieder öffnen durfte.

Die Kühe standen als nicht mehr ganz dunkle Blöcke auf der offenen Wiese; an ihrem entfernten Ende lag die genossenschaftliche Siedlung, wo er mit Ruth gewohnt hatte, das Ruinendorf. Noch hatte kein Investor sich erbarmt, oder es gab einen Rechtsstreit, der den Abriß verhinderte. Er aber hatte es hinter sich und gehörte immer noch zu den Lebenden, wie das Interesse der guten Kuh bewies. Immer noch, schon wieder, zum ersten Mal. Der immer gleiche Abzählvers, immer neu. Alle Tage wieder wurden die Dinge morgens sichtbar, mehr oder minder, und abends unsichtbar, in Grenzen, und jeden Tag, wie am ersten des Lebens, wollte die Kunst, das Nahe vom Fernen zu unterscheiden, neu gelernt sein. *Es malen sich in meinen Dunkelheiten / Die bunten Augen aller Jahreszeiten / Bis der Verpuppung Mummenschanz zerbricht.* Die Kuh sah Gygax groß an, als er ihr Elinors Gedicht vorsagte; doch als er ihr die Stirnlocke zu kraulen anfing, setzte sie sich ab, mit einem Sprung, so verstört, als habe er nach dem Punkt gefühlt, an dem sie der Schlagbolzen des Schlachters treffen mußte. Was weiß man, wie eine wohlgemeinte Zärtlichkeit bei einem andern Wesen ankommt. Tatsächlich hatte er sich gedacht, daß die lockige Zier den empfindlichen Schädelknochen zu dürftig bedecke, und kam sich ertappt vor. Sein Vorgänger in Sommerau hatte sein Pony, das einzige Geschöpf, das ihm noch nahe war, mit einem Bolzenschuß getötet, bevor er sich mit demselben Gerät aus der unwirtlichen Welt schaffte. Es war ein wenig kurios, aber auch nicht unpassend, sich in aller Frühe, auf einer Kuhweide am Pfannenstiel, und in Sichtweite des erloschenen «Hummel», darauf zu besinnen, wieviel, nach der Geschichte mit Schneider, an seiner eigenen immer noch der Liebesmüh harrte. Der Auflösung? Der besseren Verkleidung jedenfalls; einer Form, die sich mit dem «Anstand» vertrug, den er bei Ruth hatte lernen müssen, über ihren Tod hinaus, bis zum heutigen Tag, im Tal der Dachse, an einem japanisch verkleideten Ende der Welt. Er hatte es überlebt, zum zweiten Mal; ein drittes Mal würde sich Gevatter Tod nicht bitten lassen. Gygax' letztes Leben, kurz oder lang, hatte begonnen, mit dem Sprung einer Kuh.

Von hier kannte er den Weg nach Sommerau. Er führte durch keinen Wald mehr, aber durch eine Siedlung nach der andern, an hell gewordenen Fenstern vorbei, deren Licht die Unlust der Bewohner verriet, daß sie schon wieder aufstehen mußten. Er aber würde vorbeigehen, nicht zügig, auch nicht fürbaß, nur eben weiter.

Und beim Gedanken, daß er sich, von jetzt an, mit dem Tod im Einvernehmen befinde, lächelte er unwillkürlich, für nichts und wieder nichts. Aber er hatte noch etwas vor.

Inhalt

Aus dem Verlagsprogramm

Literatur bei C.H.Beck

Karin Kalisa
Sungs Laden. Roman
255 Seiten. München 2015

Zora del Buono
Gotthard. Novelle
144 Seiten. München 2015

Stefan Ferdinand Etegton
Rucksackkometen. Roman
271 Seiten. München 2015

Jochen Schmidt
Der Wächter von Pankow. Geschichten
237 Seiten. München 2015

Literatur bei C.H.Beck

Lily King
Euphoria. Roman
Aus dem Englischen von Sabine Roth
262 Seiten. München 2015

Larry Tremblay
Der Name meines Bruders. Roman
Aus dem Französischen von Angela Sanmann
167 Seiten. München 2015

Bregje Hofstede
Der Himmel über Paris. Roman
Aus dem Niederländischen von Heike Baryga
222 Seiten. München 2015

Amir Hassan Cheheltan
Der Kalligraph von Isfahan. Roman
Aus dem Persischen von Kurt Scharf
352 Seiten. München 2015